NUESTROS
CLÁSICOS
CONTEMPORÁNEOS

DESIDERIO

Ignacio Agustí

DESIDERIO

P L A N E T A

NUESTROS CLÁSICOS CONTEMPORÁNEOS
Dirección: Fernando Lara Bosch
Diseño de tapas y portadillas: Nacho Soriano

Córcega, 273-279, 08008 Barcelona (España)

Primera edición: enero de 1996
Depósito Legal: B. 46.141-1995
ISBN 84-08-46095-1
Impresión y encuadernación: Cayfosa
Printed in Spain - Impreso en España

En el plan que me había propuesto, y que quizás alguno de mis lectores recordará, «La ceniza fue árbol» iba a constar de cuatro partes: «Mariona Rebull», «El viudo Rius», «Desiderio» y «Joaquín Rius y su nieto». Pero para que Desiderio cobrara una consistencia humana o social suficiente, me pareció mejor mostrar primero al personaje en el cenit de su aventura juvenil y describirlo en toda la complejidad de sus años mozos. El trasfondo de la época de la Guerra Europea de 1914 en los percances barceloneses de Desiderio me pareció, en teoría, muy sugestivo y decidí no sacar por ahora a la figura central de este libro del marco de su primera juventud. Pensé que más adelante ya hallarían ocasión de expresarse las conclusiones de su madurez y la vida posterior de los personajes que le acompañan; principalmente la de Joaquín Rius, eje de la novela.

Por todo ello resulta que ya no serán cuatro, sino cinco los libros de que constará en su conjunto «La ceniza fue árbol». Entre «Desiderio» y «Joaquín Rius y su nieto» —tercer y cuarto episodios en el primitivo plan de la obra— se interpone ahora un largo tiempo, de una consistencia y calidad tales que me obligan a otorgarle un peculiar espacio narrativo. A ese tiempo y a la novela que contiene he de dedicar, si Dios quiere, el volumen que se añadirá a la serie; ese volumen, cuarto y penúltimo de «La ceniza fue árbol», llevará por título una fecha: «19 de Julio».

No he desmentido en la elaboración de la obra los pronósticos que hice al proyectarla, escritos en las líneas preliminares del primer tomo de «La ceniza fue árbol», según los cuales «la obra me parece crecer lenta y orgánicamente como la propia vida de los seres que la integran». Lenta y orgánicamente ha crecido —y está creciendo aún— Desiderio. Doy las gracias a cuantos se han interesado por el proceso de este libro antes de su aparición; agradezco los muchos signos de impaciencia y la amable insistencia con que se me ha animado y urgido a proseguir. A todos cuantos me han favorecido con su interés, mi más cordial gratitud y el deseo de que este libro les agrade.

I. A.

Barcelona, marzo de 1957.

I

No creo que las cosas vayan tan aprisa ni con tanta facilidad como usted piensa —interrumpió con cierta brusquedad el viudo Rius, oponiéndose a la verborrea del viajante—. Es cierto que los alemanes están preparados, pero los otros no se dejarán sorprender. Y si no, al tiempo...

La reunión en el despacho del apoderado se prolongaba aquellos días más que de costumbre. Apenas habían pasado dos semanas desde la ruptura de hostilidades. El calor era abrumador, pero la costumbre de cambiar impresiones iniciada el mismo día de la declaración de guerra había arraigado con tal fuerza que ni las condiciones del despachito de Arturo Llobet, ni el tono convencido y terco con que Joaquín Rius ponía a prueba el temple de sus colaboradores bastaban para disolver la tertulia. Vinyals, Llobet, Orlau y Maluenda, que formaban el estado mayor de la empresa, se dejaban llevar por la corriente de germanofilia que inundaba las aceras y los cafés, la redacciones y los casinos; en tanto que Joaquín Rius era partidario de los aliados.

—¿Por qué una de las cosas que ve usted siempre demasiado claras, amigo Vinyals, son las apoteosis? Permítame que le diga que esta vez no habrá ningún Sedán. Y si lo hubiera, sería al cabo de mucho tiempo, probablemente de varios años. La primera característica de esta guerra, no le quepa la menor duda, será su duración. Ésta será una guerra larga.

Vinyals disimuló su extrañeza. Habían hecho mella en sus inclinaciones de estratega de oficina ciertas revelaciones de un amigo suyo, comandante retirado de Ingenieros, sobre el valor de los ejércitos alemanes, sobre el poder de su artillería, la ductilidad y rapidez de la caballería, y, sobre todo, la eficacia de esa arma nueva que pondrían sobre el tapete con una decisión sin igual: la aviación. Por tanto, se permitió oponer un serio reparo a las opiniones de su jefe.

—Francia, militarmente, es vulnerable. Para llegar a Berlín los aliados han de cruzar por todo un país. Han de dejar una retaguardia enemiga cubierta de fuerzas. Han de salvar ríos, ocupar centenares de ciudades. En cambio, París...

—Si se le antoja a los franceses, París puede ser una fortaleza. Ha mirado el mapa como lo miran los escolares, Vinyals. Necesitan los alemanes tanta fuerza para ocupar París como los aliados para ocupar toda la Alemania. Y quiero ver cómo pueden llegar a París. La guerra del 70 era muy distinta. Créame; cada guerra es un capítulo distinto, una lección militar nueva; cada vez se aprovechan mejor las lecciones viejas.

Desiderio Rius, el muchacho, escuchaba la discusión con un aire dubitativo; no acababa de entender del todo las razones de unos y otros. La misma incomprensión y duda había sentido semanas antes, al leer en Inglaterra las alarmantes noticias que habían culminado con el rompimiento de hostilidades. Le costaba un esfuerzo llegar a imaginar a las fuerzas en pugna enfrentadas una a otra y en disposición de empezar la pelea. Le era relativamente fácil imaginar una contienda deportiva, un *match* de tenis o una regata en la que el reloj o el criterio del árbitro pudieran forzar la conclusión y dar la victoria a uno u otro bando. Pero la pelea de dos fuerzas numéricamente nebulosas, destinadas a llevar una lucha a término sin reglamento y sin descanso, hasta la extinción, escapaba absolutamente a sus posibilidades de juicio. Además, le parecía que ni su padre ni sus empleados podían tener una idea cabal de los hechos que juzgaban. A pesar de los pocos días que habían pasado desde su declaración, él había tenido el privilegio de vislumbrar, a través de una rendija singular, lo que es o puede ser la guerra. Su viaje de regreso desde Inglaterra a Barcelona, no bien recibió el telegrama de su padre, le había abierto los ojos a la realidad dramática de los hechos. Cuatro o cinco imágenes le ayudaban a dar a la guerra un contenido, una referencia humana que los demás no poseían. Recordaba la impresión que le produjeron en el «Quai» parisiense el tumulto de voces y despedidas, los llantos y los hurras de la muchedumbre, el despliegue de una bandera tricolor a los acordes de «La Marsellesa». La muchedumbre que despedía a los soldados que marchaban al frente tenía un rostro y una voz, una manera peculiar de palpitar y de emocionarse. Imaginaba que, al otro lado de la frontera bélica, otros jóvenes y otras muchedumbres ensayarían de la misma manera la comedia contraria. La bandera no sería azul, encarnada y blanca, el himno sería otro, pero los gestos, los gritos, la palpitación y la marea humana no serían mayores ni distintos. Aliados o alemanes eran las dos caras de la misma moneda y ambos eran lanzados al aire para ver de qué color iba a pintar la suerte el futuro del mundo.

—La primera diferencia que hay que anotar entre esta guerra y la del 70 es la entrada en liza de Inglaterra. ¿Es que esto les parece poco? Que les cuente mi hijo lo que es la sociedad inglesa, lo que son los ingleses cuando se meten una cosa entre ceja y ceja. No, no... —dijo Joaquín Rius, en un momento determinado de la discusión—. Los alemanes tienen todavía mucho trabajo, pero mucho... y si no, al tiempo...

Esa alusión al tiempo, con la cual Joaquín Rius se refería sin duda a la larga espera y a los grandes cambios que iban a sobrevivir, tenía la virtud de frenar las vehemencias de sus interlocutores, cuyo portavoz más valiente era el viajante Vinyals. Éste aprovechó la alusión que el jefe acababa de hacer a su hijo para desviar hacia él la conversación.

—Ya habrá tenido buenas ocasiones de conocerlos bien, ¿no? —y demostró un punto de socarronería que en él no era habitual.

—Sí, pero... no en el terreno de la guerra. Aparentemente son muy pacíficos, como todo el mundo. Es decir, como todo el mundo menos el Kaiser.

Joaquín Rius pareció muy satisfecho de esta toma de posesión de su hijo.

—Pero estoy seguro que en el momento de ir a la guerra nadie les hace volver atrás. Lo toman como una cuestión de principio.

—¡Bravo! Así ha de ser —exclamó Joaquín Rius.

—A condición de que no nos mezclen a nosotros en ella —se atrevió a formular Llobet, el apoderado, frotando sus gafas con un pañuelo que acababa de desdoblar.

—¿A santo de qué iban a extender los frentes a una zona que no les interesa? Nosotros estamos al margen de eso.

—Se empieza por un punto y se extiende a los demás. ¿No lo hemos visto? —se preguntó el tímido y albino Maluenda, aludiendo a la rapidez con que de Sarajevo las cosas habían rodado hasta toda Europa—. Es como una epidemia. Eso es..., como, como... la gripe.

—No llamen al mal tiempo —aconsejó don Joaquín, mirando de través un instante a su hijo. Le vio tal como era; un muchacho a punto de cumplir los veintiún años, la edad precisa en que, por el hecho de ser alemanes, ingleses o franceses, los muchachos de su generación eran embarcados en los transportes y metidos en un cuartel, para acabar en las trincheras. Le pareció que eso no podía acontecer más que a los demás, que semejante porvenir habría de serle escamoteado a la fuerza a Desiderio por una pirueta del destino. Sin embargo, se arrepintió de sus arrestos bélicos, del ardor que ponía en defender una postura, la de los aliados. En realidad, lo que le convenía, lo que les convenía a todos era la neutralidad. Se proponía, en adelante, no salirse de esa norma: ser neutral. ¿Qué ocurriría si, por un azar, España se veía metida en el conflicto? Supongamos, se decía, que se viera obligada por los hechos a ponerse al lado de Alemania y que Desiderio tuviera que ir a defender al Kaiser en una trinchera de Baviera o de los Pirineos, que para el caso era lo mismo. Realmente todas las guerras son un contrasentido, en el que era mucho más prudente no pensar demasiado.

—Sea como sea —afirmó, consecuente con sus propósitos neutralistas—, a nosotros todo lo que acontezca no nos afecta más que relativamente. Nuestro deber es ponernos a tono con las circunstancias en nuestra propia esfera. Y no cabe duda de que bastantes preocupaciones tendremos con ello.

—Eso me preguntaba yo. —Era Llobet quien halaba—. ¿Qué pasará con los mercados, cómo irá nuestra producción?

—Si España se sabe mantener al margen, la guerra puede sernos de un beneficio extraordinario. Es doloroso y trágico, pero es así —contestó Rius.

—¿Cree que el Gobierno estará a la altura?

—¿Por qué no? Una guerra de posiciones requerirá el auxilio de las naciones neutrales. Los países no se podrán abastecer por sí mismos. Quizás en este aspecto todavía

Alemania pueda resistir más que los otros. Pero Francia necesitará que trabajen para ella. Podría ser la salvación de nuestra economía, como volver a rescatar otra colonia, los mercados que teníamos. En fin —concluyó—, tenemos que estar prevenidos.

Llevaba Desiderio tres semanas en Barcelona y nunca le había parecido la ciudad tan hermosa, la vida tan digna de ser vivida y el aire tan cristalino y sabroso. Consideraba muy curioso lo que le estaba ocurriendo. Al recibir el telegrama de su padre ordenándole que en vista de las circunstancias regresara sin perder un minuto, había sentido ganas de inventarse cualquier excusa válida que le permitiera prolongar durante unas semanas su permanencia en Inglaterra. Hizo de mala gana sus valijas y abandonó sus hábitos ingleses con pereza. Sentía la nostalgia de todo cuanto había formado el engranaje de su vida en el año y pico que pasara lejos de su hogar. Hasta la puritana y pudibunda mistress Carver, ama de la pensión en que había vivido durante aquellos meses, se convirtió en objeto de su misantropía, antes de poner pie en el estribo del tren que había de llevarle a Londres. No hablemos ya de la desazón con que se despidió de Louise, la estudiante de química, empleada, como él, en «Held & Trulock», a cargo de una sección en los laboratorios. Louise le pareció más que nunca una planta, un vegetal decorativo que ilustrara con sus grandes hojas verdes el panorama suave de su existencia. Esa liviana gramínea doméstica había convivido con él durante días y noches sin que su amor dejara el más leve rastro ni la menor pesadumbre en su ánimo. No había sido amor, *todavía,* lo que les revistiera a ambos de aquella absoluta seguridad del uno en el otro cuando salían a navegar, en las tardes del domingo, sobre las tranquilas aguas del canal, o cuando pasaban juntos la noche. Ambos sabían que llegaría un día en que esa convivencia sería rota de improviso y por eso no habían bautizado su relación ni el afecto que se tenían con ninguna palabra retumbante. Pero, al marcharse, se despidió de ella con dolor, porque acababan de escamotearle nada menos que cuatro meses de convivencia con ella, con los que ya contaba de antemano; todo un puñado de hermosos días, rutina deliciosa de su viaje de estudios. La guerra cometía el primer descalabro al robarle una raja de las emociones que aún le quedaban por gustar. Al tomar el tren se sintió disgustado y malhumorado; y le quedaban muy pocas esperanzas de que su estado de ánimo cambiara al llegar a su tierra. Antes bien, mientras una grave somnolencia aturdía sus sentidos en el departamento del tren que de París le conducía a la frontera, estaba persuadido de que la vuelta a sus dominios domésticos, a su trabajo en la fábrica, la rutina de su convivencia con su padre, la presión que el dominio paterno ejercía contra su carácter y contra su libertad, que todo ese mundo personal que se le venía encima no haría más que exacerbar su incómodo desánimo y una extraña insumisión.

Y, sin embargo, con sólo cruzar la frontera, ese otro mundo, que latía y estaba impreso subrepticiamente en su sensibilidad y en su memoria, le inundó de sus estímulos y sus gracias antiguas. Parece increíble que tengamos dos o tres almas, dos o tres receptáculos sensitivos correspondientes a cada una de nuestras categorías de vivienda. Con el paisaje de España, con la sucesión de desmontes y suburbios, de planicies y colinas ante su mirada se reconstruían de un golpe sus recuerdos y sus experiencias anteriores con una fuerza que arrastraba como una torrentera el enclave imaginativo de sus emociones de estudiante en el extranjero. Ya volvía a ser aquel que se marchó, pero con un acopio de experiencias, que no harían más que pulir en adelante su nueva existencia. Era el mismo que se fue, pero sin las vacilaciones de entonces, con su juventud ganada a pulso, consecuente consigo misma y dispuesta a actuar sin remilgos.

Y por eso su regreso al hogar ya no le producía ningún resentimiento; todo lo contrario. Hubo una novedad, una sorpresa en su descubrimiento de aquella ciudad, a la que no había echado ciertamente mucho de menos durante la ausencia. Quizás es que no era Barcelona, sino su ánimo de espectador el que había cambiado. Las travesías, los edificios, la luz, el rostro de las gentes, el tumulto de la circulación en las calles eran aproximadamente los mismos que el día de su partida. Pero era como si hubieran pasado sobre ellos docenas de años. Recordaba su timidez antigua, los signos de su educación, de su urbanidad anacrónica, los rasgos de su carácter amortiguado por las conveniencias sociales, por la impresión de su nulidad, de ser no más que «un cero a la izquierda» en los días de su partida. Todo eso había sido dejado como un fardo inútil en el cuarto floreado de la pensión de mistress Carver. Todo se le antojaba nuevo porque lo observaba con ojos nuevos y con un ánimo que parecía recién estrenado.

Ni siquiera su padre le parecía aquel ogro amenazador e imperante cuya sola evocación le hacía desfallecer si pensaba en él durante su estancia en Inglaterra o cuando recibía sus cartas llenas de amonestaciones. Por el contrario, como si la seguridad que le poseía tuviera su reflejo en el otro, habían conseguido abordar, con una naturalidad que no existía antes de su marcha, una serie de cuestiones. Desiderio le había hecho participar con buena gana de un acopio de sus impresiones de viajero. El almuerzo y las cenas en el sombrío principal familiar habían conseguido animarse con su locuacidad, destruyendo en esos ratos de convivencia familiar la leyenda de los silenciosos coloquios de antes, cuando entre padre e hijo parecía cruzarse un muro de frialdad y de despego.

En una palabra, Desiderio se sentía animado con la perspectiva de iniciar una nueva vida. Una parte de su entusiasmo no cabe duda de que le venía del contraste que el clima y el color de la urbe ofrecía con la languidez de la luz que acababa de dejar; aquí el sol destellaba sobre las cosas, mientras que en los parajes ingleses, en los arrabales del cinturón de Manchester donde había vivido durante año y medio, la neblina, aun en pleno verano, se desflecaba sobre el paisaje, lo emborronaba y deslucía. Ese reencuentro con la luz radiante parecía despejar sus panoramas íntimos. Durante los primeros días de su reincorporación, su padre no fue demasiado riguroso con él, de modo que el chico pudo disponer de una cierta libertad de horarios. Josefina, la doncella, que había envejecido en el hogar de los Rius y que era la guardiana de la vida doméstica de padre e hijo, aprovechaba esa transigencia de don Joaquín para gustar de pleno la presencia de Desiderio, al que quería como un hijo. Le veía con los mismos ojos con que le había mirado desde su niñez, reacia a considerarlo un hombre hecho y derecho. Las carantoñas olvidadas volvían a aflorar, para obligarle a permanecer unos minutos más en casa. Le hacía sentarse frente a ella, en la salita de estar, para que le contara algo de sus andanzas en Inglaterra. Una nube sombría pasaba por su visaje cuando oía hablar de la guerra. Se veía en trance de tener que esconder a Desiderio y capaz de llevárselo a un lugar inaccesible y solitario donde nadie pudiera dar con él si llegaba el caso de que fuera movilizado. Esta inquietud hacía que su sueño no fuera tan tranquilo como antes y que encendiera todas las noches una llamita a la imagen de la Inmaculada, en el pequeño oratorio del principal.

Para ver cuáles eran sus proyectos y para auscultar de algún modo el estado de espíritu del joven, Josefina le explicó un día que no era ella sola quien la había echado de menos durante los meses de su ausencia. Cierta persona se había interesado también por él durante mucho tiempo.

—¿Quién? —le preguntó Desiderio, intrigado.

Pero no fue necesario que Josefina contestara en seguida. En el acto, por la manera maliciosa con que ella le miró, adivinó que se trataba de Crista.

Crista Fernández había estado en comunicación telefónica con Josefina durante una serie de semanas para saber noticias de él; Josefina le dio al fin su dirección de Manchester y pareció que ella quedaba contenta.

—¿No te escribió? —y la sirvienta estaba orgullosa de que su ahijado suscitara inquietudes y descalabros en el corazón femenino.

—No, es decir... Sí, me envió unas líneas.

No unas líneas, sino media docena de largas cartas había recibido Desiderio de Crista en el curso de aquellos meses; ella le decía lo mal que lo estaba pasando y los deseos que sentía de que volviera cuanto antes. La verdad es que él, que entonces le había contestado con varias misivas de un tono literario inocuo, describiéndole las costumbres inglesas y sus modos de vida, con lo que al mismo tiempo tranquilizaba el agitado corazón de su corresponsal, no sospechaba que esas correspondencias fueran ya algo trascendente —hasta el punto de afectar e interesar a Josefina— y capaz de ser interpretado maliciosamente.

—¿Sabes si están aquí? —preguntó entonces a Josefina, pensando en que la presencia de Crista sería uno más de los elementos que le harían congraciarse con la nueva vida.

—No, no. Es seguro que están en Caldetas. Me llamó ella para despedirse.

—De modo que... has estado intrigando con ella —le reprendió entonces cariñosamente.

Pero un encuentro casual había de ponerle mejor sobre la pista. Había pedido permiso a su padre para tomar baños de mar y a media mañana se iba todos los días a la Barceloneta. En los «Orientales», enfundado en un flamante traje de baño de rayas listadas que tornaba más pálida su blanca tez, se encontró de pronto frente a Paco Fernández, su amigo de la niñez y hermano de Crista.

—¿Qué haces tú aquí? —le saludó de pronto, sorprendido, sacando su cabeza a la superficie de la piscina redonda—. Pero ¿de dónde sales?

La estupefacción se pintaba en ese rostro reluciente del barniz del agua, en la que lucía el sol.

Después de apretar su mano, Desiderio se confesó.

—Mi padre, chico. Se asustó y aquí me tienes.

—Bueno, de todos modos también tenías que volver.

—Claro, pero no antes de cuatro meses.

—Bueno, así podrás hacer la instrucción con más calma. ¿Vas seguro a caballería?

Desiderio afirmó. Ése era un propósito inconmovible.

—A Santiago, si me admiten. ¿Y tú? ¿Vuelves a Madrid?

—¡Qué remedio!

Le miró de arriba abajo.

—Pero, hombre, estás distinto. ¡Pareces un inglés!

Realmente Paco Fernández encontraba un Desiderio algo muy cambiado. Claro que con el traje de bañista la cosa era difícil de juzgar.

—Estás más alto, más corpulento, qué sé yo...

También Paco había cambiado. Se había dejado crecer un fino bigote sobre los labios carnosos. En su expresión y en sus modales había algo desenvuelto, un punto de desvergüenza que no tenía antes, cuando Desiderio frecuentaba su casa.

—Y qué ¿lo has pasado bien? —le preguntó guiñando un ojo—. Vamos allí, tomamos una copa y me contarás.

Pero Desiderio se resistió. No quería tomar nada antes del baño.

Se quedaron, pues, al borde de la piscina, cruzados en el pasillo por el que los bañistas pasaban para irse a remojar. Las chicas jóvenes se zambullían con timidez, lanzando agudos grititos y aguzando actitudes de susto al primer contacto con la frialdad del agua. Paco las miraba con ojos de entendido.

—Mira ésa y dime si no vale la pena —señaló, refiriéndose a una grácil nereida que sacaba y metía el pie en el agua para irlo habituando al frescor y sin decidirse aún a chapuzarse entera—. Hay que animarla.

Y haciendo seguir la acción a las palabras, Paco Fernández se levantó y se acercó lentamente a esa chica. Desiderio vio que ella se ruborizaba y pretendía escurrirse, a las primeras palabras que él le dirigió. Pero, al fin, tras unos melindres, la conversación comenzó a fluir. Desiderio pensó que se necesitaba un aplomo especial para abordar así a una mujer. Nunca él conseguiría ganar la primera baza en ocasiones similares. Para él, el trato con las muchachas empezaba a partir de la segunda o la tercera oportunidad; era preciso pasar por una cuarentena de palabras formularias e intencionadas, de miradas de través. Sólo una vez fundido trabajosamente el primer hielo, lograba entrar en otra suerte de intimidad o de franqueza. Por algo era Paco abogado, pensó. Para eso se necesita tener primero «agallas» y luego, «labia».

Cuando se despidió la nereida y se perdió sonriendo y con andares desenvueltos en uno de los pasillos de las casetas de baño, Paco volvió junto a su amigo.

—Formidable, chico —informó—. Es bailarina. ¿Verdad que no lo parece? ¡Cómo engaña el traje de baño! Parecía una chica bien.

Luego le contó el éxito de su hallazgo. Había quedado de acuerdo para salir juntos aquella tarde. Le había preguntado si no tendría otra amiga, para pareja de Desiderio. Por desgracia no había ninguna disponible.

—Lo siento, chico, porque me parece que es cosa buena.

Volvió a sentarse a su lado y le contó su vida en Madrid. Paco, en la capital, se preparaba para diplomático. Había que hacer algo y puesto que su padre lo había sido, no le sería difícil serlo él.

—¿Y Crista? —preguntó Desiderio.

—Ah, bien... Muy bien... Como siempre. Leyendo todo el día y pensando en el cine. Ya la conoces.

—¿No va a bajar ningún día?

Paco le informó que su madre había decidido cambiar enteramente la decoración de su piso del Paseo de Gracia y que las obras la obligaban a ir y volver con frecuencia de Caldetas. Era, pues, posible, que Crista la acompañara alguna vez. De pronto se paró y quedó mirando a Desiderio.

—Pero ¿por qué no subes tú?

Desiderio se resistía.

—Queda lejos y no tengo ganas de importunar.

—¿Importunar? ¡Quita, hombre! Ya conoces a mamá. Hará disparar veintiuna salvas, como cuando nace un príncipe. Ven un sábado y te quedas hasta el lunes. ¿Hecho?

Desiderio se excusó. Si acaso subiría un domingo a pasar el día, para volver por la noche. De todos modos empezaba a volver a ocuparse de algo en la fábrica de su padre y no podía tomarse libertades.

—Quedamos en que el domingo. Conocerás a un grupo divertido. Hay un tipo nuevo, un tal Pablito Inglada, que le hace la rosca a mi hermana y es algo fuera de serie.

Algo debió de ocurrir en la expresión de Desiderio que hizo decir a Paco:

—No creas que ella vaya en serio. Le toma el pelo.

De todos modos la manera de expresarse, de pintar con vivos colores un mundo que se desquitaba de su abandono, de su olvido y de su ausencia, engarabitó recónditamente al joven Rius. Al despedirse de Paco notaba que irremediablemente el domingo próximo se encaminaría a Caldetas.

La ciudad y sus habitantes estaban a una distancia astronómica de los problemas que afectaban al resto de la humanidad. Pasada la efervescencia de los primeros momentos, salvado el bache de estupor, de inquietud y de espanto que suscitaron las primeras noticias de la guerra, la bonanza del clima, del calor agobiante y el buen sentido de las gentes habían triunfado sobre el nerviosismo. En las Ramblas, la marejada urbana discurría por sus cauces, al atardecer, ajena a la sangre que empezaba a emborronar la superficie de Europa. En los primeros días las gentes devoraban la literatura de los diarios preguntándose si el quebranto que afectaba a la humanidad no iba a cebarse también en cada uno de los habitantes del planeta, sin exclusión de ninguno. Pero ese estado de alarma cuajó poco a poco en costumbre y la gente se resignó a los hechos con la misma adherencia impersonal y abstracta con que nos dejamos llevar por la intriga de una novela policiaca. Las flores de los puestos de la Rambla, esas flores de verano que lucen el diamante del agua colgado por las regaderas como una joya, impregnaban el aire de suavidades y de temblores. Ante los grupos de gentes sonrientes y locuaces que paseaban por el bulevar, bajo la fronda llena de gorriones, de los plátanos urbanos, Desiderio se preguntaba si todo cuanto había presenciado en otras latitudes no sería un sueño, una ilusión, un desvarío de su mente. Si aquellas mujeres que abrazaban frenéticamente a un hombre de uniforme en el andén de París; si aquellos palomos de Notre Dame que huían hacia lo alto, hacia las gárgolas grises y las cornisas de granito, espantados por el sonido retumbante de un tambor callejero; si aquellos jirones de bandera llevados en el asta improvisada tras la cual se agitan miles de personas; si el alarido de toda la ciudad, exponente de la nación entera, al despedir sus hombres e imprecar por los muertos que habían de venir, no serían alucinaciones de su imaginación, deformaciones de la realidad, ya bastante alterada por lo imprevisto de su regreso. Pero no; todos los días los diarios daban noticia de que aquello era cierto, preparaban con una desmesurada orquestación dialéctica la gran sinfonía del cañón y lanzaban los sones de guerra con grandes titulares. Los ejércitos alemanes invadían pueblos y naciones, se lanzaban en tromba sin que nada pareciera poder contener su empuje. De este lado de los Pirineos, sin embargo, nada se oía; ni el estampido, ni los llantos, ni la sacudida emocional o patriótica que aturdía a los otros.

A medida que pasaban los días le iba entrando insensiblemente a Desiderio la convicción de que había algo en sus emociones que no era compartido por los demás, algo que los demás, por añadidura, no podían llegar a compartir nunca: y era la participación, por pequeña que ésta fuera, que él había conseguido tener en el dolor ajeno, en el dolor y en la íntima convulsión de aquellos hombres y mujeres que sufrían la guerra en los ilustres campos de Europa. A la vista de la indiferencia con que los hombres y las mujeres de aquí se paseaban y seguían su vida, como si nada especial ocurriera, se le antojaba que había un baldón de culpabilidad colectiva, de inclemencia espiritual y de egoísmo. De ello no quedaban siquiera disculpadas las gentes que tenía a su alrededor: su padre, los altos empleados de su padre, hasta la propia Josefina. Fugaces y rápidos, los brochazos de guerra que habían pintado su retina a su paso por Francia pesaban levemente en su interior, le daban una gravedad que le incomodaba.

—Las guerras son atroces, y en estos tiempos, más. Pero no está en la mano de nadie ni tomar partido ni hacer nada. Son cosas irremediables —ponderó su padre, durante la cena, una noche en que él se lamentó de la aparente falta de sensibilidad de las gentes—. Dime, ¿qué quieres que haga la gente? Lo mejor que puede hacer es ir a pasear.

Le observó, con cierta extrañeza.

—Comprendo muy bien que te sientas descentrado, pero esto te pasará. Tienes que acomodarte. Al fin y al cabo, éste es tu país...

Pensaba don Joaquín que lo peor que podría ocurrirle a su hijo era cavilar demasiado en cosas que le eran ajenas. Nunca había dejado de temer los peligros de una inadaptación, la pérdida posible de las raíces, al regreso de la larga estancia de Desiderio en el extranjero, siendo como era tan joven, casi un niño.

—Dime, ¿y por qué no vas con tus amigos? Antes de salir los tenías a montones. Te conviene volver a verte con ellos.

Le hizo de golpe la proposición.

—Cualquier domingo de ésos podrías ir a Caldetas a ver a Crista. Sé que estaba pendiente de tu vuelta.

Desiderio no quería preguntarle cómo es que también él lo sabía con tanta seguridad.

—Encontré a su madre hace unos días. En la toma de hábitos de Carmen, ¿no sabías que había profesado?

Desiderio conocía la buena amistad que había unido a su padre con Carmen Fernández, la hermanastra de Crista.

—Y Evelina me preguntó por ti de tal modo y con tanto afecto que creo que deberías decirles algo. Claro que eso era antes de mi telegrama y no te esperaban tan pronto. Pero de todos modos es seguro que te estarán esperando. Sobre todo la chica. Ya te habrá contado Josefina sus llamadas por teléfono. No la dejaba en paz.

Desiderio se sentía levemente turbado. Nunca padre e hijo habían hablado así, de cosas tan personales. Sus devaneos de chiquillo con Crista habían sido herméticamente guardados en el silencio, correspondían a una zona en la que su padre nunca había considerado prudente intervenir. La euforia de volver a tenerle de nuevo a su lado limaba asperezas, borraba fronteras, creaba entre ambos una confianza, autorizaba esa inaudita franqueza.

—De todos modos, ahora... están fuera...

—¿Y eso qué importa? Caldetas está a dos pasos.

Desiderio accedió. Mientras estuvo en Inglaterra los rasgos de su amistad con Crista habían llegado casi a desvanecerse. Había experimentado junto a Louise un tipo de relación tan distinta a la que le unía con su joven compañera de juegos que le pareció que ésta nunca volvería a ocupar el lugar en que había señoreado durante largo tiempo. Pero ahora Louise ya no existía. Louise era, a su vez, una nebulosa. Y de la misma manera que no nos es posible separar ni aun imaginativamente a una figura de retablo del fondo en que queda dibujada; de la misma manera que no es posible arrancar a una figura de Giotto o de Cimabue de su orla de ángeles, de su gótico palio, de sus esbeltas arcadas, así no era posible que a la vista y en la misma entraña del paisaje barcelonés no reviviera, sin necesidad de conjuro alguno, la figura de Crista y con ella todos los pormenores de su relación anterior, la resurrección más plena de todos los accidentes de su amistad. Louise, en cambio, quedaba a la distancia de las mismas neblinas, de los mismos valles y meandros que habían contenido su trasfondo de luz, su geografía y su aire, y que ahora quedaban disueltos en la lejanía.

No obstante, pasó aquel domingo sin que Desiderio se determinara a coger el tren. No era la distancia que mediaba entre Barcelona y el lugar de veraneo de la familia Fernández lo que le retenía, sino una especie de pereza moral que le impedía entremeterse de pronto en Caldetas. Las frases con que Paco Fernández había evocado el ambiente eran un freno muy fuerte. No le seducía el papel de «forastero» dominical en el clan de Caldetas, ni la naturaleza de los «grupos» que Paco le había descrito. Estaba a cien leguas de ese ambiente. De todos modos no faltaba tanto para que la gente volviera del campo. En Barcelona el reencuentro no tendría la violencia que acarreaba un viaje en tren, una aparición súbita en un lugar hostil e incógnito como es una colonia veraniega.

Y además, se sentía a gusto en Barcelona; le agradaba la calidad que durante aquellos días veraniegos tenía la ciudad. Le gustaba precisamente porque encontraba un poco híbrida y desnaturalizada su sociedad tangencial, despersonalizada por el verano. Con el calor, los hombres y las cosas se tornaban más espontáneos, menos rigurosos, más accesibles y naturales. Los habitantes de las calles no eran ya los puntillosos, los presumidos, los peripuestos, sino una masa innominada, desconocida, indiferente, entre la cual uno podía pasar absolutamente inadvertido. Le agradaba sentir la noción de esta indiferencia de los demás en las calles y plazas. Era sentirse un poco todavía extranjero, tanto como pudiera haberlo sido durante un año y pico en el país de sus estudios. Las gentes a las que hubiera podido considerar como verdaderos paisanos, cuantos constituían su círculo social, estaban alejados de Barcelona, borrados de ella momentáneamente mientras duraba el verano; unos, en la montaña, hartándose de excursiones y meriendas, de tumbonas y de aires de pinar. Otros, a la orilla del mar, tostándose al sol. ¡Mejor! ¡Que transcurriera para todos ellos la temporada y que quedaran saciados de cotillones, de partidos de tenis y de concursos de billar! En Barcelona podría estar ahora a sus anchas y no se regateaba el placer de sorber sus aires sin miramientos.

Muchas tardes, al salir del despacho, marchaba a pie hasta el centro, saboreando las gracias del clima y los ángulos más dispares de la topografía urbana. Nada había en ella que no tuviera un carácter y color peculiares; desde el arrabal tiznado, febricitante, abigarrado y oscuro, por el que transitaban lentamente los grandes carros, los transportes de carbón, los tranvías abarrotados, hasta los suaves remansos de paz de las calles de la Barcelona vieja, olorosas a aire salino, a brea y alquitrán portuario. Algunas veces se paró a contemplar el vivo movimiento del puerto mientras iba oscureciendo. Pequeñas barcas se deslizaban entre grandes paquebotes dormidos; viejos marineros ebrios subían trabajosamente la rampa del vapor; se oían aquí y allá, junto al chapoteo de las aguas charoladas, mil vestigios de vida, el temblor de un acordeón soñoliento, el ladrido de unos perros, la blasfemia sincopada en los labios de un hosco pirata o de un turbio mendigo. Cosas que le hacían pensar en una fantástica corte de aventuras y de milagros, en la que intervinieran los grandes duendes de su niñez, dispuestos a arrebatarle de nuevo, para sí, para ellos; a llevárselo a reinos de fantasía y a inefables paraísos de leyenda. Junto a los grandes soportales de la Plaza Palacio, o en los estrechos meandros, cargados de humedad y de silencio, de los aledaños de Santa María del Mar, le parecía sentir que la ciudad iba creciendo con un impulso escondido y apenas perceptible, semejante al que hace crecer y desarrollarse nuestro propio organismo. Recordó las primeras veces que su padre y él habían caminado hacia la fábrica y advirtió una biológica vitalidad de la urbe; las cosas cambiaban con los años de lugar, las sacudidas del desarrollo urbano se manifestaban ora en un extremo, ora en otro de la urbe, formando bolsas y protuberancias en este lugar, o en el otro, imprevistamente. Junto a las piedras soberbias de Santa María del Mar le pareció sentir la vivencia crepuscular de las gentes que ya habían muerto y pensó repetidamente en aquel abuelo Desiderio, del que llevaba el nombre, cuyo cadáver, en el caserón de la calle de Puertaferrisa, le había escalofriado y le había hecho meditar por vez primera en el gran girasol de la muerte.

No fue tampoco el domingo siguiente a Caldetas, ni al otro siquiera y asomó en las calles imperceptiblemente, con un paso aldeano y circunspecto ese temblor primerizo con que septiembre anticipa tímidamente el cambio de decorado que va a venir. Las noches se hicieron más suaves, el tronco de los plátanos y la felpa de los tilos parecieron humedecerse, ablandarse, recobrar un punto de aquel lustre bruñido que luego las aguas del invierno rociarían. El sosiego y la paz colectivos se iban ensanchando, creciendo e inundando todas las esferas de la vida ciudadana. Se hablaba de la guerra con una especie de suficiencia y de arrogancia, con una jactancia inoportuna, como si se debiera a nuestra propia circunspección y sabiduría el hecho de que la bola de la ruleta, en su volteo azaroso, hubiera ido a parar en otras casillas que las nuestras. Era preciso disponerse a cruzar esos años, mientras la guerra durara, sin pensar demasiado en ella. Desiderio aprovechó esos días para apuntar su nombre en la academia militar que debía garantizar su instrucción antes de entrar en el cuartel y en hacer las gestiones que le faltaban para su ingreso en filas.

Había casi olvidado los propósitos que se había hecho con relación a Crista, cuando al llegar a su casa un mediodía Josefina le dijo que acababa de llamarle Evelina Torra, la madre de Crista. Había dejado el número de su teléfono para que Desiderio la llamara en cuanto llegase.

Evelina Torra le acogió desde en otro lado del auricular con una voz parloteadora, sutilísima; con una prosodia abundante, rica en matices, en sugerencias y circunloquios. Le abordó con su peculiar maestría, con los rasgos más poderosos de su *savoir faire*.

¿Podían tener la esperanza de que el pequeño lord se dignara un día acordarse de ellas? ¿Les cabría el privilegio de poder volver un día a tener entre ellos a ese tránsfuga olvidadizo? Bien sabía cuánto puede un joven dejar por el camino, cuando se desplaza, de afectos y recuerdos que parecen inconmovibles. A sus años había conocido a muchas gentes a quienes un simple pase por una aduana había hecho mudar de cara, como un calcetín. Pero ¿merecían ellas eso? Casi no había tenido tiempo de pensar en esa ingratitud, absorbida como estaba por una transformación radical del decorado de su piso. Sí, sí; había mucha más fidelidad en los carpinteros, en los ebanistas, en los mueblistas y decoradores que en los jóvenes nómadas de nuestro tiempo. No estaba mal cambiar de pronto barandas, arrimaderos y altillos cuando una apreciaba en el corazón humano tan fácil mudanza y el baldeo. Y aún era previsible que semejante ingratitud se manifestara hacia ella, que era ya vieja y no tenía por qué esperar ya nada de ciertas memorias. Pero ¿y Crista? ¿Consideraba cosa de honor dejarla de improviso a mitad de una correspondencia, y sólo a una distancia de hora y pico de ferrocarril, cuando se acababa de cruzar sin protesta la mitad de un continente? ¡Ah, ciertamente, no era de extrañar que hubiera guerras y catástrofes!

—Pero no vamos a partir peras, querido amigo. Hemos acordado darte una última oportunidad. Dentro de ocho días estaremos de nuevo en Barcelona. Mi casa nunca ha estado tan abierta como ahora, en que está llena de andamios. Te damos un margen de cuarenta y ocho horas, a partir de nuestra llegada, para que nos vengas a dar una explicación sobre tu proceder.

La voz de Evelina resonó largo rato, como el fino sonido de un diapasón, hasta mucho después de haber colgado el teléfono.

II

No era necesario entrar en el ostensivo principal que la viuda Fernández y sus vástagos habitaban en el Paseo de Gracia para darse cuenta del volumen de las transformaciones que en él estaba introduciendo su dueña. El polvillo del cemento y la arena cubrían a grandes trechos el fino mosaico de la entrada; por los balcones abiertos asomaban los tablones de los pintores y estucadores y desde la calle se veían filamentos y cables sueltos emergiendo del techo ochocentista del principal. Se preguntaba Desiderio cómo sería posible sostener allí una visita de cumplido, ni cómo podría Evelina ejercer en la actualidad sus soberanas funciones sociales, tan pulida y cumplida en el conjunto de sus deberes. Las escasas posibilidades protocolarias de la vivienda de Evelina se pusieron más de manifiesto justamente en el curso de las cuarenta y ocho horas que Evelina había señalado como término del despego de Desiderio. En efecto, nuestro hombre pasó curioseando por allí la mañana del día que Evelina le había indicado y pudo darse cuenta del agobio que habrían de causar en los pasillos y salones los muebles y baúles que unos hombres estaban descargando frente a la portería, desde los lomos de un carro de mudanzas de un color amarillo chillón. Pasó Desiderio de largo por la calzada, con temor de ser descubierto por la madre de Crista, que sin respetos humanos de ningún género presidía desde el balcón central del piso la operación de descarga. Tan puntillosa y guardadora de los arquetipos más estrictos de su *métier* de ama de casa, Evelina no desdeñaba, sin embargo, cuando las ocasiones lo requerían, mostrar a las claras y a la luz del día sus arrestos de mujer de acción, de mujer que va a lo suyo sin importarle un ardite la opinión de los demás.

Por lo que sea, Desiderio decidió dar señales de vida,

pero no tal como Evelina le había propuesto. Llamó aquel mediodía a Crista por teléfono. En el temblor de la voz de la muchacha, en las pausas de su conversación, como si se recuperara en ellas de la emoción que le producía escuchar la voz que la llamaba, adivinó Desiderio la sinceridad de la impaciencia que ella había sentido. Y, sin embargo, hacía esfuerzos infelices por disimularlo.

Acostumbrada por el ejemplo de su madre a usar de evasivas y circunloquios, intentaba aparentar una indiferencia y frialdad, una continencia que estaba lejos de sentir. Increpaba bromeando a Desiderio con el mismo tono de reproche con que Evelina le había rociado días atrás. Pero sea porque Desiderio ya estuviera precavido contra todo tipo de remojón dialéctico, sea porque el talento de Crista era para esos lances inferior al arte de su madre, su interlocutor no se dejó asombrar. Fue él quien tomó la iniciativa.

—Como creo que debéis estar muy poco para visitas, ¿por qué no nos encontramos tú y yo en cualquier lado? Dime, ¿qué ibas a hacer esta tarde?

Crista titubeó. Contaba con que Desiderio iría a verla a su casa por descalabrada que ésta estuviera, con lo cual, en presencia de su madre, la sorpresa del encuentro quedaría a salvo de titubeos e irreflexiones.

—¿Pero tanto miedo te da una casa en reformas? No tengas temor, que no se cae. ¿O es que tienes miedo de ensuciarte? Tranquilízate. La parte de atrás ya está terminada.

—De todos modos ¿no ibas tú a salir?

Ante el temor de que el muchacho decidiera aplazar la entrevista, ella accedió.

—Sí. Pensaba ir al Polo un rato.

—Bien, pues podemos encontrarnos allí. ¿A qué hora?

Quedaron de acuerdo para las seis y media. Desiderio pidió permiso a su padre para salir de la fábrica una hora antes. Don Joaquín empezaba a regatearle su benevolencia. Le hizo observar que en adelante su trabajo requeriría la totalidad de un horario normal. Aunque de mala gana accedió al saber que habían llegado sus amigos.

—Sé puntual a la hora de cenar —le reconvino.

Desiderio entró en el Polo, en el que no había vuelto a poner los pies desde su marcha a Inglaterra, cuando la luz de la tarde septembrina decaía sobre los largos parterres, sobre la *pelouse* del campo de juego, sobre el chalet y la veranda del Club. Se acercó al chalet y miró a través de unos de sus ventanales. En una de las butacas estaba Crista, junto a un reducido círculo de jóvenes y muchachas de su edad. Entró en el local y la vio incorporarse nerviosamente. Se separó del grupo y se acercó a él.

La emoción que le había sorprendido por teléfono también se expresaba en la manera de retener su mano, de apretarla. Lo más inadecuado de su disimulo era la risa que brotaba de sus labios a cada palabra.

—Pero si estás más alto. Vamos, que te vea los talones.

—No, no hay trampa, soy así.

Ella no dio explicaciones a nadie y ninguno de los del grupo con los que había conversado hasta entonces se extrañó de que se alejara sin dar ninguna excusa. Se fue con Desiderio a un rincón del local.

Desiderio la contempló entonces, la admiró sin disimulo. Todo cuanto ella encontraba en él de cambiado no era nada en comparación con los cambios que Desiderio podía observar en su joven amiga. Esa impresión le impedía incluso expresarse con claridad.

—¿Qué te pasa? ¿Por qué me miras así?

Crista se había vuelto una muchacha soberbia. No podía recibir de golpe la impresión de toda su belleza, ni adecuarla con sólo una mirada a la figura de la muchacha tímida, todavía por hacer, que había dejado antes de su partida. Sí, ahora sí podía reconocerla. Su rostro era el mismo de antes, un poco más redondo quizá. Pero había algo indómito, pleno, absolutamente conseguido en su cuerpo, de líneas perfectas, en su talle, que ajustaba en lo alto la madurez firme de los senos, en las prietas caderas, en las piernas largas, en las esbeltas pantorrillas. Todo ello era coronado por una intensa melena negra, que caía sobre los hombros, apenas oculta por una gran boina blanca que acentuaba el tono vivo de la piel, bronceada por el sol del verano.

—Pero, dime algo. ¿Por qué te quedas así, pasmado?

—Perdona, chica, pero... ¿Sabes que estás muy guapa?

Ella se volvió de espaldas, un tanto sonrojada. Eludió:

—¿Pues tú qué te creías? ¿Ves como habías perdido la memoria?

En aquel instante Desiderio lamentó vivamente no haber pensado más en ella, haberse dejado aturdir por otras impresiones y otras imágenes.

—No es verdad. Nunca te he olvidado.

—Vamos, que te voy a creer.

Y Crista se volvió de nuevo de cara a él.

—Como que habrás sido un santo en aquellas tierras.

El extranjero se le antojaba un vasto lugar de libertades y descaro. Por su parte, él observaba que la transformación de Crista no era únicamente física y exterior. Había en ella algo más desenvuelto, algo indefiniblemente malicioso y pertinaz.

—También sé que tú lo has pasado bien en Caldetas.

La imagen de su pretendiente ocasional, del incógnito Pablito de Inglada durante el verano vino a nublar un instante su coloquio. Porque por nada del mundo hubiera renunciado ahora Crista a aquel muchacho que tenía enfrente.

—¿Yo? ¡Pobre de mí! No me conoces.

Desiderio se acercó a ella.

—Dime. ¿Por qué no damos una vuelta por fuera? No hace nada de frío. Me molestan éstos —dijo, indicando al grupo que seguía en su rincón.

Crista accedió, sonriendo con cierta malicia, como si no se atreviera a dudar de las intenciones de su compañero. Le miró con aire socarrón.

—¿De verdad no hace frío?

Salieron al exterior. La oscuridad era casi completa y tardaron en reconocer, en las sombras desiguales que poblaban de manchas negras su derredor, los bultos del paisaje. Árboles y construcciones tenían una extraña dimensión, estaban poseídos de ese poder profundo del silencio, seguros de su soledad. Reconocieron la mancha parda, la línea de los caminales. Se apartaron lentamente de la menguada claridad que se derramaba en la veranda desde el interior del chalet. Pronto quedaron solos en el silencio de los parterres.

—No sé cómo lo habrás pasado tú, ni si te acordabas mucho de mí —empezó Desiderio, sin mirar a Crista, caminando lentamente a su lado—. Por lo que a mí hace puedo decirte que he soñado más de una docena de veces en lo que estoy haciendo ahora. Pensaba que algún día caminaríamos así, uno al lado del otro.

—¿De verdad? —preguntó ella, ilusionada, halagada—. Pues yo... yo te he echado mucho de menos.

—No era sólo por la noche. También de día pensaba en ti. A veces pensaba: ¿qué estará haciendo ahora ella? Hubiera dado cualquier cosa por poder volar a tu lado, por sorprenderte en cualquier momento en lo que estuvieras haciendo. Y ya sé lo que has hecho durante estos meses.

—Ah, ¿sí? ¿Y qué ha sido?

—Pues..., ponerte guapa.

Crista rió, alegremente. Ahora se pararon, uno frente a otro. Desiderio contempló en la penumbra el trazo blanco y expresivo de los rasgos de su amiga. Sus ojos grandes y oblongos eran como un destello, como una oleada de negrura anhelante en la blanca tez. Los labios, prominentes y bien diseñados, dejaban ver al abrirse levemente, como si se dispusieran a balbucir algo, una ristra de blancos dientes perfectos. Estuvo a punto de abrazarla allí mismo, pero, estremecida, echó a andar de nuevo.

Bordeaban la valla del campo de Polo. Crista pasaba su blanca mano sobre la superficie de madera. Avanzaban hacia el extremo del campo. Allí se veía, sumergida en la penumbra, la forma de un banco. Desiderio caminaba un poco en pos de ella, viéndola andar, admirando su paso. El talle flexible balanceaba con un ritmo suave y hermoso el tronco esbelto de la muchacha. Al andar, en la tiniebla del campo, su cuerpo pletórico y firme destacaba la gracia de sus formas.

—Sentémonos. ¿No quieres?

Ella se sentó primero. Desiderio tardó unos instantes, goloso de sus más leves gestos. Nunca hubiera sospechado que pudiera encontrarla tan hermosa e incitante. Para él, era como si estuviera junto a una mujer nueva, a una feminеidad insospechada. Y no podía menos de sentir un secreto orgullo al advertir la nostalgia que había provocado en su amiga el lapso de su ausencia. Todas las miradas de ella, sus palabras, sus ademanes más nimios contenían el peso de su añoranza rescatada.

Se acercó, se sentó a su lado, cogió sus dos manos y empezó a besarlas. Un insecto nocturno, quizás un ratón, o un gato sigiloso, hizo mover las ramas de un arbusto que estaba a sus espaldas. Pero Crista estaba demasiado conmovida y aturdida para atemorizarse. Y él la miraba fijamente, sin la decisión necesaria para lanzarse sobre esa presa prodigiosa. Al fin se acercó lentamente.

Al principio, por unos instantes, ella se retiró, apartando su cabeza de los labios que la buscaban; pero en seguida se dejó pillar; se diluyó en las caricias que aquel rostro le estaba arrancando a tropeles. Y al fin entreabrió su boca húmeda, se dejó libar el beso torpón que la sometió enteramente.

Así estuvieron, besándose en silencio, un largo rato, hasta que ella sintió una pesadumbre, una insatisfacción por lo que hacía.

—Oh, déjame; no puede ser.

Él se puso también de pie a su lado. Le agradaba ahora la expresión cavilosa y cenceña, el aire descompuesto que Crista acababa de cobrar. Parecía mortificada, arrepentida por lo que acababa de hacer.

—Tenemos que portarnos bien, Desiderio. Créeme, te lo ruego.

Él quiso acercarse nuevamente, pero ella le retuvo. Estaba apoyada en la baranda del campo y él, en cierto modo, la acorralaba con su cuerpo contra la valla.

—Deja, sé bueno. Dime, ¿nos veremos muy a menudo?

—Claro que sí.

—¿Todos los días?

—Todos los días, si tú quieres.

Eso venía a significar que eran ya novios. Pero Desiderio no decía nada.

—Dime, ¿quién te ha enseñado a besar de ese modo?

El silencio de Desiderio no le pesaba. Lo había dicho por decir, pero prefería ignorarlo. Se sentía ahora tan radiante y feliz que no le importaba ya en absoluto quién pudiera haber sido la mentora de Desiderio durante aquellos meses.

Ella se arregló el pelo, con una mano larga y diestra que sabía ahuecar con un remolino la fluente melena. Luego sacó un pequeño pañuelo y afinó toscamente sobre sus labios los desperfectos presumidos de su boca. Luego pasó su mano sobre el pelo de Desiderio, echando para atrás un mechón rebelde que caía sobre su frente.

—Tenemos que irnos. Me vendrá a buscar la acompañanta y quiero que me encuentre allí —dijo—. Tenemos que ser juiciosos.

Se acercó a él y le besó con suavidad la boca.

Cuando llegó a su casa se sintió realmente feliz. El reencuentro con Crista significaba mucho más que lo que había supuesto. Crista no era ya una chiquilla; era una mujer magnífica, la que tendría a su lado, la que venía a decorar su existencia, a darle un sentido, un impulso que no esperaba. Se metió derechamente en el despacho doméstico de su padre. Vio a don Joaquín inclinado sobre unos papeles, sentado ante su escritorio. Se dio cuenta de lo brusco de su entrada y quedó parado en seco por el cuidado que su padre ponía en su labor.

Todas las noches, antes de cenar, Joaquín Rius hacía recuento de sus gastos, pasándolos al anuario que guardaba en uno de los cajones del escritorio. Era ésta una costumbre inveterada, de hombre metódico, a la que el viudo daba una importancia exagerada. Sobre la mesa del despacho vivía un acopio de objetos e instrumentos que pertenecían al más remoto pasado de la vida doméstica. El pisapapeles de cristal, el recipiente en que se guardaban «clips» y gomas de borrar, plumillas y cabos de lapicero; un cortapapeles con la empuñadura de marfil, regalo de un cliente que había estado en Hong Kong en años remotos y que iba amarilleando con los años en la luz sombría del aposento... Restos del naufragio de los años, conservados por un prurito rutinario en aquel desván de recuerdos y de decrepitudes.

—Ve con cuidado. Andáis echando las colillas sobre las cosas, sin pensar en nada —amonestó sordamente, al ver que Desiderio aplastaba el resto de su cigarrillo en la vasija de objetos inútiles. Y levantó su vista hasta alcanzar con ella el rostro sorprendido y acalorado de su hijo.

—¿De dónde vienes?

—He ido al Polo —explicó él.

Don Joaquín siguió escribiendo. Apuntaba primero en unos reversos de sobre usado aprovechados como borrador la cifra de gastos: «Compra: 9,85». «Lampista: 3,20.» «Asilo de San Juan de Dios: 1,50», etc. Luego pasaba en limpio al satinado anuario el conjunto de ellas: «Imprevistos: 0,60». En esa columna de modestas cifras se basaba, a su entender, la solidez de la estructura social. «Tranvías: 0,30.» Echaba mano de la regla, trazaba con la pluma una línea impecable y sumaba debajo: «Total: 16,45». Aplicaba el secante a la hoja y cerraba el libro con estruendo.

—De modo que has ido al Polo. ¿Lo has pasado bien?

Desiderio afirmó. En aquel momento los nudillos de Josefina dieron en la puerta anunciando la cena. Pasaron al comedor.

Durante la cena no se puede decir que aquella noche la conversación fuera muy abundante. Don Joaquín sorbía la sopa con un sordo rumor, que a veces, antes de su marcha a Inglaterra, enervaba a su hijo. Ahora ya se había resignado a él. Las cucharadas subían rítmicamente hasta la boca de don Joaquín, seguidas de ese leve ronquido plebeyo. En una de ellas el cabo de un fideo quedó enroscado en la barba del hombre. Desiderio quedó un instante perplejo, dudando si avisarle o dejar que el fideo cayera por su cuenta.

—¿Sabes que es muy probable que obtengamos una exclusiva de mucha importancia?

No sabía con exactitud a qué se iba a referir su padre.

—Me he puesto en contacto con el representante de la intendencia francesa en España y tengo buenas impresiones.

—Sería una gran cosa, ¿no? —acertó a decir Desiderio, sin dejar de pensar en Crista.

—Sí, sería muy bueno.

El cabo del fideo seguía en su sitio, balanceándose irónicamente con las palabras, pero sin soltarse.

—Por cierto; no me has dicho nada de tu visita a la Academia. ¿Ya te has inscrito?

—Sí, ya estoy apuntado. Empezamos el día uno.

—¿Y el sastre? Mira que luego todo son apretones.

—Iré la semana que viene.

Por fin, en un movimiento brusco de la mano, el fideo fue arrastrado por la servilleta. Desiderio respiró tranquilo.

Luego, con la verdura, empezaron a hablar de las opciones que había recibido para comprar el caballo que debía llevar al cuartel consigo. La proposición más conveniente era la de un picadero de Gracia, que los tenía muy propios para ese uso. Habían de ser potrancos de buena carnadura, sobrios y sufridos, con una apariencia de fina estampa como la de ciertos ayudas de cámara que, amparados por una llamativa gualdrapa, podrían pasar por tan aristocráticos como sus dueños. Don Joaquín pareció quedar bastante satisfecho de los informes de su hijo.

Finalmente, con el entrante, la conversación terció sobre la familia Fernández. Desiderio le dijo que había estado con

Crista y su grupo en el chalet. Al informar a su padre de que no había ido a su casa porque estaba perdida de obras, don Joaquín tuvo una frase casi irónica.

—Esa Evelina... Claro, ahora ha quedado libre de cargas...

Se refería a que, con la partida de su hijastra Carmen al convento, la viuda Fernández había recobrado enteramente la soberanía de sus feudos. Nunca las dos mujeres se habían llevado bien.

Lento, premioso, pero con raptos de energía que asomaban bruscamente en su diálogo, el viudo Rius parecía el relieve de cobre de un medallón, una oscura y manoseada moneda de otros tiempos, sombría y cejijunta. Por su cabeza bullían cifras, bailaban presupuestos, cabalgaban descuentos y porcentajes. Desiderio le dejó así, hundido en sus cavilaciones, cuando le dio un beso en la mano (nunca le había besado de otro modo) y se retiró a su cuarto.

Durante los días que siguieron, Desiderio, todas las tardes, al salir de la fábrica, se veía con Crista en el Polo. Le incomodó la presencia cada vez más frecuente y agobiante, al lado de Crista, de una hierática acompañante de corte anguloso y ojos centelleantes que respondía al nombre de Rita, sin duda bien elegido para quien hacía tantos imposibles por interrumpir todo aparte de la pareja, tal como habían proyectado el primer día de su encuentro. Los besos tenían que ser besos furtivos y las palabras de los dos topaban muchas veces con la mirada inquisitiva y virulenta de la vestal, a la que Evelina, en un rapto repentino de escrúpulos, había contratado con esas instrucciones. Pero Desiderio se acostumbró hasta a eso y un contacto de manos, una mirada, una sonrisa de Crista vinieron a suplir suficientemente el arrebato de su primer encuentro.

El primero de octubre Desiderio hizo su ingreso en la Academia de instrucción militar. Había de pasar allí un par de horas todas las tardes durante los tres meses que le faltaban para su ingreso en el servicio, hasta salir completamente ilustrado sobre la disciplina. Esa Academia era un largo local polvoriento con visos de almacén abandonado, situado en una de las callejuelas que desembocan en la izquierda de las Ramblas. La luz era menguada y macilenta, pero el ambiente que halló en ella le desquitó de su primera impresión y le hizo acoger con simpatía los horizontes castrenses que empezaban a abrirse a sus perspectivas.

A partir de su ingreso en la Academia sus encuentros con Crista tuvieron que reducirse. Durante octubre y noviembre no se vieron más que los sábados y días festivos; pero, en esas jornadas, los novios se desquitaron de pleno. Las obras del principal de Evelina habían progresado y Desiderio pasaba en casa de Crista la mayor parte del día.

En la Academia militar Desiderio encontró un equipo de muchachos que pudieron darle una idea de cuál sería la característica de su vida de cuartel. Estos hombres procedían de todas las esferas de la vida ciudadana. El instructor, un militar retirado de la guerra de Cuba, hombre de frondosos bigotes y perilla teñidos de rubio, les arengaba con un lenguaje pintoresco, cargado de retórica y de sinapismos.

—Un, dos... ¡Marcialidad, señores! ¡Mar!...

Un aire zumbón y ahíto de aviesas intenciones flotaba en el ambiente de la Academia. Los fusiles de madera con que los futuros reclutas hacían sus ejercicios daban un poco el pego de esa guerra pintoresca para la que se preparaban y eran como ardides de una jugarreta en la que se hallaran metidos sin querer. Eran inútiles las rimbombantes reflexiones que desbordaban entre bigote y perilla del retirado coronel.

—En San Juan hubiera querido verles, señores. ¡Allí silbaban!

En otras ocasiones don Crisanto hacía alarde de sus condiciones de estratega.

—Vean ustedes a los alemanes. Gallardía y aplomo. No perder la serenidad. No atacar de frente, sino de flanco. Aquí, aquí. —Y señalaba un punto imaginario en un mapa grosero que tapizaba uno de los muros de la clase teórica.

Un tumulto de gritos, imprecaciones, silbidos, hurras, atronaba los aires cada vez que el vetusto oficial aludía a las hembras antillanas a las que había favorecido con su protección, luciendo en su trato con ellas los modos caballerescos a la española de que estaban imbuido.

—Había damas soberbias, grandes señoras, que no hubieran dudado dar su sangre por la tercera. Señores, la tercera compañía era el florón de los ejércitos de Cuba. Pero yo opino, señores, como en mi juventud, que la mujer no ha nacido para la guerra. ¿No les parece?

Una tarde, entre dos ejercicios, se acercó a Desiderio un muchacho de facha impecable, vestido según los más estrictos cánones del dandismo, dotado de una elegancia de «magazine» de modas, a la que daba más relieve el asomo de una calvicie prematura y un recortado bigote de una gran simetría bajo la recta nariz.

—Me llamo Anselmo Durán. Sé que vas a caballería. ¿A qué Regimiento?

—A Santiago.

—Lo celebro. Yo también voy allá.

Descollaba de los demás por su indumentaria impecable y por sus modales. Tenía un *chic* un poco afectado, una presunción que no tardó en darse cuenta Desiderio de que era más aparente que real. Pronto congeniaron. Hablaron de sus proyectos, de cómo habían resuelto sus respectivos equipos. Como no podía dejar de ocurrir, Anselmo Durán estaba también de pruebas para el equipo con Almagro, el sastre militar de mejor corte de la ciudad, de quien se decía había cortado algunos de los uniformes del Rey. Quedaron de acuerdo para encontrarse al día siguiente, antes de la hora de instrucción, en el taller del sastre.

Almagro era un hombre que hacía poco honor a la clientela que tenía y a la que se le atribuía. Bajo, gordezuelo, lleno de pequeñas cicatrices que minaban su epidermis, se paseaba precipitado y apresurado por el probador de su taller con el metro de hule que le colgaba a ambos lados de su desproporcionada cabeza, sin prodigar esas frases y cumplidos que hacen de los sastres, por regla general, cabales hombres de sociedad. Su habilidad artesana no se hallaba correspondida por ningún tipo de habilidad social. Verdad es que no tenía competidores de relieve que pudieran pisarle la clientela.

Se probó primero Anselmo Durán y después pasó Desiderio al probador. El intenso azul del paño parecía una pincelada mal hecha sobre el hilo de su camisa de paisano. Pincelada que acentuó sus trazas episódicas cuando Almagro, con un audaz tirón de sus manos, desbastó enteramente la costura que unía el pecho y la espalda de la hipotética guerrera para volverlas a unir, apretándolas una contra otra sobre el hombro de Desiderio y fijando las dos piezas con alfileres.

—Póngase más derecho, señor. Así.

Y echaba una acerada mirada al conjunto, retirándose unos pasos. Luego resoplaba a gusto, mientras garrapateaba con una tiza en el entallado.

—Bueno, ya está listo para la última prueba. Vuelva al final de la semana que viene.

Así empezaba a tomar forma ese nuevo ser que ocultaría bajo una simulación aguerrida un cierto apocamiento juvenil. Desiderio salió del probador sintiéndose más hombre.

—¿Sabes qué he pensado? —propuso Anselmo, al bajar las escaleras, consultando su reloj—. Que como vamos con retraso podríamos hoy saltarnos la Academia. ¿Qué te parece? Por un día no van a echarnos de menos. ¿Por qué no vamos un rato al «Iris»?

Desiderio no conocía ese lugar, inaugurado pocos meses antes, durante su estancia en Inglaterra. Anselmo cantó sus hechizos. Según él, no tenía nada de común con las salas de baile que existían hasta entonces. Nada de profesionales como las del barrio chino, sino chicas estupendas, que parecían «decentes».

En efecto, la entrada del local, que estaba situado en pleno Ensanche como si se aventurara a desafiar al medio burgués y apacible que le rodeaba, no tenía nada de común con la de los garitos del barrio chino, a los que era de rigor entrar después de haber echado una ojeada escrupulosa a toda la calle. Parecía que allí se pudiera pisar impunemente y sin cuidado. Algunos grupos de jóvenes esperaban en el vestíbulo, junto a las vidrieras. Desde allí se oían los gemidos de unos violines y el sonido del acordeón. Llamaban la atención aquellos ritmos en medio del panorama callejero más apacible y anodino, en aquella calle habitada por una colmena gris de gente increíblemente prudente. Los ritmos del tango ponían un temblor en la desparramada sucesión de cristales de los patios interiores, encalabrinaban de noche a los soñolientos vecinos de los pisos de alquiler, y sacaban de sus casillas a los venerables serenos nocturnos, los del policromado tarjetón de Navidad, los históricos serenos de la décima rupestre, de la farola y del aguinaldo. Para Desiderio no dejaba de ser eso una sorpresa y de contener una pizca de incentivo. Anselmo sacó los billetes y entraron en el local.

Al principio Desiderio no vio nada, pues la luz era escasa y azulada. Sólo se veían unas sombras en la pista que danzaban apretadamente a los acordes de un tango lastimero. Pero a medida que su mirada se habituó a la luz pudo distinguir mesas y figuras y comprobar que los anticipos que su amigo le había hecho se ajustaban bastante a la realidad. El «Iris» era una amplia sala cuadrada, rodeada por una doble hilera de sillas, con unos palcos semiocultos por unas cortinas de terciopelo. El local tenía una abertura que daba a otra sala más pequeña y con más luz; era la sala de juego. En las mesas se le daba al «bacará» y al siete y medio en silenciosas timbas de mucho giro. Una gran parte de los asiduos al «Iris» lo eran por la brillantez de sus tapetes. El conjunto quedaba sumido en la poderosa y delicuescente armonía de los violines de la orquesta, dirigida y animada por un atrevido bibelot del tiempo que parecía de yeso pintado, uno de los maestros del tango argentino, el popular Miranda. En uno de los ángulos de la sala de baile había un largo bar, lleno de gente de pie, entre la que pululaba el mujerío.

En ese ambiente de elegante crápula la facha distinguida de Anselmo Durán se desenvolvía con gran naturalidad. Apenas entrar se le colgó del brazo una muchacha espigada, con dos grandes moños rubios en la nuca y un ancho palmo de escote exhibido sin rebozo, que ostentaba el bíblico diminuto de Sara. Sarita pretendió llevar al bar a Desiderio y a Anselmo, anunciando la presencia en él de cierta Consuelito de primera calidad. Pero Anselmo adoptó una actitud displicente. Echó una ojeada al local entero, antes de transigir. Con unas palabras eludió la proposición de Sarita, prometiendo vagamente pasarse por el bar más tarde.

Acababa de advertir los gestos con que le saludaba desde lejos un muchacho de baja estatura, vestido de una manera llamativa a la última moda. Se acercó, cruzando entre las parejas que bailaban, y saludó a Anselmo con grandes expresiones de júbilo.

—Chico, cuánto tiempo sin verte. ¿Dónde te has metido?

Anselmo se escudó en la instrucción. Lo presentó a Desiderio. Se llamaba Félix Parés. Luego Anselmo le preguntó por cierto amigo.

—Sí, está en la sala —señaló el pequeño hombre, indicando la sala de juego—. ¿Le quieres ver? —y se ofrecía a ir en su busca.

—No. Ya iremos luego por allá.

—Avisadme, iremos juntos. Se me acaban de perder un par de artistas de mucho «canapé».

Desiderio entró en los matices de un léxico que no había oído nunca y Félix Parés habló de «hembras con refilón», de mucho «dengue»; a la cartera le llamaban la «gloriosa».

Los dos amigos se dirigieron al bar. Anselmo lo llevó hacia la sala de juego.

—¿Ves aquel hombrón que está jugando? También viene a «Santiago».

Entre las cabezas de los mirones apareció, sumida en un hondo letargo meditativo, la cabeza voluminosa y soberbia del personaje a quien Anselmo señalaba. Desiderio le observó un instante; pedía carta con un signo sigiloso. Era un muchacho rubio, de frente estirada y anchos hombros.

Le fueron servidas primero una carta, luego otra. Mostró el juego. Con gran solemnidad atrajo hacia sí con sus grandes manazas cuanto dinero en fichas sembraba de círculos, cuadrados y rombos al tapete verde.

—Los va a desplumar a todos —opinó Anselmo, invitando a Desiderio a salir.

Inmediatamente ocuparon plaza en el bar y se presentó Sarita con dos amigas. Una de ellas, llamada Olvido, se consideró desde el primer instante adjudicada a él, a Desiderio. Era una muchacha muy morena, de labios gruesos y una dentadura robusta y blanquísima, cuya arcada superior apenas podía quedar ni un instante oculta en la boca; sus ojos eran grandes y bellos y miraban fijamente de una manera que quería ser incitante y resultaba inexpresiva. La otra compañera de Sarita, Consuelito, reía a sus anchas ante las explosiones de humor de Félix Parés, que acababa de llegar al bar. Estaba colorado y avivado por un mejunje que acababa de tragar de un tirón y que hacía destellar sus ojitos bajo el cristal de las gafas. Consuelito era la viva estampa de la muchacha de cabaret, una andaluza de formas redondas, de carnes frescas y dispuesta a lo que fuera.

—¿No quieres bailar? —propuso la negroide Olvido a su pareja. Desiderio, un poco aturdido, se dejó arrastrar hasta la pista.

Desiderio bailaba muy bien. Desde jovenzuelo, en casa de Evelina, había practicado a los sones del piano o del fonógrafo los bailes de moda. Su pareja se aplastó contra él y se deslizaron juntos entre las docenas de parejas que llenaban la sala. Entre ellas, en el centro, el bailarín de la casa hacía una exhibición acabada de «black-bottom» con una de las profesionales del local.

El roce sensual de la mujer, diestra en su menester incitante, le infundió arrestos y una cierta euforia.

—¿De dónde eres, Olvido?

—Soy canaria. ¿Y tú?

—¿No se me nota?

—No. ¿Eres de aquí?

Pero tales escarceos de filiación quedaron pronto sepultados en la oleada sensual que reavivó a Desiderio. Era una empresa elemental y tiránica la que ejercía el cuerpo de la bailarina arropada al suyo.

Concluido el baile volvieron al bar. Desiderio se encontró con un vaso de *whisky* en las manos. A su lado, Félix Parés deliberaba con dos muchachas francesas, que chapurreaban un mal español de diccionario.

Recordó que al proponer la visita al «Iris» Anselmo Durán había hablado de una remesa de media docena de francesas, novedad deslumbrante en Barcelona.

—Un «sigarrillo» —mendicaba una.

Le llamó la atención el aire, entre doctoral y cosmopolita, que adoptaba Félix con ellas. Había abandonado gracias de salón y desparpajos de entoldado para adoptar una postura pasablemente refinada, a la francesa. Pero por mucho que buscó en sus bolsillos no encontró un cigarrillo. Fue Desiderio quien sacó su paquete.

Este paquete pasó de mano en mano, se alejó, siguiendo la línea del bar, y regresó a su punto de partida completamente exangüe.

Entonces Félix Parés acertó a encontrar su paquete y, guiñando el ojo a Desiderio, le ofreció un pitillo.

Desiderio se arrimó enteramente a Olvido, que había solicitado del bar un potingue verde en el que bailaba una guinda. Desiderio sorbió lentamente su *whisky*.

No podía negar que empezaba a encontrarse a gusto en aquel lugar. La música le reanimaba casi tanto como el *whisky*. Un moscardón astuto silabeaba, sin embargo, en sus oídos, que no podía descuidarse, que era ya hora de regresar a casa.

—¿Por qué no nos reunimos cualquier noche? —propuso Félix—. Anselmo Durán tiene un piso estupendo. ¿No vendríais vosotras? —preguntó a las francesas.

—Quizá...

—Lo pasaríamos de primera. Bebida a discreción.

Desiderio quedó un poco retraído. Era enorme la distancia que le separaba de ellos todavía.

Mientras meditaba de ese modo hubo en el grupo del bar un movimiento de expectativa y unos gritos femeninos. El amigo de Anselmo salía de la sala de juego y llegaba al bar, embolsillándose unos fajos de billetes.

—¿Ha ido bien? —preguntó Olvido, alejándose sin el menor reparo de Desiderio.

El hombrón se acercó, pasó su brazo sobre el hombro de Félix Parés y dirigiéndose, al parecer al local entero, ofreció:

—¿Qué queréis beber?

En aquel instante reparó en Anselmo, que estaba a sus espaldas.

—¡Hombre, qué hay!... ¿No tomas nada? —ofreció, con gran optimismo.

—Sí, estoy tomando...

—Nada, ochocientas. No está mal... —dijo, mostrando el fajo de dinero. Inmediatamente rodeó a Olvido por el talle y la levantó en vilo, en un alarde de confianza en sí mismo y en ella. Ella pataleó en el aire, protestando.

—Suelta, eres un bruto.

Félix Parés se constituyó en parásito del jugador afortunado. Empezó a hablar por los codos, ora a las francesas, ora a Durán o a Desiderio. Éste quedó con un vaso de *whisky* en las manos, desparejado y abúlico. Miró su reloj. Debía pensar en marcharse.

Anselmo fue en su ayuda. Lo llevó al lado del corpulento jugador y se lo presentó. Se llamaba Pablo Inglada.

—Conque ¿tú también vas a Santiago? ¡Venga esa mano! —y la estrechó, apretándola.

Y el jugador se dispuso a ingerir, uno tras otro, tres vasos que se había hecho colocar en batería, mientras Desiderio apuraba su segundo vaso. Antes de terminarlo decidió partir. Se despidió de todos.

—A ver si vuelves mañana —le dijo Olvido, cuyo nombre era por lo visto una ironía del destino.

El sabor de los dos *whiskies* enturbiaba ligeramente sus

percepciones. Y, sin embargo, se sentía despreocupado, feliz y dispuesto a la mayor transigencia con todo el mundo. Se encontró frente a su padre, que estaba sentado en el escritorio y que sacó parsimoniosamente de su bolsillo el reloj.

—¿Sabes la hora que es?

La pregunta deslió del todo las suavidades anímicas de Desiderio y le incorporó de un golpe a la realidad. Eran las nueve y veinte.

Enfurruñado, su padre se levantó. La cena discurrió sin la menor palabra. Don Joaquín estaba demasiado metido en sí para preocuparse por ese silencio. Después de cenar, Desiderio se fue a acostar en seguida. Dio, maquinalmente, el beso de costumbre en la mano de su padre. Se acostó, sin apagar la luz.

Aquello que en la realidad había pasado por su ánimo como la cosa más natural y usual del mundo aparecía ahora en su recuerdo con unos perfiles luminosos, borrosos y ensoñados. Pero del rato transcurrido en el «dancing» quedaba a la postre, sobre el contacto de la muchacha que había bailado con él y el rumor de los violines, el rostro de alguien que le atañía directamente y que en aquel momento acababa de descubrirle su incógnita.

«¡Pablo de Inglada! Éste es el nombre que me dio Paco en la playa. Ése debe ser el que le hacía la "rosca" a Crista.»

Y sonrió divertidísimo. Pensó en ella; su imagen se perfiló con toda su gravedad, tal como era. «Claro —se dijo—, no me engañaba cuando me dijo que le tomaba el pelo»... Y pensó en los excesos del presunto pretendiente, en sus manejos de dinero, en su manera de beber. No le quitaría el sueño.

Se adormeció; en aquel instante, la dentadura blanquísima y rara de Olvido, una comba ancha de grandes dientes, se fue acercando a sus ojos como si los fuera a morder. Apagó la luz.

III

El otoño era gris, brumoso y húmedo. La calzada se había convertido en un charol rutilante, desigual, en el que se reflejaba la luz de los escaparates y titilaba el farol de los vehículos; un otoño lluvioso y benigno que estaba cargado por dentro de novedades, presagios y fulgores.

Calles, terrazas, despachos y cafés estaban animados de una extraña locuacidad colectiva. Empezaron a llegar forasteros; teutones misteriosos, con maletas de cuero y soberbios tupés rubios; comisiones de franceses gruesos y calvos, bajo fieltros y bombines de escasa arrogancia; ingleses de aire reservón, de mirada displicente y clara, que llenaban las fichas de los hoteles con un infinito cansancio. Hubo que definirse, sin más; hubo que ser francófilo o germanófilo.

El despacho de Arturo Llobet, contiguo a la gerencia y centro de reunión de visitas y jefes de departamento, lucía en sus paredes un gran mapa, recién editado por algún avispado hombre de empresa, que reproducía el teatro de operaciones. Había que irlas siguiendo día a día mediante unos alfileres de colores dispares. Ante ese mapa acostumbraba a tener lugar todos los días una deliberación estratégica.

—Esos alemanes son el demonio —admiraba frecuentemente Vinyals, advirtiendo el tirón fenomenal que habían dado los ejércitos tudescos desde su punto de partida.

—Les pararán aquí —señalaba con gran seguridad Joaquín Rius sobre un punto del mapa cercano a la frontera de Francia—. Y lo más probable es que la línea siga por aquí —continuaba, trazando una parábola desde el mar hasta la Lorena.

La expresión de Vinyals acostumbraba ser de disconformidad.

—¿Y qué ocurrirá después? —se aventuraba a preguntar.

Pronto se llegó al acuerdo tácito de no comentar en grupo nada relacionado con la guerra. Así se evitaban fricciones y violencias. Los interesados entraban, miraban la situación de los alfileres, cada cual por su cuenta, y volvían a salir. A lo sumo Vinyals se aventuraba a decir, por ejemplo, a Arturo, en ocasiones:

—¿Se ha confirmado la evacuación de Mézières?

El apoderado, responsable de los grandes movimientos estratégicos de aquel mapa particular, se quitaba las gafas de la nariz, las limpiaba lentamente con un pañuelo blanco, que no desdoblaba, exclusivo para esos menesteres, y miraba al viajante con ojos irónicos.

—¿No lo leyó en *El Noticiero*? Lo daban los dos bandos.

La línea de alfileres avanzó unos milímetros, retrocedió después imperceptiblemente y se quedó luego parada aproximadamente en el sitio que había supuesto Joaquín Rius.

—Hay guerra para días, para años —opinó entonces el fabricante, tras un tiempo en que esta línea de alfileres se mantuvo inmóvil—. No hay que hacerse ilusiones. Correrá mucha sangre.

Desiderio no acostumbraba a participar de esos coloquios. Se quedaba en el pequeño despacho que se le había destinado a su regreso de Inglaterra. Desde él, a través de una pequeña ventana tenía al alcance de su mirada el patio de entrada, un estrecho cuadrángulo presidido por la puerta de hierro en la que se bamboleaba el letrero de tela metálica con el nombre de la fábrica; a un lado estaba la casucha de Pedro, el portero, en cuya puerta humeaba un balde con unos leños siempre encendidos.

En uno de los ángulos del estrecho despacho había una gruesa prensa copista con dos brazos de latón dorado. Estaba a cargo del hijo del amo la correspondencia extranjera y el archivo de las copias. Para manejar la prensa había que forzar sobre los pegajosos libros de copia la doble plancha del extraño artefacto.

Encima de su mesa se encontraba Desiderio todas las mañanas, apiladas en una carpeta, una docena de cartas acompañadas de pequeños guiones garrapateados en lápiz por su padre o por el apoderado. Eran su trabajo del día. Les echaba una ojeada antes de empezar su redacción.

A mediodía había terminado la redacción en francés o en

inglés de los guiones y empezaba a pasar las copias de los originales a los libros infolio del archivo. Primero metía los originales en los gruesos volúmenes, uno por uno; luego pasaba por su dorso, aplastado contra el papel cebolla de los tomos, una pincelada de agua. Entre hoja y hoja, con objeto de no empastar la copia, introducía una gruesa lámina de cartón. Ese librote pegajoso, metido en la prensa como un pan en el horno, le obligaba a forzar hasta el límite el mecanismo del aparato. Lo apretaba aún más, haciendo palanca con su rodilla contra el entarimado. Lo dejaba «cocerse» durante largo rato, en espera de que la letra morada, marrón, negra de las máquinas de escribir pasara al libro de copia. Mientras la letra se «cocía» él se sentaba a la mesa, sacaba del bolsillo un pequeño tomo de poesías de Keats que había traído de Inglaterra y se disponía a traducir.

To one who has been long in city pent,
Tis very sweet to look into the fair
And open face of heaven...

Escribía en un papel: «*A quien en la ciudad estuvo largo tiempo confinado, / le es dulce contemplar la serena / y alegre faz del cielo...*»

Los escaparates de la calle de Fernando rutilaban con todas sus luces. La platería reverberaba hacia la calle. Al fondo, en lo alto de las cornisas, pendían deshilachadas las fibras cárdenas del ocaso, detrás de Montjuich. Una jardinera llena de extranjeros, cargada de baúles, doblaba hacia la calle Nueva. La arteria era como un barullo opaco, en el amasijo de las sombras y de las luces. Y en el cielo, de un negro desvaído y casi muerto, se posaba un reflejo de letreros luminosos, como un polvillo o una exhalación.

Desiderio seguía los pasos de su padre y del apoderado; se paraba cuando su padre, para precisar un punto determinado del diálogo o para reponerse un poco, se quedaba un momento quieto, apoyado en su bastón; luego, al recomponer el tema, seguía caminando. El brillo de la luminaria navideña, suelto sobre azoteas y tejados, como una llama diminuta del cielo, le hacía entornar un poco los ojos hacia lo alto; o era quizá la monotonía abrumadora de los asuntos que su padre y Arturo llevaban debatiendo durante toda la tarde lo que ponía ese rictus en su rostro.

Los campanillazos de los tranvías con mulos, los bocinazos, al paso de las gentes que se atropellaban para ganar la calzada les obligaba a detenerse a ratos. En los puestos de flores brillaban los arbustos de Navidad. Todo el aire parecía impregnado de su olor. Las muchachas jóvenes parecían llevar ese olor a floresta y a monte encendido en sus rostros. No pensaban en la guerra, nadie pensaba en nada.

Los meses que habían pasado desde que regresara habían quebrado algo imperceptiblemente en su interior. No podía creer que lo que apasionaba a los dos hombres a cuyo lado caminaba fuera en realidad importante, ni que mereciera tanta disquisición. Pensaba en Crista. Se esforzó en mirarles con cierta condescendencia.

El mundo de su padre y de Arturo era un mundo angosto, cuadrado y sin ventanas. Como si vivieran en el estrecho corredor de las cajas fuertes de los bancos: dinero. Eso trascendía de su conversación, la devoción más elemental y simple al dinero. Detrás de las palabras de ambos no se veía nada más.

—Bueno, Desiderio, vete por las tuyas —autorizó al fin don Joaquín al llegar a la Plaza de Cataluña, observando la modorra de su hijo.

Y le vio alejarse, enfundado en su holgado gabán de piel de camello, desgarbado, alto y flexible como un chico que ha crecido demasiado.

Allí se despidió también don Joaquín del apoderado, felicitándole las fiestas. Quería estar solo y echó a andar, Rambla abajo.

Todo presagiaba la Navidad, todo estaba impregnado de ella. Y esos días sabía Joaquín Rius, el fabricante, que tendría que forzarse para no dejarse abatir, para acorralar aquellos pensamientos sombríos que, como una bocanada de tiempo, echaban sobre su rostro el sabor de las cosas que su corazón no quería formular. Poco a poco, cojeando, se perdió Joaquín Rius, se sumergió en el fragor de los demás, de las gentes que buscaban en la calle, frente a los escaparates, en las puertas de los cafés, un poco del calor humano que trascendía de la mirada de todos, como si el misterio de

Belén los tornara más tenues, más sumisos, más pacientes con su propia humanidad. Llegó lentamente de nuevo a la calle de Fernando y se metió en ella. Daría un rodeo por detrás de la Catedral, de vuelta hacia su casa.

Don Joaquín se mesaba la barba revuelta y amarillenta, penacho de su rostro surcado por la cicatriz y por las arrugas, hondas como otras cicatrices. Este año había algo en la Navidad que la hacía distinta a las Navidades anteriores de su vida. Ese algo era, en parte, una ausencia y, en parte, una presencia indefinible, un rastro imperceptible de algo puramente espiritual que mordía su corazón y que no le dejaba latir en paz. Sí, Carmen Fernández o sor María del Rosario, como se quiera, ya no era posible que le acompañara. Y, sin embargo, por el hecho de estar ausente, por el hecho de no estar, quizá le acompañaba más que nunca con su voz trascendente, implacable y sutil.

Los escaparates devolvían a su rostro, con su luz, el fulgor de unos recuerdos apelotonados, tumultuosos, indescifrables. Tenía tan pocos ratos para la evocación que cada vez que ésa sobrevenía parecía pillarle de sorpresa: los recuerdos eran entonces de una tal nitidez que parecían acabados de estrenar. Más que recuerdos eran trozos de vida que vibraban y latían, llenos de sangre ardiente y de vigor. Nada de lo que hemos vivido muere nunca del todo y su resurrección resulta a veces más veraz que la propia realidad.

Los paseos y diálogos de Carmen Fernández con Joaquín Rius se habían llegado a convertir en otra rutina, pero era una rutina especialísima de la que volvía a las otras, las de su trabajo, con el ánimo fresco y aireado. Esa costumbre la habían establecido Carmen y él media docena de años atrás, a la vuelta de cierta experiencia femenina de naturaleza distinta —la única que en su vida gris el fabricante se había permitido hasta entonces desde su viudez— y que todavía no podía recordar Joaquín Rius sin sonrojarse; aquella fugaz, aturdidora, extravagante e inexplicable experiencia la habían tenido con cierta Lula Yepes, bailarina a ratos y mujer de carne y hueso, llamarada erótica e inconfesable que había tardado unos meses en prender, en arder sobremaneramente y extinguirse de súbito con la misma rapidez con que había prendido. Joaquín Rius se sentía todavía desconcertado por la forma misteriosa con que los hechos de esta índole pueden producirse y prosperar, sin que al parecer requieran la intervención activa del hombre que los goza y que los sufre.

Lula Yepes había pasado como un meteoro luminoso y ardiente sin dejar otro rastro que una deslumbrante y pronto marchita cola de luz, quebrada en mil destellos. Joaquín había dado con ella casualmente en el momento menos esperado, en un instante de crisis muy viva de todos sus principios y de toda su moral. Afortunadamente pudo escapar de cometer con ella una de esas ingenuidades que, en la edad madura de ciertos hombres, vienen a tomar revancha de la seriedad con que enfocaron la existencia en los años mozos. Prevaleció el acopio de aquellos principios en que había cimentado su moral y se resignó a dejar incumplida la promesa que había hecho a la mujer en los instantes de exaltación: un largo viaje en compañía de ella con una duración de algunas semanas en las que pudiera olvidar y enterrar los lutos que manchaban su alma después del atentado, en las jornadas sangrantes de la Semana Trágica.

Fracasado el viaje por propia decisión no dejó, sin embargo, de visitar a la joven. Durante un tiempo no pudo evitar torcer por ese camino y avanzar por la incómoda senda de los amores ocultos. Después de haberla defraudado en la realización del viaje quiso compensar de algún modo su falta de formalidad; pero Lula Yepes, muy en su papel y con ciertas agallas de mujer de carácter, simuló repudiar los ardides de aquel viudo extraño, sombrío y complicado que se comportaba peor que un niño. Joaquín Rius le envió consecutivamente un brazalete y un pendentif —ahora lo pensaba con horror— y, ante el renovado silencio de Lula, un gran ramo de hortensias con una carta de excusas y un cheque, para hacerle olvidar en lo posible el engaño. Y Lula Yepes, que hasta entonces se había limitado a insultar mentalmente al «viejo», decidió a partir de aquel momento insultarle por teléfono. Y así se reanudó la extravagante relación entre ellos. A una distancia de dos horas de un broche con aguamarina, Joaquín Rius hizo finalmente de nuevo su entrada en el pisito de la Plaza de Tetuán, cuatro meses después de su despiste y de su frustrado viaje.

Aquella visita, la primera después del amanecer del año nueve en que Joaquín Rius había abandonado a Lula a sus ilusiones, tuvo caracteres especiales, un cierto toque de comicidad y de guasa, aptos para una comedia de costumbres —de ciertas costumbres, naturalmente—. Joaquín Rius halló a una Lula engallada y poco doblegada a los halagos de orfebre con que el fabricante había anunciado su visita.

—Ya se puede marchar por donde ha venido —le dijo ella, de mal talante, en cuanto entró.

Y Rius recibió en aquella ocasión en plena cara el violento roce de un pequeño objeto que volaba por el aire. Advirtió que se trataba del estuche enviado en señal de arras dos horas antes, previamente vaciado de su contenido, que lucía en el escote de Lula sin la menor traza de pretender seguir a su envoltura.

—No tienes que recibirme así, Lula. Te daré una explicación.

—Vete por donde has venido. No quiero amigos de tu calaña. La puerta está abierta, joven —añadió con postiza soberbia—. Ah, y gracias por el broche —concluyó, irritadísima en aquella ocasión, volviéndose de espaldas y entrando en su habitación, la que cerró con llave, dejando a Rius con la vaga impresión de estar de sobra.

Habían pasado algunos años desde entonces, los suficientes para que a Rius se le hiciera accesible el sentido que pudiera haber tenido en aquella ocasión su espera incomodísima e infructuosa. Pero ahora todo aquello le resultaba inexplicable.

Y, sin embargo, entonces no se había movido; se había quedado contemplando de nuevo los detalles del absurdo comedor cuajado de oleografías, de tapetes, de jarrones, de baratijas. Se acercó al balcón y se fijó un momento, en pleno desconcierto, en la Plaza de Tetuán con sus palmeras. Al poco, del otro lado de la puerta de Lula, se oyó la voz cantarina de la joven, que tarareaba un *schottis*. Rius se mesó activamente la barba, rascándose el cuello. Se aproximó a la puerta y aplicó su oído en ella.

—Lula, ¿qué haces? ¡Déjame explicarte! —dijo.

La chica seguía cantando. Se oía dentro un frufrú de ropas y luego ruido de agua al ser escanciada en un recipiente. Rius dio unos golpes con la empuñadura de su bastón contra la puerta.

—Calla, gruñón, vete ya. ¡Qué te has creído! —profirió la voz aguda de Lula.

—Abre, por favor.

—Dime lo que tengas que decirme desde ahí. Y luego vete —dijo, y volvió a cantar.

—He estado muy ocupado. Pero ahora te necesito.

—Yo no puedo estar pendiente de tu trabajo y de tus falsas promesas. Allá tú.

Escuchó largo rato. El canturreo de Lula se había hecho más tenue, una simple emanación de voz, con la boca cerrada. Recordó entonces los labios prietos y glotones de Lula, sus sabrosas mejillas. Siguió escuchando, buscando denodadamente las palabras que pudieran forzar aquella situación, el «sésamo ábrete» de una puerta de alcoba. Fatigado, se retiró nuevamente hacia el balcón para sentarse al cabo en una de las seis sillas del comedor; y luego se levantó precipitadamente al escuchar el rumor que Lula hacía al dar la vuelta a la llave.

Lula apareció en el quicio.

Se había cubierto con un salto de cama, casi transparente, para hacer su tocado. De este salto de cama emergían los dos brazos magníficos de la chica, de una carne rosada y prieta. Llevaba sus dos manos en la cabeza, recogiéndose como podía los frondosos cabellos rubios en la nuca. Y la boca llena de horquillas.

—¿Quiere usted aguantar aquí? —barbotó deliciosamente, sin poder abrir la boca. Y se colocó de espaldas a Rius, inundándole del olor de su cuerpo.

Rius puso como pudo su mano sobre la cabeza de Lula, sosteniéndole su pelo mientras ésta se iba arrancando horquillas y las engarzaba en la prefiguración de su peinado. A la tercera o cuarta horquilla Rius empezó a besar su nuca, hundiendo su barba en el magnífico inicio del torso. Como al entrar no se había descubierto y llevaba puesto el gabán, y el bastón, y debía sostener los brazos en alto hasta la cabeza de Lula, la incomodidad sublime y pintoresca del hombre se contagió a ella, que se volvió, escupió las horquillas y largó un mayúsculo bofetón al fabricante. Éste se echó para atrás, se quitó despacio el sombrero, el abrigo, dejó con parsimonia el bastón en la butaca y se fue acercando como una fuerza ciega y con una cara terrible, muy lentamente a Lula que, simultáneamente, iba retrocediendo, entre niña y hembra. Intentó encerrarse de nuevo en su cuarto, pero la pierna buena de Rius se interpuso en la puerta y la presionó hasta entrar. El bastón, el sombrero, el abrigo de Rius, las oleografías, los tapetes, las baratijas y los jarrones, hasta el estuche del broche, en la oscuridad del suelo del pasillo pudieron escuchar entonces el leve y elocuente rumor de una llave que encierra a dos seres en el interior de una habitación.

Los regalos, las periódicas visitas, las veladas pasadas por Joaquín Rius «vis a vis» de aquel puñado de risas no dejaron la más leve huella en la vida del fabricante. De tarde en tarde, y por razones que él no podía explicarse, se encaminaba donde sabía que había de hallarla. La mayoría de las veces la visita se limitaba al monólogo absurdo y desquiciado de Lula, a las sacudidas, imprecaciones, puerilidades, sarcasmos, risas, pellizcos y besos de un ser de veintitantos años ante un hombre de cincuenta, sentado en un butacón, absolutamente inmóvil, que se limitaba a seguir con cierta perplejidad y cierta condescendencia estas evoluciones, realizadas por ella con tanto brío seguramente a causa de que la habitación, y aun la vida entera, le resultaba estrecha.

Así sufrió Joaquín Rius una suerte de sarampión erótico, tardío y desesperanzado. Lula pasó a pertenecer a un Joaquín Rius sorprendente hasta para el mismo interesado. A un ser que, siendo el mismo, no había de rendirle cuentas, puesto que no se cruzaba con él. Había prohibido terminantemente a Lula que le llamara por teléfono, y no la recordaba más que en el momento de entrar en su piso, como un subterfugio. Con no aludir a ello y recibirle, bastaba. Lula quedó, pues, durante unos meses, incrustada en la vida de Rius como un objeto usual.

Cuando de tarde en tarde rebrotaban en él ciertos escrúpulos, la mujer sabía con su locuacidad y con sus desplantes sacudirlos pronto. En aquel tiempo Lula hablaba desordenadamente de todo: de la moda, de las actrices, de un sinfín de gentes de teatro que el fabricante desconocía y que por lo visto eran popularísimos, del baile de salón y del de espectáculo y de la superioridad de una clase de champaña sobre otro. Desde su pequeño comedor, desde su absurda alcoba de entretenida, Lula parecía estar al corriente de todo; y Rius llegaba a la conclusión de que no tenía por qué estar indeciso: de que aquel extraño mobiliario, de que aquel purgatorio de loza, de bronce, de pino y de latón, de que los deslucidos damascos y las borlas pimpantes de las cortinas y hasta la propia Lula pertenecían a un mundo secreto e inimaginable que dejaba indemnes todas sus prerrogativas.

No se hacía ilusiones sobre el carácter de aquel amor ambiguo, interesado y vulgar. Pero tampoco podía dejar de llamar a su amiga, anunciándole su visita, en esas largas tardes en que la llovizna empañaba los cristales de su despacho, en que flotaba en el aire una relajación, el peso impalpable del ocio y de la soledad, una suerte de abulia exasperante. Entonces, a media tarde, pretextando una excusa, se encaminaba al pisito de la Plaza de Tetuán. Y Lula acertaba a sacudirle de su modorra con una conversación vivaz, esmaltada de risas y burlas.

Cuando Lula desapareció de su piso, de su ciudad y de su vida, llevada a otros pisos, a otras ciudades y a otras vidas por lo que ella llamaba a veces su manera de ser y a veces su «arte», Joaquín Rius se sintió aligerado, como si la casualidad o el destino vinieran a resolver uno de los pocos problemas que no hubiera tenido fuerza de voluntad para solventar y decidir por sí mismo.

Y entonces, por un azar o por un suave impulso del mismo destino, se aproximó a Carmen de nuevo y empezó periódicamente a salir en su compañía. Fue de nuevo hacia ella siguiendo los pasos de su hijo, que no había dejado de frecuentar la casa de los Fernández. Advirtió al encontrarla de nuevo que no se borra ni se extingue el rastro de los seres que verdaderamente han penetrado en nuestro corazón.

Carmen Fernández era entonces una mujer de unos treinta y cinco años, alta, esbelta, de pelo negro recogido en un amplio moño en la nuca. Su talle flexible y alto conservaba un nervio juvenil. La tarde de su reencuentro, con ocasión del santo de Evelina, Joaquín Rius le propuso verse unos días más tarde a solas y ella aceptó. Aquel lapso de tiempo del que Joaquín Rius hacía un dispendio desafortunado con Lula Yepes, vino a ser así colmado de la manera más delicada por la hijastra de Evelina.

Y esa compañía y ese hábito habían perdurado durante tres años largos, colmando de sosiego las horas muertas del fabricante. Los paseos y las cita con Carmen abrieron una ventana amplia, soleada, en su vida. El itinerario de sus encuentros alcanzaba a todos los aledaños de la ciudad. Establecieron la costumbre de reservarse, de una manera metódica, la tarde de los jueves. Y en ese ininterrumpido rosario de diálogos creía Joaquín Rius estar tan cerca de ella, tan unido por hilos invisibles a Carmen, que podía considerarse en todo instante lleno de la luz que ella irradiaba y que vivía en él.

Ver a un hombre maduro, con barba ya gris, apoyado en un bastón para compensar la falta absoluta de juego en la rodilla derecha, acompañar a una mujer sorprendentemente elegante en sí misma, dotada de una elegancia sin ostentación, de esa inteligencia de las maneras que nace de la naturaleza de los nerviosos y contenidos ademanes, de su manera de sonreír, de caminar o del tono de su voz, era un espectáculo intrigante para las gentes que se volvían a mirarles... Carmen y Joaquín acostumbraban a ir en automóvil hasta las afueras, hasta la Barceloneta, Montjuich, el Tibidabo o Badalona. El chófer de los Fernández aguardaba junto al coche mientras la pareja caminaba, un poco a la deriva, conversando lentamente. El hábito de esos paseos había dejado en el fabricante un suave lastre.

Joaquín y Carmen no hablaban siquiera de sí mismos. Desde el momento en que Carmen, años atrás, había disuadido a Joaquín de pensar en las posibilidades de un matrimonio entre ellos, encontraban ambos su persona suficientemente centrada en el diálogo con los muchos temas que se ofrecen a un hombre y a una mujer al margen de su egoísmo y que contribuyen, sin embargo, a avivar entre ellos el afecto más sólido.

—Entonces —evocó, sin embargo, una tarde Joaquín, hablando de las primeras veces que se vieron en los Escolapios de Sarriá— hubiera sido el momento preciso para pedirle lo que puede pedir un hombre relativamente joven a una mujer como usted. Reconozco que después ya era tarde.

—No es que fuera tarde —respondió llanamente Carmen en aquella ocasión—. Entre usted y yo no era tarde ni temprano, sino distinto. De habernos casado, ¿qué hubiéramos hecho, usted ante mí y yo ante usted?

Joaquín no se lo había planteado nunca.

—Imagínese la impresión que hubiéramos dado a todos —añadió.

—¿Le hubiera importado mucho? —y admiraba concentrarse en los ojos de Carmen el destello de una respuesta.

—A mí no me hubiera importado más que la importancia que usted le hubiera dado a todo, a partir de aquel momento —contestó—. Lo que de verdad importa es que todo ello era inimaginable.

—¿Por qué?

—Eran inimaginables los hijos de nuestro matrimonio, nuestra situación ante nuestras familias. En fin, que no era lógico que nos enamoráramos.

—Quizá tenga usted razón, pero... ¿por qué no podíamos sentir un amor hasta ridículo? —preguntó él, bromeando.

—Porque ya lo habríamos sentido así desde el primer día —repuso, absolutamente convencida—. ¿Cuánto tiempo hace que hablamos así, de nuestras posibilidades? ¿No sabe usted todavía que el amor es el silencio?

El sol hería, tenue, la loma de San Pedro Mártir, completamente ajeno a ellos. Carmen se llevó lentamente el mechón de pelo rebelde hasta la oreja para mitigar las primeras canas de la sien.

—¿El silencio? Nunca había oído decir eso.

Y quedaron escuchando el silbido perfecto de la brisa que azotaba la ladera, irisada en el descenso de la luz.

—El silencio —musitó ella—. San Agustín y Santa Mónica lo entendieron así, ante el puerto de Ostia. Después de unos instantes de silencio, después de haber hablado con Dios sintieron un supremo alzamiento y vuelo del corazón. Así lo explicaba San Agustín. ¿Por qué no lee de una vez las «Confesiones»? Ya me consideraría feliz si después de todos esos años viniera usted un jueves y me dijera: «Carmen, acabo de leer las "Confesiones"...»

—Ya sabe que no tengo apenas tiempo, pero... se lo prometo. El jueves próximo —decidió.

—¡Ojalá recuerde algún jueves de su vida esa promesa! —dijo ella, mirando a la lejanía.

A partir de aquella tarde y en los sucesivos encuentros se fue acentuando una distancia, un despego y como una evasión cada día creciente de ella a él, y el tono familiar y directo de sus conversaciones quedó desplazado por los largos silencios. Coincidió este hecho con una agravación del delicado estado de salud de don Arístides, el octogenario padre de Carmen, y Joaquín atribuyó a esta preocupación el cambio que observó en su amiga. Le parecía a veces que estaba llena de una misteriosa y ardiente fuerza interior que daba a sus rasgos, a su rostro y a sus ojos un destello de alegría contenida de la que, sin embargo, no quería o no podía hacerle partícipe. Era inútil que pretendiera bucear en su ánimo, con el propósito de tornar a un coloquio sin reservas. Ella, al observar los esfuerzos que él hacía por llevar la conversación a un terreno llano, en evocar los días en que se conocieron, en referirse a las incidencias de su vida cotidiana, a las circunstancias, que tanto habían influido en el carácter y en la vida de Carmen, de su diatriba periódica con su madrastra, desviaba el tono de seriedad o de trascendencia con una exclamación raramente oída en los días antiguos: «¿Y qué más da?» o «¿Qué importa?» Y Joaquín Rius la veía entonces alejarse un trecho, no de su ánimo o en reserva mental; la veía caminar unos pasos, quedar sola, más allá, como si quisiera que ni aun él pudiera compartir una secreta música que la extasiaba por dentro y que sólo ella era capaz de oír.

Hasta que vino lo irremediable, la brusca y total separación. Una tarde, Carmen le envió un recado excusándose. Su padre había caído enfermo de aquella que fue su última enfermedad. El proceso del mal fue rapidísimo. Don Arístides murió tres días después. Y cuando, a la vuelta del entierro Joaquín se quedó de nuevo citado con Carmen para el jueves siguiente, podía decir que todo había terminado.

Sin embargo, en el momento de volver a encontrarla, bellísima, pálida, bajo el luto riguroso, estaba todavía muy lejos de sospechar el profundo vacío que había de dejar en su interior. Al avanzar hacia ella quiso musitar esas palabras de consuelo tan difíciles de expresar con una fuerza sincera. Ella parecía querer eludir todo recuerdo demasiado enojoso o pretender liberarle de esas frases que pueden sonar a puro rigor formulario o de cumplido, por verdaderas que sean. Hizo lo posible por adoptar el tono natural de todos los días, como si diera ya por hecho el pésame que Joaquín balbuceaba.

—Tenía que suceder así —dijo, y cambió enteramente el diálogo.

Voluntariosa y hasta con cierta arrogancia, dijo:

—Quisiera ver el mar. ¿No le importa?

—En absoluto, Carmen. Iremos donde usted quiera.

Fueron a la Barceloneta, a la playa libre. Era un día nebuloso. Al bajar del coche, al borde casi de la arena, Carmen sorbió el mismo remolino tibio y prolongado de aire que la despeinaba, obligándola a sostener con la mano enguantada en la cabeza el delicado sombrero. La larga falda negra era azotada por el viento, que descubría el pie menudo y bien calzado y el fino tobillo de la mujer, a ramalazos.

Era algo inaudito en aquel instante suponer que aquel ser pudiera entregarse a Dios de otra manera que aquélla. Y, sin embargo, así iba a hacerlo, inminentemente.

Con el extremo de su paraguas, de altísimo mango, trazaba sobre la arena signos y letras.

Después se volvió hacia Joaquín. Sonreía, fija en él. En aquel instante hubiera podido decir algo, no se sabe qué, presagiado en el corazón del hombre. Y, sin embargo, dijo:

—Ahora tendremos que despedirnos, Joaquín.

Joaquín Rius, naturalmente, no comprendió.

—Sí, he tomado una determinación y soy feliz.

Ante la extrañeza del hombre, aclaró:

—La semana que viene voy a ingresar en la Orden de la Esperanza.

Joaquín Rius quedó anonadado. Ni por un momento pensó que Carmen pudiera mentir. Se apartó de pronto y guardó silencio.

—Es... es increíble, Carmen —dijo al fin.

El mar sollozaba a dos pasos, envuelto en neblina gris. Joaquín Rius movió la cabeza a un lado y otro. Después pareció ocultar algo febril, un enfurecimiento pasajero.

—No puede tener vocación. Está equivocada —dijo bruscamente.

—Nunca me he sentido más segura de mí y llevo cuatro años esperando este instante. Estoy con Dios, seré su humilde servidora y estoy en paz. Y, además, usted no lo ha dudado nunca —añadió cerrando sus ojos y uniendo sus manos. Parecía pretender quedar en oración allí mismo.

Rius sintió que en su pecho se iba mitigando un jadeo semejante al del mar. Luego, tristemente y sin ganas, intentó sonreír.

—Me alegro de su dicha —dijo al fin, sin osar rozarla.

—Me he sentido tanto tiempo avergonzada de haber odiado a la gente, de haber enjuiciado mal a mis semejantes... Yo pido perdón a Dios por todo el daño que he hecho y le suplico a usted que hasta la eternidad perdone también mis titubeos y flaquezas y el daño que le haya podido causar. Estoy arrepentida.

Aunque pasaran docenas de años, Joaquín Rius recordaría a esta figura de ojos entornados absolutamente entregada y transida por algo superior, junto al ritmo del mar. Su frente palidísima destacaba como una mancha más tenue que la neblina. Joaquín Rius se sintió repentinamente alejado de aquel ser al que no podía en modo alguno comprender en aquel instante. Advirtió certeramente la naturaleza de una clausura, de esa clausura interior que ya existía en Carmen, anticipo de la que había elegido, visible en el desvarío de los ojos, pese al remolino de aire libre que era el mismo para los dos y para el conjunto todo de la tarde. Ella estaba ya al otro lado. Hubiera repetido él, ahora, sus primeras palabras: «Ahora tendremos que despedirnos.» Y deseaba hacerlo cuanto antes.

Así fue como se desprendió de la vida cotidiana de Joaquín Rius el ser que, al cabo, más le había acompañado. Quedó unos días estupefacto, sin acertar a calibrar el volumen de esta huida. No podía afectarle ni un instante la preocupación de si Carmen había sido sincera o no. Únicamente advertía que ya no estaba a su lado.

Había quedado sin compañía, definitivamente solo. En la parábola de sus años las mujeres se habían desprendido una tras otra. Hay hombres cuyo destino es éste: vivir sin mujer. Mariona, Lula y Carmen, tres figuras, tres estilos, tres mundos distintos habían cruzado por su vida y habían desaparecido. Joaquín Rius era el hombre sin mujer, el viudo irremediable, una suerte de misántropo por esencia, por vocación y por naturaleza, que escuchaba siempre, insistentemente, implacablemente, como si acabaran de ser pronunciadas, las palabras que Mariona le había dicho en uno de sus arranques: «No quieres a ninguna mujer, no sabes por qué existen. En el fondo, las desprecias a todas. No quisiste a tu madre y no me quieres a mí.» Verdaderamente no podía saber si detestaba a las mujeres. Lo que sí podía afirmar es que ellas no habían querido ocupar una plaza en su vida, y que él era incapaz de luchar por algo que no tiene remedio y que, a lo mejor, no merece tanto tesón.

El hombre se perdió entre la muchedumbre de curiosos, entre los mil seres borrosos que se apiñaban en lenta procesión, como una sorda riada, en las aceras de la calle de Fernando. Unos se paraban ante los escaparates, fija su atención en los hermosos objetos que poblaban los estantes, bajo la mágica luz de los focos. También Joaquín Rius miraba aquí y allá, distraídamente, los destellos de la riqueza exhibida a plena luz en la noche. Las tiendas mostraban lo más exquisito, abigarrado y tentador del comercio humano. Aquí se ofrecían vajillas y bibelots de la porcelana más fina, suave como terciopelo; allá la plata hacía brillar sus reflejos numerosos; eran grandes jarrones, o fuentes de hermosa lámina, o juegos de cubiertos de las más atrevidas formas. En otras eran las magníficas pistolas de salón, los rifles suntuosos; más allá se exhibían los cueros repujados y las mantillas de blonda, los mantones de Manila, los bordados y los encajes o la lencería más blanca. En otro lugar había una tienda que vibraba y bullía de gorjeos. Los canarios, los periquitos charlatanes, los jilgueros bulliciosos armaban una algarabía multicolor en las jaulas que estaban suspendidas una sobre otra. Y tiendas de flores artificiales, y tiendas de objetos de marfil y pañerías en las que se desbordaban los damascos como una catarata. Había un tránsito ciego, apresurado y un movimiento de curiosidad contenida, de pasmo y de júbilo en las miradas de la gente que se agolpaba en cada escaparate. Y Joaquín Rius se perdía entre esa gentes, anónimo y mirón, por el puro gozo de compartir un poco el aliento de los demás, sumido como estaba en sus propios jadeos.

Una mirada atrás le bastaba para resumir de un golpe su propia historia y asumirla en la de los otros. Poco a poco, vacilante, desocupado, avanzó por la calle de Fernando, hasta su término. Desembocó en la Plaza de San Jaime. Unas luminarias de fiesta acentuaban la gallardía de las aristas, los plintos, las cornisas del Palacio de la Generalidad y del Ayuntamiento. En aquel pozo de frescor se quedó parado un rato. Todo el aire olía a Navidad y daba al paso de los hombres, de esas sombras oscuras que rozaban su abrigo, un sosiego, una cautela, una mansedumbre especial. Quedó un instante parado en esas sensaciones. Luego se metió en la calle del Obispo para dar un rodeo por la Catedral. Pisó las losas húmedas del claustro. Se sentía el rumor del surtidor vacilante y el reflejo de las aguas verdosas del estanque en el que la mancha blanca, silenciosa, de un cisne aletargado oscilaba como un resplandor. Sus pies rozaban con delectación las losas desiguales, limadas y usadas por el paso de tantas gentes, bajo las cuales reposaban mercaderes y burgueses de otros tiempos en un grave silencio sin luz. Los altares del claustro eran trozos de sombra más densa, y de cuando en cuando una llamita solitaria alumbraba el ademán de una imagen con los ojos abiertos, la mano orante, el paso a medio dar. Joaquín Rius entró en la Catedral y aquel silencio pareció hacerse más hondo, venir de las profundidades del alma o del temblor de los siglos pretéritos. Era un enorme espacio de aire recogido entre las altas columnatas, bajo la ojiva de las bóvedas, entre la piedra carcomida. Todo parecía allí que estuviera esperándole a que pasara con su paso cansado, apoyado en su bastón. Caminó hacia un altar en el que resplandecía un poco de luz. Advirtió que era la imagen del Niño Dios tendida sobre una pequeña mesa, en una rústica camita de leño. Era una figura inocente, sonriente, benévola, que levantaba una mano a punto de bendecir. Se sintió conmovido por la misma sencillez de aquel gesto y quedó un instante perplejo. Los fondos de su piedad quedaban enterrados muy lejos, en los pretéritos días de su niñez mal vivida, en las mañanas de niebla y de frío pasadas en la capilla del colegio. Veía ahora como si estuviera delante de él la imagen de la Inmaculada, en la dorada capilla de los jesuitas de la calle Caspe, su sonrisa bienhechora y su gran corona dorada; veía sus pies, que aplastaban la serpiente, retorcida sobre la redondez del globo azul. Y sentía la rústica piedad que había sentido ante un belén muy antiguo, hecho por su madre en el viejo piso de la calle de la Paja, y ante cada una de sus figuras: los pastores, los ángeles, la caravana de los Reyes, bastos, mal acabados en un barro tosco y despintado. Se acercó con lentitud a la figura del Niño desnudo. Nunca más lo había tenido presente. Se palpó la cicatriz de la mandíbula, bajo la crespa barba; se apoyó en su bastón. Nunca, ni entonces, había pensado en ello. Y se acercó un poco más. Besó de pronto los pies del Niño, esforzándose en que su beso fuera un simple soplo del alma, una nadería afectuosa. Luego miró a su alrededor. Sintió unos pasos. Se alejó lentamente, sobreponiéndose al desorden de su pequeña efusión.

IV

Hay seres a lo largo de cuya vida se reproducen periódicamente los mismos fenómenos, partiendo de un perseverante origen. Evelina Torra, viuda de Fernández, era uno de ellos. Evelina, que fueran cuantos fueran los años que viviera no lograría ser nunca una mujer venerable, conservaba la rara facultad de pasar toda su vida por una especie de crisis de adolescencia. A ese don le llamaban sus íntimos la «eterna juventud» de Evelina; era una terquedad, una capacidad de prosperar y madurar a tenor de las circunstancias, conservada indemne entre los avatares sociales y el paso de los lustros.

Muchas habían sido las ocasiones, aprovechadas unas, frustradas otras, de la vida de Evelina. Pero de todas ellas ninguna había sido acaso tan decisiva como aquella en que su octogenario marido, Arístides, diplomático en excedencia, se dispuso a entregar a Dios lo que Evelina había dejado en pie de su alma.

Durante largos años, en la intimidad de su alcoba, Evelina había luchado por apartar de sí el gozo con que se imaginaba viuda, independiente y relativamente joven aún, gozo que no la dejaba vivir en paz y que creía que se transparentaba en su rostro cada vez que atendía con fingida solicitud a las escasas exigencias de su marido. Parecía como si entre los muchos deberes conyugales de don Arístides hubiera el de abandonar este mundo antes de que a ella se le marcaran en el rostro los anticipos de su propia decrepitud.

Durante los largos meses de la lenta extinción de su marido, Evelina maduró las reformas que introduciría en el principal del Paseo de Gracia una vez fuera «dueña de sus actos». Cladestinamente, en su imaginación, veía a arquitectos, carpinteros, ebanistas y decoradores penetrar en las amplias alcobas y oscuros pasillos del viejo principal. Así, pues, cuando don Arístides murió, las obras empezaron sin perder un minuto. Subrepticiamente, pasada por la escalera de servicio, Evelina montó, a espaldas de su luto oficial, la tramoya de su segunda o tercera juventud. Y el estilo «casa Llibre» se dispuso a hacer su entrada triunfal en la morada, arrumbando, con cristal de Sajonia y arrimaderos de nogal, tanto cortinaje desflecado, tanta tapicería agónica y tanto paisaje fúnebre.

Impaciente e inquieta, Evelina veía doblar los días sin que su obra quedara enteramente consumada. Se había puesto frenética millares de veces viendo la lentitud con que los hechos suceden a los proyectos. Las obras habían conseguido minarle los nervios. Llevaba casi un año transcurrido desde el día en que aceptó los diseños que le mostró el decorador y aún faltaban multitud de detalles, infinidad de cosas por concluir. Al fin había visto salir, antes de fiestas, los horrendos tablones de pintores y estucadores, con lo que por lo menos la casa era transitable. Pero tal mueble, esa repisa, aquella cortina, los tiestos y mayólicas de la rotonda estaban por poner. En suma, la casa no estaba concluida ni mucho menos. Acababan de doblar el año 1915, fecha que se había marcado como tope de sus mudanzas.

—*Bonjour, bonjour*, Evelina —clamó el pequeño decorador al hacer su entrada en el salón donde Evelina cavilaba, en la mañana del día de Reyes.

—¿Qué tal, Floro? —respondió la viuda, saltando de golpe sobre él con cara ceñuda, desde su concentrada irritación.

El decorador era uno de los de «la casa». En puridad de verdad era la casa misma. Todo cuanto había allí era segregación de su caletre, de su brillante numen apretado bajo el tinte negrísimo de su pelo que parecía una loncha de charol pegada a su cráneo.

—¡Qué tal, Crista, cada día más guapa! —saludó a continuación, sin soltar la mano de Evelina—. Bien. ¿Qué novedades hay? ¿Contenta?

Evelina hizo un gesto ambiguo. Siempre que llamaba a Floro, siempre que su impaciencia le requería hacía acopio de reproches y se preparaba a lanzar sobre él su caballería. Pero no sabía qué raro poder tenía Floro para calmarla.

—Oh, *vous avez le cafard*? —inquirió, cariñoso. De esas zalamerías en francés de su consejero estético había de extraer Evelina buena suma de frases hechas para sus disimulos de comedor y sus conversaciones de salón—. ¿Y con ese día? —añadió.

En efecto, el esplendor de enero se exteriorizaba cruzando el largo estor de la balconada.

—Lo de siempre. Todo llegará en su momento. ¡Si no faltan más que cuatro detalles!... *Ça, alors, je vous conseille*: quince días en París, *n'est ce pas?* ¡Si París estaba mejor que nunca! —añadió dándose cuenta de que la idea de hacerle cruzar la frontera podía parecer impertinente a su querida amiga.

El decorador expresó hacia ella con sus ojos vivaces una admiración sin límites. La naturalidad con que sus ojos sabían exteriorizar este sentimiento de veneración amistosa hacia sus clientes, junto al desparpajo de sus protestas de fidelidad, hacían de aquel hombrecillo un juglar de salón, indispensable en muchas casas, de las que ya no se movía una vez instaladas.

—Ah, jah... —clamó Floro, observando algo en la actitud de Crista que llamó su atención—. Me parece que la señorita se siente muy feliz, ¿no es así?

Evelina miró a Floro y distendió sus hombros al tiempo en que lanzaba un suspiro. Crista había ido a uno de los estores de la balconada para arreglar una flexión torcida de uno de sus cabos y quedó de espaldas a ellos dos, de cara al exterior. Floro había hecho su observación al advertir en ella un movimiento nervioso, cierta agitación, al tiempo en que se retiraba del balcón y cruzaba la sala.

—*Laissez-la, laissez-la*... —aconsejó tiernamente Floro en voz baja, empujando a Evelina por el codo y alejándola del ventanal—. Es la edad, ¿no cree?

¡La edad! También ella se sentía la edad encima. Cada edad es igual a sí misma, siempre una es una, y con la misma vehemencia con que Crista demostraba su impaciencia y su agitación al descubrir la figura de Desiderio en la calle podía ella sentirse irritada, tener necesidad de protestar y de enojarse. La inactividad la volvía culpable, mala, irascible. Era como si el sol que la deslumbraba —al que no había medio de acorralar y reducir tras aquellos estores flamantes, faltando como faltaban los cortinajes de damasco—, como si la luz radiante que uniformaba las gracias del salón y dejaba sin sombra las finas patas de mesilla y butacas, como si el esplendor que avivaba el fresa de la tapicería impoluta vinieran a herir directamente su sistema nervioso, que tenía ganas de rebullir y de exaltarse.

¿No sería la guerra lo que la ponía en semejante tensión? Si la guerra se propagaba y llegaba hasta sus feudos, todo lo que había hecho hasta entonces y su batalla vital por llegar al presente sosiego serían engullidos por la catástrofe. Echó una larga mirada nostálgica al soberbio salón y repasó con ella sus personales zozobras, sus dudas sobre si valía la pena concluirlo.

—No piense demasiado, Evelina. ¿A qué viene ese ceño?

¿Demasiado? En aquellos momentos estaba viendo un húsar de largas zancadas y rubio bigote arrellanándose en el sillón y poniendo sus botas sin el menor reparo encima de la mesilla de la chimenea. Más tarde vio a un «mujik» bailando las danzas del «Príncipe Igor» sobre la tapa de su flamante «Izabal».

—Manos a la obra, ¿quiere creerme? Vamos a repasar la lista —zanjó Floro extrayendo de su bolsillo papel y un lápiz.

Pero en aquel momento entró Crista y detrás de ella el joven Rius.

Evelina detuvo su mirada en la alta estampa del recién llegado. Posó sobre él, tiernamente y sin fingimiento, una mirada dulcificada de pronto.

—Mamá, mamá, mira qué me han traído los Reyes —dijo Crista, mostrando y haciendo oscilar una cadenita de oro, de la que colgaba una medalla—. ¿No es una preciosidad? —añadió mirando con regocijo a Desiderio.

Éste se acercó a Evelina y le dio la mano.

—¡Qué preciosidad! —comentó Evelina, admirando la medalla, una imagen de la Virgen rodeada de pequeños brillantes—. ¡Qué generosos son los Reyes Magos! —comentó mirando zalamera a Desiderio.

Desde hacía muchos años Evelina sentía hacia él un afecto que no era simplemente amistoso. Era algo más: era como si tuviera en él un hijo nuevo. Todas sus ilusiones para con su hija estaban cifradas en Desiderio. Viéndoles uno al lado del otro y tan enamorados se sentía feliz. Desde la niñez, en aquella casa habían sido para Desiderio la primera copa de champaña, los más tiernos emparedados. Evelina le mimaba, se encariñaba con él como con un hijo. ¡Lástima que hubiera crecido tanto, ya! En otros tiempos, al llegar a su casa, le besaba en la mejilla, como si fuera un hijo más. Ahora esto ya no era posible. Le tenía delante de sí, alto, ligeramente curvado de espaldas, la cara rubicunda, varonil, aunque un poco aniñada todavía; la frente despejada, en la que a veces caía el mechón díscolo de su pelo; los ojos brillantes, claros, seductores. Era un hombre, uno de esos hombres capaces por su figura de llamar la atención, aunque él pareciera no sospechar el grado de hechizo que emanaba de su porte, de sus lentos ademanes, de su manera pausada de hablar, del timbre de su voz y, sobre todo, de cierto fulgor triste, cierta melancolía que dulcificaba su mirada.

—¡Qué alfiler tan hermoso! —dijo Crista.

Sobre la corbata de Desiderio lucía un alfiler, del que asomaban dos perlas grandes, lustradas, pletóricas como dos lagrimones caídos, casi azules.

—¡Qué preciosas perlas! —admiró, asombrada, Evelina.

—Quizá demasiado grandes para usarlas a diario, ¿no? Son los Reyes de mi casa. Como a mi padre le hacía tanta ilusión me las he puesto hoy. Son recuerdo de familia.

Evelina y Floro tenían que hacer. Así lo dijo Evelina, al observar en los ojos de su hija una vaga súplica para que les dejaran a solas.

—¿De familia? ¿De quién eran? —preguntó la muchacha, en cuanto su madre y el decorador traspusieron la puerta del salón.

—De mi madre. Las llevaba puestas la noche en que murió en el Liceo. Eran de un collar que le había regalado mi padre. Sólo se encontraron estas dos perlas prendidas del vestido.

—¡Oh, qué triste es eso; me da angustia! —y por la mirada de Crista pasó una nube que teñía de gris aquel recuerdo—. Ven, te voy a dar mi regalo. No creas que se hayan lucido mucho mis Reyes. Pero irán bien para las perlas.

Fue a la parte de atrás y volvió con una caja llena de corbatas de seda. Su interés estaba en saber si había acertado con el gusto de su pareja. Desiderio la tranquilizó, con expresiones y comentarios de aprobación ante cada ejemplar.

—¡Como a ti te gusta vestir muy «clásico»! —explicaba ella, excusando la discreción de colores y diseños de la mayor parte de las corbatas.

—Vamos a salir —propuso Desiderio, en cuanto el repaso estuvo hecho—. Hay concurso en el Polo, ¿no te hace?

Pero Crista prefirió ir a pasear. Al poco se presentó ante él luciendo un pequeño sombrero delicioso, que tornaba más maliciosa la expresión de su rostro. Se acercó a Desiderio para que él la abrazara. Miró en dirección al pasillo y al no escuchar el menor rumor se dejó besar por él.

—Te quiero, te quiero mucho —dijo ella—. ¿Me quieres tú?

—Claro que te quiero —respondió Desiderio, apretándola en sus brazos.

Desde la tarde en que decidieron hacerse novios, los encuentros de Desiderio y Crista habían tenido que someterse a las horas que él disponía. De ahí que cualquier rato libre como el de ese día fuera para Crista como un anticipo de la gloria. Mucho más cuanto que por las mañanas los miramientos de Evelina eran por lo visto menores y ella podía salir con él sin necesidad de la vigilancia de la acompañanta.

—No es por Desiderio y por ti, hija mía. Es por el «qué dirán». Tengo toda la confianza en vosotros, pero la gente es muy mala. En suma, que hay que guardar las apariencias —se excusaba su madre entregándola a la gendarme todas las tardes.

Pero aquél era día de Reyes, y la mañana era radiante, tibia, impropia de las fechas. A Crista la ilusionaba que los vieran, que todo el mundo pudiera darse cuenta de que eran novios. La ilusionaba la cara de envidia que ponían los hombres mirando a Desiderio, al verla a ella colgada de su brazo. ¡Que rabiaran! Así se desquitaba ella de los requiebros atrevidos y procaces que tenía que escuchar a veces cuando iba sola o en compañía de Rita, y de las miradas penetrantes con que de arriba abajo la escudriñaban, como si la manosearan groseramente. Porque ya sabía ella que su busto incitaba a los hombres, que sus diecinueve años deslumbraban, que a su paso muchos se volvían para verla de espaldas, aturdidos y excitados. Pero ella ¿qué podía hacer? Sí, ¡que rabiaran! Ella estaba enamorada de Desiderio.

Se despidieron de Floro y de su madre y se lanzaron a la calle. Pero sólo trasponer el umbral de la portería, Crista descubrió algo que la molestó. También Desiderio se quedó un instante perplejo.

—¿Quién es ése?

Pero en seguida le había reconocido, de modo que su

pregunta era sólo para llamar la atención de Crista. Pablito de Inglada, vestido de traje de montar, una petulante gardenia en la solapa de su chaqueta de grandes cuadros grises, deambulaba arriba y abajo de la calzada. Era evidente que estaba esperando a que Crista saliera de su casa. Pensó Crista que la presencia de Desiderio a su lado evitaría la arremetida del joven, pero no fue así. Cruzó la calle y se dispuso a saludarlos. Dio primero la mano a la muchacha mirándola a los ojos, y luego a Desiderio.

—¿Os conocíais?

—Sí, nos conocimos la otra tarde —explicó Pablito. Desiderio estaba nervioso.

—Te oí decir en Caldetas que te gustaban las poesías y he venido a traerte este libro que han dejado los Reyes en mi casa.

—No tenías que haberte molestado.

—No he sido yo. Es Baltasar, que es un tuno.

Crista miró distraídamente el libro, encuadernado en lujosa piel, sin acertar a leer el título. Era una antología de poesía castellana. Le dio las gracias de nuevo, extendiendo su mano con ánimo de despedirse.

—¿No querrías dar una vuelta con mi regalo de Reyes?

Desiderio y Crista miraron al objeto que Pablito indicaba. Era una *voiturette* colorada, deslumbrante, un modelo diminuto de automóvil no visto en Barcelona.

—¡Caramba, hijo! Debes ser muy bueno para que se porten así contigo —dijo ella irónicamente.

—Regular. La que se porta bien es mi pobre tía Consolación.

—Ya se nota —comentó Desiderio

—Te lo agradecemos mucho, pero nos están esperando —dijo ella.

Pablito se despidió. Ellos cruzaron hacia la calzada. Al poco, un estruendo les hizo volver la cabeza. El motor del pequeño insecto empezó a petardear tumultuosamente, lanzando un chorro de humareda por la parte trasera. El busto de Pablito, su testuz rubia y solemne emergían de la carlinga. Todo se disparó como una flecha Paseo de Gracia abajo, con gran espanto de media docena de peatones que saltaron apresuradamente a la acera, con temor a ser derribados.

—¡Vaya con Pablito! —se quejó Desiderio—. ¿Sois muy amigos?

—¿Y yo qué le puedo hacer? —repitió ella como un eco de todas sus cuitas.

Crista se colgó del brazo de Desiderio.

—Anda, no te pongas feo que soy muy feliz —afirmó, mientras cruzaban.

La mañana dorada se cernía sobre una muchedumbre de paseantes, pacífica y endomingada. Crista iba orgullosa; tal era su satisfacción que apenas reparaba que las gentes que la rodeaban parecían tan felices como ella. Había de todo: hombres graves que daban parsimoniosamente el brazo a su mujer; jóvenes y chicas que parloteaban animadamente; viejas de aire remolón amparadas por la ternura de sus hijos. E infinidad de chiquillos de todas las especies. Rubios, rollizos, que apenas podían andar, cargados con una opulenta vestimenta de puntas y encajes; chiquillos esquinados que ya sumaban algunos años en trajecitos de terciopelo, tirando de poderosos caballos de cartón o risueñas niñas que acariciaban cariñosamente grandes muñecas de pasta. De vez en cuando pasaban por su lado amas rotundas, macizas, con una salud campesina que bullía en sus pletóricos troncos, en sus pechos redondos, en sus caras morenas y en sus ojos cargados de sol. Sus amplias faldas emergían como una corola puesta al revés en la grande riada humana. Los pañuelos con que envolvían sus moños hirsutos daban fe de la categoría de las casas a cuyo servicio estaban. Grandes colgajos con monedas de plata pendían de sus orejas y llevaban por delante, con la prosopopeya con que los troncos de palacio llevarían una gran carroza, el armatoste silencioso, flexible y mullido en que dormitaban los vástagos a quienes entregaban su preciosa savia vital; esos carricoches avanzaban orgullosamente entre la muchedumbre, abriéndose paso lentamente y había a su alrededor un espacio de expectación y comentarios. «Mira el ama de los Abella. ¡Cómo ha crecido el niño!» o «¿De quién es esa criatura tan hermosa? Son los mellizos de Gertrudis, ¿no lo ves?» Se llevaba una especie de cuenta de la multitud de chiquillos que tomaban el sol, cargados de los pesados juguetes de la jornada, a los que acababan de recoger de casa de los tíos o de los abuelos, para sumarlos a los que los Magos habían dejado en la casa de cada cual. Crista se sentía gozosa, radiante. Pensaba que no tardaría mucho en llegar el día en que ella pudiera mostrar varios retoños redondos y revoltosos de su propia cosecha. Se fijaba ya en la manera cómo iban vestidos, en lo bien que les sentaba una prenda u otra, en los colores que favorecían al rubio o al moreno; en suma, en todo lo que era la vida de aquellos diminutos seres chillones y escurridizos.

Pero Desiderio parecía mortificado por tanta gente, con ganas de apartarse del roce y de los apretones. Caminaba a su lado sin mirarla, engreído y un poco distante.

—¿Te ha molestado lo de Pablito? Déjale y no pienses más. Es un simple.

—¿Lo de Pablito? No. ¡Qué va! Estaba pensando que podríamos ir a sentarnos en cualquier lado. Me fastidia todo ese barullo.

Era una lástima. ¡Tanto como le gustaba a ella!

Pero obedeció. Por nada del mundo quería contrariarle. Había un café en la esquina de una de las calles próximas a la Diagonal. Cruzaron y se sentaron dentro.

—¿Ves? También desde ahí se ve pasar a la gente.

—Oye. ¿Y tú de dónde conocías a Pablito? —preguntó ella sin intención, mientras el camarero servía dos copitas de jerez.

—Ah, no lo dirías... —repuso sonriendo—. Lo conocí en el «Iris».

—¿El «Iris»? Y eso ¿qué es? Me suena a baile —sugirió, enfurruñada.

Desiderio se echó a reír. Le contó punto por punto su entrada en el local a rastras de Anselmo Durán. Le explicó quién era Anselmo y que Pablito sería compañero suyo en el cuartel.

—¿De modo que fuiste allí?

Crista lo tomaba en serio.

—¿Y bailaste?

—Pues claro que bailé. Cuando se entra en un sitio de esos no se puede hacer otra cosa. ¿Supongo que no lo tomas en serio?

Pero Crista hacía un mohín muy severo.

—¿Y cómo lo voy a tomar? No puedo sufrirlo —confesó.

—No irás a creer que me corrí una juerga —apuntó él, modesto.

Era inútil que intentara disimularlo; para Crista, aceptar lo que Desiderio acababa de confesarle inocentemente resultaba insufrible. Quería a Desiderio para ella sola, con un sentido absoluto y total de privilegio, de integridad posesiva. Le resultaba muy incómodo que él no lo comprendiera así.

—Si supiera que algún día volvías a irte por ahí... —amenazó; pero se interrumpió, callando de pronto.

—Pero, Crista, no seas tonta. Fue para acompañar a los amigos. No bailé más que un baile. Ni uno siquiera, porque no llegué al final. Si he de decirte la verdad, me aburrí de lo lindo. En cambio, ese Pablito parecía muy a su gusto.

Eso pareció tranquilizar relativamente a la muchacha.

—No creía que fueras tan... celosa.

—Me da coraje —dijo ella.

—También podría yo enfadarme. Para que Pablito te aborde de ese modo debe haber habido bastante confianza de tu parte.

—Mentira. Es él, que es un loco. Yo no le he dado ni así de confianza.

Los dos novios se miraron a los ojos. Ella aspiró una gran bocanada de aire, ya más tranquila, sintiéndose de nuevo dueña de sí.

—¿Me perdonas lo hecho? —preguntó él, fingiendo más compunción de la que sentía.

—Sí, te perdono. Pero vuelvo a lo dicho. Nunca más, ¿oyes? Se me iría toda la ilusión, te caerías de un golpe.

—Prometido —repuso él.

Los días de fiesta navideña habían pasado. De Navidad a Reyes la vida de todos había sufrido una mutación; se llegaba al término de las fiestas con cierta fatiga, con ganas de volver a emprender la rutina del trabajo. Entre las felicitaciones que Desiderio recibiera con motivo de la Navidad descollaba un *christmas* de Inglaterra. Louise, la dulce Louise de «Held & Trulock», le enviaba tímidamente una formularia y cortés frase de recuerdo, con mil votos de felicidad para 1915. Había sentido al recibirlo toda la distancia que le separaba de la vida que la ruptura de hostilidades había venido a seccionar, y que quedaba ya irremediablemente perdida, rezagada, hundida en un pasado sin recuerdo.

Hubo novedades. Joaquín Rius esperaba el retorno a la normalidad para emprender un programa ambicioso. Parece imposible que, al igual que el crecimiento que se produce en el corto período de una crisis, después de unos breves días de enfermedad, pueda una ciudad cambiar de aspecto, engrandecerse, ser modificada sin que, sustancialmente, se alteren sus antiguos rasgos. Es una eclosión a la vez física y moral, de la que todo resulta cambiado: la voz y la andadura, la manera de sonreír y hasta los gustos y las preferencias. Y entonces el nuevo ser sale a la calle y tiene que encargar trajes nuevos, vestir a toda prisa esa nueva personalidad que ha surgido misteriosamente de la antigua, de las energías de la semilla o de un presagio de madurez que llevábamos dentro.

Claro que esta mutación no se produce de golpe. Primero, se producen sus anticipos, ciertos síntomas de vigor que pueden ser apercibidos con un poco de atención. Sólo al cabo de un tiempo el proceso de la riqueza se puede contemplar en toda su magnitud.

Una decisiva transformación económica iba a sobrevivir impensadamente en Barcelona. Las entrevistas de Joaquín Rius con el delegado en España de la intendencia francesa no podían haber sido más satisfactorias; estipularon un acuerdo según el cual Rius se comprometía a emprender la producción de muchos metros de gabardina y caquis mientras duraran las hostilidades, por contratos firmes renovados anualmente. Los competidores pensaban que se había vuelto loco. En las condiciones de su fábrica era imposible que el trato que había hecho pudiera cumplirse. Pero Joaquín Rius miraba a otros horizontes. No le pillaban desprevenido las reacciones que la Gran Guerra produciría en los mercados y en la producción. Presintió que ella desmontaría la rutina de un sistema económico y crearía nuevas fórmulas.

Había muchas noches que, una vez acostado, el fabricante sentía bullir en su cabeza cifras exorbitantes, que años atrás le hubieran parecido divagaciones o delirios. Para responder a la demanda le serían necesarias tres fábricas como la que tenía. Durante las fiestas dirigió su atención a los planos ya tostados por el tiempo que Llobet había hecho enmarcar años atrás relegándolos a una misión decorativa. Hizo un cálculo de sus disponibilidades, compulsó *in mente* el capital que necesitaría y, con frases veladas al principio, intentó sonsacar a su hombre de confianza una opinión que él no se atrevía a pedirle directamente por temor a que pudiera creer que le había entrado, con los años, delirio de grandezas.

Al mismo tiempo realizó subrepticiamente, y a espaldas de todos, los tanteos y preliminares de la gran transformación que proyectaba. Visitas a los Bancos, consultas con los abogados, entrevistas con los arquitectos. Pasadas las fiestas hizo su aparición en la fábrica una mezcla de albañil y potentado, don Jaime Pou, contratista de obras. Este personaje, dotado de una fosforescente barba rojiza, entró en mangas de camisa en el patio de la fábrica a lomos de una motocicleta estrepitosa. Inspeccionó todas las dependencias, dio varios rodeos por los patios, tomó apuntes, se encerró con don Joaquín horas enteras en el despacho de la gerencia, sacó en los pasillos, a media conversación, papeles grasientos, que blandía enfurecido, lamió docenas de veces la punta de un lápiz, mínima expresión de esta clase de útiles, que buscaba nervioso en las profundidades del bolsillo de su chaleco...

La puesta en práctica del plan de ampliación fue decidida después de tormentosas sesiones, la última de las cuales duró una tarde entera. El griterío de la discusión impidió trabajar a los meritorios y escribientes de las oficinas.

La polémica, cauta al principio, se fue encrespando a medida que sucedía el tiempo. Los empleados más jóvenes seguían desde sus puestos las fases más vivas del altercado con signos de regocijo, bajo la inmutable presidencia del contable señor Maluenda, encaramado en la banqueta de su pupitre, la cabeza sumergida en las grandes páginas del libro.

Desde su despacho, el hijo de Rius también atendía de cuando en cuando al eco de la discusión, en aquella tarde oscura del mes de enero. El tabique que separaba su despacho del del apoderado parecía percutir imperceptiblemente.

De vez en vez un puñetazo sobre la mesa hacía temblar la tinta azul en el tintero, ya de por sí vibrante a la repercusión de las lanzaderas de las máquinas.

Lo que hacía vibrar las fruslerías y los tabiques de las oficinas, sonreír a los meritorios e interrumpir la lectura del hijo del amo eran, finalmente, cifras de presupuesto. Se dirimían en la reunión nada menos que ocho mil duros, sobre un total de muchos más. Esta cifra redonda y escueta botaba como una pelota frenética en el reducido espacio contra las cuatro paredes de la gerencia. El señor Pou la defendía como un león, con una voz potente parecida a veces a un rugido. Se escuchaba la voz de tenor del viajante Vinyals, la firme y reposada de Llobet, la gangosa y soberbia del obeso Orlau y, en un momento determinado, el punto y aparte de don Joaquín, con su palabra tajante y rápida que sacaba de quicio nuevamente al contratista.

—Son doscientas veinte, le digo que son doscientas veinte toneladas, a seiscientas pesetas —vociferaba Pou—. Pida precio a quien quiera.

Desiderio salió de su despacho y entró en el campo de batalla.

Pou se hallaba hundido silenciosamente en el sofá, congestionado sobre su libreta de bolsillo. Los ojos de Rius, de Llobet, de Orlau y de Vinyals se hallaban fijos en la operación aritmética que realizaba en aquel instante el contratista. Se había llegado a desmenuzar una cifra hasta su límite. La presencia del joven Rius apenas alteró el cuadro. Nadie pareció inmutarse por la entrada de Desiderio, que penetró de puntillas, sin hacer ruido, en la atmósfera turbia —cargada de humo y de un olor viscoso a discusión, a junta general, a tabaco y a aliento— del despacho de su padre. Desiderio fue hasta él y se situó junto a su hombro, de pie, en espera de la eclosión de ese silencio.

—Son ciento doce mil quinientas —dijo al fin el contratista.

—¿Ve usted como salen las cuentas? —expresó Llobet, lentamente, enderezándose, al tiempo que se quitaba los lentes montados al aire—. Ya hemos ganado diecisiete mil quinientas.

El contratista tenía un aire de fatiga, de disgusto. Miraba, extrañado, el papel de sus manos, como si las cifras fueran capaces de mentir.

—Vamos por las jornadas —insistió Llobet, frotando el cristal de sus gafas con pañuelo blanco, que había desdoblado cuidadosamente y que luego volvió a doblar—. Ha dicho que son... —y consultaba con la vista contraída unos papeles.

—Ciento doce.

Rius volvió el rostro, sin moverse, hacia su hijo. Éste se inclinó hasta su oído.

—Voy a salir, papá.

—Ciento doce, por...

—Quince albañiles, diez peones...

Don Joaquín consultó su reloj, sin abrir boca.

—Hasta luego.

Y Desiderio se alejó. Cerró sigilosamente la puerta forrada de cuero, tras de sí, con temor de distraerles. Descendió por las escalerillas. La baraúnda de los telares en constante movimiento, bajo la compacta y fuerte luz de las bombillas, se escuchaba ahora con su fragor. Los obreros, enfundados en batas pardas, ajustaban con sus brazos, a intervalos, la tensión de la pieza que iba surgiendo lentamente, a golpetazos.

Cruzó por el pasillo y, en la entrada, recogió su ancho gabán. Se alisó el pelo hacia las sienes y se puso el sombrero. En aquel momento le alcanzó el eco bronco del escándalo que se encrespaba en la gerencia.

Pedro, el portero, salió a su encuentro.

—Parece que pelean.

—Eso parece —contestó.

El joven Rius, con las manos en los bolsillos de su gabán, echó un vistazo a la ventana. La tempestad de oficina llegaba a su cenit. A través del cuadrilátero de luz era imposible distinguir otra cosa que una densa humareda.

—¿Van a hacer reformas, de verdad? —inquirió el portero.

—Eso parece.

—A ver si es cierto. Hace años que lo dicen. Sí, cuando mataron al pobre señor Pamias, el cajero, ya andaban en esas...

No había una sola vez, cuando Desiderio topaba con Pedro, en que no hablara del «pobre señor Pamias». Solía decir que era una buena persona, sólo que... «se había vuelto loco». Según él la culpa había sido de un policía, un tal Mario, por hacer méritos. A Pamias hubieran tenido que encerrarle, sí, pero en un manicomio. «Matar es algo... muy gordo...», solía exclamar, evocando los sueños del año nueve.

—A ti te pondremos galones —bromeó, sonriente.

—¿Galones? —Y el anciano hizo como que ocultaba su rostro, confundido—. Su años, señorito, eso quisiera tener. Y al decirlo entornó sus ojos y adelantó su mentón.

—¿Qué harías tú si tuvieras mi edad?

Pedro le miró sin decir palabra, agudamente. Su labio inferior quedó enteramente cubierto por el lacio bigote blanco. Era algo peculiar en él. Adelantaba su mentón con un signo de resignación infinita.

Tendido junto a la puerta de la barraca estaba el mastín, que gruñó, soñoliento, cubriéndose el morro con la pata. Los leños que ardían en el cubo, junto al poyo cubierto de sacos en que Pedro acostumbraba a sentarse, crepitaron y despidieron chispas azuladas en la oscuridad. Apareció en el quicio de la barraca una sombra; era la pequeña Juana, una muchacha de catorce años, nieta del portero. Herido su bello rostro por el reflejo de los leños, se acusaba la negrura de su pelo y de sus ojos brillantes. La blusa gris cubría, deshilachada, un busto incipiente y vivo. Con la mano se recogía la falda sobre la rodilla, mostrando sin querer la línea morena de unas piernas ágiles y sus pies descalzos sobre el polvo.

Llevaba en la mano una olla en la que había cuatro verduras con agua que se disponía a cocer.

Pedro miró a la chica con sus ojos acuosos, grises y blandos, sin decir palabra. La chica puso la olla en el fuego y empezó a revolver con una larga cuchara de madera.

—Cuando se hagan las obras, os haremos una casa de verdad y hasta una barraca para el perro.

Ella volvió su rostro hacia él, sin contestar. Le miró un rato con los ojos tenaces y brillantes de la adolescencia.

—Hasta mañana, Pedro.

—Hasta mañana, señorito.

«Se morirá uno de estos días —pensaba— con esa misma expresión. Ya no verá a su nieta revolver la vieja sopa en el balde con leños. Se quedará dormido junto a los cuatro geranios polvorientos que riega al amanecer, antes de acostarse. Y ya está.»

Los días inmediatamente anteriores a la entrada de los nuevos reclutas en el cuartel, estuvieron marcados por un conjunto de emociones singulares, por el nerviosismo del cambio de vida y de costumbres que se anunciaban. Las últimas clases en la Academia de don Crisanto fueron de puro delirio. Los reclutas, con sus abrigos y sus fieltros escasamente bélicos, cometieron toda clase de tropelías sobre el sufrido temperamento de los profesores. La arenga final de don Crisanto estuvo, sin embargo, cargada de emoción. Hizo un parlamento en el que, intentando exaltar el honor militar y la calidad de sus funciones degeneró en una enumeración plañidera de las dificultades que estas funciones comportaban. En parte uno podía creer que todo lo que tenía de heroica la vida castrense estaba relacionado con los emolumentos y asignaciones de tropa que las «clases» percibían con notoria insuficiencia e injusticia; sueldos de hambre, tal era el precio aceptado sin protesta por una entrega sin reservas al servicio de la Patria. Las lágrimas asomaron a los ojos de don Crisanto al despedir a sus alumnos, como si en lugar de marchar al cuartel marcharan directamente al Arroyo Blanco o Cabaiguán, para ser pasto de insurrectos. Don Crisanto vivía absolutamente inmerso en el pasado, era una reminiscencia, deslustrada por los años, de algo entrañablemente unido a las peripecias del país.

Almagro, el sastre, estuvo más locuaz y menos huraño que de costumbre en la última sesión de prueba, realizada con el escrúpulo y el esmero que requería. Ésta era una de sus habilidades. Acostumbraba a decir en la intimidad que no era partidario de gastar la pólvora en salvas y así dedicaba a la última prueba, la que en definitiva hace que el cliente salga contento, cierta retórica confidencial. Su cara olivácea y cosida de pequeñas cicatrices se animó un momento para dejar bien sentada cuál había sido su intervención en determinados encargos de la Casa Real. No era cierto que hubiera vestido a Su Majestad. Lo que ocurrió es que, siendo Su Majestad cadete, había fallecido el sastre habitual de Palacio, con el que a la sazón Almagro, algunos años más joven que ahora, estaba trabajando. Esto ocurría naturalmente antes de que decidiera instalarse en Barcelona. Su Majestad había quedado muy contento de su trabajo. Pero ya se sabe, las intrigas de Palacio habían impedido que Almagro pasara a suceder al difunto en la confección de los uniformes. A través de la perorata, Desiderio observó que el desvío de Palacio respecto a Almagro había ocasionado grandes quebrantos en la moral de este hombre. Sostenía Almagro que era preferible que hubiera ocurrido así, puesto que sus ideas personales distaban mucho de las que corresponden a un servidor de Palacio. «Yo soy un hombre de ideas muy anchas, muy anchas», repetía mientras, como con ganas de mostrar plásticamente la dimensión de sus ideas, extendía los brazos y sujetaba con las manos, como dos alones, los cabos del metro de hule doblado en su nuca.

Finalmente, Anselmo Durán y Desiderio hicieron varias

visitas, la víspera de su ingreso en el cuartel, a la cuadra en que habían metido a los caballos recién comprados. Sus gestiones y titubeos habían dado un buen fruto. Allí, arrimados a un establo, en las profundidades del almacén de un transportista instalado en una de las travesías laterales de la Rambla, estaban los dos corceles un poco amustiados y totalmente en ayunas del agitado porvenir que les esperaba. Los dos caballos parecían hermanos. Estaban bastante gruesos, tenían unos ojos bondadosos, unas patas delanteras de fina estampa, marcadas por una mancha blanca, y una crin revuelta sobre el cuello sedoso y largo. Desiderio dio unos amistosos golpes en el belfo de su corcel y pensó por un momento que ya le conocía bien. Bien pudiera ser, porque en el rato de prueba en que lo había montado, dando un pequeño rodeo por el patio interior de la casa del tratante que se lo vendió, el caballo se mostró sumiso, dócil y sin rencor. Tenía un trote gallardo y un perfil suficiente para quedar bien en cualquier parte. No era un ejemplar pura sangre, como aquel «Jonny» que había tenido cuando estudiaba en los Escolapios, pero tampoco hacía falta. ¡Quién podía saber con qué especie de congéneres tendría que convivir en el cuartel! Por su parte, Anselmo parecía estar también muy satisfecho con su ejemplar. Se lo había comprado a un gitano, en Sans, el cual le había asegurado que pertenecía a una sangre ilustre, de la que si quería podía aportarle los documentos. Anselmo renunció a semejantes comprobaciones genealógicas.

Cuando Desiderio llegó a su casa, la víspera de su ingreso en filas, Josefina le recibió con los nervios y las carantoñas de las grandes solemnidades. Estaba afectada por la impresión que le había hecho la llegada del uniforme, de la capa, del casco, de las botas relucientes. Todo estaba dispuesto en la alcoba del joven Rius. La vieja doncella había colocado amorosamente cada una de las piezas de aquel complicado atuendo para que todas lucieran por igual y pudieran ser admiradas con un solo golpe de vista. Palpaba el paño azul con mano amorosa y cuando Desiderio se puso el casco de Dragón, aquel casco plateado y relumbrante que contrastó impíamente con la chaqueta gris de su traje de paisano, con su cuello y su corbata y su cara de guasa, Josefina, no obstante, emocionadísima, estuvo a punto de llorar.

V

El despertador lanzó su llamada a las cuatro y media de la madrugada en el viejo hogar de los Rius. Don Joaquín se levantó al mismo tiempo que su hijo para asistir a todos los preparativos: los leguis, el correaje, el sable. Parecía surgir un hombre de la figura de un jovenzuelo, como surge la forma en la escultura. Esta estatua viviente fue vivificándose con un rumor de espuelas por los pasillos oscuros del viejo principal.

Los pucheros disimulados del día anterior se convirtieron en fresco y lozano llanto en las mejillas de Josefina al ver a Desiderio vestido de militar. Desiderio asombraba a la vieja doncella, que le había visto nacer, con su facha aguerrida reflejada en la luna del armario. La ceñida guerrera azul con los vivos amarillos, el casco de gala y, en él, la abundante llorona de crin blanca, la pelliza azul, adornada con las tres muletillas y ribeteada de astracán, exaltaban la esbeltez de ese niño mayor al que la sirvienta, conmovida, pellizcó al fin en la mejilla sin poder contenerse.

Con paso vivo Desiderio cruzó la distancia que le separaba de la caballeriza, en la que debía encontrarse con Anselmo. Éste ya le esperaba. Al contemplarse uno a otro, a la luz del cachivache de acetileno que el sereno acercó en el establo, los dos se echaron a reír a carcajadas. Anselmo parecía un húsar de opereta. Su bigotito recortado parecía más recto bajo el esplendor del gran casco y había en su facha algo de ridículamente marcial.

—Vamos a dar el golpe —clamó Anselmo, dándolo por anticipado en la espalda de su amigo—. Pareces de verdad —comentó, aguantando la risa.

Sacaron los caballos a la calle, que estaba solitaria y oscura. Montaron con dificultad, no habituados a su pesado indumento.

Desiderio había prometido a Josefina pasar por delante del balcón, camino del cuartel. Era algo raro transitar a caballo y vestidos de aquel modo en plena oscuridad, cruzar la Plaza de Cataluña y enfilar el Paseo de Gracia. El aire tenía un regusto marino y salobre como si hubiera un polvillo salado flotando por el aire. La mañana era fría y húmeda.

Paró un instante ante el principal. Su padre y Josefina salieron al balcón. Él no hizo más que detenerse un instante y saludar con el brazo. Vio a Josefina llevarse la punta del pañuelo a los ojos, y se avergonzó un poco de aquella efusión delante de su amigo.

—¿No te importará pasar por el Paseo de Gracia? Así como así, el camino es el mismo.

—¿Es que te espera alguien más?

—Sí, mi novia me dijo que quizá se levantaría para verme.

—¡Caramba, eso son palabras mayores! —dijo Anselmo, un poco fastidiado ya de tanto espectáculo.

En efecto, Crista se había levantado y estaba detrás de la vidriera. Desiderio vio claramente su silueta detrás de los cristales. Se puso debajo de una de las farolas del paseo, para que ella pudiera admirarlo bien. Luego lanzó un beso con la mano.

—Vaya un madrugón que se llevan por ti. Ya puedes agradecerlo.

Los cascos de los dos caballos hacían un ruido muy vivo al chocar contra el pavimento. Clareaba insensiblemente sobre azoteas y terrados. Desde la altura de la grupa la ciudad silenciosa parecía puesta a su merced. Se sentían llenos de la ilusión del acontecimiento; pero era preciso disimularlo, quitarle lastre. Les habían dicho muchas veces que los primeros días había que ir con mucho cuidado.

—No seremos más que cinco cuotas —le informó Anselmo—. Además de Inglada, un tal Perico Rovira y otro tal Tomás Esteve. Me lo dijo un sargento.

—Vaya, estaremos bien. —Y Desiderio pensó en los privilegios que podrían obtener de esa restricción numérica.

—Nos van a meter en el escuadrón del capitán Suárez. Según me han dicho, es un bonachón —informó Anselmo, que parecía estar al corriente de todo.

Por una de las calles laterales fueron avanzando hacia el

Paseo de San Juan. La claridad iba creciendo insensiblemente sobre las fachadas. Era una luz lechosa, difusa, como de espectro. Cruzaron el Paseo de San Juan y se metieron, en dirección a la Sagrada Familia, por la Travesera. La estrecha calle de barrio estaba completamente solitaria. Sólo los faroles, encendidos y amustiados por la creciente claridad, parecían poseer el silencio.

La mole de la Sagrada Familia, sus altas torres, como oscuros espárragos monumentales, apareció en lo hondo. Aquél era ya el paisaje cuartelero, les acercaba a su término. Los dos caballos cabeceaban y resoplaban, como si estuvieran infundidos de la misma impaciencia que ellos.

El Cuartel de Dragones de Santiago estaba instalado en la parte alta de la ciudad, sobre un descampado irregular en las estribaciones de la montaña. Durante largos meses los jóvenes reclutas iban a entrar muy de mañana en este edificio y a vivir unas horas diariamente la vida militar en los largos patios flanqueados por los abrevaderos, en el picadero, en los escuadrones, ruidosos del cocear de los caballos e impregnados de un fuerte olor a pienso, estiércol y paja, en la cantina y en el cuerpo de guardia. El alarido irregular de la corneta señalaría la diana, el pienso, el rancho, el abrevaje, el toque de queda. Su sonido metálico iría a morir en el desmonte, en el pequeño suburbio crecido al calor del cuartel, en los garitos de bebidas, barracas de ladrillos y hojalata, en cuya puerta gatos y perros vagabundos se lamían mansamente las lacras.

La entrada de los nuevos soldados en el cuartel fue un espectáculo digno de ser contado. Todo empezó en el momento de trasponer la puerta. La luz del amanecer iluminaba ya totalmente los torreones y las falsas almenas de ladrillo del recinto castrense. Lo primero que asombró a nuestros dos amigos fue el sonido delirante de una corneta, completamente insólito y no previsto en las ordenanzas. Pronto advirtieron que se trataba de una guasa. En el momento en que llegaron a la puerta del cuartel Pablito de Inglada estaba apartando la gualdrapa escocesa de un caballo hermosísimo que sostenía por las riendas un mozo del picadero de Arsenio. Junto a la acera de enfrente se veía la *voiturette* de Pablito, de la que éste acababa de bajar. La exhibición del mozo había movilizado a un grupo de veteranos del garbanzo, y en seguida, con el permiso del capitán, fueron a avisar al corneta para que prepararan la ruidosa recepción. Fue en el momento en que los tres nuevos reclutas hacían su entrada en el cuartel, en que sonó con un alarido vergonzante el toque de corneta y grandes numerosas risas y abucheos. Desiderio, el primero en entrar, se encontró frente al mismísimo capitán Suárez, que le inspeccionó de arriba abajo con un detenimiento azarante. Vio reflejados en sus ojos la impecable guerrera de Almagro, los guantes de Comas, las botas de piel de Savall, tan bruñidas como para hacerse ante ellas el nudo de la corbata.

—A sus órdenes, mi general —saludó el capitán, cuadrándose ante él, en una parodia escalofriante de disciplina a la inversa.

Un coro de carcajadas en el patio coreó el cómico ademán.

Les hicieron entrar en un cuartucho, donde pasaron lista y les tomaron la filiación. Allí estaban ya el resto de sus compañeros. Perico Rovira, y Tomás Esteve, a que había aludido Anselmo. Cumplida la formalidad, Desiderio y sus cuatro compañeros oyeron con espanto al capitán dar una orden extraña, inesperada; y al poco, se encontraron en las caballerizas, limpiando con palas y escobones los detritos que, en el suelo, sobre la paja, habían dejado en veinticuatro horas los caballos del I Regimiento de Dragones de Santiago. Esos caballos no tenían, ciertamente, la catadura ni los modales de sus propias flamantes cabalgaduras. Eran unos potrancos ariscos, suspicaces, movedizos y malhumorados, cansados de bromas.

Contra lo que Desiderio presumía, Pablo Inglada aceptó de buena gana y con grandes voces de júbilo el triste cometido higiénico a que acababan de ser condenados. Aseguró que era diestro en estos lances, y hasta demostró su habilidad en ello. Dio unas cuantas instrucciones a los demás, que estaban mascullando interjecciones, como para demostrar que era un experto.

—Hay que ser hombre de campo para eso. Vosotros no servís, se ve a la legua —decía con petulancia.

Al cabo de un rato de sometimiento a esa prueba, fueron llamados de nuevo por el capitán. Les reunió en un cuarto en el que había unos bancos y una pizarra en la pared. La suciedad de las cuadras no había hecho apenas mella en los atuendos de los reclutas. Las botas, después de un ligero toque con un trapo, brillaban como antes.

—Les he hecho llamar, señores, porque es preciso que nos conozcamos. Supongo que ya se habrán dado cuenta de que aquí no habrá preferencias ni tratos de privilegio. En las horas de cuartel, todos somos unos, ¿entendido?

Era un hombre gordezuelo, de mediana estatura, que respiraba optimismo y socarronería.

—A ver, usted, general —dijo, dirigiéndose a Desiderio—. ¿Cómo se llama usted?

—Desiderio Rius, mi capitán —respondió, en actitud de firmes.

—¿Desiderio? ¿Y quién le gastó esa broma?

Miró y observó complacido que su gracia era reída por todos menos por el objeto de ella.

—Vamos, vamos, formalidad. En la disciplina soy muy severo. ¡No tiene fama el capitán Suárez de hombre recto e intachable concerniente al servicio! En lo demás, fuera de servicio, un amigo, eso es, un amigo en todo y para todo. Oiga usted —terció de pronto, dirigiéndose a Inglada—, aunque se venga en coche, aquí dentro eso no cuenta, ¿entendido? Y a ese criado que le ha acompañado aconséjele usted que en adelante se quede en casa. ¿De acuerdo? Ya está usted suficientemente crecidito para venir solo, ¿no cree?

Acto seguido, tras una breve pausa, empezó a parafrasear una glosa del articulado de las Ordenanzas de Carlos III referentes a la disciplina.

Una vez terminado el repaso a grandes líneas de esa parte del articulado —el capitán había bautizado ese rato con el nombre de clase teórica— pudieron salir a los patios en espera de la hora de la instrucción. Los patios eran amplios y formaban anchas avenidas polvorientas en las explanadas libres de las edificaciones del cuartel. Arrimados a los muros multitud de soldados, mal vestidos o a medio vestir, se despanzurraban al sol matinal. Otros formaban tertulias o se perseguían sobre las desiguales losas; un grupo de ellos jugaba con una pelota de trapo; algunos estaban empeñados en su *toilette* matinal, afeitándose al aire libre ante diminutos trozos de espejo colgados de algún clavo en la pared. Los había de todas clases y cataduras; altos, forzudos, norteños de fuerte musculatura y vozarrón bizarro; y levantinos ágiles como gacelas, casi rubios. Pero abundaban más los hombres de tipo extremeño, bajos, cenceños, oliváceos, de rostro mordaz y mirada aguda. De vez en cuando uno de ellos cruzaba el patio, sin que los demás se preocuparan de abrirle paso, precediendo a una ristra de tres o cuatro caballos que llevaba a abrevar. Los caballos cruzaban entre los jugadores de pelota o entre los que corrían sin torcer para nada su camino. A veces, alguno de ellos parecía sentir de improviso un arranque insolente; se paraba con un movimiento nervioso de las patas, bailaba un instante agitadamente sobre las losas y con grandes cabezadas se resistía a la rienda que le ataba a los demás, hasta producir un ligero tumulto. Pero un tirón del soldado restablecía la calma, mientras sonaban voces airadas y juramentos y algún trallazo chasqueante en el aire. Los caballos seguían su camino, dejando aquí y allá, en el suelo del patio, la pelota humeante de sus detritos que brotaban a borbotones de su carnadura marrón y lustrada cuando las colas largas se elevaban con una violencia vibrátil y arrogante a la altura del torso. Luego se acercaban a los abrevaderos, apretándose unos contra otros, frotando entre sí sus lomos poderosos en busca de un hueco donde meterse y hundían los pacientes morros en el agua plácida, verdosa, de la acequia que discurría en las pilastras de cemento. Bebían prolongadamente, con un sorbo lentísimo y pertinaz hasta quedar saciados. El belfo mojado surgía otra vez al aire y lo trituraba como una golosina, con un abrirse voraz de las ventanas nasales que mostraba en su distensión las pálidas encías y las blancas dentaduras mojadas y babeantes.

Pronto ese espectáculo les resultó familiar. Desiderio y Anselmo dieron un rodeo por los patios. Los soldados los miraban con curiosidad, con un asomo de burla, pero no les molestaban. Andaban un poco perdidos, abúlicos y desplazados. Cruzaron enteramente la curva de herradura que forma el cuartel, hasta pararse frente a un tosco garito de una planta del que salían voces y canciones, un murmullo de guitarras y el eco de un cante. Era la cantina, según rezaba con letras burdas un cartelón sobre la puertecilla de entrada, de la que colgaba una cortina de cuentas multicolores que cerraba el paso a las moscas.

No tardaron en darse cuenta de que Pablito era un tipo singular, capaz de plantar cara a las situaciones más difíciles, a juzgar por la amistad que parecía unirle ya al corneta que poco antes floreara en su honor uno de los repiques más curiosos de su carrera musical. Pablito y el corneta en el interior de la cantina canturreaban a grandes voces y daban palmadas estruendosas acompañados por el instrumento que un veterano de pelo gris y cara tristísima, en la que faltaba nada menos que un ojo, estaba rasgueando. Había sobre el mármol del mostrador una botella y unos vasos, así como restos de tortilla y un plato de ensalada no muy apetitosa ciertamente, sobre el que volaba, planeando y zumbando a trompicones, un enjambre de moscas. El corneta tenía cara de pocos amigos, pero en aquel momento parecía hallarse a sus anchas. Dos grandes patillas, que parecían la hoja cortante de un hacha de leñador, cubrían sus mejillas enjutas, hasta una cicatriz que partía en diagonal su labio inferior. Un bigotito fino acentuaba la malignidad aparente de aquel rostro, malignidad a la que acababan de rubricar unos ojillos saltones y brillantes, apenas visibles entre la maraña de las hirsutas cejas. Llevaba el corneta la guerrera sin abrochar y por la cintura del pantalón asomaba en ella el mango de una navaja virulenta y poco tranquilizadora. Pero Pablito y él parecían haber congeniado a fondo, a juzgar por el ademán protector con que Inglada pasaba su amplia mano sobre el hombro del sucio recluta. Desde el interior Pablito les hizo signo de que entraran, pero ellos se excusaron con un ademán y siguieron caminando.

Al cabo de media hora sonó un cornetín un poco embarullado —o al menos así les pareció que sonaba, quizá sugestionados aún por la estampa del corneta que habían dejado en la cantina— y creyeron entender que era hora de la instrucción. Los cinco recién llegados cumplieron su cometido a la perfección, adiestrados como estaban por las lecciones de las academias. El recuerdo de don Crisanto flotó un instante en el aire al comprobar la satisfacción con que el sargento que les dirigía pronunció sus «muy bien» y su convicción de que la jura de la bandera no habría de ser demorada. Al término de la instrucción quedaron descansando en su lugar durante un rato, en espera de que les revisara el coronel. Al fin éste, cojeando ligeramente, apareció en el extremo del patio, seguido por el capitán Suárez. El coronel era un hombre de porte distinguido, de pelo gris, casi blanco y de rostro moreno, de aspecto jovial. Les pasó revista detenidamente, uno por uno, sin abrir boca. El aspecto de todos ellos pareció complacerle. Tuvo un aparte con el capitán y éste preguntó después si alguno de los nuevos reclutas tenía «escuela» de equitación y ordenó que, en tal caso, el interesado diera un paso adelante. Desiderio dudó si dar a conocer en aquel trance sus habilidades de jinete en años de colegio. Al fin, pensando que su destreza no se le habría olvidado tanto con los años, se decidió a dar el paso. Hizo al capitán la salvedad de que no creía estar entrenado en su forma actual, pero que desde luego él poseía «escuela» y hasta era ganador de algún trofeo modesto. Al capitán Suárez se le redondeó el busto de satisfacción y le dijo que se pusiera a las órdenes del teniente Campos.

Encontró a este teniente Campos en el cuarto de oficiales. Recibido el encargo del capitán, el joven oficial le invitó afablemente a que lo siguiera. Era un hombre jovial, casi de la misma edad de Desiderio, barbilampiño, de facha simpática y charla abierta y natural. Le explicó en seguida que era un prurito del coronel conservar una tradición de buenos jinetes en el Regimiento, para su lucimiento en los concursos anuales; el coronel mismo era un excelente jinete; había sido años atrás una de las figuras de la equitación militar española. Ahora, ya lo había visto, el reuma afligía sus miembros —el clima de Barcelona no le sentaba bien— y los años empezaban a pesarle, por lo que había tenido que renunciar a la silla. Mientras el teniente hablaba, Desiderio, que caminaba a su lado, observaba al pasar las dependencias del cuartel que estaban cruzando. Éstas mostraban un aspecto que nadie hubiera sospechado desde el exterior; era todo aquello la morada de oficiales y jefes. Tenían aquellos pasillos anchos y las salitas que de vez en cuando se dejaban ver a través de livianos cortinajes y estores, un cierto aire de estancia colonial. Los muebles, las pinturas, los tapices, las cornucopias debían de ser una réplica de la decoración de ciertos palacetes que habían cobrado su forma y obtenido su carácter en las plazas fuertes de las posesiones antillanas, en los palacios de Capitanía de La Habana o de Veracruz; sólo que, aquí, quedaban como una copia modesta, como un reflejo mustio de aquellas grandezas. Sin embargo, de la sobriedad, del tono casi conventual de la decoración de aquellas dependencias trascendía el espíritu al que habían de servir. La simpatía, la llaneza del teniente contribuían también a congraciarle con el ambiente y se sentía animado.

Cruzado el edificio, el teniente y el nuevo soldado salieron a un patio interior, aislado del resto por un alto muro, tras el cual se columbraban los perfiles de las viviendas de la calle. Las características de ese patio le dieron a entender en el acto que se trataba del lugar de ejercicios de los jinetes de temple del Regimiento. Había varios obstáculos de ramaje dispersos aquí y allá y, en el fondo, una pequeña caballeriza, en cuyo mástil ondeaba el estandarte de Santiago; de ella llegaban hasta su percepción coceos y breves relinchos.

Entraron en la caballeriza y el teniente ordenó a uno de los soldados que la guardaban que preparara cierto caballo. Desiderio vio ante sí al cabo de un rato, en el patio, a una finísima yegua, lista para que la montara. El teniente le dio unas instrucciones.

—Dele primero unas vueltas para que se desfogue. En seguida verá que es fina como una brújula. Ánimo —dijo, ayudándole a montar.

Desiderio dio unas vueltas con ella. Bailaba y rebrincaba, ni un momento quieta. Parecía tener ganas de empezar a saltar en seguida. Tuvo que retenerla. Se encabritó un instante, torciendo el cuello. Luego, dispuesto a saltar, la puso frente a la primera valla.

Limpiamente, como si él no le pesara, pero dócil a sus menores tirones, a la sugerencia más leve de su rodilla, la yegua se lanzó al galope hacia el obstáculo. Desiderio se agachó, se puso en tensión, fue elevado velozmente y sintió de nuevo los cascos sobre la tierra polvorienta; y nuevamente avivó al animal para que salvara un poste de madera tras el cual se hallaba tendida una ringlera de sacos. Miró atrás y comprobó que el poste estaba intacto. Se encaró al promontorio de tierra; y la yegua saltó ágilmente sobre ella y volvió a bajar; luego, la obligó a torcerse sobre sí misma; la enfrentó nuevamente al primer obstáculo.

—Ya basta —oyó gritar al teniente—, dele un par de vueltas más y ya bastará por hoy.

Una vez la hubo ejercitado nuevamente con igual éxito, se paró junto a la caballeriza y descabalgó.

—Está bien, está muy bien. Ya informaré al capitán de eso. Es buen bicho, ¿no? —preguntó, dando unas palmadas al cuello de la yegua.

Cuando Desiderio contó a Anselmo el lance, a éste le pareció que su amigo no tardaría en hacer brillante carrera en el ejército.

—De peores cosas han nacido Napoleones —comentó.

Pero Desiderio no veía tan claro su porvenir guerrero. El cuartucho en el que conversaban olía a paja y a cochambre de una manera estremecedora. Parecía que se hubieran vaciado en él todas las letrinas del suburbio. Desiderio le echó una ojeada desilusionada.

—¿Y éste es nuestro hotel?

Aquél era en efecto el cuarto donde tendrían que dormir, si podían, en las noches de imaginaria y de guardia, donde tendrían que pasar las horas de lluvia y de silencio cuando estuvieran acuartelados. Era un cuadrángulo de tres o cuatro metros; sus paredes desconchadas estaban manchadas de humedad y vagaba, por el suelo, ese polvillo como de algodón que sólo puede provenir del contubernio de telas y maderas con ratones y cucarachas. Cuatro camastros, uno al lado del otro, sin sitio apenas para pasar, lo aproximaban de una manera alarmante a la idea que Desiderio se había formado de una celda de cárcel. Las ropas de esos camastros hacían volver la cabeza con náusea. Unas mantas agujereadas, apolilladas, de un color indefinible, formaban protuberancias sobre unas sábanas de un algodón mugriento color café o poco menos. Las almohadas tomaban todas las formas imaginables. Unas parecían embudos, otras redondas bolas, pero todas ellas eran de una dureza medieval. Sus leguis, su correaje, la impecable guerrera de Almagro casaban mal con aquel lugar asqueroso. Por fortuna la presencia del sargento de guardia les hizo salir.

—¿No saben que eso es el cuerpo de guardia? —recriminó enfurecido el menguado jefe, como si les hubiera descubierto en flagrante delito de espionaje o traición, en una maquinación extraña por apoderarse de aquel edén, de aquel reducto nauseabundo.

Pero también a eso se iría habituando.

Cuando Desiderio contó a la intrigadísima y orgullosísima Crista sus impresiones del cuartel un velo opaco se ponía sobre las contingencias más deplorables y no quedaba más, a los ojos de su novia, que el aspecto romántico y un poco legendario de aquella aventura. Aunque lo hubiera pretendido le habría sido imposible a Desiderio destruir la ilusión con que ella lo veía, el asombro que le producían sus negras botas, su guerrera azul, el astracán que la ribeteaba. Y todo eso era suyo, era de ella; ella tenía una parte importante en la arrogancia con que él caminaba y se mostraba, hecho un brazo de mar, como el más elegante y airoso de todos los caballeros que habían existido.

Para Desiderio la vida del cuartel fue una realidad, y una realidad más bien pesada, asfixiante, llena de dificultades; para ella, en cambio, el servicio militar de Desiderio era una leyenda, el párrafo de un libro que estuviera saboreando con pasión, absolutamente alejada de los hechos reales.

Día tras día, el joven recluta hizo el mismo itinerario; Anselmo y él le llamaban, con propiedad, «el camino de Santiago». Llegaron a la conclusión de que era mejor dejar el caballo al cuidado de ciertos especialistas, que tenían un puesto de forraje en las cercanías del cuartel. Así sus viajes de madrugada se efectuaron en tranvías y de una manera menos brillante que la primera vez.

A los pocos días de su ingreso juraron la bandera y empezó para ellos la verdadera vida de la milicia. Un par de días a la semana tenían que pasarlos íntegramente en el cuartel, de sol a sol. Les costó habituarse a la pesadez de las guardias, a coger un sueño suficiente en el deplorable cuarto de guardia y a despertar así que el compañero daba a sus pies el tirón insistente que indicaba la hora de incorporarse al «punto». Los ojos se cerraban sin querer, en el curso de las dos largas horas en que debían vigilar junto a una garita o a un torreón, en la más sombría y anestésica negrura de la noche. «¿Quién vive?», y la voz lejana respondía en silencio: «¡Santiago y España!» Era un eco que sugería en la tiniebla hechos heroicos que estaban fuera de lugar, noches de vigilia y de zozobra en lejanas tierras conquistadas y turbulentas. Porque allí, mirando bien, no se veía más, a lo lejos, que el perfil pacífico de las azoteas de suburbio, ni había otro clamor que respondiera a esa voz vacilante que el ladrido de un can, el trasiego de una turba de ratones o los pasos de un noctámbulo despistado que volviera al arrabal con el mal sabor de boca de unas horas de podredumbre y de hastío en la ciudad.

El cuartel introdujo inesperadamente un elemento desconcertante, irregular, en su vida. Por las tardes, en los días en que no tenía guardia, Desiderio iba a la fábrica. Pero su trabajo quedaba descalabrado por la inconexión de ese horario y le hacía sentirse forastero y excluido de las normas establecidas. Apenas podía reconocerlas. La doble vida turbaba sus hábitos de tal modo que se sentía tremendamente incómodo en todas partes, en el cuartel, en su casa y en la fábrica. Había que tener paciencia, puesto que no había hecho más que empezar.

Con el mismo talante parecían tomarlo sus compañeros. Anselmo Durán era un hijo de familia sin profesión reconocida. Había estudiado la carrera de Derecho, que aún no había terminado, por puro deporte, por justificarse de algún modo ante los demás. A lo que podía verse, Anselmo era, sin embargo, un hombre a quien le gustaba un cierto orden en todas sus cosas. Aunque sus condiciones económicas y su libertad hubieran podido autorizarle cualquier gasto, aun el más impensado, Anselmo era todo lo contrario de un bohemio. Administraba a conciencia sus goces, mantenía un orden inflexible hasta en sus malas acciones. No se quejaba de su suerte jamás y adoptaba una pose constante de autoequilibrio que al cabo del tiempo llegaba a hacerse bastante fastidiosa. Anselmo tenía un *faible* y era la pintura. Eso le permitía llevar a su estudio, instalado no lejos del cuartel, en una parte de la Travesera de Gracia, a las muchachas descubiertas en ciertos bailes de barriada de los que era frecuentador. Quizá por eso tenía del amor ideas personales y las ponía en práctica como un artífice de su propia filosofía. Cuando descubría alguna joya de arrabal, fuera su hallazgo dependienta de modista o trabajadora de fábrica, no reparaba en gastos. La muchacha salía, a los pocos meses, vestida, arreglada, peinada según los toques que el artista daba a su personalidad; se especializaba en transformar beldades de suburbio, en hacerles conocer y gustar los placeres del restaurante, la brillantez de la vida nocturna. Los diamantes en bruto quedaban a los pocos meses en disposición de desenvolverse por su cuenta en aquel mundo al que no hubieran podido aspirar nunca sin la intervención de un mentor. Nadie pudo admirar ni una sola de las telas que servían de anzuelo a esa pesca milagrosa. La verdad es que la figura de Anselmo, su calvicie de hombre de sociedad, su bigote de maniquí de sastre, tenían muy poca relación con los caracteres que nos hacen decir de un rostro o de una figura que parece un artista. Anselmo era la antimelena, la antichalina, la anticaspa y el antigenio. Su fantasía se limitaba a las confusiones que a menudo sufría sobre la verdadera catadura de los personajes que ejercían una sugestión sobre él; cualquier «demi-mondaine» se convertía, en su imaginación, en una aristócrata en desgracia, baronesa o duquesa, parienta de tal o cual. Le causaba una impresión vivísima cualquier mujer a la que encontrara ya vestida, perfumada, arreglada sin necesidad de ayuda y dueña sin sus retoques fonéticos de un léxico *ad-hoc*. No obstante lo cual, y contra lo que pudiera parecer, era muy meticuloso, incluso con sus fallos y, de vez en cuando, desaparecía de la vida nocturna y hasta de la diurna para restablecer con unas semanas de abstinencia cualquier exceso imprevisto de su administración.

Desde el segundo día de su cambio de costumbres, Anselmo, que hasta entonces le había parecido a Desiderio un muchacho sin reproche, le mortificó con su egoísmo y con su modo constante de refunfuñar. Aquello no era para él. Estaba a disgusto, observando a cada paso con horror que aún le quedaban muchos meses de brega y buscando en vano una solución a tantas incomodidades.

En cambio, el que parecía haber resuelto las cosas a su gusto era Pablito Inglada. El hombrón era muy correcto con Desiderio. La tirantez que éste le manifestaba, aun sin querer, resabio de su disgusto por la escena del día de Reyes, no parecía afectarle lo más mínimo. Al contrario, prodigaba sus amabilidades con el joven Rius, muy ajeno a la reacción que le causara. Pablito era un tipo singular. Pese a la admonición del capitán, se presentaba en el cuartel invariablemente a lomos de su insecto metálico. Su prestigio en el cuartel, entre los del garbanzo, crecía de día en día. Tenía voluntarios para todo, con sólo sacar de su bolsillo un puñado de plata igual al que había mostrado la primera tarde que Desiderio le vio en el «Iris»; el corneta parecía estar a sus órdenes y a menudo se les veía departir amistosamente en la cantina. En los días de guardia, al borde de la una del mediodía se presentaba en un coche a la puerta del cuartel un ceremonioso camarero del «Suizo» portador de una bandeja que contenía la comida pantagruélica y refinada del joven Inglada. Éste la devoraba sentado en una pilastra de cemento con el mismo empaque con que lo haría en el propio «Suizo», rodeado aquí de perros macilentos que se mordisqueaban y aullaban en disputa de un bocado, o de un coro de reclutas mirones.

Lo más sorprendente de las gestas de Pablito fue el arrojo con que se lanzó a solventar el engorro de las guardias. Lo hizo sin avisar a nadie y, por lo visto, sin el menor reparo en provocar un castigo que en ese caso hubiera sido tajante y ejemplar. De sus coloquios con el corneta resultó pronto una entente, según la cual el músico, mediante un estipendio que una y otra parte contratante mantuvieron rigurosamente secreto, se comprometió a realizar por el otro las guardias que le correspondían. Ante la evidencia, Anselmo Durán quedó boquiabierto y empezó a rumiar en el modo de usar a su vez de la estratagema, siempre y cuando transcurrieran unos cuantos días que comprobaran la impunidad del cambiazo. Hizo indagaciones claras cerca de Pablito.

—Nada más fácil —contestó éste, llamando aparte al corneta—. ¡Eh, Cosme, ven acá!

Anselmo, Cosme y Pablito tuvieron una larga sentada en la cantina. Se oyó cantar flamenco hasta a Anselmo Durán. El resultado fue que Cosme se convirtió en el gerente de una verdadera bolsa de compraventa de guardias.

A partir de aquel día fueron muchas las guardias en las que el miserable habitáculo de los camastros estuvo ocupado por los tres supervivientes de argucia, puesto que los sustitutos dormían en el cuarto de guardia de su clase, situado entre las caballerizas. Desiderio tuvo que tratar con más frecuencia a Perico Rovira y Tomás Esteve. El primero era un muchacho grueso, bonachón, con unas grandes gafas de concha sobre los ojos reposados. Perico Rovira era el hijo de una familia de transportistas. Tenía rasgos de un humor cordial que rezumaba agudeza, comprensión. Era una buena naturaleza. Solía decir que él había elegido caballería porque conocía mejor a los caballos que a los hombres. Tomaba un poco el pelo a Tomás Esteve, que tenía un porte aristocrático, un esqueleto que podía parecer el de don Quijote, una piel blanca y un pelo fino y lacio, como el de ciertos cadáveres. Le decía a menudo que él había entrado en caballería por razones distintas a las suyas propias. Tomás Esteve, en efecto, había elegido el cuerpo porque todos sus parientes, colaterales y consanguíneos, habían jurado armas caballerescas en Santiago, desde tiempo inmemorial. En cambio, los antecesores de Perico habían sido carreteros. «Yo mismo, aquí donde me ves —afirmaba el gordo y risueño Perico—, no soy más que un trajinante.» Tomás Esteve, a quien el labio bífido hacía sonreír constantemente, era condescendiente y hasta parecía divertido con las manifestaciones de Perico, por el que sentía un gran afecto. Dispares y sin nada en común ni por su sangre ni por su temperamento, Tomás y Perico habían intimado de la manera más feliz en pocas semanas. A menudo, a la hora de la comida, se veía a Perico increpar a Tomás porque comía poco. «Las cantidades de hambre que habéis pasado los finos —le decía—. Si no hay más que verte. Lleváis sin mover las quijadas desde el siglo XI, desde la Santa Cruzada.»

Porque, pese a su profesión y a su modestia, Perico Rovira era un muchacho que había leído, que se pasaba leyendo las horas largas de la imaginaria o de la guardia. Tomás Esteve, en cambio, en quien cuadrarían mejor esas funciones intelectuales, se divertía jugando al mus en la cantina. Había, pues, también un trastrueque en las aficiones de los dos amigos, de tal manera que Desiderio se habituó a considerarlos como complementarios, como actuantes de una curiosa simbiosis social y personal.

Después de una primera tanda de ausencias que duró unas tres semanas, Anselmo Durán se reincorporó a los servicios de guardia, renunciando momentáneamente a su trato con el corneta. Volvía de sus incursiones nocturnas con el tinte cambiado, con la cara radiante, aunque algo más delgado. En el curso de una tarde de guardia estuvo explicando a Desiderio meticulosamente, con todo pormenor, las novedades que había tenido ocasión de gustar en su jira por los placeres de Barcelona. Y, sin embargo, era mejor que, de momento y por una temporada, volviera a incorporarse a sus obligaciones. Cosme, el sinvergüenza, cobraba un pico. Si a eso había que añadir el tren de gastos que se originaba cada noche que pasaba fuera del cuartel, más todo lo que se llevaba ya de dispendio antiguo, la instrucción, el caballo, los uniformes y la cuota, el servicio militar tenía un presupuesto semejante al de toda la guerra de Troya. Hablaba apresuradamente, pero con convicción. Acababa de adoptar tajantemente uno de sus determinios de cicatería y de reducción de gastos. Bien es verdad que, además, le convenía alejarse de cierta odalisca del «Iris» que se estaba tomando las cosas demasiado a la brava. Y ¿para qué? A él no le gustaban ésas, que ya son como profesionales; buscaba siempre un poco de cariño de verdad y para ello era preciso buscar en otras zonas. Ninguna como una chica de esas que uno, sin esperarlo, se encuentra alguna vez en plena calle, a la que hay que decir unas cuantas palabras bien dichas. Luego, todo sigue sobre ruedas. «Claro que a veces te complican la vida y se creen que les has prometido casarte y mil fantasías más. Pero lo cierto es que la mujer te tiene que tener un poco de afecto, si no, acabas aburriéndola.»

Algunas veces pasaba por el ánimo de Desiderio la idea de aprovecharse también de la oportunidad que se le ofrecía. Adherido como estaba a la tiranía de sus costumbres ninguna ocasión se le presentaría fan fácil como en esas jornadas que podían procurarle una noche entera de evasión. Sentía con cierta viveza la curiosidad de empañarse un poco en el aliento de la noche que Anselmo describía con tintas tan radiantes. Sopesaba lo larga que llega a ser una noche para aquel que la pasa sin dormir; medía la monotonía de las horas y la pesadumbre del sueño en el cuartel, mientras abajo la gente titilaba de esperanzas, de alegrías bullangeras. Pero se guardaba aún esa golosina como se la puede guardar un niño para saborearla en el momento oportuno. Pensaba y recordaba, en cambio, lo placenteras que son las noches largas cuando se saben aprovechar. Pensaba en Louise, por ejemplo. Sí, decididamente, si un día Anselmo se prestaba a ello, se brindaría a hacer con él una escapada a ese mundo que su amigo conocía al dedillo.

Y entraron en el recinto de la fábrica la piqueta, el cemento, carros cargados de sacos y una muchedumbre de peones. Fue abierta la cuenca profunda en que se vaciaron las piedras y el cemento y que diseñó el trazo de los nuevos edificios. Se empezó a trabajar con el engorro de aquella baraúnda, entre andamios, pilas de ladrillos, envueltos en polvillo de cal y de cemento. Los rayos del sol que entraban por los amplios ventanales de la nave fueron, poco a poco, lapidados por el muro de sombra que crecía al conjuro de las voces de los albañiles. Así, la vieja fábrica empezó a ser como enterrada, rodeada y disuelta en la nueva, y la humedad de sus muros pareció asomar acrecentada en esa desaparición, en esa jubilación, desde lo hondo de su arcilla, como el achaque postrero de un empleado inútil.

La presencia de los albañiles a ras de ventanas y el trasiego de tablones o las pilas de ladrillos que obstruían el paso de las gentes creaban una atmósfera en la que parecía que nada estuviera en su lugar y en la que Desiderio, desde luego, estaba completamente desplazado. La vida del cuartel, sumada a semejantes estropicios, le hacían pasar del todo inadvertido. Le parecía que, en las noches en que por no estar de guardia cenaba en casa y hacía en ella su vida normal, su padre al verle llegar levantaba la vista del grueso anuario como si se sorprendiera. En cierto modo agradecía esta situación, por la que se sentía al abrigo de aquella vigilancia, de aquel control de todos sus actos que tanto había llegado a apesadumbrarle en los meses anteriores, y principalmente antes de su marcha a Inglaterra.

Pero ¿iba a desechar esa situación que le era ofrecida en bandeja? Nada se lo impedía. Inclusive contaba con algunos fondos, para los gastos que pudieran venir de su travesura. Tenía en el Banco algún dinero, producto del ahorro de regalos y del acopio de sus sueldos, que su padre le había obligado a guardar. Ahora don Joaquín había olvidado enteramente el controlarle mensualmente esa cuenta, que ya ascendía a un par de miles de pesetas. Desiderio fraguaba lentamente un plan para seguir las trazas de Anselmo. La vida en el cuartel había logrado desconcertarle también en relación con Crista. Le parecía ahora que aquella vida entre hombres le obligaba a hacer el hombre. Si contrastaba su manera de ser y la norma de sus costumbres con las de sus compañeros le parecía que estaba viviendo una existencia todavía infantil, apegado a la iniciativa de Crista y de su madre, o sujeto a la vigilancia de la carabina de Crista. ¿No era hora ya de iniciarse un poco por su cuenta en los sucesos que llenaban la vida de los muchachos de su condición? Se sentía atrasado con relación a ellos y con ganas de tomarse un día de buen desquite. Seguramente no sería más que para probar, un mero impulso de la curiosidad que pronto quedaría saciada. Crista no tendría por qué sentirse traicionada ni por qué reprochárselo, en primer lugar porque no se enteraría nunca de ello, y en segundo lugar porque, en caso de que lo supiera, sería mucha intransigencia y falta de amor preferir que él se estuviera pudriendo en el cuartel a que probara de solazarse una noche, sin hacer daño a nadie.

Cuando, a las dos semanas del retorno al redil de Anselmo, vio a éste, ya restablecido de sus descalabros financieros y de sus escrúpulos, dispuesto a tentar de nuevo la salida, y comprobó ciertos apartes misteriosos que tenía con el corneta Cosme, le sugirió la posibilidad de acompañarle una noche en sus andanzas. Anselmo aceptó la idea complacido. La única dificultad era guardar las apariencias para que el abandono no pudiera aparecer total por parte de los «cuotas», dado que Inglada parecía empeñado en no cumplir ni una sola de sus guardias. El corneta se las arregló para que la simulación fuera completa. Desiderio, con una excusa a Josefina, hurtó de su armario un traje de paisano que trasladó al estudio de Anselmo, junto con un par de mudas. Desiderio y Anselmo dieron una vuelta completa por la Barcelona nocturna, al cabo de la cual Desiderio se prometió que no volvería a hacerlo más. Pero se equivocaba. A los pocos días, volvió a sobornar al corneta y volvió a salir, esta vez ya sin remordimientos y sin escrúpulos. Su vida cuartelera empezaba a cobrar un cariz insospechado.

VI

Al estallar la guerra una oleada de inquietud sacudió los cimientos más sólidos de la sociedad. Nadie pudo imaginar de pronto el alcance del cataclismo. El mundo había gozado de largos años de paz. La guerra, castigo de Dios, era algo anacrónico, que el progreso había relegado a zonas de la prehistoria, al igual que las plagas bíblicas.

Pero desde el primer momento se advirtió que aquélla sería una guerra distinta a todas las que se habían leído en los manuales; se previó que iban a perecer millares, millones de hombres, que las armas que se emplearían iban a asombrar por su novedad y por su fuerza, que los beligerantes no renunciarían al empleo del avión como arma de combate. La zozobra por el curso de las hostilidades, que no llegaba a la calle, se veía, sin embargo, pintada en el rostro de las gentes más sensatas.

Pero al agobio de los primeros meses sucedió una extraña locuacidad colectiva. Lo que nadie había sospechado estaba ya allí, a la vista de todos. A los pocos meses quedó borrada la línea de transición del día a la noche. En las horas soleadas, el tráfico intenso daba fe de la gula con que todo el mundo se lanzaba a la captura del dinero. No había tiempo más que para las visitas, los contratos, las conversaciones de negocios, los planes financieros. En la Bolsa, las sesiones eran la marejada del oro nómada que venía a recalar en un país situado fuera del alcance de los explosivos. Al atardecer se cernía sobre la ciudad una neblina sosegada, con las primeras luces encendidas en lo alto de los edificios, que cuajaban en el cielo con mil bombillas el anuncio de una nueva loción o de una marca de automóviles. Y empezaron a aparecer en la ciudad los magníficos fantasmas rubios llegados de París, exhalando los más sutiles perfumes de ultramundo en las terrazas de los restaurantes, envueltos en largas capas de visón, en cibelinas y zorros plateados; mostraban el prodigio de las nucas desnudas sin rebozo alguno, mientras las finas manos sostenían milagrosamente largas boquillas de ámbar. Entonces, para los hombres, tras un baño y el cambio de atuendo, empezaba el olvido de la batalla mercantil diurna; iban llegando a las terrazas de los cafés con una sonrisa sin afectación. Las peluquerías de los círculos brillaban con todo su esplendor; los humeantes masajes, la quina francesa, el jabón americano perturbaban la atmósfera de la noche. Los *chefs* de cocina echaban un vistazo a los sangrantes *entrecôtes* y repasaban la complicada carta. Los peluqueros, los modistos, los joyeros, las peleterías, los zapateros de lujo se resistían a cerrar, a considerar consumada la jornada. Los rozagantes cuarentones se quitaban solemnemente los guantes al llegar al piso de la amiga recién «affichada» y la besaban con una cortesía que el «savoir-faire» de las francesas había impuesto a una sociedad con su sola presencia. Ese mundo cenaría fuera de casa, distinguiría ya siempre más por el sólo *bouquet* la calidad del vino, aprendería a discriminar los ingredientes de las salsas y a matizar entre las peculiaridades de dos mujeres de distinta hermosura; a gustar, en suma, ordenadamente el sabor de cada placer. Al correr de la noche y de las noches se dispondría de tiempo para el circuito entero de los lugares de rigor: la media hora del «Edén», la vuelta de la ruleta, los dos *whiskies* del «Excelsior», el resopón de madrugada. Los hijos de los ricos, esa generación que conoció la guerra de África, aprenderían a prolongar la noche matando, como la mujer de Macbeth, el sueño, matándolo con estupefacientes o con baños turcos o como fuera, y recuperándolo a plazos en los sillones de los casinos entre dos posturas de ruleta. Una partida de mantas, un flete, la adquisición de un paquete de marcos podían, de la noche a la mañana, convertir a un pelanas en un potentado. Las estilográficas, reciente novedad para uso de privilegiados, se destapaban junto con la botella de champaña, para cerrar el trato hecho y el negocio concluso.

El tener una amiga había dejado de ser pecado mortal, en un sector muy amplio. Y como es natural, pronto la vistosidad y el *chic* de las mujeres de mundo constituyó un estímulo y lección para las amas de casa. *Vedettes* y bailarinas enseñaron a las damas barcelonesas que un sombrero podía costar hasta quinientas pesetas. Las señoras, sin distinción, se dieron ya sin reparo al maquillaje y a los perfumes. Ocho o diez modelos por temporada no fueron excepcionales en el Liceo.

Todo esto sucedía mientras fuera de nuestras fronteras, como decíamos, los ejércitos estaban agazapados, atrincherados en sus muros hostiles, mientras morían los hombres a millares y acababa de quedar destruido aquel sutil y delicado engranaje del equilibrio y de la paz en el resto de Europa. Tanto descalabro no rozaba siquiera la aturdida alegría con que, en una injusta contrapartida, el destino nos favorecía.

Surgió ante los ojos de Desiderio la noche de la ciudad con su séquito de luces, de lugares prohibidos, de rostros a los que sólo vería una vez, teñidos por la luz fantasmal de las bombillas coloradas y azules y arropados en la música. Locales luminosos de los que él no podía imaginar la existencia cuando pasaba ante ellos a la luz del día. Rincones donde, al filo de la madrugada, era posible apurar la última botella de manzanilla entre risas de mujeres y rasgueo de guitarras; cabarets de luz evanescente donde se bailaba incesantemente al son de violines quejumbrosos; salas de juego en las que imperaba un silencio rasgado sólo por la voz del *croupier* y el chasquido de la bola de la ruleta; altos desvanes a los que se subía por escaleras crujientes y mal alumbradas, donde un amigo hubiera instalado la zona oscura de su vida en camas turcas y gramófonos, botellas de licor y vasos sucios. Allí se prolongaba ruidosamente la alegría del baile interrumpido, se consumaba la juerga con las mujeres recogidas al azar en el itinerario nocturno, ávidas del escaso calor de aquella alegría o de un puñado de monedas. Conoció alguna vez el amor sin preámbulos, que dejaba al día siguiente en su ánimo una extraña desazón.

¿Cuál sería el malintencionado espíritu que aconsejaría por entonces a Evelina Torra, viuda de Fernández, el pelo *platiné*, a la moda de París, a diferencia del tono castaño con que, ya años atrás, disimulaba sus primeras canas? En puridad de verdad, en el cambio de tono del pelo de Evelina no intervino la opinión de nadie. Fue la determinación fulminante, personal y arriesgada, por la cual Evelina indicaba el cambio total de la época. Como tras una revolución y derribo de régimen ciertos Estados cambian de bandera, así cambió Evelina el tono de su pelo.

En esa mutación de Evelina estaban implícitos el color y los reflejos de la época entera, nacida bajo un signo aurífero y relumbrante. El rubio platino comenzó a constituir una trinidad con otros dos elementos áureos asimismo recién llegados: el *whisky* y la libra esterlina. El pelo de Evelina fue el símbolo, el ejemplo, la bandera de aquellos años.

El principal de Evelina fue abierto solemnemente a los amigos una tarde de principios de abril. Los antiguos chocolates fueron sustituidos en aquella memorable jornada por los fiambres caros, el caviar y el Pommery-Greno, servido por servicio masculino, al que Evelina no se atrevió a imponer la librea.

La *soirée* quedaría inscrita en la memoria de la viuda como uno de los fastos más importantes de su ya larga vida de relación. Lo más rutilante y florido de sus amistades se congregó en los flamantes salones. Con su *charme* habitual, Evelina hizo unos honores prolijos a cada uno de sus «fieles» según el grado de su afección a cada cual. Lo que le resultó más complicado fue soslayar los piques y peligros inherentes a las dos maneras de pensar en que empezaba a ser dividida la opinión de sus invitados. Se dio cuenta de que tendrían que volver a relucir unas dotes de diplomática no ejercitadas desde los tiempos en que se inició, junto a su marido, en la vida de las cancillerías. Un tal M. Borzage, presentado por Floro, el decorador, como uno de los financieros más ilustres de la Banca belga, fue identificado por Javier de Castro como un aventurero de no muy buena reputación.

—En tiempo de guerra es natural que haya gentes que intenten forzar el acceso a una ciudad por sus flancos más débiles. Son nociones elementales de estrategia —filosofó para sí Teodomiro Flo, ante el bufete abierto. Teodomiro era un cincuentón mustio, de formas exquisitas, lustre que mantenía a brazo partido contra lo desdichado de su situación financiera, desbaratada años atrás por el juego. Llevaba en el ojo un monóculo que era como el único lagrimón que había brotado de sus desdichas y se había quedado allí, en pleno rostro, sólo extraído de su lugar con una manipulación certera cuando su dueño soltaba un chiste, con objeto de podérselo reír a sus anchas. Reuniones como ésta le permitían trasladarse a la pensión en que vivía con una nostalgia, avivada por el alcohol, de paseos por el *Bois de Boulogne* y de primavera en Niza, su campo de acción veinte años atrás, cuando alternaba con príncipes y con propietarios de las cuadras más ilustres de Europa.

Evelina transitó, en aquella ocasión, de grupo en grupo, picoteó en las conversaciones, distribuyó sus sonrisas equitativamente por los ángulos y tras los biombos. Se sentía a la vez francófila y germanófila, partidaria en suma del entendimiento universal. Pronto advirtió, sin embargo, que al correr de los días tendría que definirse, si quería pasar sus veladas en paz. Esta determinación la consideró urgente en el momento en que descubrió a Javier de Castro y Floro enzarzados en una discusión muy viva, impropia de las maneras habituales del procurador y del decorador, ambos siempre tan correctos. ¡Javier y Floro fuera de sus cabales!

El procurador Javier de Castro era el más fiel de los «fieles» de Evelina, el hombre de su confianza, en quien confiaba a menudo todas sus zozobras, a quien consultaba sus cuitas familiares y sus inversiones de Bolsa.

Hacía ya muchos años que duraba su amistad con Javier. Incluso sospechaba que, allá en sus orígenes, ese sentimiento hacia ella se había enroscado en el corazón todavía juvenil del procurador con un nombre más tierno y más profundo. Pero él nunca había hecho la menor alusión ambigua o peligrosa. Por su parte, Evelina tenía en él una confianza ilimitada, doblada de un respeto sencillo y vehemente. A veces, al comentar con alguien su presencia en algún lugar público en el que coincidieran, esa admiración se manifestaba sólo por algunas frases con que llamaba la atención de sus vecinas, intrascendentemente: «Allí está De Castro. ¿Verdad que así, de lejos, se parece a un Cristo?»

El procurador lucía una barba rala y negruzca, que empezaba a tener que teñir a su vez esporádicamente.

Evelina creía conocer a fondo la rectitud de las convicciones de su mentor. Era un hombre inconmovible en sus ideas. Aquella misma tarde, al saludarla y como ella le preguntara en qué había pasado todo el tiempo en que no se habían visto, De Castro había contestado con vaguedad:

—Bah, leer, leer y trabajar. Ésa es toda mi vida.

Era un hombre de lecturas. Tenía una mentalidad aristotélica y firme.

—He releído a Donoso Cortés, que buena falta me hacía. Hace falta, querida Evelina, reavivar esas ideas. Se presiente algo en las costumbres que puede ser irreparable. Ya conoce usted mis principios.

Por eso, al verlo enzarzado con Floro no dudó de que sus dos amigos habían chocado y se dispuso a interponer sus buenos oficios.

—El ejército alemán tiene una potencia que no puede ser vencida —opinaba, sonrojado, el procurador, en cuya mano temblaba, medio vacío, un vaso con tisana.

—Pero las dotes de mando y el patriotismo están con los aliados —manifestó, sin inmutarse y con su voz meliflua, Floro. Y el charol de su crencha vibró con la agitación contenida de su afirmación.

—Bien, bien, *mes amis*, no van a reñir por tan poca cosa.

Vencieron las trapisondas en francés de Evelina. Javier de Castro transigió. Pareció olvidar sus conocimientos de balística —una de sus manías en ratos perdidos— y al roce con las sutilidades del perfume y de la sonrisa de su anfitriona se inclinó hacia ciertos apotegmas inmutables de su bachillerato.

—Es increíble que en los tiempos modernos el hombre civilizado pueda disparar contra sus hermanos. «Homo homini lupus.» Porque ésta es la realidad. La fraternidad humana es un mito.

Volvía a renacer el Javier de Castro ecuánime en quien Evelina confiaba.

El tiempo era tan bueno que algunos de los invitados habían optado por salir al patio, antes vulgar y desnudo, del antiguo principal, convertido en el pretencioso emparrado llamado ya por todos los «fieles» la rotonda. A medida que el calor y la bebida habían ido en aumento, algunos invitados se habían desparramado por los bancos, entre los tiestos de mayólica de esta rotonda del Ensanche barcelonés: desde allí lucía más que desde parte alguna el piso de Evelina. La habitación contigua al comedor, por la izquierda, era el «saloncito chino», sumido en una luz encarnada. En el salón de la derecha, o sala de música, para ajustarnos a la toponimia doméstica, un pianista estaba «haciendo» música a discreción, flanqueado por tres jovencitas de Caldetas que le pedían ora un «shimmy», ora un «tango», luego un «black-bottom». Evelina echó una ojeada al saloncito chino al punto en que de él salía una figura huesuda, enteca, de ojos brillantes y edad indefinible, que llevaba una gran fuente de dulces con un aire aguerrido y fraudulento.

—Vamos, Rita —le amonestó severa la dueña de la casa—. En el salón están sin dulces. ¿Qué hacías aquí, si no hay nadie?

Y la acompañanta tragó de un golpe los restos de una lionesa que acababa de llevarse a la boca cuando fue sorprendida. Se aventuró con paso firme por el pasillo, en la dirección que Evelina le indicaba enfurecidamente con los ojos. La dueña de la casa volvió a sonreír imperturbable, al volverse de cara a los demás, y salió a la rotonda.

Es preciso que hablemos con algún detenimiento de aquel personaje huidizo, que ha de ocupar un lugar no desdeñable en esta historia.

Rita Arquer era lo que se llama una mujer para todo. Cumplía a la perfección en las casas de Barcelona su papel de parásita activa. Vestía impecablemente con las sobras de los armarios de sus innumerables protectoras. Su habilidad para acoplar las formas y las líneas de los vestidos de las señoras de la sociedad a su silueta alta, tiesa y angulosa era trasunto de su versatilidad innata en todos los demás aspectos de la vida. Parecía como si al entrar en los vestidos de regalo que recibía penetrara en la mentalidad de un mundo que le había sido negada por nacimiento y clase, pero en el que se sentía al pelo con sólo unos cuantos retoques y añadidos. Su venalidad no conocía límites: se dejaba sobornar en dinero o en especies, fueran éstas un saco de arroz o la invitación a un té de postín.

Rita ejercía su talento en una esfera intermedia de los menesteres domésticos en la que no alcanzan las luces del servicio corriente ni son adecuadas las intervenciones de las señoras. Campeona del dedal y del zurcido, con una técnica sin par del almidón, un conocimiento profundo de la alquimia de las coladas, ilustrada en las mil posibilidades del gancho de la calceta, asidua a las exposiciones de bordados y calados, se hizo indispensable para la revisión semanal de la ropa blanca en media docena de familias. Sus buenas dotes iban acompañadas de una amena conversación: su talento práctico se manifestaba en lo concerniente a las manías y dolencias de las señoras a causa del conocimiento de las suyas propias de vestal cuarentona. Soportaba el mecanismo inútil de su femineidad con una arrogancia ejemplar; y al poder dar en cada instante el consejo oportuno se adentraba al propio tiempo en las sutilezas de la femineidad activa, aborrecida por ella con un rencor secreto, alimentado en las confidencias que las mujeres, ya lejanos los arrebatos pasionales de sus maridos, guardan en general para ellas solas. Nuevas cualidades habían venido a añadirse a las que ornaban la polifacética personalidad de Rita Arquer. Su habilidad con las agujas saltó de pronto de los cuartos de costura a las alcobas íntimas. Tras un aprendizaje somero, del que fueron víctima los elementos de servicio de las casas de su confianza, Rita Arquer se distinguió pronto en la aplicación de inyecciones. Clavaba las inyecciones en las nalgas pacientes con una saña singular, lo que las hacía prácticamente indoloras; y eso sin dejar de hablar y sin que su voz se alterara. Ya en ese terreno no había secreto que pudiera ser guardado para ella.

Rita se estaba aleccionando en la actualidad en la organización interna de meriendas, *thés* y *soupers*, con lo que se ensancharía algo su porvenir en casa de Evelina. Llevaba un control estricto de todo. En su trasiego de los salones al *office*, entre un cumplido y una orden, llevaba la cuenta de los vasos que había bebido cada cual, del tono de las conversaciones, de los excesos de unos y de la abstinencia de otros. En la cocina actuaba con plenos poderes y era verdaderamente una tirana del servicio que cayera bajo sus garras. Aparte de la retribución convenida por horas para esos menesteres, Rita engullía entre los bastidores de la reunión cuanto quedaba a su alcance, y aun se llevaba hacia el cuarto que tenía alquilado en la Barcelona vieja un paquetito regular con algunas sobras.

Cuando Evelina franqueó a Rita las puertas de su casa exigió y obtuvo de ella un monopolio absoluto sobre los servicios de la solterona. La ascensión *de facto* a subseñora colmó la ambición más recóndita de Rita Arquer. Se dispuso a compartir no sólo los armarios, los salones, las veladas de Evelina; a no dejar por malas ni una de las sobras de la cocina o del ajuar de la viuda; a participar enteramente de sus opiniones, de sus gustos y de sus manías, a trazar con ella, por donde ella dispusiera, las líneas divisorias entre el bien y el mal, lo discreto y lo indiscreto; a abastecerla de chismes y de las últimas novedades de salón, a entregarle sin regateos las noticias más frescas, lo que hacía fulano y los quebrantos de fortuna o las aventuras de zutano. Rita desplegó una actividad infatigable en las casas que la utilizaron con anterioridad a su presente canonjía. A poco de haber varado en casa de los Fernández, Evelina ya no podía prescindir ni un instante de ella, sobre la que, en último término, podía descargar sin peligro sus furores —de los que nadie, en el exterior, la creía capaz— y sus imperativas exigencias de dominio.

Un solo «pero» nublaba la excelente situación que Rita Arquer disfrutaba desde su entrada en casa de Evelina. En sus muchas funciones, ejercidas en las más diversas casas de la burguesía barcelonesa, Rita no había tenido ocasión de practicarse en el cometido de acompañanta de una muchacha joven. Había acompañado, sí, a varias personas, pero eran personas de alguna edad, la mayoría de ellas achacosas y manejables. Al contratarle Evelina para que hiciera de acompañanta de su hija, Rita no podía sospechar lo violento que le iba a ser ese cometido. En puridad de verdad ella se sentía de otro tiempo y de otra época y no podía pasar sin asco muchas de las situaciones en que venía a colocarla la familiaridad que Crista adoptaba con su novio, con un desparpajo inadecuado. Así, vino a sentir una especie de antipatía instintiva por Desiderio, a quien hacía responsable de muchas de las sonrojaduras que tenía que sufrir. Parte de su aversión al muchacho provenía sin duda de que éste no tenía detalles con ella. Aunque asalariada, Rita se tenía por una mujer que le daba ciento y raya a muchas señoras en lo tocante a urbanidad y no merecía el desdén, la sorna y el desprecio con que el jovenzuelo la trataba, por mejor decir, con que no la trataba de ningún modo. Bien es verdad que aprendió a tomar revancha de esos desprecios mortificando tanto como podía a la pareja, sin que se notara. Porque Rita Arquer tenía un prurito y era que sus arranques, sus sentimientos y sus actos de desquite no fueran nunca notados.

Cuando Evelina la mandó a la sala grande sorprendió a los novios en una actitud que le llamó la atención. Merodeó alrededor del sofá en el que estaban instalados y procuró pillar alguna frase suelta que pudiera revelarle algo más.

En efecto, el diálogo de Crista y Desiderio era un reproche

velado que no podía menos de satisfacer a la acompañanta.

—Ya no soy un niño. Debes hacerte cargo. Mal iríamos que nos presentáramos al capitán a decirle que la novia nos está esperando. No tienes idea de lo que son esas cosas.

Ella estaba enfurruñada, la cabeza baja, en actitud malhumorada y resentida. Algo sabía Rita de esos altercados entre los dos novios. Eso era lo que convenía; que el fabricantuelo se alejara de la niña de la casa. ¿Es que Crista no podía aspirar a algo mejor?

En realidad, lo que Rita echaba de menos era un pretendiente de la chica que le diera unas buenas tardes como se dan a una señora, que se acordara del paquetito de bombones de cuando en cuando y que, por lo menos, delante de la gente, guardara las apariencias.

Hubo un silencio. Crista bajó la cabeza aún más, meditó, no como otras veces que respondía con risa o con unas evasivas. Estaba realmente afectada. ¿No será la tisana? Rita le había suministrado malévolamente dos vasos colmados de la recargada mixtura, en cuya confección cumplió estrictamente las instrucciones que recibiera de la dueña de la casa: no aflojar la dosis bajo ningún pretexto.

—¿A cuántas les has dicho lo mismo?

Esta frase le salió a la chica sin querer. Se sentía desesperanzada.

—Pero, Crista, por Dios. ¿Ésas tenemos, otra vez? ¡Ni que fuera un don Juan! Ya sabes que sólo existes tú.

—Contéstame.

A pesar de su aparente indiferencia todos los rasgos del rostro de la muchacha estaban en tensión. Rita pensó que en aquellos momentos estaba casi fea.

«Mándalo a paseo», animó mentalmente Rita para sí. Luego vio a Desiderio intentar coger la mano de la chica; pero ella esquivó. «Así me gusta; duro con él», volvió a mascullar Rita, para quien el simple roce de una mano era delito. Pensó que debía aparecer, antes de ser sorprendida.

Tras la planta de grandes hojas que les protegía, asomaron la nariz, los ojos, la tez olivácea de la acompañanta.

—No comen nada —se quejó, acercándoles la fuente de dulces—. ¿No tienen gana? —insistió, con intención. Desiderio cogió maquinalmente una yema y la engulló sin chistar.

A partir de aquel instante, Rita Arquer no paró un momento. Anduvo de un sitio a otro del principal, pero tanto ajetreo no tenía otro objeto que confirmar definitivamente sus sospechas. Pretendía pillar de improviso a la pareja en alguna nueva actitud elocuente y esperanzadora. Hambrienta de notoriedad y de chismes cruzaba el pasillo y entraba un momento, con la fuente de dulces, en el salón; seguía luego hacia el saloncito chino o se perdía un momento con una excusa en la alcoba de Evelina; luego volvía a la rotonda.

En uno de esos rodeos quedó un momento a la expectativa, viendo salir del salón a la pareja y emprender con todas las de la ley, en la salita de música, los pasos de un «black-bottom». Aguardó un rato, semioculta por la hoja de la puerta. El baile terminó y los novios salieron a la rotonda; pero dando un rodeo se metieron en el saloncito chino, que en aquellos momentos estaba desierto. Desde allí oyó el rumor de besos, cierto jadeo de Crista. Asomó la nariz y les vio tan pegados uno al otro y en posición tan apasionada que, con el rebufo que la inflamó de pies a cabeza, tuvo que carraspear.

—Tráenos un poco de tisana, Rita, mona —ordenó Crista al descubrirla, medio sorprendida y alterada, pero con la mayor naturalidad, mientras se arreglaba apresuradamente cierto pliegue incómodo de su vestido, junto al talle. Rita salió disparada en busca de tisana.

Pero no entró en el saloncito con la bebida. La dejó al alcance de los dos, sobre la mesilla que estaba al lado del diván, junto a la puerta. Desiderio y Crista no vieron ni siquiera que entrara. Seguían acariciándose, los alientos muy juntos, sonrojados y ausentes.

En sus correrías, Rita estuvo buscando a Evelina por todos lados, sin dar con ella. Así estuvo mucho rato. Bien es verdad que las constantes libaciones que efectuaba con los líquidos más inesperados, según iban llegando las bandejas a la cocina, impedían estar todo lo atenta a su cometido y a su propósito, y aun acertar a distinguir si quien pasaba ante sus narices era Evelina o el señor de Borzage. La seguridad que infundían a su ánimo esas libaciones era tal que pronto desistió de cualquier propósito concreto. Se irguió ante el gran balde de cristal tallado de la tisana y se sirvió consecutivamente tres cucharones del líquido color topacio, medida que por costumbre aplicaba a la moderna y alcohólica pócima según la tasa de sus prehistóricas raciones de sopa de caldo. Huelga decir que el tiempo transcurrió a partir de entonces, para ella, en un decir amén, irreverente apostilla con que cerraba sus ingurgitaciones.

Cuando Rita salió de la cocina, la gente de compromiso se había despedido y los que quedaban eran de absoluta confianza. Los jóvenes se habían dispersado por los saloncitos, alguno, quizás habría entrado hasta en las alcobas, con el pretexto de recoger el abrigo, tiempo indispensable para aprovechar el beso escapado, la rápida insinuación. Sobre las mesillas quedaban los restos del *party*; bandejas de dulces y emparedados saqueadas y maltrechas, copas y ceniceros repletos. Puesta de pie ante ella, con una mirada de duro reproche, Evelina la regañó:

—¿Dónde andabas metida?

—Evelina, Evelina, ocurre algo. Crista y... su novio estaban de lo más descarado. No han tenido la menor vergüenza...

—Tú métete en tus asuntos —ordenó la viuda—. En *mi* casa no tienes por qué echarles la vista encima.

Y le volvió la espalda, para sonreír a Matilde Palá, que se marchaba.

«¡Evelina impávida, Evelina presuntuosa y tenaz! —pensó Rita—. Ya vería adónde irían a parar con esas libertades. Y ella, tan fresca... Seguía tan campante como si nada ocurriera, dueña de un mundo cerrado y dispar en el que, poniendo velos a su rudeza más íntima, su egoísmo poderoso pudiera seguir mangoneando. Pero... ¡al tiempo, amiga! Ya veríamos quién tendría razón.»

«Esta mujer es mala», fue la conclusión a que acababa de llegar la confidente, profundamente despechada y bastante bebida.

Le asombraba y le dolía a Desiderio el agudo olfato, el fino y certero instinto que Crista tenía para adivinar que las cosas no iban como era debido. ¿Sería, quizá, que empezaban a trascender a su aspecto exterior los rastros de su vida irregular, de sus salidas de noche, la descomposición que actuaba sobre su ánimo con el incentivo de los placeres? No comprendía cómo aquella muchacha inexperimentada, que nada conocía de la vida, pudiera tener la percepción casi exacta de lo que estaba ocurriendo. La verdad es que, bajo su apariencia benigna, actuaba en su temperamento un resorte extraño, que era como un disparadero, como un fuelle o una válvula misteriosa, y cuando eso se ponía en juego era verdaderamente incapaz de detenerse, incapaz de frenar, como una fuerza de la naturaleza.

Sea como sea se hallaba en pleno torbellino y no quería volverse atrás sólo para calmar los escrúpulos o las intuiciones de su novia. Al fin y al cabo creía no traicionarla, no rozar con su distracción nocturna ninguno de los lazos que le ataban a ella. Hasta entonces se había limitado a hacer lo que hacían los demás. ¿Por qué no iba a ser como ellos? A beber unas copas en los lugares públicos, a tener sus más y sus menos con alguna muchacha sin compromiso, a reír y a charlar intentando distraerse un poco del agobio de las horas de cuartel. No había dejado de ver a Crista, no había reducido ni en una sola las horas que debía destinarle y, a lo que creía, en sus encuentros le mostraba el mismo cariño de siempre. ¿De qué se quejaba? ¿Eran simples mimos o eran ganas de fastidiarle, de dominarle?

La verdad es que lo que más le alarmaba no era la inquietud de Crista sino la suya propia. Que Crista recelara y se torturara podía ser pasado por alto a condición de que su manera de fingir fuera acertada. Pero ¿era siempre acertada su manera de fingir? Le parecía que los titubeos de Crista se animaban y encendían más, cada vez que él intentaba disuadirla; y es que, en el fondo, ella debía sacar sus sospechas precisamente del empeño en que él ponía en destruirlas. Si la cosa fuera de verdad, si los celos de Crista no tuvieran en definitiva una justificación, ¿se empeñaría él en demostrarle que era una necia, que estaba loca, que estaba desvariando? No; simplemente la dejaría hablar y la tranquilizaría, a lo mejor, con una simple sonrisa, con un halago cualquiera, después de lo cual no se hablaría más del asunto. Pero las cosas no eran de ese modo. Los celos de Crista le enfurecían delante de ella, precisamente porque estaban justificados y porque, por más que hiciera, al expresarlos, Crista estaba cargada de razón.

Lo único que buscaba con afán era que cada vez que se despedía de ella la cuestión de su amor quedara tan clara, tan fuera de toda duda que le permitiera pasar con tranquilidad sus horas de asueto. No importaba que cada encuentro empezara de una manera violenta, con incomodidad, si las despedidas eran tranquilizadoras. Así, sus ratos de idilio con Crista se dividían en dos partes muy determinadas. La de los reproches, que duraban largo rato; la de la tristeza y los silencios de Crista, rotos con brusquedad para obtener una comprobación, un rastro o un atisbo de realidad que le comprometiera, que obligara a Desiderio a jurar solemnemente que la quería. Y la de la reconciliación. De pronto, no se sabe por qué toquecillo del duende, ella se ponía a creer tenazmente, como si se zambullera en el foso de la verdad, en la autenticidad de las protestas con que él la había aturdido infructuosamente durante largo rato. Cuando esto sobrevenía, Desiderio consideraba que ya podía despedirse tranquilo de ella. Ya no había nada que temer... hasta la próxima entrevista.

Y, sin embargo, por nada del mundo hubiera renunciado a ella. A veces se decía que sus pasatiempos eran una injusticia, un desaire hacia su novia y que no tenía perdón de Dios. La quería de verdad, no con fingimiento, mientras que lo demás era una manera como otra cualquiera de aturdirse. ¿Por qué lo hacía, pues? Ni él mismo podía explicárselo. Mientras duraba el día no le costaba el menor esfuerzo decirse que aquella noche no iba a salir. Pero bastaba que decreciera insensiblemente la luz del crepúsculo hasta encender la negrura más hosca en el exterior para que empezaran a bailar alrededor de él, en su imaginación, todas las luminarias de la noche. Entonces, a medida que esa sensación de la noche, que ese silencio corpóreo de la nocturnidad se redondeaba a su contorno, toda precaución, todo propósito eran inútiles. Había una fricción evidente entre los dos mundos, entre el hemisferio diurno y su oponente nocturno. Latía en el aire oscuro un cierto fulgor que le llamaba desde lejos, y era el fulgor de las Ramblas desmelenadas como una hembra, con todo el follaje de sus plátanos y la joya de sus luces. Era la sierpe oscura de la calle del Teatro, de la que se podían contar una a una todas las anillas. Era la vorágine de carricoches y risas, el aliento de docenas de risas y de rostros desconocidos, la aureola maravillosa de los carteles luminosos, la piel dorada, como la seda, de las mujeres de los «music-halls», el iris que hacían las burbujas de champaña en el rostro de las artistas, todo el contenido de la caracola ruidosa y excitante de la ciudad nocturna el que se vaciaba sobre él de pronto, sin que faltara ni uno solo de sus acordes, y que imposibilitaba toda vuelta atrás, toda solución de compromiso con promesas y escrúpulos.

Y, además, esa sugestión no hacía más que insinuarse y ya empezaba a poseer un nombre, ya se apellidaba de algún modo y tenía un rostro concreto y determinado. ¿Quién sabe lo que podría salir de ahí? Daba lo mismo que ese nombre fuera un nombre postizo, un simple apodo de guerra, con el que es frecuente que las mujeres de mundo se fabriquen un incógnito prudente, en la última reserva de su pudor. Le daba lo mismo que ese nombre, Jeannine, fuera valedero para siempre o una simple añagaza nocturna, pasajera y mudable. Para él, ese nombre era sinónimo de la aventura, lisa y moliente. Y ¿se podía resistir a ese personaje singular, la Aventura, cuando ésta se presentaba con la máscara misteriosa, indulgente, llena de sutilidades, y de finezas, y de lánguidos ademanes, y de delicadas promesas de una mujer llamada Jeannine?

No lo pensó más. En cuanto sintió que la puerta de casa de Crista se cerraba tras él, sintió que no podía someterse a los propósitos que se había hecho, a los juramentos que acababa de pronunciar para tranquilizar a Crista. ¿O es que no había estado esperando aquel momento desde hacía cuarenta y ocho horas? No, no lo pensó más. Con paso rápido y gesto resuelto se encaminó al Ecuestre. Llevaba sólo unos días presentado en la sociedad por Anselmo e iba en su busca.

—¿Ha llegado el señor Durán?

El conserje puso su mano en la visera de la gorra.

—Sí, señor. Ya lleva un rato en la casa.

Subió lentamente las escalinatas. Miró un instante en el *hall*. Unos cuantos socios degustaban una limonada mientras hojeaban revistas inglesas. Uno de ellos, un hombre corpulento, de media edad, jovial y con aire deportivo se levantó de su poltrona para saludarle.

—¿Cuándo ponen en marcha la catedral? —y había en su rostro vigoroso y satisfecho una sonrisa de ironía sin malicia.

—Pronto, pronto.

—Diga a su padre que se acuerde de sus colegas, que no se lo coma todo.

Era el fabricante Basereny, tradicional competidor de Rius.

Cruzó el *hall* y se dirigió a la escalera. En ella le saludó un hombre joven. El pelo muy liso hacia atrás, una boquilla de oro en las manos, un cierto abdomen filosófico.

—¿Dónde vas tan acalorado? ¿A quién buscas?

—A Durán.

—Le he visto arriba.

—Adiós, Clemente.

Clemente Pidal le miró unos instantes salvar los peldaños apresuradamente. Pero había pensado en él a menudo. ¡Aquella iniciación de los dos juntos en el «meublé» de Madame!... Se tenían simpatía, en el bachillerato. «Éste estaba bien arropado —pensó—. Con un padre como el suyo...»

Desiderio siguió hacia los billares. Antonio Mira, un veterano del Polo, se le acercó, taco en mano.

—A ver cuándo te vemos en el Polo, como antes. ¿Ya no montas?

—Sí, pero estoy haciendo el servicio, en Santiago...

—Razón de más. Vente un día por allí, hombre... —dijo, disponiéndose a tirar un retroceso—. Te lo dedico.

Elevó su panza con cierta dificultad sobre el paño verde, como si fuera a bailar sobre un solo pie. Dio un golpe de taco; la bola chocó contra la otra y salió disparada hacia atrás.

—Bravo. ¿Has visto a Durán?

—No.

—Voy a ver si lo encuentro.

Subió al segundo piso. Miró a los reservados y luego entró en la sala de juego.

Desde lo alto de sus banquetas los jueces, a ambos extremos de la mesa, le miraron un instante en silencio. La voz del *croupier* repetía un sonsonete conocido. El golpeteo de la bola, intermitente y tintineante, resbalaba en el silencio opaco. Una docena de jugadores rodeaba el cuadrángulo de luz y la bola saltarina.

—Hagan juego, señores...

Un caballero anciano que fumaba con pipa y alrededor del cual había un círculo de humo, dobló en el catorce, que acababa de ganar. Vio a Anselmo Durán, cuya calvicie relucía en un extremo, adelantar cinco fichas y aplicarlas en el veintiocho. Apiló otras cinco y las puso a caballo entre el siete y el quince.

—Nueve rojo; encarnado gana, color pierde.

—Hagan juego, señores...

El *croupier* retiraba las fichas con la pala. Durán puso cinco fichas en el dieciocho. La bola se precipitaba sobre los dientes de la ruleta con un chasquido intermitente.

—¿Sales esta noche? —preguntó Anselmo, sin volverse.

—Sí.

—¿Has hecho tratos con Cosme?

—Sí.

—Es un robo.

—Sí, quince duros.

—Dieciocho rojo; encarnado gana, color pierde.

Durán cogió con cara de entusiasmo una pila de fichas que le tendía el *croupier*.

—Anda, vamos a tomar un *whisky*. Debes necesitar la llave, ¿no? —dijo, entregándole el llavín de su estudio—. Yo no iré esta noche por allá.

Y salieron de la sala de juego para beber un rato en el bar.

—¿Se puede saber si ella es una francesa?

Desiderio sonrió, asintiendo.

—¿Que se llama Jeannine?

Se sentaron en las poltronas y pidieron dos *whiskies*.

—¿Cómo lo sabes?

—Hombre, la cosa estaba clara anteayer, ¿no?

Hubo un largo silencio.

—Me han hablado de ella —comentó Anselmo, con cierto aire de misterio—. Entró aquí del brazo de cierto holandés que va y viene de la frontera de una manera extraña. Entraron a montar una casa de modas o algo así. ¿Acierto?

—No sé. Tú sabrás. Yo no conozco pormenores... todavía.

Advirtió en Anselmo cierta envidia, como si hiciera lo posible por desmerecerle a Jeannine. Le daba lo mismo. Lo único que verdaderamente le interesaba en aquellos momentos era que dentro de poco estaría con ella, nada más. Quién era Jeannine ni a qué había venido no le importaba.

VII

Un largo, caliente, humeante baño en el pisito de Anselmo era uno de los hallazgos de Desiderio en aquellos días de descubrimientos y noticias.

Era un piso de dos piezas, con una pequeña terraza desde la que se columbraba la ciudad tendida. En las paredes colgaban fotografías de mujer, dibujos lascivos; la atmósfera delataba el fin para el cual todo lo que había allí estaba existiendo. Una botella de coñac a medio apurar y un vaso con restos de bebida, en cuyo borde se dibujaba aún una mancha de *rouge*, hicieron volver a Desiderio la cabeza con un poco de asco.

Se quitó la ropa. Descubrió su torso, largo y blancuzco, como el de un animal extraño. Abrió la ventana y sorbió una bocanada de aire híbrido. Cerró los grifos del baño, que había abierto al entrar y se metió en él. En la dejadez del baño la idea de encontrar muy pronto a Jeannine dominó sobre el relajamiento amable del agua caliente. Se levantó, se secó y, antes de vestirse, abrió las portezuelas de una pequeña despensa adosada al armario. Se preparó un café, encendiendo la espita del gas. Una llama segura y azulada empezó a titilar bajo la perola. Luego se vistió a toda prisa. Sorbió el café y salió.

En aquellos mismos momentos, en la parte opuesta de la ciudad, Jeannine empujaba suavemente al señor de Hugtenhagen hacia la puerta. Dicho caballero era un holandés pletórico, sanguíneo y sonriente. Su tez era roja y su pelo enteramente blanco. Un «caniche» diminuto brincaba entre los muebles del departamento de Jeannine, introducido un poco antes en él por el señor Hugtenhagen.

El señor Hugtenhagen era conocido en Europa entera por el «rey de las pieles». Nutrias, martas, visones, constituían para él útiles tan manejables como unas cartas de baraja. Había llegado a Barcelona de improviso, sin avisar, desde Orán, en uno de sus frecuentes saltos mercantiles y con la idea de realizar su junta mensual con Mme. Suzanne Forain, a quien había ayudado financieramente para que instalara una casa de modas; pero en realidad a quien quería ver era a una de sus modelos, a su amiga Jeannine, a la que adoraba desde hacía tiempo y de la que era protector.

Eran las ocho y pico de la noche y debía dejar en paz a la causa de sus desvelos. En el departamento de Jeannine había merendado el consomé y el pollo frío de rigor y luego había visto cerrarse la tarde en aquel compartimiento silencioso, en el que el montón de pelo del «caniche» ponía un brusco borrón de vida.

Pero ahora debía marcharse. Jeannine tenía un «compromiso». El señor de Hugtenhagen era un hombre complaciente y comprensivo. Respetaba como era debido una veleidad de su amiga, un repentino flechazo, una aventura, como un derecho intocable de su juventud.

Las gracias de Jeannine, su belleza esbelta, elegante y su tacto casi ofensivo de puro artificioso, sus largas manos, sus adorables senos, todo estaba aguardando a que el señor de Hugtenhagen traspusiera el umbral. Su larga cabellera rubia, como de seda fulgente, caía sobre los hombros, desflecada y arrogante, desparramándose en ellos como una riada silenciosa. Jeannine estaba ante la puerta abierta, a medio arreglarse. Se cubría con un quimono de seda cruda en el que crecía un frondoso jardín de flores bordadas.

—*Allez, allez vite*... —y la puerta se cerró sigilosamente, dejando definitivamente al caballero holandés en los antípodas del mundo de Jeannine, soterrándolo o, por mejor decir, lapidándolo en el limbo de su vida.

El «caniche», aún reacio a la nueva mano de quien era objeto, lanzó un gruñido, un lamento, un llanto breve en la oscuridad, al ver que desaparecía el caballero. Se acurrucó en la cama junto a la almohada. Metió el plumón de pelo de su morro entre los pies, con evidentes signos de contrariedad.

Jeannine se acercó a él, lo cogió y lo levantó en vilo. El perro contempló con curiosidad aquella cara sonrosada, fina y delicada que tenía delante. Fue un careo profundo, como un pacto de amigos. El perro parecía pensar: «Es guapa.» Hizo un respingo con la nariz, satisfecho del leve perfume que emanaba de su propietaria. Se soltó, cayendo sobre la cama, y empezó en seguida una vertiginosa carrera a lo largo, a lo ancho, en diagonal por la estancia, a punto de dar de bruces contra el bosque de patas de la cama, de la mesilla, de las butacas y taburetes del lugar. Luego se quedó parado ante ella, levantó la cabeza y la miró fijamente, sin moverse, en espera de algo y con ganas de guasa.

—*Vite, vite, laisse moi* —increpó ella, impaciente, quitándose el quimono y acercándose a su tocador. Se sentó en la banqueta y empezó su tocado. Frotó con la yema de los dedos una pomada contra su frente, su mentón, sus mejillas... Su cutis se volvió como de cera gris. Luego, con una toalla caliente, fue empapando de vapor su rostro.

Estaba desconsolada y cansada. Estaba cansada de tener ante el espejo todos los días esta misma cara, esos ojos azules a los que consideraba hermosos y que lo eran, sin duda, pero que estaban habituados a verse por dentro con una terrible imparcialidad.

Había momentos en que se odiaba a sí misma, sin saber el porqué. En aquellos momentos sobrevenía siempre la silueta de un campanario en un pueblo de Alsacia, su propia imagen con unas largas trenzas espejeada en un río, cuya agua helada la escalofriaba con sólo evocarla.

Ahuyentaba esas imágenes y se zambullía en las de su propia realidad actual. Mucho tiempo, mucho más del que se necesita para que en adelante se sucedieran uno tras otro todos los acontecimientos que el destino le reservara, parecía contenerse en su recuerdo lleno de aristas, de llamas y de impulsos inútiles.

Había todavía un decoro superficial que la vestía de pieles y joyas, la última zona del cual, impregnada a su piel, era ese color a violeta y a química sutil que titilaba en los frascos.

Pero fuera de eso y por dentro de eso vivía en ella el primer impulso que la hizo mujer sin dejar de ser niña, huir con alguien de los prados en los que pacían lentamente las vacas y borrar simplemente de su vista el cielo azul. Le hastiaba tener que mentir y, sin embargo, sentía que al hacerlo tomaba revancha de todas las cosas que había sufrido por ser como era. Hubiera deseado matar a M. de Hugtenhagen justamente porque detestaba que la protegieran. Había algo indómito en su vida que no se había podido realizar y que se proyectaba sobre derivativos y excusas, con un empeño fugaz que la aturdía y la mortificaba.

Lanzó con ira contenida la pequeña toalla contra el espejo. Se puso el colorete y se pintó los labios. Era necesario obsesionarse en las cosas precisas, como en este momento: dibujar con tino y con pulso el rojo corazón de la boca, mojarlo luego con la lengua y sentir, sobre los sabores múltiples, sobre las borrosas huellas de la vida, un deje pastoso de naranja y de menta falaz.

Se cepilló el pelo y lo recogió en dos grandes bultos de oro en la nuca. Luego se vistió.

Cuando el coche de alquiler dejó a su galanteador en la puerta de la plaza, Desiderio, por la luz de lo alto, comprobó que ella le esperaba. Había temido, por un momento, que pudiera haberse escamoteado, que hubiera olvidado su cita. Subió los desiguales y estrechos peldaños de la escalera. Halló entornada la puerta del pisito; la empujó y entró lentamente en el aposento. Vio, al fondo la cama, con el quimono de seda y ciertas prendas echadas de cualquier modo sobre la colcha. Se volvió y, frente al espejo, descubrió a Jeannine.

Estaba de pie ante su propio reflejo, como si se maravillara de aquel alarde de belleza y de elegancia. Con un ademán certero llevaba al envés de sus orejas, tras los pendientes, junto a la nuca, una levísima digitación de perfume. Luego se contempló en el espejo, sonriendo a quien acababa de entrar, pero sin decir palabra. Desiderio se acercó a ella algo turbado. Al fin, quedó junto a ella y, con prudencia, como si temiera descomponer aquel prodigio, rodeó su talle. Ella le vio así, a través del espejo, sin moverse. Rendida por el aliento que la escalofriaba, a besos pequeños y fugaces, dejó de mirarse y recostó su cabeza hacia atrás, para que Desiderio alcanzara su mejilla, entornando los ojos.

No podía dudarlo. De nuevo estaba con ella, se repetía aquel misterioso atractivo que ella había suscitado dos noches atrás cuando, en compañía de Anselmo, la descubriera en una mesa del «Excelsior». Jeannine, nueva en la plaza, ocupaba aquella noche una de las mesas de pista, en compañía de una dama madura, Mme. Suzanne Forain, de rostro deslustrado y varonil, morena, de pelo gris muy liso y cortado sobre las orejas. Esa dama que, para aumentar su aspecto hombruno, vestía un traje de sastre, fumaba incesantemente.

No sólo ellos, sino todo el local, se preguntaba aquella noche quién sería la belleza recién llegada. No se podía decir que Jeannine fuera a la moda, o quizá la moda fuera ya aquélla. Era rubia, altanera y magnífica. El vestido, extremadísimo, de raso verde, le llegaba hasta el tobillo y dejaba al descubierto, por una abertura, la pantorrilla. El pelo, ajustado en el doble moño de la nuca, era de un color de mies. Sobre la frente el peinado se abombaba en unas ondas gruesas, que enmarcaban su rostro hasta la sien. Su tez era muy fina y pálida y sus ojos, clarísimos, de un azul transparente.

Desiderio la miraba en el espejo y comprobaba uno por uno todos esos rasgos, para actualizarlos de un golpe, hurtándolos al recuerdo y reduciéndolos, aplastándolos en la realidad en que estaba palpitando. ¿Era aquella a quien Anselmo había invitado el primero a bailar, entre la expectación general del «Excelsior»? Sí, sin duda era la misma que poco después ocupó una plaza en su mesa, cuyos senos, pequeños y perfectos, veía Desiderio balancearse con la respiración. Era la misma que, atraída a uno de los palcos del cabaret, con dos botellas de «Moët-Chandon» boca abajo en el helado cubo, cobró una personalidad coherente, una manera individual de razonar, de sonreír, de sorber a tientas en la penumbra la irreflexión que brillaba en los ojos de Desiderio y el beso que le dio, con una impulsión boba y voraz. Le dejó lleno de champaña, de deseo y de dudas, citándole para cuarenta y ocho horas después.

Se había engolosinado con la idea de que Jeannine sería suya aquella misma noche. Aún estaba en la petulancia de creer que cuando una mujer de mundo accede a ser besada es como si se desnudara. Quizá, por el contrario, lo único que una mujer de mundo tenía sobre las demás era la virtud de su dominio; podía distribuir sus continencias a placer, y hasta estaba en el deber de dominar las situaciones de ese modo para que no pudieran «confundirla», así como en las demás cualquier confusión hubiera resultado inimaginable. Pero, en fin, habían pasado las cuarenta y ocho horas de prueba y allí estaba otra vez, saltando mortalmente por un puente a la reviviscencia del hechizo, de uno a otro deseo.

Parecía que las manos del hombre estuvieran hechas para abrazar así a una mujer, y para dominar el conjunto en el reflejo. Jeannine no se había vuelto de cara a él, y seguía con la cabeza relajada, echada hacia atrás, como buscándole. Ambos eran entonces una entidad sensitiva completa, a la que no faltaba siquiera el pasmo visual. Este pasmo les retuvo unos instantes unidos y perplejos. Certeramente, alejándose un poco, Jeannine apagó la luz de la lamparita del tocador. Desiderio sintió entonces a su lado, brincando a su contorno, los soplidos de un perro.

—*Il s'appelle «Yucki»* —presentó Jeannine, alejándose.

—Es precioso —halagó él.

—*Dites-moi* —inquirió ella—. ¿Te has acordado de mí?

Desiderio la miró a los ojos, sonriendo.

—Entonces, ¿me encuentras ahora bonita?

—Maravillosa —admiró él y recorrió de hombros a tobillo con la mirada el largo vestido blanco que, como una túnica, ceñía aquel cuerpo lánguido y soberbio.

—¿Me quieres, pues, un poco? —Y con dos largos dedos Jeannine hacía como que pellizcaba una partícula de amor.

—Mucho más que eso —accedió Desiderio.

—¿De verdad? —insistió ella, como si se le iluminara el rostro ante esa confesión—. *Je me suis aperçue tout de suite que quelque chose devait se passer entre nous. Tu as beaucoup d'élan...* —añadió, entornando levemente los ojos.

Todo eso era ilusorio, era, sin duda, convencional y afectado; pero era un artificio incitante, sabroso; Desiderio se acercó y la estrechó en sus brazos.

—No, no... —protestó ella, separándose—, *laisse-moi tranquille*. —Y, sonriendo ya, entregó a Desiderio un magnífico abrigo de visón para que le ayudara a ponérselo. Acababa de ponerse un delicioso sombrero, una especie de extravagante y maravilloso casquete de la misma piel.

Al entrar en el «Suizo» Desiderio cuidó de que su aplomo fuera digno de su situación. Se sentía perfectamente tranquilo, lúcido y seguro de sí. Había cogido del brazo a Jeannine y al pasar ante el viejo portero que inclinó su cabeza, llevó la mano a su bombín y lo extrajo sin alterarse un pelo. Jeannine respondió al «buenas noches» del portero con un «buenas noches, Adrián»; luego exhaló de sí su abrigo con la levedad de un suspiro y Desiderio dio el suyo y su *foulard* de seda a la doncella del guardarropa; inmediatamente sintió, como se siente el calor de la llama al acercarnos a una fogata, el murmullo vivo y la agitación de las mesas. Levantó su mirada, obligándola a recorrer lentamente el panorama. Era preciso arrostrar la situación sin delatar timidez ni inquietud. Acababa de pasar el Rubicón y no había vuelta atrás posible.

Se azaró al reconocer a alguien que inclinó su cabeza, saludándole. Pensó que ya estaba hecho. Pero luego se tranquilizó. Basereny, era, al fin y al cabo, un hombre de mundo, y no le iría a su padre con el soplo. En otra mesa estaba su amigo del colegio, Clemente Pidal; cenaba con un extranjero de tez morena y pelo absolutamente blanco, el cual afianzaba en aquellos momentos su monóculo en el ojo derecho, para descascarillar el fragmento relapso de una langosta suntuosa. El *maître*, que llegó apresurado, extendió en aquellos instantes su brazo hacia la derecha, en dirección opuesta, indicándoles el camino.

—¿Estará bien aquí, señor?

Jeannine había ido ya hacia su silla, que un camarero retiraba para que se sentara.

—Está bien, Ramiro —dijo Jeannine.

Ya sentado, Desiderio observó el local con más calma. Se paró en una mesa del ángulo. En ella, de espaldas, estaba el conspicuo y eterno noctámbulo Teodomiro Flo, invitado por tres amigos. En el momento en que advirtió que Teodomiro iba a volverse, sin duda porque los comentarios de sus comensales acababan de llamar la atención sobre la belleza de Jeannine, Desiderio desvió su mirada y miró atenta y delicadamente a su pareja. «¿De verdad estás bien en esa mesa?», porque sabía que la mirada de los cuatro había quedado prendida de Jeannine y que el murmullo vago y agitado que llegaba hasta ellos estaba cuajado, en aquellos instantes, de susurros y de preguntas, impregnado de la admiración y el asombro que su entrada había despertado, no en aquélla, sino en todas las mesas. La turbación que le producía el sentirse centro de todas las miradas coartaba sus movimientos. Volvió lentamente su mirada hacia otro ángulo y observó que en una mesa de hombres maduros, con facha de bolsistas, seis personajes habían distraído su atención del incógnito extranjero de la langosta, compañero de mesa de Clemente Pidal, para fijarla sin recato en ellos dos.

Jeannine estaba estudiando la carta.

—Recomiendo el «civet de liebre» o la langosta cardinale; el pavo normando está suculento —sugirió Ramiro.

Jeannine eligió de la manera más absurda.

—Je prendrai des «calabacines rellenos» pour commencer —dijo— *et... après le sole meunière* —decidió, devolviendo la carta.

Desiderio eligió a su vez.

Jeannine sacó de su bolso un espejito diminuto con un pequeño marco de diamantes. Mientras simulaba arreglarse el peinado —o quizá lo hiciera de verdad— observó delicadamente por esa mirilla, que oscilaba deliberadamente con levedad a un lado y a otro, la parte del local que estaba a sus espaldas. En un instante, Jeannine lo captó todo: una pareja de beldades españolas surgidas de las variedades del «music-hall» y «retiradas» por dos pródigos conocidos en un entresuelo del Ensanche; «la Remilgos», reciente y talentuda revelación de la canción española en «La Buena Sombra», acompañada por su empresario, grueso y radiante. Weyler, un ser que debía su apodo a su portentosa semejanza con el general de este nombre, la que había dado pie a multitud de equívocos; luego, el racimo de lágrimas de los apliques de luz reverberando en los espejos; las flores de los *panneaux* de la pared, cuajadas en el hueco oval de los muros; más abajo, la calva del marqués de X, junto al clavel de pelo de «la Venecia», su querida; el chaquetón de un camarero y la llama azul de unas *omelettes* al ron. Y la mirada, aparentemente distraída de M. de Hugtenhagen, aburrida y casi lacrimógena. «¡Cómo me quiere ese imbécil!», pensó Jeannine. Hábilmente inclinó un ápice su espejito y al descubrir un bulto blanco, pelota de pelos adormilada en una silla junto a las rodillas del holandés, dijo para sí, sonriendo por dentro: *«Bon soir, Kitty»*, y añadió en voz alta dirigiéndose a Desiderio: *«J'ai soif»*, mientras cerraba la mirilla en su bolso y apuraba, delicada, pero íntegramente, un vaso de vino de Sauternes.

Resultaba difícil atender a la vez a Jeannine, improvisar de pronto una conversación hábil que pudiera situar a Jeannine correctamente en una dirección, capaz de arrastrar hacia él aquellos impulsos que la llevaban a interrumpir para pedir una nadería al camarero o para comentar cierto detalle absolutamente alejado de su círculo vital y afectivo. A cada instante, Jeannine parecía marcharse de allí en pos de cualquier cosa que la distrajera, o de un pensamiento que de pronto, como un ave intempestiva, cruzara su imaginación. Desiderio se volvió locuaz. Descubrió su emoción en París, a los dos días de la ruptura de las hostilidades. Pero Jeannine le interrumpió: «*Ne parlez pas de choses tristes.*»

Otras veces intentó desviar a Desiderio hacia la confidencia trivial. Él se quedó un poco perplejo cuando ella le preguntó, en apariencia muy en serio:

—*Dites-moi. A quel âge commencez vous, les garçons, à faire la crapule?*

Desiderio sonrió.

—¿Por qué lo preguntas?

—*Ça m'interesse beaucoup.*

Desiderio contestó en broma que así que podían.

Con la luz clara, rutilante, viva y movediza, con el tráfago de los camareros, silenciosos y raudos, como diplomáticos, y el crescendo de los murmullos y de las voces, Desiderio miró ya atrevidamente a las mesas. Con el curso de los vinos se sintió el ánimo despejado, la voz adecuada. Sentía entonces la vanidad de estar cenando con Jeannine, una especie de orgullo.

En el local no se distinguían ya los seres, mezclados en el polvillo rutilante de la luz, como de oro; se oía la voz de Weyler: «A mí me molestan los matones —decía—. En general, soy cobarde, pero me crezco.» Y gesticulaba, moviendo a risa a sus compañeros de mesa.

Ella le dijo que aquella noche quería que la llevara a sitios donde se viera la *crapule*. Desiderio bebió en los ojos claros, en la mirada transparente de Jeannine todo el contrasentido de la proposición. Lo que más excitaba en Jeannine era sin duda su mirada transparente.

—*Es que tu ne le fais pas souvent?* —preguntó con malicia.

Desiderio no tenía intención de mentir.

—*Eh, c'est pittoresque, c'est tout...* —y quedó un instante mirando fijamente a Desiderio. Era como si escudriñara de pronto su pensamiento.

—*Tu est un brave garçon. C'est pour ça que je me suis tellement éprise de toi.*

El porvenir entero se convertía por momentos en un camino ascendente y recto, festoneado de almendros. Desechó de pronto una rara y agobiadora imagen: el reflejo de las gafas de Llobet en su despachito; y sonrió, sin saber por qué, al extranjero de pelo blanco, que, riendo aparatosamente con media boca a causa del monóculo, levantaba su copa y miraba a Jeannine o a él, no sabía.

—*Oui, je veux aller avec toi à «La Criolla» à «Juanito el Dorado». Ce n'est pas loin?*

Desiderio le dijo que estaban a la vuelta, podían ir a pie.

Ella le obligó a comer aprisa, a que descorcharan en el acto la botella de champaña. El estampido aturdió a Desiderio, como si temiera la mirada de los testigos de semejante espumarajo. Pero la mesa bullanguera reía con las gracias de Weyler y, detrás, estaba sólo el gordo caballero extranjero de ojos mustios y la bola de pelo de pequinés, dormido sobre la silla. Desiderio no veía más que un fantasma obeso, calvo y melancólico llevándose con una cucharilla a la boca un flan al ron.

—¿Vámonos? —propuso, casi ordenó Jeannine, mirando nuevamente en su espejito, después de retocarse el rostro con la borla de su polvera.

—Sí.

Y Desiderio, ante la cuenta que había pedido y que no miró siquiera, sacó de su cartera un billete. En el acto las figuras reflejadas en el espejo, los *panneaux*, los lagrimones de los apliques, todo se diluyó vagamente en una atmósfera bamboleante y mágica. Jeannine se levantó y él, secundándola, colocó sobre sus hombros el abrigo de visón, que fue prodigiosamente recogido por ella con sus dos manos blancas y finas, adornadas sólo por un brillante enorme, verde, amarillo, violeta, encarnado; y al rozar Desiderio con sus labios aquel destello singular, sintió huir, súbitamente herido, el levísimo vuelo de los finos y largos dedos, el nácar de las uñas y se sintió turbado por la mirada viva de los ojos de Jeannine, que le reprendían y se le entregaban.

La frondosa pirotecnia de las luces de la Rambla estalló de pronto sobre sus pupilas. La brisa de la calle era aliviadora. Todo parecía bullir, crepitar alegremente bajo los faroles y luminarias. La copa de los plátanos callejeros era como una marquesina, como un toldo que brillaba removido por la ventisca. La muchedumbre vivía un extraño frenesí. Del «Café Catalán» salían tres mujeres con un orondo oficial de enormes bigotes «a lo kaiser»; un limpiabotas señalaba sin resultado los leguis del militar. La Plaza del Teatro era un lago de luz. Del ojo de sombras del Arco del

Teatro surgían cinco muchachos esgrimiendo unas botellas. Se pararon a beber y a discutir algo en el mostrador del chiringuito lleno de pegotes con cromos de toreros. Bajo la luz clara, radiante, del Teatro Principal, se fraguaba el ocio alegre de la noche. Unas vienesas entraban en un automóvil con un caballero anticuadísimo, de macfarlán y chistera, al que un chófer con galones ayudaba a poner pie en el estribo. *Demi-mondaines*, estudiantes, militares, unos tipos con sombrero campero, una gitana con un niño, vendedores de lotería; y una abigarrada muchedumbre entraba y salía de la calle Escudillers, olorosa de aceite y húmeda de vino y cante flamenco. Una pequeña vendedora de ojos negros, envuelta en un mantón, se agarraba a los faldones del abrigo de Desiderio.

—Le trae la suerte, señor; cómpreme un decimito.

Vio a Jeannine iluminar con los ojos aquella figurilla desharrapada y tiznada de mugre. Buscó en sus bolsillos unas monedas.

—Toma, no quiero billete.

Sintió el brazo de Jeannine que hacía un hueco en su propio brazo. No pudo dejar de sentir que ese brazo era tibio y liviano, que no pesaba, que no se movía, que no daba más que calor y un sutil escalofrío. Pensó en Crista. Pero desahució ese recuerdo.

Venía del puerto el olor tan profundo de algas y maderos que servía para despejar cualquier pensamiento importuno. Sonó con sordo soplido uno de los barcos de la Transatlántica. Y luego esas sensaciones se mezclaron a un olor de cuartel. De los muros de Atarazanas brotaban haces, faroles. Había, más allá, sombras de mujeres que se movían lentamente en la penumbra. Unos soldados cruzaban con calma, frente a esas mujeres, envueltos en largos capotes. Por la calzada subía un faetón decrépito, del que emergían unos brazos desnudos y unas risas femeninas. De todo trascendía una euforia sensual y picante. Jeannine caminaba con pasos airosos, lentamente, cogida de su brazo; pero levantaba de vez en cuando su vista como si buscara las estrellas.

La oscuridad de la encrucijada de Atarazanas hizo que la figura de ella resaltara de pronto como una aparición radiante. Se quedaron parados, uno frente al otro. Ella pasó sus finos dedos por la sien de Desiderio, acariciando sus cabellos. Luego le confesó, sin pensar, lo que pensaba.

—*Tu est vraiment beau, tu le sais?*

Y se dejó besar.

Cuando entraron en la calle del Cid se sintieron deslumbrados. Era una calleja corta, devastada, fraudulenta. Los adoquines desiguales torcían el fino tobillo de Jeannine, que se arrimó más al brazo de su acompañante. Pero de todos los portales salía luz. Y esa luz mostraba los rostros más horrendos, los mechones de pelo femenino más mustios y rojizos que Jeannine había visto jamás, las bocas y ojos más siniestros que podía haber imaginado. Unas viejas de rostro empequeñecido por las arrugas no renunciaban, sin embargo, al colorete y alguna de ellas estaba en la sombra hablando con hombres jóvenes, encendida la última llama de unos ojos grises casi mustios. Adolescentes mendigos se manoseaban en la oscuridad de un patio, al que daba el reflejo de unas ventanas iluminadas en las que se veían pequeños paños puestos a tender. La pareja de policía paseaba pacíficamente entre los grupos. En la puerta de un tugurio iluminado a síncopes por una flor de bombillas coloradas, se apoyaban varias mujeres de falda cortísima, de enaguas deshilachadas hechas con telas de los más acerbos colores. Una de esas mujeres, joven aún, pero de rostro destruido por los potingues, fumaba con una larga boquilla. Su falda se ahuecaba hacia arriba mostrando toda la deformidad de su vientre. Aquel suceso no venía a turbar su paciente espera, sus visajes de persuasión ofrecidos a marineros y trajinantes, que salían bebidos, tambaleándose, del portal contiguo. Y había chiquillos que dormían entre esa podredumbre, abrigados en un envoltorio de sacos y papel, como desechos de ese comercio nauseabundo.

Jeannine miraba con curiosidad a cuanto la rodeaba. Desiderio se sentía un poco agobiado por la turbulencia del ambiente, pero procuraba disimularlo. Jeannine parecía en cambio sentir por todo una condescendencia nefasta. Miró fijamente la deformidad en la cintura de una zagala de pocos años, que corría perseguida de lejos por un viejo y se perdía en un portal.

—Cuando la pille... ¡Maldita! —oyó que mascullaba el hombre, limpiándose con una mano sucia la baba que caía sobre los pelos de su barba.

—¿Entramos? —repuso Jeannine ante el portal donde se encendían y apagaban con gran reclamo las letras de «La Criolla».

Ese local se parecía a un gran barracón de feria, adornado con exceso de falso lujo. Estaba casi enteramente tapizado de espejos. Podría haber sido un entoldado vulgar, adocenado, de dimensiones reducidas. Los palcos rodeaban el entarimado, y lo mismo esos palcos que la pista se hallaban llenos de un gentío delirante, agitado, que voceaba toda clase de palabras, sin parar. La mayor parte de los conspicuos de ese local paseaban ante los palcos contoneándose y canturreando, al par que con mirada terca o tierna o con cómicos desplantes intentaban insinuarse a los espectadores. Cuando nuestra pareja entró en el local, sobre la tarima estaba bailando, al son de unas castañuelas, un hombre escotado como una mujer, vestido con falda de topos y grandes faralaes. Otro invertido pasó junto a Desiderio y le miró, al tiempo que masticaba un cumplido silabeante. Desiderio cogió a Jeannine por el brazo, llevándola hacia una mesita, en un rincón, desde el que se podía ver todo el espectáculo.

Desiderio se sentía aturrullado. Se sonrojaba cada vez que uno de los «artistas» le dedicaba una letrilla sibilina. Algunas de las canciones vociferadas por esos espantosos engendros eran de una procacidad estremecedora. Y Jeannine se hacía traducir el sentido de tales palabras y reía luego con ganas. Al cabo de un rato, y ante la insistencia de los «números» que se dirigían a Desiderio, ella comprendió que estaba molesto.

—*Tu as eu un succès fou...*—subrayó, irónica—. *Allons, vite. Je suis très, très jalouse*.

Y cruzaron nuevamente la sala; salieron a la calle.

Por callejuelas estrechas torcieron de nuevo hacia las Ramblas. Pero antes de desembocar en el Arco del Teatro, un rasgueo de guitarras, unas palmadas, una voz quebrada hicieron parar a Jeannine. ¿De qué se trataba? Cuando Desiderio le contestó con el nombre de «Villa Rosa», le cogió de la mano y se metió en el local.

Pidieron una botella de manzanilla y se encendió el vértigo de la canción a su contorno.

¿Qué tendrá de singular, de inexpresable, de auténticamente *hondo* ese parafraseo lento y atormentado, en el que suenan los lamentos, como un salmo y las desgarraduras son finas y certeras como las de una cuchillada? Verdaderamente, Jeannine se quedó entonces sin aliento, fija en los ojos de Desiderio, como si la música descubriera de pronto la raíz de todas las cosas, la razón de los corazones y de los seres. Sus ojos no delataban asombro ni pesadumbre, ni candor, ni angustia. Pero era como si al fin se hallaran sin querer ante la sima de la propia alma, abierta y negrísima. El cante azotaba sus sentidos y sentía que, en la manera como era mirada por su acompañante, era absoluta e íntegramente deseada por él, sin que los labios necesitaran hacer la súplica ni elevar la voz. Sentía a Desiderio a flor de su piel, como una caricia tremenda.

—No quiero ya a esa cordera;
que de tanto acariciarla
se volvió fiera...

Sintió un temblor, el de una fuerza intuitiva y poderosa que la arrancaba de sus modales, de sus mentiras, de su estúpida transigencia. Miró a Desiderio a los ojos, sin pestañear, durante un tiempo que le pareció una eternidad. Él apretó su mano casi hasta hacerla sangrar. Y unas chicas, unas muchachas morenas y rozagantes como un fruto, revoloteaban elevando a los aires sus faldas pomposas, hasta quedar hieráticas, con una mano en alto y otra en la cintura desafiando al mundo, sorprendidas por el silencio con que se rompía el ritmo desenfrenado, crispante, armonioso de las «sevillanas»...

Jeannine se acercó al oído de Desiderio, le susurró unas palabras y luego que se quería marchar. El aire de las Ramblas la atemperó de nuevo.

Desiderio titubeó, sólo el instante en que ella pudo inventar todavía una nueva parada, y proponer un alto más en su itinerario. Pero ya Desiderio sabía ahora con certidumbre que ella sería suya aquella misma noche, que ya no le haría luchar más. Y el ritmo de un «fandango» se diluía atrás, lanzando sus ecos y el rasgueo de sus guitarras en las callejuelas que acababan de dejar y sobre las que parecía haberse sellado su pacto de complicidad y de entrega.

Pasaron al interior del cabaret por un misterioso abrirse de los grupos, sobre los que la fascinadora belleza de Jeannine ejercía el efecto de un estilete. Era preciso que antes de llegar a casa pudieran evocar y celebrar su encuentro en el mismo lugar en que se había producido. Así quería Jeannine provocar al hado que le había puesto dos días antes en manos de Desiderio, y así quería ella que los acontecimientos de aquel hallazgo fueran reavivados y celebrados en la memoria de él. Jeannine se adelantó inmutable, realzada por la intensidad de la iluminación, y no se volvió a Desiderio hasta casi mediado el local, donde había llegado cruzando entre las mesas, sin mirar a nadie. Habían cambiado de aspecto todas las gentes. Se hallaban mezclados a un público heterogéneo, pero muy elegante. Y Desiderio hermanó a muchas de las figuras que estaban en el «Excelsior» con las que un par de horas antes había encontrado en el «Suizo». El camarero se acercó a ellos y Desiderio puso en su mano una moneda; automáticamente aquél abrió un camino y les condujo hasta una mesa de pista para dos, casi invisible, oculta entre las otras.

La orquesta acababa de tocar un «shimmy» y atacó bravamente un tango argentino. Un hombre vestido de frac, con una cicatriz en la cara morena y calzado con unos zapatos de charol con un tacón considerable cruzó la pista solitaria que las parejas habían abandonado y se dirigió a una mesa. Inclinándose con una reverencia ceremoniosa invitó a bailar a una dama.

Este bailarín profesional, llamado Luigi, era una de las columnas pilares del «Excelsior». La dama a que acababa de invitar no era precisamente una niña; era una mujer de unos cincuenta años, que salió a la pista sin abandonar su larga boquilla en la que humeaba un cigarrillo. Quedó en la mesa otra señora parecida a ella, pero de más edad, con profundas arrugas bajo los párpados. Pronto otras parejas salieron a bailar. Jeannine estaba retocándose ante su espejito de diamantes, al que ladeaba imperceptiblemente a un lado y a otro.

Luigi y la media docena de parejas que danzaban en la pista eran como bosquejos raudos, extasiados y fluctuantes que fueran y volvieran de las diversas páginas de un libro hojeado con prisas. Cruzaban y se desvanecían, iban y volvían ante los ojos de Jeannine sin que penetraran en su conciencia.

—*Vous ne m'aimez plus?* —preguntó a Desiderio, de pronto, cuando terminó el tango y la orquesta insinuó los primeros acordes de un vals.

—¿Por qué?

—*Parce que vous ne voulez pas danser.*

Jeannine se levantó. La pista había quedado otra vez solitaria. Salieron al centro. Desiderio rodeó el talle de su pareja; quedó un instante inmóvil en la mitad de ese abrazo, la apretó contra sí y arrancó a voltear lentamente.

Giró turbiamente a su contorno un tramo de local, que parecía estrellado y cruzado por iris fantásticos, como la burbuja del champaña o como un paisaje submarino. Vio al marqués de X y a su amiga «la Venecia», con su clavel en el pelo; a la dama de las bolsas moradas bajo los párpados; al príncipe de Cuba, el aristócrata del baile, con Concha Montalbán, la anciana que le retenía y el pequeño Walter, su ayuda de cámara; a Weyler, las beldades hispánicas y sus dos estruendosos amigos; vio entrar en aquel momento a Clemente Pidal y al extranjero de la langosta; y entre ellos, hasta crear una atmósfera compacta, docenas de hombres y mujeres que bebían y hablaban. Toda la fauna del noctambulismo barcelonés crecida y ensanchada por los beneficios de la guerra, por la impunidad, por la prosperidad de los días, por una ansia irrefrenable de agitarse, de gozar y de lucir, se hallaba allí reunida. Y no vio más: cerró los ojos, meciendo dulcemente a Jeannine, rozó con su mejilla la delicada piel del rostro de ella. Y de nuevo al marqués de X y a su amiga «la Venecia» en la lenta marejada del vals; y los demás, de nuevo... Las luces, las cortinas, los espejos, los palcos y una botella en el cubo de plata, otra botella y unos vasos de *whisky* y unos guantes de mujer. Las miradas de todos iban girando lentamente a su paso. La sien de Jeannine olía vivamente a violeta y su carne reposaba pasmosamente dura en su brazo, amoldada prodigiosamente a él, en el ritmo dulce y ensoñado de los violines, suaves y cadenciosos. Y, parándose sólo un instante, deshacía a la inversa el ovillo de la música, casi sin fuerzas, en esta oleada lenta, fantasmal del vals. El príncipe de Cuba, en una mesa, señalaba ahora sus pies, invitando a la Montalbán a admirarles. Desiderio se alejó un poco del rostro de Jeannine, para ver sus ojos. La mirada de Jeannine estaba entregada a él, a la danza y a la expectación, a la admiración que causaba. Y allí, al fondo, en el bar, la figura borrosa del obeso extranjero que comía su flan al ron en el «Suizo», con su perrito en el brazo y en la otra mano el cubilete de los dados, que agitaba abúlicamente sobre el mostrador sin dejar de mirarla.

—*Je t'aime* —susurró ella al oído de Desiderio, apartándole levísimamente. Él acarició esa mano; rozó delicadamente cada una de sus yemas; luego acarició las uñas, las junturas, la palma y el envés. Era un roce casi insensible, pero cargado de una efusión turbadora. Se sentían el uno al otro a oleadas, con el percutir de los pulsos, con el palpitar de la sangre.

Se sentaron de nuevo. El camarero descorchó el champaña. Desiderio y Jeannine quedaron en silencio, mirándose fijamente a los ojos. Todo cuanto estaba a su derredor era como si se hubiera evaporado. Al cabo de un largo rato, abriéndose paso entre la aglomeración y el barullo, salieron del local.

Por la empinada escalera que llevaba a aquel ático extraño en que Jeannine, como una paloma extraviada, había instalado su vida, junto a la Rambla de las Flores, sobre las arcadas de la Plaza Real, Desiderio sentía el rumor amenguado de los pies de su amiga que iban abriéndole paso en la oscuridad. El mundo femenino ajeno a Crista había sido hasta aquel momento para Desiderio en Barcelona un baluarte cerrado, una muralla con una puerta hermética, fosos, puentes chirriantes y artilugios que había de forzar denodadamente. Las experiencias en este punto del joven Rius, como las de todos los hombres de su condición, estaban llenas de prejuicios y dificultades. Había franqueado esta muralla por las encrucijadas más fáciles, pocas veces y a deshora, y le había quedado en las manos el dolor y la deshonra del forcejeo con la herrumbre más vil. La puerta de la alcoba de Jeannine se abrió, en cambio, de par en par, antes de la madrugada, y con ella el espectáculo de una vida en plena realidad, la silueta y la forma de un fonógrafo sobre una consola, flor de trompa violeta que exhalaba una música susurrada, un lamento venial junto a las cretonas, los cojines, los frascos, la docena de libros echados sobre una poltrona. Jeannine se movía y se desperezaba entre esos objetos en desorden, frente a su ajuar abierto sin reparos a los ojos de su huésped, como un ser que nada tuviera que oponer a la dificultad con que éste intentaba musitar las palabras de amor, de sumisión y de cumplido que atemperan la violencia del implacable deseo. Los largos brazos desnudos de Jeannine se dejaron prender desmayada y férvidamente alrededor de los hombros, del cuello de Desiderio. Y éste se halló entre ellos, atrapado por ellos, sumergido en ellos, justamente cuando las vueltas del disco del fonógrafo habían cesado; cuando al silencio de la aguja que perforaba los caminos yermos del disco extinguido siguió un silencio total, en el que se alborotó, con un asomo de palidez lechosa, filtrada por los postigos, el piar de gorriones innumerables en el exterior, como un lejano eco de su propia turbación.

VIII

Su amigo Clemente Pidal le había dicho que era muy sencillo. Llevaban días pensando en que no eran hombres, en que los demás podían tratarles como unos chiquillos, por desconocer aquella brusca y fundamental realidad. Estaban en lo cierto. Clemente y él no eran hombres, aunque aparentaran lo contrario. Además, el instinto le acuciaba todas las noches hasta no dejarle dormir. Lo había decidido de golpe unos días antes, pero aún tardó en resolverse. Fue preciso que se encontraran por casualidad Pidal y él frente a uno de los quioscos de la Rambla. Del plafón de revistas destacaban unas figuras obscenas, unas formas de mujer provocativas y exultantes. Pasearon su mirada una y otra vez sobre esas manchas rosa, sobre las morbideces de color. Iban silenciosos, sabiendo adónde iban. Lentamente se encaminaron hacia el Arco del Teatro, como quien no quiere la cosa. No estaban seguros de tener el valor de entrar en aquel portal, pero por lo menos se iban acercando a él sin remedio. Otra vez ya habían caminado esos pasos, pero al llegar a la puerta siguieron, sin confesarse uno a otro la curiosidad y el deseo en que ardían. Ahora Desiderio estaba seguro de entrar. Su amigo se paró justo debajo del Arco del Teatro, ante el pequeño mostrador de un bar. Los espejos y las paredes estaban ocultos por un sinfín de fotografías de toreros y en el cristal estaba garrapateado con blanco de España un número de la lotería. Su amigo tomó una copa de cazalla, para darse ánimos. Luego propuso:

—¿No quieres subir a casa de la «Madame»? ¿No has estado nunca?

—¿Está muy lejos? —preguntó, disimulando su conocimiento preciso del lugar.

—Aquí mismo —señaló su compañero.

—Vamos, pues, si quieres—aceptó.

Entraron en el callejón. Su corazón batía furiosamente. Más que la idea del goce y del peligro, lo que le apuraba era su incertidumbre, el no saber si lograría aparentar ese mínimo de experiencia o de naturalidad indispensable para realizar su gesta. La escalerilla estaba mal alumbrada. Por ella bajaba un hombre, sin mirar. Les cruzó velozmente, volviendo la cabeza un poco, abrochándose el abrigo. Aún estaba a tiempo de retroceder y esto hubiera hecho si hubiera estado solo. Pero iban dos y se confortaban el uno al otro. En la puerta, una placa de latón dorado: «Madame Petit».

Iban a llamar o a empujar la puerta cuando ésta se abrió por sí sola. Una mujer gruesa, con un delantal azul pálido, la cara pintarrajeada y unas llaves que colgaban de su cintura les miraba atentamente. Esperaban que esa mujer les repudiara, les echara o les negara la entrada, tal era la fuerza inquisitiva de sus ojos. Pero de pronto hizo una mueca, como una sonrisa sin dientes y les dijo: «Pasad».

Se hallaron en medio de un enjambre de mujeres que pasaban y se movían por su lado, acercándose, alejándose... Todo cuanto se velaba y escondía en la vida usual se mostraba allí desnudo y a las claras. Los transparentes organdís, las lustrinas y terciopelos no hacían más que acentuar la miseria de la fría y mansa carne sin pálpito de esas mujeres. No había el menor incentivo en el vaivén de esas figuras femeninas sin individualidad, que acercaban al rostro de los hombres un carmín viscoso y brillante en informe caligrafía sobre la boca. Había una distancia inabordable entre ellas y aquella misma realidad pintada, descrita en las revistas del quiosco, un trecho difícil de salvar entre estas formas amustiadas, estos fantasmas lánguidos y desdeñosos y la risa de odaliscas y nereidas de reservado dibujadas sobre la tapa de los folletos. Las piernas de estas mujeres, asomando larguísimas y escuálidas entre los pliegues de las faldas someras, los fláccidos senos como estrafalarias bolsas zarandeadas bajo el tul sugerían, más que el impetuoso frenesí que les había llevado allí, una decrepitud mortal, una fatiga aciaga y una náusea, una degradación irremisible, lejos de los arrebatos, lejos de toda audacia y de toda alegría.

Los dos amigos se separaron en la entrada del salón. Era una habitación bastante grande y cuadrada, con unos largos bancos adosados a la pared, unos arrimaderos de madera y una cristalera de vidrios ornamentales en los que se veía un sátiro alcanzando a una ninfa en un prado hipotético. En los bancos estaban sentados media docena de hombres, la gorra o los sombreros en las manos, fumando distraídamente. Otros estaban acompañados de alguna de las mujeres, agobiados por ellas, literalmente ocultos por ellas; estaban incitándoles, animándoles a marcharse juntos. Pero las demás quedaban al margen, echadas en el banco con una pierna sobre la otra, en una exhibición incauta de sus carnes recónditas. Los dos amigos quedaron abobados, completamente vacíos de toda determinación, mirando al salón con una viva curiosidad, con ojos atónitos y sin decir palabra. Debía de notárseles a la legua que era la primera vez que pisaban un antro de ese estilo. Dos de las mujeres que estaban sentadas les descubrieron, se levantaron y fueron juntas hacia ellos. Desiderio y Clemente, las vieron acercarse. Estaban azoradísimos. ¿Cómo dirían, qué se hacía?

Ellas les abordaron de frente. Una de ellas, delgada, con una voz ronca y una docena de años más que Desiderio sobre los desnudos hombros que exhibía, se dirigió a él.

—¿Vienes conmigo, chico?

Los colores se le subieron a la cara. Su amiga ya había agarrado del brazo a Clemente Pidal y le hablaba al oído, haciéndole zalamerías. Se encontraron ambos frente a una ventanilla en la que una vieja dama, con el pelo blanquísimo ajustado por una red, les alargaba dos discos de metal, a cambio de unas monedas.

Las mujeres subieron delante por las escaleras, canturreando y a un paso muy vivo. Una teoría de puertas y postigos por un estrecho corredor, mal alumbrado por una bombilla polvorienta, le hizo pensar en una cárcel, en una colmena disparatada y soez, en un limbo absurdo, interminable.

La habitación era exigua. En el techo se bamboleaba una bombilla. En un rincón había un lavabo de trípode, con una palangana de loza descascarillada. En el suelo, en otro rincón, un objeto estrafalario, cierto recipiente oblongo sobre unos delgados hierros que le hacían de pedestal. Un jabón húmedo y blando navegaba allí dentro en una agua sucia. La mujer vació esa agua en un cubo oxidado y descolorido y luego enjuagó con agua limpia de un jarro los residuos del jabón de la palangana.

—Anda, ¿qué haces? —le preguntó, viéndole pasmado y sin moverse.

Sobre la colcha manoseada y desflecada se tendió su cuerpo atribulado con una inanidad total, sin el menor apego al impulso de curiosidad, de lascivia o de atrevimiento que le había llevado allí. Sentía una turbación extraña ante los gemidos prestados al hábito con que la mujer procuraba incitarle. Al fin separó su aliento y su rostro y se sintió lentamente, fugazmente atado, sumergido, arrollado, empujado, remiso a la más simple y elemental entrega, de bruces y sin remedio, suscitada sólo por un leve y superficial contacto, por una irrisoria capacidad de prender, como el hierbajo seco de una ladera rozado por una cerilla. Fue un instante en que el cuerpo desconocido y fraudulento de aquella mujer, que unos minutos antes se le había acercado en el salón, a la que veía por vez primera y a la que nunca más, probablemente, volvería a ver, se convirtió en una pieza colosal y decisiva de su existencia, algo que podía haber sido señalado por un dedo misterioso desde lo hondo de su destino, pero que se quedó allí un instante entre sus brazos, se desprendió de ellos, le echó a un lado, saltó de la cama con una naturalidad profesional y volvió a taconear por el cuchitril canturreando la misma tonada que había oído en la escalera.

—Venga, chico, que es tarde.

¿Era eso aquella incógnita que había llenado horas enteras de su obsesión? ¿Verdaderamente era eso?

Se puso de pie a su vez y se acercó al espejo. Estaba despeinado, aturdido, desconcertado... Metida en uno de los ganchos que sostenía el azogue de la pared había la fotografía de una mujer vieja con una niña de pocos años. Era una campesina, delgada y fiera, de piel morena, ojos rasgados y pelo tirante; la niña, arropada en un extraño trajecito de fiestas, se parecía a ella. Y por el espejo miró Desiderio a la mujer que compartía con él la habitación, intentando encontrar en su figura un destello, unos rasgos que le permitieran enlazar, de una a otra generación, la impronta de la sangre y de la raza. Pero bajo los polvos blancos que pretendían disimular en su cara el saliente de los pómulos, bajo el barniz grasiento del rojo de los labios, bajo la masa negruzca que apelotonaba sus pestañas, la mujer, que se había sentado a horcajadas sobre el inverosímil cacharro de loza, estaba huérfana de todo vestigio, era un animal sin raza y sin historia, algo que había quedado extirpado de antecedentes, de trayectorias y de resabios. La pequeña e insignificante estampa de familia debía ser la última ventanita que la asomaba a su ser, un cuadrilátero exiguo de memoria y de realidad en las contingencias oscuras de otro mundo, de esa vida sin sueño, de esa vida enterrada como en un nicho extraño, presidida de recipientes burdos, oculta tras unas cretonas y colchas desflecadas, improvistas a cada momento por el roce de la toallita y el jabón, el frasco desinfectante, el ardid profiláctico...

Desiderio sintió entonces toda la aberración de aquel instante. ¿Podía valorar con todo su significado la trascendencia de un placer que va perdiendo día a día, con la costumbre, su secreto y su hechizo? Las pocas aventuras que hasta su marcha a Inglaterra había intentado tener, rindiendo tributo a esa realidad turbulenta, se le habían marchitado en las manos antes de llegar a poder justificarlas decorosamente como efectos de una exigencia íntima y sincera. Hasta la tortuga, el animal más lento de la creación, podía agradecer a la naturaleza el castigo de sentirse arremetida o de arremeter contra el corpazón de su pareja, exigiendo a golpes ciegos el término de su delirio erótico; y el caracol, el bicho más frío, daba vueltas días enteros en torno a la hembra. Quería vencer la morbidez de las horas impregnadas por la imagen de la mujer, cuando sus miembros se hallaban como reclamados, flagelados por el instinto; y le llegaba oportunamente a la memoria el rumor del agua de las acequias de Santa María, el rebullir del follaje en el jardín, el rastrear de «Perla», la perdiguera... Retazos de campo y aire libre, inmarcesibles pinceladas de la adolescencia y de la niñez contra las sombras del tedio carnal.

«Despierta, estoy contigo», oyó que decía la voz de Jeannine, besándole en el pecho. Él vio a lo lejos levantarse levemente una cortina transparente, empujada por una suave brisa y descubrirse un tramo de cielo perla, clarísimo, en la lejanía; todo quedó inesperadamente oculto por la presencia de ella, de su rostro, y de pronto Jeannine le inundó de la mies de sus cabellos sueltos. Vio su imagen diminuta brillar un instante en las pupilas de Jeannine y después no vio allí más que un destello.

Pero las sombras del «salón» no le dejaban. Las mujeres tenían un rictus de alegría venal y sus cuerpos hedían, desprendían un olor que llegaba hasta él y que el envés de la sábana, su recóndita exhalación de lino no podía aplacar. Se desesperaba de su error, de la calamidad de su cuerpo, del fraude, de la trompilladura con que las gentes de su edad habían entrado en este gran secreto de la vida. Sabía que no era el único; que todos o casi todos los hombres como él, en su ciudad, habían comenzado de la misma manera. No podía volverse atrás, pero ¿no habría forma de advertir a los restantes, a los rezagados, a los que aún quedaban? Todos habían sido como él, se decía, y la sociedad está seguramente preparada para que esto sea así, como está preparado el chiste en la memoria del payaso.

Y era ese hecho elemental, brusco y sin paliativos, el origen de la vida de los hombres; y era ese simple y bronco contacto de cuerpos y de seres desconocidos la razón de sus batallas, su rémora... Era para llegar a eso que había sentido durante mucho tiempo la presión de suscitaciones, la lenta y voraz arremetida de la sangre, y que le rondaban sin descanso figuraciones, siluetas, voces...

Se decía que no era posible y lo afirmaba con el mismo tesón con que, años atrás, en el colegio, siendo un adolescente, se había negado a dar crédito a la confidencia que se susurraba desde hacía semanas de uno a otro extremo de la clase. «Como los perros, como los caballos, como todos los animales, así nacemos.» Pero entonces la revelación no se ajustó a ese hedor que le perseguía desde el «salón» de «Madame» hasta su propio sueño. Cuando se lo hicieron saber, la revelación se ajustaba al tufo especial de los establos de la finca y le hizo recordar el cansancio de las yeguas en mayo, su manera de mirar, el grosor de su vientre, su mórbida lentitud, su extremada fatiga, tumbadas en el heno con la cabeza vuelta en la penumbra al resplandor de la pequeña espita de acetileno; y un doliente relincho, un tibio bufido, una espiración caliente en las secas encías inundaba su imaginación: «Como los perros, como los caballos, como todos los animales, así nacemos...». Pero ni los perros ni los caballos hacían de eso una farsa mendaz, una repugnante parodia. Esto era un triste privilegio del hombre, de esos hombres que estaban sentados fumando en el banco del prostíbulo, de él mismo, al subir aquellos peldaños abyectos con un incentivo culpable...

—Despierta —ordenó dulcemente de nuevo la voz de Jeannine.

Se desperezó, se balanceó un instante en la vigilia. Se fue despertando primero su corazón, que puso en las sienes el murmullo de un latido reposado; luego sus ojos, que advirtieron en el techo y junto a los flecos de los estores la luz de la mañana. Después su memoria de todas las cosas: su memoria de sí mismo, de sus brazos, de sus flancos, de todo su peso sobre la cama. Esta noción completa de sí, de su cuerpo tendido, le hizo removerse entre las sábanas, mientras advenía el último secreto, la revelación definitiva de su lucidez.

La luz se introducía por la ventana y su conciencia adormilada penetraba a rastras en el nuevo día. Sentía un sabor híbrido en el seco paladar. Se sentía dominado por una suerte de perezosa pesadez, aturdido por el peso de su cuerpo, atascado en la rémora del sueño...

En este instante de lucidez, mediatizada aún por las imágenes soñadas, un intruso mágico reclamó su lugar y se acercó tumultuosa y tiernamente a sus sentidos. Su conciencia quedó de pronto partida por la mitad y todo él pareció quedar desperdigado en dos seres distintos a los que sólo uniera, en el asidero de un abrazo total, aquel cuerpo palpitante y poderoso que ejercía un dominio exigente sobre su conciencia y sobre su pobre vigilia maltrecha. No podía valorizar aquel goce en su actualidad sino a través del recuerdo vacilante de sí mismo, por la intensidad con que lo había deseado. Entonces, sí, al pensar que el intruso era la materialización de su deseo y no una efímera y lasciva sumisión a cierta entrega de la que ya se sentía saciado, sintió un impulso y una emoción de amor y quedó disuelto en ella.

Después, durante largo rato, sintió su corazón trenzarse lentamente con el ritmo del corazón de la mujer. Vio sus ojos azules, pero tardó en reconocer en los rasgos de aquel rostro a la verdadera Jeannine. Jeannine aparecía y se evaporaba sucesivamente, se concretaba y se abstraía, se escamoteaba a sí misma y volvía a reaparecer, desparramada en una luminosa e inextinguible claridad que irradiaba de su sonrisa, que fulgía en un rostro desconocido, transfigurado y nuevo.

Atónito ante ese fenómeno de mixtificación, ante este engaño, argucia suprema de los sentidos en la faz femenina indeterminada, desfallecida, doliente, que apenas podía personalizar en la de su amiga, Desiderio llevó lentamente la yema de sus dedos a los párpados de Jeannine, rozó la frente, el fino mentón femenino. Lo hacía con profunda extrañeza, con asombro. Pero la voz de Jeannine le resucitó cabalmente y por entero. Al añadir su voz a la indecisa realidad de su cuerpo, al incorporar a su cuerpo y en su carne la palabra sólo musitada, que quebraba desde muy lejos el silencio, revivió Jeannine totalmente y tal como era en su plenitud; y con ella revivió de un golpe toda su anécdota y su aventura, el vestido que lucía ayer, la curiosidad con que miró a la pequeña prostituta de la calle del Cid, la caricia de sus manos cuando bailó en el «Excelsior»; revivió en suma, puesto de pie, el tiempo, todo el tiempo y además aquel minuto preciso que ahora estaban viviendo, que se escapaba con un rápido regate entre los dos.

—Prométeme que si alguna vez dejas de amarme...

Pasó por los ojos de Jeannine una nube terriblemente rara. Se interrumpió y ladeó su rostro.

—¿Verdad que si alguna vez dejas de amarme recordarás este momento? —le suplicó.

¿Por qué había de suponer que una simple aventura, la pasión violenta de una noche, en la cual es forzoso que el acto de amor se disfrace con las más sutiles y perfumadas mentiras, fuera a prevalecer y desparramar su gracia sobre las horas siguientes? Al abandonar a Jeannine, al dejarla aún enredada en la gran liana de su pereza sensual, de su embotamiento erótico; al encontrarse en las Ramblas entre la multitud, mezclado a los hechos y los seres cotidianos, le pareció que todo había sido sencillo y natural y que ya nunca más podría acostumbrarse a considerar el acto del amor como un privilegio difícil, como el resultado de una hábil y laboriosa estrategia. El amor, entendido de esta forma, no era un acto sublime ni dramático; era, simplemente, el cumplimiento suave y hasta delicado de un instinto al que la gente se esforzaba en exagerar. Al cabo de un rato, sin embargo, en su casa, mientras se cambiaba de ropa después de haber perorado un rato ante Josefina a propósito de las contingencias y excesos de la disciplina militar, el acontecimiento que acababa de ocurrirle ya no se le antojaba tan sencillo. Se preguntaba por qué Jeannine le había escogido a él, por qué había accedido a colmar sus deseos sin ninguna prevención, tan espontánea y llanamente. Cualquiera de los motivos que pueda tener una mujer de mundo para entregarse a un hombre quedaban fuera de juego. Ni dinero, ni promesas ni compromisos de mala ley... ¿Serán un poco de verdad las frases de amor que decía?, se preguntaba. Estaba a punto de sentir el peso de un lastre, de uno de los lastres más ridículos que pueda arrastrar un hombre, el del orgullo erótico. Fuera como fuera, por la seguridad que acababa de cobrar en sí mismo podía decir que ya, de algún modo, Jeannine le pertenecía, aunque no la volviera a ver jamás, puesto que había consagrado su hombría con una huella imborrable, con una especie de marca de fuego.

Durante largo tiempo quedó aturdido, sin poder dar a la «sensación» de Jeannine un nombre determinado. Únicamente podía reconocer la vivencia constante en que ella seguía existiendo por una sacudida de su corazón, como el paso de una hebra silenciosa y finísima que lo cruzara de parte a parte, cada vez que, impensadamente, en el despacho, en el cuartel, en su casa, evocaba su encuentro con ella y las horas que habían vivido en común.

Mientras se desvanecían, al amanecer, los últimos flecos del sueño de la imaginaria, en la madrugada larga del cuartel, pocos días después de su salida con Jeannine, rememoraba aún vívidamente el cuerpo tendido de la mujer, en su reposo y en éxtasis, lento, largo y perfecto en la plenitud de su esplendor; aparecía tal como la había visto en el último instante, indiferente a los rumores vivos que entraban por el balcón abierto con la gran oleada de la luz matinal. Rememoraba ese cuerpo tendido mientras agotaba uno tras otro los cigarrillos, completamente ajeno a su propia conciencia, con un ánimo relajado y estupefacto, con un elemental sosiego y un total asombro, con una admiración sin voluntad. Pero de aquella luz de la mañana en el pisito de Jeannine a la creciente luz que descubría ahora jergones y hombres tumbados, mantas y macutos en pila, calzones y botas, un vaho de paja y humedad en la nave de las caballerizas, mediaba la distancia de los dos extremos de su lucha actual, del debate que le apuraba, que ya no le dejaba reposar.

había olvidado en unas horas, en un par de días, esa manera que tenían de nacer al crepúsculo los muros del cuartel y el fondo de oscuridad al que iban venciendo. En esa apoteosis del ladrillo que emergió lentamente, fantasma sucio y lineal, en la lechosa luz del día, su ánimo sufrió una transmutación extraña. En su conciencia desnuda aparecía por primera vez y de manera vehemente, desconcertante, mordaz, inextinguible, una figura femenina que no le permitía razonar, cuya imagen, cuya presencia continua en sus vísceras acababa de hacerle saber que existe un mundo verdadero por debajo o por encima o alrededor del miserable y mediocre mundo falso que nos hacemos.

Se fue a sentar en los fardos de alfalfa que se apilaban junto a los almacenes, en uno de los ángulos. La luz dejó de ser una premonición de las cosas y cuajó en bultos y formas, en irrisorias almenas y pardos tejados. Un rayo de sol se filtró en el ancho pasadizo de la maestranza, al cruzar por ella. Era un rayo como de miel, que destelló en las aristas del torreón de la entrada y llegó hasta sus ojos casi de golpe.

Un grupo de soldados sacaba a abrevar, por docenas, los caballos. En la fuente del extremo de los abrevaderos el agua salía a chorros por los gruesos tubos de plomo. Los caballos bebían como si dormitaran. En la salpicadura de los canales que irisaba un polen de agua sobre ellos, Perico Rovira estaba rociándose el cuerpo, negro de frondosa pelambre, en el hielo de uno de los chorros. Desiderio, al descubrirle, fue hacia él. Cruzó entre dos caballos y quedó a su lado.

Bajo el remojón, con grandes respingos y alardes guturales de estar tiritando, Perico Rovira tardó en advertir la proximidad de Desiderio. Sus ojos miopes, desprovistos de las gafas de concha, tardaron un instante en recibir su imagen. Saltó del charco y cogió su toalla echada sobre un poyo, con la que empezó a secarse de una manera despiadada.

—Quiero preguntarte una cosa. Yo tenía mi punto a las cuatro. ¿Cómo es que no me has despertado?

El otro tardó en contestar. Movía la cabeza como si estuviera madurando una razón.

—Verás. He pensado que no valía la pena.

—¿Qué dices?

—Sí. Esos «puntos» de imaginaria son coser y cantar. Quiero decir que si fueran los de la guardia te hubiera llamado. Pero sólo para *estar despierto* en la maestranza mirándose el ombligo no valía la pena. Ya estaba despierto yo.

—Pero tú...

—Sí. Estaba leyendo la historia del «Terror» y no me he dado cuenta. Al fin y al cabo tampoco me hubiera dormido.

—Hombre, esto es de agradecer.

—Si supieras cómo dormías...

—No es razón.

—He ido a despertarte, pero luego no lo he hecho. ¿Sabes por qué?

—Tú sabrás.

—¿Sabes que estabas soñando?

—¿En voz alta?

—Sí. En voz alta y algo peor. Estabas soñando... en francés.

Le miró con ojos discriminativos.

—¿En francés?

Perico se volvió para recoger de la pilastra el cepillo y la pasta de dientes.

—Sí. He dejado que siguieras con esa francesa. Anselmo no te lo hubiera perdonado, pero yo sí —dijo, sonriendo y empezando a vestirse.

—Sí que lo siento.

—No, no lo sientas. Al fin y al cabo te he ahorrado bastante dinero y, seguramente, un poco de salud, ¿no es eso? Ese Cosme no sé cómo tiene cara. ¿Es verdad que os cobra quince duros por guardia? Quince duros no los cobra ni Joselito en una tarde.

Desiderio estaba desconcertado.

—Pero... ¿Decía algo, algo especial, mientras soñaba?

—No. Frases de diccionario —tranquilizó Perico, sonriendo.

—Vamos, vamos... Pues sí que voy bien...

Perico comenzó a caminar hacia los dormitorios.

—Una vez cierta francesa que estaba conmigo en la cama, a mitad del sueño me pidió unos zapatos. ¿No te ha pedido a ti nada la tuya?

—No.

Hizo un gesto de extrañeza.

—Ya lo hará. Vienen de Francia a buscar eso —y con el índice y el pulgar describió gráficamente el dinero.

Para Desiderio, que sentía una gran gratitud, una simpatía tierna por el gesto de Perico, la aventura era, sin embargo, demasiado reciente, suculenta y prometedora. Pensó que el otro estaba en inferioridad para juzgar la actitud de las mujeres. El cuello bovino, sostenía sin dar opción a grandes flexibilidades, su cara rechoncha, vivaracha y vulgar de puro bondadosa. Ese rostro, visto por una mujer, pedía una compensación, un par de zapatos, ni más ni menos un par de zapatos, pensó.

Se acercó Anselmo, adormilado. A aquellas horas y en aquel lugar su calvicie aparecía deslustrada, desprestigiada.

—¡Bah, qué asco de cuartel! —barbulló—. ¿Por qué no salimos esta noche? —propuso a Desiderio en la puerta de los dormitorios.

—No; estoy... estoy cansado.

Anselmo insistió. Acababa de agotar una nueva cuarentena y se disponía a reengancharse en el noctambulismo.

Desiderio entró en el dormitorio, cogió su macuto y salió de nuevo al exterior. Cosme, el corneta, le dio alcance en la puerta de entrada. La hoja de sus patillas parecía herir el aire matinal.

—¿Qué, general? ¿Me ocupo de su guardia, esta noche?

Desiderio titubeó. Vio a Perico Rovira, que le miraba sonriente y benévolo, a unos pasos.

—No, no... Ya me desplumaste bastante el otro día.

—Como quiera, general. Otra vez será.

Josefina empezó a mirarle con ojos tiernos y escrutadores. Una noche, como un rudo y mudo reproche formulado por aquella mujer que era la guardiana de su salud desde que naciera, Desiderio encontró sobre el mantel de la cena el frasco recién comprado del mismo reconstituyente que había amargado —y no en sentido figurado solamente— no pocas de sus digestiones infantiles en épocas de crecimiento y crisis.

Desiderio tuvo sumo cuidado a partir de aquel día de incorporarse sin excusas a la rigidez de sus deberes. Su padre estaba enfrascado en las obras y en las operaciones de su trabajo y le dejaba un poco al margen. Desiderio procuró interesarse en su propio trabajo; cuando salía del despacho, procuraba encontrarse con Crista. Habitualmente quedaban citados en el Polo, donde Rita Arquer tenía un ancho espacio que cubrir con sus ojos. Cosa rara, ahora Crista no recelaba lo más mínimo. Y es que Desiderio se esforzaba en redoblar sus atenciones con ella, como si fuera la última tabla a que podía agarrarse, buscando en ella sabores e ilusiones que le ayudaran a borrar definitivamente de su imaginación las seducciones de la otra. Pero la imagen de Jeannine no se desvanecía, ni mucho menos. Podía sobrevivir a la impresión de felicidad o de armonía que Desiderio sentía cuando paseaba junto a Crista. Podía sobrevivir y, en realidad, sobrevivía porque Desiderio se sentía a gusto al lado de su novia solamente cuando estaba con ella. Mientras que la imagen de Jeannine era de todo momento, le asaltaba en las ocasiones más imprevistas, le llenaba en cada instante y donde estuviera, y de ella no quedaban a salvo más que los ratos de su emparejamiento con Crista, que le servían de lenitivo eficaz.

Dejó abúlicamente que transcurrieran las horas y los días, con la esperanza de que la seductora certidumbre de Jeannine se fuera atenuando. En aquellos días hubiera podido dejar su aventura en el punto en que la había encontrado. Por su propio impulso, al día siguiente de levantarse del lecho de Jeannine hubiera vuelto hacia ella, hubiera vuelto a importunarla, la hubiera esperado a la salida del piso, o en el «Excelsior», o en el «Suizo», donde la hubiera encontrado. Pero ¿qué hubiera pensado entonces de tales arrebatos una mujer como Jeannine, cómo hubiera calificado sus impaciencias, cómo hubiera reaccionado ante su incalificable acoso? De modo que, violentándose, demoró toda acción con la esperanza de extinguir todos sus deseos y llamaradas.

Se esforzó en cumplir con sus guardias en el cuartel, soportando el suplicio de imaginar que, en aquellas larguísimas horas, lo más probable era que Jeannine estuviera bailando y bebiendo con otro hombre en los mismos lugares que habían sido marco de su primera salida. Sólo una noche hizo una excepción: deambuló largo tiempo por distintos locales en los que según pensaba, con toda seguridad ella no iba a estar. Pero al fin, antes de la madrugada se fue al «Excelsior». Procuró dar un aire natural a la ansiedad con que, derramando su mirada por toda la sala, en realidad buscaba en ella la silueta de Jeannine; disimuló la emoción que le anegaba al estar seguro de topar pronto con los ojos de Jeannine, que ya le parecía ver brillar con toda su transparencia en algún lugar, en la pista de baile, en el rincón del juego, en las mesas en las que se agitaban los asiduos del local, o quizás en alguno de los palcos... Jeannine no estaba; y en lugar de inquietarse, esa ausencia le alivió.

Pensó que de haberla encontrado no hubiera podido disimular la quebradura espiritual que ya sentía con sólo figurársela en compañía de otros, como si tuviera sobre ella algún poder, como si por ventura pudiera exigirle que se negara a sí misma, que traicionara repentinamente su propia naturaleza por el mero hecho de haber accedido una noche a ir a cenar en su compañía. Y en cuanto hubo salido del local, un nuevo deseo le empujó; tuvo que llegar hasta la Plaza Real y averiguar, oculto por las nobles arcadas, si había luz o estaba a oscuras el aposento de ella. Y vio una tenue luz y entonces se sintió mortificado, herido de verdad, puesto que aquélla era la luz que había alumbrado tenuemente casi todo su sueño en la noche que pasó con ella.

Por un lado quería continuar, insistir, aprovechar, regalarse con las últimas consecuencias de aquel idilio sólo insinuado, de aquella maravilla; por otro, prefería dejarlo todo tal y como estaba y no volver a pensar en ella. A ratos le parecía que esto último sería lo más fácil y que iba a morir lentamente, no dejaría ya más lastre en él. Pero al entrar en contacto con cualquiera de los ambientes que había rozado con Jeannine, al pensar en otras mujeres o al conversar de ellas con sus amigos, todo le parecía haber perdido incentivo, mientras lo ganaban las horas fugaces que pasara a su lado.

Una noche, antes de cenar, en el Ecuestre encontró formada la tertulia de sus amigos. Estaba más animada que otras veces. Estaban en ella Anselmo Durán, Teodomiro Flo, Clemente Pidal y Antonio Mira. Se acomodó en una poltrona y se sumó a la reunión.

La conversación versaba sobre las gentes llegadas a Barcelona a raíz de la guerra y Teodomiro Flo habló de cierta mujer llamada Suzanne Forain.

—Tenéis que haberla visto, a la fuerza —decía—. Ha estado varias veces en el «Excelsior». Es una mujer madura, ¿no recordáis?, con el pelo cortado como un hombre, toda ella hombruna. ¡Sí —recalcó para afinar la memoria de todos, dirigiéndose a Desiderio—, es la que estaba con esa francesa con quien saliste a cenar!

¿Suzanne Forain? Teodomiro aportó más datos: fue en tiempos remotos una de las mujeres de más rango de París y ni aun ahora había dejado de ser famosa. Amiga del barón de Descaves, se llegó a decir que se había casado con él.

Lumbrera del can-can, había hecho gastar fortunas en los albores del siglo.

La simple alusión a alguien que estaba relacionado con Jeannine hizo zozobrar a Desiderio. Con cierta mala intención, Anselmo Durán hincó en el comentario.

—¡Y pensar que esa francesa nos la presentó como tía suya!

Entonces Teodomiro empezó a hablar del aristocrático francés, tan ligado a la dama que acompañaba a Jeannine la noche en que Desiderio la conoció. Este barón de Descaves, según Teodomiro, era digno de pasar a la historia. Descrito por Teodomiro aparecía como un ser de leyenda galante, de esa leyenda mundana cuyas anécdotas constituían una de las razones de la vida del narrador, de Teodomiro.

—¿Ya murió? —preguntó alguien, picado de curiosidad.

—¡Y de qué modo! Tenía un ayuda de cámara, un bribón llamado Paúl, que se cuidaba de abastecerle a la vez de champaña, de mujeres y de noticias. Una noche, después de estar bebiendo silenciosamente en compañía de dos amigos que habían llegado con el único objeto de pedirle dinero, se le soltó el monóculo, que quedó colgando sobre su abdomen. Los amigos siguieron charlando, hasta que tuvieron la seguridad de que se había dormido. Sin embargo, el canalla de Paúl observaba a su dueño. Vio algo raro. Se acercó a él y se puso a su lado. Oyó que decía algo. «Paúl, llévame a la cama, porque me estoy muriendo.» Según me contaron, el muy bruto creía que exageraba o que estaba bebido y no se movió. Pero el otro le increpó como siempre lo hacía, por última vez. «¿No has oído, imbécil? ¡Qué me muero!» Y aún tuvo arrestos para decir: «¡Tira este champaña, está caliente!» Y se murió así.

Desiderio sintió que un escalofrío le destrozaba. ¿Pertenecía Jeannine a aquel mundo picante, desmoralizado y cínico? Un horizonte extraño se abría ante sus ojos al entrever los modos y los hábitos del edén en el que había vivido, riendo y bebiendo, el barón de Descaves, en el que Teodomiro Flo, cuando era muchacho, había aprendido a conversar y a actuar, en el que había gozado de memorables aventuras y gastado toda su fortuna. Sintió una gran curiosidad por saber quién era Jeannine, por conocer su pasado, por descubrir a través de ella los secretos de las gentes que viven más allá de los exiguos círculos del negocio y de la rutina, que sorben toda la vida a raudales, con su candor, su gracia y su peligro.

Se veía a sí mismo miserable y mediocre e incapaz de prosperar en el ambiente que Teodomiro pintaba con colores tan vivos. Pensaba en el silencioso principal de su casa, en los pasillos tenebrosos, en su horario y sus obligaciones. Había una sima infranqueable entre los dos mundos. Lo extraño, lo verdaderamente sorprendente era que, aunque fuera sólo en el término de una noche, Jeannine, que venía de otro lado, le hubiera aceptado totalmente, sin sospechar su fragilidad, su timidez y su indigencia.

El apoderado apretó el resorte de sus gafas, las sustrajo de su nariz y las frotó con el pañuelo, según su costumbre. Miró a Desiderio fijamente, al tiempo en que las volvía a calar sobre sus ojos claros.

—Si tiene alguna preocupación no dude en decírmela, Desiderio. Ya sabe que cuenta conmigo como un amigo.

Desiderio quedó sorprendido, pero no contestó. Estaba pensando en Jeannine.

—Allí tendremos más espacio y más luz —prosiguió, señalando los andamios—. Esperemos que este dichoso cuartel le deje a usted más horas libres. ¿Tiene guardia otra vez esta noche?

—Sí.

—No sé cómo pueden mortificarle tanto. En mi tiempo no eran tan rigurosos. Total ¿para qué? —meditó, sin dejar de observarle.

Arturo Llobet abrió la ventana, descorrió el visillo, que se bamboleó con la brisa, y quedó mirando al exterior. En aquel momento don Joaquín subía dificultosamente por la escalera de los albañiles a lo alto de la obra contigua. Ya en la cima, hablaba nerviosamente con el contratista.

Arturo contrastó para sí la figura de Desiderio con la de su padre, encaramado en lo alto de los primeros andamios de la obra. Había visto afinarse en unos meses, desde que ingresó en el cuartel, el rostro ya de por sí rubicundo del joven, desenvolverse sus maneras al modo atrevido de los hombres de mundo, atildar su porte; vestido a la inglesa, alto y ligeramente curvado bajo el impecable corte de sus trajes, nada tenía de común con la figura severa, seria, del viejo Rius —viejo no por la edad, sino por el contraste—, que, tras la ventana, gesticulaba entre los albañiles. Para Arturo, el muchacho evocaba el recuerdo físico de su difunta madre, Mariona.

—Dígame con franqueza, Desiderio. ¿Le gusta a usted la fábrica?

—Sí, me gusta mucho.

—No me refiero ahora a la nueva fábrica; me refiero a si le gusta trabajar en el ramo. Si tiene afición a lo que hace.

Desiderio tardó unos instantes en contestar.

—Es claro... tengo poco quehacer aún.

—¿Y cuál es la sección donde se encuentra más a gusto? ¿Se interesa por los tejidos o prefiere la organización?

Vio titilar el reflejo de la luz sobre las gafas de Arturo.

—Prefiero la organización, va más conmigo.

—Ya me lo figuraba. Por eso... me atreví a proponer a su padre la creación de una sección de personal al margen de la secretaría. Pero dígame, y perdone que le haga esas preguntas. Si un día, es un supuesto, pero es posible que usted también se lo haya planteado; si un día, por la razón que fuera, faltara su padre, ¿se vería con fuerzas para ocupar su lugar?

Desiderio se sonrojó. No supo qué contestar.

—No haga caso de mí. Piense una cosa: mi propósito es sólo el bien de usted mismo. No crea que pienso en la fábrica. Yo he tenido también sus años y he pasado por muchos quebraderos, como todos. Le repito que si le ocurre algo no dude en decírmelo.

¿Cómo iba el apoderado a ayudarle, ni quién sería capaz de hacerse cargo de lo que le estaba ocurriendo? Nadie. Estaba pensando en ello día y noche y de entre todos los seres quizá no había más que uno que fuera capaz de sacarle momentáneamente de sus cavilaciones. Pero, como ese ser no tenía la menor capacidad para la confidencia oral, era imposible vaciar en nadie sus inquietudes.

Sí, sólo aquella hermosa y rauda yegua del cuartel accedía a cargar con sus sinsabores, con su mal humor, elevándole —aunque fuera sólo un par de metros y por espacio de fracciones de segundo— sobre esta prosaica y fría tierra en que tenemos que vivir. Desiderio machacó un día y otro a lomos de ella el piso del patio de obstáculos del cuartel, resuelto a vencer su propia desidia, su turbulenta ensoñación... Y el teniente Campos, que seguía sus entrenamientos sin sospechar, naturalmente, las causas psicológicas y metafísicas a que obedecían, se las proponía muy felices para el día que fueran anunciados los concursos. El coronel, por su parte, ordenó que cuando se aproximaran las fechas se relevara a Desiderio de todo servicio que no fuera el de vencer, montando a «Cachimba», los obstáculos de seto, el terraplén, la muralla de sacos terreros del patio de caballerías de los Dragones de Santiago. Pero aún faltaban muchos días y muchos sucesos para que Desiderio pudiera mostrar en los concursos su maestría de jinete y su dominio de la silla, la fusta, la espuela y la brida. Son los sucesos y los importantes días en que nos vamos a tener que meter inmediatamente y con la mayor prudencia.

IX

Una mañana de principios de mayo un pequeño grupo de soldados se aglomeraba alrededor de uno de los ángulos del patio de armas, alrededor del caballo de Desiderio Rius. La revista de comisario había sido desagradable para el joven jinete predilecto del coronel. Los cinco «cuotas», puestos en fila con el equipo completo, tenían la cabeza alta, el pecho erguido, y eran como cinco láminas azules e impecables que esperaban las palabras de rigor, cierta sonrisa de complacencia por parte del jefe o un comentario oficioso sin importancia. Pero el coronel pasó con su leve cojera reumática mirándolos de hito en hito, se paró ante cada uno de ellos unos instantes, inspeccionó con mirada perspicaz los caballos de cada cual, que se mantenían cogidos por la brida como si tuvieran también conciencia de su importante misión. Desiderio estaba en uno de los extremos de la fila y observó con cierta zozobra cómo el coronel se detenía ante su caballo, miraba sus patas, se detenía un momento a un lado para verlo de perfil y luego le miraba a él a la cara.

—¿No ha visto usted que este caballo está enfermo?

Desiderio, en ascuas y sin acertar a comprender el alcance del diagnóstico del coronel, esperaba la explicación.

—Mire —y Desiderio miró de soslayo sin alcanzar a ver, a causa de su inmovilidad, el punto que señalaba el jefe—. Hay que tener más cuidado con los caballos. Parece imposible que sea usted quien lo descuide así. Que no se vuelva a repetir.

Un rato después, cuando tras una arenga oportuna sobre la higiene y los caballos, el capitán Suárez dio la orden de romper filas, Desiderio llevó a su caballo al rincón de sombra del patio. Sus compañeros le rodearon, comentando el lance y dando cada uno su opinión.

Hasta aquel momento las relaciones de Pablito de Inglada y de Desiderio habían sido distantes, más bien frías. Pero aquélla pareció ser la ocasión destinada para que, sin querer, se rompiera el hielo.

Al deshacerse la formación, Desiderio revisó atentamente el aspecto del caballo y pronto dio con el punto que el coronel había señalado. En la axila del brazo izquierdo, el potranco tenía un bulto del tamaño de una manzana. En todo lo demás el aspecto del caballo era normal. La viveza de sus ojos no había sufrido menoscabo, su nariz era limpia, el cuello estaba erguido, la temperatura de las orejas era normal y esos apéndices se movían con viveza, la cola se mantenía tensa y vibrátil. Sólo el bulto de la axila denotaba el daño. Antes de que lo llevara a la caballeriza para que lo mirara el veterinario, Pablito de Inglada dio su parecer.

—Este caballo duerme mal.

—Me extraña —repuso Desiderio—. Le vi ayer en la cuadra y no lo tenía. Tiene que haber sido cosa de esta noche. ¡Mira que es mala suerte! La víspera de revista...

—Siempre pasa igual. A mí me pasó una vez con una yegua; cogió unas paperas el día que más me interesaba montarla. Me iba con ella a Olot, a las ferias. Los caballos hacen lo que quieren.

—¿Por qué dices que duerme mal? —inquirió Desiderio.

Pablito se acercó al caballo. Le dio familiarmente unos golpes en la cara para tranquilizarle, pues el noble bruto no parecía muy tranquilo ante la corpulenta mole azul de ojos inquisitivos que se le acercó. Luego lo cogió por la cuartilla de la pata en cuyo extremo había aparecido el bulto y la levantó, mostrando una dura pelleja que asomaba en el casco.

—Ha cogido el vicio de meter el casco debajo de la axila cuando está echado. Este caballo duerme apretado, no tiene bastante sitio, y así se ha hecho la contusión. Es un mal muy frecuente. Se le llama una «codillera».

Desiderio quedó admirado de los alardes de ciencia equina de Pablito.

—No te alarmes, no tiene importancia. ¿Dices que lo viste ayer y no lo tenía? ¿Estás seguro?

—Creo que sí.

—No es nada. Deben darle más espacio para dormir y atarle unas cuantas noches la pierna para que no se pueda lastimar. Si el mal fuera más viejo habría que intervenirle. Pero no te apures, no tiene cara de enfermo.

El pequeño grupo de mirones, entre los que se contaban todos los «cuotas» y algunos quintos, se disolvió cuando Pablito dijo:

—No hay necesidad ni de veterinario ni de camándulas. Cámbiale de aposento unas noches. Los caballos, como los hombres, quieren una cama ancha. ¡Ea, vamos a la cantina! Tú —ordenó a uno de sus secuaces, un soldado pequeño y moreno—, coge unos trapos y le aplicas compresas frías, ¿entiendes?

Al poco, Desiderio y Pablito estaban en la cantina. Pablito de pie, se hacía lustrar las botas por un soldado arrodillado a sus pies, abierto a su lado un cajón de limpiabotas. En su mano sostenía una copa de ajenjo y se apoyaba con el codo en el mostrador.

—Sí —decía a Desiderio—, a mí todo lo de la cría de ganado me gusta, con franqueza. Lo que pasa es que me canso pronto de todo. Pero en mi casa me he criado entre pollinos y he visto parir más yeguas que pelos tiene Durán en la cabeza. De vez en cuando, cuando me siento mal, me vuelvo a la finca y vuelvo a empezar. Aquello es sano, de veras. También tragueo allí, pero es un tragueo limpio. No sé cómo decírtelo. Las melopeas se cogen en la misma bodega y cuando sales de allí el mismo aire te despeja. No es como esto, que para despejar una curda de *whisky* necesitas la Extremaunción.

Pablito le caía simpático aquel día al joven Rius. No había sospechado que fuera un hombre de campo, un señor rural; aunque sus modales no podían negar que eran los de un terrateniente. Ahora se explica a la perfección mucho de su arrogancia junto a aquella naturalidad democrática que desbordaba de su trato.

—No te preocupes por el caballo. Lo llevas donde lo tenían antes. Que lo dejen apartado en la cuadra y que le pongan mucha paja. En lugar de atarle la pata, mejor será que le envuelvan los cascos con trapos durante la noche. En pocos días tienes el caballo sano.

—¿Tú crees que andará hasta el centro?

—¿No va a andar? Por su gusto se marcharía a América. Yo te acompañaré. De paso le daré un paseo al mío.

Hacía una mañana radiante de primavera y apetecía tomar el sol y trotar un poquito. Los tres «cuotas» restantes se sumaron al paseo. Sólo pudieron poner al trote sus caballos a la salida del cuartel. Muy pronto se encontraron con los impedimentos de la circulación. Tranvías, coches y viandantes se escurrían entre los belfos de las cabalgaduras. Nuestros soldados, uno al lado del otro, procuraban evitar que los caballos cabecearan demasiado con el susto de un campanillazo o de una bocina. Se oía un rumor de cascos disuelto sobre el empedrado. El caballo más hermoso, el único que era verdaderamente presentable, el de Inglada, llevaba un molde de cuero anillado en una de las patas y parecía que era para evitar que se rompiera, tan fina era su estampa. Se agitaba, removiéndose, sin acusar el peso del corpachón tremendo que llevaba y que sobresalía de todos los demás. A su lado, los cuatro jinetes restantes parecían, más que sus amigos, su tropa. Esa impresión la acentuaba el hecho de que Pablito era el único que alardeaba y hablaba sin cesar. Los transeúntes se volvían a mirarle, extrañados de tanta euforia vital, de tanta seguridad vestida de azul.

Al principio, en sus bordes con la Diagonal, el Paseo de Gracia no difería en su aspecto de ninguna de las calles por las que hasta entonces habían cruzado. Pero a partir de cierta esquina se desató de pronto la marea popular. Los paseantes tenían la costumbre de enfilar el Paseo de Gracia hasta la calle de Aragón y volvían sobre sus pasos. Así, a partir de esa encrucijada el Paseo no era un paseo, sino una aglomeración. Era imposible distinguir un palmo gris, un trecho de calzada. Todo era una masa opaca de trapos y de cuerpos, que se agitaba como ciertos enjambres al ser mortificados. Por los bordes de la calzada los cinco jinetes azules se fueron aproximando a esa acequia popular que producía, al discurrir, un rumor sordo de voces, como los guijos de un torrente al ser arrastrados.

Allí fue donde la irrupción de los cinco Dragones a caballo causó cierto asombro. Las amas señalaban con el dedo a sus niños más tercos la facha de los cinco jinetes como si se tratara de una comisión que acababa de llegar de los reinos de la fantasía; los más viejos del lugar hacían un alto vacilante y se volvían lentamente para seguirles con la mirada. Un rumor de bocinas agitaba de pronto a alguno de los caballos y había que sujetarle bien, con cierto espanto de los paseantes más próximos, entre los que empezaba a cundir un movimiento de huida, cierto tumulto que a la postre sólo quedaba en intención. Anselmo Durán había adoptado una pose postinera que les resultaba a los demás un poco cómica. Tomás Esteve, su mentón largo y flotante dirigido hacia la calzada, mostraba su sonrisa inimitable a todos. Los cascos plateados refulgían en la sombra que ya les alcanzaba y se movían en ellos los reflejos de los edificios, deformados por la curvatura del metal. Iban descendiendo lentamente, al paso, cuando Pablito señaló un punto de la calzada.

—¿No es a ti a quien llaman? —indicó a Desiderio.

Éste se paró al ver a Crista que braceaba con agitación desde un punto de la muchedumbre, al tiempo en que se iba abriendo paso hacia él. Los demás siguieron caminando, pero Pablito se quedó a su lado, como a la expectativa.

La ilusión que delataban los ojos de Crista al descubrir a su jinete era tal, que daba empellones a los paseantes y llamó la atención a algunos de ellos. Sin saber por qué, la cara de Desiderio no delataba el mismo placer. Le sonrió, sin embargo, sin inmutarse bajo su casco azul y la contempló acercarse.

—¿Qué haces ahí? —gritó ella, en cuanto llegó, rozando con su cuerpo airoso y pletórico la fina piel del caballo, su ijada tersa y oblicua. Luego, en un alarde de valentía y confianza, le dio unas palmadas cariñosas, que hubieran querido ser para Desiderio.

—¿Quieres subir? —propuso de pronto Pablito—. Te llevo —y puso la palma de su mano izquierda en la grupa.

Ella, al dar con su desdeñado pretendiente, acalló de pronto sus impulsos. Pero observó que, bajo el casco reluciente, la cara de Desiderio indicaba regocijo por la proposición que acababa de hacer su compañero. Le miró entonces enfurruñada, como increpándole.

—Creí que venías solo.

—Me acompaña a dejar el caballo en su cuadra de origen. Se ha hecho daño —y señaló la pierna herida del corcel.

—Contigo sí que subiría —sugirió ella, lo bastante alto para que el otro lo oyera.

—Pues, ánimo. A que no te atreves —provocó Pablito.

En la expresión poco airosa de Desiderio, Crista se sintió herida. Hubiera deseado que hiciera trizas con una frase punzante al entremetido. Pero Desiderio parecía tolerarlo todo.

—¿Vendrás después? ¿Nos veremos esta tarde?

—No, niña, no puedo —contestó él, demasiado convincente—. Hoy no me es posible.

Crista se volvió hacia Pablito y le pareció que en su rostro había una cierta sorna. Hubiera querido fundirse. Estaba suplicando a Desiderio con los ojos que la ayudara a defenderse, pero éste no decía esta boca es mía. Le estaba pidiendo abiertamente protección y él se la negaba. Lo que la molestaba no era que su orgullo de mujer estuviera siendo herido en aquellos momentos por la actitud de Desiderio, por su reserva, por su frialdad; era algo más: era que «había testigos». Mejor dicho, no había más que uno, Pablito, pero éste era suficiente para que ella se encontrara a disgusto.

—¿Tampoco hoy?

—Tengo... quehacer. Ya te contaré —añadió, como si pretendiera que la presencia de Pablito no le permitiera entrar en detalles. Luego, con ganas de marcharse, simuló que el caballo estaba impaciente. Pero Crista observó que éste no se movía más que al mando de su jinete, que le daba minúsculos tirones de la brida para hacerlo mover.

—Bueno, bueno, pues... Si cambias de idea, yo estaré en el Polo —explicó, segura de que Desiderio tomaría esa indicación, dicha delante de Pablito, poco menos que como una amenaza. Pero con estupor notó que la cara de Desiderio no denotaba extrañeza, ni temor de ningún género. Casi se atrevería a decir lo que pensaba en aquellos instantes: «¿Ésas tenemos? ¿Me amenazas con eso? Vete al Polo con él y distráete, si es eso lo que te hace falta».

Sin embargo, atemperando su desazón, Desiderio transigió:

—Haré todo lo posible. Pero no te lo aseguro —y dándole un cariñoso beso por el aire, con la mano, azuzando el caballo siguió adelante.

Pablito no tardó en alcanzarle. Había estado contemplando a sus anchas la figura de Crista y se estaba diciendo que era un imbécil, que se bastaba y se sobraba para arreglar aquella situación. Que Crista era la muchacha más soberbia que jamás se hubiera cruzado con él y que Desiderio era mucho más insensato de lo que él se había figurado.

—Formidable chica. ¿Sois novios o sólo... amigos?

—Sí... somos... novios —contestó Desiderio, con negligencia.

—Te felicito. Te llevas una buena chica. Es guapísima.

Pero Desiderio no contestó. Lentamente desembocaron en la Plaza de Cataluña. La cruzaron y bajaron por la Puerta del Ángel. Ante un gran portalón, Pablito de Inglada se despidió.

—Ya estoy cerca y voy a subir a ver a mis tías. Llevo un siglo sin hacerlo.

Bajó del caballo, se despidió de su amigo y luego se metió, con el caballo cogido de la brida en el interior del portalón. Desiderio siguió adelante.

Las calles de la derecha de la Rambla estaban lamidas por el sol de primavera que trazaba en las grises azoteas, aún ateridas de la umbría invernal, anchas diagonales de luz amarilla. En lo alto, el cielo era de un azul purísimo. En los balcones diminutos y escondidos colgaban grandes paños de colada levemente mecidos por una brisa marinera. Y en otros asomaba la pincelada ardiente de los geranios, viva sobre la penumbra gris de la pared. Llegó a la Plaza Nueva y saludó con la mirada a los dos nobles torreones dorados. Tuvo por un momento la impresión de que estaba viviendo horas muy antiguas transfundido en algún viajero de otros tiempos que llegara a aquel lugar y se parara dejando a sus espaldas el polvoriento camino, la campiña y el valle que circundaba los muros de la ciudad medieval. Esta ilusión fue momentánea, pero muy intensa. Estaba en las puertas de la ciudad, un poco inquieto por lo que había de encontrar dentro. ¿Convenía descabalgar y entrar en ella con el caballo de la brida? ¿Qué mujeres burguesas lo mirarían pasar vestidas con la moda de otros tiempos, con aquellos extraños caperuzones, con el velo sutil sobre los rostros, velo que la suave brisa apartaría un instante para que él, viajero asombrado, pudiera ver el perfil y la tez de los siglos pasados en su rostro agobiado por los rezos o por el pensamiento del novio navegante que se había enrolado para la Cruzada o que volvía de Lepanto o de Atenas? Durante unos segundos se creyó en presencia de la historia y a punto de sumergirse en ella. Pero se volvió y torció por una callejuela, donde estaba la cuadra a la que había ido a buscar su caballo el primer día de cuartel. Entró en ella y dejó el caballo en manos de su dueño, después de dar todas las instrucciones precisas que recibiera de Pablito. Al cabo de lo cual salió de nuevo a la plaza y se metió entre los torreones.

A medida que avanzaba se daba cuenta de que estaba haciendo justamente el camino que le llevaba a casa de Jeannine. Sabía ya que lo haría así; lo sabía cuando salió del cuartel, lo sabía al excusarse con Crista, lo sabía unos minutos antes, cuando se había parado titubeando ante las piedras de la Plaza Nueva. Lo llevaba metido en la cabeza desde que, al anunciarse la revista de comisario, quedó patente que iba a disponer de una jornada entera, hasta el atardecer, jornada que su familia creía que estaba ocupada íntegramente por ese formulismo. A medida que avanzaba, la decisión de encontrarse con ella se hacía más fuerte. Porque al principio planeó dar un rodeo únicamente frente al portal de la casa, mirar si de algún modo lograba descubrir algo de ella. Durante el día no había rastros de luz en sus ventanas; podía incluso aventurarse a subir a su piso, llamar y presentarse, sencillamente. No sabía lo que iba a hacer, pero ahora estaba decidido a que no pasaría una hora sin que no la tuviera de nuevo a su lado.

Cuando entró en el portal de la casa de Jeannine, aquel portal antiguo y exiguo de la Plaza Real, la portera, tras los cristales de su garita, le dirigió una mirada inquisitiva y hostil, que le indujo a subir directamente los escalones sin cruzar con ella la palabra. Quedó durante largo rato ante la puerta de Jeannine, llamando al timbre varias veces y sin obtener respuesta. Entonces volvió a bajar y se enfrentó con la tosca guardiana.

—Ha salido con el perro —le contestó ésta, no sin desdén—. No debe andar muy lejos —y volvió a mirarle de arriba abajo, sin el menor respeto a sus guantes de Comas, a sus botas de Savall, a su uniforme impecable—. Dése una vuelta por la Rambla y la encontrará —añadió despectivamente, volviendo a la lectura de un folleto en que la había sorprendido.

Las Ramblas bullían de grupos de gentes que se iban a sus casas, a la hora de comer. Pero el resol de las calles estrechas de la Barcelona vieja se trocaba aquí en una luz azulada, en un frescor agradable, como de pozo, de acequia, de umbría; los puestos de flores parecían salpicar el aire con todos los tonos de la primavera. Jacintos, vincapervincas, prímulas, tulipas, que parecían emisarias lejanas de un levante lejano, quebradas ramas de almendros floridos, que cuajaban una tenue irisación blanquecina o rosada en los improvisados jarrones de las paradas, ponían una nota rutilante al paso incesante de tranvías y peatones y parecían perfumar de un cabo a otro de su raudal la ácida marejada urbana.

Desiderio no quiso mezclarse a la riada de gentes que se apresuraban en la calzada. Se sentía amilanado, avergonzado, confundido y mucho más entre la población menguada, indiferente y gris que transitaba por su lado. Siguió por la acera, sin perder de vista el bulevar.

La portera no le había engañado. Descubrió a Jeannine frente al Palacio de la Virreina. Estaba ante una de las paradas de flores, recogiendo con dificultad una gran brazada de ellas que le tendía la florista. Con su mano libre intentaba en aquel momento pagar su importe; pero como «Yucki», impaciente, tiraba de la correa sin escrúpulos, con tal fuerza y tan ardidamente que obligaba a Jeannine a tambalearse, Desiderio cruzó resueltamente en dirección a ella.

Quedó un instante parado, a unos pasos de Jeannine. Hasta aquel momento no empezó su corazón a palpitar de manera distinta a su costumbre. La contempló mientras metía en su bolso las monedas que la florista le había devuelto como cambio y acomodaba las flores en el antebrazo. Parecía una figura arrancada de un magazine mundano, cierta belleza trasplantada de pronto por un espíritu burlón al bulevar barcelonés, para contrarrestar de un golpe su provinciana realidad con el más sutil y exagerado garabato de refinamiento forastero.

¿Cómo podría atreverse a conquistar a una mujer así? Todo cuanto existiera fuera de sí misma parecía tenerla sin cuidado, parecía resbalar sobre ella como la espuma.

Cuando Jeannine levantó la mirada se quedó sorprendida, asombrada. Tardó unos instantes en reaccionar, como si no le reconociera, bajo el casco de relumbrón y la guerrera azul de caballería. Pareció sobresaltada, hasta asustada. Apretó el talle contra las flores, abrazándolas.

—*Mais, c'est toi?* —silabeó, incrédula, echándose a reír de pronto—. *Chéri, tu est méconnaissable...*

Vestía un delicioso traje sastre *beige*, muy ajustado, y sus cabellos rubios se recogían bajo un primaveral sombrero verde.

Desiderio tendió su mano, que ella retuvo. El perrito tiraba impertinentemente de la correa, obligando a Jeannine a desplazarse.

—*Tu est très méchant, quand même* —reprobó entonces a «Yucki» sin dejar de estrechar con fervor las flores y reteniendo la mano de Desiderio—. *Je suis très contente. Mais, j'ai beaucoup souffert, tu sais?...* —explicó como confundida.

«Yucki», el caniche, puso una cara insoportable de pocos amigos. Llevaba un cuarto de hora dando avisos, empellones y tirones entre centenares de extremidades humanas que estaban siempre a punto de tropezar con él sin que su dueña quisiera concederle la menor atención. Ella se había parado media docena de veces en uno y otro puesto de flores sin decidirse por ninguna. «Yucki» tenía cara de pensar que son todas iguales; que las mujeres no hacen más que charlar y charlar de cualquier cosa, que preguntan sin necesidad, que regatean por lujo. Con ladridos y saltos, el único lenguaje del que podía disponer, había intentado decir a su dueña varias veces que unas flores son, en definitiva, iguales a otras y que no merecía la pena tanta deliberación. Al fin consiguió que Jeannine se decidiera por esta gran brazada de claveles y rosas que perlaban sobre su escote. Y cuando «Yucki» creía haber concluido y estar a punto de regreso, un monstruo humano vestido de azul que lucía en la cabeza una especie de fanal o de bola luminosa, cuyos pies eran más bruñidos que los pies de los demás, creó en su ánimo perruno una irritación vehemente, desveló en «Yucki» incontenibles y atávicos gérmenes de fiera que va a perder los estribos, que renuncia a los beneficios de la domesticidad.

—*Laisse, laisse, «Yucki»...* —regañó Jeannine, intentando apartar el perrito de las botas de Desiderio, sobre las que gruñía y mordisqueaba. Desiderio sintió una inclinación bastante pronunciada a sentarlo de un golpe sordo y total, de un puntapié, pero se contuvo.

Jeannine le miró suplicante. Estaba inquieta. Los paseantes se apartaban un poco a su lado, fijándose en ellos, y a Jeannine le incomodaba llamar la atención. No era frecuente ver en las Ramblas una pareja semejante. Era, bellísima, exageradamente guapa para ser vista sin insistir en otro golpe de vista; las flores rozagantes, tiernas, numerosas sobre su pecho. Desiderio, cuyo rostro suave y correcto, pero un poco aniñado, contrastaba con la petulancia marcial de su atuendo. Y un perrito faldero que se engarabitaba, saltaba y ladraba contra él. ¿No era acaso demasiado espectáculo para la humanidad que transitaba a su alrededor?

—*Tu est très beau en ce moment* —contestó ella mirándole tiernamente—. *Pourquoi n'est tu pas venu plus tôt?*

Pero el perrito embarullaba esta terneza. Con la vuelta de la correa Jeannine amenazó finalmente a «Yucki», le dio un pequeño golpe en el olisqueante y atrevido morro. «Yucki» cesó de ladrar y de moverse. Se quedó parado, ofendidísimo, lanzando a su dueña un impertinente visaje de incredulidad. «¿Es cierto lo que ven mis ojos perros? ¿Eso, eso me haces tú a mí?», parecía decir. Se tumbó, se arrebujó y se contrajo en el suelo, con ganas de ser tragado por él.

—*O chéri, tu est sale, tu sais?* —increpó ella, perdiendo la paciencia, al ver como se tumbaba tranquilamente en el sucio pavimento—. *Allons, c'est finie* —e intentó agacharse para recoger el perrito.

Desiderio pasó un momento de zozobra y de duda. Jeannine estaba agobiada por el desorden de las flores, que intentaba equilibrar sobre su talle, de modo que era él quien debía recoger al perrito. Pero si lo hacía, ¿no despertaría las iras de este iracundo engendro irracional, chillón y dominante? ¿Y qué haría luego con él en los brazos? Dejó que Jeannine se agachara y al volver a verla incorporada quiso recoger sus flores.

—Trae, yo puedo llevarlas —ofreció.

En esta fracción de tiempo diminuta, en ese indeciso instante en que sus dos manos, sus dos brazos contuvieron la brazada de flores y rozaron más allá el seno de Jeannine, en un forcejeo inútil con ella, parecieron quedar los dos infundidos de la poderosa oleada de vida que trascendía de los claveles, de las rosas... Durante un segundo Jeannine y Desiderio se miraron a los ojos, abrazando los dos a la vez el pomo oloroso que ninguno de ellos quería abandonar. Y la mirada de Jeannine pareció cambiar de la más radiante alegría a una muda ansiedad. Sus labios se entreabrieron, como si fuera a musitar algo, sin dejar de mirarle totalmente a él, a su rostro, a sus ojos. El paso de las gentes, la noción de todo lo que seguía ocurriendo en su exterior les hizo volver en sí.

—*Allons vite* —dijo ella. Y confesó, mirándole—. *Je veux être avec toi; je dois te parler.*

Jeannine volvió a dejar el perrito en el suelo. Éste parecía haber cambiado también de actitud, como si todos sus mimos y arrogancias fueran sólo un reflejo del más íntimo ser de su dueña, cuya menor variación percibía y acataba.

Empezaron a caminar hacia la Plaza Real. «Yucki» tiraba ahora alegremente y a un paso muy vivo de la correa que Jeannine aguantaba, mientras con la otra mano sostenía la brazada de flores. Bastante turbado, pero con la cabeza erguida, desafiadora, Desiderio marchaba a su lado.

Ya llegados al enorme porche de la plaza, ella le cogió del brazo. Desiderio notó un temblor, cierta falta de espontaneidad, pero fue sólo cosa de un segundo, después del cual Jeannine se apoyó decididamente en él, se arrimó a su hombro. Caminaron bajo las arcadas de la plaza hasta uno de sus ángulos.

Jeannine soltó el resorte de la correa y «Yucki» se perdió en un santiamén en el portal, por las escaleras. Jeannine le siguió, lentamente.

El fino zapato de Jeannine pisaba en los peldaños con un impulso fuerte y ágil; el talle, en la creciente sombra, era un prodigio de flexibilidad; la mano izquierda de Jeannine, larga como una extraña flor, rozaba la baranda. Sólo alumbraba el hueco de la escalera la escasa luz que entraba por un ventanuco de cristales de color. Jeannine se volvió, parándose de pronto a mitad de dos pisos; su rostro quedó teñido de un oscuro reflejo granate y verdoso, al lado de los cristales que trasvasaban la luz del exterior a su tez blanca. Las flores de su pecho sufrían con el reflejo una extraña mutación; los claveles eran morados, casi negros; las rosas, de un pálido verde que apenas recordaba el amarillo original. No era Jeannine, era una imagen presunta en un vitral extravagante; pero la reconoció en sus ojos, en su boca palidísima en la que mordía un reflejo azulado. Desiderio se acercó, la estrechó entre sus brazos. Y ella se dejó estrechar sin oponer más violencia que las flores que llevaba, entre las que Desiderio alcanzó certeramente como en el movimiento tembloroso de una siempreviva o en la rotación feliz de un girasol, aquella flor mentida y violácea que era la boca de Jeannine, que susurraba: «¿Por qué no has venido antes? Te esperaba, te esperaba todos los días...»

Se perdió en el olor, en la fragancia indescifrable del pomo de claveles, de rosas, mezclado a la exhaltación sutil que alentaba la piel de Jeannine. Sintió un leve rumor, un crujido como de madera. Jeannine apretó su mano para volverle en sí y «Yucki», en lo alto de la escalera, empezó a ladrar enfurecido de impaciencia. Al poco notaron sus bufidos, los melindres y clamores con que les recibía. Corría de un lado al otro del rellano con sesgos rápidos y saltos increíbles.

Jeannine abrió la puerta y «Yucki» entró como una exhalación. Desiderio se encontró de nuevo ante los testigos mudos de su noche de amor. La luz de la calle tamizaba ahora los objetos, los tornaba más cercanos, más cálidos. Jeannine se fue al balcón que daba a las Ramblas y lo abrió de par en par. Luego caminó hasta el fondo, estuvo unos instantes junto a la cama, como si pensara en algo, y echó sobre ella, de cualquier modo y sin cuidado, la brazada de flores.

—*Je ne pouvais plus t'attendre. J'étais triste à mourir* —exclamó mientras desabrochaba los botones de su chaquetón—. *Et puis... j'ai peur* —confesó, hundiéndose en sus brazos—. *Je ne pouvais plus être seule...*

Desiderio sintió latir aquel cuerpo en el suyo, y luego que se desprendía lentamente de él. Y se quedó solo en el pequeño aposento, frente a la cama en la que las flores desparramadas ponían cierto lustre de jardín. La proximidad de Jeannine se advirtió, sin embargo, pronto con un rumor de grifos o de frascos que llegaban del baño o de la cocina.

Desiderio se acercó a la mesilla, junto a la ventana. Empezó a contemplar con curiosidad los objetos que llenaban la superficie de la pequeña mesa. Lo primero que cogió fue unas fotografías puestas en un marco de plata. Tardó en reconocer a Jeannine en ellas. Se la veía en un grupo, alrededor de una mesa, bajo un emparrado campesino. Aquélla era una Jeannine desconocida, sin afeites, casi fea; en la fotografía, los bucles de su pelo eran negros y su rubio actual parecía ser, en el contraste, como una desfiguración no sólo de su rostro, sino de su más íntimo ser. ¿Quiénes serían aquellas mujeres, aquellos hombres que acompañaban a Jeannine en el pretérito «pic-nic»? Allí, en aquella estampa bucólica, había un raudal de vigor campesino y de naturaleza viva y pródiga que la figura delicada, arrogante, compleja de la Jeannine actual parecía estar traicionando. ¿De dónde vendría Jeannine, cómo sería ella en realidad?, se preguntaba. ¿A quién o a qué debía su transmutación la bella mujer en que se había transfigurado?

Todo esto le parecía a Desiderio un incentivo más de aquel momento. Así como el explorador tiene ante su vista por primera vez la extensión de las tierras que antes no había localizado más que sobre el mapa, toda la superficie de Jeannine estaba a punto de ser descubierta por él, toda ella se disponía a ser recorrida, y a ser hollada. Aquella alma se iría descubriendo poco a poco, iría manifestando lo que de más incógnito y recóndito guardaba para todos, y que él se atrevería a pisar de puntillas, con sigilo y con fervor. Y dejó el cuadro de nuevo sobre la mesilla con sumo cuidado, como si aquellas figuras pudieran de pronto empezar a moverse, en su ignoto pasado, para impedir la maravillosa investigación cuya urgencia le acuciaba, cuya sola posibilidad hacía nacer en él esa actitud de expectativa misteriosa.

Se acercó de nuevo a las docenas de flores que ella había traído de la calle y que yacían desparramadas sobre la colcha. También en ellas estaba Jeannine, tendida sobre el lecho con el mismo abandono, con la misma radiante coloración que ellas tenían y hasta exhalando un parecido, indescifrable aliento vegetal y turbador. Sobre la envoltura de la cama, aquel montón disforme y desigual de pétalos, de corolas, de tallos frescos, dibujaba en la penumbra una suerte de provocativa y real imagen de ella. Se acercó Desiderio a las flores y estrujó con sus manos un clavel; sintió crujir entre sus dedos el prieto corazón de la flor, que dejó en ellos un liquen húmedo y un olor intenso; y respiró, hundiendo su rostro en las flores; respiró el perfume total de ellas, que era como la transfusión sutil y profunda de los senos, del talle, del vientre y los hombros de Jeannine, disueltos y rendidos en la frágil brazada.

Por fin sintió a sus espaldas los pasos de la mujer, desnudos sobre la alfombra. Se volvió lentamente; ella estaba de pie frente a él, desprendida de la leve huella de «rouge» y con los cabellos sueltos. Había abandonado toda la arrogancia que le infundían sus vestidos, sus zapatos, su sombrero... Sobre su brazo y su cuerpo no había más que el bulto incorrecto, gruñón, adormilado del «caniche». Lo echó al suelo, dejándole ir a esconderse en un rincón; y luego, con un golpe y otro de su brazo, barriéndolas sin cuidado y con prisas, echó al suelo todas las flores de la cama. Así era Jeannine; repentina, brusca, elemental, bajo el tilde de un refinamiento exterior. No hacía aún unos minutos que la había descubierto al otro lado de la calzada, hablando de unas flores e increpando a «Yucki». Pero así era ella en realidad. Era un rescoldo vivo, una criatura sin temor, sin remordimiento y sin espera. Las flores habían dejado bruscamente de protegerla. Sin ellas, estaba desnuda.

Los días siguientes cruzaron como un torbellino, pasaron como un vendaval por el ánimo de Desiderio. Había perdido enteramente la noción del tiempo. Se expuso por ella a que todo se echara a rodar por una imprudencia, por quedar a su lado más tiempo del que podía disponer, de acuerdo con las excusas que inventaba. Fue generoso con sus horas, no podía negárselas. Pero ¿cómo sospechar que el sentimiento que había prendido en él, y que había estado acorralando trabajosamente durante tantos días, fuera compartido de aquel modo por ella? Jeannine le repitió una y otra vez que no había podido vivir sin él, que se había sentido desfallecer ante la sola idea de que nunca más pudiera volver a verle. Le aseguró que se había sentido mal «hasta morir», al comprobar un día y otro que él no volvía. ¿Cómo era posible, se decía, esa brusca ruptura de algo que ella no había sentido nunca así? ¿Era Desiderio un aventurero, quizás, o un cínico o un ser vulgar? Todas esas preguntas se las había formulado Jeannine durante los días en que Desiderio se violentaba, se destrozaba de inquietud por ella. ¿Podía ser Desiderio tan ciego como para ignorar que si ella se le había entregado con aquel ardor repentino e irrazonable era sólo porque le quería apasionadamente, desde la primera palabra que cruzó con él, desde el instante en que le vio sentado con Anselmo en la mesa del «Excelsior»?

Y en ese mundo de sentimientos y de palabras deslavazadas, de susurros y de besos, Desiderio desconocía la hora en que se hallaba, el significado de las palabras que sonaban a su alrededor, el peso de sus obligaciones y de su horario. Quedó flotando, sonriente, en el centro de un conjunto de cosas gravísimas que habían perdido de pronto todo su valor. En el centro de ellas se esforzaba en improvisar, reedificándola, imprimiéndola de nuevo, la imagen de Jeannine, las líneas de su rostro, todo lo que ella era. Día a día esa figura se iba fraguando, creciendo y amoldando en él, hasta llegar a convertirse en una realidad de sus propias entrañas.

Y cuando estaba con ella, a su lado, coincidía la imagen hasta tal punto con la que empezaba a vivir y a latir a su lado, que una y otra se fundían, borrando aquella línea indecisa que existe entre el ensueño y la realidad.

Sólo por un conjunto de casualidades era posible que nadie advirtiera la asombrosa y exaltada zozobra en que estaba viviendo. Lo raro es que este fenomenal tumulto interior no hubiera rozado todavía ninguno de sus hábitos. Lo inexplicable era que siguieran igual su despachito de la fábrica, sus horas de guardia en el cuartel, los chismes y las bromas de sus compañeros. Aunque, pensándolo con calma, este resultado no se debía del todo a simple casualidad. El mismo interés que ponía en defender su zona inabordable, iba provocando sin mucho esfuerzo cautelas oportunas, argucias afortunadas. Cuanto más importantes se sentían el uno para el otro, tanto más meticulosamente podría conseguir ordenar él su calendario amoroso, limitar a unos días determinados su entrada en el pisito de Jeannine y dejar para los restantes ciertas citas con ella en la calle o en los escondidos cafés, el tiempo justo para decirse el uno al otro que no se habían olvidado.

El pisito de Jeannine fue modificándose imperceptiblemente al conjuro de esta *liaison*. Cuando Desiderio lo «vivió» por vez primera quedó sometido al influjo de un desorden bohemio y sintió una bocanada de libertad. Los libros dispersos sobre la mesita y sobre la cama, la trompa violeta del gramófono, los frascos vacíos de perfume bajo las sillas y el abandono sonriente y limpio de la joven francesa fueron el preludio de un hechizo particular que había de retenerle a su lado durante muchos meses. Pero con el transcurso de los días todo se fue ordenando misteriosamente. Los frascos vacíos habían desaparecido y en una peana oculta por las cretonas de un arco divisorio floreció un pequeño bosque de frascos siempre en uso; el gramófono y su trompa pasaron al recibidor, cuidados diariamente por el plumero de una mujer de faenas que Jeannine tomó a su servicio durante las horas del día; y los libros dispersos, que eran como trozos sueltos de una sola imaginación, fueron encuadernados uno por uno por el propio Desiderio, valiéndose de la prensa copista de su despachito de la fábrica, con cuyo menester llenó largas horas de oficina; así hallaron pronto una impresionante instalación en los estantes que Jeannine encargó para los cuatro ángulos de la antigua pieza, convertidos en contrafuertes de una vida doméstica para la cual no pensaba Desiderio que Jeannine estuviera preparada. Lo que un tiempo atrás parecía un secreto mágico para los dos amigos, fue diluyéndose, convirtiéndose en una realidad cotidiana casi burguesa.

La Jeannine de la grande capa de visón y del deslumbrante solitario, cedió paso a esta otra, a esta ardiente inquilina del pisito de la Plaza Real, como una estudiante un poco bohemia de cualquier ciudad universitaria de Europa.

Jeannine se convirtió en la amiga de Desiderio con la misma delicada indiferencia con que hacía oscilar en la mirilla de su espejito el mundo de su derredor, con un ademán que repetía una y otra vez para retocarse el peinado. Y el verano libre, tibio, el verano de Barcelona abrió sus ventanas a la impunidad de las noches en las que Jeannine vino a incrustarse como una magnífica piedra deslumbrante.

La llegada del verano fue favorable a Desiderio, en el sentido de que le permitió demorar la aclaración de la postura ambigua en que los nuevos hechos le colocaron frente a Crista. Antes del verano la siguió viendo con alguna frecuencia, procuró ocultarle como pudo las zozobras de su corazón y la realidad de que esta importante víscera estaba ya cabalmente ocupada. Crista se iba desencantando lentamente de sus falsas efusiones, a pesar de decirse que le amaba a machamartillo, que nadie más podría vivir en su corazón si no era Desiderio. Era terca y valiente consigo misma. Pero durante las semanas que precedieron a su marcha a Caldetas ocurrieron ciertos hechos que merecen ser reseñados.

X

Impávida, segura de sí, sin vacilación alguna, la figura majestuosa y hercúlea del joven Pablito de Inglada se había proyectado frente al balcón de Crista, tan pronto el joven heredero salió de almorzar de casa de sus tres tías solteronas, pocas horas después de haber asistido al diálogo entre ella y su novio en el Paseo de Gracia. Evelina advirtió por casualidad a Pablito dar pasos arriba y abajo de la calzada, con su rara facha de barítono de veintiún años o de ganador de media docena de copas de tiro de pichón en los concursos estivales, y le vio elevar de vez en cuando su mirada al balcón del principal. Intrigada, llamó a Rita para que le diera informes, si los tenía. ¿Quién era aquel mocetón petulante? ¿Le conocía? Cuando ésta le dijo que no era otro que Pablito de Inglada, la viuda frunció sus labios en demanda de más explicaciones.

Porque, aunque pueda parecer extraño, Evelina no tenía la menor idea de los asedios de Pablito. En Caldetas no había estado más que de paso, los domingos, y no habían trascendido en la ciudad.

—¿Qué chico es?

Rita hizo un arrumaco con la nariz, como si eludiera el sabor de un mal guiso.

—¡Bah!, una bala perdida. A la pobre doña Consolación le ha hecho pasar las verdes y las maduras.

Las definiciones de Rita eran siempre gráficas y a menudo arrancadas de la biología o de la botánica.

—Pero ¿es algo de Consolación Inglada?

—Sobrino.

—Pero, ¡claro!... Hijo de Raimundo de Inglada —clamó Evelina, cayendo en la cuenta.

—No se puede decir que de tal palo tal astilla —filosofó la parásita.

¡Raimundo de Inglada! Aquel difunto varón, historiador y terrateniente, digno retoño de uno de los nueve barones de la Fama, honra del foro y hermosa figura en la galería de hombres ilustres. Murió unos años atrás, dejando sólo un hijo varón, de corta edad, el que ahora paseaba con aires de desocupado por el Paseo de Gracia.

—¿Y qué hace aquí, parado?

—¡Qué sé yo! Algo se traerá de cabeza, y que no será nada bueno. Con decir que hubo consejo de familia y todo hace unos meses... Ya no saben cómo dominarle.

—¿Consejo de familia? ¿Quiénes quedan?

—Las tres hermanas, Consolación, Elvira y Eulalia. Le habló el Padre Rosal inclusive. Ya sabe lo que son ellas de los jesuitas. Pero no hay nada que hacer. Han tenido que poner administrador en la finca de Valterra, porque se lo hubiera comido todo.

Viéndole, no le costaba trabajo a Evelina imaginar a Pablito de Inglada en el acto de tragarse entera una finca.

—Por lo visto él les prometió sentar la cabeza —prosiguió Rita, que por una serie de coincidencias estaba al dedillo de aquel asunto, en el que se había interesado sobremanera, sin sospechar que algún día le pudiera ser de utilidad. La familia Inglada era para ella algo «del otro mundo», un «espejo», y el borrón que en él ponía Pablito la hacía suspirar—. Desde luego, la solución de este chico sería casarse.

—A veces, al casarse, se estropean más todavía —caviló melancólicamente Evelina, como si el hombre, ese misterioso animal, tuviera resortes mecánicos capaces de deteriorarse con el uso, como los de una máquina.

—Ellas están decididas, y el Padre Rosal es el consejo que les dio. Incluso se hablaba de Irene Ramis, ¿recuerda? Los Ramis de Sarriá...

—¿Aquélla? Pero si es un palo... —se le escapó a Evelina, casando mal la figura prepotente y vital de Pablo con la ácida y beatona humanidad, de moño tirante y modales místicos, de la hija de la Presidenta del Ropero de Hostafranchs.

—Es lo que yo pienso. Desde luego, si lo hace, tiene que hacerlo a su gusto.

La estrategia de Rita se basaba en la manipulación de estos pequeños datos, en un fruncimiento de cejas, en el tono de la voz, el matiz de sus suspiros, el brillo de una mirada. «Quien calla, otorga», se dijo. Su filosofía de la vida hallaba siempre a mano el apotegma o el dicho aplicable en cada caso. Para ella era evidente —aún sin saber el motivo concreto de sus paseos por allí— que si Pablito tenía que casarse y tenía que hacerlo a su gusto y no a gusto del Padre Rosal, su presencia en el Paseo de Gracia frente a la casa, aquella tarde, era algo de incalculables posibilidades. Rita estaba decidida a ayudar a quienquiera que fuera capaz de desbancar a Desiderio.

La vestal no pensó más en ello hasta que vio a Pablito sentado un par de horas más tarde en el interior del chalet del Polo. Entonces ya no le cupo la menor duda de cuáles eran las intenciones del joven.

En general, el grupo de Caldetas se reunía en el exterior, junto a las pistas de tenis o en la rotonda. Pero aquella tarde, como hacía un poco de frío, lo hizo en el interior del chalet.

No estaba bien que su función de acompañanta pudiera ser confundida con la de una doncella o con la de un simple guarda de corps de Crista; y por ello, prudentemente, se acercaba o alejaba del grupo dejando a Crista una amplia libertad, salvo cuando estaba en el grupo Desiderio. Por lo común, Rita se limitaba a ejercer un control discreto de actitudes y diálogos. Pero en el interior del chalet la media distancia era imposible de mantener. Se quedó fuera, espiando a través de la ventana.

Crista y los suyos se sentaron alrededor de las mesas, junto al mostrador. Eran media docena de jóvenes, todos ellos chicos, menos Crista y una muchacha esmirriada, entremetida y simpática que respondía al nombre de Carolina Morell. Rita no podía atender a la conversación, pero sabía colegir por gestos, risas y movimientos si hablaban de trivialidades o se excedían. Pegada a la pared, de vez en cuando empujaba suavemente con la mano el postigo al cual se arrimaba; así ejercía su control sin ser vista. Las voces y las risas del grupo de Crista, bastante alejados, no llegaban hasta ella. Pero en cambio oyó en una mesa más próxima cierta conversación que sostenían varias personas, entre ellas una mujer, a las que no alcanzaba a ver desde su puesto.

—Tienes que ver «Como buitres»; dirás que conoces a la gente —decía una voz femenina, oscura y grave.

—¿De quién es? —preguntó un hombre, oculto tras la cortinilla.

—De Linares Rivas. Lo dan en el «Novedades».

—El otro día vi a «Mme. Robin» en «La Danza Heroica». ¡Qué mujer!

Quien así hablaba había asomado un instante su perfil entre las gasas de las cortinillas para cambiar de lugar o quizá para servirse hielo. El caso es que quedó acuñada un instante en el aire la silueta de Pablito de Inglada. Y aún Rita le vio echar una ojeada larga, profunda y vehemente en dirección al lugar en que estaba Crista con sus amigos.

«Conque ¿ésas tenemos? —se dijo Rita, alteradísima por el descubrimiento—. Tendrás que venir a mis manos, pimpollo, si quieres algo.» Luego, mordida por la curiosidad, quiso saber con quién estaba Pablito. Se quitó el raído chal que le cubría los hombros y entró en el local.

Crista la vio entrar y se anticipó a cualquier orden.

—Es temprano aún —protestó.

—No, no vengo a eso —tranquilizó, perforando en un instante con la mirada a todo el grupo—. Sólo vengo a por un vaso de agua.

Se acercó al camarero, hizo la demanda y tragó dos sorbos del insípido vaso. Al salir derramó una mirada distraída sobre Pablito y las dos personas que estaban sentadas con él junto a una mesita, frente por frente de la de Crista.

Rita se descorazonó. «¡Con qué gentes va Pablito! Imposible, no habrá nada que hacer con un hombre así. Dime con quién andas y te diré quién eres...»

Antonio Mira —el caballero a quien conocimos dedicando a Desiderio una carambola en el Ecuestre, la noche en que salió a cenar con Jeannine— tomaba su *whisky* en compañía de su amante, Silvia Romeu, a la que todo el mundo llamaba «Asmodea», en alusión a uno de los caballos más hermosos de la yeguada de Antonio; las mujeres envidiaban a Silvia la cantidad de joyas y los abrigos de pieles de que la abastecía su amigo desde hacía más de diez años. Separada de su marido, que huyó años atrás dejando un descubierto importante en una de las Sociedades de las que era consejero, Asmodea, hija de una familia de buena posición, no había tenido reparo en hacer públicas, con ocasión del fraude de su marido, las relaciones con Antonio que hasta entonces ocultara. Llevó su papel a la perfección, estableciendo un puente entre la *demi-mondaine* y la *amante du coeur* muy criticado y jaleado. Era chistosa, vivaz y simpática. Tenía una mirada felina y unos rasgos morenos y exóticos. Su escote privilegiado era capaz de hacer volver la vista a un tiempo a un local entero.

Rita no pensó más en ello. Se dedicó a observar a Crista. Se advertía el nerviosismo de la muchacha a medida que pasaba el tiempo. De vez en cuando echaba una mirada al reloj, que era una mirada suplicante y atormentada. En un momento determinado se levantó y salió a la puerta del chalet. Rita la vio, sin necesidad de moverse de su muro de sombras. La muchacha miró hacia el caminal de la entrada. Estuvo un rato así, como si escuchara el rumor de un grillo perdido en el crepúsculo y que parecía anticipar el verano. Luego, disimulando su decaimiento, volvió a entrar. «Eso es; siéntate, chica; espera sentada, que hoy tampoco viene.» Y la vio volver a su grupo completamente alejada de la alegría y de la charla que animaba a los demás.

Al cabo de un rato se dio cuenta de que, sin duda para salir de su abatimiento, Crista empezaba a mirar las cosas a la cara. Una de las cosas a las que miró fue, no hay que dudarlo, a los ojos de Pablito, a juzgar por el sofocón que de pronto inundó sus mejillas y los movimientos apresurados que hizo intentando bajar su falda hasta cubrir las pantorrillas. Pero luego se tranquilizó. Volvió a mirar en dirección al lugar en que estaba Pablito. «Se ha desengañado y está pensando que, para bien o para mal, ahí está el otro.» De pronto Rita se preguntó qué hacía allí, sola, parada y esperando. Se adelantó apresuradamente por los senderos, aterida por una leve humedad. Luego entró en la explanada. «No puedo ver estas miraditas sin ponerme frenética y no quiero armarle un escándalo.»

Una luna lívida acababa de ser colgada en lo alto del cielo y se desleía en el charco de la *pelouse*. Pero los residuos de un sol de mayo crepitaban aún en el ocaso por el lado del mar.

Fue caminando, sin prisas, por el campo, de un verde intenso. De vez en cuando se paraba y, apoyada en la valla, medía el tiempo. Esperaba a que la tarde acabara de caer para llamar a Crista.

Anduvo, parándose y volviendo, durante un buen trecho. La luz del interior del chalet ya contrastaba con la del exterior. Miró su relojito y aceleró el paso. Llegó al chalet y entró en él, empujando la puerta con violencia.

Crista estaba totalmente ausente de la conversación que

bullía en su mesa. Asmodea y su amigo se habían marchado. Pablito ocupaba una amplia poltrona, encarado sin disimulo a Crista, aunque en el extremo opuesto del local. Crista tenía las piernas cruzadas y Rita sorprendió a Pablito mirándolas como un entendido, con delectación. Al ver entrar a Rita, Crista, con un repentino reflejo, se sentó como Dios manda... Pablito volvió la cabeza y descubrió a la acompañanta, la miró de arriba abajo, mirada que fue correspondida por el gendarme con un destello fulminante de sus ojos de acero. «¡Qué se ha creído! —pensó, poniendo a salvo de un tirón todo su pudor, segura de que la mirada de Pablito hacia ella, aunque fuera por inercia, había sido también pecaminosa—. Hay que distinguir, joven. Yo no soy de las que usted acostumbra a tratar.»

—Debemos irnos, querida. Son casi las ocho.

Sin decir palabra, Crista se incorporó. Fue a ponerse el abrigo y la siguió. Caminaban apresuradamente por la explanada. Llegaron junto al coche, que esperaba en la entrada. En aquel instante se oyó la voz de Pablo. Crista y la acompañanta le vieron llegar, con grandes zancadas. Crista, azoradísima, miró a Rita, en espera de que ésta hiciera algo eficaz por ella, como era su obligación. Pero Rita se mantuvo inmutable.

Pablo espetó la declaración más incongruente, disparatada e inoportuna que Crista pudiera imaginar.

—Perdón que te siga, Crista. Estoy loco por ti. Mañana, pasado, todos los días iré siguiéndote hasta que me des el «sí». No te dejaré tranquila ni un instante.

A Rita, tanta libertad le pareció, al fin, excesiva.

—¿Qué es eso? —clamó—. Es usted un sinvergüenza.

El joven Inglada miró a la acompañanta desde su altura. La ojeó en un instante, de arriba abajo. Luego se fijó de nuevo en Crista, con ironía.

—¿Muerde? —le preguntó.

Rita sintió temblar todo su cuerpo. Había recibido en la vida muchos coscorrones, había sido zaherida, mortificada y despreciada por mucha gente, pero nadie se había planteado a propósito de ella la cuestión de si mordía.

—Es usted un impertinente, joven Inglada. No tiene respeto al sexo, ni a la decencia, ni a la edad. Tiene la fama que se merece. Pero Dios tiene una vara muy larga, no lo olvide... Quien mal anda, mal acaba...

El atlético tenorio no esperaba una reprimenda tan grave. De momento se quedó sin saber qué decir.

—No lo tome usted así, señora. No hay para tanto.

—Vamos —ordenó Rita, empujando a Crista hacia el coche. Pero Pablito forcejeó con la puerta.

—Vamos —aulló Rita al chófer, mientras con ambas manos sujetaba la puerta con ansias de cerrarla. Soplaba como un órgano.

Al fin el joven Inglada cedió. Se oyó el portazo y el coche arrancó. Rita tenía cara de ataúd. Su boca sin labios había desaparecido enteramente en una contracción inverosímil. Con sus faros el coche iluminó un instante los poyos de la salida del Club. Detrás del coche alumbraron otros faros, casi a ras del suelo. La *voiturette* de Pablito las seguía.

—Hablaré seriamente con tu madre, Crista. Lo de hoy no tiene nombre —exclamó al fin, descompuesta, mirando por el cristal trasero la persecución a que Pablito las sometía.

—¿Y yo qué puedo hacerle? ¿Llamar a un guardia?

Cruzó por la izquierda, en plena carretera, a toda velocidad y con un fragor de pólvora desatada, la *voiturette* de Pablito; el intrépido conductor usaba unas gruesas gafas de velocidad y, al adelantarles, levantó su brazo alegremente.

—Se va a desgraciar, es un loco —sentenció la acompañanta, cuya mirada hosca pareció atemorizarse un instante ante la perspectiva de provocar sin querer la muerte de un Inglada.

Pero soltó un gran respiro de satisfacción al perderle de vista; aunque su tranquilidad no debía durar mucho. Al hacer el coche la maniobra frente al portal de casa, en el Paseo de Gracia, Rita descubrió desde su asiento el insecto encarnado de Pablito apostado junto a la acera. Y, junto a él, a su dueño, que se acercaba a abrir la portezuela del *Renault*.

Intentó ayudarla a bajar. Ella rehusó con un rebufo.

—Es inaudito —exclamó, dando con el codo puntiagudo en el flanco del atleta.

—Tengo que hablar con usted, señora, y presentarle mis excusas. Yo no dije «morder» refiriéndome a usted. Me ha interpretado mal.

—¡Ah!, ¿sí? Pues... con su pan se lo coma.

—No regañe a Crista por mi culpa —suplicó, entregando a Rita una bolsita de bombones, un paquete que Rita tasó inmediatamente y cuya procedencia, de Llibre y Serra, era suficiente garantía para ella.

Cambió de faz. Animando a Pablito a esperarla un segundo, se fue con Crista por la escalera.

—Si accedo a su demanda no es por mí, que conste, es por ella —cacareó Rita, al enfrentarse de nuevo con Pablito, al que no hizo esperar más que unos pocos minutos. Acababa de bajar la escalinata de mármol con la celeridad con que los virtuosos ejecutan unos arpegios al piano.

—No se preocupe, suba, suba... —tranquilizó Pablo, cogiéndola por el brazo y llevándola hasta su *voiturette*.

—¡Cómo! ¿Yo aquí? ¡Qué se ha creído!

Pero inmediatamente adoptó un aire bobalicón, extrañado, muy distinto a una protesta categórica. Hubo una sonrisita escalada y una mirada entre ruborosa y socarrona.

—No la voy a matar... —observó Pablito—. Tengo que hablar con usted a solas.

«Pero y... ¿el "qué dirán"? —se planteaba Rita—. ¡Ella en automóvil! ¡Y Con Pablito de Inglada, una mala pieza!»

Siempre que se hallaba en una situación semejante, Rita se decía: «¿Te arrepentirás luego de no haberlo hecho?» Si la respuesta era afirmativa ya no dudaba más.

—No, no, yo no puedo hacer eso —se resistió aún, mientras empujada por Pablito y a riesgo de tropezar fue echada al lado del volante.

Una vez allí Rita cerró los ojos, aturdida y alteradísima. No era el temor a la velocidad. Era el temor al juicio que pudiera merecer a todos cuantos pasaban en aquel momento por la calzada y la acera, a todos esos seres anónimos entre los cuales pudiera haber alguien de su compromiso. Nunca había sentido Rita tan cerca la emoción de lo prohibido. «Ojos que no ven, corazón que no siente», se dijo, cerrando los ojos. Y luego, mientras todo su ser fue sacudido por las trepidaciones del motor que Pablito acababa de poner en marcha, pensó que tendría que confesarse de eso.

Abrió los ojos y vio a Pablito venir desde el motor a su asiento. Sintió el peso fenomenal del hombrón hundirse a su lado; y un roce de hombros, ancas y tronco en su esmirriada humanidad.

—¿Está cómoda?

—Muy bien, muy bien. ¡Andando! —espoleó, rendida de una extraña impaciencia.

El coche se puso en marcha con grandes explosiones. Hubo un movimiento de intranquilidad en las gentes de las aceras, en la calzada... Rita se sintió tirada de sopetón hacia atrás y temió que le cogiera un vahído. El aire rasgaba su rostro afilado como si quisiera arrancarle los ojos. Iba a hablar, pero no lograba siquiera atemperar su respiración. No veía más que un panorama de cables de tranvías bailando desordenadamente sobre su frente.

—¡Huy, huy, no tan aprisa! —logró exclamar, zarandeada a un lado y otro en el empuje con que Pablito tomó la virada. A toda velocidad la *voiturette* cruzó por el Paseo de Gracia.

—La llevaré al Tibidabo. ¿Tiene hambre?

—¿Qué? —preguntó Rita, sin entender.

Pablito no se explicó más. Emprendió su veloz carrera hacia Gracia, por los complicados y vivos meandros de la calle de Salmerón. Los hombres saltaban de un lado a otro de las ruedas del pequeño vehículo, hacían aspavientos de indignación, la bocina y el fragor del motor dejaban de antemano un buen trecho de vía expedita. El piloto y su estrafalaria carga doblaron al fin en dirección a la Rabassada.

Las luces y las gentes de la ciudad desaparecieron. La *voiturette* empezó a escalar la cuesta. Un sudor frío hizo tumbarse a Rita cuan larga era en el respaldo, doblándose sobre las rodillas. Pero Pablo no paró mientes en el malestar de la acompañanta. Estaba pendiente de la ruta, ávido de velocidad. Las curvas se perdían en la masa de luz de los faros, eliminando en las zonas oscuras la honda oquedad de los desmontes, en los que dormitaban barracones y casuchas dispersas. Las ruedas chirriaban y parecía que el coche fuera a estallar. Fue bordeando la pendiente, pegado a los vaivenes del monte, arrimado a los arbustos y a los plátanos que pasaban por su lado a velocidad de relámpago. De pronto se deshizo en las curvas esa impresión de agobio y cedió a una placentera sensación de vértigo. Se habían elevado en un santiamén y al doblar una curva apareció, a lo lejos, el panorama de la ciudad, cuajado de luces. Quedó tendida allí abajo, un momento, centelleante y grávida, y desapareció de nuevo entre la bruma, la noche y la brusquedad marrón de la ladera. Estaban llegando.

Al llegar a la cumbre Pablito aminoró la marcha. Entonces se dio cuenta de que Rita estaba hecha un paquete, jadeando con la cabeza doblada sobre su asiento. Dejó el coche junto a un puesto de bebidas, frente a la estación del funicular.

—¿Se ha mareado? —preguntó un camarero saliendo del garito. Pablito la sentó mejor, levantándola por los sobacos, como a un pelele.

—Traiga un poco de agua de azahar, si la tiene —y empezó a abanicarla con un periódico.

Unas gotas de agua de azahar en un terrón de azúcar la hicieron revivir. Abrió los ojos y expresó con ellos a Pablito una inmensa gratitud, de manera tan tierna y sorprendente que el joven Inglada barruntó haberse metido en un lío.

—Gracias, gracias, no se preocupe por mí, no es nada —dijo, exánime.

Hubo una sesión de abanico y la carabina empezó a volver en sí definitivamente. A medida que su alma lúcida y permanente iba emergiendo de las nieblas de la inconsciencia, la mirada tierna y la voz meliflua fueron cediendo a los ojos y el tono de voz habituales.

—No le sentará mal un poco de comida —ofreció Pablito.

—Es que corre como un endemoniado, joven. Un día se va a matar —opinó, saltando del coche, animada por la perspectiva del piscolabis.

Entraron en el garito. Pablito encargó unos fiambres y pollo para dos y una botella de vino.

—La he traído aquí para que pudiéramos hablar a las claras. ¿Tiene frío? —preguntó, observando el gesto con que ella se palpó la raída solapa de su chaqueta.

—No, no. Me encuentro bien.

El camarero dejó sobre la mesa unos platos con jamón, queso, croquetas y pollo. Descorchó la botella y sirvió el vino.

—Necesito que usted me ayude. Estoy animado de las mejores intenciones con Crista. Me gusta esta chica. En fin, que necesito de usted.

Rita echó mano de la pequeña fuente de pollo; cogió una pechuga y empezó a devorarla.

—¡Ah!, este viaje me ha abierto el apetito.

—Pues coma, coma...

Vio a Rita triturar, con los maxilares en acción, la calidad y los sabores pretéritos de aquel pedazo de pollo que había de haber pasado no muy lejos de allí una vida efímera, limpio de la idea de terminar en tan vil y póstuma añagaza.

Los huesos quedaron muy aprisa mondos sobre la loza. Rita se echó al coleto un trago de vino.

—Diga, diga... —animó, mientras se abalanzaba al plato de las croquetas.

—¿Me escucha, o no? —inquirió Pablito, antes de continuar.

—Soy toda oídos —contestó ella cínicamente, chasqueando con la lengua entre sus molares para extraer de ellos un resto de su primer manjar que no menoscababa el placer del segundo. Y para confirmarlo le miró fijamente, mientras engullía de un bocado maestro la fósil croqueta.

—Digo que la necesito a usted. Usted no me conoce, pero tengo el hábito de hacer lo que me propongo.

—Cuéntemelo a mí —concedió, mostrando un instante sus dientes en una sonrisa.

—Me he propuesto ser el único que tenga acceso libre a la chica que usted acompaña.

—No pide usted poco.

—¿Por qué?

Rita se encogió de hombros. Tenía la boca llena. Pablito le sirvió vino. Ella adelantó la mano, con un signo de que no quería más, pero sin ánimo de detenerle.

—¿Le parece normal? Ella tiene sus amistades. Y además... está casi comprometida —dijo en cuanto logró hablar.

—¡Bah!... Déjelo de mi cuenta... Y que conste que no me refiero a poder estar con ella entre los demás. Quiero decir que me dé la oportunidad de poder citarme con ella a solas.

—¿A solas? —clamó Rita, asombradísima—. Qué concepto tan erróneo tiene de las señoritas, querido... —y esbozó una sonrisa.

Terminó las croquetas. Bebió de un sorbo el tinto que acababa de serle servido. Se dispuso a atacar el plato de jamón. Se decidió primero por el queso.

—Yo no le pido —subrayó el hombre, impaciente— que usted me la deje a mí para que yo haga con ella lo que me dé la gana. Sé perfectamente lo que es una señorita.

—¿Qué pretende, pues? —inquirió con malicia, sosteniendo una sonrisa circunspecta y cargada de guasa ante él.

—Mire usted, ¿cómo se llama usted?

—Rita.

—Mire usted, Rita... Yo quería verla, y quiero verla delante de usted. No pretendo hacer nada a sus espaldas. Pero me tiene que ayudar.

—¿Usted cree que voy a confiar en su palabra? —objetó socarrona.

—¿Por qué no iba a hacerlo?

—Nos conocemos, amigo.

—¿Cómo que nos conocemos?...

—Ahí es nada; Pablito de Inglada... —y silabeó nombre y apellido—. ¿Saben sus tías sus intenciones relativas a la niña? ¿A que no?

Pablito se enfurruñó.

—¿Y qué tienen que ver mis tías con eso? Bueno... —transigió—. Ya lo sabrán en el momento oportuno. Esto no tiene nada que ver con usted y conmigo.

—¿Lo sabrán? ¿Se lo cuenta usted todo? —Y Rita manifestó un sardónico escepticismo hacia estas confianzas familiares de su interlocutor.

—¡Déjese de historias! —conminó Pablito; había sacado un duro de plata del bolsillo y lo dejó sobre el mantel, al alcance de la vista de Rita—. ¿No le gustaría ir al *Sport gallístico* un día? —preguntó, como para cambiar de conversación.

—¿*Sport gallístico?*

—¿No lo ha visto nunca? Le gustará.

—Olvida que ella es una chica joven, caballero.

—Esto es una pelea de gallos, señora. Es sólo un poco más que ir a un corral. Dígame. ¿Prohíben las normas entrar en un gallinero? —y se quedó mirándola fijamente, como si dilucidara en sus ojos algo muy importante.

Rita se sintió desfallecer nuevamente; pensó en Valterra, una de las grandes fincas de Pablito, donde debían cacarear las gallinas con una sonoridad majestuosa. Se repuso. Entró en el acto por el jamón, con una voracidad avivada por esa estampa geórgica. Pero antes se endilgó un buen medio vaso de tinto, tupido telón a los sabores blandos del «gruyère».

—Bien. Yo me enteraré de lo que es el *sport gallístico* —decidió.

Y haciendo toda clase de muecas con los labios antes de sorber el resto del vaso de vino dio por terminada su libación. Había dejado como muestra en el plato un pedazo de jamón, «el de la vergüenza».

—Puede enterarse de lo que le dé la gana. Es una cosa

emotiva, un pasatiempo. Aquí tiene usted cinco duros. Compra usted tres entradas, la anima a ir y deja una a mi nombre en la taquilla. ¿Hecho?

Rita lo miró un instante sin abrir boca; luego miró su relojito y se levantó.

—¿Hay funicular?

—¡Cómo!... ¿no viene en el coche?

—¡De ningún modo! Eso es peor que el *sport gallístico*... —adujo, pizpireta.

Pablito llamó al camarero. Mientras el joven Inglada pagaba, Rita se acercó a la mesa. Con una mano cogió con gran cuidado la fina lámina cárdena y grasienta del jamón serrano. Como quien lanza una pluma al aire la llevó al alcance de su boca. La otra mano quedó un instante, como por azar, puesta sobre la moneda de plata que Pablito había dejado. Con la celeridad de un ilusionista profesional, Rita la escondió primero en su palma y la metió luego en la bola de hilo de su pañuelo, extraído de su bolso para secarse los labios. El billete de cinco duros también había desaparecido.

—No me acompañe hasta el funicular. No se moleste.

Pablito la vio coger la moneda y la dejó marchar. Rita cruzó la plazoleta con los andares tiesos y dignos de siempre, a los que no se sabe si una rémora de las curvas de la Rabassada o los excesos del frío libamen añadían un leve, imperceptible aire de danza.

A la tarde siguiente, Crista lucía en su cabeza aquella gran boina blanca con una borla, bajo la cual caían en cascada sobre su hombro sus largos cabellos de ébano. Sólo verla y se afirmó en Pablito la idea de que Crista era una chica soberbia. La vio en el extremo del local, junto a las escalerillas de la entrada; notó que desde allí había descubierto, con sólo verle en la primera fila del patio de sillas, que Rita le había jugado una mala pasada. Quería salir, discutía con la acompañanta. Al fin las dos entraron en el local, abriéndose paso detrás del acomodador. Pablito hizo un signo al empleado y empezó a increpar a los espectadores.

—A ver, dejen pasar.

En aquel momento habían dejado de existir el local, la lucha de gallos; no existían más que Crista y la carabina acercándose a su plaza.

—Vamos, entren, entren.

El movimiento originó silbidos, protestas, ruidos. Hasta los dos gallos que luchaban sobre la tarima parecían fastidiados. Se oyeron más gritos y luego aplausos y voces. Rita y Crista llegaron a su puesto y se sentaron. Pablito hizo una profunda inclinación, dio la mano y se sentó, satisfecho, al lado de Crista.

—¡Qué casualidad! —exclamó cínicamente—. Algo tarde es, pero nunca es tarde cuando llega... ¡Estás guapísima! —vociferó, contemplando a las claras el rostro de Crista.

Crista estaba con una cara de palo, pero hermosísima.

En aquel momento, iba a entrar en liza una nueva pareja de gallos. Los agentes de las apuestas empezaron a circular. Pasearon por los angostos pasadizos que dejaban libres las sillas y ante las narices de Pablito los boletos amarillos o encarnados, cantando cifras con un sonsonete agudo y nasal.

—Déme diez para el blanco —decidió Pablito, removiéndose en su silla para sacar el dinero. Crista y el vecino de silla de la izquierda, un menestral de gorra y zapatillas, se hallaron sumergidos entre los brazos de la chaqueta a cuadros de Pablito, desapareciendo tras los ademanes del joven.

El favorito de Pablito era un soberbio gallo blanco, de larga cola y cresta presuntuosa, de un rojo vivísimo. Al otro extremo, un hombre mostraba, elevándolo a la vista de todos en una vuelta circular, un ejemplar marrón, algo más pequeño, con una cara de mal humor espantosa, que aleteaba con una fiereza prometedora, como resistiéndose a ser exhibido y compadecido y con ganas de empezar cuanto antes.

—Ganará el oscuro —vaticinó pronto Crista—. Rita, compra un papel amarillo.

Pero Rita se resistió. No tenía confianza en un desembolso de este tipo.

—Te invito a gallo negro —propuso Pablito, disponiéndose a repetir la búsqueda de fondos en los recovecos de su chaqueta.

—No, no —opuso enérgicamente Crista—. Sé jugar sola.

Los gallos estaban ya en la tarima. Parecían ignorarse uno al otro. Caminaban como grandes señores, cada uno por su lado, sin mirarse; así lo hicieron durante unas cuantas zancadas. De pronto, el más pequeño arremetió contra el otro con un garfiazo duro, certero e imprevisto, una verdadera cuchillada. Volvió a caminar. Fue como si le indicara que le valía más retirarse de aquel corral. El gallo blanco se engrifó, abultándose y alejándose, como si no quisiera pelear. Lanzó un sonido irregular, un cacareo irritado. El pequeño gallo marrón se exasperó; volvió a embestirle. Se abalanzó contra él con todas sus armas, con pico y espolones.

—¿No lo decía? —sonrió sarcásticamente Crista, con desdén hacia el hombrón.

—No lo creas. Verás cuando el otro empiece.

Le hería, totalmente obcecado. El gallo blanco quedó un instante acorralado por el pequeño, que le picoteaba chillando y braceando con un furor salvaje.

—¿Te gusta?

Ella no contestó. Rita abría unos ojos desmesurados para no perder detalle.

De pronto, el soberbio gallo blanco se rehízo, dio un traspié moviendo las alas y pareció transfigurarse, crecerse y dominar al contrario.

Con una entereza escalofriante y sosteniéndose sólo a bandazos con las puntas de sus tarsos comenzó implacablemente, con un aleteo vertiginoso, a arremeter y hendir el rostro de su contrincante. Le derribó. El pequeño gallo huyó unos palmos a trompicones. El blanco le persiguió, volvió a la arremetida. Se ahuecó, resoplando, y alargó su cuello en una distensión extrema. Tendió sus alitas y dio un golpe certero y duro en el rostro del pequeño. El belicoso gallo marrón lanzó un grito, como un maullido, y de su ojo se deslizó un líquido blancuzco y viscoso mezclado con sangre.

—Está cegado, está cegado. Mírale —observó Pablito. Por el rostro de Crista pasó una nube de espanto, pero no podía negarse a la emoción de la pelea.

El dolor enardeció al pequeño cegato. Embistió con fiereza contra el plumaje blanco del cuello. Mordía como un cuchillo, penetrando en la piel. A cada arremetida se veían volar por el aire tufos de blancas plumillas. La nívea y elegante masa de plumaje del majestuoso gallo quedó de pronto manchada de pinceladas rojas. Fue entonces cuando empezó a defenderse brutalmente.

Chillando y braceando, volando a tientas y a trompicones, soltando plumaje, desesperado y sabiendo adónde daba, cazó a su enemigo, lo embistió, le picoteó el vientre. La algarabía que armaban era tal que borraba los aplausos y los gritos de la sala. Del amasijo surgió la bola marrón del pequeño y fiero gallo. Daba picotazos a la buena de Dios, hasta que descubrió al otro en uno de los ángulos de la palestra. Aleteando y corriendo se echó encima de él. Lo trituraba con ira a picotazos y con los tarsos. De pronto el gallo blanco emprendió una vuelta cobardona huyendo de su contrario. El pequeño le cortó el camino, hiriéndole derechamente en el cuello y en el rostro. El gallo blanco intentó apartar de sí el montoncito de carne vacilante que le hería profundamente, y en el que era imposible distinguir el pico, la cresta y la faz. Y volvió a escaparse, a caminar suelto buscando la salida.

—Tiene miedo, le ha cogido miedo —reconoció Pablito, afectado por esas espantadas.

El humo, los gritos, los silbidos, los aplausos, la bronca entera contra el gallo blanco llenaron de fragor los ámbitos del local.

—Te felicito —dijo entonces Pablo, dando por terminada la pelea y tendiendo su mano a Crista. Ésta tenía la respiración alterada e intentó eludir esa prueba de confianza de Pablo, pero al fin accedió—. Ganará el pequeño.

—Ya lo decía yo... —confirmó ella, sin pensar, sintiendo sólo el apretón de la mano.

—¿Te gusta?

Ella no acertaba a contestar. Al fin se rehízo.

—Es horrible. Parecen hombres.

Una risotada de Pablo celebró el insospechado comentario de Crista.

—Mejor que hombres. El boxeo no es tan emocionante. ¿No lo has visto nunca?

Crista negó.

—Un día te invitaré a una velada. ¿Quieres?

—No me gusta la gente que se pelea.

—Te gustará. Iremos, pero... sin ella —advirtió Pablito en voz baja, señalando a Rita.

Ésta no atendía. Estaba enfrascada, literalmente inmersa en los últimos incidentes de la batalla de corral que se libraba en la tarima. El gallo blanco estaba perdiendo. El pequeño le había hecho una profunda herida en el vientre, de la que manaba abundante sangre. La mancha seguía teniendo, sin embargo, un gran incentivo para la acompañanta. No podía precisar por qué.

Pablito y Crista se miraron un momento y a la vez y luego se miraron entre sí. Le pareció a Pablito que esta mirada era una aceptación clara de su complicidad.

—¿No te gusta bailar, que no es una pelea? —inquirió a media voz.

Crista contestó moviendo negativamente la cabeza.

—¿Ni en la intimidad?

—Menos.

—¡Lástima! —dijo el otro sin apurarse—. Mi mayor deseo, ¿sabes cuál sería?

—Tú sabrás.

—Bailar los treinta y seis pasos del tango contigo.

—Me sobran algunos.

—Yo te los enseñaré —ofreció, removiéndose satisfecho en su asiento—. A condición de que me sigas. Iremos a los merenderos de Santa Coloma. Hay un fonógrafo y un jamón serrano estupendo —sugirió, con ojos saltones.

Un silbido, muchos aplausos y gritos les hicieron mirar al entarimado. Un hombre se llevaba, hecho un montón de plumas sanguinolentas, el gallo blanco, mientras otro elevaba a los aires al pequeño marrón. El aspecto de éste, pese a su victoria, no podía ser más triste. Su plumaje había perdido el tinte original y era de un rojo ceniciento. Sin embargo, por el diminuto ojo indemne se escapaba aún un destello feroz, el odio sobrante de su alma bizca. Rita volvió entonces su mirada hacia ellos. Un destello parecido al del gallo brillaba en los ojos de ella.

—¿No has leído lo de Garros? —preguntó Pablito a Crista en voz alta, afectando un diálogo de circunstancias—. Cruzó el Mediterráneo, de Marsella a Argelia, en nueve horas. Cuando aterrizó apenas le quedaba combustible.

Tras lo cual aparentó reparar en Rita.

—¿Le ha gustado?

—Vamos —se limitó a ordenar ella, torciendo el gesto y levantándose hirsuta.

—¿Ya? —preguntó Crista, a quien el espectáculo había acabado agradando.

—Éste no es ambiente para una chica —pontificó la acompañanta.

Titubeó la chica un instante, pero la decisión de la carabina era inflexible.

—Vamos —repitió.

—¿Adónde?

—A casa.

—¡De ningún modo! Las invito a merendar. Vamos a ir a la horchatería —sugirió Pablito, mirando fijamente a la vestal para persuadirla.

—Bien. Pero salgamos de aquí.

Dicho lo cual, Rita se adelantó dando traspiés y repartiendo pisotones a los plebeyos aficionados a la lucha de gallos que se ponían a su alcance. Y esperó a Crista, estatuariamente, junto a los controles de la entrada.

XI

Faltaba poco para que el verano se les echara encima y Rita estaba indecisa, pero resuelta a triunfar. Por medio de un sistema telegráfico o telepático convencional consistente en un ademán determinado con el pañuelo, una tosecilla o una fingida destilación nasal que la obligaba a sonarse, Rita comunicaba a su protegido todas las tardes, al subir al *Renault*, la ruta que iban a seguir, si irían al Polo o al cine o si no era prudente que aquel día las siguiera por estar citadas con Evelina en alguna parte. A partir de entonces, durante las pocas semanas que precedieron a la salida de veraneo, Pablito de Inglada siguió, pues, la pista de Crista a muy pocos metros de distancia, por todos los lugares que no pudieran ser reputados como inconvenientes por una muchacha de su edad o de su condición. La siguió en las sesiones de «Linterna Mágica» o en el Cine Doré, bien que en esos casos con la reprobación más enérgica de Rita, poco amante de oscuridad, aunque Pablito se mantuviera a distancia, reprobación expresada, claro está, sólo a la salida de casa de Evelina, pero en términos candentes.

Crista dejó de ponerse frenética cada vez que Pablito se le acercaba. Se tranquilizó con la idea de que no era culpa suya y que podría cargar a cuenta de la acompañanta buena parte de la responsabilidad. Se decía, además, que si un día Desiderio atrapaba por casualidad alguno de esos requiebros retorcidos con que Pablito solía fulminarla de la manera más impensada, o si le sorprendía un día en la actitud de seguirla, la reacción de su novio aclararía muchas de las cuestiones en las cuales se debatía ahora su corazón de muchacha. Todavía estaba en la creencia de que Desiderio tenía en realidad mucho quehacer, que debía rescabalar en horas extra su trabajo de la fábrica alterado por el cuartel y que la diferencia entre él y Pablito era, ni más ni menos, que aquél trabajaba, mientras éste era un haragán.

Un pretexto sibilino de Rita, que por cierto estaba bastante fuera de lugar, vino en ayuda del joven Inglada. En el organismo de hierro de la carabina había un punto flaco: los juanetes. A la quemazón y cansancio de los pies de Rita se debió que las tardes del Polo fueran suprimidas y empezaran las tardes de horchatería, que volvían loca de satisfacción a la parásita. Y, sin embargo, los juanetes no impedían, en un momento psicológico determinado, que Rita se eclipsara por la puerta del tocador, o que pretextara que tenía que ir a un recado en la esquina, a comprar unos hilos o a rezar unas jaculatorias en la iglesia de al lado. Era el momento que Pablito aprovechaba para acercarse a la chica.

—Me tienes loco, niña.

O:

—¿Cuándo despacharás a ese guardia civil y me harás caso a mí?

O:

—No pasaré un día más. Quiero que conozcas a mis parientes y que sea lo que Dios quiera.

Crista, al final, comenzó a considerar las actitudes de Pablito como un suplemento cómico de los espectáculos a los que iba. Y era esa vertiente cómica la que lo hacía tolerable. ¡Son tan largas las tardes y era tan punzante a veces la sensación de soledad, que la presencia de Pablito venía a animar con cualquiera de sus muchas excentricidades!

Después de unos días de estas cotidianas salidas se había establecido una serie de hábitos y hasta cierta naturalidad en el trío. Pablito se sentaba a cierta distancia, de tal manera que ningún obstáculo se opusiera, sin embargo, entre su figura y la de su amada, a la que podía mirar y admirar, deshollinándola con ojos lánguidos y suplicantes. Abastecida de merienda, Rita acostumbraba a ver las cosas con toda flexibilidad. Así observó a Pablito durante varios días en actitud del amador sufrido, con la inconfundible postura del adorador devoto y sumiso. Hasta que, al transcurrir unas cuantas sesiones más de horchatería, vislumbró en los ojos del joven cierta ira e incontinencia, un brillo de furor que la alarmó. A partir de cierto momento Pablito había optado por reprochar mudamente a Crista todos los sinsabores que tenía que soportar por su causa y le expresaba como podía, a la distancia establecida, la impaciencia que quemaba su ser. «No vaya a creerse que me voy a pasar así toda la vida», se decía Pablito en tales instantes.

En una palabra, Pablito empezaba a sentirse incómodo, cansado de los climas de chocolatería a los que Rita era tan inclinada, demasiado hombrón para tanto taburete y tanto bizcocho. Dirigía a Crista miradas tremendas, mientras su sólido cuerpo bailaba sobre el exiguo trípode de los taburetes, así los leones de circo se sostienen frenéticos en la plataforma adonde les ha llevado, amén del decaimiento de su casta y de su mala cabeza, el látigo del domador.

En estas circunstancias y completamente *in albis* de cuanto se traía y llevaba Rita con el pretendiente, hizo Evelina bajar de los altillos los baúles para el veraneo. Hay que decir que el veraneo no era entonces como ahora, en que todo parece improvisado. En aquellos años el veraneo era todavía algo aparatoso. Había que prepararlo con tiempo, empezar a poner fundas en las lámparas y los tresillos, empaquetar y embalar, guardar una ropa y sacar otra, eso sin contar la complicada operación del desestero, que tenía lugar una semana antes. Las elegancias del piso y el lustre de sus encerados se vieron menoscabados por los preparativos de traslado, en los que Evelina era ducha. A Crista no había nada que la sacara más de sus casillas que esos alardes de poder de organización, ese «estar en todo» que hacía rebufar a Evelina durante jornadas enteras, de un extremo a otro del piso, sin parar. La actividad no ofuscaba, sin embargo, las penetrantes dotes de observadora que poseía Evelina, ni aumentaba su discreción para guardar para sí lo que pensara, todo lo contrario. El ajetreo la tornaba más incisiva, menos tolerable y más mordaz. Al ver deambular a Crista por el principal con aires de aburrimiento, de indecisión, interrumpiendo a cada paso con su triteza el frenesí que la devoraba, Evelina la zahería con frases intencionadas.

—Vamos, vamos, niña. Por lo menos sal de aquí, vete a la parte de atrás, donde no te vean. ¡A tus años hubieras tenido que verme!

Crista transitaba como si estuviera ausente de todo.

—Tú eres de las que no quieren ceder. Sí, es una cruz la que me pones.

Crista no sabía con exactitud a qué podía referirse su madre.

Al fin, cuando tuvo un baúl lleno y consiguió que el servicio lo sacara al pasillo, se sentó un momento a descansar en el sofá. Estaba acalorada.

—Te digo que no te haces cargo y es la pura verdad. No, no pienso en mí. Pienso en ti misma.

Y la miró, como reprochándole algo.

—¡Santo Dios! La niña está lánguida porque su novio no puede venir a verla. ¿Y tú qué haces para que te vea? ¿Es que pones algo de tu parte?

Crista no respondió. Prefería no escuchar ahora una teoría de ardides —teléfono, cartita, súplica, fiestecilla o merendola— que su madre creía infalibles para atraer a un galán.

—Aparte de que no hay para tanto. El chico tiene bastante quehacer para que esté todo el día pendiente de ti y exponiéndose a ser arrestado. Deja que pase el dichoso cuartel y todo se te arreglará. Pues ¡no conoceré yo a Desiderio!

Precisamente porque creía conocerle estaba hablando así a su hija. Estaba diciendo justamente lo contrario de lo que pensaba. Oyó carraspear a Rita Arquer en un rincón del salón. No la había advertido; de otro modo no hubiera hablado así en su presencia.

—Sí —terció, resbaladiza, la acompañanta al sentirse descubierta—, tiene mucho quehacer, debe de estar muy ocupado, es lo que le digo siempre —canturreó con sorna.

Evelina la dejó aún más tiesa, literalmente, con una sola mirada. Se levantó, como impulsada por un resorte, y la invitó a salir.

—¿Me quieres ayudar un momento, Rita? —pretextó.

Crista oyó la voz hiriente de su madre en el pasillo. Sin duda estaba regañando a la acompañanta, pero no pudo entender qué le decía.

Lo que le decía es, ni más ni menos, lo que sigue:

—Aquí, en esta casa, ha habido la costumbre de respetar los sentimientos de las personas y esta costumbre cristiana no la vamos a perder ahora precisamente, ¿entendido? Debes saber que el señorito Desiderio no sólo merece respeto por ser el novio de Crista, el que Dios le ha escogido, sino porque es el que me place a mí. ¿De acuerdo? Conque, ni una sola broma sobre él, ni una sola alusión en adelante.

Rita quedó incrustada en la pared, al lado de un baúl.

«¡Frescas estaríamos! —barbulló Evelina, alejándose de su asalariada, en dirección al comedor—. Sólo faltaría que

Rita tuviera también algo que decir en este asunto.» Y su agitación estaba a punto de hacerle olvidar todo lo que aún le quedaba por hacer.

Ya sabía ella lo que Rita barruntaba; como si lo leyera en su rostro. Era casi lo mismo que pensaba Crista, pero añadiéndole toda su ignominiosa satisfacción de hembra puritana e insatisfecha ante el fracaso de las demás. Pero ¿qué sabían ella y Crista del mundo y de los hombres? Allí, en aquella casa, en realidad no había más que una mujer de verdad, y ésta era ella.

«¿Qué podían saber Rita y Crista de Desiderio? —se repetía enfurecida—. ¿A cuántos hombres habían tratado? ¿Cómo podían jactarse de "conocer el paño"?»

Bien: Desiderio no estaba con Crista como estaba meses atrás. Eso, en sí mismo, no significaba casi nada, ni tenía mayor alcance. Significaba que el chico estaba ocupado en otras cosas. Pero aun en el caso de que fueran ciertas las sospechas de Crista, aun en el caso de que el tono sardónico y la insinuación de Rita fueran justificados, ella se preguntaba: ¿y qué? Si Desiderio tenía alguna aventura galante que le impedía ver a su novia como antes, ¿qué? Cuando se tienen tantos años como tenía ella esas golosinas de juventud son, no sólo miradas con cierta indiferencia, sino con un punto de benevolencia. Desiderio era joven y guapo, ¿y qué? ¿No podía acaso serle disculpada una aventurilla de poca monta, algo pasajero? Mirando los hechos sin pasión, con imparcialidad, ¿no era natural que un hombre como él hiciera algún vuelo esporádico hacia otras latitudes sentimentales que las de aquella niña, su hija? ¿O iba a tener por yerno un pazguato inexperto? No, ¡que echara su cana al aire ahora que no tenía canas! Sí, ella le comprendía, ella le autorizaba incluso a ese poco de arrebato. ¡Ya volvería!, ¿cómo no iba a volver? Y si no lo hacía por su propia cuenta, ¿para qué estaba ella, Evelina?

De una sola cosa estaba cierta Evelina en la vida. De que Desiderio se casaría con Crista. Sobre ese punto no admitía discusión. De ahí que la insinuación solapada de Rita le pareciera una impertinencia imperdonable, una grosería digna de esa desgraciada. Pero ¡ay de quien se le pusiera por delante! ¡Ay, si alguien intentara desviar seriamente a Desiderio de su camino!, ¡ay, si alguien intentara socavar aquel edificio que ella había estado diseñando y levantando desde tantos años atrás a costa de paciencia y buenos oficios! Ese tal se las tendría que ver con ella, y aseguraba que cuando quería ser mala lo era de verdad. Quien se atreviera a eso podía jurar que quedaría deshecho.

Toda la seguridad que Evelina sentía era, en cambio, en el ánimo de su hija, titubeo y aflicción. Llevaba una serie de días pensando en cada uno de los gestos, en cada una de las palabras de Desiderio, en todas sus actitudes; intentaba descifrar en estas exteriorizaciones y señales las razones de un cambio que sólo ella, y nadie más que ella, estaba advirtiendo en toda su persona. ¿Debía pasar por alto su manera estudiada y poco afectada con que de unas semanas a esta parte le daba un cariñoso beso al despedirse, cuando ella esperaba el apretón sincero, esa frase turbulenta y acalorada y hasta ese poco de daño que hacen los labios del novio para herir la piel y la sensibilidad y dejar en la herida un poco de recuerdo, de nostalgia y de rastro? ¿Cómo debía interpretar su parsimonia al encender un cigarrillo justamente cuando su madre acababa de dejarles solos en el comedor y sabía que de un momento a otro se iba a presentar Rita con algún pretexto? Sí, todo él, hasta su facha, que ahora era más refinada, más decadente, y su manera de hablar, en la que ahora se interpolaban giros como extranjeros, y el tono de su humor, que no le hacía a ella maldita la gracia, todo él había cambiado...

Mientras, abatida y reflexiva, estaba pensando en eso, Crista oyó ciertas exclamaciones de su madre en el pasillo y se levantó de un salto extasiada. Sus pensamientos quedaron evaporados por el aire que acababa de entrar en sus sentidos con sólo escuchar un sordo e inconfundible tono de voz en lo hondo del pasillo. Se fue al espejo del trinchante y se arregló el pelo, un instante, y se echó a correr por el pasillo en su busca, cuando ya él iba hacia el comedor a su encuentro.

—Por fin he podido encontrar un momento. No podré estar casi nada, pero en fin... ¿Os vais mañana, no? Como mañana tengo guardia no tendremos más remedio que despedirnos hoy.

—¿Sólo llegar y ya te excusas?

—No son excusas. Mira, suerte que me han dado una hora para recoger mi caballo y llevarlo al cuartel. ¿Recuerdas que se puso malo?

—Sí.

—Pues, hasta hoy...

—Bueno, pero no te dirán nada si en lugar de un mes, está un mes y una hora enfermo, ¿no crees?

—¡Qué infeliz eres! En el cuartel no piensan igual. Además, para que veas que no te engaño. Ven.

Y Desiderio dio media vuelta, en dirección a la sala. Ella le siguió.

Desiderio abrió el balcón.

—¿Lo ves?

En efecto, en la calzada estaba un mozo que sostenía el potranco por la brida.

—Pero has traído al mozo. ¿No puede llevarlo él?

—Es un chico del picadero que me hace el favor de acompañarme hasta aquí, sólo para que pueda verte. Pero se tiene que ir en seguida.

—Vaya, conque todo es más importante que yo... —y Crista se sentía inmensamente desgraciada por ocupar un lugar inferior al caballo, al mozo y a una turba de sargentos asquerosos.

—¡Bah!, no te entristezcas. Aprovechemos esos minutos. Dime: ¿a qué hora os marcháis?

Crista miró al caballo; se movía nerviosamente, daba cabezadas, bailaba incesantemente sobre sus patas. Realmente jinete y caballo eran tal para cual.

—¿Que nos marchamos? ¡Ah, sí!... Creo que a las diez.

—Si puedo, pero sólo si puedo, haré una escapada.

—¿Todos estáis igual de ocupados?

—Sí, todos. ¿Por qué?

—¿Ese Pablito de Inglada tiene tantas guardias como tú?

—Las mismas. Pero paga al corneta para que las haga.

—¿Y por las tardes?

—Él tiene unas tías solteras. En cambio, yo tengo a un padre que es fabricante de tejidos.

—Ya, ya... —comentó ella, incrédula.

—No seas maliciosa, Crista. Piensa que no hago otra cosa que pensar en ti.

Crista le miró irónicamente.

—¿Querrás que venga a verte a Caldetas? —insinuó él, cariñosamente.

—Claro, te mataré si no lo haces.

—¿Me escribirás?

Era Desiderio quien tomaba la iniciativa de las exigencias, para no tener que estar adoptando siempre una incómoda actitud defensiva.

—Claro que sí. No te dejaré vivir.

Desiderio se acercó y la besó en la mejilla.

—Adiós, guapa. Hasta muy pronto. Tengo que irme. Mira.

El caballo estaba medio doblado hacia la calzada, expuesto a que algún vehículo diera contra él, en alguno de sus impulsivos movimientos.

Ella quedó aturdida unos momentos, sin acertar a saber si Desiderio había estado allí o sólo había sido un fantasma huidizo. Le vio volverse con el brazo en alto, saludándola. Luego le vio subir al caballo, despedir al mozo y empezar a trotar, hacia arriba. Había en todos sus ademanes un punto de petulancia, un cierto asomo de soberbia que le irritaba. Ahora mismo le había visto volverse para contemplar a un grupo de chicas que, a su vez, le admiraban. Su presunción le dolía en el alma, y no porque existiera, sino porque no se la dedicaba a ella, que le seguía queriendo con toda el alma.

—¿Se ha marchado Desiderio? ¡Por Dios, si no me he despedido de él! —clamó Evelina, alarmada.

—Dice que hará lo posible por venir mañana. Me ha encargado que te saludara yo...

—¡Ah, vamos...!

Volvió a quedar sola. Se oía la voz chillona de su madre en algún lugar del piso. Se oía un zarandeo de zorros que azotaban con furia en el interior.

Hacía un calor pegajoso y se sentía agobiada, casi asfixiada por aquel ambiente. No deseaba que su madre le preguntara por qué ponía aquella cara.

Desde el recibidor dio una voz. Dijo que se iba a dar una vuelta por el paseo. Cerró de un golpe la puerta, al salir.

No era posible que se hubiera despedido *ya* de Desiderio hasta que a él se le antojara volverla a ver. Había estado pensando en que aquella despedida sería de otro modo. La aguardaba como algo especial, como un coloquio prolongado de promesas, de reconciliaciones, como algo sabroso y serio. Y él se había marchado ya, de aquel modo brusco y tonto...

Cruzó la calzada central y miró al paseo. Se empezaba a poblar de paseantes. De pronto le cogió una irritación vehemente contra él. No era posible que no tuviera tiempo. Todos lo tenían. Si tan agobiado estaba, ¿por qué no compraba él también una guardia? ¿Es que ella no merecía eso? ¿Acaso no lo hacía Pablito para ella? Y, al punto en que este nombre vino a su imaginación, un aparato encarnado estuvo a punto de rozarla y se paró a su lado. Vio la testa de Pablito, sonriente, precisa como un medallón en el aire matinal.

—Perdón si te he asustado. Me ha cogido tan de sorpresa ver esa hermosura que he estado a punto de perder el control.

Sin querer Crista sonrió.

—¿Por qué siempre ese miedo? ¿No ves el sol de la mañana, la luz radiante, el cielo azul? Apuesto a que hoy es un día precioso para ir a dar un paseo.

Crista le miró a la cara. ¿Por qué no? Pablito era por lo menos un hombre que siempre tenía el mismo humor. No había vacilaciones en él, siempre estaba a la misma temperatura. Quizás era eso lo que le conviniera. Y, además, tenía unas ganas tremendas de tomar revancha, fuera lo que fuera. Era necesario decidirse de una vez. Pablito captó en seguida el titubeo de Crista. No dijo nada. Bajó y abrió la portezuela.

—Sube aquí, es fácil.

Como un autómata, sin darse cuenta de lo que estaba haciendo, montó en el automóvil.

—Vamos a ir a los merenderos —propuso, con un aire de victoria, ayudando a Crista a montar.

—Pero... si no hay tiempo.

—Que sí, acaba de dar la una.

—¿Están muy lejos?

—Sí, bastante. Pero hay tiempo.

Y se sintió sacudida por la trepidación del motor. Luego, sacudida por la violencia con que Pablito arrancó. Desembocaron en la Diagonal, radiante de sol. Torcieron a la derecha. Cruzaron docenas de travesías hasta llegar a una encrucijada de callejuelas de arrabal, por las que el auto pasaba armando un estruendo que hacía salir a las mujeres a las ventanas y portales. Crista miró de soslayo al hombrón satisfecho y vital que conducía a tumbos el encarnado insecto a través de Barcelona. Bien mirado —y no era la primera vez que lo pensaba— no era nada feo. No sabía con exactitud si se encontraba a su lado por desesperación, por mera curiosidad o por simple y vulgar pasividad, como la de un transeúnte atropellado. Era como una de esas figuritas que se apartaban de un salto para no ser alcanzadas por las ruedas del vehículo, pero que hubiera caído casualmente dentro de la carlinga del conductor.

Entonces se tranquilizó, pensó que no era nada del otro jueves estar allí devorando los kilómetros. Por lo menos ¡cuán lejos se sentía de las amonestaciones de Evelina y de su mundo puntilloso y burgués, hecho de pequeñas incidencias y conflictos! Miró a lo alto y vio un sinnúmero de tejados y de balcones en los que se bamboleaba la colada, mantas, colchas, ropa interior de los más vivos colores. Le parecía increíble en aquellos momentos que aquella otra gente pudiera vivir, tener sus sentimientos y sus zozobras como ella en esas moradas cuyos interiores asomaban tras los balcones, mostrando el papel de los tabiques, los cuadros torcidos, las colchas de vivos colores en la baranda del balcón.

—Eso es San Adrián —dijo Pablo—. ¿No lo conocías?

Por una pequeña carretera llena de baches, en la que la *voiturette* levantaba una nube de polvo, llegaron a un descampado festoneado de viviendas de una planta. El coche aminoró su marcha y metió sus ruedas en una plazoleta. Era un espacio gris, desigual y pobre. Media docena de carros aguardaban ante el garito del portazgo. Dio una virada completa por detrás del garito e hizo entrar el coche en una carretera oculta, una carretera, en fin, como todas las que Crista había visto hasta entonces, flanqueada a ambos lados por una ristra de plátanos. Pablito aceleró y ella cayó sorprendida sobre el respaldo.

La carretera bordeaba el río Besós, tras cuya orilla se perfilaba, envuelta en calina, la silueta del Tibidabo desde un ángulo insospechado. Parecía como si estuviera en el otro extremo del mundo.

Unos garitos azules se hundían en un declive, al borde mismo del pedregal y del barro de la orilla del Besós, casi enteramente seco.

—Aquí es —dijo, frenando bruscamente.

Crista quedó asombrada, con una mezcla de temor y de repentina sumisión al hombre. Pensaba que Pablito podría hacer ahora con ella lo que quisiera, abusar de ella y hasta tirarla al río, si le hubiera dado la gana, sin que nadie hubiera venido en su socorro.

—¿Aquí? —preguntó, alarmada.

El paraje estaba totalmente solitario. Sintió en su brazo la mano fortísima de Pablito que la sacó de la carlinga y la llevó, como de un tirón, pendiente abajo, hacia el local de mampostería arrimado al desmonte, en cuyos cristales lucía un poco el reflejo de las aguas turbias, estancadas y escasas del Besós.

—No tengas miedo —la tranquilizó, dando una patada a la puerta para que se abriera.

Se encontró en un cuadrángulo de techo bajo, con un mostrador lleno de botellas y vasos, algunos de los cuales se estaban bañando en el chorro continuo de un tubo de níquel. Saliendo del mostrador se adelantó hacia ellos con grandes reverencias un hombre gordezuelo y calvo, de gruesos bigotes. Pablo dijo algo a ese hombre en voz baja; el hombrecillo salió disparado hacia uno de los ángulos del local. En un momento se le vio dar cuerda a un fonógrafo de trompa descolorida, poner el disco y emprender carrera de nuevo hacia el mostrador, mientras atronaban los aires del merendero los primeros acordes de un tango argentino.

En el recinto no había más que su dueño. Pablito rodeó el talle de Crista, la apretó contra sí de sopetón, hundiéndola en sus costillas; la echó hacia adelante, flectando la pierna izquierda hacia atrás, cuan larga era. La boca de ella, aún abierta por la sorpresa, quedó casi incrustada en la de él y sus alientos se rozaron. La de Pablito, dijo:

—Uno —e, incorporándose, adelantándose, al compás de la música, llevó velozmente a su pareja, en el curso de tres largos y reposados pasos, sobre la punta de los pies, al otro extremo del chiringuito, donde, al dar una media vuelta veloz, hubo de contar—: Dos.

—¿Qué es eso? —barbulló ella tímidamente.

—Quiero enseñarte los treinta y seis pasos del tango argentino.

Crista se dejó llevar. ¿Qué podía hacer? Se limitó, en lo posible, por no ser derribada, a sostenerse en pie y a alargar tanto sus pasos como fuera necesario para seguirle.

—Cuidado ahora. Fíjate en éste —y Pablito separó su tronco del de ella, sin soltar su talle, mientras con la pierna derecha daba un espuelazo hiriente al aire. Irguió la testa y, con otra media vuelta, dio a la danza todo su empaque, su solemnidad.

—Tres.

—¿Cuántos quedan? —preguntó Crista, temiendo caerse al reanudar, tras la filigrana, el pasacalle hacia el mostrador.

—Cuatro —contó, pegando su mejilla en la de Crista, cruzando las piernas del lado contrario a aquel en que habían actuado hasta entonces y obligándola a bailar en sentido inverso, hacia atrás.

En aquel punto ella no pudo sostenerse, fue superada por la marcha de él y se sintió caer de espaldas. Pero él la sostuvo por el talle, casi a ras de suelo. No la movió. Se acercó a ella de bruces y puso su boca carnosa sobre los labios rojos, vivos, entreabiertos de Crista. Ella sintió que pellizcaba con sus dientes la finísima piel de su boca y el bulto mojado de la lengua de Pablo en el paladar.

—Cinco —dijo él, separándose y poniéndola de pie.

Crista le miró escalofriada, a punto de abofetearle. La cara de Pablito había cambiado. Era una cara hosca, lasciva. Sus labios estaban húmedos, blandos, y sus ojos brillaban sin ninguna expresión.

—Sí, faltan muchos; son treinta y seis —explicó.

Ella se echó a reír. Rió desconsideradamente, de golpe. No sabía qué le pasaba. No sabía si era una risa cómica o dramática.

—¿Y... quieres hacérmelos aprender todos? —repuso al fin, a punto de llorar dentro de la risa.

—Hasta que te canses —repuso él, ya de nuevo en sus cabales, aunque sólo a medias.

El pequeño hombre sirvió en una de las mesas unos emparedados y una botella de jerez. Crista se fue hacia allí.

—No tenemos tiempo —objetó, ante la abundancia del condumio—, tenemos que volver.

De pie, probó uno de los bocadillos. Sentía la boca seca, como cierta náusea; y apuró un vaso.

Pablo había quedado callado. Crista se sentía mirada y, sobre todo, deseada por Pablito. Al joven Inglada este deseo le impedía hasta moverse. Ella dejó el emparedado a la mitad, cortado con la forma de sus dientes.

—Mejor será que volvamos —suplicó, con una extraña prisa, con decisión.

Los movimientos de Pablito eran bastos, inconexos, habían perdido la vehemencia que los caracterizaba, era como si actuara con dificultad en una atmósfera más densa.

—Estoy loco por ti, Crista. No me dejas vivir.

Ella dio una ojeada al local, como si buscara la salida.

—¿Cuántas veces has dicho esto en tu vida?

—¿Qué te importa a ti eso? ¿A qué viene? —e hizo ademán de buscarla, pero ella se apartó. El pequeño hombre les miraba, sonriendo. Luego se marchó a la trastienda.

Crista se dirigió a la puerta, con ánimo de salir.

—¿No te ha gustado?

—Sí, sí, me ha gustado —concedió, por no contrariarle, pues advirtió que él era capaz de todo.

No supo si había tomado eso como una autorización, pero se encontró en los brazos de Pablito, hundida en su boca y en su tórax, raída por su mano. Notó abrirse su blusa, deslizarse en su escote la mano de Pablito. Sintió un escalofrío, algo que nunca había sido experimentado de ese modo por ella. Se separó como pudo, sin saber si aquella sensación era placentera, repugnante o culpable.

Le zarandeó, inútilmente, apartándole. Se volvió de espaldas a él, se acercó a la puerta, pero no salió. Se quedó ante la hoja de la cristalera, mirando a través de los cristales. La luz era deslumbrante y fláccida, era como un fardo de calina echado de cualquier modo sobre los desmontes, sobre las vertientes quebradas y sucias, sobre el lecho del río polvoriento. Se abrochó como pudo su blusa, uno de cuyos botoncitos había saltado. Sintió en la nuca el aliento de Pablito y sus manos sobre sus hombros.

—Te quiero —dijo él, jadeando—, quiero casarme contigo.

Esta repentina declaración no hizo, al pronto, la menor mella en el ánimo de Crista. De espaldas, no veía el rostro de Pablito y era como si aquellas palabras hubieran sonado al margen de toda realidad, huecas de un sentido, de una finalidad real y posible. ¿Qué relación podía haber entre la presión de los brazos de Pablito, entre el vértigo inesperado de sus pasos de tango, entre el tacto atolondrado y brusco de la manaza del hombre en la comba de su pecho, entre estos escarceos, esa lujuria apresurada y aturdidora, y lo que Pablito acababa de proponer? Durante un momento echó de menos Crista el incentivo, el misterio, la gravedad de los anticipos con que se había sentido atraída por Desiderio, cada vez que él la besaba. Se separó de pronto de Pablito y se quedó un instante pensativa apoyada en su antebrazo, sobre la pared de mampostería, mirando, con la frente pegada a las vidrieras, algo que ocurría en el exterior.

Entre ella y la litografía tenue de desmontes, detritos, pedruscos, entre ella y la silueta borrosa de las colinas lejanas había unos trozos de su propia imagen reflejados en cada uno de los cuadros de vidrio de la mampostería. Eran borrones blancos, piezas del mosaico de sí misma. Las vetas y las aguas de los bastos cuadrángulos a mitad transparentes, daban a su figura una dispersión que se parecía en aquel instante a su propia quebradura, algo que a la vez la multiplicaba y la dividía sin remedio. Era un desencanto, mezclado a una avidez de volver a sentirse dueña de su figura, prieta en el molde completo de sus formas. ¿Era eso, esa línea curvada y plena del busto que se advertía un momento en uno de los cuadriláteros, o el escorzo aguerrido y fugaz del talle, movedizo y alto, que se reflejaba en el otro, lo que armaba tanto barullo cuando andaba por la calle, lo que era buscado, perseguido, deseado, o que hacía mudar la faz de los hombres, lo que convertía a Pablito en otro ser? Si era así, adivinaba que había todavía una distancia muy grande entre aquello que en ella era capaz de ser manoseado y que ese mismo cuerpo podía devolver y lanzar al otro, en la estrafalaria batalla cuyas reglas acababa de adivinar.

—¿No me has oído?

Crista volvió de su abstracción. Se fijó en Pablito.

—No, no te he oído. ¿Qué me has dicho? —y le miró.

—Que quiero casarme contigo —repitió el hombrón.

La soberbia y el empaque que nunca habían desaparecido de aquel rostro masculino habían dejado de existir. Se parecía a uno de esos gañanes de la montaña, los brazos rendidos sin remedio a lo largo del cuerpo, el peinado revuelto, los ojos bobos y sin luz, el mentón un poco caído sobre el pecho, insinuando una sotabarba extraña. Crista no supo qué contestar. En realidad, él no le había preguntado nada.

—¿De qué hablas, casarte? —sonrió, convulsa, aturdida—. ¿Hablas en serio?

La expresión con que Crista formuló esta pregunta engarabitó a Pablito. Se adelantó de nuevo hacia ella. No tuvo tiempo ni ganas de huir. ¿Para qué? Pablo empezó a besarla en los ojos, en el cuello, en las mejillas. Crista sintió el ardor con que estaba sujeta, disminuida, entregada. Se sintió vacilar. Toda ella estaba en desorden.

Más allá del hombro de Pablito vio los restos del bocadillo, la botella, el mantel a cuadros... Todo era extraño, impreciso, y absurdo.

Levantó su cabeza. Debía hacer un esfuerzo para captar del todo los rasgos del hombre en cuyos brazos se sentía apresada. Ya no le conocía. Era un rostro ancho, con unos ojos enormes, separados, unos labios abultados. Se acercó aún más. Sintió la presión de los labios de Pablo y besó enteramente esa boca, sin ningún temor, sin vacilación. Se hundió en un letargo total, irrazonado.

De pronto forcejeó, apartando la mano de él, que la hería, que la buscaba. Ya lo hizo sin fuerzas, pero al fin se separó avergonzada. Aquella mano era como un baldón, mucho peor que una herida o un golpe o un insulto. Era la provocación, la amenaza, el desprecio más burdo a toda su intimidad. Sonrojadísima se cubrió un instante el rostro con las manos, se separó.

—Vámonos —dijo—, es muy tarde.

Pablito intentó acercarse. Pero la actitud de ella le hizo desistir.

El dueño asomó entre las botellas del mostrador.

—¿No quieren más música? —preguntó tímidamente a Pablito con un aire entre servicial e irónico.

Pablito liquidó la cuenta. Crista se arregló el peinado, puso en orden los pliegues de su falda, reflejándose en uno de los cristales. Salió al exterior, sorbió profundamente una bocanada del cálido aire del día. Se paró a esperar a Pablito. El corpachón del hombre tuvo que reducirse y agacharse para cruzar la salida.

Durante toda la tarde no había sabido qué pensar ni qué hacer. Había merendado y cenado sin que la dejara aquella sensación de vértigo, aquel torpor, llena de una pesadumbre extraña, como de un raro presentimiento. Al fin pudo encerrarse en su cuarto. Al entrar en él, ya libre de la compañía de su madre, que no había cesado de enervarla, apoyó la frente en su brazo, sobre el frío mármol de la chimenea, absorta y sin pensar. Lentamente caminó hacia el espejo de luna de su armario. Su aliento empañó, al acercarse, la lisa superficie azogada. Unas leves oleadas de aire cálido borraban en pequeños flujos y reflujos los rasgos de su rostro. Se acercó más. Sentía todavía viva en la piel la huella del contacto del hombre, de su frotación que todavía la angustiaba, de su besuqueo aturdidor. Puso la mejilla en el espejo, como si la desdoblara; se sintió inundada del frescor recóndito que emitía el contacto, un frescor inesperado y dulce. Así ella contra ella, empezó a llorar sin un gemido. Era un llanto fuerte, desolado y apaciguador, en que se desvanecían los residuos de su ira.

Quedó así largo rato, como abrazada a su imagen, a sí misma, a su oponente amiga. Su jadeo se fue atemperando. Cuando se sintió más tranquila se separó del espejo. Se acercó al conmutador y apagó la luz de la lámpara del techo. La estancia quedó iluminada por la de la lamparilla de su mesa. Al cruzar de nuevo ante el espejo apareció en él un fantasma distinto a aquel que la consolara un rato antes. Sin los zapatos, era otra.

Se acercó a su cama y se despojó de las útimas prendas de su ropa; fue hacia el armario, para verse, y quedó de pie ante él.

El reflejo de la luz rosaba el bulto opaco y equilibrado de su cuerpo. Se puso de puntillas y por un momento se creyó de nuevo ella misma, aquella en quien se reconocía. Era un objeto hermoso, algo que para agradar a los demás, se apoya, en el pedestal efímero de un calzado de lujo, que se nubla y disimula en un vestido de Pedro Rodríguez y que se lanza a la calle a prosperar. Rozó los hombros y el seno. Sintió un escalofrío. Tocó la comba del busto, la curvatura del costillar, flexible hasta desaparecer; los muslos prietos, las tenues rodillas... Levantó los brazos y cruzó sus manos tras la nuca, la cabeza echada para atrás, por debajo de los largos, sueltos y negros cabellos. Todo exaltaba en aquel instante la majestad del pecho, la suavidad del vientre, la armonía del talle...

Se echó el pelo hacia adelante, que le cubriera el rostro. Se apretó el pelo contra su cuerpo, cubriendo los senos con los brazos cruzados y pensó de pronto en Desiderio con tal fuerza, que era como si estuviera a su lado, como si alentara allí. ¿Cómo era posible que le hubiera sucedido aquello con Pablo, cómo era posible que aquel cuerpo, concreto ahora en sus perfiles y en sus formas, hubiera sido desperdigado, aturdido, ensuciado por las manos de un hombre? Sentía ahora su cuerpo como una fortaleza incapaz de ser rendida sino a golpes de amor, a plena conciencia y por placer y el lúcido arrebato de la entrega. No con la traición, ni dejándose llevar de un impulso, sino por adhesión inteligente y franca de toda su voluntad, entrando en el misterio a toque de clarines y a plena luz, con júbilo y con esperanza. Y esa esperanza y ese júbilo no podían venir más que del amor, de la entrega más amplia y total del corazón, de la ofrenda sincera y exaltada del alma entera.

Un ímpetu repentino, una decisión terminante acababa de enardecerla. Ella estaba segura de su amor, y no vacilaría. Se fue al butacón y se acurrucó en él, halagada por una idea que le subyugaba como una caricia. Estaba segura de sí misma. No, nadie era hermosa de ese modo. Con sus manos se acariciaba los pies, desnudos sobre el almohadón. Estaba pensando que ninguna mujer, salvo ella, podría ser ni sería nunca de Desiderio. Bastaba que la viera un día tal como estaba ahora y como era. Así, en este instante...

Un largo silencio poblaba la noche y acolchaba su belleza, como si la guardara para ese instante preciso en que debía ser entregada. No, nadie era hermosa como ella —repetía—. ¿Se negaría Desiderio a reconocerlo así? ¿No brillaba en sus ojos muchas veces cuando le besaba aquel deseo escondido e impetuoso, aquel impulso varonil que la hacía estremecer? En cualquier momento en que él la quisiera con el mismo ardor con que Pablito la había bruscamente buscado, con que la había engañado y acorralado aquella mañana, sabía que ella no resistiría, que se dejaría abrazar totalmente por él, que se ablandaría y fundiría en sus brazos.

Y, sin embargo, pensó cuán difícil era que llegara ese instante ahora, con un despego inoportuno ahora en que quizás él se había marchado a muchos pasos de su afección. Pero, fuera como fuera, era eso para ella evidente: que ninguna mujer, sino ella, sería suya, que ninguna se le entregaría jamás de verdad sino ella. Lentamente una sonrisa dulce entreabrió sus labios ardientes y se posó como un velo sutil sobre su sueño.

XII

La rápida y formularia despedida, aquel beso oficioso en la mejilla de la muchacha tranquilizaron a Desiderio. Pretendía que las cosas se mantuvieran de momento tal como estaban, pues en su aturdimiento era incapaz de hallar una solución que le permitiera decidirse plenamente por uno de sus amores con exclusión del otro. Jeannine le seducía de una manera arrebatadora, pero Crista era todavía su afección permanente, su entronque con la sociedad y probablemente el futuro que le estaba reservado. No había pasado más allá de considerar a Jeannine como una aventura sabrosísima, como un regalo inesperado de la suerte, el cual, sin embargo, justamente por su calidad excepcional, podía serle arrebatado en cualquier momento.

En cuanto Crista marchó a Caldetas desaparecieron del ánimo de Desiderio todos los escrúpulos y cuidados que le atormentaban mientras las dos mujeres coexistían en la misma ciudad. Ahora, ésta se convirtió en el marco exclusivo de Jeannine, y Desiderio pudo pasear, salir y divertirse con ella sin cuidado. Frecuentó de su brazo todos los locales nocturnos, se les vio cenar a menudo en los restaurantes y terminar la noche en los cabarets de lujo. Conoció Desiderio los halagos de una notoriedad en esos ambientes, notoriedad que le provenía de Jeannine, que era como un reflejo de la distinción, de la elegancia y la belleza de su amiga. Desde todos los ángulos le saludaban, le atendían, eran amables con él. Conoció una infinidad de rostros nuevos, y, con ellos, saboreó el prestigio de ser amigo de una belleza enloquecedora.

Jeannine era alta, rubia, deslumbrante. Nadie como ella sabía entrar en un lugar público, dejar deslizar el chaquetón o la pareja de *renards* en la mano del acompañante, apearse de un coche, cruzar sus piernas, descubrir la fina línea de la pantorrilla y distribuir las miradas de sus grandes ojos azules, en los que reverberaba toda la luz de la noche. Era un elemento decorativo extraordinario, en los lugares a los que la gente va para ser vista. Estar junto a ella era entonces un placer difícil. Pero en el breve espacio que separaba a esta Jeannine de la de su intimidad, toda ella quedaba transfigurada en otra persona natural y sencilla. Era sólo el tramo que iba de la acera de la calle al estribo de un faetón de alquiler; el instante en que quedaba dibujada en la retina la pincelada de los seres, el garabato de la alegría nocturna, las mujeres sonrosadas, los hombres apuestos y corteses, navegantes felices en la plácida brisa de la noche iluminada, o la agitación de vehículos de todo orden en la oscuridad cargada de reflejos... En el momento en que se quedaban sentados uno junto al otro en el asiento del coche, Jeannine ya era otra.

No sería más la Jeannine convencional que se daba en espectáculo a todos, sino una criatura entregada, sincera y sumisa, tierna y suplicante entre sus brazos. No podría reconocerla ya en la otra. El secreto de la noche más honda, hecha de vigilias fugaces, de sueños indecisos, ocultaba la realidad de aquella otra Jeannine asombrosa y mundana, cuyo cuerpo se tendía ahora a su lado desprovisto de artificios, con una inanidad total.

Durante el primer mes del verano sus salidas de noche con Jeannine fueron un vértigo deslumbrante en sus sentidos. La ruleta, el baile, la cena, el resopón de madrugada, precedían al apasionado encuentro erótico. Poco supo Desiderio de la vida de Jeannine anterior a su encuentro. Un día ella le dijo que se había casado en Francia, que su marido era aviador y había muerto. No le importaba ni le interesaba a Desiderio esa ficha de sus hechos notorios, la relación de sus efemérides. Le importaba más, en cambio, descubrir la realidad de su alma poderosa, del temperamento ardiente y complejo de Jeannine, disimulado por la aparente dulzura de su porte.

Poco a poco esta sutil exploración se fue cumpliendo. Poco a poco ella, a lo largo de su convivencia, se iba descubriendo a tramos, a jirones, ante su mirada extasiada y admirada. Y empezó a surgir ante los ojos del amante una personalidad concreta, un ser dotado de biografía y de historia, lentamente y como sin querer, de lo que antes no habrían sido más que la carne y los atavíos de su aventura.

Durante muchos días estos descubrimientos ocuparon y maravillaron el corazón del joven amante. En Jeannine alentaba un mundo libre, ancho, tormentoso, embriagante. Hablaba de la Costa Azul y de Italia, de sus amigos de otro tiempo, de ciertos escándalos, de ciertos destellos de una vida irregular y anecdótica que a Desiderio le parecía en sus labios cobrar movimiento, lleno de incentivos. Y muy pronto Desiderio sintió la comezón de ir un poco más allá en sus pesquisas, hasta que llegó al punto en que se halló ante la cuestión de por qué amaba ella, de por qué había amado. Ella se tornó súbitamente seria al responder:

—*L'amour... Je le fais quelque fois, mais... je ne'n parle jamais*.

Una serie de progresivos cambios, de mudanzas, de reacciones inesperadas, de estados de ánimo sorprendentes vinieron en aquel punto a turbar levemente a Desiderio. Entonces le pareció que Jeannine empezaba a cansarse de haber provocado en él un exceso de amor. Unas excusas sobre las próximas citas, un silencio evasivo ante ciertos requerimientos, le pusieron en guardia. Cuando ella le citó para unos días más tarde, en lugar de la cotidiana entrevista, creyó que todo había terminado y se sintió perdido. Pero pudo comprobar, con el corazón en vilo, que no había engaño. Recorrió los lugares a que Jeannine había concurrido en esta pausa, preguntó a la portera: Jeannine había hecho su vida normal, sin que ningún desvío ni ninguna visita pudiera reprocharle en su fuero interno.

Por qué razones es imposible rehacer en materia de amor lo que el día antes parecía sólido y permanente, resultaría siempre un enigma para él. El brusco distanciamiento de Jeannine no respondía a ninguna causa aparente. Quizás era sólo una fatiga pasajera, un término que ella se imponía astutamente para no anquilosar a Desiderio con un amor rutinario. Por eso quizá, después de unas semanas de exhibición y de entrega, quería ponerlo a prueba y ponerse a prueba a sí misma con una tanda de alejamiento.

A la vuelta de esta situación, Jeannine provocó abiertamente las razones de su actitud; surgió de pronto entre los dos amantes el contraste de sus dos vidas divergentes. Ella, Jeannine, era una mujer libre y estaba muy lejos de querer dañarle. Había podido comprender al fin el tipo de muchacho que era él y consideraba prudente que tuviera unos días para ver si lo que sentía no era más que un puro apego juvenil y erótico; pues ella, por otra parte, no estaba segura de poder querer a nadie de una manera total. En aquellos momentos Jeannine hablaba de sí misma con la misma frialdad y desprecio con que hablaba de los demás. Se manifestaron, a través de un lenguaje descarnado, zonas oscuras y terribles que Desiderio no había podido sospechar en el carácter de Jeannine. En su pasado había lagunas y parajes sobre los cuales ella no quería volver. Parecía compadecerle por estarla queriendo y pretendía que dejara de hacerlo. Lo suplicó con una voz encendida y mortecina. «Eres joven, lo tienes todo por delante —le decía—. A tu edad debes querer a alguien que no sea como yo.»

Le propuso Jeannine que pensara formalmente en todo ello un par de días más. Era tiempo todavía, si él lo deseaba, de volver atrás. Quizás algún día podría él reprocharle que no le hubiera dado este respiro. Quería ser leal consigo misma y leal, sobre todo, con su amor. Sentía, por primera vez —y esta «primera vez» sacudió la sensibilidad de Desiderio— que merecía la pena no atormentarse demasiado por un sentimiento, si éste no pasaba de ser un pasatiempo, un *faible* trivial. La asustaban las mentiras del corazón. No podía sufrirlas.

Tras dos días de ausencia, Desiderio entró de nuevo, completamente desesperado, en la habitación de Jeannine. Le era del todo imposible romper, renunciar a ella. Ella estaba tendida en la cama, absorta, su mirada vagando por el techo... Le vio entrar como si ya lo esperara, como si no hubiera existido con anterioridad la prueba que les distanciara, y no consiguió arrancar de sus labios una sola palabra, más que un beso largo y patético que volvió a iniciar su delirio. Un interminable beso doloroso que les colocó de nuevo en el punto del que querían huir.

Nadie es absolutamente de una pieza. Cada alma parece estar hecha de trozos, de fragmentos de dos o tres almas diversas y aun contradictorias. Los arrebatos de tristeza de Jeannine, que sobrevenían impensadamente y constituían uno de los misterios de su carácter se produjeron a partir de entonces con alguna frecuencia; y era preciso, en tales trances, procurar a Jeannine un aturdimiento vivo en los restaurantes, en los cabarets; ofrecerla a la admiración del mundo, envuelta en sus trapos más extremados, dejando un sutil rastro de «Guerlain» flotando en el aire a su paso. Era preciso que los vieran enhebrar la noche con sus pasos de danza en los sótanos del «Excelsior», ensoñados en los delicuescentes violines. Desiderio entraba en el pequeño ático sonriente, sometido, ofreciéndole un paquete de «marrons glacés» o unas flores; ella quedaba unos instantes pasmada, deslumbrada, como si esta golosina fuera una joya carísima lentamente elegida por él; retenía un suspiro que sacudía su busto unos instantes y Desiderio la veía palidecer mortalmente antes de sentirse abrazado. Jeannine protestaba, afirmaba que ella no merecía su amor, que era una mujer inútil, una loca que estaba destrozando su vida y que quería terminar. Una expresión extraña, pero muy sincera, nublaba sus ojos claros, espantada ante aquella insignificante prueba de amor que no podría considerar justa desde el fondo de su alma.

En sus formas exteriores este amor no había pasado de la zona superficial de lo que era: un amor de compromiso; iba surgiendo, empero, día tras día, una presentida Jeannine de entre los misterios de su carácter arrebatado y desigual. Era una alma sacudida por no se sabe qué impulsos extraños. Cuando Jeannine precisaba el aturdimiento era preciso aturdirse horas y más horas, hasta la extinción. En los lapsos de dulzura no había ser más afable y más puro.

Pronto entró, sin embargo, un poco de luz en esta zona oscura e inextricable, como si todo lo que hasta el momento ella le había revelado, la existencia de unos páramos espirituales en su carácter, no fuera más que el anticipo de algo insondable y mucho más hondo.

Ciertas tardes, al entrar en el piso hallaba a Jeannine sumida en un letargo extraño, como en un alejamiento nebuloso e indiferente. Era una melancolía que la joven francesa diluía en *whisky*, en un silencio retraído. Era inútil entonces que Desiderio intentara hacer salir a Jeannine de su sopor e introducirla de nuevo en el mundo real, en el estímulo de una cena, de un espectáculo. En estas ocasiones no le quedaba más remedio que dejarla aislada y sola, esperando a que la crisis cediera. Ella se excusaba diciendo que a veces, en verano, acostumbraba a ocurrirle así. Pero Desiderio sabía que el clima no afecta de tal modo el temperamento de la gente.

Una tarde Desiderio comprobó cierta realidad que le dejó perplejo. Antes de salir le dejó ella su pequeño bolso de plata para que se lo guardara, mientras se ponía el sombrero ante el espejo. En aquel momento dudó ella de si había recogido o no el llavín de la puerta. «¿No estará en el bolso?» Desiderio creyó que le invitaba a ver si estaba allí y abrió el bolso. Y en él vio, en un solo golpe de vista involuntario, tres objetos que irían ya siempre más ligados a la existencia de Jeannine, que constituían algo así como su mundo completo: una pequeña pistola de puño de nácar, el espejito —con el que Jeannine observaba su derredor— y una caja niquelada para inyectables. Jeannine le arrebató rápidamente el bolso y Desiderio notó la inquietud que se había pintado en su rostro, después de la revelación de su mundo escondido. «No, no está aquí», dijo, extrayendo el llavín de un cofrecito, sobre la coqueta.

Los objetos que acababa de ver en el bolso eran el contenido misterioso y cerrado del alma de Jeannine, que explicaba ahora a la perfección la decadencia, la derivación de su amiga, sus impulsos, sus desconciertos.

Algunas veces, Jeannine estaba tan recluida en sí misma que ni aun un súbito zarandeo, una llamada de atención, un abrazo lograban reavivarla. Eran éstos los días en que ella decía que no se sentía bien, en que Desiderio la encontraba en la cama, los brazos perfectos y hermosos fuera de las sábanas, caídos, lacios, al exterior, la aureola de su pelo en el vacío.

En cambio, cuando el estupefaciente no actuaba o actuaba en una dosis prudente, volvía a ser la magnífica mujer vivaz, fina, delicada, de la que Desiderio se había enamorado como un loco.

Decidió hablar con ella, ver si podía ayudarla. Cuando él abordó el asunto ella se ruborizó levemente.

—No, si no es nada, si apenas tomo... Sólo... para ayudarme un poco a vivir —se excusaba, como una chiquilla a la que han reprendido demasiado duro.

—¿Y por qué lo haces, Jeannine, por qué?

Ella se encerró en sus excusas: «Si apenas nada... si no tiene importancia.» Desiderio sintió entonces hacia ella una pena enorme. Sentía que la quería por una razón más. Había ahora en su amor esa compasión que nos ata de una manera indestructible a los seres que más nos necesitan.

Le era indispensable saber cómo había podido viciarse en eso. No podía imaginarlo. Pero nunca conseguiría enfocar su curiosidad con la suficiente habilidad para que ella se le confiara.

Cierta tarde, en la que habían tomado juntos el té en el exiguo aposento, ella estaba de buen humor, parlanchina y confiada. Bromeando y simulando sentirse atraída por aquella especie de placer del que ignoraba las delicias, le confió que nunca, desde antes de su boda, había dejado de drogarse. Su marido, el difunto aviador, lo hacía también.

—El día que se estrelló parecía como si lo hubiera presentido —confesó—. Aquel día no podía volar sin eso. Tuve que correr a buscarle algo, porque no lo tenía en casa. Por lo menos murió feliz.

¿Cómo era posible que Jeannine, de apariencia tan dulce, fuera aquel pozo agitado? Desiderio quedó un instante perplejo, aturdido.

—¿Y por qué lo haces? ¿Por qué lo hiciste?

En los ojos de Jeannine pasó una sombría tristeza.

—Por lo mismo que él. Porque tengo miedo.

—Pero cuando empezaste, ¿quién te inició?

—Fue... un hombre —dijo, pasando su mano por los ojos, como si quisiera borrar el recuerdo de ese hombre al que evocaba—. Mi madre se había vuelto a casar y... me fui con él.

—¿Tu marido?

—No. Mi marido, cuando me conoció, no lo había probado.

Desiderio sintió recónditamente un movimiento de espanto, como ante un contagio. Se le aparecía el mundo tal como es, con su brutal flaqueza. Pero quiso seguir.

—Déjame ver.

—No lo toques, Desiderio, no lo toques —dijo ella, retirando su bolso, que estaba sobre la mesilla—. No quiero hacer más daño a nadie.

Abrió la cajita. Había en ella la ampolla llena de ese líquido de apariencia inocua. Y la jeringuilla, y la aguja.

La boca de la chimenea apagada suscitaba el recuerdo de la lar de los colonos de Santa María. Parecía alentar, como aquél, olor a esparto, chamusco de maíz puesto a tostar, crepitar de tarugos resinosos. Pero estaba vacía de leños, mostrando sus encías de ladrillo sin estrenar.

—¿Qué vas a hacer? —protestó ella, deteniendo su mano, al verle a punto de lanzar la ampolla contra los ladrillos de chimenea—. Trae eso —arrancó, con una expresión que Desiderio no recordaba haberle visto nunca.

Desiderio se lo dejó arrebatar sin protestar. Había descubierto la fiereza de Jeannine a propósito de ese potingue insignificante, de ese pedazo de mentira. Sintió una desolación inmensa.

Ella quedó en silencio, jadeando levemente. Se habían mostrado sin razón uno al otro. Estaban en los dos extremos opuestos. Todo su amor aparecía como un movimiento de desesperación inútil.

—¿Crees en Dios? —preguntó Jeannine de pronto, y sin venir a qué.

—Sí —respondió él—. Claro que creo.

—¿Crees en el alma?

—También.

—¿Por qué?

—Porque existe. La siento.

—¿Crees que nos encontraremos en alguna parte, cuando hayamos muerto?

Desiderio no contestó.

—Dios pasa por nosotros cuando amamos, ¿no es verdad? —dijo ella.

Desiderio la miró con extrañeza, incómodo.

—¿Por qué piensas en estas cosas? ¿Por qué hablas así?

—No debes quererme. Soy demasiado rara —musitó ella.

Había en los ojos de Jeannine una tristeza tal que todo lo que en aquellos momentos Desiderio se estaba formulando quedó destruido por ella. Se rindió en sus rodillas. Había sido segado en su altivez como es segada una espiga. Sintió la mano de Jeannine en su pelo, arañando su cráneo y, simultáneamente, hasta el latir del seno y del corazón de la mujer acompasándose golpe a golpe.

No acertaba a saber si su pasión era amor, contrición o lástima, o las tres cosas a la vez. Lo único que sabía era que estaba enredado en ella, esclavizado en ella. Retuvo sus hombros frágiles. Jeannine susurraba: «Te quiero, te quiero», como una emanación sutil, impensada de amor. Y en aquellos momentos sentía que era preciso encontrar, con un cauce a su amor, un cauce a su vida entera. Era preciso hacer algo, musitaba a su vez. Poco a poco la mano de ella se fue entibiando sobre su frente, sobre su mejilla, en su mano. Luego vio, nublado, por los cabellos rubios de su amiga, el papel rosa de los tabiques, la estulta imagen de las litografías y sintió el canal caliginoso y ácido de las lágrimas de Jeannine en el envés de su mano.

De la vanidad inmediata que al principio le impulsó a la aventura no quedaba más que una mujer sollozante en sus brazos. De la suprema dicha de aquel deseo y de haber conseguido arrebatar para sí solo al ser más bello, más deseado, más codiciado de la ciudad, no quedaba más que un cuerpo convulso, sollozante en sus brazos. Quedó fijo en ella, con un pequeño surco en su ceño y un mechón corto, revuelto y despistado sobre sus ojos soñadores. Ella, en cambio, le miraba ya sosegada, brillantes de lágrimas los grandes ojos claros.

Halló el roce dúctil de los labios de Jeannine, que susurraban de nuevo palabras inconexas, arrebatados alaridos de amor. Se entregó a esta huida, a esta única y posible huida, en la que se fundían, sin remisión, de las encías al alma. Sus brazos atenazaron el cuerpo de Jeannine, su talle flexible. Había una alegría total en ese encuentro. El itinerario de ese amor en la intimidad no cedería al tedio, como tantos otros. Podría repetirse, inmarcesible, indefinidamente. Luego, apoyada ella dulcemente en su hombro, reclinada en él, sentiría palpitar sosegadamente su corazón. Y así un día y otro...

Durante un tiempo, tuvo la esperanza de que aquello tendría un final, fuere cual fuere. Un final, elegido a su antojo. Mas no tardó en llegar a la conclusión de que, aunque todas las cosas tengan un final en la vida, ésta no lo tiene. Había imaginado que esta aventura sería su liberación, que con ella se emanciparía de rechazo de sus propios prejuicios. Pero a medida que iban pasando los días el embrollo de las dos vidas entrelazadas se hacía mayor.

Cada nuevo día, a cada hora, todo quedaba atado más y más con nudos invisibles. Por ese camino, no podía retroceder y advertía con espanto la incapacidad en que se hallaba de abastecer a su amiga de la calidad de amor capaz de desterrar todo recuerdo y resabio en aquella alma azarosa, de acallar las obsesiones en que se debatía. Era inútil. El tono rosa del exiguo *hall* del pisito, la luz mate de la lamparita, la estúpida violeta del fonógrafo, los cojines revueltos del diván corroboraban, tontamente, pero con toda crudeza, que un tipo de amor de esta índole no tiene más fin que el dolor.

Lo que había empezado siendo una aventura nocturna, afable y prometedora se convertía paso a paso en un drama íntimo, singular. La realidad de Jeannine, las condiciones de su vida, la lucha en que se debatía atormentaban a Desiderio en el cuartel, en su casa, en el despacho; le hacían caminar solitario y melancólico entre los demás, dando ya una justificación a la tristeza de sus ojos negros, que tanto llamaba la atención a las mujeres. El joven Rius estaba ahora realmente triste, como si su amor le hiciera responsable enteramente de Jeannine, en su existencia actual y hasta en todas las horas que había ella vivido antes de conocerle. Le parecía que el hallazgo de los dos no se había producido porque sí, por un capricho de la casualidad, sino por un designio escondido que le haría torcer el camino de la mujer, sacar su espíritu a flote de todas las zozobras.

Desiderio se hizo firmemente el propósito de revalorizar a Jeannine, de sacudir de aquella alma todos sus lastres y sus rémoras. Procuró que sus salidas y sus encuentros no siempre fueran los de la noche deslumbrante de Barcelona, ni tampoco esas visitas clandestinas o esos largos coloquios de los atardeceres en el ático de Jeannine. El verano era transparente, soleado, luminoso y cálido. Desiderio empezó a sacar a Jeannine a plena luz del día, como si esperara que una efusión de rayos solares aireara y templara su espíritu azotado por las nieblas.

Una mañana Desiderio la llevó al Parque de la Ciudadela, que Jeannine no conocía. Nunca vio Desiderio a Jeannine tan jovial y asombrada como aquella mañana radiante del mes de agosto.

Jeannine se divirtió bombardeando con panecillos las extrañas, fofas fauces del elefante grandullón y soñoliento; echó migas de pan a los colorados peces del estanque, arremolinados en bandadas voraces en los dos flancos de la góndola que les llevaba a navegar por la falsa Venecia del lago, bajo las pasarelas y bajo las decaídas ramas de los sauces llorones. Montaron en un pequeño ferrocarril que embestía con pitido chillón la boca de un túnel espeluznante de puro sombrío; y entraron en las grutas mágicas, en aquellas grutas cuya magia, que asustaba a Jeannine, estaba llena de burdas sorpresas, de ciertos mascarones asomados de pronto en las curvas, luego surgidos del suelo ante la furgoneta por un resorte diabólico, o de insospechados toboganes, de monigotes con fuelle y escobazo entre un vuelo de espantosos murciélagos de trapo; para terminar en la idílica reconstrucción de la Exposición Universal del 88, adorable y polvorienta maqueta en la que el agua de la Cascada había cesado de manar. Jeannine se pegó al brazo de Desiderio, rió, atolondrada, con una risa contagiosa y verdadera, de tal modo que era como si toda su vida, la vida que no había brotado hasta entonces, asomara a su piel. La dicha de este paseo pareció encender los ojos de Jeannine. Caminando entre los parterres contestó a Desiderio que sí, que se había divertido; y que anhelaba repetir todos los días este camino.

—¿Todos los días?

—¿Por qué no?

Desiderio no contestó. La retahíla de todos los compromisos de su vida falseada circuló por su memoria.

—Te remuerde algo, Desiderio —adivinó ella—. ¿Lo acierto?

La sonrisa de él fue elocuente.

—Quisiera ser enteramente independiente y libre para no pensar más que en ti.

—Y, sin embargo, no puedes hacerlo. ¿Crees que no he adivinado que hay otra persona, alguien que está en tu vida y a quien yo vengo a desbancar?

Él no contestó. Se mordía levemente el labio inferior.

—¿Piensas quizá que eres injusto con ella?

—No pensaba en eso siquiera. En realidad, no pienso más que en ti.

Jeannine aspiró una profunda bocanada del aire caliente. Fueron caminando. De pronto se sintió extrañamente turbada; se paró, cogió la mano de Desiderio y la llevó a sus labios.

—No quiero que tú me dejes, aunque yo fuera mucho peor de lo que imaginas, ¿me oyes? Aunque fuera una malvada —suplicó de una manera tan desgarrada y tan insólita, apretando su mano, que Desiderio se sintió decaer.

—¿Malvada? ¿Por qué has de ser malvada?

Ella se fue serenando de nuevo. Se agarró del brazo de él. Caminaron en silencio.

Salieron del Parque y volvieron a pie, por el Borne. Bordearon Santa María del Mar, olorosa a legumbres y a esparto; caminaron juntos por las calles sonoras aún del tráfago de los carros matinales, deslumbrantes de un sol resbaladizo en las blancas lonas de los toldos; rozaron el belfo de los machos de tiro, que coceaban contra su propio estiércol. No tenían noción de la hora. No se detuvieron hasta la Plaza del Rey; se pararon a ver el vuelo circular de una bandada de palomas que coronaban, en el azul, el alto mirador del rey Martín y se posaban luego, dispersas ya, rasgando el aire, en sus cornisas. Las vieron arrullarse de dos en dos en el juego de ciegas ventanas de la cumbre, abiertas como un bostezo a la contemplación, en lo hondo, del mar lejano y pretérito. Quedaron un instante enfrentados allí, sumidos en el letargo de aquel foso intemporal, golosos de aquel frescor, de aquel silencio...

Desiderio contempló a Jeannine. Nunca la había visto como en este momento, ni en un espacio abierto como aquél, que la ponía al abrigo de todo cuanto en la vida había añadido a su ser, de todo lo que la mixtificaba. La vio ahora como si acabara de conocerla, como si hubieran dejado de existir todos los añadidos y retoques que la retorcían y abrumaban. Y vista así, en este instante, le pareció que la vida de verdad era todavía posible y que en la unión de los dos, en ese solo amor, sin precisión de otra cosa, estaba latente toda esperanza.

Todo cuanto estaba más allá de aquel espacio de aire fresco, de la suave sombra del porche de Santa Clara, de los límites de las piedras ilustres de la plaza, le pareció que era una realidad falaz e inexistente, un sobreentendido social que no alcanzaría a rozar la verdadera y permanente verdad que ellos dos contenían, queriéndose. La existencia agitada, los negocios, el aturdimiento, la vida de todas las gentes en todos los días del año eran sólo un espectáculo, un derivativo, una frágil excusa de la profunda autenticidad que afirmaban su justificación dos corazones que se necesitaban, al entregar uno al otro su latido. Pensaba que todo aquello ocurría para que pudiera esto ser así; que las gentes hablaban, se daban cita, se disputaban, se embarullaban en los caminos y trocaban entre sí sus trivialidades para que no se notara que en el ánimo de cada uno de ellos una voz murmuraba un secreto silencioso y exaltado, turbador y magnífico, que cruzaba sin exteriorizarse los acontecimientos externos y las fórmulas sociales; y que este secreto y esta voz eran la más honda y permanente razón de todos los seres. Ese secreto y esa voz eran el amor, ese vocablo vulgar, manoseado, desprestigiado y, sin embargo, heroicamente auténtico. Y que todos los seres estaban confabulados entre sí para ocultar esta vida verdadera en una maraña de accidentes triviales y diversos.

Pero ¿qué les impedía a ellos dos hacer que esta vida más honda y auténtica prevaleciera sobre las fórmulas en que los demás la diluían y disimulaban? ¿No había en tal hipocresía, en tal disimulo, la razón del malestar, de la cobardía, de la mediocridad del mundo que les rodeaba? En aquel momento sintió que no debía transigir con la falsedad propia.

—¿En qué piensas? —le preguntó Jeannine volviendo en sí.

—Desde hace muchos años pienso que las cosas no son como tienen que ser. ¿Por qué tenemos siempre que emplear el alma en cosas que no nos importan?

—¿Qué es lo que a ti te importa? ¿Qué harías?

Desiderio pensó en lo que haría, no como una hipótesis, como una posibilidad lejana, sino como algo que va a ocurrir.

—Me iría contigo. Renunciaría a todo menos a ti y al sitio donde nací. Viviríamos juntos en la finca.

—No somos nunca lo que queremos —reflexionó ella.

—¿Por qué? ¿Por qué no podemos serlo? ¿Por qué no puedes ser mi mujer ante los demás, si lo eres para mí? ¿Qué broma es ésa?

Ella se echó a reír. Era una risa extravagante, que chocó contra las piedras de color de ánfora antigua de la Plaza del Rey. Después hubo un silencio.

—No seas iluso. Tu mujer no soy yo, es la otra, aunque a ti te parezca ahora que no.

—No es verdad.

Ella le miró a los ojos.

—¿Por qué quieres ir más allá de lo que se te ha dado? No se puede nadar contra la corriente.

Estas palabras hirieron a Desiderio.

—Yo sí puedo hacerlo. No te rías —suplicó, convulso—. Detesto esta mediocridad, mi trabajo y mi destino en la vida. Sólo tú me importas.

Había en su expresión tal sinceridad y vehemencia, que Jeannine no pudo contenerse. Se acercó a él, se puso en sus brazos. Las palomas tejían en el cielo arabescos inútiles.

Pero más intenso que el aturdimiento que le procuraba el abrazo y el tacto de Jeannine estaba su propósito de llevar su vida a un término sincero, de ser leal consigo mismo. Jeannine no sabía que él era capaz de renunciar a todo lo que no fuera ella. Así se lo dijo, apasionadamente.

—*Desir, desir... Nous ne sommes plus qu'un desir...* —oyó que musitaba ella por toda respuesta, en sus brazos.

Advirtió que ya no podía volver atrás, que todo cuanto aquel idilio extraño iba deslizando en su ánimo ya no podía ser arrancado de él aunque Jeannine desapareciera un día de su vida. En ciertos ratos de reflexión y de lucidez comprobaba el peso de ese continuo aluvión de sensaciones que pasaban a formar parte de su ser y quedaban convertidas en una costra, en una envoltura que a la vez le mortificaba y le destruía. La idea de estar queriendo a una mujer dominada por factores misteriosos e inconfesables le animaba a retroceder. En cada uno de sus frecuentes lapsos de conciencia —lapsos que provocaba la limpieza del aire en que vivía y que podían ser suscitados por una mirada de la buena de Josefina, por un velado reproche del apoderado, por la contemplación del retrato de su madre puesto sobre la mesilla de noche y, sobre todo, por las cartas de Crista que recibía regularmente— Desiderio reiteraba su determinación de zanjar aquel asunto turbio en que iba desfalleciendo.

La vida del cuartel se tornó para Desiderio de una monotonía insufrible. Notó que sus compañeros se separaban de él, o quizá fuera él quien buscara ese aislamiento. En el despacho, su presencia parecía pasar completamente inadvertida. No vivía más que para Jeannine y ni uno solo de sus pensamientos se apartaba de ella, aunque fuera para desear que aquel asunto tuviera una conclusión.

Desiderio sentía imperativamente, día tras día y con mayor fuerza, la necesidad de hacer algo útil que le permitiera o perpetuar el maravilloso sueño que estaba viviendo o destruirlo de una vez. Crecía en su ánimo como una obsesión la necesidad de dar a su amor un cauce determinado y definitivo a un final rotundo. A instantes le parecía que todo sería muy fácil. No había nada en la vida que no dependiera de la propia voluntad de cada uno. No se necesitaba un heroísmo del otro mundo para desprenderse de todo lo que no fuera ella, para prescindir de todo, romper con todo, y dedicarse únicamente a fundir con la de ella y para siempre su propia vida. Pero si empezaba a pensar en cada uno de los detalles que urden hasta su logro el cañamazo de esta determinación, se encontraba perdido en una maraña de imposibles.

El amor de Jeannine dejaba una huella en su manera de ser, en su rostro, en toda su figura. Sus actitudes y ademanes habían cobrado un aplomo que antes no tenían. En su rostro parecía que los rasgos, antes desvaídos y un tanto aniñados, cobraban una forma concreta y más recia, como si un misterioso escultor diera en ellos los últimos toques que exteriorizaban la intención y el carácter escondidos de la persona.

Una de las primeras conclusiones a que llegó de una manera tajante vino a resolver, en su fuero interno, la cuestión que un día le planteara en su despacho Arturo Llobet y que se había estado formulando muchas veces, desde que saliera del colegio. No, si su padre faltara, él no le sucedería en la fábrica. Es más: estaba decidido a seguir en ella sólo mientras su trabajo o su presencia no torcieran o soterraran el manantial de su espíritu que había empezado a brotar caudalosamente al contacto con Jeannine. Puesto que existían en la vida unos hechos de un orden superior, no podían quedar acorralados por las menudas y miserables contingencias de las que vivía su padre; esas cosas o esos hechos eran, unas veces, aquel concierto de Brandeburgo que sonaba en su espíritu constantemente, desde la franja del disco de Jeannine, o la extraña emoción de trasladar a un papel de «block» la línea del cuerpo de su amiga, adormilada en el balancín, o la voz nostálgica, susurrada, infinita de Verlaine, en cualquier tarde emborronada de nubarrones, en cualquier jornada jadeante...

Se esforzaba en aislarse, en quedar aislados los dos, lejos de los ambientes nocturnos donde pudieran ser vistos, lejos de los lugares que antes frecuentaron. Jeannine acentuó aún más el proceso de su simplificación. Era como si se despojara definitivamente de joyas y añadidos y decidiera presentarse de la manera más llana, más elemental. Había en el esfuerzo que hacía por renunciar a las formas de vida que le eran habituales y en las que brillaba con todo su esplendor, una ofrenda total, absoluta; esa concesión implicaba una determinación inquebrantable, y era como el espectáculo de su amor rendido, entregado sin regateos.

Muchos días por la mañana repetían su visita al Parque de la Ciudadela. En uno de sus paseos, al pasar una tarde delante de la jaula de los monos, Jeannine se entretuvo ante un pequeño personaje peludo y frenético, de grande y socarrón mentón, ávidos e inquietos, fulgurantes los ojillos que se fijaban velozmente en todos lados, y que sostenía en la mano un trozo de espejito que algún bromista había echado a través de los barrotes de la jaula. Tal vez pensara Jeannine que aquel pequeño simio tenía algo de su propia coquetería y sonrió ante los mimos y ademanes de aquel chimpancé casi humano. Pero pronto esa sonrisa y su curiosidad se trocaron en un visaje de perplejidad y de preocupación. Fue como si sobre sus ojos claros, en los que Desiderio podía beber hasta el colmo la totalidad del alma de su amiga, cruzara una nube solitaria. Jeannine mudó de faz porque el mono estaba obseso en la inexplicable, sorprendente, enloquecedora visión de su propia imagen. Giraba el espejito a todos lados, sin acertar a deshacerse de la presencia de un ser que, siendo él mismo, estaba fuera de sí, y del que le separaba un trecho que ya no le pertenecía, para acabar teniendo enfrente y de nuevo su propia individualidad, estúpidamente suya y de nadie. El mono enloquecía.

—Vamos a quitarle eso —dijo, llena de vigor, como si fuera ella misma la que sufriera la tortura.

—Déjalo. ¿Para qué?

Jeannine estuvo mucho tiempo pensando en ese lance. Cuando ocurría algo de este estilo quedaba largo tiempo preocupada. Podían no importarle las cosas y los hechos a los que los demás dieran un valor y que parecían trascendentales; podía pasar sin un comentario la noticia de una batalla en la que hubieran muerto millares de hombres. Pero quedaba una tarde entera en silencio si del fondo del reflejo de un azogue, en las manos de un mono enjaulado, surgía un atisbo, un rasgo que le hiciera pensar en la condición misteriosa y terrible que somos, en nuestra pequeña y flagrante irrisoriedad.

—Es que entonces vio —explicaba, monologando, varias tardes después a Desiderio— algo que hasta aquel momento no había sospechado. Que él está dentro de otra jaula, la jaula de su frente y de sus pómulos. Antes de que le echaran el espejo no sabía que existía él, él mismo. Yo misma a veces he tenido esa sensación al contemplar mi cara. Somos prisioneros.

En estas ocasiones Desiderio temía que empezara uno de sus períodos de abatimiento. La animaba entonces a salir, a airearse en la alegría de una cena compartida, en llevarla a bailar. Ella se resistía.

—¿Por qué no quieres? No puedo aceptar que te quedes así.

Una noche en que ella transigió, Desiderio observó que durante la cena en el «Suizo» y en el corto rato que pasaron en el «Excelsior», la seguridad, la firmeza de Jeannine no era la de los comienzos. Parecía estar ofuscada, nerviosa ante las miradas de la gente. La costumbre de gustar de su amor, sólo en la intimidad, le infundía un temor de trasvasar su efusión en público. El pequeño espejito temblaba imperceptiblemente en sus manos cuando oscilaba a un lado y otro captando su derredor. Al rato de estar en el «Excelsior», a medio apurar su botella de champaña, rogó a Desiderio que se fueran.

En el pisito, Desiderio quiso saber las razones de su cambio. Jeannine eludió.

—Pero, realmente, Jeannine, ¿qué es lo que te preocupa? ¿Que nos vean juntos?

Ella no contestó.

—¿Crees que me comprometes? ¿O eres tú, la que te comprometes?... —preguntó con calma, con no escondida intención.

—Deja, deja, no me preguntes —contestó, con una sequedad insólita.

Miró a Desiderio, para mitigar su dureza. Le vio erguido, transigente, lleno de amor; se acercó a él, como si luchara consigo misma.

—No me hagas caso, pero... es que a veces tengo como presentimientos... Sí. Tengo presentimientos de que esto... no podrá durar mucho tiempo. Y pienso que te estoy haciendo daño.

Desiderio intentaba darle a entender, con un abrazo, que esto no era posible, y que no podría separarse de ella.

Empezó a besarla. Ella quedó a su merced, sin una palabra, sin un suspiro, sin siquiera pensar, sin alentar siquiera.

Su cuerpo lacio se dejaba acariciar totalmente abandonado.

Acostumbraba a decir de él que se llamaba Desiderio porque no era más que un deseo. Así le llamaba a él unas veces «desir», otras «desiré»... Se tendieron juntos y quedaron largo rato, el uno junto al otro, mirándose fijamente. Luego ella se levantó, para ir a sentarse en la mecedora.

Le pareció entonces que ese deseo de él, cuyo nombre llevaba, era la distancia tan leve y, sin embargo, tan honda que va desde nosotros hasta nuestro propio reflejo. La sima infranqueable que nos separa de nuestra propia imagen hasta hacernos enloquecer. Quizá la que iba de él a ella en este instante.

No supo por qué sus labios susurraron, como en una feliz ofrenda de la memoria, mientras acariciaba con la mirada la frente de Desiderio, aquellos versos últimos del «Hamlet»: «Si él hubiera reinado hubiera sido un gran rey...»

Largo rato quedó así Jeannine, pensativa, retraída, melancólica... Él se levantó y puso en el gramófono un disco, «La muerte de Isolda», que cuando se encontraba decaída, Jeannine gustaba de escuchar una y otra vez. Desiderio, después de besarla, se sentó de nuevo frente a ella; y al cabo de un rato, mientras sonaba la música, se puso a hojear un libro de poemas. Unas cuantas de sus hojas estaban señaladas con una cruz y el título de algunos poemas, además, subrayado. Jeannine seguía callada, abstraída, no le miraba siquiera. Desiderio dejó el libro, y al cabo de un rato volvió a cogerlo y observó que siempre se abría en la misma página. Leyó:

Un grand sommeil noir
tombe sur ma vie:
dormez, tout espoir,
dormez, toute envie!

Je ne vois plus rien,
je perds la mémoire,
du mal et du bien...
Oh la triste histoire!

Je suis un berceau
qu'une main balance
au creux d'un caveau:
Silence, silence!

Observó a Jeannine, recostada en el balancín, completamente ausente y cerrada en sí. La voz de Verlaine parecía estar hecha para la figura y el espíritu de su amante. Parecía que ella susurraba ahora: «*Je suis un berceau — qu'une main balance...*» —y era no su mano, sino el pie de ella, en un golpe tenue de la puntilla, el que la balanceaba.

Desiderio llevó sus manos a las sienes, intentando atemperar su pulso. Y sintió en ellas aquella voz, la misma voz que repetía: «*je perds la mémoire — du mal et du bien...*»

Pero en aquel momento Jeannine se levantó, se acercó a él y empezó a besarle en los ojos, en la frente, en las sienes, como si acabara de leer en ellas su profunda aflicción.

XIII

Los carros cargados de ladrillos se habían marchado ya, levantando la polvareda de aquel caluroso verano de 1915. El sol parecía brotar como un reflejo de la cal de las paredes de los nuevos edificios y aturdir a los habitantes de la ciudad industrial que el viejo Rius gobernaba con mano implacable. Los obreros, en turbas, quedaban largo rato bajo los grifos de las salas de higiene; de esas salas emanaba un olor a sebo y a humanidad mezclados. Los obreros se apelotonaban en el patio esperando su turno en la ducha y era realmente repulsivo verlos desde los ventanales de las oficinas tumbarse a la sombra del porche de las cuadras, desnudos de cintura para arriba, con la piel grasienta por el sudor y por un barro químico que manchaba sus rostros y chafaba en sus frentes las greñas húmedas. Parecían entonces coágulos de vida que no hubiera llegado a fluir. Pero al trasponer, ya limpios, con su ropa de calle, la puerta de salida, quedaban individualizados de nuevo.

Toda la fábrica, hasta sus más recónditas dependencias, vibraba imperceptiblemente al golpear de las lanzaderas. No había objeto, por nimio que fuera, que se resistiera a la influencia de esta permanente sacudida; la tinta vibraba en los tinteros sin pausa, día y noche; ese latido se apoderaba de las lámparas, de los tabiques, de los cristales. No había pausa en ese clamor, dado que hasta que se inauguraran las nuevas naves los turnos de trabajo eran continuos, sin interrupción. Y había un bramido recóndito, inmanente, en los objetos de escritorio, en las reglas, en las básculas, en las calculadoras, como un eco del ruido que hacía surgir millares de palmos de tela apilados, pieza por pieza, en el almacén.

Desiderio languidecía entre este barullo aturdidor. Procuraba, y lo conseguía con bastante éxito, pasar inadvertido. Únicamente se sentía vigilado, espiado por Arturo Llobet. El brillo de los lentes que, al dar contra la luz, llegaba a hacerse obsesionante, le sacaba de quicio. Un impulso de rebeldía nacía en su interior con ganas de deshacerse de la solicitud gelatinosa e irreprochable con que el apoderado entraba en su despachito sin llamar, en el momento en que menos lo esperaba. Y su desasosiego crecía cuando pensaba que a Llobet no habían de pasarle por alto los silencios, las evasivas con que cada vez que esto ocurría intentaba cortar sus insinuaciones y sus mudos reproches.

Sí, Llobet era testigo de su aburrimiento, de su nerviosidad, de su despego del trabajo. Las entradas y salidas de Llobet del despachito del hijo del amo, su vigilancia y sus deseos de que Desiderio se le franqueara, no hacían más que crecer de día en día. ¿Qué quería Llobet? ¿Por qué se metía con tanta solicitud y con tan poco disimulo en sus asuntos? Por mucho que fuera lo que la casa le debía, su padre le había pagado bien. Era el apoderado, tenía la firma de la empresa y una retribución considerable. No tenía por qué inmiscuirse en los asuntos privados de nadie, y en los suyos menos.

Llobet, en efecto, estaba preocupado por Desiderio y observaba al joven todos los días. Tenía hecho un esquema mental de los sucesos que pudieran provocar su desgana, su laxitud y aquel ceño de preocupación o aquella mirada desvaída con que, de un tiempo a esta parte, observaba a su derredor.

Notaba a Desiderio nervioso, agitado. Llevaba tiempo advirtiendo que salía muchas tardes de la oficina —los contados días en que el cuartel le dejaba las tardes libres— antes de que sonara la hora del cierre y que otras veces pedía permiso a media tarde para «ir al Polo». Por las mañanas su aspecto era el del hombre que no ha dormido bien. Sus ojos vagos e inexpresivos, una abulia al contestar, como si tuviera brumas en el cerebro, todo cuanto no había advertido don Joaquín en su hijo, el apoderado lo leía con toda claridad en su rostro.

Cuantas veces intentó que de una conversación con él saliera la manera de aconsejarle había topado con la evasiva de Desiderio.

Desiderio había logrado prolongar su tren de vida gracias a la pequeña cuenta que conservaba en caja, resultante del acopio de sus sueldos. Había ido pidiendo con diversas excusas derivadas del servicio militar cantidades que oscilaban según el volumen de sus gastos; pero esa cuenta se había agotado ya. Y el cajero, con una ligereza que no estaba en los hábitos del señor Maluenda, había seguido entregándole sumas sin darse cuenta de que los fondos personales del joven Rius estaban ya agotados. Cuando comprobó la cuenta, el señor Maluenda confesó su error a Llobet. Era el pretexto que el contable necesitaba para abordar con Desiderio la cuestión.

Una tarde entró en el despachito simulando querer entregarle personalmente unos papeles —ciertos formularios de la Mutua de Seguros— y encontró a Desiderio con la cabeza apoyada sobre los brazos, rendido de sueño sobre la mesa.

Desiderio se despabiló, sobresaltado. Llobet quedó de pie ante él, sin moverse. El brillo de sus lentes era, aquella tarde, más fuerte que el de los demás días.

—Está usted cansado, Desiderio.

No era una pregunta, como otras veces, era una recriminación. ¿Cómo iba a estar cansado si su trabajo en la fábrica, Llobet lo sabía mejor que nadie, era casi nulo? ¿El servicio? ¡Excusas! Había comentado con el transportista Rovira el trato que daban en Caballería y el hombre parecía muy satisfecho por él; hasta le dijo que su hijo Perico había engordado unos kilos. Por tanto, a diferencia de otras veces, Llobet se sentó frente a él. Iba dispuesto a hablarle.

—No se enfade, Desiderio, si le digo que he notado que usted no está contento. Le repito que no tiene en mí un vigilante, ni un guardián, todo lo contrario.

El tono con que hablaba era sincero y claro, contundente. Desiderio no pudo reaccionar. Era tal la distancia que separaba su mundo y sus preocupaciones del mundo y las preocupaciones del apoderado, que si hubiera intentado aproximarlos no hubiera sabido por dónde cogerlos.

—Me había dormido un poco —explicó—. ¿Y papá?

—Ha tenido que salir —contestó Llobet sin inmutarse, limpiándose los lentes.

Viéndole sin las gafas y con los ojos entornados por la leve miopía, sintió de nuevo Desiderio todo el recelo contra el apoderado. Embrollada aún su cabeza por el sueño frustrado, no contestó.

—El señor Maluenda, por un error —comenzó Llobet, sacando de su bolsillo unos papeles—, le ha ido pagando a usted unas cantidades, hasta más de mil pesetas, cuando ya se había agotado su cuenta personal. He pensado que quizá usted creyera que esta cuenta era mayor que la realidad.

Desiderio se despabiló de golpe; se sonrojó, pero supo sobreponerse.

—¿Cómo?

Aceptó los papeles y los estuvo mirando largo rato.

—En efecto. Me había equivocado —confesó.

Llobet le miraba, asintiendo en silencio, al parecer, sin dar el menor crédito al asombro del joven Rius.

—Lo que, si me permite, es de aconsejar, Desiderio, por el afecto que le tengo, es que procure desprenderse en su vida particular de todos los compromisos que le lleven a un tren de vida que usted no pueda sostener; en una palabra, procurar reducir sus amistades a gentes de su condición. Dirá que me mezclo en su vida privada, y en realidad no hago más que hablar como le hablaría su padre, al que por cierto nada he dicho ni diré de esos adelantos. Créame, usted, afortunadamente —hay muchos que envidiarían su situación—, no necesita complicarse la vida. En cuanto a ese remanente... eso queda entre usted y yo.

Por un lado sintió Desiderio una punzada de vergüenza, por otro una irritación velada contra el apoderado. Estaba nervioso, inquieto, con deseos de que terminara pronto la catilinaria de Llobet. Lo peor de todo era que aquel hombre de las gafas montadas al aire era la voz de la razón; mucho más, era la voz de su conciencia.

Esta escena vino a remover su moral, en el momento preciso en que le era indispensable acogerse de nuevo a sus normas. Y con este estado de ánimo decidió emprender su demorada visita a Caldetas. Prendido en las mallas de Jeannine había dejado, un día tras otro, para la semana siguiente, durante los dos meses anteriores, la visita de Crista. Había pasado el 24 de julio, santo de Crista, con una excusa burda —una enfermedad— y una carta larga y expresiva. Pero ahora, doblado ya septiembre, no podía pasar más. No sabía con exactitud cómo explicaría de palabra aquella demora. Quizá lo más fácil resultaría confesarle a su novia su verdadera situación, reclamar su libertad y dejar suelto todo compromiso. Aunque no estaba seguro de que esto le fuera posible.

Era domingo, pocos días después de que Jeannine le obligara a salir temprano del «Excelsior» y de que hubiera sonado en sus fibras, junto a los temas grandiosos de «La muerte de Isolda», el metro y la música de los hexasílabos de Verlaine. La noción de una pesadumbre espiritual *—dormez, tout espoir— dormez, toute envie...—* se mezclaba a la machacadora sensación de fracaso que le había producido la escena de Llobet y su reproche. Y aquella mañana, muy temprano, una franja azul se pintó en sus percepciones, penetró en su mirada y pareció cristalizar allí durante largo rato, como si le acosara con un dardo horizontal y veloz, el de la línea del horizonte marinero, que trazaba una efímera divisoria entre sus problemas y la jornada que se disponía a vivir.

El tren se paró en varias estaciones hasta llegar a la de Caldetas. Desiderio se había puesto un pantalón de franela blanca y una chaqueta azul, comprados en Inglaterra. Pero a la vista de un jovenzuelo con camisa de seda, zapatos de salón y pantalón *crême* que esperaba a alguien en el andén, pensó que, seguramente, la elección de su atuendo no había sido acertada.

Salió de la estación y, en la plazuela, preguntó a un mozo por la casa a la que pretendía ir. Después de meditar, el mozo le dijo que la casa de los Fernández pillaba un poco lejos. Iba a empezar a indicarle el camino cuando le aconsejó que fuera a la iglesia. A esta hora la colonia solía encontrarse en la misa de once.

Decidió esperar en un café a que se acercara esa hora y se metió en el pueblo; la gente pasaba endomingada bajo el sol. De vez en cuando cruzaba la plazuela algún veraneante. Sin saber por qué, el ambiente suscitó en él de pronto el recuerdo de los domingos del arrabal de Manchester, cierta calma que le sazonaba entonces y que había perdido enteramente desde su regreso. Poco a poco, los perfiles de Jeannine, su aventura, le parecieron algo lejano, algo insondable y absurdo.

Los paseantes que iban a la iglesia se saludaban con una sonrisa ceremoniosa. Y un perro solitario y hambriento husmeaba, sin que nadie se fijara en él, los restos del esqueleto de una pescadilla en medio de la calle.

Caldetas era a la sazón el lugar de veraneo por excelencia. Unos años atrás, ciertos médicos modernistas se habían sentido partidarios de los baños de mar, puntualizando que habían de ser tomados en días alternos y en número no mayor de nueve por temporada. A esa disposición se debía el auge de Caldetas. Caldetas estaba de moda.

Cuando faltaban minutos para las once, Desiderio pagó el servicio y se encaminó hacia la iglesia, siguiendo los pasos de unas chicas que caminaban apresuradas por una de las calles, mantilla y devocionario en mano. Enfiló por un ancho torrente y empezó a escalar una empinada cuesta. Al cruzar cada una de las esquinas de la estrecha calle por la que iba un soplo de aire salino le trajo la proximidad del mar. En una de las encrucijadas descubrió Desiderio la mancha azulísima de un palmo de Mediterráneo, recostada entre las tapias de ciertas casas, que eran de un blanco destellante; tras una de ellas asomaba un limonero.

La iglesia era igualmente blanca, brochada con cal sobre las formas de una antigua ermita amplia. Estaba en la cima de un montículo y a ella se subía por una serie de empinados escalones. Ante el frontis estaban paradas unas tartanas, una *charrette* y también un desmedrado carricoche amarillo, sin duda el de la fonda u hotel. Veraneantes e indígenas formaban grupos en la puerta, aguardando el comienzo de la misa.

Desiderio se decidió a entrar. La parroquia estaba ya casi completa y en la sombra de la nave no era posible distinguir a nadie. Echó una mirada escudriñadora en la oscuridad, cuando sonaron las campanas de la torre y una campanilla en el presbiterio. El sacerdote y el acólito hicieron su aparición en el altar. Desiderio se colocó junto a una columna, al final del templo, y se santiguó maquinalmente.

Desde allí definió el cariz de ciertas gentes a las que podía identificar como veraneantes, que llenaban la hilera de sillas de la iglesia; lo empingorotado e impropio de ciertas damas y el aire distraído y suficiente de los caballeros que las acompañaban. Pero no dio con Evelina ni con Crista.

De pronto sintió en su brazo un tacto y un tirón brusco y se volvió. En la penumbra distinguió los rasgos de alguien que le sonreía.

—¿Qué haces tú aquí?

Era Paco Fernández. Reconoció, tras el fino bigote, muy cambiado desde la última vez que lo viera en los baños Orientales, más de un año atrás, la tez morena, la facha, más gruesa que antes, del hermano de Crista. No había pensado en él. Casi había olvidado que también Paco estaría en verano en casa, de vuelta de sus estudios de diplomático en Madrid.

Paco le cogió por el brazo e hizo que le siguiera.

—Vamos al coro; estaremos mejor.

Se metieron por una escalerilla.

—Bueno, ¿y qué...? Cuéntame... ¿Qué tal el servicio? ¿Lo pasas bien?

—Psé... Como siempre... Oye, ¿y Crista y tu madre?

—Están abajo —contestó Paco, entrando en el coro, que estaba completamente vacío.

Se acercaron al pretil y Paco miró abajo.

—Míralas, allí están —y señaló un punto, a la derecha, junto al presbiterio.

Desiderio tardó unos instantes en descubrirlas. Evelina se distinguía en seguida por el azul pálido de su vestido. Crista iba de blanco. Evelina se abanicaba nerviosamente.

Desiderio se fijó en Crista. Reconoció en la forma ancha y recia de sus hombros, en el suave decaimiento de su tronco, hasta adelgazarse en la cintura, a aquella muchacha hermosa e incitante que le había subyugado antes de que apareciera Jeannine.

Las misas de los domingos, en las poblaciones de veraneo, adolecen de un cierto clima cansado y rutinario. Tal vez sea el calor, la dejadez de la canícula. Entre las filas de los distraídos practicantes del precepto dominical pasan, alcancía en mano, en la que los veraneantes depositan un óbolo ruidoso, unas híbridas postulantas. Pasan luego los monaguillos con la hoja parroquial, en los cuadrados cepillos llevados sobre el pecho como una condecoración; el «Evangelio del día de hoy» es leído entonces distraídamente en las hojas por los pacientes maridos, varados en la iglesia con una serie de sobrentendidos y de consideraciones sociales, aunque también por el resquemor que les produce a veces la inquietante velocidad de su pulso, el índice de su presión arterial, el dolor mortificante de la articulación de su hombro izquierdo, al día siguiente de una libación demasiado copiosa o de un exceso de consumo de los habanos. Y esa multitud se pone en pie con un rumor de sillas y de bancos y un balanceo desigual y torpe, en el momento en que el monaguillo traslada el enorme misal de un lado al otro del ara, caminando de puntillas y mirando por encima del libro para no dar un traspié en el peldaño del presbiterio. Los hombres de misa de once se desembarazan del signo de la cruz con una airosa ejecutoria en el aire, rémora del ademán aprendido años ha, en los tiempos lejanos en que renovaron las promesas del bautismo, y en que alguien aseguró formalmente que estaban llegando al día más feliz de su vida, un día cuyo recuerdo no dejó más rastro que una fotografía con vestido de marinero y un aire de inocencia, cierto tupé de angelito en un cielo de cartón con nubes gravitantes. Luego esa muchedumbre vuelve a sentarse, cruzan palabras entre sí los vecinos de asiento, uno se fija en el otro, mira más lejos, se para, al fin, en el inextricable anagrama del ábside; y vuelve a leer sin remedio la hoja parroquial; lee entonces las misas de funeral, los donativos, las suscripciones, las respuestas del catecismo...

Un ruido de motor, ciertas explosiones estruendosas en la plazoleta de la iglesia hicieron percutir de pronto el aire como si un monstruo mecánico se dispusiera a entrar en misa. Docenas de rostros abandonaron su apostura y su ocasional sumisión para volverse sin remilgos y mirar atrás. Por la puerta de la iglesia entró una leve polvareda, al tiempo en que el estruendoso motor se paraba de pronto.

—¿Sabes quién es ése? —preguntó Paco instantes después, señalando, entre los grupos de hombres que obturaban la entrada del templo, la monumental figura de Pablito de Inglada.

—Sí, le conozco —contestó Desiderio, sonriendo.

Pablito se abrió paso sin remilgos entre el apiñado obstáculo de feligreses y se adelantó por el pasillo central hasta donde éste quedaba libre. Se mantuvo de pie delante del grupo de rezagados, sin arredrarse por la curiosidad que despertaba. Parecía hallarse a sus anchas, centro de la atención general. De la marejada de rostros de la iglesia se volvían unos cuantos irónicos, avispados, divertidos; unos a otros se aproximaban cuchicheando; se escucharon murmullos, susurros, risillas y comentarios. Pablito, impertérrito, miró lentamente a todos lados con la frente erguida, sin duda en busca de alguien, pero sin moverse del lugar. Únicamente hacía girar, dando vueltas a las correas, unas grandes gafas para la velocidad que llevaba en la mano.

En su silla, Crista y Evelina habían dejado de moverse.

Evelina abría y cerraba su abanico, pero no lo utilizaba ya para refrescarse.

—Cada domingo está aquí. Dice que se entrena para el Premio de Cataluña —explicó Paco.

La información no pareció inquietar a Desiderio. Los movimientos de curiosidad y la expectación que produjo el automovilista al llegar se fueron diluyendo en el curso de la misa. Ya, hacia el final de ella, al arrodillarse para la bendición, le pareció a Desiderio que Crista volvía la cabeza hacia atrás, también intrigada.

Desiderio y Paco bajaron del coro sin aguardar el final, antes de que terminara el Evangelio, y salieron a la plazoleta.

Estaba un poco preocupado por el instante en que se hallara de nuevo frente a Crista. La explicación no era fácil. Se sentía absolutamente a merced de las circunstancias. Todo dependía de la manera como ella le recibiera. Paco Fernández le sacó de sus cavilaciones.

—Bueno, hombre... ¿y por qué no has avisado?

—Lo decidí de repente.

—Te quedarás en casa, ¿no? Oye, ¿sabes que estás más delgado?

También Paco estaba distinto. Visto a plena luz parecía como si aquel año de ausencia hubiera convertido al hermano de Crista en un hombre hecho, con cierto desparpajo y un empaque estudiado, en lugar de sus antiguos modales de muchacho, de aquella espontaneidad infantil con que abordaba a las personas un año atrás. Apenas podía distinguir en él al chico que un año antes se metiera a conversar con la bailarina de *music-hall* en los baños «Orientales».

Los tules, las gasas, los organdíes que lucían las señoras para ir a misa parecían más propios de una reunión mundana que de un conclave eclesiástico. Y la salida de misa, el corto rato de charla en la puerta de la iglesia sugerían, por los modos y por los atuendos, los perfiles de un *pic-nic* al aire libre, exactamente los de una reunión campestre. Los jóvenes pasaban ante la gente en busca de su grupo y las muchachas aguardaban al lado de sus madres la llegada de los encopetados galanes, un tanto afectados y teatrales en su *tenue* veraniega.

Desiderio aparentaba una tranquilidad que en realidad estaba lejos de sentir, en espera de que por la puerta de la iglesia aparecieran Crista y su madre. Entre las gentes que salían de misa descubrió la preeminente figura de Pablito, que se situó a cierta distancia de la puerta, aunque más próximo a ella que Desiderio y Paco. No hay duda de que estaba dotado de un aplomo singular.

Entre los grupos aparecieron al fin Crista y su madre.

—Allí van —indicó Paco. Hizo un signo para llamar su atención, pero no lo consiguió. Evelina estaba demasiado preocupada en no caerse, al bajar por los empinados escalones.

La primera reacción que se marcó en el rostro de Crista al reconocer a Desiderio fue la de alegría. Se le iluminó el rostro con una sonrisa y una exclamación.

—¡Mamá, mira quién está ahí!

Pero al ver que el chico se acercaba, su rostro se ensombreció, imperturbable. Desiderio cogió su mano y ella se la dio como si cumpliera con un requisito formulario.

—Celebro verte, querido —clamó en cambio Evelina, cuyos ojos no disimulaban efusión, cariño, júbilo—. Ya era hora de que te acordaras de nosotras. Nos hiciste pasar un mal rato el día del santo de la nena. Se te nota, se te nota. Esas gripillas de verano son las peores... —dijo de un tirón, resoplando aún por el descendimiento.

Crista tenía los ojos bajos, como si quisiera huir.

Durante unos instantes nadie supo qué decir. Los labios de Crista temblaban. Luego miró hacia otro lado, como huyendo de los ojos de él. Comprendió Desiderio que intentaba darle celos dirigiendo su mirada a Pablito.

Evelina se daba unos golpes rápidos en la muñeca con el mango de su abanico.

—¿Y por qué no has avisado? Hubiéramos ido a buscarte a la estación.

—Hasta última hora no me canjearon la guardia.

—¡Ah, vamos!, *quelle blague!* —exclamó, sin venir a cuento, haciendo ascos de la obligación cuartelera que se interponía entre Desiderio y ella—. Bien, bien, bien, Desiderio... —abordó con una sonrisita que era toda una recriminación—. Te quedarás por lo menos hasta mañana, ¿no?

—Lo siento, Evelina, pero me es imposible. ¿Qué más quisiera yo?

Evelina pronunció algunos suspiros en francés, mientras ponía pie en el estribo de la *charrette*. Haciendo fuerza con sus brazos, en los que tintineaban unos brazaletes, logró entrar en el carricoche. Crista y luego Paco y Desiderio entraron en él.

Pablito se quedó plantado en la plazoleta, mirando en dirección al vehículo que emprendía la marcha. Hizo una inclinación respetuosa con la cabeza. Crista y Desiderio estaban frente por frente en sus asientos. Sus rodillas se rozaban involuntariamente. Ninguno de ellos acertaba a hablar.

El carruaje empezó a descender con suma cautela, con todos los frenos puestos, por una gran pendiente entre casuchas pueblerinas. La mirada de Desiderio se deslizó sobre la frente y los ojos de Crista. Quería significarle de algún modo que venía sólo para hablar con ella. Pero ella no levantaba los ojos del suelo. En un tumbo del carricoche, muy violento a causa de la pendiente, las rodillas de Crista parecieron apretar algo más las suyas. Desiderio insistió en esa presión, pero ella apartó en seguida su pierna, buscando espacio para ella.

Morena, llena de sol, con un tono de piel que acentuaba la blancura de sus dientes, desnudos los brazos y abierto el escote, en el que se insinuaba la línea de los senos, Crista estaba todavía más guapa en verano que en invierno. Con un movimiento brusco de la cabeza, que puso en evidencia un instante los tensos músculos del cuello, intentó echar para atrás la negra melena que la molestaba con el calor. Ella, sometida a la mirada de Desiderio, optó por decir algo, para distraerle:

—¿Sabes que estás más delgado? Mamá, a ti te convendría una temporada en «Santiago». ¿No decías que querías adelgazar?

—Sí, hija, pero no de ese modo... —protestó Evelina, un tanto airada.

—Tú sí que has cambiado —dijo él—. Te encuentro algo... distinto.

—¿De verdad? —preguntó ella con sorna.

El carruaje torció, entró en una carretera y siguió bajando. Al cabo de un rato se hallaron al nivel del mar. Siguieron por un camino bordeado de chalets y entraron en un pinar.

La casa de verano de Evelina estaba en el centro de un bosque de soberbios pinos que, por detrás de la casa, metían sus raíces en la arena de la playa. Pasaba una brisa fresca y agradable. Se apearon.

Desiderio entró en la casa subiendo los peldaños de mármol de la escalinata de la entrada. Del *hall*, que era una estancia amplia, de paredes decoradas con cuatro grandes plafones alegóricos, de una dudosa calidad, en los cuales ciertos personajes de miriñaque y pelucón se entretenían en unos idilios campestres, partía una ancha escalera que llevaba a las habitaciones del piso. En un rincón de este salón había un piano vertical; sobre él, una cabeza de Wagner derribaba a los hipotéticos admiradores con una sola mirada.

—No hagas caso de como encuentres esto —se excusó Evelina—. Compré la casa a unos indianos tal como estaba, con sus muebles y con sus cuadros. La verdad, para el verano, lo único indispensable es el «confort», ¿no te parece?

—Pero si está muy bien... —tranquilizó Desiderio.

—¿No has traído el traje de baño? Paco te prestará uno. Los chicos se bañan todo el verano. Dicen que son historias lo de los baños cortos. ¿A ti qué te parece?

Desiderio contestó que le parecía que las cosas debían hacerse según la intuición de cada cual. Crista le miró, saltando:

—A veces la intuición engaña.

La alusión no podía ser más severa.

—Bien —terció Evelina, advirtiendo la violencia de ella—. Yo voy al Casino. ¿Verdad que pasaréis a recogerme por allí, antes de comer? —y dirigiéndose a Desiderio, le animó—: Me gustaría presentarte a los amigos. ¿Verdad que vendrás?

Él se lo prometió.

Evelina había llegado a la conclusión de que no era ella quien debía cargar con los humores de su hija. Crista debía arreglar por sí sola las cuestiones que le eran propias. Pero, una vez hecha esta aseveración, se dijo que nunca conseguiría dejar que los demás se apañaran del todo por su cuenta. Así, quería que Desiderio conociera a cierta persona de su confianza, para que éste, solapadamente, sin que pudiera notarse la mano de ella, le aconsejara y dirigiera. Evelina se dispuso a tener un aparte en el Casino con el doctor Duró y poner luego a Desiderio en sus manos. Más no podía hacer por su hija. Pero menos, tampoco...

Al quedar sola junto a Desiderio, Crista salió al exterior, un barandal cercano al mar que descubría, entre los pinos, el azul intenso del agua.

—¿No dices nada? ¿Te gusta Caldetas?

Desiderio la miró fijamente, buscando la manera de empezar un diálogo que aclarara la incongruencia en que estaban. Le era imposible empezar a hablarle como si en aquellos dos meses y pico no hubiera pasado nada. Ni quería engañarla, ni ella se dejaría engañar.

—¿Sabes nadar? —le preguntó ella.

—Sí. ¿Y tú?

Ella no contestó. Caminó unos pasos.

—Te agradezco mucho las cartas que me has enviado, pero quisiera saber por qué no has venido hasta ahora.

—Perdóname, Crista —respondió él—. Se me hacía pesado coger el tren, tú no sabes... Parece nada, pero esta horita de viaje viene cuesta arriba. No puedes comprenderlo.

—No, si no te reprocho nada —comentó ella, con tranquilidad—. Eres muy dueño de hacer lo que quieras. ¿No es lo que te gusta?

Hubo una mirada larga y un silencio. Hubiera sido el instante indicado para que él se hubiera sincerado. Para que le hubiera explicado que eran muy jóvenes todavía, que podían limitarse a mantener una amistad, etc.; todo cuanto había estado fraguando mentalmente en el camino que le conducía allí. Pero se quedó parado, sin decir nada, y pensando que Crista estaba demasiado guapa para ser herida en aquel instante.

—Vamos a cambiarnos —decidió ella en aquel instante—. Es hora de bañarnos, hace calor.

Y se alejó, entrando en la casa. Desiderio titubeó un poco, pero la siguió también.

Desde el salón, Crista llamó a Paco a gritos, reclamando el traje de baño para Desiderio. Asomó la cabeza de Paco en la baranda de la escalera y cayó sobre ellos el puñado de tela del bañador.

—Está un poco viejo, pero te irá bien.

Luego acompañó a Desiderio a una habitación. Sonriéndole amablemente, como si no pudiera negarle una cortesía, cerró la puerta.

No se explicaba la causa de la incertidumbre que sentía. Si Crista dejaba de quererle tal como hasta entonces le había querido, todo lo demás se derrumbaba. Estaba enredado con la otra, pero Crista era lo permanente, lo sólido, lo seguro... Tan seguro, que había olvidado hasta que eso se podía venir abajo.

Abrió el balcón, que daba al mar. Había en aquel momento una vacuidad, cierta desolación extraña, algo que provenía quizá de la árida majestad de la mañana, de la inmensa extensión del mar azul y del sol implacable.

No podía precisar cuál era la razón que le impedía resucitar con Crista el tono de su interrumpido diálogo; aquella forma peculiar de hablar, las claves de su secreto antiguo, el sobreentendido de sus coloquios tal como se producían antes del verano o, mejor aún, antes de conocer a Jeannine... Ahora había en ella algo que la había modificado imperceptiblemente. Tal vez fuera el aplomo de su mirada, la seguridad y la madurez de su belleza, que parecían hacerse respetar, haber adquirido conciencia de su valor. Ese elemento nuevo la hacía ahora todavía más atrayente, atrayente de una manera inesperada, distinta.

Se cambió en un instante. Su cuerpo blancuzco y desnudo, que parecía llevar el rastro de sus noches de orgía, era de una palidez desvaída. Sintió la débil caricia de un soplo de brisa. Salió de la habitación y bajó de nuevo.

En la veranda estaba Paco, esperándole. Un rictus un poco cínico en el rostro del hermano de Crista había venido a suceder la expresión inocentona y espontánea de su amigo en los días de colegial.

—Y por Madrid, ¿cómo has estado? —le preguntó, acercándose—. ¿Lo pasas bien?

—Formidablemente.

—¿Mucho... barullo?

—No tienes idea —y se besó las puntas de los dedos, en una gráfica puntualización de las delicias que evocaba—. ¿Vamos allá? —insinuó, bajando hacia el pinar.

¿Por qué iba a preocuparse? Todos los muchachos a su edad hacían lo mismo. La expresión y la tranquilidad de Paco se le contagiaron. Cruzaron el pinar, pisando la pinocha. La sombra de los pinos parecía encandilarse en el aire ardiente.

—A ti te veo muy apagado. ¿Vuelves a tener que «funcionar»?

—Sí, el despacho. Y... el cuartel. ¡Es una lata!

Llegaron a la arena, que ardía. Paco tendió su albornoz sobre ella.

El mar lanzaba a olas diminutas un poderoso aliento de sal, con un rumor seguido. Sentía Desiderio una rara desazón, que no casaba con la atmósfera ni con el sopor del verano. La playa estaba solitaria. A lo lejos, sobre el horizonte, una leve humareda indicaba el paso de un barco. La luz se quebraba en mil aristas sobre la superficie del mar.

Oyó un grito y se volvió hacia el pinar, de donde provenía; vio acercarse a Crista.

Se tendió en la arena de bruces; su quemazón mordió un momento su tórax y sus brazos. Y vio acercarse a Crista, esbelta, poderosa, perfecta, como una grave Diana de mármol tiznado que cobraba vida en la claridad aturdidora de la mañana. Crista avanzaba, moldeada por la prieta tela de un traje de baño azul, con un grande cuello de marinera, que marcaba la forma de su cuerpo y quedaba ajustado hasta la rodilla. Lo más grávido de sus formas parecía revolverse en el aire transparente con un aleteo de vida. Los brazos desnudos y el palpitante escote eran dos pinceladas armoniosas e incitantes y destacaban en el verde profundo del pinar.

Crista llegó hasta donde estaban ellos y, con un ágil salto, se sentó al lado de Desiderio, salpicándole al caer con un poco de arenilla. Suspiró. Embriagada de aire y de luz, se desperezó graciosamente llevando sus manos a la nuca y se tendió enteramente en la playa. El rostro de Desiderio quedó muy cerca del de ella. Estaba como adormecida, sin mirarle, con los ojos entornados, tumbada al sol.

Su piel era finísima y parecía exhalar fragancia y devolver el esplendor de la luz. Desiderio rozó con su mano el brazo de la chica. Este tacto finísimo con el que la palma de la mano de Desiderio pretendía hacer florecer de nuevo su común secreto y la ley de sus olvidados atrevimientos, no hizo reaccionar a Crista, que estaba de bruces, súbitamente adormilada sobre la arena, oculto el rostro en su antebrazo; el tacto la estremeció un momento. Desiderio acercó entonces levemente sus labios al brazo y ella se revolvió, apartó el brazo y protestó, fríamente:

—No empieces —le dijo.

Esta rara amonestación era la misma que había escuchado siempre, desde que no era más que una chiquilla, cada vez que él empezaba a acariciarla.

—Te he echado de menos —mintió él.

Crista volvió a ocultar su rostro, sin decir palabra. Pero luego, lentamente, perezosamente, dio un tumbo y se puso de cara al sol. Estaba allí tendida como una explosión rotunda y acabada de la luz, con una inanidad absoluta de materia que duerme, completamente desprevenida, absolutamente ajena a todo lo que no fuera el goce sensual y relajado del calor y de la soledad. Se revolvió con lentitud. Hundió sus talones en la arena e intentó como a tientas incorporarse un poco. Sus muslos palpitaron un instante y todo su cuerpo se volvió a tumbar, derrotado, sobre el cálido lecho de arena.

—¿No estás bien? —preguntó él, sin que ella le contestara. Estaba totalmente abrumada y deslumbrada por el sol.

Desiderio se incorporó. Miró a su alrededor; Paco, muy lejos, hacía unos ejercicios gimnásticos en la playa. Se dio cuenta de que estaba completamente solo ante el cuerpo tendido de Crista, ante una realidad que había olvidado, pero existía incontaminada en su interior: aquella belleza juvenil y palpitante, totalmente extasiada y como cerrada en sí misma. Ella abrió un momento los ojos, entornándolos de cara a él. Se miraron fijamente. Ella dejó que en la mirada de él se expresara todo su deseo. Pero su mirada seguía siendo fría y severa.

En aquel instante un bramido raro, indescifrable, surgió del mar, sobresaltándoles. Era una especie de gorgoreo informe y rotundo, un ulular estruendoso de gargarizaciones y onomatopeyas. En el puro y mágico silencio de la mañana y en la soledad de la playa desierta aquellos bramidos guturales, surgidos del pecho en remojo del inefable Pablito de Inglada sonaron a algo así como a cuerno marino, a anuncio de una gran cacería montaraz o a clarinazo de batalla. Crista se incorporó.

Pablito no tenía en modo alguno entrada en casa de los Fernández, por veraniega que fuera. Sus obsequiosidades y persecuciones tenía que seguir ejercitándolas al aire libre, en la playa, en el casino y, sobre todo, con cierta frecuencia, a través del mar. Braceando y dando tumbos veloces, zambulléndose y reapareciendo, asomando sobre la superficie del agua ora la cabeza, ora los pies, Pablito de Inglada estaba haciendo una demostración explícita de sus dotes náuticas, de su familiarización total con el líquido elemento, tal el dios Neptuno, sonoro y exaltado en la majestad de su reino, se permitía el lujo de abandonar un instante el tridente y solazarse como un mortal cualquiera.

Crista levantó al aire su mano y le saludó desde allí. Ese gesto amistoso extrañó a Desiderio, pero lo disimuló.

El gesto de Crista fue correspondido con un recrudecimiento de los experimentos acuáticos del nadador, verdaderamente tonantes. Paco llegó junto a Desiderio, de vuelta de un atlético *sprint* al borde del agua, e hizo un comentario digno de su madre.

—Este Gayarre me tiene frito. ¿No podrías enviarle a otro sitio a hacer sus exhibiciones?

—Déjale. El mar es de todos —contestó Crista.

Paco miró a Desiderio con ojos de incrédulo, como diciéndole que no comprendía que pudiera soportar semejante acoso. Pero Desiderio pensó que, en sus circunstancias, nada podía hacer por evitar que el hombrón hiciera lo que quisiera.

Durante un rato estuvo el nadador insistiendo en sus piruetas. Luego braceó hacia la playa y, muy cerca ya de la orilla, se incorporó. Su corpachón emergió brillante del agua. Caminando con zancadas desiguales se plantó en la arena.

—¿No vienes? —gritó a Crista, deteniéndose un momento e invitándola a ir con él al agua.

Pero Crista no se movió. Pablito se fue acercando lentamente al lugar donde estaban. Chorreaba y se sacudía con grandes manotazos. Corriendo se acercó a ellos.

Desiderio se sintió incómodo. Las maneras de Pablito eran exuberantes, como su facha. La forma de mirar a Crista era descarada. Por primera vez se preguntó Desiderio si no habría pasado algo entre ellos durante su ausencia.

—Al agua —ordenó a Crista el intruso.

Pero al pronto pareció acabar de darse cuenta de la existencia de Desiderio junto a ella. Le saludó velozmente, dándole una mano mojada; luego volvió a la carga.

—A nadar, patos... —ordenó de nuevo.

En vista de que ella no obedecía a su requerimiento, intentó cogerla de la mano y arrastrarla. Crista se resistió dando golpes y chillidos, echándole puñados de arena a la cara; pero la decisión del hombretón era terminante y pudo más que todas las protestas. Arrastrándola sin cumplidos por la arena llevó a Crista al borde mismo del mar. Ella entonces se incorporó, revolviéndose, e intentó huir de nuevo. Mas Pablito volvió a alcanzarla y la fue metiendo en el agua a empellones hasta que Crista perdió el equilibrio y cayó a trompicones en la rompiente. Ella sola se chapuzó entonces. Volvió a salir, se escurrió el pelo mojado como si fuera un trapo; de la negra melena salió un hilillo de agua; se anudó en la cintura un par de calabazas de regular tamaño que estaban junto a las toallas y empezó a nadar.

Desiderio vio a la pareja jugar en el agua y oyó los gritos y protestas de Crista cada vez que Pablito intentaba alcanzarla. La comedia duró largo rato. Desiderio se sentía avergonzado. De pronto oyó la voz de Paco que, desde el bosque, le decía que se chapuzara, que pronto sería hora de ir al casino a buscar a Evelina. Desiderio se levantó, encrespado por la irritación que le producía el descaro de Pablito. Pensó que aquella tarde, sin falta, todo quedaría resuelto... Pero ¿cómo resolverse? —pensó—. Eso..., eso... no lo sabía ni él, ni Crista, ni Pablito, ni nadie...

XIV

El mar estaba bastante frío. Al rozar con el agua, la brisa pulverizaba el líquido, que rociaba la piel y la escalofriaba. Desiderio se chapuzó y empezó a nadar. La silueta de Crista, al levantarse en el agua, la línea de su busto emergiendo de la superficie azul, en la radiante mañana, volvió a prevalecer sobre toda otra sensación. El sol brillaba en sus brazos y en la piel de su torso y el pelo mojado chorreaba con negro relumbrón. Crista se cruzó con él, de vuelta a la playa, y él nadó hasta quedar a una distancia regular de la costa, donde ya no hacía pie. Desde allí, dando vuelta, vio el frondoso pinar, la silueta airosa del chalet tostándose al sol y el perfil del pueblo arrimado a las aguas. Nadó un poco hacia la costa y sintió, de pronto, cerca de él, al incorporarse, a Pablito de Inglada, que nadaba a su lado.

—No esperaba encontrarte aquí —dijo Desiderio, con cara agria—. No sabía que frecuentaras Caldetas.

—Me estoy entrenando para el Premio de Cataluña.

—Eso me han dicho. Pero ¿es un premio de automóviles?

—¿Por qué lo dices? Sí, es una carrera de coches.

Se frotó el cráneo con ambas manos.

—Ya comprendo... Sí, es un concurso de carreras, aunque me veas practicando la natación.

—Se te da muy bien. Sin embargo, debo decirte con franqueza que no me agrada que apabulles a Crista —le espetó, de pronto.

Pablito pareció erguirse todavía más, hasta casi salir enteramente del agua.

—¡Ah, vamos...! ¿Crees que la voy a lastimar?

—A lo mejor.

—Hablemos claro —repuso Pablito, sin ambages—. Tengo que comunicarte que me gusta esta chica. Lo sabe todo

Barcelona y ella también lo sabe. Como no es ningún secreto, bien puedes saberlo tú. Haré todo lo posible porque Crista sea mi novia y no la tuya. ¿Está claro?

—Sí, está bastante claro. Bien mirado... ¿Por qué no has de conservar tus ilusiones?

Desiderio miró a su antagonista con una mirada de desdén, que Pablito soportó sin inmutarse; seguía frotándose el pecho, en una displicente actitud de indiferencia.

Entre arremeter contra él o salir del agua, Desiderio optó por esto último.

Crista le vio pasar con cara de pocos amigos, sin decirle nada. Sonrió para sus adentros, segura de que había disputado con Pablito por su causa. ¡Ya sería hora!

—¿Vamos? —propuso Desiderio a Paco, ya en el bosquecillo.

Con paso rápido, totalmente enervado, malhumorado y lleno de ira, se encaminó al chalet. Había ocurrido algo peor que su desairada actitud con Pablito; y era que, con ella, ya había tomado un partido, un camino, una determinación. Ya no podía volver atrás. Si hubiera dejado sin protesta que Pablito asediara a Crista no hubiera necesitado más que del paso del tiempo para recobrar del todo su libertad. Ése, que era el propósito que le llevaba a Caldetas unas horas antes, ahora había quedado fuera de lugar. Se había atado nuevamente a Crista por medio de la réplica intempestiva con que acababa de hostigar a su contrincante.

Antes de entrar en la veranda pidió la toalla a Paco y se secó. Luego se fue a la habitación en que guardaba la ropa y se vistió de nuevo. Desde el balcón vio a Crista, a lo lejos, tumbada al sol. Pablito volvía a gritar debajo del agua y a guturalizar en ella, sin que Crista pareciera hacerle el menor caso. Desiderio entornó el postigo y bajó al *hall*. Al cabo de poco bajó Paco. Debían darse prisa para llegar al Casino a una hora aún decente.

Subieron en la *charrette*. Paco cogió las riendas y salieron al camino. El ramaje de los pinos flotaba sobre el toldo del carricoche, vaciando en él un denso frescor. Paco reparó en el rostro desencajado y hosco de su amigo.

—¿Qué te pasa, chico? ¿No te ha sentado bien el baño?

—Sí, no es eso... —contestó el joven Rius.

Necesitaba desahogarse. ¿Quién mejor que Paco?

—Es ese tipo, ese Pablito, que me crispa los nervios...
—También a mí.
—Le he enviado a paseo.
—Bien hecho. Pero ¿por eso te preocupas? No le des valor a esas tonterías. Crista lo hace por fastidiar.
Desiderio miró a su amigo. Pensó que su problema era mucho más complejo de lo que él pensaba. Al cabo de un poco, decidió soltarse:
—Estoy en un barullo, si supieras... He conocido a una francesa...
Vio la cara del hermano de Crista volverse hacia él, sonriente e interesantísima.
—Sí, una modelo que se llama Jeannine. La conocí en el «Excelsior». Luego ella y yo hemos pasado juntos... muchos ratos, ratos prodigiosos. Desde luego es una maravilla y estoy hecho un lío.
—Vamos, vamos —se exclamó Paco—. Eso sí que es «matarlas» bien... Te felicito, chico. Y dime, ¿es joven?
—Sí, es joven, aunque algo mayor que yo. Pero no sé lo que me pasa que me tiene loco.
—¡Fantástico! —exclamó Paco—. ¿Es artista?
—No. Es una modelo de esa casa de modas «Suzanne Forain», no sé si la habrás oído nombrar.
—Modelo... —musitó Paco, a quien la boca se le hacía agua—. Oye, eso es algo fenomenal. ¿Tendrá amigas, no?
—No lo sé.
—¿Y te quejas? —inquirió su futuro cuñado, mirándole como se mira a un chiflado.
—No tendré más remedio que decírselo a Crista.
—¿Te has vuelto loco? Pero ¿qué cosas se te ocurren?
—Yo creo que no está bien lo que hago. En resumen, que cada día estoy más violento.
—Pero, pero... vamos a ver... —organizaba mentalmente Paco, frotándose el mentón con la mano que tenía libre—. Vamos a ver... ¿qué tiene que ver Crista con eso? Eso es cosa de hombres.
—¿No ves que ella misma a veces parece que se dé cuenta de lo que me pasa?
—¡Manías tuyas! —clamó Paco, irritado—. Te crees un barbas y eres un chiquillo. Frescos estaríamos que tuviéramos que echar a perder un plan de este estilo. Son cosas de esas que a lo mejor no vuelven en toda la vida. ¡Y qué se va a

enterar Crista si sales con una o con otra! ¿No ves que eso es absurdo?

También a Desiderio le pareció en aquel momento que sus escrúpulos estaban bastante desorbitados. Ahora Jeannine se le aparecía con su verdadero volumen, en su real proporción. ¿No podía acaso tener una aventura sin que Crista ni nadie se enteraran?

—Lo que tienes que hacer es sentar las cosas bien claras dentro de ti mismo, y dejar a los demás que se las compongan. Tú ve a la tuya, créeme. Y verás si te pasan entonces los escrúpulos —dijo. Canturreó y luego empezó a silbar un cuplé de moda.

Habían entrado en la población. Cerca de la estación y junto a la playa estaba el Casino. Era una pomposa edificación de piedra blanca, un palacete pretencioso. En la puerta, un grupo de cocheros estaban en animado coloquio junto a los brillantes carruajes. Paco llevó la *charrette* hacia un espacio hueco, a la sombra de un plátano.

Cuando entraron en el amplio salón del Casino, una serie innumerable de pares de ojos se posó sobre la chaqueta azul y el pantalón de franela de Desiderio. Era un local cuadrado, flamante, de un tono rosa, en cuyo fondo había, bajo un par de arcadas, una tarima sobre la cual estaban dispuestos de cualquier modo los facistoles de los músicos. La boca de ese escenario era una arcada suave y pimpante, historiada por la moldura de unas flores de yeso. Un murmullo de conversaciones flotaba en el local, desde todos sus ángulos. Grupos de señoras sentadas en sillones de mimbre, endomingadas y enjoyadas, adoptaban una pose circunstancial en aquel lugar, pintiparadas y dignas. En otro rincón, parejas de chicos y chicas jugaban a acertijos y charadas. Alrededor de unas mesas con tapete verde dormitaban sobre los naipes los jugadores de tresillo o julepe. En una habitación contigua se oía un chasquido de bolas de chapó, mezclado de vez en cuando a risas, exclamaciones y aplausos. La colonia de Caldetas dejaba transcurrir la *matinée* dominical según sus normas, es decir, sin perder ninguna de sus moderadísimas actitudes. En su grupo, las señoras hablaban de *potins* sociales, de las novedades de la moda, de los estudios de los chicos... Los jóvenes no hablaban nunca de nada concreto. Su conversación chisporroteaba. Las pasiones entre chicos y chicas eran tan vivas, las envidias, los celos, los odios y amores tan acentuados, que la conversación era un conjunto de pullas, de miradas malévolas o cariñosas entrecruzadas, de desplantes, de argucias, de desafíos velados. Los hombres, en cambio, en el billar, o en el tresillo, eran rotundos, locuaces, descarados. Se decían chistes picantes o se comentaba la política, se hablaba de mujeres o se hacían reflexiones o auspicios sobre la economía o los negocios. Esa sociedad seguía unas normas, unos cánones preestablecidos difíciles de transgredir. Las mujeres se cambiaban de vestido varias veces al día, y dado que no dejaban de verse entre sí durante todo el día y a través de los tres largos y calurosos meses de verano, el guardarropa era nutridísimo, variadísimo, exhaustivo, tentacular. Las diversiones del Casino eran algo menos variadas que el vestuario. Los días transcurrían sin que hubiera más distensión, en las horas de tertulia, que el paseo al bosque a media tarde, ciertas excursiones colectivas a las fuentes cercanas, alguna «sandiada» a la luz de la luna en las noches de septiembre y media docena de bailes con orquesta, amén de otra media repartida entre el cotillón, una tómbola, un baile de trajes, el baile de los premios del concurso «lawntennis», y las fiestas de apertura y clausura de temporada, que se distinguían porque en ellas se ponían de manifiesto los piques más acerados, o se llegaba a una tardía conciliación entre varios miembros discordes.

Huelga decir que en semejante estado de cosas la llegada de algún forastero tenía los aires de acontecimiento en los círculos del Casino. Evelina era uno de los puntales de esa institución veraniega. A ella se debían no pocas de las iniciativas de la sociedad. Evelina era entremetida y tenía unas dotes singulares para manejar entre los bastidores de la sociedad los hilos secretos que la movían. Todos los años, en vísperas de la elección de presidente o de renovación de la junta —formulismo que según los estatutos tenía lugar en invierno—, Evelina empezaba sus visiteos. De la intriga salían dos o tres miembros de junta invariablemente cocinados por Evelina, quien así era una especie de pontífice secreto del Casino de Caldetas y podía mangonear a distancia en los saraos y homenajes. Esa notoriedad hizo que el anuncio de la llegada del «novio de la chica» provocara un cierto movimiento de expectación y que, cuando Desiderio puso pie en el lujoso embaldosado del Casino, los ojos más escrutadores se volvieran hacia él.

En cuanto los dos muchachos entraron, Evelina se levantó de su asiento de mimbre, bajo la lámpara de pie, asiento que parecía reservado para ella; cruzó el salón decidida y se acercó a ellos.

—Venid, hijos... Creí que no llegabais. Desiderio —llamó, cariñosamente—: He quedado con ciertas gentes en que no te irías sin conocerlas. Primero echa una buena mirada al Casino. Todo de piedra, ¿ves? Como verás, en Caldetas hacemos las cosas bien. Puede venir un terremoto que nos hunda a todos, pero el Casino quedará en pie. Ya sé lo que piensas; que es demasiado «*nouveau riche*», *n'est ce pas?* Ah, pero, hijo, como no se puede señalar con el dedo al responsable, aquí tenemos un poco de culpa cada cual. ¿Ves? Esto son los billares. Luego entraremos en ellos, quiero que conozcas al doctor Duró. Y ésta es la salita de estar, también llamada salita de música; hay un fonógrafo. Ya estamos otra vez en el salón. He aquí *le tout Caldetas*... Ven, querido; debes conocer a esas damas.

Estaban ya frente a una larga hilera de damas sonrosadas, sonrientes, que no perdían detalle de ninguno de los gestos y remilgos de Evelina. Desiderio pasó ante la fila como se pasa en un entierro ante el duelo: estrechando una mano desconocida y pronunciando unas palabras formularias. Salvo que, aquí, las palabras eran de cumplido y estaban avaladas por una sonrisa, y en el apretón alguna mano se entretenía un poco más de lo corriente. No podía negar Evelina la satisfacción que le producía aquella toma de contacto de su futuro yerno —eso lo daba ya ella por descontado— con su «círculo de verano», con el cual al cabo Desiderio tendría que convivir cuando se casara con Crista. También le satisfacía a Evelina la plena aceptación que se expresaba en muchos de los ojos de sus amigas, ante la facha señorial, distinguida, verdaderamente seductora del varón. Hasta esa misma dejadez aristocrática del muchacho predisponía en el acto a su favor. Evelina le estaba paseando como se pasea un trofeo.

Algunos «impertinentes» cicateros siguieron la trayectoria de Evelina y de Desiderio al cruzar de nuevo la sala hacia el exterior. Cruzando la sala se salía a un jardín con arenilla y un emparrado de escasa categoría, en el que hacía estragos el sol, animado por la escasez de agua. Aquél era el lugar de la juventud, instalada en veraniegas sillas bajo la hilera de los plátanos polvorientos de la terraza.

—Quedaos un momento aquí, mientras busco al doctor Duró, que estaba empeñado en conocerte —dijo Evelina, dirigiéndose a Desiderio y a su hijo, que acababa de unirse a ellos de nuevo—. Vuelvo en seguida. Preséntale a todos.

Paco echó un vistazo, antes de decidirse a quedarse. Descubrió a su grupo, un grupo de chicos y chicas de sus años, a la sombra de uno de los plátanos.

—¿Cómo vamos? —saludó genéricamente Paco al llegar a ellos—. Os presento a Desiderio Rius.

La media docena de rostros se volvieron hacia él. Desiderio les saludó uno por uno.

—¿Nos sentamos?

Trajeron unas sillas de mimbre. El que llevaba la voz cantante en el grupo era un joven de mediana estatura, moreno, como un gitano, de pobladas cejas, casi sin labios, mordaz, socarrón y pletórico de un humor hiriente. Para él todas las conversaciones eran pretexto de chiste. Era un especialista en el juego de palabras. La pirotecnia verbal de ese joven hacía morir de risa a las muchachas. Paco le había presentado como a Daniel Duró, y sin duda era hijo del doctor a quien Evelina había ido a buscar. Entre las muchachas que reían las gracias del agitanado joven, destacaba una que respondió a la mirada inocentona de Desiderio con un provocativo cruce de piernas, aprendido en las revistas mundanas, actitud que mantuvo aun en la violencia que le produjo el extender su brazo hasta el velador que estaba a sus espaldas para alcanzar su vaso de limonada; tras lo cual, y con el vaso en la mano, desafió todavía un instante con la mirada la del recién llegado.

Otro de los componentes del grupo, un joven esbelto y rubio como un inglés, apoyaba contra el suelo su raqueta de tenis y aprovechaba cualquier ocasión para entablar confidenciales apartes con la provocativa muchacha. No tardó mucho Desiderio en advertir que toda la conversación estaba sujeta a las fórmulas de vivacidad inventada por el gitano de los chistes relámpago y que le era imposible de sopetón hacer un papel lucido, sin previo entrenamiento, en aquella reunión.

Si era aquélla la fórmula social en la que Crista se encontraba a sus anchas, no le cabía duda de que la brecha que los distanciaba, después que Jeannine le había acostumbrado a un trato sosegado y veraz, sin fingimiento y sin malicia, era mucho mayor de lo que suponía. Se sentía incapaz de compartir las maneras de aquel grupo de su misma promoción. Era como si hubiera crecido de pronto, como si una serie de años le distanciara del promedio de aquella juventud idiotizada por la conversación trivial y la exhibición externa, verbal y vanidosa. La «civilización Caldetas» le pareció de pronto impenetrable, mucho más impenetrable que la civilización maya o los secretos del Tibet.

Paco se hizo servir una cerveza y él pidió un vermut. Se habló de automóviles y de velocidad. El joven de la raqueta, que se llamaba Juan Rigau, habló del gran Premio de Cataluña.

—No, no... Fue el marqués de Alella el que lo instauró en el mes de mayo del año once. Pero el circuito de Mataró es del año pasado.

A Desiderio le sacudió de pronto el recuerdo de Pablito, de sus palabras enfurecidas de aquella mañana y de la imperdonable situación en la que Crista le colocaba. Hubiera querido en aquel instante estar a cien leguas de Caldetas, no haber puesto pie en ella. Y, sin embargo, aquello estaba todavía por resolver. Sin duda, durante la tarde habría que resolverlo todo...

Pero allí llegaba Evelina. La seguía un caballero que llevaba en la mano un taco de billar. Desiderio se levantó y fue a su encuentro. Evelina le presentó al doctor Duró.

Éste, después de unas palabras de cumplido, en las que recalcó que tenía muchos deseos de conocerle, le invitó a acompañarle al salón de billar.

—Estoy terminando la partida. Venga, le distraerá. Quiero hablar con usted un rato. Le conozco tanto, a través de Evelina, que casi no era necesaria la presentación. Venga conmigo.

Era un caballero arrogante, de modales impecables, pelo blanco sobre una tez casi tan morena como la de su hijo. Fumaba en una boquilla de oro cigarrillos egipcios, que perfumaban suavemente su derredor. Su cuerpo estaba también impregnado de un leve perfume varonil y todo él rezumaba masaje y quina americana, lociones y cuidados de *coiffeur*. Vestía como un joven. Sacó con parsimonia su reloj de oro de la cintura y lo miró con énfasis.

—Sí, charlaremos diez minutos —dijo, al entrar en el billar—. Si me permite, he de terminar primero con ésos —añadió jactancioso.

En la sala de billar hubo un cierto abucheo al ver entrar a Duró de nuevo.

—Creíamos que te habrías marchado, como era lógico.

—¿Yo miedo? —carcajeó el aludido, disponiéndose a tirar, balanceando arriba y abajo el antebrazo, paralelamente a la mesa verde—. Mirad —y la bola salió velozmente, impulsada por la punta del taco, en dirección a otra, a la que dio, obligándole a rebotar en la banda. Ambas bolas, después de recorrer los dos ángulos de la mesa, se encontraron en el centro, donde barrieron de pronto todos los pasillos.

—Es así como se hace. Chapó y a pagar doble.

Las monedas de dos pesetas llovieron sobre el tapete. Duró se embolsilló dos de esas piezas.

—Ahora sí que he terminado. Amigos, hasta la noche —y cogió a Desiderio por el brazo, amistosamente.

Le empujó suavemente hacia una pared en la que colgaba un mapa.

—Pues no sabe usted el afecto que le tengo; para mí cualquier cosa que sea del agrado de Evelina lo es del mío. La aprecio mucho. Ni que decir tiene cuán contento estoy de que Crista haya encontrado un buen mozo como usted. Es lo que se merece. Harán una buena pareja.

Se quedó parado atentamente frente al gran mapa de la pared. Era el del frente oriental, en el que estaban clavados los alfileres con banderitas, semejantes a los del despacho de Llobet en la fábrica.

Hizo un alarde de meticulosidad. Cogió uno de los alfileres y lo clavó unos milímetros más atrás de lo que estaba.

—Los hay que confunden las realidades con sus deseos —afirmó—. La línea Osovietz-Brest-Litovski no se ha derrumbado todavía. De modo que Bielotosk, según mis noticias, aún está en poder de los rusos. Pero aquí se juega con las poblaciones como con el billar. No, amigos —prosiguió, como si estuviera ante una asamblea, cuando el único que escuchaba era Desiderio—. Éste es un nudo importante y, según mis cálculos, tardará aún sus buenas tres semanas en ser tomado, si lo es...

Pronunciaba los estratégicos y enrevesados nombres

con un acento y una fonética refinada, echándose aires de entendido.

—Bien, amigo, no me haga caso, pero sigo la guerra al día. No sé si usted piensa como yo que aquí se decide el destino de nuestra civilización. Y en ocasiones como ésas uno se da cuenta de que lo único importante es sernos útiles los unos a los otros.

No sabía con certeza Desiderio adónde quería ir a parar. Pedante, satisfecho de su civismo, cosmopolita de colonia veraniega, fecundo en diagnósticos erróneos, era, sin embargo, como miembro destacado de una secta, partidario de la «ayuda» a sus semejantes. Así, pensaba que era el más desprendido de los mortales si accedía a rebajar un veinte por ciento de sus honorarios a ciertas viudas cuando esas afligidas damas volvían de casa del notario con la impresión de una catástrofe. Ahora se había brindado entusiásticamente a la idea de ser «útil» a Evelina, y estaba en la brecha.

—Sí, sí... Hace usted una pareja ideal con la chica de Evelina. No crea usted que soy un partidario acérrimo del matrimonio, no tengo en este aspecto *parti pris*. Creo, y a veces lo afirmo sin miramientos —claro que sólo entre hombres—, que el hombre es el único animal polígamo por naturaleza. Pero... y ese pero es importante: el hombre se tiene que casar. De modo que le felicito a usted por su elección. Dígame, ¿se conocen desde chiquillos, no es cierto?

—Sí, hace ya muchos años.

—¡Qué familia, qué excelente familia, en la que se reúne todo! Posición social, distinción, belleza física, porque la chiquilla es una preciosidad, digna de Praxíteles... Mi enhorabuena, querido Rius. No deje usted que otras le distraigan, créame... A mis años, después de una vida que ha sido, se lo aseguro, bastante movida, el único consejo que doy a mi hijo es el de no echar a perder su propio decoro. A veces sé, porque me entero por casualidad, que mi hijo, como otros jóvenes de hoy, pierde el tiempo en aventuras y va de un sitio a otro, por vanidad, o por lo que sea. No tiene usted idea de la ventaja que es estar ya bien arraigado desde la edad de usted.

—Sí, eso creo —accedió a decir Desiderio.

—El decoro, el propio decoro, es lo único impagable en esta vida —confirmó, llevándole de nuevo al exterior.

Allí se les juntó Paco. Era hora de marcharse.

—En mí tiene un verdadero amigo, Desiderio. Y cuando yo lo digo, es verdad; no soy como muchos que vuelven la cara a la primera ocasión.

Desiderio no supo cómo agradecer esas efusiones ni qué cara debía poner para responderle. Le dio la mano, estrechándola con viveza, como para demostrarle sus sentimientos.

La reunión del Casino se desvanecía. Todos se disponían a ir en busca del arroz dominguero.

En la *charrette*, Evelina se vertió en elogios del doctor Duró. Le presentó como un hombre intachable, amigo de los amigos, y cuyo buen juicio le había sido de una gran utilidad en infinidad de ocasiones. Desiderio no tuvo reparo en compartir la impresión de Evelina.

Sí, sus consejos, expresados de manera tan discreta y con tacto exquisito, no habían sido vanos. Estaba ahora Desiderio pensando en su propio decoro y llegaba a la conclusión de que su alianza con Crista, el amor que ella le tenía —si es que aún lo conservaba— eran un privilegio que muchos hubieran querido para sí. Era curioso que él se sintiera tan desgraciado, teniendo a Crista y a Jeannine, mientras otros, en cambio, se sentían felices con nada. He aquí a Pablito, por ejemplo —pensó—, no tiene a Crista, la pretende y, a pesar de todo, desborda felicidad, seguridad en sí mismo, dicha vital...

Al entrar en la casa, Evelina llamó a grandes voces a su hija. No tardó ésta en bajar, poniéndose aún unas últimas horquillas sobre el pelo húmedo para sostenerlo en lo alto de la hermosa cabeza.

—¡Tanta playa, tanta playa!... No me ha gustado nada que no vinieras al Casino, nena. La gente preguntaba si estás mala.

—¿Cómo estaba el Casino? ¿Estaba animado? —preguntó.

Ya estaban dispuestas para la comida. Paco sirvió, de pie, a Desiderio una copita de jerez y él tomó otra. Antes de acabarla entró la criada anunciando el almuerzo y pasaron al comedor.

Salieron a relucir todos los recursos orales de Evelina para animar y dar un tono a la conversación.

Desiderio no podía determinar el sentido de la actitud de Crista. A veces parecía como si deseara acortar la distancia que les separaba; era una mirada compungida, un repentino decaimiento, un silencio temeroso; ni la vivacidad y el apremio de las intervenciones de su madre conseguían sacarle de él; o una mirada fija, directa y profunda hacia el invitado, mirada que le deslumbraba. Paco explicó las anécdotas que contara en el Casino Daniel Duró, el de los chistes relámpago. Puesta en aviso de que algo ocurría entre la pareja, Evelina se apresuró a cambiar de conversación, intentando llevarla a unos temas comunes a todos. No tardó Crista en reaccionar a su vez. Por unos instantes, pareció poseer la misma vivacidad que su madre. Su repentina locuacidad fue aprobada con una sonrisa y un suspiro prolongado de Evelina. A partir de aquel momento, toda la comida transcurrió alegremente.

Crista fue, naturalmente, la primera en levantarse de la mesa, dando por terminado tanto cumplido.

Después del almuerzo salieron a tomar café a la veranda, bajo un toldo de lona. Evelina arguyó al poco rato que se sentía cansada y que se retiraba un rato a descansar.

—Debo decirte que lo que más deseaba en el mundo era hablar contigo —dijo Desiderio sin preámbulos, pero con una leve turbación, al salir, cogiendo a Crista por el brazo.

Paco quedó poco después dormido en una hamaca que pendía de los troncos de dos pinos, en la proximidad de la veranda.

Crista miró fijamente a su novio, incrédula. Se sentó en un sillón de mimbre de respaldo muy alto, en el que reclinó la cabeza. Desiderio lo hizo en una silla de rejilla, traída del comedor.

La tarde era calurosa, fúlgida y como de oro. Se oía el canto de unas cigarras en el pinar. Los sentidos estaban embotados, reducidos; todo era primario y turbio.

—¿Qué te ha pasado con Pablito? —preguntó ella—. ¿Qué le has dicho que has vuelto tan sulfurado?

—Nada... Le he llamado la atención sobre la manera de tratarte.

—¡Hombre!... No creía que te preocuparas tanto.

—No es que me preocupe. Es que no está bien. ¿No te parece?

—Total, si no hace nada...

—Es estúpido que discutamos. Pero aquéllas no son bromas de hacer. No es porque tú seas... quien eres para mí. Se lo hubiera dicho aunque no se hubiera tratado de ti. Es una falta de consideración a una mujer.

—¡Vaya, qué galante! ¿Conque, por otra cualquiera también le hubieras puesto los puntos sobre las íes?

—Claro. Pues... con mucha más razón por ti.

Crista parecía desear que Desiderio confesara que había sufrido; pero no por una mujer abstracta, o por el género femenino en general, sino por ella, en exclusiva.

—Y... ¿qué le has dicho?

—No recuerdo. Creo que le he dicho que no admitía esas bromas.

—¿Y que no lo tolerarías?

—Sí, algo así.

Una profunda satisfacción interior pareció ensanchar el pecho de Crista.

—Ya era hora. Me temía que te hubieses olvidado por completo de que existo.

—Bueno... eso... no tiene nada que ver. En realidad, lo que me ha extrañado es que tú le hayas dado tantas facilidades.

—Pues qué... ¿Crees que sólo estáis vosotros para hacer lo que os dé la gana?

—Ya sé que lo hacías por irritarme.

—No es verdad. Lo hacía porque no lo encuentro antipático.

Al verle tan irritado, Crista sintió que volvía a ser el hombre a quien había querido, a quien quería de todos modos con una vehemencia total. Sintió toda la ridiculez de su fingimiento, el peso de los malos ratos en que se ponía en tensión para hacerle rabiar. Le miró con ojos dulces.

«Si tú quisieras no habría nadie que te pudiera humillar en la vida. Si tú quisieras me tendrías a tu lado siempre, en todos los momentos; ni me daría cuenta de que existen los demás. Aún te quiero, Desiderio, te quiero de verdad, pero tienes que ayudarme», pensaba.

—No seas tonto. Sólo te quiero a ti —dijo.

Esta confesión conmovió al muchacho. Se puso a su mismo lado, se arrodilló junto a ella, al borde de su tumbona y empezó a acariciar sus mejillas. Acercó sus labios a los de ella y los besó. Ella no hizo el menor ademán; se dejó besar. Desiderio sintió una gran efusión y aspiró en el cuello y el rostro de Crista un cierto olor a sal y a lebeche.

—Cuidado —advirtió, alarmada, con un sobresalto, al advertir en el interior de la casa un cierto ruido de pasos. Quedó un instante escuchando, para ver si se acercaban, pero nadie apareció. Desiderio se levantó; ella también lo hizo.

—Vamos al pinar —propuso la chica, con un susurro.

Crista bajó corriendo los escalones de la veranda y él la siguió. Bajo los pinos, el cuerpo de la muchacha se balanceaba cruzando el espejuelo de las luces y sombras del pinar, contra el ardiente reflejo de las aguas azules. Siguió caminando, se alejó aún más, hasta el extremo de la cerca, al término de la finca. Allí había un banco de madera, uno de esos bancos de parque que existen para que en ellos se sienten los enamorados. Pero Crista no se sentó en él. Se quedó de pie, esperando a Desiderio.

Éste llegó y la abrazó. Empezó a besar su boca, sus mejillas, palpó su busto y su talle. Ella, apartándose, se sentó en el suelo, sobre la pinocha. Con la mano señaló a su lado el lugar en que debía sentarse él, y Desiderio lo hizo, dócilmente.

—Te ruego, Desiderio, que me ayudes a quererte. Pero ahora, no quiero que hagas eso que haces...

—No seas tonta —regañó él.

Cambiando de conversación, con ánimo de distraerle, Crista preguntó:

—¿Y él... Pablito, qué te ha dicho?

—Me ha dicho que... le gustabas mucho. Que todo Barcelona lo sabía y que debía saberlo yo.

—¿Eso te ha dicho? —clamó Crista, regocijada, soltando una risa franca—. Está loco —concluyó, con cierto brillo en los ojos.

—¿Verdad que no volverás a verle? Hazme este favor.

Crista calló. Por un instante quedó pensativa.

—¿Es necesario que no le vea?

Desiderio observó el rostro de ella. Se volvió hacia él y le miró de aquella manera pertinaz y soberbia con que desde chiquilla, algunas veces, intentaba dominarle.

—No lo veré si tú no quieres. Pero en cuanto tú me hagas sufrir, le veré, te lo juro.

Él se levantó. Dio unos pasos, hasta apoyarse en el tronco de un pino, enfrentado a Crista.

—Cuando he venido esta mañana no sabía lo que podría

decirte. Pero ahora ya lo sé: quiero que seas mi novia y de nadie más.

—¿Hablas en serio? —preguntó ella maliciosa, deseando que él lo repitiera.

—Sí.

Le vio afirmar con tal tesón que ella pareció de pronto compadecerle y bromeó:

—¡Pobre chico! ¡Miradle! —dijo, dirigiéndose a una inexistente multitud, cuya sola alusión irritó de pronto a Desiderio—. ¿No sabías qué decirme, no? ¿Te crees que no me doy cuenta de que mientras me has tenido aquí, no te has acordado de mí más que de Ramos a Pascuas, para escribirme cuatro líneas? Y ahora, porque ves que yo también puedo olvidarme de ti, por eso vienes...

—No es verdad. Me acordé de ti.

Pero pasó fugazmente por su memoria la figura de Jeannine. Se arrepintió de haberlo dicho.

—Se te nota a la legua...

—Tú piensa lo que quieras, pero quiero que seas mi novia y de nadie más.

—Te has vuelto exigente.

La juventud radiante de Crista se tumbó entera en la pinocha. Se desperezó lentamente. Cerró los ojos. Crista llevaba un vestido verde claro de organdí, muy ceñido a la cintura. Un poco separado, apoyado en el tronco del árbol, Desiderio seguía, sin moverse, la respiración pausada de Crista, adormecida en el suelo.

Se acercó a ella y se sentó a su lado, sin atreverse a rozarla.

—Bésame —dijo ella de pronto, sin abrir los ojos.

Desiderio puso su boca contra la de ella, hundió sus labios en los otros.

Luego ella, enardecida, le miró, se levantó un poco, se dejó sostener por el talle. Acercó sus labios y apretó los de él contra sus dientes. Había en la obstinación de este placer un punto de aprendido y de falaz, algo así como la sumisión a un procedimiento obligado de besar, a una habilidad sensorial poco espontánea.

Desiderio temía caerse, aplastarla o dañarla. La pinocha pinchaba la palma de su mano apoyada contra el suelo.

Pensaba que no le gustaba esa manera de besar, provocada en frío y sin preámbulos, totalmente desligada de un impulso afectivo. Jeannine le había acostumbrado a una teoría de impulsos grávidos de emoción que iban llevando por sutiles entregas, inexorablemente, insensiblemente, al abrazo y al deliquio erótico. Advertía que no era él sólo; que también Crista se engañaba; tampoco en ella esa manera de besar causaba más placer que el de una efímera vaharada sensual.

—¿Quién te ha enseñado a besar de ese modo? —preguntó de pronto.

—Nadie —contestó ella. Y súbitamente, dañada por su sospecha, protestó—. ¡Qué preguntas! ¡Eres un bruto!

Desiderio siguió mirándola con el mismo rigor. Aquél hubiera podido ser el instante indicado para romper con ella.

Y, sin embargo, dijo:

—Yo te quiero, Crista. Olvídalo.

Crista se levantó, desconcertada. Se sacudió las briznas de pinocha que pendían de su vestido.

—Lo único importante —dijo ella, reposadamente— es saber si puedo contar contigo, como antes, o si ha ocurrido algo que me debas explicar.

Hubo un largo silencio.

—No ha ocurrido nada. Todo está como antes.

—Sé perfectamente que en el corazón no manda nadie —puntualizó, insistió ella, con cierto coraje, con cierta suficiencia—. ¿Puedo creer que me quieres todavía, y a mí sola?

Hubo otro silencio y Desiderio respondió.

—Sí. A ti sola.

—Entonces, ¿en adelante no dejarás pasar un día sin hablar conmigo, sin verme, sin... besarme?

Esta última palabra casi no había sido dicha, no había sido más que insinuada con un soplo de los labios que equivalía, a su vez, a un beso.

—Prometido.

Y en aquel instante, Desiderio sintió que estaba diciendo la verdad.

Ella se incorporó, se acercó a él, se puso en sus brazos.

Al sentir su cuerpo, Desiderio acertó a descubrir las razones de aquel vigor que le impulsaba a desear de nuevo vivamente la compañía de Crista. No estaba ya ante la Crista adolescente, pícara, ingeniosa, inocentona de un tiempo atrás, que trasladaba de un lado a otro su belleza con una inconsciencia juvenil. Era otro ser. Era una mujer en la realidad de sus propias querencias y de sus propios secretos.

¿Qué le importaba si el mundo que la rodeaba no era de su agrado? ¿Es que tenían algo de común con ella cualquiera de las muchachas sólo capaces de llenar el hueco de una silla de mimbre en un casino, de dejarse besar o requebrar por el muchacho rubio de la raqueta de tenis? No, Crista era otra, era una mujer inventada sólo para él y distinta, por tanto, a las demás. Crista era su salvaguardia y su destino, previsto para él desde la lejanía, desde el fondo inescrutable de los designios humanos. Estaba como sellada y marcada para que fuera su mujer y no podía hacer nada por apartarla de su camino.

En aquel instante vio con absoluta claridad los términos del acto heroico que se le exigía, pero se comprometió desde el fondo de su corazón a llevarlo a término. Por sabrosas, por deslumbrantes, por incitantes que fueran todas las mujeres de la tierra, sólo Crista debía importarle. Todo lo demás eran pasatiempos, abolladuras insensatas de su personalidad, de su yo más íntimo. Pensó en Jeannine y creyó firmemente que no sería un gesto tan grave ni una determinación tan difícil apartarse a rajatabla de ella. Bastaba con no verla más.

Miró al mar azul. No se movía. Apenas si se sentía un levísimo roce de ola susurrando sobre la arena. Era como si se hubiera vaciado de golpe en el aire el contenido de una caracola de mar, nacarada y torcida. Su eco, al cabo de un rato, se había evaporado del todo, se había vuelto lívido, desfibrado e inexistente, sin nervio y sin arrojo. Sólo se escuchaba un chapoteo estéril, como una rociada suavísima e intermitente, transida por grandes zonas de silencio.

—Ahora, ponte a mi lado, pero no me hagas nada —dijo ella—. Tengo mucho sueño. Después del baño siempre me pasa igual. Pero no me toques, ¿prometido? —y Crista intentó adormilarse en la pinocha, tendida suavemente en ella...

La boca semiabierta de la muchacha era suplicante y estaba seca y roja. Desiderio rodeó suavemente el talle de Crista y le dio un beso con labios y dientes, que quedó incrustado en la boca de ella, sin que ella, adormecida, respondiera con otro igual. Sólo se removió un poco, hundida en su sopor, en su pereza. Era algo así como el roce de la ventisca en el labio de las estatuas o la caída de un rayo en el fondo de un pozo; un beso sin amor y sin odio, que cayó sobre ella como las diminutas olas en el rompiente, con un jadeo y una reverberación fugaz de las espumas y un silencio brusco, prolongado y tenaz.

Así la contempló Desiderio largo rato...

XV

Comprendió que algo muy notable había ocurrido; sus pronósticos y apreciaciones no eran los mismos. Es como si aclarara de pronto el sentido de su vida; todo, ahora, se le aparecía con claridad. A la mañana siguiente, a la salida del cuartel, se le ocurrió que no bastaba con su convicción de que Jeannine no constituiría ya nunca más un peligro para él. Era preciso romper con ella, costara lo que costara. Era necesario poner a salvo, de una manera terminante y explícita, su propia moral, el respeto que debía a su novia, la dignidad de su estilo de vida, anticipándose a esos peligros, cortándoles directamente el camino. Aunque su corazón, al evocar a Jeannine, sintiera aquella leve punzada demoledora, era preciso acabar su relación con ella. Debía ser digno de Crista y de su confianza natural y plena; las horas pasadas a su lado en Caldetas habían hecho renacer las formas de su honor, «de su propio decoro», como le dijera el doctor Duró, y se disponía a ser consecuente con esta realidad.

Decidió llamar a Jeannine por teléfono. La llamó a la casa de *Couture*, después de haberse cerciorado por una llamada inútil de que no estaba en casa. Por la voz con que ella le despidió al colgar, coligió Desiderio que Jeannine presentía el porqué de aquella llamada insólita.

No le preguntó qué ocurría. Lo daba por supuesto. ¿No le importaba ir a la «Maison»? Allí podrían hablar sin testigos.

El taller y casa de modas de Mme. Forain estaban situados en la parte céntrica de la Gran Vía, no lejos del Paseo de Gracia. Una puerta de cristal biselada con el nombre de la dueña, en bastardilla inglesa, invitaba a entrar sin llamar, pero Desiderio tuvo que hacerlo, porque la puerta estaba cerrada con llave desde el interior. Le salió a abrir la propia Jeannine. Llevaba un vestido mañanero y sencillo, corpiño blanco ajustado en la cintura por una falda *beige*. Le hizo entrar. La luz descubría a raudales los detalles y objetos de la amplia habitación, cuyas dimensiones eran consecuencia del derribo de los tabiques de tres habitaciones normales. En las paredes colgaban unos grandes espejos con marco dorado e innumerables litografías de maniquíes, figuras femeninas en poses diversas; sobre las mesillas se veían pilas de *magazines* de modas. Aquí y allá se dispersaban divanes y sofás, dispuestos de forma que en las tardes de exhibición las visitas pudieran ver hasta su término toda la trayectoria de cada modelo. Pero todos ellos se hallaban enfundados, ocultos por gruesas coberturas de hilaza. La vidriera de los tres balcones estaba abierta y por ella se filtraba, como si sonara en la propia habitación, el sonido de las campanillas de los tranvías y de las bocinas de los coches de la calle. Sin decir palabra, Jeannine se adelantó y fue a sentarse en uno de los tresillos, en el ángulo opuesto a los ventanales. Hizo signo a Desiderio para que se sentara a su lado. Éste lo hizo, miró al suelo un instante, luego levantó la mirada y la dirigió a los ojos de ella.

—Te extrañarán mis prisas por hablarte —empezó, con cierto titubeo—, pero no he querido que pasaran los días sin que supieras...

—¿De qué se trata? —preguntó ella, inmutable.

—Debo ser leal contigo, y explicarte.

Jeannine, confundida, sonriente, sufría tanto por verle así como por su propio dolor. Pero no se inmutó. Ahora todo estaba ya perfectamente claro.

—Tú sabes que yo no era libre y pensé que en amor se podía mentir. He llegado a la conclusión...

—Desiderio, *chéri*, por favor —interrumpió ella—. Te he comprendido perfectamente. Significa que es tu deseo ahora que no nos veamos. ¿Es así?

—Sí. Así es.

—No tienes que apurarte por eso —dijo Jeannine, con la mayor tranquilidad—. De todos modos, agradezco tu visita. Eso permitirá que sigamos siendo unos buenos amigos, ¿no crees?

—Sí. Mi amistad por ti sigue siendo la misma.

Ella pareció vacilar un instante, ir a expresar una idea repentina, pero se calló. No había nada que decir.

—Lo sospechaba —se limitó a afirmar, tras un silencio que Desiderio estuvo a punto de romper.

Y Jeannine cambió de conversación.

—¿Sabes que me han propuesto un gran viaje? —y lo decía como para tranquilizarle.

—Ah, ¿sí? ¿Dónde?

—Muy lejos. A ver si lo adivinas.

—¿Estados Unidos?

—No. Más abajo...

—¿Las Antillas? ¿Argentina?

—Sí. Buenos Aires.

—Bonito viaje.

Ya no estaba en situación de preguntar quién era el acompañante.

—Madame quiere instalar una casa allí. Quisiera que yo la acompañara.

Ambos pensaban que ésa era una hermosa excusa para quitar pesadumbre a la despedida.

—Si te he de ser sincera, me agrada alejarme de aquí —y parecieron entonces brillar sus ojos, como si escaparan las lágrimas—. Europa me da miedo. Yo he sufrido mucho en Europa.

—Te sentaría muy bien un viaje ahora. Pero ¿no tienes miedo de la travesía?

—Dicen que sólo se muere una vez. Yo no lo creo. Creo que se muere muchas veces, quizá cuatro o cinco. Pero sea como sea no tendría miedo. Al contrario: el barco es sedante. Yo me pasaría la vida en el mar.

Sin duda, al hablar por teléfono, Jeannine había presentido totalmente el motivo de la llamada. Ahora se daba cuenta Desiderio que, de otro modo, no le hubiera citado allí. Aquella enorme habitación destruía toda intimidad; en ella parecían naufragar los sentimientos, perderse en vacilaciones las ideas. Desiderio metió la mano en su bolsillo.

—Debo devolverte algo. Tengo todavía...

Pero ella le contuvo con un gesto.

—¡Oh, detesto eso! —exclamó, disgustada, con un rictus de violencia en el ceño—, guárdalas, guárdalas contigo, como... recuerdo. Quizás algún día quieras volver a verme.

Desiderio guardó de nuevo el llavín del piso de ella.

—No te enfades, pero... era demasiado violento, ¿comprendes? —explicó.

En efecto, devolver unas llaves era para ella un símbolo práctico y casi mercantil de aquello tan puro que se desvanecía. Detestaba en aquel trance todo lo que fuera concreto.

—De todos modos, nos veremos. Algún día podemos salir a cenar, como amigos, ¿me dejarás? —ofreció él.

Ella se había levantado. Pretextó que la estaban esperando en la sala de pruebas.

—Si tú lo deseas...

Quedaron un instante mirándose frente a frente. Ambos estaban perplejos, aturdidos, deseando que aquello acabara cuanto antes. Jeannine se adelantó hacia la salida.

Entonces, a través de uno de los grandes espejos de la pared, advirtió Desiderio de pronto en la cara de la modelo un movimiento de desánimo, una máscara de infelicidad súbita y violenta. Aquella ráfaga se lo llevaba todo por delante. Fue como si sus hermosos rasgos se relajaran, como si su boca contuviera un sollozo, como si sus labios magníficos mordieran un instante su dolor inclemente. Pero esta imagen fugaz de la desolación sólo vivió en el espejo. Al volverse, Jeannine estaba de nuevo sonriente, como si nada la afectara. Al darle la mano, sin embargo, notó Desiderio que estaba fría y temblando.

—Adiós, Jeannine. Que seas dichosa —se despidió él, besando su mano.

Ella no dijo nada. Le miró, mientras sus párpados parecían moverse imperceptiblemente como si contuvieran una emoción profundísima.

Desiderio se alejó. Al volverse, vio la sombra de Jeannine que se perfilaba en el cristal biselado y opaco de la puerta; la sombra de sus manos llegó hasta la sien y toda la silueta de ella, aquella fina lámina irreprochable, se disolvió de pronto en el gris del cristal, alejándose.

Durante todo el resto del día anduvo desorientado, sin hacerse todavía a la idea de que se había despedido de Jeannine para siempre. Y a medida que pasaban las horas, esa impresión se iba tornando más incómoda y asfixiante. Bien es verdad que no había más que un remedio para arreglar su situación, y ese medio había sido aplicado por él con toda la audacia necesaria. Ahora ya estaba hecho. No le quedaba más que dejar pasar unos días, tender sobre su añoranza y su dolor un puente de tiempo y pasar por él al otro lado, a su vida habitual, a sus costumbres, al amor de

Crista, al cumplimiento de sus obligaciones en el cuartel, en la fábrica... No le iba a ser tan difícil cuando lo más difícil, el rompimiento con Jeannine, ya estaba consumado.

Poco a poco se tornaba obsesiva la desgarradura íntima de Jeannine, sólo entrevista y revelada por el espejo. Aquel rictus de dolor, de haber sido expresado en su cara y abiertamente, hubiera hecho inútiles todos sus propósitos. No podía ver sufrir a Jeannine de ese modo. El movimiento de sus labios, la imperceptible vibración de sus párpados, la distensión de todos sus rasgos a punto de romper en sollozo le impregnaban poco a poco de un sentimiento de revulsión, de un remordimiento tardío. Es seguro que no hubiera podido soportar la manifestación de ese dolor a las claras. Es seguro que, al sentirlo ante él, hubiera cedido enteramente.

«¿Qué hará Jeannine? ¿Qué debe hacer?», se preguntó a lo largo de las horas de aquella jornada. Intentaba evocar la imagen de Crista en la tarde anterior, sus propósitos inquebrantables formulados entonces, pero así y todo la imagen de Jeannine, su dolor disimulado, la categoría extraordinaria de su despedida, sin un reproche, sin una alusión, venían a atormentarle, a zarandearle bruscamente. En la fábrica se entretuvo en traducir poemas, pero abandonó el trabajo. En su casa intentó leer metido en su cuarto, mientras su padre pasaba la cuenta de sus gastos, pero no consiguió fijar la menor atención en el texto. Durante la cena escuchó el sordo rumor de su padre al sorber la sopa, y este rumor contribuyó a enervarle aún más. Le parecía entonces que había cometido una estupidez, que jamás conseguiría amoldarse del todo a la vida corriente, y que Jeannine debía tener un triste concepto de su persona, sin duda el que merecía. ¿A santo de qué la ruptura? ¿A santo de qué la despedida? ¿Era necesaria? ¿Qué pensaría ella de todo eso?

Un gran silencio y una gran soledad llenaban su oscura alcoba en la que, al rato de acostarse, no conseguía conciliar el sueño. El balcón estaba abierto de par en par. La noche, todavía calurosa, parecía no tener una fisura, una rendija, por la que asomara un poco de eternidad y de esperanza. ¿Qué haría Jeannine? ¿Quizá... quizá se drogaría, para olvidar que él ya no estaba? Sí, no le cabía duda de que Jeannine haría algo lamentable, tal era el signo de aquella oleada de dolor escondido que había asomado en su rostro al cruzar el espejo. ¿Y dejaría él que eso ocurriera?

Los más siniestros pensamientos —aquella pistola de puño de nácar que ella llevaba en su bolso—, los peligros inmediatos y fatales en que él la acababa de poner, no podían ser conjurados más que por él mismo. Sí, se sentía en el deber de evitarlo.

Alguna otra noche, antes de su entrada en el cuartel, había pensado en salir a escondidas, aprovechando el sueño de su padre. Pero entonces no era atrevido como ahora, ni había entonces nada serio que justificara esa audacia. Pero hoy «no podía» dejar de hacerlo.

Pasó mucho rato en la más pura abstracción. Era como si le hubieran arrancado de golpe todo entusiasmo y todo propósito. Recordó una por una muchas de sus escenas con Jeannine, desde la primera noche en que salió con ella hasta hoy. De pronto, un leve rumor, algo que semejaba un latido, o aún menos: un vestigio del aire runruneante y alterno cruzó los tabiques y llegó hasta su percepción. Era una oleada lenta y regular; su padre respiraba en el sueño con un ronquido monótono.

En la oscuridad, las manos palpan los objetos conocidos, las cosas de nuestro derredor, con una sabiduría que va más allá del mudo sentido que ejercen. Decidido ya de pronto, se escurrió de la cama. Era toda su alma la que asomaba y sentía en la yema de sus dedos. Una por una fue reconstruyendo la situación de las ropas que iba a volver a vestir. Era como vestir a un fantasma, un fantasma que era su propio cuerpo extraviado y desorientado; sus ademanes y aquella sombría labor nocturna tenían algo de taumatúrgico, un poco de locura.

Luego, pasando sobre sus cabellos el peine atrapado en la tiniebla de la repisa del tocador, quedó un largo rato escuchando a través de la puerta. La abrió un poco. Los ronquidos de su padre eran más fuertes, más pausados. Dormía sin inquietud. Aguardó un rato más para cerciorarse de que la calma era absoluta, abrió la puerta de su cuarto y quedó en el centro del corredor.

Conocía al dedillo la situación de los obstáculos que debía salvar. Avanzó por el corredor, eludiendo el bulto de un bargueño que localizaba mentalmente a su derredor, adosado a la pared. Descubrió el saliente de la comunicación del pasillo al recibidor. Se paró allí para tomar la dirección de la puerta. Debía cruzar el recibidor en diagonal y empezó a andar, de puntillas. Llevó su mano a la pared y notó que sólo se había equivocado unos centímetros. Elevó un poco su mano y rozó el frío metal del pestillo que tenía que descorrer.

Desde allí se escuchaba, un poco más alejado e indistinto, el ronquido que expelía su padre al dormir. Era absolutamente normal, absolutamente el mismo. Apretó con el codo la puerta contra la pared para evitar que la hembra del pestillo chirriara. Lentamente, sin un rumor, el pestillo de seguridad salió. Le pareció que del extremo opuesto del piso, el que ocupaba el servicio, venía un rumor. Quedó a la expectativa un instante, pero todo volvió a su silencio.

Entonces abrió con lentitud la puerta, retirando con sumo cuidado el pomo de la cerradura. Calibró con sumo cuidado, palpó los bordes del agujero en que esta llave tenía que entrar. Hecho lo cual salió al rellano; atrajo la puerta hasta su quicio, dio con lentitud vuelta a la llave y luego la cerró. No se notó más que un imperceptible gemido de la madera y de la herrumbre. Se quedó unos instantes a la escucha y del otro lado no oyó más que silencio. Tranquilo ya, encendió una cerilla y, alumbrado por su llama, bajó la escalera.

Sus dudas, su lecho, su padre, su inquietud, todo quedaba atrás; abrió la puertecilla de entrada y salió a la calle, que parecía también dormir. La calle estaba llena de ese silencio que hacen los seres y las cosas cuando están confiados; ni una voz, ni un suspiro, ni los pasos de algún paseante nocturno o del vigilante. Cruzada la calzada, en el Paseo de Gracia se movían unas sombras pequeñas y borrosas de gentes que caminaban aprisa hacia sus casas. La animación y las luces del Hotel Continental, en la Plaza de Cataluña, que otros días le habían sugerido la idea del bienestar, de la calma o de la diversión nocturna y que estaban cargadas de un incentivo amable, estaban hoy vacías de todo sentido. En la esquina tomó un coche de alquiler. Al llegar a la Plaza Real bajó del coche, pagó y miró a lo alto. Al principio le pareció que la habitación de Jeannine estaba a oscuras. Pero luego observó que allí había una luz muy tenue, mucho más tenue que la de la lámpara. Ésa era la señal que habían convenido para indicar, por las noches, que Jeannine estaba sola y que podía subir. Esa luz era para él familiar, tanto como lo fueran el «caniche» o la música del fonógrafo del pisito. Metió en la cerradura la llave del portal y, alumbrándose con una cerilla, subió por la pina escalera. Escuchó a través de la puerta unos gruñidos raros del «caniche», como si vinieran de muy lejos. Introdujo el llavín, dio vuelta y entró.

La habitación estaba a oscuras. Sólo alumbraba la pequeña lamparita de la mesilla, contigua a la cama de Jeannine. Jeannine estaba acostada, rendida de sopor. Sus brazos desnudos estaban caídos enteramente fuera del embozo. Tenía la cabeza inclinada en la almohada y su rostro quedaba medio oculto por sus largos cabellos rubios. Estaba inconsciente, pero no dormía.

Al otro lado de la cama, sentado en una silla junto al lecho, estaba alguien, un hombre. Pero ese hombre le miró fijamente, sin decir palabra, y hasta con una cierta expresión que a Desiderio le pareció amistosa. Entonces él se acercó hasta casi rozar la mano caída de Jeannine.

Se trataba de un hombre maduro, grueso y calvo. Sus manos gordezuelas estaban una en la otra, sin moverse, sobre la cama. De su nariz abultada y grasa salía a intermitencias un soplido, su resuello, con dificultad... Su boca, ligeramente torcida hacia las mejillas, era una hendidura sin labios, como abierta sin mucho acierto por un golpe de estilete apresurado. Pero lo que dominaba en aquel rostro eran los ojos. Eran unos ojos grandes, metidos en la bolsa de unos oscuros y temblones párpados; unos ojos licuosos, que miraban sin moverse y sin ninguna expresión. Desiderio pensó que lo que le había impulsado a vencer su primer apocamiento y a acercarse era la manera de mirar de aquellos ojos. Su indiferencia era su poder.

Entonces Desiderio cayó en la cuenta de que había visto otras veces a ese hombre. Lo había visto en distintos lugares. Lo recordaba en un ángulo del «Suizo» y, no sabía por qué, su imagen se asoció a la llamarada azul de un infernillo cociendo unos postres al ron. Le había visto en la misma actitud en que estaba ahora, licuosos los ojos y de mirar cansado y un poco bovino. ¿Quién era? ¿Qué hacía ese hombre allí?

Aún quedaron un instante mirándose. Al fin sonó una voz gangosa y honda, un sonido oscuro que brotó de la hendidura yerta de la boca, bajo la abultada nariz. Guturalizaba con un acento extranjero.

—No lo esperaba ella esta noche, ¿no ve? Está descansando.

Hablaba como si se conocieran, como si aquel encuentro no le hubiera sorprendido en absoluto.

—No es verdad —respondió Desiderio, con los ojos fijos en la postura de Jeannine—. No descansa. Está enferma. ¿No es así?

En los ojos de M. de Hugtenhagen pareció brillar de pronto un pequeño destello; fue una arista de luz entre irónica y áspera; sus labios inexistentes esbozaron una imperceptible mueca, que tanto podía ser el principio de una sonrisa como un signo impreciso de desdén.

—No hay que exagerar. Ha pasado un mal día y por eso... —y entonces sí se dibujó una sonrisa desengañada e inquisitiva, que quedó prendida unos segundos de aquel rostro blanco e inmóvil—, por eso ha tomado un poco de...

Encerrado en el ropero, garrapateando contra sus muros y la puerta, se oía a «Yucki», el «caniche». Olfateaba en la rendija, gruñía con dolor, al escuchar las voces de los dos hombres. Le pareció a Desiderio más doliente aquella manera de gruñir que la compunción de los ojos del extranjero.

—¿Por qué lo ha metido ahí? —preguntó, acercándose al armario.

El extranjero tardó en contestar.

—¡Bah!, ya está acostumbrado.

Jeannine se revolvió un instante en la cama. Su rostro y sus hombros tenían una palidez mortal. El hombre separó finalmente sus manos gordezuelas y adelantó su diestra para coger la fina mano de la yacente.

—¿Quién es usted? —preguntó Desiderio de pronto, mirándole fijamente con tal fuerza que el holandés se sintió obligado a dejar de acariciar la mano de Jeannine; sin embargo, no la soltó.

—Soy un amigo de ella —respondió, con absoluta calma, aguantando su mirada—. Un buen amigo.

Había en esta aseveración cierta petulancia. Ella le animó a seguir:

—Yo no necesito preguntarle quién es usted.

—¿Cómo lo sabe?

—¿No le he dicho que soy amigo de ella?

Desiderio se sintió zozobrar. Ella había compartido con otro hombre parte de su secreto. Sintió una angustia extraña al comprobarlo así en la mirada del otro. Y, sin embargo, había que cuidar de Jeannine. Eso era lo importante.

Pero el holandés pareció que leyera su inquietud.

—Créame, vuelva a su casa. Tal vez haya que llamar a un médico y no es justo que esté usted aquí.

—Déjeme usted a mí. Yo me quedaré con ella.

—No, no... —repitió, como un sonsonete, el holandés, al tiempo que acentuaba la negativa con movimientos de cabeza—. Eso es cosa mía y no suya.

En el fulgor que hervía de súbito en la mirada mansa de aquel hombre adivinó Desiderio un remolino de pasión turbulenta y fría; quien así miraba era capaz de cualquier cosa por alejarle de ella. Pero pronto esa mirada se calmó de nuevo; aquella misma lámina acuosa volvió a aparecer, mitigando la ira y cediendo a algo muy próximo a la ternura. El viejo miró a Jeannine con tal devoción, quedó un instante tan sometido a ella que Desiderio, por un instante, lo olvidó todo, hasta que él la amara también de algún modo.

—Es muy joven aún —explicó el holandés, como si pretendiera justificarla de pronto ante Desiderio—. No sabe lo que es la vida. Muchas veces la he tenido que regañar por eso. Ya ve, y hoy...

Levantó su mirada. La fijó en el joven.

—¿Dígame? ¿Por qué ha venido? ¿No le avergüenza verla así? ¡Váyase! No se mezcle en la vida de ella. Le podría perjudicar. Un día u otro ella tendrá que marcharse, créame. No nos gustan las gentes de aquí, son muy cerradas, ¿comprende? Siento ser incorrecto con usted, pero debe irse.

Cuando Desiderio iba a contestar, Jeannine se revolvió de nuevo, toscamente. Con un movimiento inconsciente llevó su mano hasta su pecho, donde quedó yerta. Abrió levemente los ojos; sonreía de una manera dulce y apenas perceptible, sumida en su letargo. Desiderio la miró absorto, distraído de pronto por ella, como si quisiera descifrar la luz que pudiera trascender entre el abstruso follaje del delirio y diera alguna noción del paisaje interior que adornaba el falso sueño de su amiga. El holandés la observaba también ahora fríamente. Y Jeannine se revolvió de nuevo. Volvió a abrir los ojos, entornándolos; primero hacia M. de Hugtenhagen. Luego al otro lado, hacia Desiderio; aquellos ojos no comprendían nada, no advertían nada. Por un impulso ciego el rostro de Jeannine volvió a caer al lado de su protector. De la nariz del holandés surgió y vaciló en el aire un entrecortado respiro. Su boca se removió un instante, como si sus dientes masticaran con increíble rapidez un pellejo, una nadería, los residuos de su emoción y los triturara. La lámina acuosa de sus ojos se hizo más tenue aún.

—Ella no sirve para enamorarse. Yo la conozco. No, no, ella no sirve —y la piropeaba así, como si fuera una chiquilla—. Ella prefiere otras cosas. *Quiere* otras cosas ¿comprende? —terminó, volviéndose de pronto nuevamente a Desiderio.

Jeannine se movía de nuevo, inquieta. Desiderio no miraba al holandés. Serio, inmóvil como una estatua, con una especie de despecho y de ira que le bullía en el pecho, aguardaba a que el holandés terminara de herirle.

—Usted es un cobarde —le dijo con lentitud, con calma, como si gozara al fin por decir lo que pensaba—. Usted tiene en sus manos a Jeannine. La tiene prisionera. Usted es quien le procura la droga, ¿no es así? No quiere que se le escape y prefiere matarla.

Estaba fuera de sí, pero se contenía. Nunca había sentido lo que sentía ahora, la posibilidad de matar a un hombre.

—Cálmese, joven, créame —respondió el otro, levantándose lentamente y dando un rodeo entero a la cama, como si quisiera mostrarle que no era precisamente para parapetarse que no se había movido de allí. Le miró con sus ojos blancos y luego se acercó a la portezuela del ropero donde bullía «Yucki».

Pero no abrió la portezuela. Parecía que esperara a que Desiderio cumpliera la amenaza que brillaba en sus ojos.

Desiderio no se movió.

Entonces ocurrió algo que acabó de atolondrar a Desiderio. M. de Hugtenhagen dio vuelta a la llave del armario. Vibró en medio de la estancia la bola parduzca y saltarina del «caniche». Era como un cuerpo informe accionado por un resorte extraño, como a los impulsos locos de una tira elástica que le sacudiera del suelo a las alturas. Ladraba hacia el abdomen redondo del holandés con una alegría frenética, llena de gruñidos, de alaridos, de unos sonidos que arrancaban de la más oscura raíz de los instintos. Mostraba unos dientes que oscurecían aún más la penumbra. Y en este estruendoso motín de sucesos inverosímiles la cabeza de Jeannine, removiéndose otra vez, se volvió de nuevo hacia el lado en que ellos estaban, como si quisiera buscar algo concreto con los ojos, como si asiera de pronto una porción de realidad entre las turbias marejadas del ensueño: Ambos, el holandés y Desiderio, se olvidaron un instante entre sí, se ignoraron de pronto, volvieron a mirarla. En un lapso de silencio, «Yucki» quedó como aplastado en el suelo, cubriendo con sus dos patas delanteras la informe pelusa del morro. En este instante, Jeannine abrió unos ojos inexpresivos y balbució unas palabras. El holandés se acercó a ella, pero Desiderio no se movió. Decía: «*Desir, desir...*»

Vio al holandés agacharse hacia ella y besarla con sus labios húmedos en la frente. Percibió claramente que no era posible hacer ya nada por ella y no quería sufrir más. Su salida clandestina, su traición a sus principios y a Crista se proyectaron de nuevo con evidencia ante él, en su ánimo. «¿Por qué lo habré hecho?», se dijo. En realidad, hasta hoy podía decir que no conocía a Jeannine. La había conocido hoy plenamente, en el momento justo en que se separaban, en que se apartaba para siempre de su lado. Sin decir palabra, sin volverse siquiera, Desiderio salió.

Exactamente no podría precisar cómo volvió a casa. Se encontró frente al portal, abrió la puerta, subió la escalera... Y pensó que debía tener la presencia de ánimo suficiente para no cometer ningún error. Así lo hizo. La puerta se abrió en silencio. Con los zapatos en la mano recorrió el itinerario de sombras hasta su cuarto. Del fondo del piso, en la parte del servicio, se oyó chirriar una puerta; pero él ya estaba en su habitación. Al poco volvió a sentir el rumor inalterable de la respiración de su padre, que cruzaba los tabiques. Resueltamente, mañana empezaría una vida completamente nueva, una vida noble, aireada y distinta. Pero hoy, esta noche, estaba desolado.

Queridísima Crista:

Como te prometí, cojo papel y pluma dispuesto a decirte un poco cómo va mi vida, mientras espero a que se termine este dichoso veraneo y pueda verte otra vez a todas horas. Puedes estar tranquila sobre aquello que tanto te preocupaba. Desde que volví de Caldetas no he dejado de pensar en ti y de recordarte constantemente. No sabes cuánto he pensado en las horas que pasamos juntos, principalmente en aquel rato de la tarde en que estuviste maravillosa, tan comprensiva, tan ad-

mirable... Parece que aún te vea, con tu vestido verde, tus grandes ojos, tu pelo negro... ¿Por qué eres tan hermosa, Crista, y por qué te quiero tanto? La verdad es que lo raro sería no quererte. No hay en el mundo una muchacha más bonita que tú y estoy todavía sorprendido de que esta maravilla me haya correspondido.

¿Y tú? ¿Has pensado en mí? ¿No has olvidado tampoco aquellas horas? ¿Te acuerdas todavía de nuestra conversación de la tarde?

Me gustó mucho Caldetas. Me encantó tu casa, y la gente del Casino me pareció muy simpática, especialmente el doctor Duró. A los chicos no pude tratarles, ¡fue todo tan rápido! Pero no dudo que, como tú dices, son buena gente. El año que viene, en que ya estaré libre del cuartel, te iré a ver todos los domingos y podré conocer más a fondo todo lo que a ti te parezca de Caldetas. Por cierto, que me dio el sol demasiado fuerte y se me ha saltado la piel de los hombros. Es la falta de costumbre.

En el cuartel, las cosas se van arreglando; se acercan los concursos de equitación y el coronel me ha relevado de todo servicio para que pueda entrenarme. Lo hago con «Cachimba», la yegua que voy a montar, que es una verdadera joya. Se llama «Cachimba», creo que te lo dije. Tiene una lámina preciosa. Cuando la sacan de la cuadra mira a todos los lados, como si me buscara, y al verme se empieza a remover de contenta. Tiene una cabeza despejada y unos ojos vivos, un tronco largo, bien arqueado y unas patas finas y delgadas, que son nervio puro. La monto dos y tres horas todas las mañanas, hasta que nos cansamos los dos. Prosperamos de lo lindo y no dudo de que si sigue así podré hacer algo bueno en los concursos. Cuando tú vuelvas pediré autorización para llevármela al Polo, pues es preferible entrenarla en el campo en que ha de concursar, y así aprovecharemos para que estés conmigo mientras me entreno. ¿Te gusta eso?

Por lo demás, el trabajo como siempre: aburrido. Las obras se puede decir que están terminando. ¡Ya era hora! Los albañiles ya se han marchado y ahora están trabajando los vidrieros, lampistas, etc. Es cosa de unas semanas y tendremos que trasladarnos a los nuevos locales, que no se parecen en nada a los antiguos. La verdad es que, mirando a la nueva fábrica, con sus grandes patios y las nuevas dependencias blancas, se explica uno la cara de satisfacción que pone mi padre. Han empezado a llegar nuevos telares y los van montando ya en los lo-

cales correspondientes. Una parte de las oficinas ocupa ya su nuevo lugar, pero a mí y a todos los que están en mi sector, entre ellos mi padre y el apoderado, no nos han movido todavía.

Dime si se ha marchado Paco. Quisiera verle antes de su vuelta a Madrid; que me avise y no sea malo.

El otro día, al cruzar por la Gran Vía, vi a tu carabina, la buena de Rita. Parecía que se escondiera de mí, como si no quisiera verme. Al fin, al verse descubierta, salió de detrás de un farol en que pretendía pasar inadvertida y con un saludo extrañísimo se alejó de mi vista. Dime... ¿es que la tendrás este invierno o podremos pasar a mejor vida?

Espero que me escribas una carta muy larga diciéndome si te has olvidado de mí y anunciándome vuestro regreso rápido. No os hagáis esperar, que eso es de mala gente.

Te envío miles de lo que tú sabes. Tuyo,

DESIDERIO

Cuando Crista terminó de leer estas líneas se quedó reclinada en el sillón de mimbre y sintió que no cabía en sí de gozo. Se quedó un rato como adormilada, volvió a leer la carta, paladeó sus frases más cariñosas, se la llevó a los labios, susurró algunas palabras de amor y la volvió a leer. Su madre la sorprendió en esta tercera lectura y vio pintadas en su semblante la satisfacción y la dicha.

Aparentó no darse cuenta hasta al cabo de un rato, en que, distraídamente, preguntó:

—¿Qué cuenta Desiderio? ¿Buenas noticias?

La chica era esquiva en cuanto a confidencias. Siempre le había parecido a Evelina que una de las virtudes más apreciables de la gente era la locuacidad. Entre los comunicativos, solía afirmar, hay muy pocas malas personas. Pero el semblante de Crista y su actitud eran más elocuentes que sus palabras. La dicha rezumaba de toda ella, como de un tarro lleno de mieles.

Era de noche, una noche calurosa, impropia de lo muy avanzado del verano. Rozaban ya el otoño, pero en el cielo no aparecía ni una nubecilla y mantenía y mostraba descaradamente su azul impertérrito como si quisiera desafiar a los impacientes. Entre ellos empezaba a contarse Evelina. Nunca le había agradado prolongar demasiado el veraneo. Era partidaria de volver a la ciudad por los alrededores de la Merced. Quería que los primeros chaparrones del otoño la pillaran ya instalada y habituada a su vida normal. Pero aquel año no había siquiera el pretexto de unas gotas al atardecer, o de un ventarrón o de un día con neblina para empezar a hablar del regreso. Estaba impaciente y miró al cielo intentando escudriñar en la oscuridad algún presagio de mudanza atmosférica. No lo halló. Las estrellas fulgían como lámparas lustrosas, empavesando la bóveda celeste con brillos innumerables, con infinitas salpicaduras de oro fino. Las aguas del mar estaban tan remansadas que por ellas podría nadar una bandada de patos domésticos sin temor, como en un lago. El ruido de las olas era, desde hacía semanas, tan tenue y huidizo que hacía más rumor una acequia o un lavadero que aquel mentido mar de las leyendas. Todo se ponía en contra.

—Dime, Crista, ¿no te da recuerdos Desiderio para nosotros?

—No, es decir...

—¡Vamos!

Crista se decidió a leer una sola línea.

—«Espero que me escribas... anunciándome vuestro regreso rápido». —Crista subrayó con su voz el «vuestro», para halagar a su madre.

—Sí, realmente. La verdad es que Caldetas, a estas alturas, ya empieza a pesar.

Estaba meditando. Maduraba un pretexto para ordenar el cierre del veraneo. Pero no lo encontraba. Ni siquiera Paco, que no paraba nunca en casa, parecía aquel año encontrarse mal en la playa.

De pronto una brisa súbita, acariciadora, hizo susurrar un latido a la fronda de los pinos y balanceó un instante las hojas de las plantas de la veranda. Evelina la observó, la vio pasar y removerse, observó la oscuridad como si pretendiera atrapar *in fraganti* al soplo del aire, así un gato cauteloso al advertir un ratón.

De pronto surgió aquello, tan esperado.

—¡Ay! —y se llevó la mano a los ojos, con un tintineo de brazaletes—. ¿No has visto?

—No, ¿qué?

—Un relámpago.

—¿Un relámpago? Debe de ser de calor.

—¿De calor? ¡Ja, ja!... ¡Qué ideas! En septiembre y de calor...

Estuvo un rato con la vista en el horizonte, esperando que luciera de nuevo aquel destello liberador. Pero nada se movía.

—Es hora que empecemos a pensar en marcharnos. No me gusta este tiempo. Cuando pasa esto, es señal que la tormenta viene sin avisar. Y ya sabes lo incómoda que me siento con los relámpagos. ¡Mira, otro! Ya está dicho; mañana nos vamos.

—¿Mañana?

—Bueno, máximo, pasado. Si lo decía yo... Ese tiempo no puede durar. No hay que esperar a helarse para volver a Barcelona. Cada cosa en su tiempo, hija mía...

Al día siguiente abonó el sentido previsor de Evelina la presencia de una calina viscosa en el horizonte que, por la noche, se convirtió en denso nubarrón sobre la superficie de las aguas. Y por la noche se oyó un trueno lejano, que mantuvo a Evelina en vilo y cuyo bronco eco acarició astutamente en su memoria para esgrimirlo como máximo estímulo de su traslado.

Éste fue decidido y consumado con toda rapidez. Y antes de la Merced, Evelina y sus dos hijos estaban de nuevo en el principal del Paseo de Gracia, resueltos a empezar activamente la temporada de invierno.

La misma tarde del día en que llegaron, a la media hora de la apertura de la casa, Desiderio fue a buscar a Crista.

Fue recibido con todos los honores compatibles con la presencia de los baúles y los fardos que llenaban los pasillos. Pero una vez saludado tiernamente por la dueña de la casa, esta misma le invitó a salir de ella con su novia.

—No sé qué me da veros aquí encerrados, entre ese barullo. ¿Por qué no os vais un rato al Polo? Aunque no esté Rita, qué sé yo, un día es un día...

Y Evelina respiró satisfecha al verlos marchar. Irradiaban alegría, felicidad, comprensión. Eran una pareja como hay pocas. En cuanto a él, decididamente, los temores que abrigara Evelina en semanas anteriores, se habían desvanecido. Desiderio estaba muy enamorado de su hija. Su visita a Caldetas, aunque retrasada y fugaz, había sido satisfactoria. Sin duda, además, las cuatro palabras de Duró debían haber tenido el don de la oportunidad. Fuera como fuera, debía seguir manteniéndolos así, tan unidos uno al otro. Ella les allanaría el camino.

Cuando Crista y Desiderio regresaron, ya poco antes de cenar, estuvieron un rato en el salón. De vez en cuando Evelina, desde la parte trasera de la casa, les oía charlar y reír.

Al fin Desiderio se fue a su casa y Crista entró en el comedor con la cara sonriente y feliz.

—Vaya, veo que lo has pasado bien. Cuéntame, ¿dónde habéis estado?

Ella tardó un instante en hablar.

—Mamá —dijo—. Desiderio quiere hablar con su padre, ¿sabes? Eso me ha dicho. Dice que si su padre se lo autoriza, quiere... que formalicemos...

Evelina se apoyó en la mole del trinchante, al escuchar tales palabras. ¿Es posible? ¿Tan aprisa? ¿No eran muy jóvenes aún? Pero lo decía por decir, sin pensar mucho en el volumen de sus reparos.

¡Por fin! Se avecinaba el cumplimiento de su ensueño. ¡Loado sea Dios!

Se acercó a Crista y la besó tiernamente en la mejilla. No era partidaria de ternezas, pero aquel día no lo podía evitar. ¡Era dichosa!

Desiderio marchaba con paso firme hacia su casa. Se había propuesto cumplir uno por uno estrictamente con todos sus deberes, entre ellos el de la puntualidad. Se había abrazado a Crista aquella tarde como se abraza uno a un tronco en situaciones de peligro. Consideraba que ella era la única cosa firme de su vida, lo único que le permitía no vacilar. A menudo pensaba aún en la otra y se daba prisa por acercarse a Crista, en comprometerse con ella. Ésta había sido la principal razón por la cual le habló aquella tarde de llevar adelante sus proyectos.

Y, sin embargo, no le hablaría aún a su padre, el cual, probablemente, le opondría una serie de reparos antes de acceder plenamente a fijar fechas. Se limitaría a enlazarse cada día más con ella, con la idea de un noviazgo formal y, al término de él, boda. ¿Qué otra cosa podía hacer? ¿O ignoraba la especie de barro del que estaba hecho, tan maleable y corrompido que era posible esperar de él más disparatadas figuras?

«Tengo que casarme con Crista, tengo que comprometerme en seguida con ella... —pensaba—. De otro modo, todo me pesa demasiado. Y no puedo exponerme a volver con Jeannine, no puedo hacerlo de ningún modo.»

Cuando entró en el despacho de su padre, éste estaba pasando los números, desde los reversos de sobre, en borrador, a las páginas satinadas del Dietario.

—Buenas noches, papá.

—Buenas noches. ¿De dónde vienes?

—De Casa de Crista.

—¿Han llegado ya?

—Sí, esta tarde.

—¡Vaya, por Dios! ¡Enhorabuena! Ya estarás tranquilo, ya tienes compañía...

Y le miró, le observó, pellizcándose el mentón, sobre la barba crespa y gris.

—Pero no te enredes demasiado. Inauguramos el primero de octubre.

Entró Josefina y dijo que la cena estaba servida. Padre e hijo se fueron, uno junto a otro, al comedor.

XVI

En un ángulo principal de las nuevas edificaciones, el que daba por la parte frontal a la esquina de una calle recién urbanizada, fueron instaladas las nuevas oficinas. No se trataba de los exiguos recintos en los que había transcurrido hasta entonces la vida del trabajo, sino de amplios despachos, con saloncitos de espera anexos, cuidadosamente amoldados por el arquitecto al tono y modernidad del conjunto. Joaquín Rius había tardado en habituarse a la idea de esta reforma y le pareció que su trabajo iba a perder, con su intimidad, algo de su tesón; y que hasta incluso quedaría con ello resentida la autoridad que ejercía. El despacho en el que había trabajado durante tantos años parecía estar hecho a la medida de sus nervios y de sus pulmones y, al ser ampliado, habrían de ser ampliados con él, probablemente, sus arrestos de ánimo.

La seguridad de tener a mano a sus colaboradores, de entrar y salir de las oficinas sin que nadie advirtiera su paso, y aquellas horas de charla, los cambios de impresiones de última hora, la noción de pertenecer, de presidir una empresa familiar, donde se echaba mano de los seres y de las cosas sin necesidad siquiera de un timbrazo, con una voz, era su razón de ser, su vida.

En los días previos a la inauguración, desde el dueño hasta el último obrero, pareció contagiarse la impaciencia, el nerviosismo de abandonar la rutina estatuida por tantos lustros de trabajo conspicuo en los límites —que nadie, hasta ahora, había encontrado tan estrechos— de la fábrica primitiva.

Una mañana, los accesos de esta entrada se poblaron con los aspirantes a las nuevas plazas requeridas para la ampliación. Eran numerosos grupos de obreros especializados, con sus credenciales en mano. Pasaban uno por uno al interior, donde se les tomaba la filiación y noticia de sus informes. Los empleados de oficinas estaban, si cabe, más nerviosos que los demás por llegar a la fecha de la inauguración. A la salida de la fábrica, dando un rodeo entero a la mole, contemplaban desde el exterior los hastiales blancos, impolutos, de las nuevas oficinas, en las que no se habían regateado las ventanas, anchas y transparentes. Habían visto entrar sucesivamente en los departamentos, las mesas modernas, los ostentosos *bureaux* de lustroso barniz, las máquinas de escribir, los teléfonos de trompetilla, complicado prodigio de hilos y enchufes que auguraba a cada uno una consistencia particular dentro del general empaque de la firma social.

Poco a poco fueron trasladados al mundo aún misterioso de los nuevos locales algunos de los objetos correspondientes al mundo antiguo. Se vio salir un día a Rius de su despacho con tres cuadros debajo del brazo. Eran los cuadros, tan conocidos por los empleados, de la Reina Cristina —«A don Joaquín Rius, modelo de laboriosidad»—, del abuelo Rius y del abuelo Llobet. Con un nuevo marco seguirían presidiendo las paredes del puente de capitán de aquel barco, que dejaba de ser un barco de cabotaje y se convertía en un lujoso y grande transatlántico. Infinidad de objetos, sin embargo, no habían de abandonar ya su viejo mundo, para derruirse en él lentamente y para siempre. Hizo su entrada un día aparatosamente en el recinto una gran caja de caudales, gris, brillante, niquelada, con un juego complicado de ruedecillas jeroglíficas, mole que fue descendida de un carro entre los estruendosos gritos de los peones, entre un rodar de traviesas de hierro y un aullar de consignas, como si se encerrara a una bestia peligrosa; quedaría recluida, abandonada en su lenta agonía, la vieja caja del viejo Llobet, el que murió en el atentado del año nueve, negra, modesta y pequeña, con sus botones dorados, ya plomizos por el constante uso y su fachada luctuosa y triste.

¡Vieja caja, de aspecto claustral y botones mugrientos, donde había habitado la fortuna de los Rius, ganancia a ganancia, quiebro a quiebro! Por la puerta de escape emigró tristemente a otro lugar, hacia un ángulo de un departamento improvisado para los trastos. En la caja nueva, poderosa, pulida con el gris de su esmalte, las viejas carpetas, el hule de los monederos, la paja de las canastillas para la plata, iban a morir de extrañeza. Y el tresillo del viejo despacho, al que Joaquín Rius no había querido renunciar, y la vieja mesa sólo raspada y repintada, de la que no se quiso desprender, vinieron a ocupar un lugar lateral en la vieja gerencia, mirados con desdén por una mesa nueva, ancha y solemne, cubierta por un cristal frío como un mármol.

Mientras el cambio había consistido en la edificación de unos muros y la mutación no se manifestó más que en el esqueleto, todo se redujo a un engorro exterior, una picazón epidérmica. Pero al trasladar uno por uno los objetos a su nuevo destino, sintió Rius como si el tiempo quedara partido en dos, y que entre las dos etapas apenas existiera un leve filamento de conexión precisa. No fueron ya el tresillo y la mesa, la caja, los estantes, el viejo retrato de la Reina Cristina; era desmenuzar el origen de su vida en aquellos muros y deslizarse con su destino hasta hoy, a través de un patio y unos pasillos, con paquetes a cuestas, al ayudar a trasladar los balances remotos, los libros de caja que firmara su padre, el fundador; fue, sobre todo, al arrancar de su incógnito los fajos de correspondencia amustiada por el tiempo, y el acopio de olvidados papeles que, de no ser el cambio, hubieran muerto tras él, olvidados allí. Atadas con una cinta, las cartas de su hijo cuando estudiaba en los Escolapios de Sarriá; metidas en un sobre, facturas y apuntes de gastos antiguos, del tiempo de Mariona, y unas fotografías de ella, su mujer. Todo esto, que no llenaba más que la mitad de uno de los cajones de su escritorio, salió de pronto a la luz y fue envuelto por él, en un papel de periódico y escondido de nuevo hasta el momento en que, con sumo cuidado, halló su lugar en el correspondiente cajón de la mesa nueva. Y aquel mundo desvencijado que vibraba sin cesar, aterido con el ritmo de las lanzaderas, le hacía temblar también a él, sobre la delgada alfombrilla que no podía trasladar, como si sintiera que algo podía mudar también de repente en su vida, mediocre y utilitaria, polvorienta y antigua como aquellos trastos.

Cuando quedó consumado enteramente el traslado, Joaquín Rius respiró satisfecho. Bastaron unos días para que, con el nuevo ritmo de trabajo, quedaran olvidados todos sus prejuicios. En la etapa intermedia había sentido la indecisión de no saber dónde poner pie, y si estaba él a su vez reformado o respondía a una moral antigua. Decididamente no era hombre de situaciones interinas.

Las tres grandes naves en rectángulo llenaban las tres caras de una manzana cuya esquina venía a presidir, con letras flamantes, el nombre de la razón social. Centenares de telares de un último modelo funcionaban a pleno rendimiento en las naves de nuevo cuño. Desde su despacho, faltaba algo de ese rumor que había aturdido siete lustros de su vida y con el que se había ya identificado. Las nuevas máquinas tenían una trepidación amortiguada y las paredes de la fábrica, los dobles ventanales y la disposición de los visillos de su despacho no dejaban filtrar más que el sordo y monótono runruneo de los compartimientos alejados. Tardó un tiempo en habituarse a la luz que inundaba majestuosamente el ámbito de su despacho, que daba por un igual a los tabiques, al techo, a la mesa...

Coincidiendo con este cambio, el viejo Rius añadió a su vida un elemento que, de año en año, se le iba haciendo indispensable: un automóvil. Era un «Hotschkiss» monumental, comprado a un francés en quiebra, y cuyos interiores semejaban los de un *boudoir*. Fue una adquisición rápida, a primeros de octubre. Nadie pudo saber cómo se había decidido, quién le había aconsejado y por qué le vino la idea tan de pronto. El automóvil amaneció una mañana frente al portal de su casa, provisto de un chófer cuyo uniforme, por el momento, se reducía a una gorra de plato. Unos días más tarde el chófer ya contaba con su atuendo completo según el uso del tiempo: guerrera gris, ajustada al cuello y llena de botones; pantalón de montar y polainas relucientes. Todo ello acentuaba el espesor y el tinte negro de un copioso bigote, que el chófer lucía «a lo kaiser», y que debía considerar ornato digno de lo épico de su profesión.

Bendijo las nuevas naves, el día de la inauguración, el doctor Canadell, canónigo de la Catedral. Asistieron a la ceremonia, además de los elementos de la empresa, un acopio de gentes que no habían puesto nunca sus pies en una fábrica: viejos amigos de su padre que hablaban de sus nietos y se referían a los tiempos del viejo Llobet correspondiendo al respetuoso saludo de Arturo. También un sector de la vida de don Joaquín que iba desde Federico Costa hasta el procurador De Castro, reunidos allí en mezcolanza. Los invitados admiraron las dimensiones de la nueva fábrica, y al despedirse del viejo Rius, que se apoyaba en el brazo derecho del apoderado, no podían ocultar su sincera alegría.

El trayecto hacia la fábrica se hizo, a partir de entonces, de manera menos apresurada. Don Joaquín se autorizó a levantarse una hora más tarde todos los días, de la que de rechazo se benefició Desiderio. Al llegar al fielato de la Gran Vía por el que debían cruzar ahora para ir a la fábrica ya se destacaba la mole blanca entre los grises edificios que la rodeaban.

Rius había mantenido hasta entonces sabiamente oculta la cuantía de su fortuna en la intimidad del secreto bancario; pero nadie dudaba ya de que la estaba multiplicando. No comentó con nadie esos pormenores, ni siquiera con Llobet o con su hijo. El día del estreno del coche y en los sucesivos, bajó del vehículo como si nunca hubiera viajado de otro modo.

Quedaban lejos aquellos días en que él introducía personalmente la gruesa llave en la cerradura del portal de la fábrica. Mudado el escenario, cambiaría con él el rito. Si aquel gesto había sido indicio de su soberanía indiscutida, ahora su categoría se había de patentizar en los rotundos, apremiantes bocinazos que abrían el camino entre los obreros, al penetrar el coche por la calzada hasta el patio lateral de la fábrica. En cierto modo, con el automóvil abría, en proporción, con la misma diligencia, idénticos recintos morales, cuya dimensión no iba a cambiar por unos tabiques más o menos.

Todos los procedimientos y los trámites del trabajo tuvieron que ser sometidos a una revisión, pero fueron, en esencia, mantenidos. A las diez de la mañana se efectuaba la inspección. Ésta se hacía ahora rápidamente, sin el detenimiento que la cortedad del espacio permitía en la antigua fábrica. A la derecha de don Joaquín marchaba Arturo Llobet y a la izquierda Desiderio, cuando estaba en la casa; a la derecha de Llobet, Vinyals, más grueso aún y con cabello canoso; a la izquierda de Desiderio los jefes de las secciones hasta el término de cada una de ellas. Don Joaquín avanzaba un tanto adelantado a los demás. Las largas zancadas de Desiderio era lo único que desentonaba en el conjunto; el paso del apoderado, de Vinyals y de los jefes de sección se adecuaba al del dueño, a pesar de que éste, por la inmovilidad de la pierna izquierda, el engorro del bastón y el nerviosismo congénito era difícil de seguir. Las nuevas naves, iluminadas por anchas claraboyas, ofrecían un aspecto maravilloso. Rius se dejaba un poco llevar por la sugestión plástica del conjunto, que le llenaba de gozo. No se permitía ya aquellos parones ante tal o cual máquina. Los telares de la vieja nave eran conocidos por él como pudieran serlo los perros de una jauría criada a sus expensas, con sus cuidados. De esos telares nuevos no conocía, en cambio, el nombre, ni la andadura, ni los secretos; esas máquinas no tenían achaques ni requerían, de momento, su intervención directa. Funcionaban a la perfección; eran entes soberbios que desdeñaban todo mimo. Tampoco tenía la excusa de decir: «Párenme tal máquina para unas muestras.» Había un telar en cada nave destinado exclusivamente a muestras y experimentos. Y ¿qué hubiera hecho si los que regentaban estas nuevas máquinas eran gente nueva, desconocidos desligados de él? El personal de la fábrica había sido doblado de número en un año y ante esa multitud debía mantener su porte, una apostura distinta.

Las órdenes se daban ahora en voz baja y siguiendo una escala de jerarquías que en modo alguno era posible alterar. Llobet le hacía sus observaciones cuidando de llevar la mano hasta la boca para que ni con el movimiento de sus labios pudiera nadie colegir la calidad de la confidencia. Él asentía, inclinando su cabeza, acariciándose tranquilamente la barba.

Joaquín Rius se sentía a la vez satisfecho y rendido. Uno de los grandes sueños de su vida había sido colmado. Era, sin disputa alguna, uno de los primeros fabricantes de tejidos del país. Su solvencia era reconocida en todas partes. Aquélla, la producida por las obras, sería seguramente la última tensión de sus nervios. En adelante, procuraría únicamente que la empresa se mantuviera en esos lindes; su trabajo estaba hecho.

En mitad de este cambio absoluto de decorado, Desiderio Rius continuaba su vida, amoldándose lo más estrictamente posible a las normas que se había trazado desde que se despidiera de Jeannine. Relevado de las guardias para que pudiera entrenarse para el Concurso y afrontando resueltamente el imperativo de acostarse así que acababa de cenar, no tardaron en asomar en sus mejillas aquellos tonos saludables que, de rechazo y por un misterioso entronque, constituían la salud de la fiel Josefina. También el apoderado Llobet notó, pese a los cambios de luz que podían mixtificar en este punto sus conclusiones, la favorable mudanza que beneficiaba el aspecto de su pupilo honorario. Procuró animarle, mostrarse benévolo y deferente con él, tranquilizarle respecto a las intenciones del control de su persona. En las nuevas dependencias, los despachos de Llobet y del hijo del dueño se hallaban separados por un saloncito de espera, común a los dos —en el cual Llobet había colgado el mapa de las operaciones—, y esta prudente tierra de nadie venía a dejar al joven Desiderio en mayor libertad; por lo menos las entradas del apoderado en su despacho no eran frecuentes ni tan inesperadas como antes del traslado.

A menudo Desiderio iba a pasar un rato al «Ecuestre», donde encontraba a alguno de sus amigos, a Anselmo Durán, al bueno de Teodomiro, a Antonio Mira, a Clemente Pidal. Éste, su cómplice en la primera y deplorable aventura erótica inicial, cuando apenas acababan de salir del colegio, no había vuelto a tratar a Desiderio desde aquellos lejanos días. Los años, los pocos años, transcurridos desde las jornadas estudiantiles hasta hoy, habían hecho mucha más mella en Clemente que en los demás hombres de su edad. La transformación de Clemente no era normal. Cierta obesidad le había dado la apariencia de un hombre maduro; sus facciones quedaron prematuramente ajadas por una barba lampiña, inexistente. Pero sus maneras eran las de un hombre experimentado. Se desenvolvía con entera seguridad, con un aplomo impropio de un joven.

Estaba una tarde arrellanado en una de las poltronas del *hall* del Círculo y la gente de su derredor era la que, por lo común, poblaba aquellas salas lustrosas. No había variedad en los socios que hojeaban con suma lentitud las revistas inglesas, ni una voz descollaba del medio silencio que hundía a los tranquilos burgueses en tresillos y sofás, mientras escuchaban, los unos de los otros, con voz pausada y soporífera y oído atento, los comentarios sobre el curso de los acontecimientos o sobre las agitaciones de la Bolsa. La guerra había llegado a una pausa, en la que la muerte de los hombres por millares había perdido su primitiva y escalofriante novedad.

La guerra marítima, en cambio, se animaba. Los submarinos alemanes empezaban a patrullar por todas las aguas, haciendo estragos en la navegación de los aliados. El bloqueo no tardaría en cerrarse un día enteramente.

A sus veintidós años, Clemente Pidal había decidido que aquélla era la ocasión que le esperaba desde tiempo inmemorial. Desde que salió del colegio había adquirido un empaque de hombre de negocios. En diversas ocasiones había estado esperando que cuajaran sus proyectos, pero hasta el presente no había tenido suerte. Clemente Pidal era de los que no quedan atrás. O las cosas se emprendían en grande y de verdad, o era mejor no empezarlas. El mundo estaba lleno de negociantes de tres al cuarto. Clemente Pidal pretendía que a lo que había que llegar era, por lo menos, a ser un Rockefeller. Lo demás no importaba.

La crisis naviera que se estaba proyectando había impulsado a Clemente a fletar por su cuenta, arrancándolos de unos astilleros ignorados, dos antiguallas de la navegación a vela. La empresa ideada por Clemente había seducido a cierto extranjero, un tal M. Martin, el descascarillador de langostas que cenaba con él casi cada noche en el «Suizo», y, asociándose con él, ya habían empezado a llevar con éxito adelante la empresa. Enterado Clemente de que la fábrica de Rius servía a los aliados, concretamente a la intendencia francesa, pensó en que allí debía de haber alguien muy bien relacionado en el Consulado. Decidió hablar a Desiderio y hacerle una oferta.

Cuando Desiderio llegó aquella tarde al «Ecuestre», Clemente le hizo sentar y le abordó en seguida. Al principio el joven Rius le escuchó sin mucha atención, pero luego empezó a interesarse en el plan de su amigo.

Se necesitaba a alguien introducido entre los proveedores de la intendencia francesa y con relaciones entre los fabricantes y exportadores. Era imposible abordar a esta gente uno por uno, puesto que estaban divididos. Era preciso que alguno de los exportadores tuviera la iniciativa de confiar sus géneros a determinado tipo de flete, para que los demás siguieran o para que los representantes comerciales de los aliados dieran su conformidad.

Desiderio no entendía muy bien en realidad cuáles eran los proyectos concretos de su amigo el lince.

El hecho de que los barcos que constituían la materia y la

base de la sociedad de Clemente tuvieran una apariencia tan poco bélica y una contextura anacrónica, daba unas ciertas seguridades sobre la suerte que pudieran correr, por lo menos de momento, en el curso de su navegación. Tal era, por lo menos, lo que Clemente aseguraba.

En aquel momento del diálogo llegó junto a Clemente su socio, M. Martin. Hecha la presentación, se sentó junto a ellos. Con un aire escéptico, ese hombre se sacaba el monóculo del rostro, hacía con él un movimiento circular en torno al ojo y lo volvía a colocar en el redondel que, a fuerza del roce, había perforado en su piel la arista circular del cristal. Se sentó y no dijo una palabra.

—Pero, en resumen, ¿qué es lo que quieres?

—Quiero... dar a conocer nuestro sistema de embarque, popularizarlo, destruir la desconfianza de la gente. Se trata de obtener el embarque de algunos pedidos «Consorcio» para nuestra «Galatea». No importa que sean fletes cortos, a Marsella-Génova o Inglaterra. Más adelante pillaremos otros para ultramar. Eso por un lado. Por otro, se trata de obtener una introducción eficaz para un tal M. Durand, el jefe de compras del ministerio francés. A cambio de esto tendrás un uno por ciento del valor del flete. No es una cantidad desdeñable, no creas.

Desiderio no supo qué contestar. Prometió pensarlo, sondear en la fábrica con alguien de confianza y dar una contestación a los dos días. Cuando Clemente y su socio se marcharon hizo rápidamente sus cálculos. Clemente había dicho que los fletes a Génova llegaban a pagarse a doscientas pesetas tonelada. A Marsella, ciento veinticinco. En una rápida y mental operación aritmética llegó a la conclusión de que, en caso de lograr un buen flete, podía embolsillarse tranquilamente la hermosa cifra de dos mil duros.

La persona que le pareció más indicada para sus primeros sondeos fue el viajante Vinyals. El viajante rezumaba por todos sus poros satisfacción, buen sentido y alegría de vivir. No le aturrulló ni con distingos ni con reparos, al contrario: encontró la cosa llana y como si ya estuviera realizada.

—¿M. Durand? No hay inconveniente. Es un hombre de talento y muy amigo de su padre. Lo entenderá en seguida.

—Es que... dudo de que mi padre se quiera mezclar en eso.

—¿Y por qué no? ¿Qué más le da que el «Consorcio» embarque el género en un barco que en otro? Esos barcos se sostienen, ¿no? Y, según dice, caminan a una velocidad de ocho nudos, ¿no es cierto? Se hace el seguro y asunto concluido. ¿En qué le puedo ayudar?

—Quisiera que me presentara al señor Durand.

—Hombre, es que... yo... yo no soy nadie para hacerlo. Háblele a su padre, que él lo arreglará.

Pero por nada del mundo estaba dispuesto Desiderio a que su padre se mezclara en el asunto.

—O dígaselo al señor Llobet. Él le dará alguna idea.

Así lo hizo. Se reunió con el apoderado en la salita contigua, zona neutra entre los dos. Esa iniciativa pareció agradar a Llobet. Al término de la exposición que Desiderio le hizo del asunto, Llobet meditó un instante.

—El consignatario hasta ahora ha sido «Ibarra».

—Pero ¿hay algún compromiso formal?

—No creo; se puede estudiar. Yo le ayudaré en lo que pueda —respondió, satisfecho de ver a Desiderio animarse en un negocio—. No es necesario molestar a su padre con este asunto, tiene usted razón. Me informaré en el «Consorcio» y le haré yo mismo una carta de presentación para M. Durand. Primero voy a ver si está en Barcelona.

Cogió el teléfono y pidió a la centralilla la comunicación con el Consulado. El señor Durand estaba en Barcelona y estaría dispuesto a recibir a Desiderio a los dos días.

A la entrevista acudieron Desiderio y Clemente Pidal. M. Durand era un francés de mediana edad, alto, fino, muy *poli*. Les ofreció asiento y Clemente abordó la cuestión. Expuso las características de los barcos. M. Durand atendía sin hacer comentarios, casi como si no escuchara.

—Envíeme una nota por escrito y deme el domicilio de su sociedad —se limitó a contestar.

Desiderio no se preocupó más del asunto y puede decirse que casi lo olvidó cuando, una semana más tarde, le llamó Clemente diciéndole que debía verle en seguida. M. Durand le había llamado y había concertado un embarque importante. El barco debía recoger ciertas mercancías en Málaga y en Valencia, cargar nuevamente en Barcelona y hacer la ruta Marsella-Génova antes de un mes.

La satisfacción de los dos amigos y los estruendosos parabienes de M. Martin fueron manifestados durante una cena, una cena copiosa en la que Martin demostró sus grandes habilidades de descascarillador de langostas y exquisiteces de *gourmet*. Si las cosas sucedían así, podían estar tranquilos; en ese caso no sólo «Galatea», sino todos ellos navegarían por el mundo a un promedio de ocho nudos, aseguró en los postres.

A la salida de esta cena de celebración, Desiderio estuvo con sus amigos en el «Excelsior». Aquel ambiente, sumado a los ligeros vapores del alcohol, le sugirió el hechizo de Jeannine y la buscó denodadamente con la mirada por todos los ángulos y rincones. A cada instante le parecía que la vería aparecer, del brazo del grueso holandés, o quizás acompañada por Mme. Forain, o tal vez sola, como a ella le gustaba a veces deambular. Pero Jeannine no apareció y la sobremesa se desvaneció entre los chistes procaces que contó M. Durand, que resultó ser un hombre de mundo y un mujeriego empedernido.

Mientras tanto, durante todo el mes de octubre, Desiderio apuró las gracias de «Cachimba» para saltar obstáculos y trotar por los prados, llegando a formar con ella un solo cuerpo, como es el ideal de todo jinete. La docilidad de «Cachimba», su nervio, su rapidez, su agilidad, su seguridad se fueron manifestando a lo largo de las sesiones de entrenamiento que Desiderio llevó a término una mañana y otra en el patio de obstáculos del cuartel. Muchas mañanas estaba con él el teniente Campos, y en los últimos días acudió a verle saltar el propio coronel del Regimiento. Éste pareció muy contento de los tiempos logrados y de los resultados que hacía el joven soldado y le autorizó de grado a que se llevara la yegua al Club, con un soldado a su cargo para que cuidara de ella en los días que faltaban aún para el concurso.

Durante aquellos días puede decirse que Desiderio no se movió del Polo. Montaba en dos sesiones —de dos vueltas cada una— por la mañana. Y otras dos por la tarde. Crista se reunía con él mediada la tarde y le veía dar las dos últimas vueltas completas a la pista. Desde su montura, Desiderio advertía de pronto, sobre el fondo de la baranda del chalet, junto a la tribuna, la figura de su novia, esbelta, bronceada, hermosa y radiante de orgullo, al verle en una actitud tan arrogante sobre su caballo. Terminadas las dos vueltas de prueba, descabalgaba, dejaba el caballo en manos del soldado, un baturro llamado Dimas, y salía de la pista al encuentro de ella. Solían retirarse de los ojos escrutadores e implacables de Rita a un lugar apartado, en general, al extremo de la pista, en el banco donde la tarde primera de su reencuentro a la vuelta de Inglaterra habían sellado de nuevo su relación.

Desiderio se sentía en plena forma y esperaba que en el concurso haría un lucido papel. Tenía incluso la ambición de llevarse la copa. Por eso repetía hasta la extinción sus ejercicios y moderaba su vida exterior. Había dejado en absoluto de tomar alcohol, ni siquiera esa copita de coñac reconfortante después de la comida, en el cuartel, cuando Anselmo Durán sacaba aviesamente su cantimplora de piel de cabra llena del estimulante y le ofrecía amistosamente un trago.

El campo del Polo había sido dispuesto para los concursos de tal manera, que eran nueve los obstáculos que había que vencer por dos veces, dado que el circuito era de dos vueltas: un charco de dos metros de largo, una valla de arbustos, dos zanjas —una seca y otra con agua—, un declive violento, una nueva valla —ésta, maciza—, otra con un simple poste, rematada por un charco —de modo que había que salvar a la vez altura y distancia—, un segundo montículo y una última zanja llena de agua entre dos vallas de arbustos.

Contemplando los obstáculos desde el banco del extremo, rodeando con su brazo el cuerpo de Crista, el joven Rius parecía medir sus posibilidades.

—Si paso sin castigo la segunda valla, la maciza, puedes estar segura de que me llevo la copa.

—Seguro que te la llevas —animaba ella.

Luego se retiraban al chalet, donde Rita, que había merodeado hasta entonces por los paseos, les salía de sopetón al encuentro.

Desde que se incorporara de nuevo a sus funciones, a la vuelta del verano, la acompañanta parecía alimentar algún secreto o alguna vaga esperanza, no se sabía de qué orden. Sus modales ya no eran tan abruptos con relación a Desiderio. Hasta estaba zalamera con él algunas veces, dentro de lo que cabía en sus modales ariscos. Sin embargo, Desiderio no se fiaba un ápice de ella. Le parecía ver en sus ojos ciertas malignas intenciones, como si se dispusiera a arañarle de improviso, en el momento menos pensado. Las apariencias eran, sin embargo, conciliadoras.

—¿No te has fijado que este año Rita ya no nos sigue tanto? ¿No será que le haya dicho algo tu madre?

—No, no. Es que está más tranquila. Por fin se decidió a ir al callista.

Esa confidencia pareció sosegar a Desiderio con respecto a la vestal.

Desiderio pidió prestado a un amigo, Antonio Mira, el equipo completo para el Concurso. Su chaquetilla encarnada y el gorro de terciopelo negro, la camisa de hilo, con encajes sueltos en el cuello, el pantalón ajustado. Todo ello le iba bastante a la medida y, al contemplarse en el espejo, se dijo que bien podía pasar por suyo. No tenía intención de gastar en un equipo nuevo, para una sola exhibición.

En casa de Evelina no se hablaba más que del Concurso. Evelina había hecho circular oportuna e insistentemente entre sus amistades la noticia de que el novio de su hija era uno de los jinetes que más probabilidades tenían de llevarse la copa. Eran, en total, muchos los concursantes y, en realidad, quien no pudiera pasar todo el día en el Polo, bastaba con que estuviera a partir de las cinco de la tarde, pues ésa era la hora, minuto más minuto menos, en que Desiderio iba a salir a concursar. Era prudente llevarse binóculos, como en el teatro; la equitación es un deporte al que hay que ver de cerca, para apreciar la línea, el arranque, la maestría de cada movimiento. No importaba que se fuera una profana. Para los no entendidos, el concurso podía ser un esparcimiento agradable, y el espectáculo de una tarde de equitación bastaba para hacer gratas las horas, sin necesidad de meterse en embrollos ni en técnicas. La copa era donación de Su Majestad, y había concursantes hasta de Madrid, de Bilbao y de La Coruña, además de algún jinete extranjero, como el marqués de Larignac, famoso por su estilo, pero ya un poco pasado. A los amigos que se interesaban por los detalles, Evelina les ofrecía la dirección del secretario del Polo, Óscar Andrade, como si fuera la propia, diciéndoles que podían disponer de él para las plazas y para el programa, y que no había más que pedírselo. Conocía a Óscar desde la más tierna infancia —y Evelina se cuidaba mucho de puntualizar de cuál de los dos era esa infancia a que aludía— y con sólo decir su nombre los atendería de todo corazón.

El día anterior a la prueba, Desiderio no montó a «Cachimba»; jinete y caballo descansaron, para hallarse frescos y completamente a punto en el momento de salir a la liza. Desiderio fue a rendir visita, sin embargo, a «Cachimba» a media tarde en las caballerizas. Entró en la cuadra, seguido por Dimas, el soldado. Dimas descubrió a la yegua, quitándole la gualdrapa escocesa que la cubría y Desiderio le dio unas palmadas en el lomo. El caballo le miró, reconociéndole con sus ojos bondadosos, brillantes y vivos y empezó a remover las patas sobre la paja, seguro de que Desiderio estaba allí para sacarla al campo y montarla. Al ver que pasaban los minutos sin que Dimas le pusiera la silla, en una mera observación de sus patas, de sus cascos, de sus dientes, de su pulso, «Cachimba» pareció defraudada. Dio unos tirones de protesta a la brida que la ataba como si quisiera arrancarse de su cautiverio y empezar de una vez. Desiderio le dio unos golpes amistosos en el cuello, en señal de confianza y de apaciguamiento.

—Paciencia, muchacha. Ya falta poco. Duerme bien, y hasta mañana, que es tu día.

Ella les vio marchar sin grandes trazas de haberles comprendido. Relinchó agudamente, para rubricar su decepción.

Desiderio se fue al chalet. No estaba Crista, con la que había quedado de acuerdo para verse en casa más tarde. Sólo estaban en el chalet Antonio Mira y su amiga, Asmodea. Desiderio fue a saludarles.

—Chica, de primera... El traje, que ni hecho a medida. ¿Me puedo sentar?

Y Desiderio ocupó una plaza frente a Asmodea.

—Vamos a ver si tienes suerte. Tal como te he visto esos días puedes hacer un buen papel. Hacías tiempos de primer orden.

—Dependerá un poco de todo.

—Tú procura salir tranquilo —recomendó Asmodea—. Como si no hubiera nadie en las tribunas, como si no hubiera jueces ni espectadores. Me parece que eres de los que te impone la gente. Prescinde de ella.

—¿Qué es eso? ¿El programa? —Y Desiderio cogió un folleto de unas páginas *couché* que Asmodea había dejado sobre la mesa.

—Sí. Cuarenta y dos participantes. El más peligroso, ese marqués francés, ¿cómo se llama? Le ponen incluso la fotografía —dijo la rozagante dama de llamativo busto y rostro antillano.

—No. El que te tiene que imponer más es Cerejada, de Madrid. Creo que es el mejor jinete de Europa —opinó Antonio Mira.

—Aquí dicen que vendrá la Infanta. ¿Es cierto?

—Sí, eso me ha confirmado Óscar esta tarde. No estaba decidido; pero le llamó Bermejo desde Madrid, anunciándole que podían contar con ella.

Desiderio empezaba a apurarse.

—Tanto mejor. Los éxitos hay que tenerlos completos —animó Mira—. Tal vez mi chaquetón colorado te infunda un poco de coraje.

—Será una jornada extraordinaria —comentó Asmodea—. Óscar ha echado la casa por la ventana. Y eso que estuvo a punto de dimitir.

—¿Ah, sí?

—Todo el mundo se le echaba encima. La rutina, ya sabes.

—Pero ¿por qué?

—Se ha empeñado en darle un tono cosmopolita, como convenía, pero le pusieron mil reparos. Veo que al fin se ha salido con la suya. Hasta la exhibición de modas ha conseguido.

Y Asmodea señaló en el programa una fotografía. En ella se veía una modelo de Longchamps, con un pie: «Modelo de la conocida casa Paquin, de París, cuyas últimas creaciones podrán admirarse también entre la concurrencia a nuestros Concursos de otoño, junto con las de otras renombradas casas nacionales y extranjeras».

Hojeó el folleto y después consultó su reloj. Era la hora de marcharse. Se levantó y se despidió de sus amigos. Temía llegar tarde a casa de su novia.

El día siguiente, día del Concurso, pareció prometer desde buena mañana la adhesión más radiante del clima a la jornada ecuestre. El sol lucía con una rotundidad primaveral. Apenas si era necesario abrigarse para pasear por los parterres del Polo. Desiderio salió del cuartel, después de pasar lista, y se dirigió al Club. Durante la mañana la afluencia de gente en los jardines no era aún muy notoria. Pero el recinto lucía de banderolas y los coches se estacionaban en la explanada contigua al chalet, mientras grupos de socios y sus invitados, acodados en la baranda de la pista, o sentados en los palcos, iban viendo discurrir uno por uno a los concursantes. Desiderio entró en la caballeriza y sintió el barullo que armaba «Cachimba», poniéndose de pie, con sólo olfatear su presencia. Echó un vistazo a sus remos, a sus ojos y le dio unas palmadas en la frente. Ya faltaba poco. Unas horas más y aquella sed de intemperie que parecía abrir sus ventanas nasales y rebullir en sus crines, quedaría saciada y colmada. Era preciso no impacientarse, repitió para sus adentros, consolando a la yegua, mientras reiteraba sus palmadas sobre su piel.

Comió muy temprano y volvió al Polo. Dio unas órdenes a Dimas y se metió en los vestuarios. Había unos pocos concursantes que se estaban preparando para ir a la pista, o que, de vuelta de ella, salidos de la ducha, volvían a vestir sus arreos de calle. Entre ellos estaba Fernando Molins, un veterano que se pasaba la vida derribando vallas en todas las pistas de Europa.

—¿Cómo ha ido tu vuelta?

—Regular. Me he apuntado cinco castigos.

—¿Y cómo van los demás?

—Por ahora, muy mediano. El que más, Elizondo, de Bilbao... Pero no gran cosa.

Lentamente se fue trocando en una figura de jinete. Pronto se halló convertido en aquel personaje que debía llevar a «Cachimba», y con él el nombre de las caballerizas de «Santiago», a la victoria.

Se observó en el espejo y se encontró en disposición de salir.

El sol le deslumbró a la salida de los vestuarios. Las gentes iban llegando a oleadas, regularmente. Desde allí veía la lisa marejada de las gentes que entraban por las tribunas, que se iban distribuyendo en ellas, que llenaban graderíos y palcos. Todavía, sin embargo, aquella muchedumbre debía hacerse más apretada, más compacta. Faltaba aún un buen rato para llegar a su turno. Se adentró por los caminales, en cierto modo satisfecho de tener un rato para andar por ahí, con un poco de jactancia de su atuendo y del papel que iba a desempeñar. Junto a la tribuna topó con Óscar Andrade. Era un solterón de media edad, muy locuaz, muy atildado y *comme il faut*. Llevaba sobre el pecho, colgando, unos binóculos. Le recomendó sin pararse, pues iba a atender a ciertas damas que le hacían señas desde un palco, que no se alejara mucho de los controles, ya que algunos de los jinetes faltaban; que no se confiara, en una palabra.

Desiderio se dirigió hasta el puesto de los jueces. Éstos estaban ante unos papeles mirando a la pista, en acecho de las faltas de los concursantes, y completamente ajenos al tráfago mundano que transcurría a sus espaldas. Se puso junto a uno de ellos y miró los índices de la puntuación de la mañana. Llegó a la conclusión de que si nadie mejoraba aquello le quedaban buenas esperanzas de llevarse el trofeo.

Y se fue a ver el trofeo. Era una monumental Copa de plata, sobre un pedestal de caoba. Se acercó: «Gran Premio de S. M. el Rey. 28 de octubre de 1915». Lo contempló un buen rato, como para estimularse. La Copa era preciosa. Se alejó unos pasos, se volvió y subió a las tribunas. Las gentes y los grupos se apartaban un poco para dejarle paso, respetuosos con él. Esa sensación de expectativa y admiración que despertaba le volvía valiente. Se puso en un lugar elevado para dominar bien todo el conjunto. Quería ver si en algún lado estaba Crista, que le había prometido ir temprano.

Pero no fue a Crista a quien vio. Se quedó pasmado, incapaz de reaccionar, sin acertar a dar con la motivación del hallazgo.

Por el camino, a lo lejos, cogidas del brazo, avanzaban dos esbeltas figuras de mujer. Su manera de andar y lo extremado de su vestir, junto a la ficción estudiada y convencional de sus ademanes, indicaban el carácter de su misión en la jornada. Pensó Desiderio en el programa que había hojeado la tarde anterior. Una de ellas era —y Desiderio miró de nuevo, tenazmente, para que no fuera una ilusión, una mentira— Jeannine, la misma Jeannine a la que él repudiara, a la que él había amado, a la que de algún modo, no sabía cómo, había dejado de amar. La seguía a unos pasos una dama de alguna edad, vestida sin relieve con un traje sastre, con aspecto hombruno, en quien reconoció a Mme. Suzanne Forain.

Aturdido por el descubrimiento, Desiderio retrocedió por las escaleras de la tribuna, con ánimo de parapetarse en algún lado hasta que le tocara el turno de salida. La inesperada presencia de Jeannine en el Polo, aunque fuera cierto que no iba allí más que por una cuestión exhibitoria y profesional, le pareció una señal del destino, algo que se interponía de pronto bruscamente en sus planes, en sus propósitos recientes.

Obsesionado, se metió en el chalet. El bar bullía de gente. Había algunos concursantes, pero la mayoría eran espectadores. Sintió una mano en su hombro. Se volvió y reconoció a Teodomiro Flo. Su monóculo, aquel lagrimón suelto sobre la tez de Teodomiro, pareció desprenderse de pronto.

—¿Has visto quién está en uno de los palcos? Ella, esa Jeannine que tanto te interesa. Ven, necesitas un *whisky*, ¿no es cierto? —Y, cogiéndole de un brazo, lo llevó hasta el bar.

—Me dijo alguien que era ella la que se había impuesto para que Mme. Forain no desdeñara esta ocasión. Aunque a lo mejor ha venido a la fuerza.

—Sí. Debe de haber venido contra su deseo. Me consta que no hay nada que le mortifique más que este género de exhibiciones.

—Quizá lo haga en honor tuyo.

—¿Mío? —protestó con sorna Desiderio—. ¡Ea, no me hagas reír! Encárgame un *whisky*, ¿quieres?

La luz hiriente del sol de la tarde se filtraba por la ventana del bar, y llegaba hasta la chaquetilla roja del jinete. Al verse reflejado en uno de los cristales del ventanal, sorprendido por su propia facha, Desiderio sonrió para sí.

Se dio cuenta de que todo lo que hacía, de que todo cuanto había estado haciendo desde la última vez que vio a Jeannine, desde la postrera ocasión en que estuvo con ella plenamente, habían sido derivativos, engaños, excusas, diversiones insinceras de su auténtica realidad. Estaba mintiendo, a todas horas, en todos los instantes. Mintiendo en sus encuentros con Crista, mintiendo en su casa, al soportar sin protesta los hábitos prestados que llevaba encima, como le había sido prestada la chaquetilla de Antonio Mira, dentro de la cual se sentía ahora apretado, ridiculizado, disfrazado, hecho una piltrafa, un espectro, una máscara de sí mismo. Estaba mintiendo sin remedio a todas horas. Ella, Jeannine, era mucho más sincera. Ella era así, tal como se la veía. Su artificio era una consecuencia de sus realidades. El fingimiento y la verdad se hallaban en ella entremezclados. No se sabía dónde empezaba el uno y terminaba la otra. Ella era toda verdad o toda mentira.

Cogió el vaso de *whisky* y sorbió un largo trago. Sintió que el latigazo sutil de aquella bebida le escalofriaba, le infundía un ánimo secreto y cierto desdén por todo lo demás. «Si yo gano la Copa —se dijo en aquel instante—, es señal de que Jeannine ha de ser mía de nuevo.» Y tragó un largo sorbo de bebida, mientras Teodomiro, aquel decaído galán de otro tiempo, a su lado, libaba lentamente en otro vaso de *whisky*, y le observaba, irónico, enternecido, burlón...

XVII

Cuando el coche de los Fernández llegó a la explanada del Polo el Concurso estaba ya en la mitad.

Evelina tuvo que cruzar por el espacio que dejaban libre los vehículos apiñados en la explanada, a riesgo de manchar sus tules en los radiadores o de engancharlos en los guardabarros. No por eso aminoró su paso. Fiada en su singular olfato, salió indemne del laberinto. En la rotonda se abanicó el rostro con su guante de encaje y esperó a Rita Arquer, que la había seguido con dificultad a través de ruedas y motores.

Los palcos, tras la barandilla, estaban llenos de gente y el campo aparecía extenso, oblongo y manchado por el verde desigual de los setos y de los obstáculos asomando entre las inquietas cabezas de los espectadores. Un arco de banderitas incrustado en el azul de la tarde encendía con su llama los mil colores de la contienda ecuestre.

Rita Arquer se situó junto a Evelina; displicente, ésta empezó a horadar la barrera de anónimos mirones que se aglomeraban detrás de los palcos. Diluía al cruzar entre ellos un perfume sutil que se abría paso por sí solo, como un leve roce. Rita aprovechó el impulso de Evelina y, fiel a su órbita, se sirvió de los espacios que ella abría. Ya en el rellano de la tribuna, la viuda Fernández lanzó una ojeada circular y dominadora con una mirada parabólica, que sin detenerse en ningún lugar del circuito sorbió hasta en sus más recónditos detalles la totalidad del mundo ofrecido; se erguía en actitud presidencial y afirmaba allí su presencia sin subterfugios, ofendida y soberbia.

—*Il y a trop de monde, n'est ce pas?* —aventuró distraídamente en francés, idioma que prodigaba a todo trapo cuando quería despersonalizarse adrede. Rita profirió un «sí» castizo, rotundo e intrépido.

Pero ese *trop de monde* con que, de un solo trazo, había aplebeyado a la reunión reservándose para sí el privilegio de *élite* que la distinguía, no le impidió, antes bien la ayudó a saludar, erguida en su plinto, a través del vuelo fútil de tul rosado de su sombrero, primero a Teodomiro Flo, luego a Carmela Miláns y a Paquito Alba; y así, uno tras otro, a sus íntimos de mejor alcance, en la difusa multitud cuya orografía acababa de establecer. La gris notoriedad de Rita Arquer acogió también a distancia y sin destellos los saludos de rechazo que su anfitriona no quería o no podía atender. Ya cumplida esa labor subsidiaria, siguió imperturbable a Evelina hasta un palco vacío. Interrogaron al espacio con los ojos.

—Debe ser el nuestro, ¿no?

Sin más preámbulos se metió en él.

No era preciso interesarse ya en lo que ocurriera en la pista mientras no fuera verdaderamente digno de atraer su atención, demasiado absorbida por las menudencias sociales. Cuidó de que los pliegues de su vestido desbordaran débilmente y echó mano de su programa. El joven jinete que realizaba en aquellos momentos la vuelta, a lomos de un caballo castaño, y que suscitaba algunos aplausos entre los concurrentes, no era digno de recoger el interés de Evelina hasta que fue identificado por ella como sobrino de una de sus amigas de soltera, relación demasiado trivial y lejana para que le concediera algo más que un rápido destello de sus binóculos. En cambio, se fijó fugazmente en uno de los palcos de la rotonda. Allí estaba su fiel y atónito Javier de Castro, entre un grupo de caballeros, con chistera gris y binóculo, como un inglés de antaño, acariciándose la barba rala y negruzca.

Evelina volvió su vista hacia un horizonte vago y florido; el de los setos, el de las nubes, el del jinete que surcaba los aires más allá del apiñado mundo que podía distinguir sin esforzarse. Cada vez que descubría a su antiguo adorador en algún lugar imprevisto se veía inclinada a contemplar un poco de cielo y de espacio libre, como si le regalara con una aureola azul. Tuvo que contenerse. En la faz de Rita brotaba una mueca intempestiva, que no sabía cómo interpretar. Al fin, las dos mujeres se hallaron dispuestas a romper a hablar a la vez, de cualquier cosa. Pero la llegada de Crista al palco les ahorró las palabras.

Crista había salido de casa una hora antes que ellas, puesto que así se lo había prometido a Desiderio. Evelina observó que llegaba un tanto agitada, pero lo achacó a su emoción. Le preguntó si había visto a Desiderio.

—Sí —comentó ella, con alguna sequedad—. Se está preparando. Ya no le falta mucho para salir.

Dispuesta a enterrar en una avalancha de amistades inocuas el pequeño resquemor que le causara la expresión de Crista al llegar, Evelina volvió despiadadamente la vista hacia el palco de sus vecinos, unos tales Salvatella o algo así. Esa familia, encumbrada a los destellos de la vida social por un avatar de guerra, había sido entonces olímpicamente ignorada por ella. Pero en ocasiones como la presente la viuda echaba mano sin reparos de los desechos de su libreta de relaciones, de esos nombres impresos en las tarjetas recibidas en los aniversarios y festividades con un ramo de flores que no se preocupaba de agradecer, vaciadas con desdén en una caja inservible. Sus vecinos de palco esperaban esta ocasión.

Sobrecargada de joyas, ávida del monótono espectáculo al que asistía por vez primera, apretada en sus trapujos higiénicos, la señora Salvatella inundaba a sus vecinos con una oleada de perfume recién destapado, del que estaba impregnada como una magnolia juvenil. En esa vaharada, Evelina tan delicada y personal en sus matices de tocador, tuvo que hacer un esfuerzo para devolver la sonrisa vehemente con que la dama la atenazó. Condescendiente y comprensiva cruzó con ellas unas palabras.

—Creí que estaban en Madrid. ¿Cuándo han vuelto?

—Anteayer —se apresuró a contestar la sorprendida interlocutora.

—¿Estaba animado? ¿Y quién corre ahora? —inquirió, con su táctica cortante, que la hacía inabordable si se lo proponía.

—«Telemaque» —leyó, tímido, en el programa, el señor Salvatella.

—¡Cuánto celebraré que nos veamos un día! Espero que alguna vez vengan a mi casa —apuró, con una sonrisa, que torció hacia Rita, dejándolos parados—. No está mal «Telemaque», *n'est ce pas?*

Un instante su mirada flotó en el cuerpo pardo de un caballo que saltaba sobre la charca y se encaramaba, nervioso y ágil, en un terraplén. Una voz conocida le hizo volver el rostro. Era Óscar Andrade.

—¿Qué os parece? ¿Estáis bien aquí? —preguntó, dirigiéndose exclusivamente a Evelina y su hija, con exclusión de Rita.

—Hola —saludó—. Pregunté por ti y me dijeron que no estabas.

—Tienes que disculparme. La llegada de la Infanta nos ha hecho ir de cabeza.

—Pero... ¿ha llegado ya? —inquirió Rita, agitándose en su silla y volviendo la vista a todos lados.

—¿No la ve? —señaló Óscar, con sequedad.

Rita se alzó sólo un poco en su silla, sin atreverse a erguir enteramente el torso. En la presidencia se vislumbraba el escorzo blanco y opulento de la Infanta Isabel, medio oculto por los grupos que la rodeaban.

Los sentimientos monárquicos de Rita Arquer, su erudición nobiliaria, alimentada con la lectura de las crónicas sociales y de «Blanco y Negro», dieron una fosforescencia repentina a sus ojos negros.

—Está con la Monistrol —informó a Evelina, como si intentara tranquilizarla; antes de salir de casa, Evelina se había mostrado escéptica sobre la «gente» de los concursos. Le horrorizaba la «mezcla».

—¿Quién es la del *renard*?

—La Miraflores —contestó rápida Rita.

—*Elle est très chic*... —observó Evelina, enfocándola con los binóculos.

—Está de paso hacia Londres —informó Andrade—. Se ha presentado con la Infanta. Yo ni sabía que estuviera en Barcelona.

—¿Hacia Londres? ¡Qué audaz!

Pero hubo algo, en la lejanía, que llamó la atención del organizador.

—Nos veremos luego, Evelina. Me están reclamando. ¿No veis? Eso de las modelos no me ha dado más que disgustos. Mirad qué barullo a su alrededor. No estamos acostumbrados...

Se dirigió hacia un punto del paseo en el que un numeroso grupo de mirones rodeaba a dos maniquíes, cuyos deseos de escabullirse y circular normalmente se veían impedidos por la aglomeración. Al fin, en cuanto Óscar llegó y dio unas voces, lograron abrirse paso.

Sólo los fotógrafos siguieron los pasos de las dos esbeltas

mujeres de «Suzanne Forain», que se paraban con indiferencia estudiada ante las cámaras. Una de las dos, la más alta y hermosa, espiga rubia que se balanceaba sobre el verde césped, se adelantó hacia la valla a instigación de Óscar para dejarse fotografiar.

—*Elle est très belle* —reconoció Evelina, que no perdía detalle. La observó con los binóculos desde el gracioso y atrevido sombrero de *aigrettes*, que lucía sobre su moño rubio, hasta la punta de sus zapatos de cabritilla, agudos en un pie perfecto, levemente inclinado en el airoso tobillo. Admiró el aire de la mujer y se dijo que no hay como las francesas en punto a distinción y *savoir faire*.

Pero cierto ademán brusco de Crista, como de impaciencia, la obligó a disimular su devoción. E inmediatamente una mirada tenaz de Rita la puso en guardia. Muchas veces esa mirada lograba detener a la viuda en sus pesquisas mundanas, con un destello pertinaz, que escondía indicaciones o reparos difíciles de interpretar, pero siempre enormemente oportunos y justificados. Rita Arquer no miraba nunca en balde. Pero sus visajes y destellos se producían siempre de refilón, dada su condición de asalariada. Evelina no quiso protestar del mudo reproche de los ojos de la parásita. Sin embargo, dejó de mirar a las modelos, por si acaso...

Otras tentaciones se ofrecieron a su curiosidad. Ya segura de la calidad de la gente congregada vio salir a la pista y realizar sus vueltas a distintos concursantes. Rita había pedido autorización para ir a «estirar las piernas» y Evelina se la había dado de buen grado, para que no la violentara más. Crista estaba callada, retraída, ausente, mirando a la pista. La tarde era dorada y una leve brisa hacía más apacible el panorama. De pronto, un caballo y un jinete que se dirigían hacia la salida de la pista, por delante de las vallas, parecieron cruzar la pantalla rosa del velo de Evelina como un estilete afilado. Vio a su hija moverse un instante nerviosamente en la baranda. «Son tempestades de nervios, ya pasará», se dijo. Levantó el velo y llevó los binóculos a sus ojos.

El utensilio de nácar osciló levemente, pero Evelina mantuvo su postura sin vacilar. Su guante, esa fingida mano de encaje, cayó sobre la sucia tarima.

—*Voilà*, Desiderio... —clamó, alborozadamente.

Crista levantó su mirada y contuvo su respiración.

Aquel que aparecía siguiendo la rueda del concurso, ante el cual la muchedumbre se mantenía indiferente, era para la viuda algo así como el concurso entero. Evelina se preparó a jalear la carrera que el joven Rius se disponía a emprender.

Esta multitud aparecía difuminada e incierta a los ojos de Desiderio cuando cabalgando a «Cachimba» entraba en la pista. La expectación que advertía a lo lejos le producía una desazón extraña. En aquel momento se sentía el cuerpo pesado, sin la flexibilidad y el nervio de otrora, el de los entrenamientos.

Dio a la yegua unos golpes suaves en el cuello, para indicarle que era él quien estaba allí, en su grupa, y que debía complacerle. Con un movimiento de la brida hizo virar a «Cachimba» en dirección al punto de partida y con leves tirones cruzó los grupos que obstruían la entrada, a los que ella rozaba con el belfo.

«Si me llevo la Copa —pensaba—, ella me disculpará y volverá conmigo.» Así dejaba que las determinaciones de su voluntad acaecieran a rastras de unos hechos ajenos a él, quizá por un gesto de elegancia que le impulsara a dejar también alguna opción a la suerte, un margen de confianza al azar. Para él, su propia voluntad era un compromiso constante y delicado con los factores imprecisos que se turnan alrededor de nuestra vida, dotándola de novedad y de imprevisto. Una coincidencia, un hallazgo, una casualidad eran a menudo más sabios que los cánones grises y rotundos de una acción meditada. «Eso no es un simple juego —se decía—. Hoy aquí decido algo más, palabra...»

A un lado estaba la tribuna, en la que destacaba el palco presidencial, protegido por una gran marquesina de arbustos y banderas. Y, frente a ella, el campo oblongo con sus nueve obstáculos, que tenía fijos en la memoria como una lección aprendida. El sol rasgaba el verde intenso del campo, al que inundaba de un polvillo de oro.

Erguido y displicente se situó en el lugar de la salida. Las manos le temblaban levemente en las bridas. Llegaba hasta sus oídos el vago rumor de la multitud, a la que distinguía como una nube multicolor en lo hondo. «Cachimba» debió advertir la inseguridad de su jinete y empezó a caracolear. Forzando la brida, Desiderio la obligó a enfrentarse al campo.

Se paró en la entrada cuando su antecesor, «Fil d'Acier», vencía limpiamente el último obstáculo; sonaron unos aplausos lejanos. Desiderio respiró hondo y vio ante sí un banderín blanco.

Obligó a avanzar lentamente a «Cachimba» hacia la tribuna. La mole de sombras de la balaustrada parecía marchar a su encuentro. La figura blanca de la Infanta Isabel sonreía a todos y se volvía, solícita, a sus acompañantes más próximos. Desiderio paró ante el palco presidencial, se quitó el casquete y saludó. Luego, paralelamente a los palcos se volvió de nuevo en dirección al punto de partida.

«Quizás, ahora, ella está deseando de todo corazón que yo triunfe.» Y mientras se decía eso, estimulado por esa idea, enfrentó el caballo a la pista. Miró a los jueces. Observó que éstos estaban pendientes del reloj. Con un signo de la mano Desiderio indicó que estaba a punto. Aguardó unos instantes. Se inclinó, fijos los ojos en la señal, y la vio bajar, vertical y velozmente,

—Ale, «Cachimba» —dijo, y la azuzó con el tacón.

Sintió la viva convulsión del animal, apretada a sus muslos, y un aire veloz discurrir sobre su frente. Se acurrucó, ovillado, en tensión sobre los lomos de la yegua. Los cuatro cascos trepidaron sobre la tierra húmeda, sus rodillas se mantuvieron firmes, prietas hasta el talón. A un impulso fue elevado y vio deslizarse bajo sí, suavemente, el trazo oscuro del charco. Recobró el aliento y apareció al fondo la valla; vio la crin de «Cachimba» flameando ante ella, el cuello alto y terso reverberando al ocaso y se olvidó de todo; dio un nuevo impulso y no oyó ni un chasquido leve al saltar los arbustos. Al tocar de nuevo tierra la yegua pareció sentir una avidez renovada de campo libre.

—Ale, «Cachimba» —repitió, agachándose. Las dos zanjas, muy juntas, le aguardaban y salvó la primera con ímpetu; en el mismo aire aminoró el impulso. «Cachimba» pareció descubrir la segunda con el olfato. Desiderio se sintió en el aire, vio los finos remos del caballo contraerse como en un espasmo, deslizarse la empalizada a sus pies y sintió la salpicadura de unos granos de arena y de tierra blanda en la mejilla. De nuevo el galope de la yegua, cuyas orejas erectas centraban el bulto oscuro del montículo, le dio la impresión de rasgar el aire. Se sintió levemente elevado y vio la bella testa del caballo incrustarse un instante en el cielo azul, retenida allí el tiempo preciso de un relámpago. «Cachimba» se revolvió con un soplido veloz y saltó del terraplén al campo. Torció con violencia su cuello y galopó nuevamente.

—¡Magnífico! —exclamó Evelina Torra en el palco. Se había puesto de pie y golpeaba nerviosamente la palma de la mano con el mango de sus binóculos.

—Si sigue así, se lleva la Copa —opinó Óscar, que pasaba por casualidad tras el palco de la viuda y aprovechó para alentarla de ese modo, susurrando ese cumplido.

Pero Evelina ya no pudo seguir mezclándose al entusiasmo. Crista, completamente ausente, ajena a la gesta de su novio, parecía descorazonada, hundida en sí misma.

Rita Arquer había vuelto de su rodeo y ocupaba de nuevo su plaza en el palco. Su rostro era en aquellos momentos impenetrable.

Evelina miró un momento a la pista y vio a Rius saltar una valla con presteza.

—Sí, sí, se la lleva. Está haciendo la mejor vuelta de todos —corroboró.

—¿Usted cree? —interrumpió de la manera más insólita la acompañanta—. A mí no sé por qué me parece que está muy nervioso.

Evelina la fulminó con una mirada severísima. Iba a decir algo contundente cuando advirtió que Crista se levantaba con nerviosidad y salía del palco.

Desiderio, en tensión sobre su grupa, saltaba limpiamente el seto. Evelina le admiró en aquel instante. «¿Cómo es posible —se dijo— que Crista no lo olvide todo, no eche a un lado los piques que pueda tener con él, y no le quiera y le admire en este instante?» Eso resultaba del todo inexplicable para ella.

Crista había salido de la tribuna y bajó a la rotonda; al término de ella tuvo que pararse para dejar paso a un caballo que era conducido a las caballerizas por un mozo de cuadra. Cruzó entre unos grupos y se paró de pronto. Tenía necesidad de huir de Desiderio en aquel momento, le urgía no verle más.

Se quedó parada delante del pequeño grupo de las maniquíes que estaban charlando, de espaldas a la pista, en un rincón, cerca del chalet. Vio ahora y contempló sin disimulo, cara a cara, a aquella belleza rubia, a la que había sorprendido una hora antes en conversación con Desiderio, en este mismo lugar, apartados de todos. Los celos la consumían. Recordó cómo él se había separado pronto, soltando su mano, al ser descubierto por ella. La expresión de su rostro no podía engañarla. Ellos dos, Desiderio y esa modelo, eran cómplices de algo que la ofendía terriblemente. No era siquiera ésa la manera como Paco, su hermano, solía andar de «conquista» con ciertas muchachas; ni siquiera era la manera brusca e incorrecta de imponerse que tenía Pablito de Inglada. Fue sólo un instante. Pero estaba segura de que esa francesa y Desiderio se habían mirado como dos amantes, estaban «teniéndose» con los ojos como dos amantes, como se miran un hombre y una mujer cuando entre ellos ha pasado algo muy gordo.

Ahí la tenía. Era rubia, hermosísima; sus trapos prestados lucían sobre su cuerpo con una espléndida gracia. Pero todo era mentira en ella. Sus gestos, sus andares, su ropa, sus ojos, su entrega, su perfume, todo era prestado. La miró de arriba abajo, con una expresión de desprecio, de asco. Por no abalanzarse contra ella, volvió la espalda y salió de nuevo a la rotonda, agitada y convulsa.

Y miró a Desiderio. Ahí estaba, gozando, tan tranquilo, tan indiferente al daño que causaba.

En la pista, en efecto, Desiderio azuzaba de nuevo a «Cachimba». Su zancada larga y suave pareció redoblar con un ímpetu nervioso en dirección a la valla. Y en cierto instante deslumbró al jinete la llama viva del sol, como si hubiera destellado directamente en sus ojos.

—¡Ale, «Cachimba»!

El jinete apretó fuerte los codos para distenderlos en el momento preciso. La alta valla, en el centro del terreno, fue vencida a un impulso y volvió la cabeza sin soltar la brida. No; la traviesa estaba intacta. Y la yegua se lanzó como una flecha por el pasadizo. Se deslizaron a sus pies la valla y el charco.

«Voy a ganar —se dijo el jinete—. La he pasado las dos veces.» Pero en aquel instante, del bronco alarido de la muchedumbre dispersa en la tribuna le pareció que se destacaba, indistinta, incalificable una voz de mujer. «Cachimba» galopaba de nuevo frente a la valla. Esa voz había quedado de pronto prendida en sus oídos, aislándose de lo que hacía. La valla se acercaba y vaciló un momento. «Cachimba» pareció, un instante, desconfiar del jinete. Y, en una fracción de segundo quedó parado ante el obstáculo. Quedó un momento en esta actitud y, de pronto, se sintió desprendido en el aire, disparado hacia los arbustos; vio un cielo fugaz, la nube, la valla, otro charco. Luego, el golpe seco de su cuerpo al botar en tierra. Halló en sus labios un sabor ácido a humedad y a barro, cierta viscosidad. Algo se movía a su costado, con un aliento, un jadeo pausado. Y en el seno de una luz de pronto soleada, plácida, las patas de «Cachimba» escarbando el suelo con una lentitud bucólica y rara.

«¡Buena la he hecho! —pensó—. Con tal de que no me esté mirando.»

A juzgar por la inverosímil sensación de reposo, de indiferencia, por la ausencia absoluta de dolor, debía de estar ya muerto. No, no estaba muerto ni mucho menos. Se apoyó en las rodillas para incorporarse; le despertó del todo la realidad del rumor lejano de las gentes y unas voces, las de unos hombres que corrían hacia él.

Se limpió la chaqueta salpicada de hierbajos y vio, lejos de sí, su casquete en el suelo.

—¿Cómo está? —gritó desde lejos Anselmo Durán. Con él venían unos mozos. Uno llevaba un botiquín, otro un cubo de agua.

En la tribuna la gente se bamboleaba. Hubiera querido desaparecer.

—No es nada, no ha sido nada.

Se dirigió a «Cachimba». Apartada, olfateaba el césped; parecía comprender su fallo.

Desiderio la miró de frente, con fijeza, pero la yegua no se movió como otras veces. Seguía con la cabeza gacha. Después se alejó, sin ruido, unos pasos. Dimas, el soldado, se acercó a ella.

—¿Vamos? —propuso Desiderio a Teodomiro Flo, que acababa de llegar a su lado. El monóculo parecía agrandarse en su ojo por el asombro.

Al volverse para ver si «Cachimba» le seguía la vio rebelarse contra Dimas, que quería cogerla por la brida. Agitaba su cabeza adelante y atrás, resistiéndose a ser dominada. Entonces Desiderio fue hacia ella y le acarició el belfo. Al hacerlo notó un dolor en el brazo. Se pasó la mano por los cabellos, obligando a ese brazo a moverse y soportar el dolor.

—No ha sido ella, he sido yo —dijo a Teodomiro, excusando a «Cachimba».

—La has parado de una manera rarísima —comentó el otro—. Ya en el terraplén te ha ocurrido algo.

Se sacudió con duros manotazos el polvo que llenaba sus pantalones de jinete.

—Me deslumbró el sol. Fue como un vahído.

—Tal vez.

Al llegar a la tribuna sintió las miradas de todos puestas en él.

Se anudó el *foulard* al cuello y se calzó los guantes. Saltó ágilmente a la barandilla haciendo trampolín con la mano enguantada. La expectación que suscitaba lo volvía ágil; quería desaparecer cuanto antes de tanta solicitud.

—La mala suerte, chico. Llevabas la mejor primera vuelta.

Avergonzado y confuso caminaba de prisa entre los grupos.

—Déjenle, déjenle... —apartaba Teodomiro, que andaba a su lado—. Toma un café y una copa y como nuevo —añadió, dirigiéndose a él.

De pronto empezó a golpearse con el puño cerrado la palma de la mano, enfurecido, como abofeteándose a sí mismo.

—¡Maldita sea! —masculló, sorteando sillas y mesas del chalet.

En aquel momento se quedó parado ante una persona que estaba de pie esperándole a la salida de la rotonda. Hubiera querido no cruzarse con ella, pero ya era tarde. Evelina expresaba compunción, inquietud profundísima, una alarma viva pintada en todos sus rasgos.

—¿Estás bien? —preguntó con la voz alterada, palpándole los brazos, como si quisiera cerciorarse de ello por sí misma—. ¡Qué susto me has dado, criatura!

—No ha sido nada. En cuanto me cambie iré con vosotros.

Ella pareció más tranquila. Desiderio siguió caminando. Entró en los vestuarios.

Ya en ellos, se fue directamente al lavabo. Se observó el rostro en el espejo. Efectivamente, el labio superior se había hinchado, se convertía en un bulto morado y sensible por momentos.

Se desabrochó la chaqueta y se quitó la camisa. Al levantar el brazo derecho sintió nuevamente el dolor del golpe. Tuvo que quitarse la manga con cuidado.

—¿Quién gana? —preguntó.

—Por ahora, «Capricho», de Cerejeda —respondió alguien.

Se fue hacia la ducha, toalla en mano. Tuvo que esperar. Bernardo Catasús, el jinete de «Fil d'Acier», un veterano de piel tostada y cuerpo de atleta, se sometía a un copioso y fragoroso lavado, con grandes resoplidos y movimientos. Con la mirada entornada por la fuerza del agua descubrió a Desiderio aguardando y le cedió la plaza.

—Está helada —le dijo—. Después de eso te sentirás otro.

Notó Desiderio sobre su cuerpo baldado el latigazo vehemente de la ducha. Por un momento se sintió desbordado por la impresión. Luego se acomodó a la fría rociada. Quedó aterido, sin moverse; el agua bajaba de la frente a las rodillas como una intensa pincelada de hielo y mitigaba aquella sensación de fuego en los labios; el agua parecía acentuar en su brazo el apretón del dolor; se le metía por los oídos, en los sobacos, en el torso y entre las piernas. Iba templándose, respirando con naturalidad, hasta que sintió el asomo de un escalofrío y salió del exiguo garito. Tiritó un momento, el preciso para alcanzar la toalla y echársela sobre los hombros y envolverse enteramente con ella.

Al ponerse la camiseta Desiderio volvió a hacer una mueca.

—¿Duele? —preguntó Catasús—. Ponte embrocación, te aliviará en seguida. Sobre todo, esta noche. Lo importante es dormir.

Desiderio se acercó de nuevo al espejo.

«Ya sé cómo ha sido», se dijo, viéndose la hinchazón del labio y tocándola con suavidad. Recordó el grito, un grito que parecía de mujer o de muchos seres lejanos. No sabía con exactitud si ese grito había partido de alguien o fue sólo una figuración suya. Pero él lo oyó y sintió un sobresalto. En aquel instante fue cuando se le nubló la visión de todo.

—¿Estás preocupado? —Y por el espejo vio a Teodomiro, observándole a sus espaldas.

—No, no. Ahora iré contigo.

Se peinó. Alisó sus cabellos, de la sien hasta la nuca. Al pasar la mano por la frente notó que este tacto era casi como una caricia, algo que le colmaba y le hacía falta. Cogió su corbata y la puso en el cuello.

«Si Jeannine me hubiera visto anteayer o ayer, durante

todos esos días —pensó—, hoy hubiera ganado la Copa. —Pero a Jeannine no la había vuelto a ver y siendo así, todo carecía de sentido—. Cuando le he hablado, estaba claro que ella deseaba que yo lo hiciera. Sólo la maldita interrupción de Crista ha impedido que lo nuestro empezara otra vez. Es inútil todo cuanto haga y me proponga que no sea el verla. Es seguro que ella tampoco puede vivir en este instante.»

Hasta entonces se había estado ocultando deliberadamente la causa de toda su zozobra. ¡Llevaba tantos días segando de su alma la imagen y hasta el nombre de ella! ¡Y pensar que era él quien la había separado para siempre de su vida! ¿Siempre? ¿Era posible zanjar así, porque se quiera, algo que vive y alienta con nosotros mismos? Era necesario hacer algo, inmediatamente.

Se sentó en la banqueta del vestuario, sacó su estilográfica y arrancó una hoja de papel de su bloc-agenda. Pensó un instante si poner: «Queridísima Jeannine», o «Adorada Jeannine». Al fin, empezó: «Jeannine, vida mía». Terminó rápidamente su billete. Lo que debía decirle no necesitaba mucha reflexión.

Terminada la escritura, guardó el papel en el bolsillo de la chaqueta. Luego, con un gesto brusco se anudó la corbata. Se puso la chaqueta y salió al exterior.

La tarde resbalaba definitivamente sobre las terrazas, sobre la *pelouse* y las tribunas. Unas nubes orondas habían navegado como bajeles por el azul del cielo y se teñían ahora de cárdeno en el horizonte. El concurso terminaba y entre las mesas empezaban a desfilar los impacientes que se dirigían al club o a sus casas. Desiderio y Teodomiro cruzaron entre las mesas, en dirección al chalet.

—Dos *whiskies* —pidió Teodomiro al camarero, de pie en el bar.

Resueltamente, de improviso, Desiderio abordó al camarero, e inició un aparte con él. Teodomiro le vio secretear y luego dar al camarero un papelito doblado, con todo sigilo. Luego, Desiderio bebió su *whisky* casi de un tirón, pagó las consumiciones y se despidió de su confidente de aquella tarde.

—¿Te vas ya?

—Sí. Me espera mi novia.

—Las mujeres, amigo, *that is the question*... —filosofó el

decaído *dandy* viéndole salir bastante turbado—. Seguro que no se merecen tanto. Lo dice alguien que ha entendido mucho de eso... —añadió, melancólicamente.

Cruzó por detrás de la tribuna y se fue derechamente a la rotonda. Advirtió el respiro profundo de Evelina al verle aparecer. En cambio, Crista hizo un movimiento muy suyo, algo peculiar con los rojos labios. Daba lo mismo. Si no quería aceptar una excusa cualquiera sobre lo de Jeannine, peor para ella. Algo más le llamó la atención: al ver que llegaba, Rita Arquer se levantó de su asiento y salió disparada. Algo raro pasaba allí, no le cabía la menor duda.

—Nos has hecho pasar un mal rato —se lamentó Evelina, en plural—. Afortunadamente veo que no ha sido casi nada. Sí, tienes el labio hinchado.

—Ya pasará... ¿Les ha gustado?

Pero Crista no contestó.

La chica estaba sentada frente a él, un poco separada, mostrando la línea de sus pantorrillas, moldeadas y perfectas. Sus labios gruesos y su tez, con el mohín de su ira, eran incitantes. Desiderio la miró fijamente, como si quisiera dominarla así. Ella se resistió.

—Estás muy guapa, Crista —dijo él—. Te he preguntado si te ha gustado.

—¿Quién ha ganado? —preguntó ella, torciendo la respuesta.

—«Capricho». Mira, ahora va Cerejeda a la tribuna.

En efecto, el ganador, entre los aplausos de los grupos, se adelantaba hacia la tribuna.

—Vamos a verlo —propuso Evelina, levantándose, exaltada.

Desiderio se levantó también y siguió a Evelina y a Crista. Caminaron hacia la marquesina; bajaron los tres peldaños que separaban la rotonda del campo. Se metieron entre los nutridos grupos hasta quedar mezclados entre el gentío, a cierta distancia del lugar en que la Infanta Isabel entregaba la copa al vencedor.

Desiderio rozó a Crista en el muslo, en el talle y en la espalda. Lo hizo sin intención. El apretón les obligaba a estar así. Crista volvió la cabeza hacia él, sin decir nada, con una mirada de desdén.

Así ocurría cuando eran casi unos chiquillos. Por una transmutación del tiempo, Desiderio se sintió en aquella edad; revivió la tarde de un domingo en casa de Crista; devoraban una fuente entera de dulces y el cuerpo de ella quedó junto al de él, como ahora, durante largo rato. Él le cogió entonces la mano y la chiquilla volvió también la cabeza como ahora. Pero aquella vez Crista se sonrojó y a él una intensa emoción le impidió hablar, sintió la sangre palpitar a oleadas en sus venas. ¡Cuán distinto era aquel primer contacto al de ahora, vacío de sentido, huero de incentivo, de pasión y de misterio!

Se separó. Ella se volvió entonces de cara a él. Le miró con fijeza, irritada e hiriente.

—¿No sientes ser tú quien esté allí? —le preguntó, aludiendo al ganador, con cierta ironía.

—No. Me azara la gente.

—Según qué gente. La gente *comme il faut*, desde luego.

Él la miró a los ojos sin pestañear. Si quería guerra, tendría guerra.

Había en sus formas de expresión un desenfado nuevo, una manera directa de herir. ¿Sería ésa su dialéctica habitual, cuando no estuviera él pendiente en todo instante de ella? Era inconcebible tener que discutir así toda una vida. Se sintió el corazón destemplado. El temperamento de Crista, cuando se enojaba, era endiablado; no lo podía soportar. Y ella sabía que le irritaba.

Sintió de nuevo una turbación en su espíritu. Por un azar volvió la vista a la gente. Estaban aplaudiendo a Ramón Cerejeda, ganador de la Copa, que descendía por el pasadizo con el trofeo en la mano. Desiderio fijó la vista en una mujer que estaba de espaldas, en un escorzo fugaz que le pareció el de Jeannine. Muchas mujeres le parecían ella, por un instante; pero esa ilusión quedaba de pronto arrumbada. Volvió a mirar a Crista; se habían separado del grupo, sin notarlo. La gente se dispersaba por los caminales, hacia las salidas. Pudieron caminar sin agobios hasta la barandilla.

—¿Te acuerdas de aquel banco? —preguntó él, con ánimo de disolver con un recuerdo sugestivo la irritación de ella.

—Sí, claro que me acuerdo —aseveró ella tristemente. Era como si estuviera a punto de llorar. Pero se adelantó unos pasos, quizá para que él no lo notara.

Su figura quedó moldeada en la tarde, sobre el verde del césped, teñida del cárdeno del atardecer. Su talle alto se balanceaba levemente al andar, acusando sus formas bajo el ajustado vestido. Su largo cabello negro caía sobre sus hombros. El seno prieto mostraba una línea incitante y viva. Era una hermosa mujer.

Llegaron al final de la valla, donde se iniciaba la curva de la pista. Crista se paró, se apoyó en la baranda y quedó enfrentada al hombre, sin decir palabra, junto al banco de madera.

A lo lejos, la multitud se arremolinaba hacia las salidas. Las tribunas estaban ya vacías, en cierta oscuridad, bajo un cielo azul deslustrado. Desiderio cogió a Crista por los hombros y la atrajo hacia sí, como si con ello quisiera arrancarle la obstinación que brillaba en sus ojos. Ella se defendió con el antebrazo, intentando apartarle.

—No me toques —clamó.

—¿Qué te ocurre?

Hubo un silencio. Desiderio levantó en el acto su andamiaje de mentiras.

—Sí, he tenido un aparte con esa modelo. ¿Te parece tan grave? Hice una apuesta con Teodomiro. ¿No me crees?

—No es verdad, no lo creo... —dijo ella—. Pero me da lo mismo. Te lo juro. Me da igual.

Y sin embargo, todo en ella desmentía la indiferencia de que alardeaba.

—Por mí, te lo juro, puedes hacer lo que quieras...

—Pero... vamos a ver, chiquilla. ¿No me crees?

Volvió a acercarse a ella, intentado abrazarla. Crista pensó en aquel instante que hacía aquello para humillarla aún más. Se separó, pero Desiderio volvió a cogerla. Forcejeó y la abrazó del todo. Sintió el jadeo mismo con que, siendo una niña, ella había aprendido a besarle. Crista se entregó a este impulso sin pensar, enteramente.

Pero de pronto, Desiderio lanzó un quejido agudo y fuerte, un alarido de dolor. La echó de sus brazos con tal violencia que el cuerpo de ella rebotó contra la baranda de madera y la hizo mover. Con una cara de dolor, Desiderio levantó su mano, como si fuera a abofetearla, pero se contuvo. Ella, en cambio, le miraba aguerrida, desafiándole, como provocándole a que lo hiciera.

El labio superior de Desiderio, hecho una pura herida, estaba sucio de sangre. Lo cubrió con la palma de su mano, intentando mitigar su quemazón.

Desiderio quedó largo rato así, sintiendo el dolor de la

desgarradura de su labio, que ella había provocado a sabiendas, y de la que manaba sangre. Aplicó a la herida su pañuelo, sin que ella se moviera; parecía no sentir ni pesadumbre, ni arrepentimiento, ni dolor ni la menor compasión ante él.

—Hemos terminado —dijo él, de pronto, sin levantar la voz—. No puedo soportar más tiempo eso. Te voy a ser franco: no te quiero, Crista. Nos hemos engañado los dos...

Hubo un silencio.

Desiderio añadió:

—A partir de ahora dejaremos de vernos. Ya no somos chiquillos; aquello, ya pasó...

Lo dijo con convencimiento, absolutamente seguro de lo que afirmaba. Ella escuchó esas palabras demoledoras sin reaccionar, sin moverse. Le contemplaba como se contempla a una estatua, algo que no puede afectarnos; algo que no puede herirnos, despertar ya cólera ni amor. Era como si lo que estaba escuchando ya estuviera escrito de antemano en su alma.

Habían quedado los dos en silencio, torpemente separados, frente a frente, como sujetos a un sino extraño. A un sino de disputas y de tactos, de aproximaciones y repulsiones sucesivas, de amor y de desamor.

—Eres un malvado —le dijo ella.

Y le miró, desconcertada, desilusionada.

—Soy como tú —contestó él, tranquilamente.

La vio alejarse por los senderos casi oscuros del parque, cruzar ante la balaustrada, frente a las inútiles guirnaldas y las banderolas del concurso, que oscilaban en la brisa nocturna, completamente inútiles ya. Quedó apoyado un largo rato en la baranda de madera. Poco a poco se fue cerrando la claridad que aún alumbraba en la franja del horizonte. Entonces Desiderio salió de su torpor; escuchó un rumor de pasos, el ruido de unos pies que pisaban en la arenilla. Observó que se acercaba una pareja y reconoció, pimpantes y felices, uno del brazo del otro, a Antonio Mira y a Asmodea, su amiga. Se separó de la baranda y se acercó a ellos.

—Te andábamos buscando. Es preciso que te animes. Vente a cenar con nosotros.

Con sus ojos rasgados y brillantes mirándole convincentemente, Asmodea insistió:

—Me decía que estabas pasando un mal rato y no me engañaba. ¿Qué llevas en la boca? ¿Qué te has hecho?

Apartó el pañuelo y vio la herida.

—Hum... Es necesario curar eso y olvidarlo todo —aconsejó—. Ánimo. No hay que decaer jamás... ¿Verdad, Antonio? —y buscó cariñosamente en el rostro de su amante, que tan heroicas pruebas le había dado en la vida de responder a esa verdad, una confirmación cabal de sus palabras.

—Es la pura verdad. Hay que ser fuertes; siempre fuertes... —afirmó Antonio con convicción, como si fuera ésa la consigna y la serenidad. Un murciélago solitario rozó la oscuridad, junto a ellos; y dibujó en el aire un serpentín de sombras, como el rasguño de un ceniciento interrogante en el cristal del crepúsculo.

—Adelante. ¡A luchar por la dicha!... —clamó ella alegremente.

Y obligó a Desiderio a adoptar un paso vivo, hacia el olvido de toda su vida. Asmodea dio su brazo a Desiderio sin dejar de cogerse al de su pareja.

XVIII

Ya el pálido reflejo de la luna sobre los parterres vencía el último borbotón del crepúsculo. Crista caminaba despacio, como si quisiera demorar su llegada, y aún se paró, apoyándose, a lo lejos, en la baranda. El parque estaba totalmente solitario y en silencio. Rita y Evelina eran los únicos seres que quedaban en la rotonda. Desde que Rita regresó de su último rodeo no habían vuelto a cruzar palabra. Y ahora ambas veían volver a Crista en silencio y sin compañía. La muchacha se acercó, subió los tres peldaños y llegó junto a ellas.

—¿Y Desiderio?

Algo muy raro advirtió Evelina en aquellos ojos, corrientemente tan soberbios y claros. Crista estaba demudada, descompuesta. Pasó una mano por su melena, echándola atrás y se puso de perfil a ellas.

—Se ha despedido. Tenía... tenía algo que hacer.

—Bien. Pues vamos ya —decidió su madre, levantándose.

Caminaron hacia la salida. Evelina movía nerviosamente el mango de sus binóculos, baldíos en la soledad del campo. Estaba cansada de hablar, de chismorrear y de sufrir. Rita caminaba a su lado sin inmutarse. Crista iba un poco más adelante, apresurada y callada.

Llegaron a la explanada. Raúl, el chófer, aguardaba junto al *Renault* y al verlas fue a abrir la portezuela. La primera en subir fue Evelina. Luego lo hizo Crista y en último lugar la acompañanta, que ocupó el trasportín.

El coche se puso en marcha, dobló hacia la salida y entró en la Carretera de Sarriá. Descendió lentamente hacia Las Corts.

Evelina observaba a su hija. La muchacha tenía la cabeza vuelta hacia la calle, dándole la espalda. Un momento cruzó su mirada con la de Rita Arquer. Los ojos de ésta brillaban en la penumbra del coche y decían algo a Evelina que no le agradaba.

En el exterior comenzó a discurrir, como un río turbio y gris, el panorama de las casitas de Las Corts. Unas bombillas de luz escuálida jalonaban el paso del coche.

—¿Se encontraba bien? —preguntó Evelina, suscitando a las claras el tema que las preocupaba en aquel momento a las tres.

—Sí, perfectamente —respondió Crista, sin volverse.

—Al verle salir ya me he dicho que quizá no terminara el circuito —mintió Evelina, mirando a Crista, indagando en sus actitudes—. ¡Estaba tan pálido!

Rita hizo una especie de mueca con la nariz, que era como una sugerencia de silencio. Esta actitud de la acompañanta desconcertó aún más a la madre de Crista. Intentó inquirir con la mirada, muerta de incertidumbre, las razones del silencio a que la conminaba la carabina de manera tan insólita.

—Debía estar cansado —repuso ésta con aire inocentón, como para excusarse.

—¿Y dónde le has dejado? ¿Con quién?

Pero Crista no contestó.

Este silencio puso punto final a las pesquisas de Evelina. Pero no a sus vacilaciones. ¿Qué había ocurrido, qué estaba ocurriendo en el corazón de su hija? Ese repentino abatimiento, su brusca hosquedad no eran naturales, por enamorada que estuviera y por mucho que él pudiera haberla hecho sufrir aquella tarde. Procuró distraerla con una proposición inesperada.

—¿Qué dan hoy en el Liceo?

—«Lohengrin» —se apresuró a contestar Rita.

—¿No te gustaría ir?

Pero Crista estaba tan distraída que no contestó. Rita cruzó con Evelina una mirada contristada.

—Es lo más fuerte de Wagner —opinó, erudita, la parásita.

—No. Lo más fuerte es el «Tristán» —corrigió con vehemencia Evelina, harta ya de tolerar este tipo de expansiones críticas.

La acompañanta puso punto en boca. El coche dobló las primeras esquinas de la izquierda del Ensanche. A medida que se acercaba al Paseo de Gracia su paso se hacía más lento. Los transeúntes cruzaban con precaución, alarmados por la mole del lujoso vehículo. Evelina pulsó la pequeña pera gris, ricamente forrada de terciopelo, que servía para llamar al chófer desde el interior. Raúl acercó su oído a la trompetilla que tenía a la altura de su cabeza, medio oculta por un lindo y sintético florero con unas margaritas de trapo.

—La señorita Rita se quedará a cenar en casa. Pare en la puerta —ordenó, con la boca pegada al tubo de latón negro rematado por una diminuta trompa que tenía a su derecha, en uno de los rincones de la flamante tapicería del vehículo.

Rita dirigió a su favorecedora una mirada de sumisión y de gratitud, mientras el coche doblaba majestuosamente hacia el paseo. Al poco, paraba con sumo cuidado ante la puerta de su casa. Crista saltó apresuradamente y sin aguardar a nadie subió la escalera. Rita dobló su trasportín y desde la acera colaboró en el lento desembalaje de Evelina, que puso pie en el suelo soplando levemente por la violencia con que tenía que doblarse para bajar y el temor de caerse.

—Entra luego en mi cuarto —ordenó a la satélite.

No era Evelina persona que tradujera fácilmente sus estados de ánimo ni sus zozobras. En su largo periplo por la vida había aprendido a ocultar siempre bajo una máscara superficial los mil temores y las innumerables dudas que arremeten contra nosotros a cada paso. Se irguió y penetró en el portal iluminado de su casa.

A su derecha el portero le hizo una reverencia impecable. Por un momento le pareció que en el doble pedestal que iniciaba la ancha escalinata de mármol hasta los dos pajes de bronce que sostenían la luz de los orondos globos biselados se inclinaban también para darle la bienvenida. Ella era la dueña de aquella casa y de aquel portal y cuando entraba en él se producía un silencio si por casualidad, o por excepción, un par de criadas o las visitas del portero eran sorprendidas en diálogos y murmuraciones. Subió la escalera, con calma, para evitar las palpitaciones, seguida por Rita como un perro fiel. Llegó resoplando al principal, cuya puerta estaba ya abierta.

Rita vio a Evelina cruzar el recibidor y dirigirse directamente, sin dudarlo, a la parte trasera del piso, donde estaba el cuarto de Crista. Desde el pasillo Rita vio a la dueña acercarse a la puerta del cuarto, poner la mano en el pomo como si se dispusiera a entrar, arrimar su oído a la puerta y escuchar un rato. Esa escucha debió disuadirla de entrar. Con un signo de contrariedad y un chasquido de protesta en los labios, volvió al comedor y cruzándolo, se fue hacia su alcoba, mientras se quitaba los guantes y el sombrero. Era mejor que se metiera en su *boudoir* para vaciar allí su confidencia. ¡Y a fe que ésta era hoy de tamaño natural! Rita se gozó un instante en los pronósticos de la velada que se le preparaba. Espoleada por tales presagios, se fue derechamente a la cocina. Allí aguardó un rato, picoteando en cacerolas, sartenes y tarros. Por su parte, Evelina, que había decidido dejar su investigación a Crista para después de su conversación con Rita, se metió en su *boudoir* y empezó su *toilette*.

Se había desprendido de su vestido y aparecía envuelta en una «mañanita» azul celeste. La redecilla ajustaba hasta la nuca sus cabellos y una pequeña teoría de paños humeantes esperaba en un pequeño balde de loza. Era la hora sacrosanta de su tocado nocturno. Las mejillas de Evelina sorbían lentamente el vapor de una toalla caliente, impregnada de cierto líquido rosáceo; la piel mustia mostraba sin retoques su blanca flaccidez.

Sonaron unos nudillos en la puerta capitonada, que se abrió sigilosamente, y asomó por ella el rostro aguileño, bruno y escrutador de Rita. No era corriente que Evelina autorizara a nadie a verla así, tal como era. Pero estaba demasiado intrigada y alarmada para aceptar demoras. La hizo pasar.

La humanidad real de la viuda Fernández se mostraba ahora sin tapujos ni enmiendas. Su piel, lacerada por los masajes, era una superficie híbrida y desnatada, arrebolada por un polvillo mustio nacido de la extirpación del vello inútil. En los pómulos se marcaba, con un leve desgaire, un surco de sombra que se hundía hacia el cuello. En la nuca esa pelusilla, indócil a los depilatorios, se mezclaba a una masa de polvos. Y en el seno una vena invisible palpitaba a compás.

A través del espejo Evelina cazó el brillo de los ojos de su confidente. Con un recato frío se anudó la cinta de su cubrecorsé.

—¡Bien! ¿Qué has querido decir toda la tarde con tus misterios y miradas? —preguntó sin preámbulos.

Rita Arquer se adelantó en la penumbra del *boudoir* hasta rozar a Evelina. Ésta era la distancia a que se ponía cuando debía revelar algo sumamente importante.

—No sufro por Crista, pobrecita. Sufro por... él.

Evelina la miró. Había en la mirada de Rita la tenacidad de quien posee el secreto.

—¿Qué quieres decir?

—Que no es raro que la gente lo encontrara cambiado.

—¿Por qué?

Rita tardó un poco en contestar, como si no se atreviera; en realidad, lo que esperaba era colmar la impaciencia de su interlocutora.

—¿Por qué está cambiado? —insistió ésta.

—Hay otra mujer —reveló entonces Rita con cierto énfasis, levantando la voz.

La primera reacción de Evelina fue la de asco hacia Rita. En su boca se marcó una mueca de desprecio contra ella.

Se levantó de su banqueta, secándose el rostro con una toalla limpia. Fue a coger su quimono, que colgaba en el armario del tocador. Rita se apresuró a descolgarlo y la ayudó a ponérselo. Después de lo cual Evelina entró tranquilamente en su alcoba, para consumar su *deshabillé* sin testigos.

—¿Otra mujer? —se la oyó preguntar desde allí, aparentando sólo una extrañeza trivial.

—Lo que oye —afirmó Rita, que vio reflejada en el espejo su maligna sonrisa. Rita no acostumbraba a lanzarse sobre la pieza si no estaba segura de la pista que debía seguir. Ahora no había más que levantar con suma cautela uno de sus remos y tener bien tiesas sus orejas, husmeando en el aire con su nariz aguileña, de sabueso fiel.

Oyó los pasos impacientes de Evelina por la alcoba contigua. Según el ritmo creciente de los mismos Evelina estaba agitándose por momentos. El efecto retardado de su bomba satisfizo a Rita. Escuchó un revoltijo de tosecillas junto a cierto rumor violento, como el de una ropa echada con fuerza y de mal humor contra la luna del armario. Evelina salió unos instantes más tarde y la miró cara a cara, irritadísima, congestionada. Nunca había visto Rita a Evelina tan fuera de sí.

—¿Quién es?

Rita hizo una mueca de asco, de irónico desprecio, antes de contestar.

—*Une demi-mondaine?* —sugirió Evelina, facilitándole la salida—. Cuéntame en seguida todo lo que sepas —ordenó, en vista de que Rita no contestaba—. Quién es, cómo lo sabes y qué tipo de amistad es ésa...

—Es... una francesa.

—Ah... ¿sí? Conque... ¿francesa, no?

—Una francesa que usted ha visto esta tarde. Todo el mundo la ha visto.

Rita no se hizo rogar más. Únicamente observaba las reacciones que su relato producía en su interlocutora. Temor, ira, odio, dolor, envidia, angustia, celos, todos los matices de la sensibilidad súbitamente descompuesta de su favorecedora eran captados y registrados por la retina voraz de la acompañanta.

No quedó muy claro de qué ardides y enlaces, ni qué procedimientos había seguido Rita para obtener el notición que acababa de arrojar sobre Evelina. Cierto *croupier* del Círculo del Liceo, huésped de la misma pensión en que vivía un sobrino de Rita —«un muchacho por cierto que vale mucho y del que algún día se oirá hablar»— conocía el itinerario nocturno de Desiderio con esa francesa, maniquí de «Suzanne Forain», Jeannine de nombre, y de apellido, como es natural, completamente desconocido.

—Se ve que es... es una persona muy extremada. En fin, una *cocotte* —se decidió a definir, apurando lo más moderno y gráfico de su léxico.

Evelina no se resignaba a creerlo. A la irritación había seguido el desconcierto más absoluto. Pese al cambio que había notado en Desiderio, no veía en él nada que pudiera delatar una *liaison* continuada y en serio, como insinuaba su confidente. Por eso se arrepintió de haber exteriorizado su sentimiento, de haber dado a entender a Rita que ella podía dar crédito, «porque sí», a un infundio, a un chisme o simplemente a una calumnia.

—Debieras haber tenido más cuidado en hablar de Desiderio con *croupiers*. Nada de lo que has dicho puede ser verdad.

Rita expelió un soplido largo, ofendidísima. Su tez se volvió más pálida aún. Su boca sin labios esbozó una sonrisa.

—Tengo pruebas —afirmó lentamente, silabeando.

Abrió el raído bolso al que iban a parar las caridades que recibía y mostró un papel, que volvió a introducir en él con listeza.

—¿Qué quieres? ¿Qué pretendes? —preguntó la viuda con calma, pero con tesón, pasándose la mano por la sien—. ¿Qué es esa carta? —exigió, en el límite de su paciencia.

Evelina pensó en seguida en el par de pendientes con aguamarinas que Rita había «descubierto» una tarde en un rincón de la consola, olvidados allí desde hacía años; y con qué avidez los miró, mientras se los entregaba, segura de que a ella no le hacían ningún servicio. No había querido decirle entonces: «quédatelos», justamente para irritarla, para hacerla sufrir. Fue al cajoncito del armario y los buscó. Los encontró envueltos en el mismo papel de seda.

No había por qué fingir. Quería la carta y Rita quería los pendientes.

El canje fue efectuado con una celeridad pasmosa. Evelina notó que el billete que Rita le entregaba era un papel vulgar y pensó un instante si no sería una añagaza de ella. Pero la puso al corriente en seguida.

—Es una notita que él ha dejado esta tarde al camarero del bar, en el Polo, para que se la entregara a la... fulana. Y el camarero se «olvidó» de darla.

Evelina estrujó el papel con manos convulsas. «Esta tarde, esta misma tarde.» Miró a Rita fijamente. No había en sus ojos la menor piedad. Se volvió de espaldas, para sentarse de nuevo en la banqueta de su tocador.

—¿Quieres dejarme sola, querida? —rogó hiperbólicamente, mientras arremetía en sus párpados con el meñique, hasta hacer saltar de ellos la adherencia de una pizca de algodón.

Y la puerta capitonada se cerró en silencio.

Echó una ojeada al billete: «Jeannine, vida mía...» ¡Vida mía! ¡Qué fantasía, Dios! Las apariencias engañan y los hombres, cuando se enamoran, pierden hasta el sentido común. «Te ruego que me perdones. Estoy desesperado y necesito verte. Estaré en el "Excelsior" esta noche. Confío en verte allí. Te quiero con toda mi alma, Desiderio.»

El golpe era demasiado fuerte, incluso para ella. Al fijar su vista en el espejo se vio despojada de sus ortopedias, limpia de sus potingues, tal como era. Avergonzada, asqueada, escondió el rostro entre las manos. Y sintió la carne de sus mejillas tan fría y blanda como si ya estuviera muerta.

Durante muchos años había considerado a Desiderio como algo propio, como una creación personal; siendo no más que un chiquillo de calzón corto le había atraído a su círculo, «soñado» en él como un objeto de inapreciable valor, dominado y movido por ella como se mueve a una marioneta de vivos colores. Desiderio era una exclusiva, un patrimonio personal suyo. En cierto modo se creía con más poder, con más autoridad que su propia hija para retenerle en aquella casa. Pasaron por su mente en tropel velocísimo todas las ternezas, los «detalles», los ardides que había prodigado en el curso de aquellos años para atraerle definitivamente a su hogar. Y, ahora, de sopetón, sin merecerlo, una aventurera, una intrusa, una perdida del *milieu*, por mundano que fuera, venía a secuestrarlo, a llevárselo ante sus propias narices. «¡No! —gritó—. ¡No lo consentiría!»

Se levantó; pasó mucho rato terminando su tocado. Mejor dicho, no lo terminó; se ahogaba en su *boudoir capitoné*. Salió al corredor; caminó por él a tientas, a codazos. Había en el piso un silencio absoluto. Entró en el salón. Se quedó de pie en aquella grande y petulante estancia. El fleco de los cortinajes se balanceaba por una de esas corrientes de aire imperceptibles que son, en los pisos de Barcelona, como el paso de un fantasma silencioso. No podía pensar en nada concreto, no estaba en situación de hacerlo. De pronto, era como si aquel mundo se le viniera encima.

Su mirada recorrió aquellas paredes, las cornucopias, los dorados de las mamparas, el sofá isabelino, el biombo de raso. Pese a las reformas, aquél era el mismo mundo anticuado y gris en el que tanto había tenido que dominarse y que ceder. Aquellas paredes evocaban sin remisión el recuerdo de su madre, la figura de aquella mujer sociable y correctísima que murió, como la madre de Desiderio, en el atentado del Liceo; aquella mujer que lucía a través de la blanca dentadura el dejo de un acento antillano, suave y fresco como el vaivén de un abanico del Caribe. Era posible que el fondo de todas las inquietudes y arrebatos que la consumían por dentro, a los que se afanaba en ocultar sigilosamente bajo los arquetipos de la urbanidad más estricta, hubiera la coacción milenaria de esa sangre mestiza que no traslucía la piel, pero que germinaba a cada momento, que estaba dentro de ella sin que pudiera detenerla ni borrarla, y que era como el motor violento de todas sus rarezas, de sus impulsos, sus tumultos y sus rencores. Como un abanico del Caribe, sí, de pala larga y hoja redonda de tabaquera o de girasol de las Indias. Así eran su vida, su sangre y su estirpe: un tronco vehemente y trasplantado, un pedazo de tierra mal sazonado en su lugar, una nostalgia de campo raso y horizonte lejano, una humareda hecha penacho en un montículo y un barco velero que pasa en lo hondo. ¿De qué sabor de ron estaban hechos los labios que sedujeron a no se sabe cuál de sus antecesoras, que todavía a veces se lo sentía en el paladar? ¿Sería aquel abuelo Nicolás, armador y beodo, que mascaba los cigarros y llevaba las mujeres de la calle al lecho nupcial, el que murió ahogado en los astilleros?

Por un momento se sintió desfallecer. Sentía un odio brutal e inclemente hacia todas las mujeres que todavía conservaban su juventud, hacia esa Jeannine del billete, hacia aquella arrogante, esbelta, altiva maniquí que podía llamar cara a cara a su futuro yerno con los vocablos más cariñosos y sutiles, llevárselo sin vergüenza a la cama, desvelar su deseo, arrancarle el goce a dentelladas. Y se echó a temblar de dolor, de despecho y de ira. Se echó a temblar porque era una vieja y estaba sola; estaba sola en aquel grande piso, en aquella gran ciudad, en medio de aquel siglo catastrófico y maldito.

El pegote de tafetán que abultaba su labio superior le impedía comer, y Asmodea eligió para él una colación cómoda, ligera y sabrosa. Un consomé frío y una pechuga de pollo al champaña. Asmodea se había erigido aquella noche en su ángel tutelar y, además, su alegría clara y rotunda, el raudal de su risa cristalina y frecuente, sus modales de naturalidad y de vitalidad eran los más apropiados para que Desiderio olvidara un poco todo el barullo en que se había metido. Pasaron un rato en la terraza del «Continental», antes de entrar en el restaurante. Antonio Mira y su amiga tenían una mesa reservada todas las noches, tanto en la terraza como en el interior, ambas situadas de tal modo que abarcaban desde ellas el conjunto de los comensales y su animación.

En la terraza, el mundo nocturno barcelonés empezaba a brillar con todo esplendor. Allí estaban ya, dispuestos a empezar la jornada, los que luego llenarían «music-halls» y cabarets, salas de juego y pistas de baile. Una muchedumbre de mujeres bizarras se espolvoreaba en mesillas y ángulos de esta terraza, iluminada como una joya por los grandes focos de luz, con los que parecía que en ella se estuviera a pleno mediodía. Muchas de esas mujeres, que lucían rutilantes joyas en los escotes y que mostraban los bordados de las medias de seda a través del pliegue de sus faldas, se insinuaban en lentos galanteos con miradas lánguidas o atrevidas, mientras fumaban con lentitud en largas boquillas y movían astutamente los labios pintados de rojo corazón, al expeler el humo, como si lanzaran sutiles besos al aire. En los veladores vibraba el topacio de las bebidas, se movía en reflejos la esmeralda de los pipermines, el ágata de los ajenjos. Había una pausa falaz en los ímpetus con que ellas y sus amigos entrarían a saco en la tiniebla dorada de la noche; todo se mantenía aún en sus lindes más sobrias, en espera de que la misma fuerza de los excitantes que lentamente engullían impulsara a todos a desflecar de una vez las formas exteriores y a vivir de verdad.

En el interior, el ambiente era también suave. Muchas de aquellas mujeres de la terraza hallaron en ella su pareja ocasional y entraban en el restaurante con un balanceo aguerrido de pieles y de sedas, seguidas por el galán de fortuna. Éstos eran, la mayoría de ellos, hombres desconocidos, recién salidos de la peluquería y fragantes aún a colonia y masaje. Otros, los conspicuos, los miraban con cierta curiosidad, sin engañarse sobre los modales desenvueltos y la falsa arrogancia con que acompañaban a sus hallazgos del aperitivo.

Asmodea, con su perfil incaico o egipcio y sus grandes ojos rasgados, contrastaba entre el mujerío porque era una señora de verdad y porque, además, era muy inteligente. Sabía leer cuando hay amor en los ojos de un hombre y cuando no lo hay; sabía distinguir todos los matices de ese sentimiento con sólo verlos asomar en los ojos. No en balde había sido desdichada en su matrimonio, había visto huir cobardemente a su marido, el tránsfuga que vació el activo de una importante sociedad para llevarse a cuestas un esperpento, cierta modista de Mataró ávida de fondos y de aires nuevos. Pero ya mucho antes ella, que no había renunciado a sentirse viva, había encontrado en Antonio Mira ese hombre que dura una eternidad, porque sabe complacer y respetar, amar y ser amado. Antonio y Asmodea eran, pese a su situación irregular, enormemente felices. Con ello, Asmodea aceptaba de grado el mote y las injurias, la exclusión que de ella había hecho la sociedad de Barcelona y el papel ambiguo e incómodo de entretenida sin que nada de su espíritu —ni de su cuerpo siquiera, pensaba ella— lo fuera de verdad. ¿Qué importaba? Cada vez que Antonio y ella se veían entre un grupo de gente diversa y se sabían tan unidos, tan cabalmente enterados el uno del otro, de los menores deseos, de la más pequeña inquietud, Asmodea consideraba que sus dolores pasados no habían sido en balde y que ella tenía plenamente aquello que muchas se pasan toda la vida sin hallar. Y quién sabe si algún día, puesto que eran jóvenes aún, esa situación anómala no vendría a resolverse de algún modo y aquello que los dos amantes eran ya el uno para el otro podría pasar a ser algo oficialmente admitido por los demás. En todo caso, su larga y embrollada experiencia había hecho regalo a Asmodea de un fino sentido de la sociabilidad y del humor, que si hubiera sido empleado en los ambientes dignos de Barcelona la hubieran situado en el centro de los círculos más estrictos. No había deseos de revancha en ella; no había amargura, no había más que una amplísima comprensión de todas las cosas del corazón humano, de todos los hombres, de todo lo que estaba vivo y que pedía comprensión.

Su situación la impulsaba a tratar con una gran indulgencia las más enrevesadas pasiones y por eso sintió una simpatía inmediata por la situación embrollada en que se hallaba el joven Rius. Había observado a Jeannine varias veces y la tenía por una mujer fuera de lo común, una de esas mujeres que, como ella, huían espantadas de la vulgaridad y que buscaban, con los ojos cándidos y asombrados, cierta dicha más honda que la que ofrece, por lo común, la vida cotidiana. Había visto a Jeannine y ahora, al ver a Desiderio, lo emparejaba sin querer con ella. Había en Desiderio, en sus ojos, en su especie de embrujamiento constante, en su alejamiento y en lo que ella llamaría ese «despiste» juvenil —el mismo que le había hecho caer del caballo aquella tarde— los signos de un temperamento rico en efusiones, los indicios de esa selección natural, de esa distinción espiritual que era para ella la marca de las gentes que merecían la pena. Fue Asmodea la que tuvo la iniciativa de ir al encuentro de Desiderio y de invitarle a cenar. Y era que ella pretendía que la desdicha del joven Rius y de su admirable modelo terminara cuanto antes. Se proponía que no fuera al encuentro del otro y que aprovecharan en seguida ese raudal de amor que tanto cuesta improvisar y provocar, y que cuando aparece de verdad es algo tan asombroso y misterioso como un milagro.

Tuvo primero la idea de que tal vez ese encuentro, por una intervención venturosa del azar, tendría lugar en el mismo restaurante en el que cenaban. Sabía que Óscar Andrade se había llevado a Mme. Suzanne Forain y a sus pupilas con ánimo de invitarlas y pensó que tal vez tendría el acierto de hacerlo en el «Continental», mitad porque era allí donde Óscar acostumbraba a ir cuando salía, y mitad para no perderse la vanagloria de una exhibición en compañía de un «tronco» tan vistoso. Pero Óscar Andrade no estaba allí y habría que lanzarse a recorrer los sitios que aquél solía frecuentar de noche. Mentalmente, Asmodea trazó el itinerario, con cierta curiosidad y hasta como apostando consigo misma qué lugar de los que pensaba sería el marco de la feliz conciliación.

No estaba tampoco Óscar en el «Excelsior», como había pensado. El ambiente del cabaret de moda se le antojó a Asmodea de pronto híbrido y falto de animación. Fue inútil que Antonio la reprendiera cariñosamente por ser incapaz de quedarse tranquila, puesto que él encontraba la animación del «Excelsior» ni mayor ni menor que la de otras veces. Había que esperar un par de horas tal vez, a que el salón cobrara aquellos tintes vivos, agitados, convulsos, de las noches de pleamar, para que el baile se trocara en una algarabía frenética, en un síncope exaltado, para que docenas de rostros de mujer, de carcajadas rutilantes, de chifladuras individuales y por parejas presagiaran la atrevida orgía de todos, el baile al alimón, y elevaran el espectro estruendoso y devorador de la colectiva carnavalada. Pero Asmodea insistió, sólo con un ruego, con un rictus de fastidio en los ojos rasgados, y tuvieron que dejar su mesa, casi sin empezar la botella de champaña, que se quedó boquiabierta en el cubo. Y aún puntualizó después Asmodea que sólo quería entrar un momento en la sala de juego para echar un vistazo, vistazo del que salió tan desilusionada como antes y con la propuesta increíble de ir al «Grill Room».

—¿Cómo se te ocurre? Siempre habías dicho que te fastidiaba ese local.

—Hoy me ha cogido por ahí —contestó ella.

Antonio la cogió del brazo y ella abrió el otro para que se pusiera en él el brazo de su joven protegido. Desiderio se sentía mal, pero seguía de buena gana, con la corazonada de que las iniciativas de Asmodea eran exclusivamente en su beneficio y que ella sabía por dónde se andaba. Desiderio sentía un dolor persistente en el brazo, además de la molestia, que a veces crecía con agudos pinchazos, que le producía la torunda que llevaba en el labio. Y, sin embargo, el joven Rius hacía de tripas corazón, porque era evidente que aquella noche misma debía encontrar a Jeannine, estuviera donde estuviese y con quien estuviera.

Por fin llegaron al «Grill Room» y era allí donde se hallaba Óscar en compañía de sus floridas, majestuosas, admiradas princesas de la *haute couture*.

La dueña de la casa, Mme. Forain, ocupaba el centro de la mesilla, Jeannine y la otra modelo con la que paseara en el Polo, una muchacha morena, de trazos firmes, deportiva y muy *chic*, como solía decir de ella Mme. Forain, ocupaban sendas sillas a su lado y Óscar Andrade cerraba el círculo sentado de espaldas a la entrada.

El «Grill Room» era un local exiguo, de paredes labradas con grandes relieves de castaño y una luz mortecina, colorada, que desfiguraba el verdadero color de las gentes. Así, al punto en que entró, Desiderio no pudo distinguir la pura felicidad ante la que se hallaba. Asmodea sí lo advirtió en el acto. También pareció darse cuenta de ello Jeannine, que levantó sus ojos hacia el grupo y quedó fija en él hasta que Desiderio dio con ella.

Los tres recién llegados fueron conducidos por un camarero a una de las mesitas, algo apartada de la que ocupaban Óscar y las mujeres. La música de un violín cadencioso refilaba un tango sincopado y viril. Los tres pasaron junto a la pequeña pista y Desiderio saludó, inclinando su cabeza. En cuanto el camarero se retiró con el pedido, Desiderio se levantó y se fue hacia la mesa de las modelos, en el momento en que Óscar sacaba a bailar a la compañera de Jeannine.

Desiderio sacó a bailar a su amada. Notó firmemente en sus brazos aquel cuerpo del que ahora ya no se separaría más. Ella levantó sus ojos cuando él le rogó que dejara a los demás y se marcharan juntos, que tenía que hablar con ella. Pareció resistirse un instante, pero era tal la insistencia de la súplica que fulgía en los ojos del muchacho que ella accedió a marchar. Al pasar junto a Óscar y su amiga cuchicheó unas palabras al oído de ésta. Óscar, por lo visto, estaba bastante bebido, porque se limitó a gruñir un saludo a Desiderio, muy distinto del de sus normas habituales. Al acercarse a la mesa en la que Asmodea y su amigo empezaban a degustar el champaña, el joven Rius se excusó. Le dijo a Asmodea que, si lo permitía, iba a acompañar a Jeannine a su casa. Asmodea vio el cielo abierto, les saludó, complacida, le vio salir con tal aire que era como si flotara. Asmodea se había salido con la suya y se sentiría ya para siempre responsable activa y directa de aquella *liaison*, de la que iba a ser en adelante testigo cercano, y a la que sólo lejanos e imprevisibles acontecimientos podrían, un día, llegar a frustrar.

Jeannine encendió la lamparilla de la mesilla. El pequeño ático quedó inundado de una tibia luz, diluida en torno a un redondel de claridad difusa sobre la alfombra. Jeannine se alejó y, a través del silencio, Desiderio oyó la vibración sutil de unos frascos en un lugar del pequeño ático; y luego, el rumor de unos pliegues, el paso de un tul o de un ademán en la habitación contigua, como un susurro canturreado, el rastro infinitamente conocido de la presencia de ella que impregnaba aquella hora ardorosa y anhelada.

Ocurría algo imprevisto y desconcertante que no podía definir. Quizás había llegado el instante supremo de su amor, esa cosa frágil que, al romperse, quiebra una fibra oculta, algo de nuestra consistencia, un dique diminuto en las arterias y cambia de pronto el sentido de nuestra vida, el rumbo de nuestro corazón. Sí, quizá se rehacía ahora delicadamente Jeannine, sin más rumor que aquel tintineo lejano de cristales, de frascos, enturbiándole con su atmósfera. Pero él estaba allí, y estaba allí para siempre, rotos los principales arcos del puente que le ataba a los demás y resuelto a no volver ya nunca más sobre sus pasos. Se tendió, vestido, en la mullida cama, quedó allí esperando, sin acertar a pensar en nada más, sin acertar a sentir más que la existencia de Jeannine en su contorno, en el aire que respiraba, en la luz que animaba litografías y muebles, objetos y formas. Todo eso era ella, y ella estaba allí. Respiró hondo, se adormeció un instante, pensando que quien le sacaría con una sacudida tierna y leve de aquel sopor no sería otra que ella, Jeannine...

Un signo de dolor surcó su rotro cuando sintió que ella rozaba con sus labios su cuerpo, el hombro hundido, el mentón caído y convulso, el labio maltrecho. Y luego sintió que ella se alejaba de nuevo, como si buscara algo con que aliviar su dolor. Entonces Desiderio abrió sus ojos y la miró. Ella estaba delante de él, sin decir palabra. Así pasaron unos instantes, hasta que él respondió de algún modo a la pregunta que ella, sin querer, formulaba.

Entonces Jeannine se volvió hacia la coqueta de su tocador y empezó a preparar pacientemente el inyectable. Desiderio se dejó pinchar y quedó tendido, rendido, sin pensar en nada. Vio, al lado de la cama, el grumo de algodón húmedo, manchado por una pizca de sangre, nada más.

Se había unido deliberadamente a ella hasta en el postrero de sus secretos, hasta su propio vicio y su degradación sutil; se había contaminado sin escrúpulos y sin dudas, para participar de su misma mentira, con sólo aceptar su mínima insinuación: «¿De verdad? Si quieres... te aliviaré en seguida.» ¿No acababa de realizar el alarde supremo de su sumisión, de su ofrenda absoluta? Y al cabo de un rato sentía que, en efecto, le había sido arrancado del costado aquel dolor con la misma suavidad con que deben separarse uno de otro los espectros de la luz, al descomponerse en el iris con un sigilo misterioso, con un paso sin huella. Aquel líquido inflamante, aquella nadería acababa de atarle para siempre y de algún modo a la vida y a la muerte de Jeannine.

Se juraron amor inquebrantable, se dijeron que ya no se separarían más. Sin embargo, él debía volver temprano a su casa, reposar. Debía dar un parte de baja en el cuartel, por unos días, hasta reponerse del todo. El porvenir de su amor era demasiado importante para jugarlo ahora alegremente. Todo eso le aconsejaba Jeannine mientras le acariciaba suavemente el cuello, los ojos, las sienes...

Era una juventud, un poder totalmente logrado que trascendía del placer, que se expresaba de una manera lúcida y total en la núbil fachada de aquel cuerpo en que se ejercían plenamente los anticipos de la entrega, que advertía sin miedo los secretos de sí mismo, su fuerza latente y recóndita. En aquel instante, Desiderio sintió la penumbra cerrarse aún más con la aparición de la mancha blanca, la mancha admirable del cuerpo juvenil y pletórico, suave, reposado y firme; era como una magistral oquedad en la noche, a cuyo contorno parecían morir definitivamente el silencio y la tiniebla. Y después de ese impulso, que era como un vértigo increíble, una asombrosa huida, en la que todo era arrastrado hasta su término a través de praderas inmensas, de valles lozanos azotados por el sol y la lluvia, Jeannine ya no estaba a su lado; acababa de saltar de su brazo al mundo, era otra vez como un esquife largo y alado que cruza silencios y lejanías, indiferente y raudo... Sintió el rumor de sus pasos por el corredor y el borrón de su silueta cruzando el pequeño pasillo.

En aquel rincón no quedó más que la ausencia de ella, algo que en aquellos momentos era casi corpóreo y a lo que el juego de las sombras daba una permanencia tangible. Si Jeannine no estaba allí, estaba, sobre la cama, su hueco, vaciando su figura en el aire, de manera que hacia aquel lugar —que ella ocupaba sin estar, en el que ella se eternizaba de algún modo— fluyó en torrente, desbordada, la efusión sentimental que Desiderio aún traía. Olió y palpó aquel molde vacío, lo acarició tiernamente, apasionadamente.

En la casi absoluta penumbra de la estancia los objetos habían quedado yertos, indiferentes a su presencia, bultos opacos, sin sentido, en el silencio sin alma. En adelante podría soportar la ausencia, hasta el despego de Jeannine, sus arrebatos, sus vacilaciones, a condición de saber, en cada momento, dónde podría hallarla, en qué lugar del mundo podría, si se lo proponía, tenerla de nuevo en sus brazos.

Le pareció escuchar a través de la puerta, al otro lado, en la escalera, el rumor de unos pasos. Pero esos pasos se detuvieron en alguno de los departamentos más bajos y todo quedó en silencio otra vez. Todo él se sentía intemporal, fluctuante; y un raro, cálido escalofrío, una vaharada, un golpe de aire hizo vacilar, en el techo, los flecos de la lámpara, como si se bamboleara la oscuridad. Nunca había sentido la magia de su aventura, lo que ésta tenía de tierno, alado y de maravilloso como en aquel momento.

Jeannine entró de nuevo. Los cabellos rubios se deslizaban sobre sus hombros. No dijo palabra, como si él no estuviera; quedó de pie ante el espejo de su tocador.

—Jeannine, Jeannine, ven a mi lado... —suplicó entonces otra vez.

Y empezó nuevamente el vértigo y la entrega, aquel abandono de su candor, la suprema alegría del abrazo. Luego, lentamente, volvió a renacer el silencio y, al fin, un coro de voces musitadas, voces que era como si ya no fueran las de ellos dos, como si algo hablara y susurrara por ellos, y en vez de ellos. Al fin, de nuevo, se hallaron uno junto a otro, como si llegaran de muy lejos por caminos distintos...

Entonces Desiderio puntualizó, determinó las líneas que debían señalar en el futuro su amor, sus encuentros, sus entregas. Le explicó todo; sus incertidumbres, su cobardía, las dudas que le habían agobiado y por las que la había ido a ver en mala hora al taller de costura. En adelante todo iba a ser enteramente distinto. En adelante no viviría más que para ella, ella sería el centro de su vida y de sus actos, estaba plenamente rendido a ella, y ya no existirían compromisos, ataduras, lazos sentimentales, rutinas del corazón. Sólo ella existía: Jeannine.

Pero ella repuso que todo cuanto había ocurrido hasta entonces debía quedar encubierto en silencio. No hablarían ya más de nada que no fuera a la vez del uno y del otro. Y ese silencio penetró de pronto y para siempre en todas sus zonas secretas, en todos los tramos foscos de la vida de cada uno y de los dos. En ese silencio fue a anegarse de pronto la figura del señor de Hugtenhagen, en ese silencio se zambulló de un golpe el recuerdo, el perfil de Crista y todas sus exigencias. Ese silencio envolvía a «Yucki», que dormía en un rincón, y a Mme. Forain, que estaba de parranda con Óscar; el silencio anegó todo el pasado, todo, salvo la vida de los dos. Emergiendo de los silencios como atletas magníficos, quedaban sólo ellos dos y el porvenir de su amor; en la orilla de aquel océano de silencio quedaban las horas que estaban por delante, las noches tumultuosas, las ganas de exhibir el uno al otro la necesidad de quererse, en privado y ante los demás, sin disimulo, sin temor, sin clandestinidad, sin extrañeza, con arrogancia, provocativamente. No había nadie que pudiera quebrar ya ese amor ni desbaratarlo; ni había nada capaz de hacerles sentir vergüenza o miedo de quererse así, de aquel modo, ante todos e incluso para todos. Desde aquel instante Desiderio y Jeannine eran amantes de verdad y lo iban a proclamar a los cuatro vientos; todo lo demás no importaba, todo lo demás era hojarasca de esa que el huracán se lleva y arrastra y levanta en remolinos.

XIX

Durante dos días, Evelina estuvo sin saber qué partido debía tomar, cómo reaccionar, qué hacer. La situación creada por la revelación de Rita era demasiado imprevista, demasiado brusca; el golpe era demasiado doloroso para ella. Estaba hecha un verdadero lío; pero no aceptaba ni por un momento la idea de que la desaparición de Desiderio de sus feudos pudiera ser definitivamente cosa sancionada y resuelta. La última palabra aún estaba por dar. Intuía que debería hacer algo, pero no sabía qué. De momento, se limitó a quedar cavilando, encerrada largas horas en su *boudoir*, desarmada de sus arrestos habituales, completamente apagada, completamente amustiada y desconsolada.

Su propia turbación la impedía hacerse un cargo cabal de lo que podría atormentar a su hija, de lo que pasaba por el ánimo de Crista; pero era difícil que el descalabro sentimental de la chica pudiera superar el suyo propio. Al menos, así se desprendía del aspecto externo de la muchacha en los contados ratos en que coincidían en el comedor, en las salitas, cuando se cruzaban en los pasillos... Sabía que Crista tenía un carácter suficientemente formado y arrogante para mantenerse impenetrable, para disimular con actitudes que llegaban a veces a la jactancia la profunda turbación que sintiera. Madre e hija no cruzaron una sola palabra a propósito de Desiderio, como si éste se hubiera esfumado de pronto totalmente, como si no hubiera existido jamás. Pero aquello no podía terminar así; era preciso actuar cuanto antes, desafiar de algún modo al cruel destino, defender la pertenencia de aquel tesoro con uñas, dientes y todo el ser.

En esta turbación vivía y se ahogaba cuando pensó que

lo único necesario de momento era evitar el reconocimiento formal de su fracaso y el abatimiento consiguiente al terrible coscorrón que acababan de sufrir. Era preciso salir, airearse, darse a sí mismas una sensación de alivio exterior, rescatarse de algún modo para el mundo. Si seguían hundidas en la inacción, clausuradas por efecto del descalabro en los rincones de su casa, pronto la melancolía incurable, ese monstruo que todo lo corroe, haría presa definitivamente en las dos y acabaría con ellas y con todas sus posibilidades de arreglar las cosas, si es que éstas tenían arreglo. Así, pues, a los cuatro días de haber recibido la confidencia, hizo que Crista se preparara para ir al Liceo, sin excusas. Crista puso cara de fastidio, se negó a ir; pero unos cuantos gritos bien templados de su madre la encerraron en su cuarto, dispuesta a vestirse y a seguir dócilmente los pasos de aquélla.

No importaba que la obra fuera aquel «Tristán» que, con ser «lo más fuerte» de Wagner, era quizá lo menos adecuado para el estado espiritual de madre e hija. La cuestión era mezclarse enteramente en la vida social, dejarse ver de todos, hacer acto de presencia en el mundillo, aunque sólo fuera para desmentir posibles habladurías, que no tardarían en suscitarse en cuanto trascendiera el desvío del joven Rius. La cuestión era no perder contacto con las realidades, actuar como si el lance tuviera que ser pasajero, como si la ruptura entre los novios no equivaliera, ni mucho menos, a esa jubilación moral, cuyo peso sentía ya Evelina en el fondo del alma.

Las trompas y los oboes ululantes de la obra wagneriana ponían un trémolo de pavor en esa alma azotada de la viuda, y en la penumbra de la escena wagneriana la estremecía dentro de sus sedas, en la peligrosa apretura de sus carnes hostigadas, de sus carnes contenidas con dificultad por el gancho de los corchetes, agazapados en los fruncidos y en las costuras múltiples del regio tafetán de su vestido, que la liaban por todas partes sin consideración.

Evelina estaba en su asiento ni más ni menos como estaría una sonámbula que paseara por una cornisa. La pesadumbre podía más que todo el fasto exterior, más que sus ganas de lucir, más que lo que era su esencia vital y la constante de su carácter.

Desde su palco sentía la vaciedad de su existencia, si en

ella quedaba eliminada la proyección de Desiderio en la vida de Crista y, de rechazo, en la suya propia. Su vida estaba vacía, de la misma manera que estaba vacío el palco de los Rius, contiguo al suyo, y hasta nublada por la misma insondable oscuridad de aquel pedazo de sombras. El resto del teatro estaba poblado de centenares de rostros y de figuras, de mujeres y de hombres a centenares, a millares, que escuchaban el grave drama germánico sin un suspiro, con una atención religiosa y una unción serenísima; pero el palco de los Rius, contiguo al suyo, estaba vacío; nadie allí escuchaba el estrépito de los timbales, ni el alarido fluente, lánguido o abrupto, de la enorme diva de rubias trenzas que, en su desesperación, vacilaba a un lado y a otro de la escena, se arrodillaba, se erguía, se abalanzaba al ciclópeo Tristán, le acariciaba con manos convulsas. Aquel palco no era más que un oscuro espacio de ausencias, de olvidos, de ingratitudes, y era para Evelina como si el teatro estuviera entonces vacío, como si nada ocurriera en él.

¡Cuánta historia, cuánta vida transcurrida en aquellos espacios sumidos ahora en la media penumbra de la gran sala! ¡Qué otros tiempos aquellos en que ella era joven, en que los más encopetados binóculos se torcían para admirar su escote en la majestad de la velada! Le parecía estar viendo el arrobo con que el difunto señor Niebla la asediaba en otro tiempo con sus miradas insistentes; le parecía estar delante de aquel intrépido amigo que se llamó Pepe Dolz, al que encontraron muerto en el salón de fumar la noche de la tregedia... ¡Cuántas cosas inútiles, cuántos rastros inservibles tenía la vida! Y ahora mismo, al ver vacío el palco contiguo se imaginó que allí estaba Mariona Rebull, inquieta, juvenil, atormentada, de quien su madre decía que era la muchacha más bonita de todo Barcelona. ¡Cuánto tiempo pasado, cuánta desolación, qué extravío, los años! Ahora, al cabo del tiempo, ella seguía, angustiada, con el corazón en vilo, los sucesos del retoño de aquella que no había sido más que un meteoro fugaz en la vida social; ahora ella se estremecía y preocupaba por la figura varonil en que se había transformado y transfundido una sangre vaciada estúpidamente en la noche amarga del atentado; y todo ello ocurría quizá para demostrar que nada muere nunca del todo, que un hado misterioso injerta, modifica y traslada, siembra, mutila y recoge, malicioso y tenaz, por todos lados, vidas nuevas de viejas semillas, y embrolla, hiere, sobresalta con sus mudanzas... Ahí, en ese palco vacío, estaban, a la vez, el pasado y el presente, la leyenda y la vida, entremezcladas, amasadas, como dos luchadores aguerridos de los que se pudiera discriminar la individualidad en la obstinación y el fragor de la lucha. Y el trémolo exaltado de las arias de la escena acababa de acusar la brutal mezcolanza; eran gritos, alaridos, voces de angustia del pasado que encontraban su eco aquí, esta noche, como halla su eco el mar en lo hondo de una caracola nacarada.

Cuando los pesados cortinajes se cerraron sobre el primer acto de la larga epopeya wagneriana, Evelina se desazonó al encontrarse con la luz radiante de globos y lámparas que resucitaba de un golpe de plafón movedizo, amplio, de la sala, lleno de colores, de susurros, de miradas; con esa luz, las sombras de antaño adquirían unos rostros concretos; los seres empezaban a moverse y a hablar, y aquel mundo sumergido en la ataraxia musical se convertía en un mar de barullos, de confusiones, de cumplidos, de gestos y de palabras. Crista y ella debían, pues, adoptar una pose que estuviera a tono con la circunstancia, haciendo un esfuerzo por sobreponerse a la cruda realidad de su corazón.

Por fortuna, la puertecilla de acceso al palco se abrió y entró en él la única persona a quien Evelina no hubiera echado. Se trataba nada menos que de Javier de Castro.

—Quédate aquí, sin moverte del palco, querida —ordenó a su hija—. Voy a salir a dar unos pasos con Javier; estoy cansada del asiento.

Javier agradeció esta deferencia con una sonrisa cortés y pensó con razón que Evelina quería hablarle de algo sin que su hija lo supiera.

—Estoy muy apurada, Javier. Tengo que contarle algo. ¿Me acompaña usted a algún sitio donde estemos solos?

Javier accedió, muy complacido. Cruzaron, por detrás de los palcos, hacia el salón de fumar, donde llegaban y daban vueltas los elementos más encopetados del anfiteatro.

Abriéndole paso con el brazo, hecho un *dandy* en su frac magníficamente cortado, Javier de Castro llevó a su buena amiga hacia el Círculo del Liceo, de cuya directiva era vocal.

Entre criados de librea que iban y venían, pasaron a un saloncillo reservado, en el que Javier ofreció algo a Evelina, pero ella rehusó. No tenía sed, salvo de justicia.

—Se trata de mi chica y de... Desiderio. No hay nadie en quien me pueda confiar si no es usted, Javier. ¡La cosa es tan delicada!...

—Yo le prometo el más absoluto secreto, Evelina. ¿Qué le ocurre?

Evelina le contó su escena con Rita y la revelación que ésta le había hecho sin olvidar el detalle del billete.

—Se trata de una francesa, una maniquí cualquiera, un producto de la guerra que sin duda piensa que en su país no tiene nada que hacer. ¡Estorbaría, en momento grave como éste; sí, qué iba a hacer allí la pobrecilla! —clamó, sonrojadísima—. Una mujer así es un baldón para los hospitales, no sirve para las cantinas, no sirve para las guarderías, no sirve para nada verdaderamente generoso, para nada grande. ¿Me equivoco? No sirve para nada más que para... para quitar el sosiego a las muchachas decentes. Y esto no lo voy a tolerar.

—¿Qué ha pensado, Evelina? ¿Qué sugiere usted?

—¡Qué sé yo! Defender a mi hija, defender a mi patria, defender, sí, defender a ese pobre muchacho, a ese ingrato... No sé si se lo merece, pero lo haré. En fin: echar a esa mujer de esta ciudad, de este país.

—Usted sabe, Evelina, que lo que propone no es sencillo. Claro, sin una causa justificada. Antes que nada habría que saber quién es esa francesa, qué actividades podrían justificar una medida así. Por lamentable que sea su moral y sus procedimientos, una expulsión, una negativa de visado son cosas en las que acostumbra a irse con un cuidado extremo, para no herir intereses, susceptibilidades...

—Lo habrá, lo habrá; existirá la causa. ¿O cree usted, Javier, que la vida de esas personas no tiene peros? Mire: no la he visto más que una vez, pero estoy segura, pondría mi mano en el fuego, de que es algo... algo que no me atrevo ni a decir.

Javier la miró con ojos suspensivos; animándola a franquearse.

—Sí, espía, en una palabra.

—¿Espía, Evelina? ¿Espía de quién?

—¡Qué sé yo! Seguramente de los alemanes. Sí, según he leído acostumbran a valerse de personas así, sin escrúpulos, vistosas, porque eso no se le puede negar, y que saben introducirse sin reparar en medios. ¿No leyó lo que había dicho un jefe alemán?: «Somos invencibles; tenemos la artillería pesada y dieciocho mil espías.» ¡Dieciocho mil! —recalcó—. Créame, y ya que estamos en Wagner, recuerde que aquel bruto no se lanzó sobre Sigfrido más que después de haber arrancado el secreto a su mujer sobre el punto en que era vulnerable. Sí, esas tácticas de sondeo son muy de ellos. Debo decirle una cosa; la persona en cuestión es... alsaciana. ¿No le parece a usted una buena filiación fronteriza, para estar viviendo en un país neutral?

—Sí..., podría ser... —conciliaba Javier—. Pero, naturalmente, suposiciones, indicios, intuiciones, todo eso no basta para emprender una acción. Para aplicar el rigor de la ley se necesita algo más sólido.

—Sí..., y luego resulta que es tarde —se lamentó Evelina—. Esas ingenuidades, esos legalismos causan desastres. Mire, Javier; hablemos claro: recuerdo que cuando el rey de Inglaterra invitó a su primo el Kaiser, se dijo que éste había llevado consigo a su jefe de espionaje. ¡Exageraciones!, contestaron. Sí, sí, exageraciones... ¿Ha leído usted los comentarios al raid de los zepelines? Las bombas llegaron hasta el palacio de Sandrigham, sin torcerse un palmo. Espere a tener más indicios, más pruebas; en estos asuntos la intuición es la única que vale. Y no le quepa duda de que Jeannine y la casa de modas y todo eso son historias. Debajo de todo esto hay algo muy gordo. ¿Por qué no?

Se oyeron los tres golpes del criado anunciando la reanudación del drama. Javier se levantó.

—Pensaré en todo lo que usted me dice. ¿Me autoriza a enterarme de quién es en realidad esa Jeannine? Tengo una buena relación, un amigo que dirige una agencia privada.

—¿Detective?

—Sí. No me gusta el procedimiento a seguir. Dentro de unos días la tendré al corriente de lo que sepa.

—Muy bien, Javier. Me quita usted un peso de encima. Confío en usted, mi buen amigo. Diga, ¿por qué no nos acompaña en el palco? ¡Me siento tan sola! —se lamentó Evelina con tal expresión que Javier no se pudo negar a acompañarla.

Crista no se había movido. El segundo acto empezaba. Evelina ya volvía a razonar por su cuenta, se sentía animada. Miró a su hija y le pareció que tampoco ésta estaba tan desesperada como debiera. La observó atentamente y descubrió algo que volvió a desazonarla, un elemento nuevo e imprevisto en toda aquella historia. En la platea, detrás de tres damas oscuras y maduras que ocupaban la parte frontal de un palco asomadas al pretil de terciopelo granate, se erguía la figura de Pablito de Inglada. Su tórax resplandecía por el gran palmo de almidón de su pechera impoluta. Sin disimulos, dirigía sus binóculos al palco de los Fernández, en dirección a ellos. Y Crista no rehuía la embestida ocular de su pretendiente, como a juicio de Evelina debía hacer. Al contrario, se inclinaba un poco hacia adelante para que la baranda de terciopelo no privara al galán de ninguno de los encantos de su busto.

Evelina lanzó contra el palco de abajo, con todo furor, un encuadre de sus binóculos, con lo que no hizo desistir a Pablito de su observación. Evelina repasó enteramente el contenido de aquel palco: Doña Consolación, el pelo gris, los tres hilos de perlas alrededor del cuello grueso, de un color de tierra o de trigo trillado; doña Elvira, el pelo negro, el broche de diamantes sobre la recatada seda de su vestido; doña Eulalia, el pelo castaño que tiraba a rojizo, los ojos azules, la mirada cándida, el *atrezzo* de topacios cubriendo una de sus muñecas y prestando un extraño fulgor a su moderado escote triangular. Las tres de negro, las tres impasibles y severas; tres solteronas, tres ramas de un mismo tronco hacían sombra al enorme corpachón de su sobrino, puesto de pie detrás de ellas con toda su arrogancia.

Mediado el acto, Evelina empezó a dar señales de impaciencia, de cansancio y expresó deseos de marcharse. Así lo dijo a Crista, que intentó quedarse un rato más. Pero en vista de que cierto dúo del escenario era interminable, y de que, en el momento en que parecía que la diva se iba ya a marchar, no hacía otra cosa que tomar asiento cómodamente sobre un pedrusco monumental, un pedazo de roca de cartón que ocupaba el centro de la escena, Evelina se hizo dar su abrigo de piel, que el propio Javier le ayudó a ponerse sobre los hombros. Crista, Evelina y su ínclito y barbudo paje de frac dieron la espalda al mundo delirante, agobiante, ensordecedor de Wagner y a toda la muchedumbre extasiada que, desde la platea a lo más alto, por una escalonada teoría de rostros, de murmullos, de languideces, estaban saboreándolo y digiriéndolo como digieren los rumiantes: de la boca al estómago en idas y vueltas sucesivas, del esófago a la salida incesantemente, sin terminar nunca de engullir las frases y los bocados musicales que habían sido tragados al principio y que se repetían sin agotamiento.

No tardaron en hallarse en el *Renault* de Evelina, que abrió sus portezuelas como un remanso de paz, de silencio, de sosiego y de comodidad. A Evelina y al procurador les pesaba el secreto que ahora mantenían en común y Evelina hubiera deseado que su amigo le hiciera don de las iniciativas que ya empezaban a alumbrar en su caletre con relación a las cuitas que le había expuesto, y que se delataban por el signo de preocupación que marcaba su ceño. Pero era imposible esa desconfianza a causa de Crista. No importaba, pensó; así sería más sabrosa la conversación que tuvieran a solas, en cuanto Javier hubiera puesto en marcha el aparato de sus pesquisas a través del detective de marras. Y Evelina, más tranquila que cuando entrara en el Liceo, dio una orden al *chauffeur*. Le dijo que fuera muy despacio, que no tenían prisa alguna. Quería ir despacio para ver si, por azar, alguno de los aspectos de las Ramblas en aquella hora conseguía mostrarle de refilón un trazo, una característica de la vida nocturna en la que sin duda Jeannine y Desiderio debían de estar insertos en aquel momento. Y el coche discurrió al paso, Rambla abajo, desde la puerta del Liceo hasta la Plaza del Teatro, mostrando a los transeúntes de aquella hora el rostro empolvado de Evelina casi completamente pegado al cristal, adosado a él para no perder detalle de cuanto acontecía en el exterior.

—¡No me diga!... —observó de pronto, dirigiéndose a Javier—. Creo que he visto a alguien entrar en el..., ¿cómo se llama?, en el «Excelsior»; y que ese alguien era el mismísimo general Weyler. ¡Mírelo, mírelo, todavía está en la puerta!

El otro volvió su cabeza y miró.

—Pues sí, juraría que es él. Quizá salga de algún banquete —aventuró, excusándole.

—Pero ¿al «Excelsior»?... —recalcó, extrañadísima, Evelina—. ¿Un capitán general?

—Vea, no; no es él. ¡Ya me extrañaba a mí! Fíjese..., está..., pero que muy bebido. No es el general, ya no cabe duda.

Evelina se sintió un poco defraudada ante el fracaso de aquella identificación, que auguraba quizás otros posibles fracasos en el mismo género de intentos; por otro lado, de haber sido efectivamente el general Weyler quien estaba bromeando de manera tan exagerada con el portero galonado del cabaret, la noche barcelonesa hubiera adquirido para Evelina unos tintes especiales, ya inconfundibles. «¡Figúrese —hubiera explicado—, hasta el general Weyler se ha trastornado! ¡Hasta él va de parranda! ¿Qué ocurrirá con los demás?»

No le faltaba a la noche de Barcelona elementos de sobra para justificar todos los temores. En aquel trozo de las Ramblas abundaban suficientemente los motivos escandalosos. Aquí una muchacha se había levantado sin el menor rubor la falda para buscar algo en la liga, mostrando un palmo de carne rosada y viva. Más allá, en un coche, dos mujeres estaban abrazando a la vez a un caballero completamente hundido en el asiento. Una tercera mujer con claveles en el pelo, ocupaba el pescante al lado del cochero, al que animaba a beber de una botella. En la puerta del «Suizo» dos mujeres «como Jeannine» se subían a un coche, mientras los dos hombres que las acompañaban parecían intentar que una tercera mujer siguiera con ellos. Por todos lados se ofrecía a la huidiza luz que penetraba por el cristal del *Renault* los ángulos de un mundo ambiguo, descocado, cabrilleante, que Evelina quería asir con un golpe de vista para ponerse *à la page*, para estar en condiciones de enjuiciar, atacar y vencer. Javier de Castro parecía observar la curiosidad de Evelina con cierta condescendencia. Y conmovido por ella se atrevió a comprometerse formalmente ante su amiga. Se comprometió a no cejar hasta que Evelina pudiera respirar tranquila.

—Créame, Evelina, nada hay en la vida que sea irremediable —generalizó, por amor de Crista—. Y en este caso concreto, yo creo que es mucho más sencillo de lo que nos imaginamos. Puede estar segura de que cosas mucho peores han pasado por... por mi bufete. Le prometo que no pararé hasta verla sonreír otra vez. ¿Me cree? ¿Tiene confianza en mí?

—Oh, sí, absolutamente. —Y rubricó su confianza con una frase, murmurada para sí sola, frase que los *poilus* habían cantado y cantaban repetidamente en las trincheras—: «*On les aura, les boches!...*»

A partir de aquel momento, Evelina puso manos a la obra. Se trataba de destruir a su enemiga, de arrancarle de los brazos, en caliente, de grado o por fuerza, a su presa, a Desiderio. Se trataba de mortificarla y de triturarla de tal modo que hubiera que dejarlo abandonado y huir del país. No sabía Evelina por dónde empezaría, pero el primer paso ya estaba dado. Por mediación de Javier tendría una información completa sobre la interesada, que, pillada y seguida así, de cerca y por sorpresa, mostraría sus perfiles más cándidos y más vulnerables. Sí, tantos a tantos... No iba a pararse a meditar en los procedimientos con gentes de esa calaña. Como hizo aquella bestia humana con Sigfrido —Hagen, o como se llame— cuando menos ella lo esperara, y valiéndose de las confianzas que pudiera arrancar, sería atravesada por la espalda. Y eso, sin la ayuda de nadie, ni siquiera de Rita, a la que desde la confidencia miraba con recelo y con un poco de asco.

Lo primero que era necesario era saber quién era Jeannine. En este punto, una vez más, el buen sentido de Javier de Castro había dado en la llaga. No bastaba con la opinión o el informe del detective que Javier pondría en acción. Se enteró de los días en que se pasaba la colección en los salones de «Suzanne Forain» y se hizo mandar un par de invitaciones. Era en su propio cubil donde iría ella a observarla.

Se decidió a elegir por compañera en esta visita a la esposa del doctor Duró. No quería que la acompañara ninguna de las damas que acostumbraban a frecuentar modistos, para que no incurrieran en la infamia de enamorarse de alguno de los modelos y pasar encima por el bochorno de beneficiar al antro cuyo solo nombre la sacaba de quicio. Eligió a la modesta, átona, insignificante señora Duró, justamente por eso. Esa dama, de quien su marido decía «la pobre Rosita» con aire de compunción, puesto que, según la opinión de Evelina, era tan «poca cosa» y estaba tan poco a la altura de los talentos de su marido —y, sin embargo, éste, por compasión, por rutina, por lo que fuera, quizá por un sentido caballeresco, seguía fingiendo con ella una comprensión falsa—, era sin duda la compañera ideal para esa «descubierta» bélica, y ante ella Evelina no se tendría que preocupar mucho de disimular sus estados de ánimo ni de la tensión de sus nervios.

Rosita Duró y Evelina entraron en el salón de Mme. Forain a media tarde y tomaron asiento en uno de los ángulos; Evelina se hundió en su sillón, al paso que su acompañante parecía que no se atreviera a sentarse con comodidad y no apoyó más que con un roce sus tímidas posaderas en el borde del mullido asiento. Una dama masculina, encopetada, de facciones gruesas como un hombre, la propia Mme. Forain, se acercó a Evelina y la saludó con una inclinación, sin pronunciar palabra; así hizo con todas y cada una de las señoras que empezaban a poblar sus sillas, sillones y sofás, entre las cuales saludó Evelina a varias conocidas, sin pasar con ellas de esa formularia y superficial acta de convivencia. Luego, empezaron a aparecer las modelos.

Una secretaria española iba enumerando a la salida de cada maniquí el nombre y las características del vestido que se mostraba. Esta secretaria llevaba un bloc y un lápiz en la mano y de vez en cuando, cuando era requerida, se acercaba a una de las clientas y le aclaraba alguna cuestión, la principal de todas, la del precio, y volvía luego a su lugar. No tardó ni cinco minutos Evelina en ver aparecer a Jeannine. Se quedó un momento como deslumbrada, sin atreverse a mirarla, tal era el efecto que causaba aquella mujer vista de cerca. Pero luego se sobrepuso y la miró descaradamente.

Jeannine era un prodigio de tules, de gasas, de muselinas, sobre un vestido de color de hortensia con reflejos azulados, coronado por la pompa de un sombrero vienés de alas anchas en el que vibraban unas cuantas plumas que caían y se doblaban sobre su espalda. Jeannine entró con una arrogancia singular, sin mirar a nadie, como una especie de pájaro volante, multicolor, arbitrario, insensible; se acercó con pasos breves a la mesilla que ocupaban Evelina y su compañera, se paró un instante, bajó los ojos al suelo, dio una media vuelta airosa para mostrar las gracias posteriores del vestido, se puso de cara nuevamente, elevando entonces su mano derecha hasta la altura del busto, recogió con ella el tul que flotaba a cada uno de sus movimientos y volvió a andar, airosamente, en dirección a las otras mesas. Evelina la contempló, la sorbió con la mirada hasta en sus más nimios detalles, el esplendor rubio de su cabello bajo las alas del amplio sombrero, la punta de los pies que pisaban suavemente el encerado, el nácar de sus uñas que destellaba un instante a la luz de la lámpara del salón. No pudo negar asombro, desconcierto, rabia, sensación de baldón ante la indiscutible personalidad de la manceba. Era difícil luchar contra eso, contra tal seguridad, contra el manojo de sedas y de terciopelo que la envolvía. Después, cuando volvió a pasar vestida de manera distinta, en un sencillo *tailleur* gris, resuelta y menos agobiada, más «como debía ser cuando Desiderio la abrazaba», según pensó la viuda, Evelina sintió reavivarse todos sus rubores de indignación. La miró a la cara y Jeannine aguantó estoicamente esa mirada, como si no le concerniera. Evelina personalizó de nuevo en la manera elusiva con que Jeannine se desquitaba de tanta observación, quizá por un aplomo meramente profesional, todos los ingredientes que sirven para identificar a una delincuente política en la persona de apariencia más inocua. Aquellos ojos pudieran muy bien ser dos instrumentos de muerte y traición y es posible que estuvieran a sueldo de cualquier otro extranjero para lanzar sus destellos, para dejar caer así, con indiscutible maestría, el telón sedoso de los grandes párpados abiertos. ¿Era necesaria otra prueba, como pretendía Javier? ¿No bastaba esa mirada mentirosa y falaz de los grandes ojos, azules y cándidos, para ordenar la fulminante detención de la intrusa? ¿No había en esos ademanes estudiados, falsos, elusivos, con que ella pasaba, una provocación clara? ¿No era ése el paso con que se penetra como sin querer en los secretos más comprometedores? ¿No era ese cuerpo lánguido, exquisito, distante, esmerado, aquello que los abogados y los policías llaman «el cuerpo del delito»? Sí; esa mujer había nacido para espía y si no lo era daba igual, puesto que es imposible coger nunca a esas gentes con las manos en la masa. Como la mujer del César, no era sólo necesario que fuera honrada, sino que lo pareciera. Y si parecía nacida para espía, por espía había que juzgarla, sin dilaciones.

Poco después, Jeannine pasó con otras telas, vestida cada vez de una manera distinta, y en esta mutación aprendió Evelina a conocer a otras tantas distintas Jeannines, cuantas le pareció que podían caber en su imaginación. Una era tierna, alada, espiritual; otra malévola, seductora, incitante; la tercera, clara, sencilla, jovial, adolescente; la cuarta, sensual; la quinta, diplomática; la sexta, hasta mujer decente, señora de tomo y lomo; la séptima, lo que ella consideraba como la perfecta clasificación de su ser: una *cocotte* de modales atrevidos y atrevida *tenue*, poco escrupulosa... La octava, la novena, la décima, todas las Jeannines se barajaban en una sola imagen suspecta, corrompida, de mujer a quien había que machacar y eliminar en cada una de sus diez o doce cabezas de hidra forastera.

Cuando Evelina volvió a su casa, al regreso de su asistencia al desfile de modelos, encontró aguardándole en el salón a Javier de Castro. Habían pasado sus buenos ocho días desde su conversación del Liceo y el procurador llevaba noticias abundantes.

Ramiro Mendizábal de la Higuera, abogado, policía excelente, hombre de penetración singular, director y gerente de la Agencia «Pro Claritas», dedicada al husmeo de las vidas ajenas, se había puesto en el acto al corriente de los deseos de Evelina, de la delicadeza y gravedad del caso que le era expuesto, y había empezado sus pesquisas destacando a dos de sus agentes, uno diurno y otro nocturno, en seguimiento de la modelo Jeannine. Eso no había podido hacerse sin que, al propio tiempo que Jeannine, el equipo de Mendizábal no siguiera también en los ratos en que estaba con ella al propio Desiderio. Javier de Castro recomendó buen ánimo a la viuda para soportar la violencia de lo que iba a escuchar. El informe que traía no era un informe baladí y volandero, sino que estaba mecanografiado en unos folios con membretes de «Pro Claritas», aunque había que añadir que semejantes papeles eran absolutamente confidenciales, reservadísimos y para uso estrictamente personal. Los nombres estaban trucados; así, donde se leía «Mariscal» había que leer Desiderio; ella era la «Condesa». Javier de Castro, en cuanto advirtió que la viuda se hallaba preparada para recibir golpes a destajo, empezó con voz pausada su lectura.

—«Lunes, día 12: Llegada del Mariscal a casa de la Condesa a las doce horas. A la 1.35, salida de la criada de la Condesa en dirección del restaurante "Suizo"; encargo de consomé, pollo y dos botellas de champaña; a las cuatro y media, nueva salida de la misma fámula hacia el estanco: encargo de dos paquetes de cigarrillos, uno "Capstan", otro "Muratis". A las nueve y media, salida del Mariscal y la Condesa. Cenan juntos en el "Glacier". El menú está compuesto de...»

—No es necesario que detalle, Javier. Siga leyendo —interrumpió la viuda.

—«A las doce y cuarto, salida del "Glacier" a pie y entrada en el "Excelsior". En el "Excelsior" el Mariscal baila con la Condesa diversos bailes, en particular tangos y valses. Consumición: una botella de champaña y un *whisky* para el caballero. A las cuatro, resopón en el "Grill Room". Dos bocadillos de...»

—No, no siga adelante. Hágame un resumen de todo —barbulló Evelina, apabullada.

—Lo más importante es eso: «Día 15. La Condesa recibe la visita de "Gavilán Negro"...»

—¿Quién es ése?

—Luego le contaré.

—«... a las cuatro de la tarde. Sale a las ocho y media. A las nueve sube a casa de la Condesa el Mariscal. Salida a las diez menos cuarto, en dirección al "Continental", donde cenan. A la salida, entran en el "Excelsior", donde suben a la sala de juego, hasta las dos y media. El Mariscal prueba suerte en la ruleta y gana mil ciento doce pesetas. Insiste durante toda la noche en los rojos y muestra una singular fortuna en sus imposiciones. A la salida acompaña a la Condesa a su casa, pero no sube a ella y se retira tomando un coche de alquiler en la entrada de la Plaza Real.»

—Dígame, Javier. ¿Qué significa todo eso? ¿Quién es ese «Gavilán Negro»?

—Éste es nuestro elemento y me atrevo a pronosticar que es por ahí por donde nos será posible emprender más a fondo el asunto. Se trata del protector de esa... chica. Es un holandés, un hombre de negocios de una gran fortuna, judío él, traficante en pieles. Pero, según dicen, ése es sólo su negocio aparente, su tapadera. Nadie duda de que es un personaje turbio. Entre sus negocios también está la casa de modas en la que ella trabaja, aunque aparezca con el nombre de la señora Forain. Hay que indagar a fondo en todo esto y no dudo de que sacaremos algo útil para sus planes. Al menos así lo piensa Ramiro Mendizábal, que se ha tomado ese asunto como cosa propia.

—¿Usted cree que Mendizábal...?

—Sobre eso, no hay nada que temer. Mendizábal es la prudencia en persona. Lleva muchos años de práctica. No hay nada que temer.

Cuando Javier de Castro se despidió, con la conciencia aligerada y la promesa de volver al cabo de unos días, tan pronto como los informes fueran más amplios, Evelina sintió que ya estaba metida de lleno en el embrollo y que no pararía hasta su término. A los deseos de liberar a Desiderio del dominio de aquella esbelta arpía y de dar una satisfacción sentimental al corazón de su hija, se unían, para su estímulo, los hilos de una verdadera novela policíaca que empezaba a desarrollarse ante ella. La intromisión de la figura de este misterioso señor de Hugtenhagen, o como se llamara, añadía tintes seductores a sus proyectos y pronósticos. Algo se había logrado. En adelante, empezaban a diseñarse los personajes a los que habría que desenmascarar y atacar.

Lo primero que haría sería pedir ayuda, para sumarla a la que le prestaba el bueno de Javier, a su admirado amigo el doctor Duró. Algunas veces este médico, tan famoso como incapaz, le había ofrecido su protección en forma que a la viuda se le antojaba ahora pintiparada para una ocasión como la presente. Recordaba que cuando murió su marido ella pensó, por un momento, que ciertos parientes lejanos podrían armar discordia a propósito de las particiones de una finca que el difunto tenía en Extremadura, particiones que la viuda acabó vendiendo, para no mezclarse en litigios; en aquel trance el doctor se brindó espontáneamente a «hacer callar» a los revoltosos. Ese «hacer callar» del doctor Duró tenía ahora para Evelina matices singulares. No se trataba, naturalmente, de usar de ninguna violencia; pero estaba segura de que Duró, que en aquella ocasión le había hablado del poder de sus «amigos», tenía ocultos en el anónimo los enlaces suficientes para edificar o derribar prestigios, para ejercer, desde las más diversas esferas de la sociedad, una coacción sutil y secreta que obligara a torcer voluntades y a hacer seguir a determinada gente por caminos que no le eran gratos. ¿Qué mejor ocasión que ésa para que Duró pudiera practicar su menester benéfico en provecho de una causa justa? Así, pues, al día siguiente, en una sesión que se prolongó durante una hora en el gabinete vacío del doctor —justamente en honor de ella, según dijo, había zanjado todas las visitas de aquella tarde—, Evelina le expuso sus cuitas, los informes del detective Mendizábal, sus presunciones de que Jeannine y el holandés fueran espías o poco menos.

—¡Oh, no hay necesidad de cargos tan graves para que la gente que estorba se vea obligada a cambiar de aires!

—aventuró—. No es necesario idear novelas para eso. La misma realidad nos brinda el punto flaco de cada cual, y ante él los procedimientos en cada caso son múltiples. ¿No hemos visto hundirse prestigios como al son de un timbrazo? Entonces, basta que la rueda se ponga en marcha.

—Pero ¿y si fueran espías de verdad?

—Para que aquí se pudiera hacer algo, tendrían que ser espías contra el propio país, y en general, los espías aquí no se interesan por nuestros secretos, como es natural; lo que les interesa son los secretos de sus enemigos en la guerra. Pero como le digo, olvidemos lo del espionaje. En este Hugtenhagen me parece que hay, como le digo, suficiente materia parda para poder actuar. Déjeme apuntar unos datos.

Y el doctor Duró sacó papel y lápiz y trazó unas líneas de recordatorio.

Todo estaba ya en marcha. Evelina se proponía no cejar, no dejar tranquilos a sus consejeros hasta que la cosa estuviera resuelta, hasta que no viera tomar el portante a la exquisita modelo y a su protector.

Crista estaba completamente al margen de las zozobras y quebraderos maternos. No sospechaba en absoluto lo que Evelina se traía entre manos. Evelina consideraba necesario llevarlo todo adelante con el mayor sigilo y secreto. Eso le había rogado encarecidamente, entre otras cosas, el doctor Duró.

Completamente ausentes de todo, alejados de la trama que empezaba a tejer diestramente Evelina, Desiderio y su amante estaban viviendo las horas más dichosas, más exultantes de su vida. Bebían a raudales la dicha, el uno en el otro. Cuando tenía guardia en el cuartel, Desidero podía disponer de toda la jornada, hasta la mañana siguiente, para pasarla al lado de Jeannine. Cuando no tenía guardia la veía a la salida del despacho, mañana y tarde. Ni un solo día pasaba sin verla. Y a esa gratísima compañía que se hacían había venido a unirse como por milagro la de los componentes de un pequeño grupo de amigos, que acolchaban y daban un relieve comunicativo a la relación. Antonio Mira y Asmodea por un lado, y por otro Óscar Andrade, emparejado con la compañera de Jeannine que se exhibiera con ella en el Polo, vinieron a formar un grupo que se reunía todas las noches, unas veces en el «Continental», otras en el piso de Antonio, situado en un ático de la derecha del

Ensanche. Ya no era aquel amor escondido y aislado de la primera etapa de su entrega, sino una relación que podía exhibirse, que se paseaba sin miedo entre los demás, que compartía con ellos el mantel del restaurante y el velador del bar.

Todo eso lo iba siguiendo Evelina puntualmente a través de los informes de la Agencia que Javier de Castro le servía regularmente a domicilio. Las visitas de Javier se hacían ahora periódicamente, una vez por semana, a la hora del café. Evelina hallaba a Javier de Castro en el salón, esperándola apoyado en la empuñadura de marfil de su bastón y el sombrero ribeteado en la otra mano. Después de la efusiva salutación, se sentaban y Javier empezaba la lectura de los memoriales, interrumpida a menudo por las exclamaciones y comentarios de la viuda. Entraba la doncella con el café y se producía el silencio consiguiente. Evelina servía el apetecido néctar, que Javier ponderaba desde hacía varios lustros como el mejor de Barcelona. Mientras se tomaba el café olvidaban los motivos concretos de la visita del procurador.

—Sí, Evelina, sí. La guerra sigue siendo atroz —decía el procurador, llevando a sus labios la tacita—. Y lo peor es que no se ve su término.

La voz serena del caballero de Castro era un bálsamo para la viuda. Se sentía revivir.

Solía hablarle con conocimientos técnicos del poderío alemán, puesto que Javier seguía siendo encendido germanófilo; sobre los efectivos, sobre los armamentos... Sostenía que los alemanes habían revolucionado los modos de hacer la guerra tal como los concebían nuestros abuelos. Evelina escuchaba con delectación. Le confortaba que también las guerras envejecieran.

—¿De modo que ganará Alemania? —solía preguntar, no muy tranquila.

—*Chi lo sa?...* —argüía entonces el procurador, con gesto ambiguo—. Esto ya pertenece a los designios de la Providencia —excusaba—. Bien. Volvamos a lo nuestro.

Y cogía de nuevo la hoja, para seguir informando a su amiga de los incidentes, las luminarias y los rasgos del camino que había emprendido Desiderio Rius hacia su disolución. De día en día se iba perfilando la eclosión mundana, el desenfado, la dislocación del joven. Los cabarets, las salas de juego y las horas, cuya sola presunción escalofriaba a Evelina, pasadas en el pisito de Jeannine, con el recado repentino de unas botellas o de una cena llegada del «Suizo», trazaban una silueta cada vez más precisa de aquel amor que alejaba inexorable, definitivamente a Desiderio de sus lares.

—¿Está muy preocupada, Evelina? —inquirió el procurador, tiernamente, advirtiendo el temblor de las manos de aquella mujer ante una noticia demasiado elocuente, entre las muchas que contenía casi siempre el memorial.

—No sé, no sé, no me explico... No acierto a comprender cómo su padre, don Joaquín, con lo severo que es... Cómo lo permite, cómo no se ha dado cuenta aún...

—Sí, algo hay de muy raro en eso. Voy a hacer una cosa —sugirió el procurador—. Me voy a informar, con toda cautela, por alguien de confianza. Un amigo mío me hablaba del apoderado de la fábrica, hombre de todas prendas, hijo de aquel contable Llobet que murió cuando el atentado del nueve... Yo me enteraré.

Sacó de su petaca de plata un cigarrillo.

—¿Me permite fumar?

Ella autorizó, con magnanimidad.

—Sobre todo que sea sin perjudicar a Desiderio.

—Descuide.

Y mientras desviaba el diálogo hacia otro tema, como para acabar de tranquilizarla, Javier de Castro encendía un «gener» emboquillado.

—Aunque yo me pregunto, Evelina... —abordó al fin—. Me pregunto si está segura de que lo que usted hace conviene del todo a la chica.

—¿Qué quiere decir con eso, Javier? —preguntó, intrigada, molesta.

—He oído cosas curiosas que la atañen, Evelina —dijo el procurador, expeliendo una espiral de denso humo—. Usted me dirá si le molesta que le hable de ellas o no —y sopló en la cerilla, aún encendida.

Evelina aguzó el oído.

—¿Qué cosas son?

—Me han dicho que existe cierto otro pretendiente de Crista... —dijo con cautela, poniendo la cerilla en el cenicero. Advirtió un rictus de desagrado en el rostro de Evelina.

—Si he de serle franca, Javier —contestó—, me extraña

la indiferencia con que Crista se ha tomado este asunto. Pero no sé nada más.

Javier de Castro se acercó a los labios la tacita de café, que Evelina, algo nerviosa, acababa de llenar de nuevo. La dejó sobre la mesilla, después de sorber en ella sin un ruido. Se sacudió de la barba negra una pizca de ceniza que le había caído entre los pelos.

—No me tome usted por un casamentero ni por un chismoso —se excusó con llaneza, con la familiaridad de siempre—. Nada más lejos de mí, ya me conoce. Pero quisiera para Crista toda la felicidad de este mundo, usted lo sabe...

—Bien, eso es lo que estamos procurando; a eso y sólo a eso lleva nuestra intervención en esos ambientes tan... repugnantes, ¿no es verdad?... —manifestó, acalorada.

—Sí, sí, desde luego. Pero... es que... sé que la muchacha está armando una revolución en cierta familia...

—No será tanto. ¿De quién se trata?

—De los Inglada —confesó el procurador—. Creo que el muchacho, Pablito, ha hablado con entera claridad a sus tías respecto a sus intenciones. Dicen que está dispuesto a llevar adelante la cosa si... si Crista accede.

—¿Acceder?

—Tengo entendido que se ven a menudo. Por eso digo... ¿estamos en un camino conveniente, Evelina? ¿No avanzamos en falso? Hay que pensar en eso.

Pero Evelina parecía decidida a no pensar en nada. Tenía por bueno su camino.

—¡Bah, Javier!... No me venga usted con escrúpulos, por Dios... Ni Crista quiere a nadie más que a su novio, ni ese Pablito es hombre para ella. Si no hay más que verle...

Algo escéptico parecía mostrarse el procurador sobre la autenticidad de los juicios de Evelina. Pero ésta continuó con firmeza:

—¡Si conoceré yo a mi hija!... Lo que le pasa es que está dolida, y que es muy terca... En estas circunstancias incluso sería de temer que... por despecho, por orgullo mal entendido diera pretexto a... En fin, que no tiene derecho a alimentar las ilusiones de un chico para desquitarse de otro, o con el único fin de que el otro se sienta aludido... ¡No, no; eso no será así! Voy a hablar con Rita, hoy mismo, ahora mismo. ¡Nada de Pablitos! —sancionó, sin réplica, rotundamente.

XX

Un simple ademán con un pañuelo blanco había bastado a Rita Arquer para indicar a Pablito que las cosas habían cambiado enteramente, que las noticias eran francamente buenas y que el camino quedaba despejado. Llevada a los veladores de una lechería de la calle de Canuda, Rita Arquer expuso «pe a pa» a Pablito los acontecimientos de aquellos días; la ruptura entre los novios y sus deseos de que en adelante el comportamiento del pretendiente la hiciera «quedar bien». De la gratificación espléndida que Rita recibió por su trabajo, la asalariada gastó una pequeña parte en la ofrenda de un cirio a su Patrona, que lo era a su vez de los imposibles, tales eran sus dudas sobre las capacidades de Pablito para ser digno de la situación que se le brindaba en bandeja. Y en los días siguientes, el joven Inglada volvió a montar sus guardias, tan desdeñadas en el cuartel, frente al portal de la chica Fernández.

Nadie hasta entonces había podido dilucidar a ciencia cierta cómo había retoñado en Pablito una savia disparatada y procaz, tras largos siglos de antecesores ecuánimes, ponderados, sobrios y honorables en cuyas venas había discurrido mansamente la legendaria sangre del clan Inglada. Las tres hermanas solteras, el primo carnal de ellas, Padre Rosal, S. J., y la infinidad de parientes esparcidos por toda Cataluña Vieja, se preguntaban quién era el responsable de las malandanzas de Pablito desde su más tierna edad hasta ahora, en que acababa de cumplir los veintidós años. Nadie se atrevía a echarse la culpa a sí mismo de las exageraciones y baladronadas de Pablito en su corta pero aprovechada vida. Aunque todos señalaban con un dedo invisible en el fondo de su ánimo a la hermana mayor del equipo femenino tutelar, doña Consolación de Inglada, aupadora de los despilfarros y excesos del sobrino.

Desde que murió su padre, siendo él un niño de pocos años, Pablo fue lo que se dice el ojo derecho de doña Consolación. Los inconmovibles principios de la moral más estricta, propios de la mayor de las Inglada, abrían un paréntesis para la peculiar moral de Pablo, que había gozado de una exención absoluta con relación a ellos. Desde jovenzuelo, Pablito dispuso del dinero que quería y que doña Consolación le procuraba a escondidas del resto de la familia. A los diecisiete años, Pablito dispuso ya de un «Dion-Boutton» de carreras, terror de perros, niños y aves de corral por los caminos y carreteras comarcales del campo de Tarragona. Desde la tierna edad de trece años, Pablo era propietario de los rifles más caros, con los que hacía estragos en la fauna, lírica y apacible, de los bosques y las lomas del Panadés. Su fama de hombre impetuoso y desbocado se fue extendiendo de un cabo a otro de la inmensa heredad que poseía y en los pueblos de los contornos. Era un glotón voraz de suculentas salsas rurales y hallaba siempre para su séquito la compañía de ciertos desocupados de pueblos, de cuatro estudiantes de casa de huéspedes a los que la pensión anual no llegara a cubrir más allá de los cinco primeros días de holgorio. En la sangre de Pablito bullía aún la fuerza de los ganaderos y tratantes que en el siglo XIV habían peleado con pequeñas hordas contra aquellos obispos ecuestres que acampaban en los riscos y dominaban la tierra. Seis siglos de dominio no habían hecho más que acrecentar los ímpetus de una sangre grasa y terca, sensual y agitada. Por ser la suya, doña Concepción conocía los peligros de esta raza obcecada y voluntariosa, infantil y terrible. Por eso toleraba los excesos juveniles de su sobrino y hasta los encubría sin reparos en más de una ocasión a condición de ser ella quien los controlara de algún modo y con la seguridad de que, como en tantos precedentes y tan allegados que formaban ya un *ritornello* en la leyenda familiar, un día determinado Pablo sentaría la cabeza. «Sentar la cabeza» era casarle con un «partido» catalán, con alguien de su misma casta y prosapia.

Por eso, cuando los primeros síntomas de que algo ocurría se expresaron en el viejo caserón de la Puerta del Ángel, claustro y morada barcelonesa de las tres tías solteras del heredero, un airón de leyenda pareció circular por las vetustas y oscuras estancias, desde la alta cúpula de vidrieras que daba a toda la casa una luz de invernáculo hasta los recovecos de la tenebrosa biblioteca donde yacían, sin una mano que los abriera, los pilares de la sabiduría jurídica del difunto don Raimundo, cuya grave mirada perduraba sobre los pergaminos en una magistral oleografía de Caba, presidiendo el salón. Los primeros alborozos de un posible «cambio de vida» del joven de vida disoluta se escucharon con el susurro de una «Salve» que doña Consolación murmuró en el oratorio, ante la llamita tintineante que lamía con su luz el arrobo místico de un San Felipe Neri de talla.

El cambio de vida, el hecho de que no se presentaran al cobro facturas inconvenientes, de que no llegaran noticias de escándalos públicos ni de atropellos, era sólo el atisbo de cierta noticia que trajo un día a casa la menor de las tres hermanas, Eulalia, que la había sabido por cierta asidua al Polo, la cual había dicho que Pablito estaba muchas tardes allí mariposeando alrededor de una chica muy guapa llamada Crista Fernández y Torra. Por venir de Eulalia, la del pelo rojizo, que para sus hermanas sería siempre, pese a sus cincuenta, «la niña» de la casa, y un poco seducida por las nuevas corrientes, el informe no fue tenido en consideración.

—¿Crista? ¿Qué nombre es ése?

Pero las semanas pasaban y Pablito no daba que hablar, no daba el menor susto, no pedía dinero, era un santo. Vivía en el Hotel Majestic y llevaba una vida bastante regular. Iba los jueves a almorzar a casa de sus tías y se mostraba cariñoso, comunicativo y prudente. Ya no hacía alardes de sus incontinencias, sino que parecía como recatarse de ellas y empezaron a pensar en el porvenir.

Cuando, a la salida del Liceo, después de la noche del «Tristán», Consolación y su sobrino tuvieron una «sentada» hasta las tantas en el salón de la casa de la Puerta del Ángel, todas las razones del cambio quedaron claras y de manifiesto. Pablito le confirmó que estaba completamente enamorado de aquella chica del palco del primer piso, que creía que ahora ella no le daría el «no», y que si ella le aceptaba estaba decidido a casarse, y a casarse de prisa. Doña Consolación le escuchó complacida, contenta de asistir a la enumeración de los propósitos tradicionales del titular de las glorias Inglada. Pero cuando quedó sola, un mar de perplejidades y de dudas empezó a envolverla. Pensó en los modales, en el físico de aquella Crista elegida por Pablo para perpetuar su especie y encontró que había algo en ella que no la acababa de convencer.

Puesto en trance de «sentar la cabeza», se repetía doña Consolación, Pablito no era sólo Pablito. Era sangre grasa y fecunda, se decía ella misma —que por contagio de su difunto hermano era muy entendida en saberes jurídicos—, no había sido nunca poseída por ningún Inglada en nuda propiedad, sino sólo en usufructo. A pesar de sus modales y de sus atuendos se le presentaba frecuentemente a doña Consolación, en mitad de sus soliloquios, la figura de un Pablito ideal vestido de clámide, calzado de sandalia, como último vástago de una estirpe de señores romanos que entendían en sistemas de irrigación y manejaban la ballesta en las fincas repletas de productos extraídos de la lenta trituración del agro. Y era preciso, por tanto, no sólo que Pablito se casara; era preciso que engendrara en su tálamo uno de esos Inglada históricos que cabalgaron la comarca a lomos de los machos campesinos y que, salvados los períodos de asentamiento en el solar, pudieron obtener centenares de prebendas y dispensas de los obispos feudales. Sabía que era preciso que la elección de Pablito recayera en una mujer sufrida y fuerte, silenciosa, paciente y tenaz, que tuviera un sentido trascendente de su misión histórica, en una casa como aquella en la que los ejemplares femeninos más ilustres habían muerto antes de llegar a los cuarenta con el tronco seco de dar frutos. Sería un gravísimo error dejar que cualquier muchacha insignificante campara por su cuenta en los seculares intereses de los Inglada. Preferiría cien veces dejar suelto aún unos años a Pablito antes de entroncarle con una mujer indigna de su rango. Las Inglada habían de ser como había sido la madre de Pablo, alta, serena y administradora, faro de su marido, matrona de sus lares y a cuyo paso por las grandes alacenas en las que pendían las ristras de tomates, los ostentosos jamones, en las que se almacenaban las viandas y los granos, se escuchaba un rumor de llaves alborotadas entre los pliegues del delantal.

Era preciso hacer en el acto una «composición de lugar». Después de una noche de mal dormir, doña Consolación, la tarde del día que siguió a la confesión de su sobrino, se fue a visitar al Padre Rosal, para exponerle la situación y sus cuitas.

El Padre Rosal, primo hermano y mentor de la tres hermanas, era un jesuita alto, de pelo entrecano totalmente rasurado, de cara larga y nariz prominente. Tenía una voz de bajo, que no modulaba, por cuya razón había que atender con el oído despierto y muy atento sus profundas reflexiones, sus farragosos titubeos, sus aristotélicos raciocinios. Probablemente no debía de ser considerado en la Compañía como una lumbrera, pero era un hombre de buen sentido y, sobre todo, había sido tiempo atrás un cumplido profesor de Lógica, años antes de que la ciática mordiera su pierna y le obligara a pasar del Colegio a la Residencia. No tenía un gran confesonario, pero era un hombre de difícil traslado. A través de sus primas y de la actividad proselitista de doña Consolación, mujer batalladora, enérgica y práctica, el Padre Rosal, aquel santo varón, cumplía en la comunidad una función eficaz entroncada en un sector de la sociedad de Barcelona, sin que él supiera a ciencia cierta cuáles eran sus límites y objetivos. Doña Consolación, que señoreaba en los catecismos de arrabal y en las visitas a los Hospitales, amén de su labor de captación y de sus éxitos como celadora del Apostolado de la Oración, tenía fuerte apoyo en Capitanía y estaba siempre flanqueada por los elementos que llevaban la batuta política.

El Padre Rosal acudía con su visaje triste y solemne al pequeño departamento de mampostería, concluido en largas vidrieras transparentes, de la «sala de los cristales» de la Residencia de los Jesuitas de la calle de Lauria. Cuando su prima le visitaba, al entrar en la estancia donde ella le aguardaba de pie, se iluminaban un poco tras los cristales de sus gafas unos ojos amustiados por el estudio pequeño y tenaz que había trastornado oscuramente la inteligencia inicialmente campesina del sacerdote, mordiéndola con sonsonetes y reiteraciones, remisa a los dictados del «*bárbara, caelaren...*».

En la semipenumbra del saloncito, doña Consolación le informaba de sus quehaceres, de sus actividades benéficas, antes de abordar los objetos más sinceros de su visita. El Padre Rosal lo sabía y dejaba hablar a su prima en actitud paciente y benévola. Al fin, invariablemente, preguntaba:

—Y de Pablo, ¿qué sabéis?

Aquel día doña Consolación, contra su costumbre, sonrió y abordó el tema con palabra viva. Le habló del cambio observado en sus costumbres, de la noticia que había traído un día Eulalia a casa y, finalmente, de la explosión de confianza tenida con ella por su sobrino la noche anterior.

—Dios nos bendiga... ¿Pablito con intenciones sanas respecto a una chica? ¿Y de quién se trata?

Doña Consolación le dijo el nombre y apellidos. El sacerdote se puso a pensar. Al fin dio con un hilo de sus reflexiones que llevaba a algún punto concreto y categórico.

—Ah, ja... Me alegro... Fernández, Fernández... Hermana o hermanastra de esta chica debe de ser Sor María del Rosario, que ingresó en la Esperanza hace dos años... ¿No te acuerdas?

Consolación no acertaba a recordar. Sin embargo, ese parentesco la tranquilizó grandemente.

—¿Es noviazgo... formal?

—No, si no hay nada preciso. He venido a consultarte quizá... sin motivo.

—Seguramente es que... Dios escucha, al final. Tú no sabes las misas que le tengo ofrecidas. Y ¿qué es lo que te inquieta?

—Quisiera... quisiera ponerme al corriente de la manera de ser de esa familia. Lo que tú me dices me tranquiliza. Pero... ayer, en el Liceo, me pareció... ¡Qué sé yo!, las primeras impresiones a veces son falsas. Me pareció la chica un poco, ¿cómo te diré?, descarada. Tenía una manera de ponerse, se apoyaba en el palco de un modo...

El jesuita sonrió, condescendiente.

—Piensa, Consolación, que nuestra época ya no es la misma. Pablito es un muchacho que... En fin, hoy día, las costumbres... Hay que hacerse cargo.

Hubo un breve silencio.

—Pero no te preocupes, ya indagaré, haré lo que pueda... Te lo prometo.

El Padre Rosal extendió su mano a los labios de su prima y ésta la besó.

Pocos días más tarde, Consolación recibió un aviso del Padre Rosal para que fuera a verle.

—Tengo buenas noticias para ti —le comunicó el jesuita, al entrar—. Justamente está aquí, esperando, la persona que mejor podrá informarte de lo que nos interesa.

Abrió la puerta de uno de los compartimientos del «salón de cristal» para que entrara en él su prima. Ésta advirtió, en la media penumbra, una persona, una mujer, que se levantó al pronto. El Padre Rosal dio en el conmutador la luz a un globo de cristal biselado que inundó tibiamente el cuadrilátero.

—Esta señorita es la acompañanta de la muchacha de la que me has hablado. Creo que merece la pena de que habléis un rato —dijo, con aspecto cansado y con ganas de volverse a su soledad.

—¿Cómo se llama usted? —inquirió con gran deferencia doña Consolación, dando la mano a Rita Arquer.

Ésta dijo su nombre de corrido, con un «para servirla» reverencioso. El Padre Rosal hizo un ademán señalando los silloncitos, y su prima y la confidente se sentaron.

—Conoce usted, pues, el motivo de esta reunión, ¿no es así?

Rita estaba sentada en una actitud digna y sumisa. Parecía imbuida de la trascendencia de su función en aquellos momentos. Procuraba causar de antemano buena impresión a la Inglada, cuyo «curriculum vitae» conocía al dedillo y cuya posición pública y privada y en la vida social y benéfica de Barcelona no se le escapaba.

—No sé si el Padre Rosal le habrá explicado todo lo que nuestro sobrino nos ha dado que pensar y que sufrir durante años —prosiguió—. El chico se quedó huérfano siendo un niño, y por eso nos hemos permitido llevar a cabo estas indagaciones.

—Sí, señora. Es su obligación —afirmó Rita, categórica.

—La señorita Arquer —aclaró el Padre Rosal— me ha rogado que esta reunión no trascienda lo más mínimo. Sería prudente incluso guardar silencio con Elvira y con Eulalia.

—Verá —se excusó Rita—. Yo gozo de la confianza de la viuda Fernández y como es natural no he consultado con ella para acceder a la petición del Padre Rosal. Ni que decir tiene que lo hago a plena conciencia, por creer que no sólo no perjudico a la niña, sino que le hago un bien.

Consolación respiró contenta. La acompañanta le pareció un ser de una pieza, un espíritu irreprochable. Su porte, su manera de sentarse, la ausencia absoluta de ademanes exhalaban en aquel momento dignidad, pundonor vigilante, conciencia integérrima. Dirigió su mirada al Padre Rosal dando su aprobación y felicitándole mudamente.

—¿Desde cuándo acompaña a la señorita Fernández?

—Entré al servicio de la casa, naturalmente por horas, cuando la muerte del pobre don Arístides.

—¿Y cuándo conoció usted a mi sobrino? ¿Cuándo empezó él a pretender a la señorita?

—Hará cosa de un año, más o menos.

—Caramba, sí que dura eso... —comentó el Padre.

—Yo quisiera, señorita Arquer, que usted me dijera con absoluta franqueza si le violenta darme una opinión personal, lo que usted piensa de... de todo ello.

—Nada de lo que interese al Padre Rosal puede violentarme —respingó ella.

—Bien. ¿Qué gente son esos Fernández?

—Pues... según mis noticias, el señor Fernández, el diplomático, fue un santo varón durante toda su vida, tan bueno como la señorita Carmen, hija del primer matrimonio del señor, la que es monja de la Esperanza. Pero la señora tiene un carácter un poco... un poco especial. No quisiera que eso pudiera ser mal interpretado. Conmigo se ha portado siempre muy bien. Pero reconozco que es un poco rara.

—¿Cuáles son sus rarezas? —insistió doña Consolación.

Rita se quedó un poco perpleja. No sabía si debía confesarse; al fin se decidió:

—Cosa sin importancia... Qué sé yo; no puede estar un momento quieta. Es dominadora y de carácter variable. En fin, un poco lunática. Y creo que son quizá ciertas compañías, no es por mala intención, eso no...

—¿Compañías?

—Sí, un decorador, por ejemplo, un tal Floro. Otras, en cambio como el señor De Castro, son excelentes. Por eso digo, hay de todo...

Rita empezó a contar la vida de Evelina punto por punto. Sus gustos, sus proyectos, sus amistades.

Doña Consolación escuchaba atentamente.

—Ahora bien. Eso no implica que doña Evelina no tenga un buen fondo; es una persona de corazón, sólo que un poco... un poco lunática, como he dicho.

—¿La chica?

—Oh, la chica lo que tiene es que es joven, que es guapa, según dicen. Por eso yo... modestamente... En fin, procuro estar en todas, me da miedo a veces su juventud.

—Sí, luego, al reflexionar, esos caracteres acostumbran a sufrir un cambio favorable —animó el sacerdote.

—Yo creo —prosiguió Rita— que muchas veces la culpa

es de las madres. Y Evelina la anima demasiado, en lugar de frenarla. Ya sabe, la juventud de hoy...

—Sí, ése es el problema —confirmó el Padre Rosal.

—Los chicos, ¿sabe? Los chicos... Desde muy niña en reuniones y saraos, y todos los días eran fiesta en aquella casa. Su sobrino de usted, señora, que habrá sido lo que fuere, como muchos, no crea, pero que es todo un caballero, eso se ve a la legua, sabe ya que...

—Diga, diga.

—Que la chica ha tenido un novio, con el que ha reñido hace poco, el hijo de Rius, el del atentado; y ese novio es la niña de los ojos de la madre de la chica y entraba y salía de la casa como le daba la gana.

—¿Y la madre lo toleraba?

—Sí. Ojos que no ven corazón que no siente.

Doña Consolación y el Padre Rosal cruzaron una mirada. La conversación se prolongó todavía un rato. Rita se sentía a sus anchas al filosofar sobre la educación de la juventud de hoy y comprobar que sus reflexiones obtenían la aprobación más plena de la Inglada. Anatemizó los módulos de una educación liviana, distinta a las formas tradicionales de la educación al uso. Así puso de relieve los fallos de Evelina en ese punto. Lo achacó a la procedencia de la familia Torra.

—Usted sabe que la señora nació en La Habana. Su padre había sido militar, creo que casi Virrey, y la madre de doña Evelina era de una familia de allí, hija de un armador de barcos. Decían si había tenido negocios de...

—Diga, diga...

—Dicen que era tratante de esclavos. Claro que eso, las malas lenguas...

Poco a poco fue trazada en los reducidos límites del saloncito de cristal la estructura y el diseño de un árbol genealógico, que era una especie de árbol del bien y del mal como el del Paraíso, en el que había de todo, para explicar la naturaleza de Crista, aquella muchacha tan pretendida. Doña Consolación estaba un poco aturdida, sin conseguir formar un juicio definitivo sobre nada. Cruzó su imaginación la extensión de un platanal del trópico, con mujeres de gruesas carnes morenas tumbadas a la sombra de los cocoteros y un eco de habaneras melindrosas en la lejanía. La imagen de Valterra, de aquella tierra de Tarragona suave y quebrada, de un rojizo pardo, en la que los olivares se encaramaban y perdían hasta la lejanía como una cresta de plata y ceniza cuya raíz perforaba la roca hasta arañar la pulpa ilustre de ánforas y rodadas ocultas, esa suave y dilatada panorámica del solar con cuya arcilla estaba modelado el corpachón de su sobrino la llenaba de dudas y presagios.

—Quiero preguntarle una cosa, para terminar —anunció doña Consolación—. ¿Cómo se comporta mi sobrino con ella? ¿Qué hacen?

Rita sonrió, jacarandosa.

—Oh, su sobrino, señora, es la corrección misma. Y luego, en mi presencia, claro...

La vestal se despidió y quedaron un instante solos el Padre Rosal y su prima.

—Habrá que seguir encomendándolo a Dios para que todo salga bien.

—Sí —confirmó ella tristemente—. Habrá que rezar mucho.

La incomprensible manera de reaccionar de Crista no era lo que menos preocupaba a Evelina desde que rompiera con su novio. Más que el desvío de Desiderio, le preocupaba ahora el hecho de que Crista no sólo pareciera aceptar con indiferencia la nueva situación, sino hallarse a sus anchas con ella. Lo que la sacó de quicio fue advertir que ella accedía a los galanteos de Pablito, como si pudiera pasar por su imaginación ni por un instante que podía ser algún día la mujer de aquel hombre.

Pero Evelina era demasiado diplomática para refunfuñar, para evidenciar sus temores. Sabía que en muchos casos una oposición de la madre acarrea consecuencias funestas y simuló no darse demasiada cuenta de que Crista era vista y seguida por Pablito, que se iba al Polo, donde él la esperaba; que con la complicidad de Rita, sin duda, el heredero tenía facilidades innumerables para asediarla y pretenderla. Evelina se limitó a dar unas órdenes severas, tajantes a Rita; a llevarle el control de los sitios donde habían estado, de las horas que pasaban fuera de casa, sin la menor buena voluntad de su asalariada. Creía todo lo contrario: que Rita era capaz de traicionarla en sus propias narices.

Pero ¿qué haría sin ella? Evelina necesitaba tener libres

todas sus horas y todos sus miembros para actuar por su cuenta... Llegó a la conclusión de que aquélla era una carrera contra reloj, que todo era cuestión de celeridad y de tiempo y espoleó a sus colaboradores en las gestiones que llevaba a término, sin dejarles un minuto de reposo.

Mientras tanto, el invierno había ido cuajando, derramándose sobre la ciudad. Barcelona tenía ese tinte sombrío que le dan las nieblas, las lloviznas, las heladas, la humedad del invierno cerrado. Durante todo el mes de noviembre y buena parte de diciembre sintió que esta pesadumbre climatológica era como el reflejo de su propia pesadumbre moral. Los días transcurrían con una monotonía insufrible, llevándole siempre las noticias más aciagas sobre el curso de la *liaison* tan aborrecida, los más tenebrosos presagios sobre el porvenir. Poco antes de Navidad su desolación se colmó con una revelación siniestra, estremecedora, que contenían los memoriales de la Agencia. Según ellos, uno de los agentes de «Pro Claritas» había logrado establecer contacto fructífero con la mujer de hacer faenas del aposento de la modelo, hasta el punto de lograr penetrar subrepticiamente en el nido de los dos amantes. Y, ¡oh, estupor!, el hallazgo que ese hombre hizo después de una minuciosa pesquisa en repisas y escondidos «secreteres» era demoledor. En uno de los estantes del armario, que el audaz emisario no había logrado abrir sino con el auxilio de ciertas llaves especiales, habían sido hallados restos que indicaban claramente el uso de los tóxicos dorados, de la morfina concretamente. Evelina se sintió palidecer ante esta revelación. Estuvo un rato sin saber qué decir, ni cómo expansionarse ante el atónito Javier de Castro que con tanta cautela la había preparado para ese golpe. Al fin toda su zozobra se trocó en indignación; y más tarde, después de un lento proceso de eliminaciones, Evelina se dijo formalmente que ya habían llegado al final. Que lejos de atemorizarla, lo que acababa de saber era el detalle, el dato incuestionable que durante tanto tiempo había estado esperando. ¡Jeannine morfinómana! ¿De dónde sacaría el potingue de farmacopea? ¿Quién se lo facilitaría? ¿No estaba ahí el pequeño pretexto que faltaba para eliminarla? Ahora era ya cuestión de obrar. Poseer morfina era un delito, un delito grave. Y a lo mejor no se limitaba a guardar el tóxico en su casa para su uso. A lo mejor aquél era un eslabón de una cadena, el cabo suelto por el que podría llevarse a cabo una investigación hasta dar con el centro de ese gran tráfico de estupefacientes cuyas contingencias estaban ya vivas en la imaginación de la viuda. ¿No veía ya a Jeannine expulsada violentamente del país como jefa de un tráfico de estupefacientes? ¿No la veía con nombre y apellidos —si los tenía— en la sección de sucesos de «La Vanguardia»?

Desiderio no se daba cuenta del torrente que estaba a punto de desatar. Sólo estaba pendiente de su amor y en el goce de la nueva existencia que éste le brindaba. Las cenas en el «Continental», en compañía de su amante y de las dos parejas con las que formaban tronco, eran sesiones suculentas de grata conversación, remansos agradables, magníficos tramos de sosiego que doraban su vida y la embellecían, la tornasolaban de gracia y de la luz. Asmodea y Antonio Mira eran una pareja encantadora, junto a la cual se encontraban más amables los placeres. Óscar Andrade también era buena compañía. La amante de Óscar, llamada Monique, compañera de Jeannine en «Suzanne Forain», era una muchacha sedentaria y poco habladora, que facilitaba el trato cómodamente, puesto que no parecía prestar atención a nada, ni siquiera a su amigo. Solía tener unos cuantos caprichos fáciles de procurar: la docena de ostras, el vasito de anís, que la enloquecía, y el delirio de los zapatos. Era natural de Argel y había algo de morisco en sus rasgos y en la reciedumbre de sus cejas negrísimas, circunflejas sobre unos ojos brillantes, negros, inmóviles. Vestía siempre *tailleur* gris, preferencia que quizá debía a los gustos de su directora, la señora Forain, de la que, bien que muy a escondidas y con todas las reservas del caso, para que Óscar no se enterara, se decía si era una protegida demasiado suspecta. Las tres parejas dejaban transcurrir las horas de la noche sin ninguna precipitación, agradablemente, siguiendo el curso de un itinerario prefijado que casi nunca variaba. Y Desiderio se mantenía completamente ignorante del barullo que se estaba armando a espaldas suyas, y que empezaba a mortificar de algún modo a su amiga, aunque ésta no rozara jamás con él el tema de sus pesares en la conversación.

El señor de Hugtenhagen había recibido las primeras chamusquinas de la fogata que el doctor Duró había aventado con tesón y con eficacia. Cierta tarde, el holandés se fue precipitadamente a visitar a Jeannine para decirle que estaba cansado de sus negocios en Barcelona, que la situación de la guerra se estaba prolongando y que no había trazas de que pudiera resolverse en muchos meses. Que estaba resuelto, por tanto, a abandonar la ciudad y el país y trasladar sus bártulos, su perrito y una parte de sus valores al otro lado del Atlántico. Jeannine no comprendió ni quiso hacerse cargo de la brusca determinación de su protector y lo mandó a paseo con cierta galantería, notificándole además que ella no se iría y que se marchara aquella tarde cuanto antes, puesto que tenía «compromiso», como de costumbre. Lo cierto es que el señor de Hugtenhagen había recibido aquella tarde la visita de cierto policía, que había estado manoseando en sus papeles, con una orden de Jefatura. Las protestas del señor Hugtenhagen, la amenaza que hizo de poner en juego a sus relaciones, de hacer una protesta oficial por medio de la Embajada de su país no parecieron arredrar al agente de policía, que pidió detalles de la procedencia de ciertas pieles de gran valor que el holandés tenía en depósito en una casa del ramo. Su situación era regular mientras no hubiera nadie empeñado en fastidiarle, pero hacía tiempo que el holandés se olía que, a causa de Jeannine, ese alguien no tardaría en aparecer.

—En ninguna parte del mundo me ha ocurrido lo que me ocurre aquí. Mis referencias son las mejores del mundo. Puede llamar a Strandhom, Stockholm; Gilles & Cagney, Boston; Harriman, Sons, Ltd., Londres; Paquin, Worth, Levin, Asdreanu, París... Vea, vea... —protestaba mostrando una lista de nombres, enfurecido ante el comisario—. He de añadir que mis actividades producen un gran rendimiento a su nación, señor. Y en lugar de darme facilidades quieren hacerme la vida imposible. Bien, quiero mucho a España, pero peor para ustedes.

—¿Es una amenaza? —inquirió, desafiante, el comisario—. Porque aquí no acostumbramos a aceptar amenazas.

—No es una amenaza, señor... —enloquecía el holandés—, sencillamente, es un hecho. Facilito a España dinero, lo produzco. ¿No lo quieren? Pues... abur —expresó, dando un toque de argot popular a su fonética gangosa—. Abur, abur, a otro lado. Yo no tengo casa, ¿comprende? Vivo en el hotel desde los doce años. Por tanto, en todos lados estoy bien.

El comisario no parecía enternecerse por esas protestas.

Le miró de hito en hito, como si le invitara a que pusiera en práctica cuanto antes sus amenazas.

Días más tarde, Jeannine tuvo por primera vez la impresión de que era seguida. Vio un rostro al que estaba cansada de ver en algún lado, sin que pudiera precisar dónde. Era un hombre que vestía una especie de tabardo extraño, como hecho para la medida de otro, una chaqueta que no tenía nada de común con las chaquetas corrientes; y ese hombre estaba tomando tranquilamente una cerveza en una de las mesas del «Excelsior», detrás de ellos, por segunda vez. Ya la noche anterior se había fijado en el tipo. Llevaba un pelo crespo y ensortijado, de los que no tienen costumbre de frecuentar la peluquería. Le extrañaba a Jeannine que el cartelito del «se reserva el derecho de admisión» no rezara para un ser semejante, tan sucio y desaliñado. A través de su espejito, mientras se retocaba el peinado, encuadró enteramente la figura del suspecto personaje, y en aquel momento ya no dudó de que estaba allí por ella, puesto que sólo un hombre que espía desvía la vista con tal celeridad cuando es sorprendido de esa forma. Uno cualquiera no hubiera recelado siquiera de que en aquel momento y con aquel gesto Jeannine estuviera observándole. Le vio levantarse de la mesa, pagar y marcharse apresuradamente. No pensó más en ello, pero relacionando su descubrimiento con la actitud intemperante del desdichado de Hugtenhagen, sintió que algo viscoso e indefinible empezaba a envolverla. Entonces se refugió en la idea de que estaba próxima a su amor, de que estaba a su lado, de que le tenía del todo, y de que bien podía pasar por esas molestias quien era tan sencillamente, tan enormemente feliz.

La Navidad se aproximaba. Las calles de la ciudad volvían a rutilar; los escaparates brillaban de nuevo con esplendor incitante, magnífico. Desiderio esperaba impaciente que llegara la gran fiesta para hacer a Jeannine un regalo singular, un regalo largamente escogido, acariciado ya desde tiempo atrás en el escaparate de Valentí: aquel collar de fina pedrería que costaba una fortuna, pero que ella se pondría con una ilusión vehemente y maravillosa reflejada en los ojos. Y hay que decir en este punto que la satisfacción de Desiderio provenía de que además de Jeannine había conseguido, con su amistad, que Antonio Mira le procurara de rechazo los elementos necesarios para llevar felizmente sus gastos, para llevar sin agobios el tren de vida que merecía su amante. En efecto, Antonio, que formaba parte de un importante *trust* de abonos químicos, le había dado los fletes de toda su organización, que Desiderio había aportado a la sociedad de Clemente y del suizo M. Martin, cobrando regularmente comisiones considerables. Ya no era ningún exceso, para él, gastar cinco mil pesetas en el magnífico collar con que aturdiría a Jeannine con ocasión de las fiestas.

«¿Cómo es posible? ¿Cómo es posible?», se preguntaba Evelina, todavía ofuscada por la rotundidad de esa cifra, mecanografiada en los memoriales de la agencia. Cinco mil pesetas en una joya por un muchacho a quien su padre controlaba los gastos tan escrupulosamente que a veces, con sumo tacto, ella había de disuadir a Crista de ir a tal lugar, o a tal otro, excesivamente caros, para no ponerse en evidencia a él. «No, no; hay gato encerrado, eso no es normal.» Se preguntaba Evelina si no estaría consumiendo con prestamistas o en algo borrascoso, que le llevara a la catástrofe, y sentía una pena inmensa por él.

Una mañana, en el despacho, Desiderio se sintió llamar por Llobet. Había visto salir a su padre en el «Hotschkiss» y en aquellos momentos el apoderado era el jefe. Le molestó que le mandara llamar, en lugar de presentarse, como otras veces, en su despacho. Pasó a la salita contigua —aquella sala de espera en la que había hecho colgar, contra viento y marea, unos grabados ingleses de equitación que había comprado en Inglaterra— y se encontró frente al apoderado.

—Siéntese, Desiderio —ofreció éste con sequedad.

Pero al pronto le pareció como si el apoderado no supiera cómo empezar.

—Es algo personal lo que quiero hablar con usted, Desiderio. Algo personal y de una cierta gravedad, por lo que le suplico que me escuche atentamente, que medite después sobre ello y que me vuelva a hablar cuando haya determinado algo.

—¿De qué se trata?

—Sencillamente. Han venido a verme ciertos señores para hablarme de su conducta. Yo he desmentido todo cuanto me han dicho, pero quisiera que usted me lo desmintiera a su vez.

—¿Mi conducta? ¿Qué es lo que tiene de particular?

—Ha comprado usted una joya de cinco mil pesetas.

—En efecto.

Arturo Llobet se desconcertó ante la seguridad que Desiderio mostraba en sus respuestas.

—He pensado que... seguramente, usted no tenía esta cantidad.

—Se equivoca, Llobet. La tenía.

—Bien. No voy a meterme en la procedencia de sus ingresos. Es que... ¿que ha logrado usted nuevos fletes, para esas cantidades respetables?

—Exactamente.

—Pero... pero... no es de eso de lo que quería hablar, sino de algo más... más particular. Por desgracia no he podido atestiguarlo, porque ignoro en realidad si lo que me han dicho responde a los hechos. Me han asegurado que usted juega a menudo en cierto lugar.

—En efecto. En el «Excelsior».

—Y en este punto me ha parecido lo más prudente llamarle a usted. Porque... porque quiero advertirle que si su padre se enterara de que usted hace posturas en la ruleta no sé lo que ocurriría.

—No me gusta la ruleta, Llobet. He jugado, simplemente, para pasar un rato.

—Sea como sea, su padre no aprobaría eso, ni como pasatiempo.

—Bien. ¿Qué tendría que oponer? He jugado con mi dinero.

—Lo ha ganado usted demasiado fácilmente.

—Quizá, no lo niego.

—Hay otra cuestión, que va íntimamente ligada con ésas —prosiguió Llobet, gravemente, limpiando sus gafas—. En ese cuadro que me han pintado de su vida, Desiderio, me han dicho que ocupa un lugar...

—Diga, diga. Seguramente lo que han dicho es cierto.

—Cierta mujer. Una modelo.

—Sí. Es una amiga mía.

—Me creo en el deber de decirle, por lo mucho que le aprecio desde que usted era un niño, que esa persona no tiene buena reputación.

Desiderio se paró a pensar lo que sería reputación para un hombre como Llobet, cuando hablaba de mujeres.

—No me refiero a lo que usted imagina. Yo también he sido joven. Su reputación no es buena en otro sentido; se sabe que está en contubernio con cierto holandés del que se han comprobado irregularidades graves. No, no me interrumpa. Hay, entre otras cosas, según dicen, tráfico de estupefacientes de por medio. Y eso, además de las defraudaciones, podríamos llamar normales, de este hombre en su negocio; negocio de pieles creo que es, por lo menos oficialmente. Hacienda va detrás de él, y va detrás de él, también, el Ministerio de la Gobernación. ¿Lo sabía?

Desiderio había escuchado sin inmutarse.

—Le agradezco mucho todo lo que usted me dice, Llobet. Pero creo que todo eso corresponde a mi vida particular y no es un asunto de oficina.

—¿De oficina? —clamó Llobet, de pronto, levantándose—. ¡No le permito eso! —protestó, temblando, fuera de sí—. ¿Desde cuándo me ha tomado usted por un empleado?

Llobet, tan prudente siempre, tan ponderado, acababa de perder sus modales, su respeto, su calma.

—Es usted un chiquillo —gritó, como si reprendiera a un meritorio sin más consideraciones—. No más que un chiquillo, y me va a respetar. ¿Me entiende? No me va a respetar por mí, sino que lo hará por su padre.

Se quedó mirándole con fijeza y volvió a hablar con voz muy clara, con fuerza.

—Me va a escuchar: si no fuera por mí, su padre, ¿comprende?, su padre hace tiempo que se hubiera enterado de todo. Yo le he ido ocultando lo que usted hace, y lo he hecho porque creo que tanto usted como él se lo merecen. ¿Se da usted cuenta? ¡Yo no tengo por qué mezclarme en sus relaciones! ¿Se cree que soy tonto para no saberlo? Pero lo que sí haré será evitar que usted se pierda del todo. Eso no lo consentiré —gritaba— aunque tenga que agarrarle a usted y atarlo —y parecía que iba a hacerlo, tal era su energía—. ¿Dónde acabaríamos? —prosiguió el apoderado, moviendo la cabeza a un lado y otro—. No ocurrirá. De modo, Desiderio, sépalo usted bien, no le dejaré corromper —y subrayó el propósito con tenacidad, masticando cada una de las palabras.

Hubo un silencio angustioso.

Desiderio había quedado tan sorprendido del enfurecimiento del apoderado que no quiso contestar, no osó hacerlo. Se limitó a contemplarlo en aquel arrebato que no acababa de comprender; casi sentía como un poco de lástima. Arturo se sentó otra vez, respirando alteradamente.

—Usted se cree que tiene un privilegio; y es verdad, sólo tiene uno: el de ser un ejemplo para los demás —le dijo después, en voz más baja, más calmado, pero con igual fuerza.

Hubo otro rato de silencio.

Se oía el tictac del reloj colgado de la pared y, al fondo, el rumor de las máquinas.

—Yo era más joven que usted y... si eso le tranquiliza... tampoco estuve limpio... Sí... robé a su padre. Me llevé de la caja seis mil pesetas. ¿Sabe usted qué cantidad era ésta? Era mucho, muchísimo, para entonces y para un chico de diecisiete años. Y su padre de usted, Desiderio, sí, sólo su padre, impidió que yo me perdiera. Si yo no he sido un ladrón, comprenda que no dejaré que usted sea algo que... que no tenga nombre. Algo que usted será si no cambia de amigos.

Y vacilante, sacándose con un movimiento rápido los lentes, apretó la mano de Desiderio un instante, y luego se marchó, llevándose el blanco pañuelo a los ojos con rapidez y volviendo a guardarlo en su bolsillo antes de entrar en su despacho.

XXI

Sólo un «Christmas» delicado recibido de Inglaterra y firmado por Louise le dio noción de la fiesta que iba a celebrarse, que la ciudad entera se disponía a conmemorar, y también vivo testimonio del paso del tiempo, de la fidelidad de ciertas memorias y de su incapacidad para retener y encauzar la oleada turbulenta de sus días como lo hacían los demás. Al evocar con el tarjetón en las manos la Navidad que dos años antes había pasado con la estudiante inglesa, se dijo que había transcurrido un siglo desde aquella fecha; que él ya no era el mismo de entonces, que algo muy grave e imprevisto acontecía en su vida, algo que le alejaba de la vida de los demás, que le estaba apartando insensiblemente de la mentalidad común, del mundo de los otros. Josefina había montado el inocente Belén navideño en un ángulo del comedor y las bastas figuras de barro, y los musgos, y el estaño del estanque en cuyos bordes pescaba soñoliento un pescador policromado, todo eso se le antojó distante, ajeno, casi un reproche de los demás, de sus principios, que hería sin querer sus fibras más íntimas. La comida de Navidad transcurrió entre efusiones de su padre —al que Llobet, sin duda para no aguarle las fiestas, no había dicho una palabra de su conversación con él—, que se mostró locuaz, animado, conversador, incluso casi bromista en cada uno de los lances rituales de la celebración; don Joaquín hizo las particiones del pollo y del turrón, descorchó inhábilmente la botella de espumoso, incluso aplaudió a Josefina cuando ésta entró con la humeante sopera. Luego, después de los postres, se quedó adormilado en su sillón, cabeceando, y al fin se durmió del todo en él, haciendo honor a una pesada digestión.

Desiderio se fue a casa de Antonio Mira. Ellos, el equipo,

celebrarían la Navidad durante la tarde, en el espléndido habitáculo del filantrópico amigo, situado en el ático de una casa de su propiedad, en la parte alta de la Rambla de Cataluña.

Ese piso respondía del todo no solamente a la holgura económica de que disfrutaba su dueño, sino a su refinamiento y a su buen gusto. Antonio era un hombre de gran fortuna, en parte heredada, pero en gran parte acrecentada por las excelentes inversiones y los negocios de nuevo cuño, de los que el amigo de Asmodea se ocupaba con mucho cuidado, con gran prudencia y con resultado magnífico. Antonio Mira era, pues, exactamente el reverso de la medalla que Asmodea había llevado colgada del cuello los años de su matrimonio desdichado y no era raro que sintiera por él una devoción ilimitada. Antonio era un hombre muy capaz, trabajador, leal, firme en sus asuntos; cariñoso y generoso en su amor. Y, por añadidura, poseía una sensibilidad singular; los gustos de Antonio, su afición por las buenas pinturas y por las porcelanas de catálogo, por los vestigios selectos de civilización, por los reflejos de un botellín nacarado de perfume extraído de alguna necrópolis fenicia, por los trozos de un collar minoico o de una estatuilla corintia, eran compartidos plenamente por ella, que le secundaba y ayudaba en su labor de coleccionista. La vida de Antonio estaba instalada en medio de esas reliquias, en el piso que había arreglado para que con él pudiera compartirlo su amiga sin llamar la atención en sus diarias visitas; y allí, en las amplias, modernas salas de luz suave, acolchadas por vitrinas en las que brillaba la plata antigua, o de anaqueles poblados de libros raros, escogidos, magníficamente encuadernados, Desiderio fue a reunirse con Jeannine después de su almuerzo casero de Navidad.

Todo había sido dispuesto para que el ambiente «rezumara» Navidad; de las lámparas y encima de las puertas colgaban ramas de «guis» verde, y las pequeñas bolas purulentas de la planta eran como puntos más vivos en la claridad desparramada por los butacones y las alfombras. En la repisa de la gran chimenea inglesa estaban puestas unas estampas de Navidad, «christmas» escogidos, antiguos, de gran valor. En el centro de la sala, un pequeño árbol navideño, lleno de velas de colores, de bolas plateadas, de estrellas de plata, de colgajos multicolores, suscitaba nostalgias de nieve candorosa, de canciones en el valle, ante la gran sombra misteriosa de los abetos, en los Alpes, en la Europa de los canales y de los violines. Trenzas de ramas verdes coronaban delicadamente el marco de los cuadros y toda la estancia estaba engalanada de lazos de color y de verdes evocativos.

En aquel lugar, sentada en el suelo como un esbelto Buda rubio, halló a Jeannine, que tenía los ojos claros, brillantes, magníficos, pero empañados de tristeza. La fuerza de la Navidad la subyugaba de una manera misteriosa. No podía destruir los gérmenes que bullían en ella de otras Navidades, ni la significación alegórica de la fiesta, que la invitaba a meditar y a desfallecer, a pensar en los muertos que la habían transido, a pensar en la gente que está afligida y en la que navega por el mar y en la que está condenada a cadenas y en la que se va a morir... Todo eso, esas pesadumbres, la inmovilizaban allí, insensibilizándola aquel día para todo amor humano, reservada y recluida en sí misma.

Aún acentuaba más una distancia irremediable que, pese a los esfuerzos de ambientación, había entre la Navidad que celebraban y la Navidad de los demás —ese punto inconsistente que tenían en aquella falsedad doméstica los ramajes y las velas de colores, las estrellitas y el «Heilige Nacht» que sonaba en el gramófono— el hecho de que la tercera pareja que completaba la reunión, Óscar Andrade y su amiga Monique, estaban por lo visto enfurruñados y poco navideños. A menudo, esa pareja pasaba por violencias y enfados, pero la cara hosca que ponía la modelo morena, guapa y mora, estaba a punto de destruir todo el andamiaje, la escenografía, los esfuerzos de «mise en scène» que había prodigado Asmodea para suscitar en el ambiente el sobrenatural efluvio de paz y de sosiego del día del Nacimiento.

A media tarde se descorchó el champaña, que entró en un par de cubos y sirvió el criado de la casa, para retirarse luego en silencio, dejando en la mesa las fuentes con dulces y unos emparedados. Entonces Jeannine se levantó del suelo, donde había estado contemplando absorta durante largo rato el fuego de la chimenea, lanzó un gran suspiro y se acercó a Desiderio. Éste la cogió del brazo, la alejó de los demás y la llevó a un rincón, justamente detrás del piano de cola que les ocultaba casi por entero a los demás. Sacó del bolsillo de su chaqueta el estuche del regalo y lo entregó a su amiga.

Jeannine, al principio, no supo qué hacer con él en las manos. Ni siquiera lo abrió en seguida; lo retuvo unos instantes, para prolongar la espera, para madurarla un instante, para adivinar de algún modo lo que había allí dentro. Al fin lo abrió y quedó deslumbrada, maravillada, atónita. El collar fulgía de reflejos y se irisaba ante sus ojos asombrados, privándole de la más elemental exclamación, impidiéndole expresar todo lo que sentía. Sin decir nada se abrazó a Desiderio, ocultando su rostro en su hombro, como si estuviera avergonzada de haber merecido aquello.

—¿Por qué has hecho eso, dime? No debías...

Y levantó sus ojos y Desiderio notó que estaba llorando, sin un gemido. Tenía los ojos anegados en lágrimas. Después volvió a besarle, dejó el estuche encima del piano y, con las manos diestras, lánguidas, suaves, se enroscó la joya alrededor del cuello. Con ella sobre el escote se acercó al oído del galán y le dijo que nunca se lo perdonaría. Luego le hizo escuchar el zumbido de un tierno beso.

Los ojos de Desiderio le decían que ella merecía mucho más. Que aquello no valía nada, que era una nimiedad. Que la joya era ella, sus ojos, sus labios, su frente, sus cabellos, y que no debía agradecerle aquel atrevimiento. Ella se colgó de su brazo y se reunieron con los demás.

—Pero ¿qué es eso? —admiró Asmodea, levantándose para contemplar la joya. Lo hizo durante largo rato, mientras los demás se acercaban también y daban sus parabienes a Jeannine.

Asmodea miró luego a Desiderio y le felicitó.

Llevaba la charla Antonio Mira, que explicaba a Óscar el itinerario y las escalas que habían hecho en su viaje por mar al próximo Oriente. Óscar tenía ganas de hacer también ese viaje, hasta añadió que pensaba hacerlo solo, alardeando así despóticamente de independencia frente a Monique. Pero Monique bebía champaña sin inmutarse, y sin acusar el golpe. Jeannine y Desiderio se miraban dulcemente a los ojos. Pero luego Jeannine volvió la vista a las llamas de la chimenea y quedó totalmente prendida de ellas.

Asmodea inició un aparte con Desiderio. Habían quedado los dos un poco alejados de los demás, sentados en los dos extremos de un mismo sofá. Asmodea elogió nuevamente su regalo.

Desiderio quería preguntar algo a Asmodea. Hacía tiempo que deseaba hablar con ella confiadamente.

—Quiero preguntarte algo, Silvia, desde hace días —abrevió—. Y es si no has observado que Jeannine pueda tener algún motivo de preocupación y quiere ocultármelo.

Jeannine y Asmodea habían intimado bastante desde que se conocieran. Eran buenas amigas, se llamaban por teléfono todos los días para consultar cualquier nimiedad. Jeannine se confiaba en la amiga de Antonio casi absolutamente para sus compras y gestiones.

—¿Por qué lo preguntas? ¿Has observado tú algo? —preguntó a su vez la otra, sin responder llanamente a la cuestión.

—No, no, por nada...

Asmodea le miró, algo preocupada. En efecto, sabía que Jeannine, de unos días a esta parte, se sentía apesadumbrada por la coacción que sobre ella ejercía el holandés para cambiar de aires. Asmodea conocía al dedillo la relación puramente hiperbólica del holandés con la amiga de Desiderio. Jeannine se había confiado en ella plenamente, unos días antes. Pero, eso no obstante, el holandés tenía sobre ella un poder, una soberanía absoluta, como la de ciertas naciones sobre tierras de su protectorado, que no explotan pero que gobiernan. Esa cuestión preocupaba a Jeannine.

Cuando Jeannine consultó a su amiga sobre el partido que debía tomar, ésta le contestó que hiciera lo que su corazón le mandara, única forma de no arrepentirse después de lo ya hecho. Pero no estaba segura de que el corazón mandara de una manera tan imperativa en Jeannine como en ella misma

O quizás había razones muy poderosas entre el holandés y ella para que eso no pudiera ocurrir así.

Para distraer a Desiderio se puso a hablarle de él mismo.

—Estás demasiado enamorado; todo tu conflicto es ése.

—Sí, quizá sea así...

—¿Sabes qué pienso? —añadió ella, observándole como si lo hiciera por primera vez—. Que eres de esos hombres, tan escasos, que han nacido sólo para eso.

—No. Eso son tonterías... No lo creo así.

—Palabra —insistió Asmodea—. Hay algo en ti, en tu manera de ser, en tus rasgos, en las expresiones de tu rostro, que impide a las mujeres, a todas, aunque no sientan verdadero amor por ti, que les impide prescindir del todo de ti, una vez te han tratado. ¿Me comprendes?

—No, no te comprendo, con franqueza...

—Tú hablas muy poco —insistió, empezando una especie de retrato teórico de aquel a quien hablaba—. Apenas lo suficiente para dar a entender que no eres tonto. No te interesa pasar por inteligente. Hablas poco y eres excesivamente atento; te «vacías», con los ojos, con la inclinación de los hombros, todo tú, en la persona a la que escuchas. Es como si prestaras una atención ilimitada a la persona que está contigo. ¿Ves? ¿Ahora mismo? Es lo que estás haciendo.

—Es que..., en realidad, me interesa mucho lo que tú dices.

—Quizá sea por eso, concedido... Pero la persona que está contigo, si es una mujer, queda persuadida de que has hecho un esfuerzo espiritual inaudito en honor de ella.

—No creo que esto baste para interesar a nadie.

—Otra cosa: tus ojos son los ojos más bonitos y tristes que yo haya visto nunca. No te sofoques, déjamelo decir, no es ningún piropo. Hablo casi como hablaría una oculista..., una oculista pintora, claro... Fíjate que digo bonitos y tristes a la vez. No serían tristes si no fueran bonitos y viceversa. Con esos ojos puedes suplicar lo que se te antoje que nadie, si es una mujer, te lo podrá negar. Éste es tu secreto. Por eso tú, sin ser un hombre apabullante, en el sentido clásico (no vayas a coger humos), tendrás siempre un éxito inmenso con las mujeres. ¿A que nunca te habían dicho eso?

—No, lo confieso.

—Además, todo tú inclinas a la protección, no sé cómo decírtelo; y eso es lo que las mujeres ponen por encima de todo al observar a un hombre. Es falso que la mujer quiera ser protegida, o quizá sólo sea verdad en sus últimas consecuencias. Pero en las primeras, la mujer quiere sensación de todo lo contrario. Qué, ¿me has comprendido?

—Sólo a medias.

—Creo que tú no tendrás nunca remedio en la vida, que todo lo encontrarás siempre muy difícil... o muy fácil, porque las mujeres fatalmente se enamorarán de ti. Eso es fatal...

—¿No crees que exageras?

—Ni un punto así... Hay en tu arrogancia un poco femenina, sí, no te ofendas (hablo por dentro, de las cosas del alma), todos los elementos necesarios para provocar el delirio maternal en todas las mujeres, y ese delirio es el que convierte en amantes a muchas que se tienen por inexpugnables. Es como una necesidad espiritual irresistible, créelo; cuando una se encuentra abocada a una aventura «filial» de ese tipo no hay nada que hacer.

Le miró sonriendo.

—No temas por mí. Yo ya he pasado por todos los sarampiones. Pero no olvides que eres aproximadamente como te he dicho.

En aquel momento Antonio se levantó y Asmodea fue un rato junto a él. Luego fue a poner en el gramófono un disco, el «Carnaval» de Schumann. La música rodó por aquel ámbito, como si brincaran en él las figuras del *ballet* multicolor. Jeannine se acercó a Asmodea y ésta la cogió cariñosamente por el brazo y fueron a sentarse en un canapé apartado. Allí estuvieron largo rato.

¿De qué hablaban Asmodea y Jeannine tan largo y tendido y con tanto interés? Hablaban en voz baja, confidencialmente. Desiderio las observaba mientras participaba en la conversación general. Ahora, misteriosamente, Óscar y Monique habían vuelto a reconciliarse y estaban muy juntos, muy pegados, el brazo de uno trenzado en el otro, en perfecta armonía. Desiderio dio por fin con las razones de los piques, de los enfados y reconciliaciones bruscos que zarandeaban continuamente a la pareja; y es que Óscar Andrade era un Otelo horripilante, dotado de unas facultades casi asombrosas para recelar —siempre en falso, naturalmente, y nunca cuando sus arrebatos eran justificados, como solía acontecer a menudo— y acababa de superar una borrasca de celos provocada nadie sabía por quién, quizá por Antonio Mira, quizá por Desiderio mismo, sin que Monique hubiera hecho nada por aligerar sus arrebatos. Ya tranquilo, Óscar y Antonio hablaban ahora de las repercusiones de la guerra en el movimiento bancario.

—Los bancos extranjeros que se han instalado aquí lo han hecho para poder adquirir los francos y libras de nuestros exportadores, más que por los intereses de cuenta corriente y de valores. Por ellos ha salido una buena parte de capital español. Y fíjate que entre esos bancos no hay la sucursal de ningún banco inglés.

—Y eso ¿a qué lo achacas? —preguntó Óscar.

—Tengo para mí que los ingleses, maestros en la banca, asociados con el capital español podrían realizar grandes negocios en un sentido puramente mercantil, basándose en las grandes empresas que tienen sus compatriotas en España. De modo que yo tampoco me lo explico...

Mientras tanto, Desiderio observaba la conversación apartada de las dos mujeres y deseaba que acabara cuanto antes para estar un rato con Jeannine. Al fin Asmodea volvió con ellos.

—¡Ah, los negocios! —interrumpió—. Vamos a hablar de otras cosas. ¿Dónde iremos para el *reveillon*?

—*C'est vrai* —exclamó de pronto Monique, animada—. *Je veux aller au théâtre*.

—No, por Dios. ¿Al teatro aquella noche?

—Acabaremos haciendo lo de siempre, que no está mal —propuso Desiderio—. Cena en el «Continental» y las uvas en el «Excelsior», ¿no?

Así quedó acordado en principio. Jeannine se puso junto a Desiderio, le dio el brazo y mientras comía unos dulces besaba con sus labios, rozándole sólo, la piel de sus manos.

Pensaba Jeannine que era necesario cumplir con lo que acababa de aconsejarle su amiga Asmodea en la conversación que había sostenido con ella. Si un día, por lo que fuera, porque cambiara de parecer o porque las circunstancias obligaran a ello, decidía cambiar de lugar y dejarles, era preciso que Desiderio no lo supiera hasta el mismo instante de la marcha. De otro modo no le sería posible apartarse de él. Y además, ¿para qué preocuparle, para qué atemorizarle ni mortificarle con la presunción que iba penetrando poco a poco en ella, si todo, al cabo, era posible que pudiera arreglarse? ¿No había arreglado Hugtenhagen cosas más complicadas que éstas? Lo verdaderamente complicado era que, prescindiendo de las razones que argüía, el propio Hugtenhagen estaba decidido por su cuenta a marcharse. No tragaba ya a Desiderio. Pero eso ella misma se encargaría de evitarlo convenciendo al hombre, como le había convencido otras veces. Evidentemente, lo mejor era no pensar demasiado.

—Este verano vamos a hacer un crucero juntos. ¿Os gusta la idea? —propuso impensadamente Asmodea, viendo las reflexiones que aturdían levemente a Jeannine—. Baleares, Sicilia y el sur de Italia. No sé por qué tienes tu *yacht* muerto de asco —regañó, dirigiéndose a su amigo.

—Querida, el mar no está ahora para cruceros. Eso queda para el día del armisticio.
—Muy bien. Vamos a brindar por aquel día —propuso Óscar, levantando su copa.

La noche más cerrada cundía sobre las almenas, los torreones, el patio del cuartel, y el silencio sólo era turbado de vez en cuando por las voces como fantasmales de los centinelas, de un lado a otro de la fortaleza. «¡Alto!, ¿quién vive?» «¡Santiago y España!» Y Desiderio distinguió acercarse turbiamente, con los ojos rendidos de sopor, vacilando en la oscuridad, las sombras, abrigadas en largos tabardos, del piquete de relevo: la figura esquelética, pálida, de aquel hidalgo llamado Tomás Esteve que venía a revelarle del torreón, acompañado por el sargento; observó la tranquilidad con que se acercaban hablando a media voz. Preparó su fusil, que se echó al brazo, pasó la correa y salió de la garita, mientras saludaba a los que llegaban.
—Hace un buen frío. Hay que meterse dentro, si no no lo aguantarás.
De la boca fláccida, del largo mentón de Tomás Esteve surgió un aliento humeante, sólido, que se marcó al trasluz de la pequeña bombilla que alumbraba en lo alto del poste.
—Bien. ¿No te has dormido? Esa segunda guardia es un asco.
Le extrañaba al aristocrático y desvaído recluta que, de pronto, una noche, Desiderio hubiera abolido los gajes del corneta y hubiera ido a cumplir como los buenos con su guardia en el cuartel. En efecto, aquello no se producía desde hacía tiempo; pero es que Desiderio tenía ya permiso de su padre para salir a la noche siguiente a celebrar el *reveillon* y por tanto no quería abusar de su suerte; pretendía, además, con el cumplimiento ocasional de la pesada guardia, contrastar aún más con la realidad aquella noción de dicha que sentía y la esperanza de las noches siguientes. A lo largo de las dos horas que había pasado en la garita mirando distraídamente la oscuridad, el cariz de su amor, la sabrosidad de su aventura aparecían con más nitidez que nunca, localizadas allí en lo hondo, en aquella ciudad que se tendía con millares de luces, con un halo de plata en lo alto, a todo lo ancho de la explanada que se emborronaba a sus pies.

Cuando llegó a su casa por la mañana y Josefina, en vista de su aspecto, le propuso que se quedara a dormir, él se negó y marchó a la fábrica, para acabar con ello de gustar aquella sensación de normalidad y el sacrificio en que se empeñaba. El último día del año tenía a los oficinistas pendientes de los preparativos del balance, de la agitación de cerrar un ciclo completo de actividad y también en él la noción del nuevo año se hacía notoria.

¿Qué lugar ocupaba allí, en realidad? Teóricamente se sentía preparado para participar en las complejidades del trabajo. Podía hacer lo mismo un presupuesto que un análisis, conocía la mecánica de los telares, era capaz de operar con éxito en la compra y selección de las hilaturas, de decidir en los secretos del mercado. Pero todo eso no era admitido por él como una realidad, sino como hipótesis, puesto que todas estas funciones tenían ya sus especialistas; y tenía que aguardar a que la iniciativa de Llobet le surtiera de las improvisaciones de papeleo que, por aglomeración, sobraran en la mesa del apoderado; también atendía Desiderio alguna vez a ciertas visitas: corredores de algodón, agentes de seguros, transportistas... Mas todo ello no llenaba sus horas con aquella actividad que era característica del horario en el resto de la fábrica, en la que siempre había la impresión de que a la hora del cierre se echaban de menos unos minutos de plus. Y, por tanto, en uno de los cajones del escritorio estaban siempre unos libros, novelas francesas que se iban turnando o aquel ejemplar de «Fausto» de Goethe, que Desiderio se esforzaba en leer en alemán.

Después de comer, se acostó, con autorización de su padre, para resarcirse de las horas de vela de su noche de cuartel. Se hizo llamar a las ocho de la noche. Josefina le zarandeó vivamente para devolverle la lucidez. Y él se levantó de un salto, en cuanto estuvo despabilado, y se metió en el baño para hacerse su *toilette*. Poco antes de las nueve vestía ya *smoking* y salía de casa en dirección al «Continental».

La cena no difirió de la de otras veces. El local estaba repleto y la mesa de Antonio quedaba metida entre las de otros comensales, más prietos que otras veces. Las *cocottes* y sus amigos de turno irradiaban una especie de misteriosa expectativa ante la noche de término de año. Todas ellas lucían sus mejores atavíos, sus pieles más orondas, sus sombreros más regios. Pero ése era tenido por un mundo irregular, alejado de ellos, desdeñado por todos ellos desde el fondo de su corazón.

Jeannine estaba hermosísima. Muchas veces, al verla así, se asombraba Desiderio de que ella pudiera ser su amante. La admiraba objetivamente, como si no estuviera unida a él, y la consideraba la mujer más hermosa de toda la ciudad, de todo el mundo. Lucía en el cuello el collar que le regalara por Navidad, como una ofrenda, como una manifestación de su agrado y de su gratitud. Ese collar refulgía en su cuello, sobre su piel transparente, limpia, sedosa, con todos los temblores de la pedrería, acusados al más leve movimiento de sus labios, al hablar. Ya la voz cristalina, estremecedora, de Jeannine, se convertía a veces en un susurro particular, en un aparte confidencial y un secreto, para que él escuchara una palabra de amor, o la réplica musical y musitada de Jeannine a alguna de sus preguntas.

Pronto terminaron la cena y salieron del «Continental» para aposentarse debidamente en el «Excelsior» antes de medianoche. Hallaron su mesa dispuesta, con los chismes de papel, las trompetitas, los *confettis*, los gorritos indicados para el *reveillon*. En las otras mesas, en todo el local, se oía ya el pitido de los ilusorios instrumentos de viento soplados por muchedumbre de agitados e impacientes elementos de ambos sexos que abarrotaban el cabaret. Allí estaba «todo el mundo», como señaló Óscar. Incluso gente encopetada, aquel «viejo verde» del marqués de X y su amiga, a los que Óscar no había tenido ocasión de ver tan públicamente. Una marejada de rostros sonrientes entre el humo de los habanos y las voces chillonas, excitadas, de las mujeres, adormecía el ritmo de la orquesta y aturdía el paso de los danzantes de la pista, que no se atrevían demasiado a redondear la danza *comme il faut*.

Se oían, uno tras otro, los estampidos de los tapones del champaña mezclados a esta vorágine. Hombres y mujeres charlaban de una a otra mesa, en algazara colectiva y en supresión tajante de las formas de trato. Asmodea opinó que en días como éstos todo andaba trastocado y que eran los días más indicados para quedarse en casa.

Pero algo después temblaron las luces sobre el vívido resplandor de una cifra pintada en grandes letras de purpurina sobre el arco de terciopelo que hacía de dosel a la orquesta: 1916. Esa cifra tintineó en los ojos de todos, al tiempo en que, al son de un redoble y de un alarido agudo de trompeta, salían a la pista cuatro ninfas, sin más tocado que el que someramente simulaban ciertas estrechas cintas con perlas sobre las partes más turbadoras de sus graciosos cuerpos, portadoras cada una de ellas de uno de los números cuyo anagrama total era el signo del año que estaba llegando. Estas impúdicas damiselas se encararon a la concurrencia, tapando con el número casi todas las gracias del desnudo cuerpo; vibró de nuevo el cornetín, se produjo de pronto un silencio casi angustioso, mientras sonaban rotundas, diáfanas, con el latido de un gong, una tras otra, las horas del tránsito. Y Jeannine apretó, mientras eso ocurría, la mano de Desiderio con tal fuerza que el nácar de una de sus uñas llegó a quebrarse y su punzada ardiente quedó impresa sobre la piel del muchacho. Y luego se apagó la luz, entre un vigoroso clamoreo de hurras, de chillidos, de ayes, de risas exaltadas, y en la oscuridad sintió Desiderio sobre sus labios los labios de Jeannine, aquel sabor conocido y sutil que tenían a almendra y a leche y a violeta fragante. Y cuando la luz se encendió todavía estaban besándose. Se quedaron largo rato así, sin estremecerse, sin cuidar del clamor que les envolvía, como si estuvieran en la profundidad de un pozo, abrigados, escondidos de todo. Cuando se reavivaron, cuando entraron de nuevo en contacto con las realidades, la mano de Antonio se tendía a las suyas, y luego la de Óscar. Y las mujeres, primero Jeannine, luego Asmodea y también Monique, se pusieron de pie y a través de la mesa dieron un beso en la mejilla a los demás caballeros y después brindaron a la vez.

—¡Felicidades! —gritaba Antonio, auténticamente conmovido—. Que sea un buen año para todos.

La totalidad del local parecía haberse puesto en movimiento con unanimidad delirante, frenética. En la pista se amontonaban, empujándose unas a otras, docenas de apretujadas parejas; ellas soplando en trompetitas y armando un guirigay espantoso; ellos, feos, vacilantes, gruesos, calvos, resollantes, estúpidamente sonrientes bajo ridículos sombreritos de papel. Allí estaban todos los conspicuos, más muchos otros que no habían sido vistos nunca en aquel lugar. Desde el fondo del local, al otro extremo, cierto hombre saludaba. Era Clemente Pidal, que estaba con su socio, M. Martin, al cual acompañaban nada menos que tres mujeres, todas ellas bastante gruesas, como era el gusto del suizo. Más acá, en otra mesilla, el tuno de Anselmo exhibía su última conquista, una muchacha de trazos gitanos vestida con la pompa y el desafiante lujo de las queridas de postín; les acompañaba Félix Parés, aquel insoportable charlatán de chaqueta a cuadros que les había abordado en el «Iris» tiempo atrás. En otras mesas, Teodomiro y su grupo, Weyler y el suyo, Basereny con una mujer, quizá la suya legítima, y Bernardo Catasús, y Fernando Molins, aquel torpe jinete del «Polo» y el Príncipe de Cuba, con su favorecedora... Desiderio se volvió, para curiosear a sus espaldas, y un rostro concreto y pudibundo, que le desconcertó un instante, quedó fijo ante él. Las barbas de ese rostro no tenían igual: era Javier de Castro. Se miraron fijamente un momento, sin saludarse, y luego Javier asió con tranquilidad su *bock* de cerveza y empezó a beber serenamente.

—¿A quién miras? ¿Estás inquieto? —Y Jeannine se apoyó lánguidamente en él.

—No, en absoluto. —Y de un golpe apuró su copa de champaña—. Todo lo contrario, me siento feliz —dijo, alardeando. Y apretó más la cabeza de su amiga contra su hombro, acariciándole suavemente los cabellos—. ¿Vamos a bailar?

Salieron a la pista, abriéndose en ella un hueco tras un lento forcejeo. Jeannine quedó incrustada en su tronco, y se dejó mecer por el lento balanceo de la masa en la que estaban insertos, y que hacía inútil cualquier intento de movimiento particular y espontáneo. Apenas se distinguía la pieza que bailaban, tal era el fragor de las voces, de los gritos y de las cornetas de papel. Pero tampoco quedaba más recurso que seguir allí, apelotonados, sin moverse apenas, siguiendo la boba fluctuación de aquella rueda maciza que muy lentamente iba virando hacia un destino de luces y sombras que infinitamente se cernían y se alejaban de todos, ora a un lado, ora al otro. Y a medida que los ejes de esa rueda los acercaban al pretil de la orquesta, iba aclarándose imperceptiblemente el ritmo a que obedecía aquella fluctuación y se advertían los primeros latidos de un «black-bottom» apenas manifiesto entre los alaridos. Al propio tiempo, cruzaba sobre las cabezas, entre los rostros, rozando los gorritos de papel y la complicada ondulación de los peinados femeninos, una verdadera y meteórica bandada de serpentinas y bolas de *confetti*, cuyos copos de colores caían luego en fina lluvia sobre ellos, tal una nevada sutil y continua de lentejuelas granate, blancas, verdes, amarillas... Desiderio y su pareja no veían, sin embargo, más que los rasgos generales de toda esa exaltación, pues apenas si un indeciso desgaire de colores y de formas quedaba más allá que el dibujo concreto de sus rasgos recíprocos, los ojos de Jeannine, la boca de Jeannine, las sienes, el pelo rubio de Jeannine...

Mucho rato después, cuando ya volvían a quedar situados en el punto de la rueda en que habían entrado, ella se retiró suavemente con la intención de salir, pero quedó parada un instante mirando, extrañada, a un punto lejano, a un lugar determinado del local. En seguida bajó nuevamente los ojos para salir de la pista, pero Desiderio pudo descubrir a lo lejos, acodada en el bar, cierta figura y cierta actitud cuya sola alusión estaba prohibida y cancelada entre ellos. Mas la postura de M. de Hugtenhagen no era la misma que otras veces. Parecía agotado, y sin duda lo estaba, porque en el momento en que Desiderio bajó el peldaño de la pista, el señor de Hugtenhagen estaba discutiendo acaloradamente con otro y hasta, con un gesto brusco del brazo, se negaba violentamente a atender a una actitud de requerimiento que esa otra persona adoptaba.

Jeannine se sentó en su sitio y hasta inició una conversación con Antonio Mira, pero de pronto volvió a mirar inquietamente hacia el bar. Dio una excusa a todos y luego, en voz baja, rogó a Desiderio que la disculpara, que volvía en seguida; se negó a que éste le acompañara. Dijo que no tardaría.

Pero no volvió en seguida. Desiderio la vio hablar con M. de Hugtenhagen y luego con la persona que discutía con él. La intemperancia del holandés pareció contagiársele un instante a ella y Desiderio estuvo a punto de levantarse para ir en su ayuda, por si era necesario. Pero debido al pacto que habían formulado entre ellos se abstuvo de moverse. En vista de todo ello, Asmodea, que no había perdido detalle de cuanto ocurría, se atrevió a proponerle que la sacara a bailar. Al levantarse puso su pulida mano en el antebrazo de Antonio, como requiriendo y agradeciendo a la vez su permiso.

—No debes ir —dijo Asmodea, en seguida que estuvo frente a Desiderio, bailando con él.

Él aceptó esta indicación. Asmodea era ducha en situaciones delicadas; Asmodea tenía razón: no debía intervenir.

Pero mientras bailaba no se abstuvo de mirar constantemente lo que ocurría en el bar. Al fin Hugtenhagen se había levantado de su banqueta y gesticulando nerviosamente se marchaba con el desconocido. Alrededor del bar y junto a los dos hombres se veía un nutrido grupo de mirones, que comentaban agitadamente.

—Vamos a buscar a Jeannine —propuso entonces Asmodea.

Cuando llegaron junto a ella, Hugtenhagen ya se había marchado. Jeannine estaba pálida, su mano apoyada en el respaldo de una silla, como si se fuera a caer. Pero en cuanto vio a Asmodea y Desiderio que llegaban junto a ella, pareció respirar de nuevo y afectó normalidad. Una falsa alegría, demasiado expresiva para ser auténtica, se pintaba en su rostro.

—Demasiado *whisky* —se limitó a explicar.

Desiderio no quedó tranquilo con este comentario. Oyó, al pasar, ciertas palabras alarmantes.

—Sí, hace tiempo que le iban detrás. Es un tipo sucio. Lo del tráfico es lo de menos. Yo creo que hay algo más de por medio.

En la mesa, durante un rato, Jeannine se quedó callada, pesarosa, llena de preocupación. Era inútil que intentara mezclarse a la alegría de los demás, a la que mostraba ahora Óscar Andrade, en quien los efectos del alcohol solían ser raudos. Una gran pesadumbre se marcaba en sus rasgos. Para ahuyentarla, cogió de pronto a Desiderio por la mano y la estrechó. Luego empezó a beber, empezó a beber desconsiderablemente. Asmodea y ella empezaron a beber champaña y en poco tiempo apuraron ellas solas dos botellas. Asmodea hacía todo lo posible por no dejar sola a Jeannine, y su amigo Antonio lo comprendía.

Desiderio se levantó y se fue al bar. Se hizo servir un cuarto de *rosé* e indagó distraídamente al barman, a quien conocía lo bastante para someterlo a un interrogatorio a fondo.

—¿Qué ha pasado con el holandés?

—Nada, que se lo han llevado...

—¿Llevado?

—Sí. Le han dicho que tenía que ir a declarar.

—¿Ahora? ¿Esta noche?

—Es lo que decíamos aquí. No es de creer que haya una cosa tan grave que no pudiera esperar a que saliera del local.

—Naturalmente. ¿Y no se dice por qué?

—No. El policía no ha soltado prenda. Eso mismo le preguntaba el extranjero. ¡Si viera cómo se ha puesto!... Que si aquí no se podía vivir, que si no había respeto...

—Es natural.

—Algo gordo tiene que haber —terció un cliente, un estrafalario personaje cuyo cráneo estaba cubierto por un bisoñé, y que bebía coñac en el bar—. No se detiene a la gente porque sí. Y para venir a hacerlo en este lugar, una noche de fin de año...

—Pero ¿qué puede ser? A este señor siempre se le ha visto muy conforme. Es un caballero... —opinaba el barman—. Si fuera un terrorista o un salteador de caminos...

—A veces hay peces gordos que parece que no hayan roto un plato.

—Sí, pero... Si es por lo que se decía luego aquí, tráfico de estupefacientes, ¿qué? Todos sabemos de dónde sale y quién lo apoya, eso... Conque, podrían tener más consideración y no dar el escándalo.

—¡Pues no le ha costado poco marcharse!

—Como que decía que si no era a rastras no salía.

—¡Valiente lío! Mejor será creer lo otro. Lo del espionaje.

—Eso... eso ya podría ser más cierto... En eso sí que ya no me meto. Si hay guerra de por medio, eso... eso sería ya otra cuestión —transigía el barman—. Verá, está muriendo la gente a toneladas y es natural que haya rigor en eso.

—Pero ¿a nosotros qué nos importa? —terciaba un barman más joven, con desparpajo—. ¡Que se maten! Y aquí no estamos en guerra. Que se vayan uno y otros a su país a detener a la gente.

Cuando volvió a la mesa, Jeannine y Asmodea hablaban en *argot*. Soltaban intraducibles tacos, entre las risotadas de Óscar y la benévola mirada de Antonio. Monique, en cambio, parecía ofendida, como si tomara en serio las procacidades que las otras dos decían con gracejo insospechado. Al fin Jeannine, a grito pelado, y levantando su copa, brindó *pour les cocus*... «Eso es —repetía—. Por ellos, que forman legión. Y me gusta el gobierno —afirmaba, partiéndose de risa—. *Tous les cocus en prison*...»

A partir de aquel momento ya no se pudo contar con ellas. Estaban considerable y felizmente bebidas, aunque eso, dado que en ese estado se hallaba el conjunto del local, pasara completamente inadvertido a los demás.

—*Qu'est-ce qu'l regarde cet homme avec cette barbe évangélique?... Muuh!* —Y Desiderio, espantado, vio a Jeannine sacar la lengua y fruncir luego los labios ante la impertérrita figura de Javier de Castro, lanzando a sus barbas ese descarado mugido de buey, en una mueca terriblemente cómica, ofensiva e indiscretísima, que originó en el otro una reacción de estupor y luego un empaque defensivo de heroica serenidad.

Era inútil bailar. De vez en cuando Jeannine ponía la yema de su dedo índice en la punta de la nariz de Desiderio.

—*Qui est le plus beau garçon du monde? C'est toi, Desiderio? Oh, non, non...! C'est vilain ce nom. Il ne m'a jamais plû. Tu n'est plus que mon désir, mon désir, mon désir incroyable...*

A las cuatro de la madrugada los hombres sentían que el cuello de pajarita les estaba mordiendo desconsiderablemente en la nuez, en la nuca, en todo el redondel del cuello. Un polvillo turbio vacilaba en la atmósfera y en las mesas se veían cuerpos fláccidos de mujer dormitando ya sobre los manteles. Aquello no había ocurrido nunca.

—*Non, non, non, non... Pas encore...* —silabeaba con dificultad Jeannine, que no por eso había perdido ni pizca de encantos para Desiderio—. *Il faut encore danser...* —y le sacaba a la pista, tirándole de la mano.

Al fin, eran más de las cinco, salieron a las Ramblas. Jeannine se había quitado los zapatos, que llevaba en la mano, y su pelo rubio estaba deshecho, desmelenado sobre sus hombros. Caminaba apoyándose enteramente sobre su amante, el cual no podía impedir que avanzaran los dos haciendo grandes rodeos.

—Mejor será que te vayas a acostar.

—*Non, non, non, non... Je ne veux pas «acostar»... Pas du tout... Je suis très malheureuse.*

—Anda, no seas tonta y créeme. Has bebido demasiado...

—*Je suis très... très malheureuse...* —repetía ella y se echó a llorar, berreando como un niño.

—Vamos, ahora te entra la llorera.

—Es mi amiga, es mi amiga —protestaba Asmodea, de

pie en medio de la calzada, vacilando como el mástil de un barco—. Tiene razón, es desgraciada —repetía, acariciándole los cabellos.

Con dificultad consiguieron que las mujeres cruzaran el arroyo y entraran bajo los porches de la plaza.

—Ayudémosla a subir —propuso Antonio—. Vamos los dos. Esperad aquí —ordenó dirigiéndose a Asmodea y a Óscar, que llevaba del brazo a Monique, también algo bebida—. Vigilad a Silvia. ¡Vamos, dame la llave!

Desiderio abrió y empezaron a subir a Jeannine entre los dos. La cogieron en brazos. Por los ventanales de la escalera alumbraban ya radiantemente las luces del alba. «Yucki», en el interior, se había despertado y empezó a ladrar. Tardaron bastante en subir hasta el piso. Pero ella ya no los oía. Los dos hombres la entraron en el dormitorio y la pusieron sobre la cama. Desiderio le quitó el collar y lo metió en el estuche que estaba sobre la coqueta del tocador. «Yucki» ladraba y olisqueaba por todos lados.

Jeannine monologaba.

—*Ils ont pris Bibí, ils ont pris Bibí, les salauds... Mais Bibí est très sage, il les aura...*

«¡Pobre Bibí! ¿Sería verdad que era un espía?», pensó Desiderio.

XXII

La convicción de que algo empezaba a hacer aguas en el navío en cuyos bordos se había embarcado Desiderio tan precipitadamente, llenó de esperanza y de desasosiego febril a la viuda Fernández. El procurador Javier de Castro, con los ojos aún turbios de sueño y el cuerpo baldado por el sacrificio de su calvario en el *reveillon*, le contó los pormenores de la larga velada, sin olvidar detalle, ni siquiera el descarado rebufo de Jeannine; cuando Evelina conoció de sus labios la triste realidad: el beso prolongado y a las claras que los dos amantes se habían dado en presencia de «todo el mundo», la borrachera de Jeannine, el baile apretadísimo, etcétera, pasó por momentos de indescriptible inquietud. ¡Ah!, pero había algo más: en el curso de aquella noche se había movido por primera vez públicamente a las mil maravillas el resorte de la trampa que el doctor Duró había colocado puntual y oportunamente a M. de Hugtenhagen. Y el señor de Hugtenhagen había sido públicamente desenmascarado, también «ante todo el mundo»; obligado a provocar un escándalo, a seguir a un policía hacia la comisaría; tratado a la vista de todos como lo que era, un delincuente peligroso que debe rendir cuentas y al que hay que desenmascarar; colocado, en suma, en la más elocuente y diáfana vindicta pública; marcado para siempre con una señal de oprobio indeleble. La organización de Duró se había demostrado sin duda excelente. Y a través de las palabras de airada protesta de Hugtenhagen, tanto en el interior del cabaret como en la comisaría, se desprendía claramente que el holandés estaba ya hasta la coronilla de tanta molestia y que no tardaría en hacer los bártulos y marchar. En este caso, ¿qué otra opción le cabría a la modelo que esconderse entre la paquetería del holandés, mezclarse entre ella como una maleta más, sin que por eso en la aduana se les ocurriera retener al viajero por «exceso de equipaje»? Las noticias eran, pues, en conjunto, inmejorables y, rebosante de esperanza, la viuda Fernández se dispuso a esperar que los acontecimientos marcharan por sí solos. Unos cuantos toquecitos más y la cosa estaba hecha.

Si por este lado Evelina creyó que podría respirar tranquila, por el lado opuesto los nubarrones no habían desaparecido. Evelina era poco secundada por su hija, mejor dicho: no lo era de ningún modo. Era una pena muy grande que Crista no quisiera comprender. El día de Reyes dio un timbrazo en el principal de Evelina un botones que jocosamente aseguró venir de Mesopotamia y estar todavía muy cansado del viaje, el cual era portador de una caja de cartón de proporciones grandes como un ataúd de esos blancos en que van a su última morada los cuerpecillos de los chiquillos —ésa es la lúgubre idea que le vino a la cabeza a Evelina en cuanto leyó en la tarjeta el nombre de Pablo de Inglada— y de la cual fue extraída una preciosa, grandiosa, deslumbrante muñeca dotada de todos los adelantos. Una muñeca que movía los ojos, los labios y las cejas, que andaba y decía «papá» y «mamá» y que seguramente hubiera dicho otras cosas si Evelina no la hubiera mandado fulminada, y por sus propios pasos, lejos de su vista, a la parte opuesta de su principal. El regalo indicaba que Crista aceptaba requiebros, invitaciones, quién sabe si otros regalos más comprometedores del titular de Valterra. Evelina tuvo que contenerse para no cantarle claro a su hija en el acto todos los peligros a que se exponía con su actitud, con su benevolencia y con su agrado, y para no pronunciar el tajante: «Te lo prohíbo» que tenía en la punta de la lengua. No lo hizo porque seguía en sus trece: si Crista notaba que ella se oponía a los cortejos de Pablito, sólo por llevarle la contraria se dejaría cortejar aún más. No obstante lo cual, llamó a Crista al salón, para charlar un rato, y sondearla.

Era tal y como ella se figuraba. Lo que tenía Crista era ganas de provocar y de gallear, porque aunque la muchacha se engañara a sí misma a este respecto, lo evidente era que desde la ruptura con Desiderio estaba desesperada. Crista se dejaba pretender por Pablito exclusivamente porque pensaba que quizá sus liviandades llegarían algún día a los oídos de Desiderio. Crista estaba infundida de unos deseos de revancha increíbles, incontrolables, que la podían llevar, por el peor de los caminos, a aceptar un noviazgo por despecho, por ira. Las asiduidades de Pablito no eran más que el reverso del «me las pagará» que Crista dirigía continuamente a Desiderio para sus adentros. Tales eran, por lo menos, las conclusiones a que llegaba Evelina después de hablar con su hija.

—No, si no es ningún mal que te envíe un regalo así en día de Reyes. Pero... ¿ya sabes que aceptar regalos equivale, en cierto modo, a un compromiso?

—¿Y qué? ¿No me los hacía Desiderio y, sin embargo, no estábamos comprometidos?

—Bueno, concederás que no era lo mismo. Siempre había creído que erais novios —reparó, puntillosa, Evelina.

—¡Bah!, novios... ¿Qué significa eso? ¿Y si Pablito y yo lo fuéramos, qué?

—Oh, no digas barbaridades... Es un matón, Dios nos asista. Comprendo muy bien que quieras distraerte, pero no cierres tu porvenir. Los hombres, y más los hombres jóvenes, no son como tú te imaginas. A lo mejor, un día, Desiderio puede reflexionar y... en suma, que el amor es algo muy serio y no viene así, a voleo. Cuando dos personas se conocen y se compenetran, hay mucho de ganado, ¿no crees?

—Mamá, mamá, no me hables de Desiderio, te lo ruego... Es un malvado, es un... —y, a punto de llorar de rabia, Crista se retiró del salón.

«Amor, amor, eso es lo que tienes —pensó su madre—. Pues si es así espera, chica, ten un poco de paciencia, que el otro volverá. Nunca se está perdido del todo, mientras él no se case... Y como precisamente lo que no hará es casarse con esa... *cocotte*...»

Pero si Evelina acertaba en eso, se equivocaba en cambio al menospreciar las posibilidades y las energías que alentaban en el pecho del nuevo pretendiente de Crista. En la decisión que había motivado las arremetidas de Pablito de Inglada contra Crista Fernández prevalecían dos elementos capaces, cada uno por sí solo, de hacer vestir al heredero el «chaqué» de boda y de llevar al cíclope al altar con chistera y guantes. El primero, es que no podía mirar los grandes ojos de Crista, bajo la gran boina blanca en que le agradaba ocultar una parte de su extraordinaria melena negra, sin que todo su enorme ser se sintiera zozobrar. Y el segundo, que a los veintidós años, el heredero acusaba prematuros signos de cansancio. Por sus manazas habían pasado todas cuantas beldades de comarca, de arrabal o de sala de baile se habían puesto a su alcance. Había comprobado más de una vez la fugacidad de ciertos cariños desmesurados y el poso de avaricia que cabe a menudo en la charca azul de unos ojos de Carcassone, de Cuenca e incluso de Mollet. En tales circunstancias doña Consolación siempre había enviado fondos y, con ellos, consejos y beatas amonestaciones. Pero las cosas tienen un término y ahora Pablito estaba decidido a cambiar de vida y a conquistar a Crista para casarse con ella.

A través de la información obtenida en la «salita de los cristales», la ilustre dama Consolación de Inglada, tía de Pablo, no pudo formarse una idea demasiado favorable de la persona en quien su sobrino se había fijado para perpetuar la progenie impávida y medieval de cuya sangre era para ellos arca y sagrario. Pero la decisión del muchacho era de todos modos, como decimos, terminante. El farol que, en el portal de la casa Inglada de la Puerta del Ángel, sostenía una esbelta ninfa de bronce era la antorcha victoriosa que alumbraba el retorno del pródigo sobrino a los cauces de la ortodoxia familiar. Subiendo lentamente por la escalinata, el bastón en la bocamanga, y con lentas y rotundas pisadas sobre la alfombra de la escalera, descalzándose lentamente los guantes y parándose un momento a hablar con el portero, Pablito rendía a sus tías una visita semanal, calculado homenaje que venía a subrayar la sinceridad de su comportamiento.

Por mucho que un acontecimiento de este tipo pretenda pasar en secreto, la repentina efusión sentimental de Pablito y su cambio total de costumbres eran suceso demasiado trascendental para que pasara inadvertido. La noticia de que Pablito se había enamorado como un loco y que estaba haciendo los papeles más insospechados en persecución de una chica de la sociedad, tuvo en seguida tremendas repercusiones en la más dispar topografía ciudadana y comarcal. En el colapso moral, en el hundimiento consiguiente se esfumaron media docena de rubicundas y angelicales vírgenes que, azuzadas desde tiempo inmemorial por cada una de las tres señoras —pues tanto Consolación, como Elvira, como Eulalia, tenían sus respectivas y privadas candidatas y sus personales predilecciones—, no habían hecho otra cosa en la vida que soñar largos años en el pelo bien planchado, en la testa soberbia, en la silueta exuberante, en los blancos dientes de Pablito y, sólo en segundo término, pero con igual vehemencia, en su patrimonio y su caudal. Los signos de este terremoto social se registraron en Sarriá y en la Bonanova, en la Avenida del Tibidabo y hasta en alguna de las grandes fincas con casa solariega y capellán particular de la provincia de Lérida. La principal de las candidatas a la mano y al tálamo de Pablito, la que a juicio de doña Consolación ganaba por lo menos dos troncos a la más cercana de sus seguidoras en esa carrera desenfrenada era una tal Irene Ramis, lisa y sabihonda vestal que había ido creciendo en extensión, aunque no en formas, en la larga espera; al comprobar la exactitud del soplo que cierta alma caritativa le había hecho llegar inoportunamente, esta ninfa egeria sintió brotar de pronto en su alma impoluta los raudales de la vocación religiosa. El despecho y el revuelo de la impensada llamarada de amor que encendía el pecho hercúleo del heredero Inglada, se pusieron de manifiesto en el creciente y en lo exagerado de los rumores que empezaron a anegar los círculos estrechos allegados a doña Consolación, los mismos que hasta aquel momento habían disculpado y perdonado a Pablo todas sus excentricidades y excesos. En sus últimas consecuencias, la noticia fue tan manoseada, abultada y exagerada que el administrador de Valterra se presentó un día inopinadamente en el caserón de las solteras, para indagar si era cierto lo que circulaba por Tarragona, a saber, que Pablito se casaba con una cubana. Los comentarios más sabrosos que habían llegado a Valterra, aquella tierra de Dios, iban cargados a la cuenta de Evelina, que en la descripción que de ella llegó a aquellos confines como madre de la chica pasaba a ser una de esas mujeres «tan extremadas» —expresión bajo la cual se ocultaba el más refinado anatema—, una de esas mujeres que «no se recatan de empolvarse en público, que fuman con boquilla, cruzan las piernas y se dejan vestir por modistos». Doña Consolación tuvo que explicar la verdad al administrador y poner a salvo el honor de Evelina, explicándole que la viuda Fernández nada tenía que ver con las cubanas de abanico y maraca ni con las opulencias de cromo de calendario, añadiendo, además, que las noticias acostumbraban a correr demasiado aprisa, que por el momento «no había nada», ni de boda ni siquiera de compromiso, y que el administrador era norma en la casa que se limitara a la rendición de cuentas y a no salirse de los círculos familiares y sociales que iban desde la casa solariega a las de los colonos, desparramadas aquí y allá, lo bastante alejadas unas de otras para que no cupiera en tales distancias la maledicencia. Con eso, se figuraba doña Consolación, un administrador tenía bastante trabajo.

Por más que se esforzaba en aceptar las circunstancias, doña Consolación no lograba transigir de corazón con la determinación de su sobrino. Como quiso conocer por sí misma y más de cerca la personalidad de la elegida por Pablo, la dignísima hada tutelar del heredero se fue una mañana al Paseo de Gracia y tomó asiento en uno de los bancos frente a los cuales no podía Crista dejar de pasar, acompañada de su carabina y cortejada al otro lado por su sobrino. Sus reparos no hicieron más que confirmarse. Doña Consolación era una mujer de convicciones irreductibles y que, por añadidura, según creía, acostumbraba a no equivocarse nunca en sus primeras impresiones. Le pareció advertir, cuando la chica pasó muy cerca de ella, cierta inquietud y muchas ganas de jugar, mucha frivolidad y muchas pretensiones en aquella muchacha. «Ya veremos cómo acaba eso», se dijo para sí. Le resultaría muy difícil tratar como a una sobrina a ese personajillo pinturero, y su deber era poner todos los obstáculos posibles para que esa hermosura pimpante no pudiera profanar a sabiendas un mundo que nunca alcanzaría a comprender ni menos a servir, un mundo, como el de Valterra, que nunca podría ser el suyo.

Crista reconoció sin dificultad en aquellos ojos grises y fríos que la miraban, a la parienta de Pablito. Éste se la había descrito con tal propiedad que se sintió en el acto observada, catalogada por ella en un instante. Se sintió espiada por la vieja señora, reprochada con un golpe de vista certero y vertical en su talle, en su busto, en sus caderas, que la vieja observó de refilón, al desgaire, con mirada escéptica. Doña Consolación se decía que de aquella muchacha no podía nacer un Inglada, el Inglada que era indispensable y que el mundo estaba reclamando.

Pero Pablito se mostraba inflexible.

—Debieras ir a ver al Padre. Es un hombre de experiencia y hasta te diré que tienes la obligación de hacerlo —insinuaba un día y otro doña Consolación.

Al fin, el Padre Rosal recibió a su monumental sobrino en la «sala de los cristales» una tarde de fines de enero. El sol, que calentaba bastante, cruzando por un alto ventanal, ponía en la abombada frente del jesuita una lámina de brillo, como un barniz, que de vez en cuando secaba con un gran pañuelo.

—Me ha hablado Consolación de ti y de tus intenciones. No dudo de que has tomado una determinación en serio y eso tiene que alegrarnos a todos. Pero el matrimonio es algo tan importante que merece que hablemos un rato. Querido Pablito —dijo, elevando el registro de voz, de órgano grave y monótono—. ¿Estás seguro de querer a esa chica?

—Creo que sí, Padre —afirmó Pablito, un tanto minimizado en la exigua estancia, que le venía estrecha, y deslumbrado además por aquel punto de sol en el reflejo—. Creo que es una buena chica.

—Celebro que no exista nada concreto, ni que esa chica haya accedido a tus pretensiones. Tu tía Consolación pone algunos reparos de orden puramente... accidental. Verbigracia: sus costumbres y sus hábitos. *Prima*: ¿una chica de su condición se acostumbrará a pasar, como es debido, las temporadas en Valterra que requerirán el cuidado de tus intereses?

Pablito, ese aspecto no se lo había planteado nunca. Bien es verdad que mal imaginaba a Crista tal como debía de imaginarla su tía: con un delantal y echando maíz a las gallinas.

—Supongo que esto, llegado el caso, podría arreglarse.

—*Secunda*: Relativo a su carácter, ¿tienes la impresión de que se amoldará a tu temperamento? Tú no eres un chico fácil, ésa es la realidad. ¿Es comprensiva, es paciente?

Tampoco Pablito se lo había formulado.

—En realidad es que... es un poco temprano aún. Somos buenos amigos, pero... nada más, de momento.

—Te hago estas reflexiones —prosiguió el sacerdote como si dictara una de sus lecciones de lógica, o con la exhaustiva prolijidad de sus sermones— porque la comunión de dos almas y de dos cuerpos que es el sacramento del matrimonio no es fácil de sobrellevar ni de alcanzar sino con un gran espíritu de sacrificio por las dos partes. Antes del matrimonio todo se ve de color de rosa... Pero... ¡ah, después!... Hay que desconfiar de una simple atracción carnal. «*Beati immaculati in via, qui ambulant in lege Domini*», dice la Escritura. Es el espíritu, el amor sincero y verdadero del corazón el que ha de servir de sustentáculo al Sacramento. ¿Y cómo? «*¿In quo corrigit adolescentior viam suam?* —el sacerdote hizo una pausa mirando fijamente a su sobrino—. *In custodiendo sermones tuos*» —concluyó.

No andaba Pablito muy diligente que digamos en atrapar el sentido de esos jeroglíficos. Recordó el extraordinario busto de Crista y miró al jesuita con cierta impaciencia. Pensaba: «¡Qué diablos me cuenta a mí el Padre, y además en latín!»

Al salir de la salita había llegado a la conclusión de que el matrimonio era una cosa soberanamente larga, interminable. El Padre Rosal había hecho desfilar por su imaginación una serie de lustros y de achaques sucesivos y la estampa de un Pablito decrépito agarrado al brazo de una viejecita sin encantos y sin dentadura.

Esas figuraciones le sacaban de quicio.

«¿Por qué se empeñan en hacerme pensar tanto? —se dijo—. Todo el mundo se ha casado y se casa y no creo que tenga nada de extraordinario. *Prima, secunda...* Verbigracia... ¡Al diablo!»

La entrevista con el Padre Rosal había desfigurado y alterado momentáneamente toda su ilusión. ¿Qué encontrarán en Crista, pensaba, que pongan todos esos reparos? E inmediatamente pasó de puntillas por su imaginación la desvaída figura sin talle de Irene Ramis, la flamante novicia de Sarriá. «Eso es lo que querían —se dijo—. Eso... ¡Pero cualquiera se mete a un alfiler así en la cama!»

Se metió en el coche y empezó a rodar por Barcelona. Las muchachas llevaban unos vestiditos que se movían con la brisa. Las jornadas postreras de enero habían barrido del ambiente toda la humedad, todo el polvillo insano, y la neblina; había una transparencia estupenda en el aire. En las terrazas de algunos cafés, los hombres contemplaban sin moverse el paso de las gallardas mujeres, de las que caminan despacio, zarandeando muslos y talle con ganas de llamar la atención. Los poros de la ciudad rezumaban sensualidad y el aire estaba impregnado de una euforia latente.

En la Plaza de Cataluña, de la terraza del «Continental»

emanaba perfume de *cocottes* y entretenidas. Se sentaban de medio lado, para ceder lo más expresivo de sus gracias a la mirada de los caballeros de las mesas próximas. Pablito paró su *voiturette* en la acera, frente a la terraza y fue a sentarse en una de las mesas. Pidió un «picón» y empezó a beberlo lentamente.

Nunca había pasado por la cabeza de Pablito la posibilidad de tener ningún problema. En su existencia todo había sido resuelto de antemano. Nunca había tenido que rendir cuentas a nadie. Había hecho en cualquier minuto de su vida lo que le había venido en gana. Y el Padre Rosal acababa de preguntarle si Crista era comprensiva. ¿Es que barruntaba el Padre Rosal que, si se casaba con ella, después de casado reincidiría en las costumbres y los hábitos de soltero? ¡Bah, se ve que el Padre Rosal no había visto a Crista! Bastaba con mirarla para saber que no harían falta nunca más distracciones suplementarias, palabra...

Pero... ¿y si luego la chica se ponía fea? Todas las mujeres de cincuenta años, parecen la misma. Todas son feas, pachuchas, con bolsas en los ojos. Pero ¿para qué pensar? También él tendría entonces más de cincuenta años. Ya no le haría falta como ahora, ¿es o no es verdad?

Miró a su alrededor. ¡Eso era vivir! En una mesa muy próxima una mujer rubia, de gruesos labios pintados de rojo mostraba unas pantorrillas moldeadas, de portada de magazine frívolo. Cruzó sus ojos con los de ella, que correspondieron con un lento arqueo de las pestañas, provocativamente. Pablito hizo mentalmente el recuento de los atractivos recónditos de la *cocotte,* tasados con una mirada vertical y certera. Al llevarse la boquilla a la boca ella insinuó algo que podía parecer un beso, que expelió luego al aire con lentos redondeles de humo. Pablito sorbió un largo trago de su «picón» sin dejar de mirarla. «En realidad, existen en el mundo mujeres soberbias», se dijo.

Esa mujer solicitaba compañía, conversación o rapto mondo y lirondo. Pablito consultó su reloj, deliberando entre si entrar en diálogo y enzarzarse con ella o dirigir sus pasos a otro lado. Ella pareció darse cuenta del titubeo de Pablito y redobló su caza con una mirada insinuante y profundísima, rubricada con un cambio en la postura de las piernas, que cruzó del otro lado para mostrar el esplendor de una rodilla perfectamente amoldada a la seda de la media, en la que estaban bordadas unas flores de color. En aquel momento llegaron a la mesa vacía que separaba a Pablito de su espectacular conquista un grupo de parejas que lapidaron momentáneamente el contacto preliminar que empezaba a establecerse entre él y la *cocotte*.

Había oscurecido sobre las enanas palmeras de la Plaza de Cataluña y en las aceras se abigarraban las primeras sombras nocturnas. Los vendedores de lotería iban de mesa en mesa ofreciendo el gordo para el día siguiente. De vez en cuando se paraba un automóvil ante la puerta del hotel y de él descendía alguna mujer despampanante o alguno de esos forasteros que bajaban a toda prisa con una cartera en la mano, sosteniendo con la otra en la cabeza la bola de su bombín.

Uno de los que salían en aquel momento del hotel era Anselmo Durán. «Seguro que debe de tener algún plan aquí dentro», se dijo Pablo. Y le llamó.

—De modo que... ¿ahora «tocas» los hoteles de postín?

—No... ¿Por qué? Sólo he venido a saludar a un amigo de Madrid.

—Vamos, vamos, que me lo creo. A propósito. ¿Cómo está lo de la cena?

—De primera. En el «Glacier»... ¿Con chicas o no?

—Hombre, si encuentras algo... algo que esté bien...

Anselmo era el encargado de organizar la cena con que los cinco soldados iban a despedirse entre sí, el último día de cuartel. Faltaban sólo unos días.

—Siéntate y toma algo... —propuso Pablito. La calva de Anselmo vaciló un poco. Necesitaba Pablito compañía para no enredarse con la *cocotte* de al lado. Pero Anselmo no era partidario de las terrazas. «Todo el mundo te ve, y no haces nada», era su conclusión con respecto a ellas. Propuso a Pablito ir a otro lado.

Sí, Pablito quería distraerse y despreocuparse. *Prima*: porque llevaba un tiempo sin pendonear. *Secunda*: porque le daba la gana. Pensó en Olvido, la negroide, y el recuerdo de sus blancos dientes le espoleó. Pagó su bebida e invitó a Anselmo a tomar plaza a su lado, en la *voiturette*. Cogió la manivela y, al poco, el ruido del motor retumbó bajo el toldo de la terraza e hizo trepidar levemente cucharillas, vasos y tazas. Arrancaron con un bramido feroz, camino del «Iris», local que todavía seguía siendo para Anselmo el más cargado de alicientes y el más económico.

Un año ya. Un año entero, completo, redondo había transcurrido desde aquella mañana en que Desiderio y Anselmo Durán emprendieron a través de la madrugada de Barcelona, por primera vez, el camino del cuartel. Un año pródigo en sensaciones, en descubrimientos, en emociones. A lo largo de ese año, a través de él, todo había quedado sutilmente transfigurado, deformado. Era otra la manera de enjuiciar el mundo y de enjuiciarse a sí mismo. Era mucho más madura su personalidad, su individualidad, era otra su apostura, su manera de enfrentarse con los hechos; eran otros, y muy claros, sus juicios sobre las cosas. Todo lo que existía con anterioridad a su entrada en el cuartel quedaba atrás, muy atrás. No es que fuera el cuartel el que le había hecho más hombre, más seguro de sí mismo, más independiente. Pero era el contacto con los demás muchachos, la sensación de ser uno más entre todos y la diversidad de caracteres lo que había contribuido a darle noción de su carácter, de su propio ser. Ahora su carácter quedaba contrastado, individualizado; creía saber lo que quería, lo que le gustaba y lo que no. Y por encima de todo, estaba Jeannine, moldeándole constantemente, perfilándole, espiritualizándole, refinándole en cierto modo. Sí, no le cabía duda de que aquel espacio de tiempo que iban a conmemorar, del que se iban a despedir, era muy importante en su vida.

Por la mañana, en el cuartel, el coronel les saludó uno por uno, se despidió de ellos tendiendo una mano amistosa, que cada uno de ellos estrechó con un rostro satisfecho y cordial. A Desiderio el coronel se le ofreció como un amigo: «Venga a verme alguna vez. Charlaremos de caballos. No vaya a olvidarse ya tan pronto de sus amigos. Y, créame... hizo usted mal en no volver a montar a "Cachimba". Ella lo echaba de menos y usted se arrepintió. Todos hemos caído, más de una vez, sin que eso nos haya llevado a la obstinación de usted. Hay que volver a montar en seguida.»

Los muros del cuartel se fueron alejando, quedaron a las espaldas de los cinco jinetes, que llevaron a sus respectivos caballos cada uno en una dirección distinta, dispersándose entre sí ya para siempre. Se despidieron quedando de acuerdo una vez más para su cena en el «Glacier».

Al fin, Anselmo había renunciado a mujeres, instigado

sobre todo por Tomás Esteve, a quien molestaban esas exhibiciones. «Que cada cual haga lo que quiera, yo no me meto en eso. Pero mis juergas yo las hago en privado y cuando nadie me ve.» Esa conclusión fue muy bien admitida y aceptada por Perico Rovira, cuyos mofletes, cuyas gafas de concha pedían también silencio y clandestinidad en lo tocante a aventuras femeninas; también el plan fue aprobado por Desiderio, que quería salir temprano de la cena para ir en busca de Jeannine, y hasta por Pablito Inglada, a quien los resultados de la tarde en que siguió los pasos de Anselmo Durán le habían hecho volver en sí y reincidir en sus propósitos de continencia. No obstante, no se excluía la posibilidad de una sobremesa sabrosa, pero sólo si las cosas salían rodadas y por sí solas, sin necesidad de programas previos, que era con los que la gente solía aburrirse.

En el curso de la cena se evocaron muchas de las incidencias que habían vivido en común durante aquellos doce meses. Las figuras del corneta, la del limpiabotas, la de los sargentos y la del capitán Suárez volvieron a vivir alrededor del mantel, como caricaturas, trazos y croquis de un álbum apresuradamente hojeado, protagonistas de una pantomima graciosa, fecunda en episodios, llena de rasgos irónicos. Pablito y Desiderio habían hecho definitivamente las paces, desde que Desiderio dejara a aquél el campo de Crista libre del todo. Incluso Pablito se mostraba más deferente con Desiderio que con los demás; le pasaba la sal, le obligaba a ser servido el primero y le reía todas sus frases, dándole de vez en cuando un animoso golpe en la espalda, en señal de adhesión. El más terco y pusilánime de todos era sin duda Anselmo Durán. Discutía con el camarero la calidad de una salsa y se daba tonos de *gourmet* que resultaban falsos.

Se bebió, se charló, se rió abundantemente. Perico Rovira, bajo sus trazos vulgares, que hacían difícil su identificación entre una muchedumbre de muchachos que debían serle muy parecidos en todo el mundo, escondía un carácter atractivo, acentuado por una bondad natural y ciertos rasgos de humor sardónico, que hacían que sus ataques a los demás fueran siempre teñidos de una benevolencia, de una especie de amor subterráneo hacia ellos y que los hacía tolerables y hasta delicados. Se metió con Desiderio hasta hacerle ruborizar levemente.

—Todo fue muy bien hasta que apareció una francesa, y

entonces el muchacho izó en el mástil la bandera tricolor. ¿No es así? Se hacía llamar cada dos horas, no dejaba de hacer los puntos como era debido. ¡Pero de qué manera! Aquello eran puntos de sutura, como el que llevó en el labio dos días. Con todo ello, en vez de: «Valor, se le supone...», al nombrarle el sargento decía: «Valor, el que se necesita...»

Al terminar la cena, Tomás Esteve, que se había animado regularmente con los vinillos, propuso ir a prolongar la noche al «Moulin Rouge». Como no había nada mejor que hacer, todos aprobaron su iniciativa.

Los cinco se instalaron en dos palcos del entresuelo, en los que ya en el momento de entrar se infiltraron varias muchachas, de los más diversos tipos: las había de tipo frescachón y resabios gitanos, como la andaluza que se colgó del brazo de Tomás Esteve, al que se empeñaba en confundir con un hijo del Rey y aseguraba que un personaje así bien podía venir de incógnito; hasta la alemana blonda que eligió Anselmo y que llevó sigilosamente aparte, para que nadie se la robara. A partir de aquel momento hubo que empezar a ponerse serio para que la cuenta de champaña no desbordara los presupuestos más sólidos, control que, pese a tener a la alemana sentada en sus rodillas, ejercía rigurosamente Anselmo Durán, echando por encima de los desnudos hombros de ella, que le rodeaba con los brazos hasta amurallar con su cuerpo todo lo que no fueran sus ojos atisbadores y su ósea calva, unas severísimas miradas a todo aquel, hombre o mujer, que ponía mano en la botella. Pablito se enzarzó con dos mujeres a la vez, a las que rodeó en seguida el talle con sus dos brazos poderosos y por las que se dejaba acariciar entre grandes risotadas.

Por el escenario desfilaron toda clase de números vocales, orales y simplemente mímicos. Un foco de luz perseguía a las «portentos» hasta su cubil, aquel forillo de tela azul en el que anunciaba a cada número el título de la pieza o la *vedette* que iba a interpretarla. «La jirafa encantada.» «El harén del sultán.» «La favorita.» «Clavelitos.» Un repique de castañuelas se anticipaba desde los bastidores a la aparición de muchas de ellas, que salían taconeando o levantando con un sesgo airoso los faralaes de la falda y se paraban luego de pronto, con el pecho acuñado en el aire como una coraza; quedaban así valientemente, oponiendo un desplante a tanta voz, a tanto aplauso y chillido como llenaba las plateas. «¡Viva tu madre!», o, simplemente, «¡Guapa, negra, gitana!»... Y las castañuelas volvían a sonar. Un humo de cigarrillos enturbiaba el local, y los espectadores de platea masticaban regaliz o la colilla de sus cigarros con aire abúlico y paciente. El pianista, un medroso y enjuto anciano de edad indefinible, dejaba su colilla apagada sobre las teclas más bajas, pues ninguna de las piezas del repertorio exigía el uso de más de un par o tres de las octavas centrales. A consecuencia de ello casi toda la superficie del teclado rezumaba nicotina. Al sonsonete de las tonadillas le acompañaba un tambor bien timbrado junto a unos platillos y cierto violín chirriante.

Desiderio dejó a sus amigos que se agitaran como náufragos en la situación embarazosa en que cada cual se había metido. Estuvo un rato más en el palco observando el aspecto de la sala, la catadura de algunos de los hombres que miraban, con un brillo y una avidez extraña en los ojos, los cuerpos desnudos de las tonadilleras que de vez en cuando aparecían en escena, sus ademanes sinuosos, sus procacidades. Después, no pudiendo ya eludir el agobio de cierta muñeca pintarrajeada que le acorralaba contra la pared del cuchitril, se salió como pudo de sus brazos y se despidió, uno por uno, de sus compañeros. Apenas eran inteligibles las frases que le soltaban como despedida Anselmo, o Pablito, o Perico Rovira, el cual también había acabado por situar a una de las del «alterne» en una silla y la estaba sobando paciente y pacíficamente en un rincón. Tampoco Tomás Esteve era remiso a los estragos que hacía en su mentón la boca de la matrona agitanada que se había prendado de él, y no pudo hacerse entender como era debido. Lo cierto es que Desiderio se encontró, por fin, en la calle, en pleno Paralelo. Mientras iba en busca de un coche, pasaron ante sus ojos las luces, los focos, todo el falso esplendor de la tramoya urbana de aquella vía ancha, arracimada de cabarets, de teatros, de salas de baile. Aquí y allá fulgían las bombillas, se ofrecía en grandes carteles incitantes el botín más picante de la Barcelona nocturna, mientras los coches, los cláxones, los campanillazos de tranvías y los gritos de los vendedores ambulantes tergiversaban la noche con un movimiento tenaz y continuo, mayor que el que vibraba a la luz del sol. Al fin Desiderio paró a un coche libre y se hizo llevar a la Plaza Real, por la ruta encendida de la calle Nueva. Hombres y mujeres transitaban por ella con un paso vivo que no delataba sueño, ni cansancio, sino ansiedad. Y en las aceras, las gentes, pese a lo avanzado de la hora, se paraban ante escaparates y las tiendas abiertas, en las que se mostraba la galanura de los zapatos femeninos, el brillo de las joyas de bisutería, abrigos de piel, sombreros... Todo eso se mantenía a plena luz, destruida enteramente la frontera que separaba la actividad diurna del sosiego nocturno. Y se oían risas, canciones, que se derramaban por la puerta de salida del escenario de un cabaret, y ante la cual un portero galonado montaba la guardia, o desde un bar de flamenco.

Desiderio llegó a las Ramblas, pagó el coche y se dirigió a casa de Jeannine. Había quedado con ella en recogerla a la una, para salir un rato o para quedarse en el ático, según prefirieran en aquel instante. Le extrañó a Desiderio, al mirar arriba, no ver en la ventana la más mínima luz. Quizá la había apagado o quizás había habido una repentina avería. Lo cierto es que ni un momento le pasó por la cabeza que bien ella pudiera no estar. Y es lo que descubrió, con gran zozobra, en cuanto abrió con sigilo la puerta, valiéndose del llavín que conservaba. Pero lo más raro es que, no solamente Jeannine no estaba en su cuarto, sino que tampoco estaba en él «Yucki», el perrito. Sin saber qué hacer, dudó entre esperar o salir en su busca. Al fin, pasados unos minutos, optó por eso último. Cerró de nuevo, bajó y dio un corto paseo por las Ramblas. Entró en la calle de Escudillers, se paró un momento en el «Grill Rom» y entró en el «Suizo». Al fin, no dudando ya más de que lo más probable era que habría decidido esperarle allí, se metió en el «Excelsior».

El portero no la había visto entrar, en el guardarropa no tenían noticia de ella. Se fue a la salita de juego y tampoco estaba allí. Volvió a la sala y se quedó en el bar. Acodado en la barra había un personaje de facha extraña. Era el mismo que se entremetiera en la conversación que había tenido con el barman en la noche de fin de año. Ese personaje leía el periódico. Se distinguía porque apenas tenía cejas, y tampoco debía andar muy sobrado de materia capilar en el sentido estricto de esa materia, puesto que su cráneo estaba cubierto por pelucón rojizo, casi granate, que en lugar de disimular aquel defecto no hacía más que acentuarlo lastimosamente. En cuanto Desiderio se sentó, el hombre levantó la vista de su diario, lo plegó con parsimonia y se dispuso a entablar conversación, como si ya su intervención forzada en el coloquio del *reveillon* le autorizara a cualquier franqueza con Desiderio.

—¡Qué barbaridad! Ese señor Dernburg, vaya lince... ¿No ha leído usted?

Desiderio hizo un ademán elusivo, renunciando a la noticia que por lo visto el otro estaba en disposición de facilitarle.

—Nada menos que el enviado del Kaiser en los Estados Unidos. Aquí se relatan todas las gestiones que ese caballero ha llevado a cabo en poco más de un año...

Pero Desiderio estaba totalmente desinteresado de ese tema. El personaje, ante tal reserva, se quedó un momento desconcertado. Vio a Desiderio observar de nuevo el local con ansiedad, como preguntándose dónde podría estar Jeannine en aquel momento.

Todo cuanto se le ocurría le desconcertaba. En cualquier ocasión como ésta, a la menor frustración de los planes que hubieran trazado, Desiderio se sentía desfallecer. Desde hacía unas cuantas semanas temía por su amor, exactamente sin saber cuáles eran los peligros que lo amenazaban, pero seguro de que éstos existían. No se le había borrado de la memoria la manera cómo Jeannine se levantó de la mesa en la noche del *reveillon* para ir a amparar a Hugtenhagen, ni la reacción totalmente inesperada que tuvo luego al empezar a beber sin medida, ni las palabras que pronunciara cuando ya el alcohol había hecho un efecto terminante en ella. No sabía con exactitud a qué peligros estaba expuesto su amor, pero comprendía que algo extraño ocurría alrededor de ella, que día a día el ambiente se iba cerrando más en su contorno y que gentes diversas, el camarero de un restaurante, ciertos amigos, los *croupiers*, la doncella del guardarropa, ya no les miraban con tanta naturalidad cuando entraban emparejados y sin recelos en los locales. Eso lo había notado Desiderio sin que en todos esos elementos hubiera todavía nada que autorizara a formar un juicio, sin que nada le permitiera aún abordar cara a cara y con ella la cuestión de fondo de aquel asunto, que se habían juramentado no aludir jamás. Por tanto, el desconcierto de Desiderio en aquellos momentos iba creciendo y su inquietud apenas si podía ser disimulada cuando pidió un *whisky*, por hacer algo, por dejar pasar unos minutos antes de tomar una determinación.

Y en aquel momento se le ocurrió que quizás Asmodea la hubiera invitado a cenar en casa de Antonio y que lo más fácil era que estuviera allí. Se fue inmediatamente al teléfono y buscó el número de Antonio. Llamó y la muchacha de la centralita le contestó que no respondía. ¿No había nadie? ¿Dónde estarían, a su vez, Antonio y su amiga? Rogó a la centralita que insistiera y, al fin, alguien se puso al aparato. Lo hacía con voz de sueño, de quien acaba de ser desvelado. Era Antonio Mira.

Éste tardó no poco en comprender la causa de aquella llamada. Al fin cayó en la cuenta. No, no habían sabido nada de Jeannine. Pero no debía extrañarle, puesto que Monique, la amiga de Óscar, había dicho días antes que Mme. Forain estaba preparando su colección de primavera y necesitaría de ellas, las modelos, algunas noches para acelerar el trabajo. «Es raro que Jeannine no me haya dicho nada de eso...», pensó Desiderio. Y añadió en sus lucubraciones, mientras colgaba el aparato, que lo que Monique había dicho tenía todo el aire de una excusa, de una coartada para liberarse cómodamente de Óscar durante unas noches. No obstante, llamó a casa de la modista.

Nadie contestó. Le respondió un silencio absoluto. Y volvió al bar.

El personaje del pelucón rojizo le vio entrar con una mirada socarrona que fastidió a Desiderio. Iba a pagar y a marcharse, cuando el personaje le abordó sin escrúpulos.

—Permítame, pero me ha parecido oír que usted preguntaba al portero por... cierta señorita.

—No era nada. Era una pregunta privada.

—Perdóneme si me he entremetido.

Inmediatamente Desiderio dio media vuelta en sus propósitos. Bien pudiera ser que aquella estrafalaria persona supiera algo de ella, y eso era lo único que en aquel momento podía importarle.

—Mi nombre es Ramiro Mendizábal de la Higuera —se presentó el otro, alargándole una tarjeta—. Agente privado.

La tarjeta tembló un momento en las manos de Desiderio. En la tarjeta en lugar de «agente privado» decía «detective privado».

Durante largo rato Desiderio y el otro estuvieron de lado, en el bar, sin dirigirse una palabra. Desiderio simuló distraídamente interesarse por la animación que brillaba en las mesas y en el propio bar, al que habían ido afluyendo de todos lados, lentamente, un conjunto notable de bebedores.

Unos reían y conversaban alegremente, otros tenían el alcohol melancólico y no parecían más animados que él. Y, sin embargo, aquel local y aquellas gentes eran las mismas que le habían parecido maravillosas otras noches, cuando iba con ella.

Se volvió reflexivamente hacia el personaje de la peluca y le preguntó, sin ambages:

—¿Decía usted?

—No. Que si había usted preguntado por... por Jeannine, la francesa, quizá pudiera interesarle que el señor Hugtenhagen, el holandés, la ha recogido en su casa a las once cuarenta y siete.

Desiderio se quedó de una pieza, perplejo, sin reaccionar de ningún modo, sin acertar a saber si tenía que agradecer al detective su información o abofetearle por ella.

—La señorita se ha encontrado esta tarde en un apuro —le notificó misteriosamente el lúgubre personaje, bajando la voz y mirando a todos lados, como si la confidencia pudiera ser captada por imprevisibles duendes del éter—. Ha sido sometida a un registro domiciliario y... como la práctica ha durado largo rato... seguramente ha considerado mejor no volver a casa... Por eso ha llamado en su ayuda al «Gavilán», ¿comprende? En este momento, dicha persona está en el «Nouvel Hotel»...

Desiderio estaba confundido. Miró torvamente al confidente, del que escudriñó los ojos, los mechones encrespados del bisoñé, las manos larguiruchas, de sucias uñas descuidadas y múltiples nudos. Le miró el vello rubio que asomaba entre los puños de celuloide carcomidos y llenos de mugre. Le miró con una mirada que estaba hecha a la vez de odio y de súplica, de temor...

—Si mis servicios, señor, pueden serle útiles, en la tarjeta tiene indicación de su casa de usted: «Aviñó, 19», para servirle —ofreció, mientras se alejaba sonriente del bar, al tiempo que decía al barman:

—La consumición, a cargo del señor. Si no me equivoco... —añadió, mirando astutamente a Desiderio Rius.

XXIII

El señor de Hugtenhagen, nacido casi setenta años atrás con el nombre de Zacarías Goldmann en un lazareto del barrio portuario de Amsterdam, no estaba en absoluto contento de tal como marchaban las cosas. Su tolerancia llegaba a un límite. Había hecho por Jeannine todo cuanto un hombre puede hacer por una mujer, incluso aceptar su desprecio y permitir que ella se enamorara apasionadamente de otro hombre. Hasta entonces el límite de sus tolerancias no había hecho más que evidenciar la aceptación plena de una realidad incuestionable, a saber: que Jeannine era nada menos que cuarenta y cinco años más joven que él. Pero de esa diferenciación temporánea a su amor categórico, encendido, exclusivo y exhaustivo por un joven tres años menor que ella iba mucha distancia. Sabía Hugtenhagen que donde mediaba un amor de ese estilo empezaban a surgir los conflictos. Por mucho que ella lo negara, todo cuanto estaba ocurriendo no era más que una consecuencia de ese amor estúpido, de ese flechazo que ella había sentido de pronto por el español de los ojos tristes.

El señor Hugtenhagen no estaba contento. Procuraba que sus transacciones comerciales, sus negocios, sus manejos económicos, sus cuentas bancarias a través de las fronteras no se salieran en lo posible de la legalidad. Pero en sus actividades era difícil estar a bien con todos los países y con sus leyes respectivas, y por otra parte las cosas delicadas costaban dinero, y no le cabía duda de que ciertas cantidades puestas en manos de agentes desperdigados en aduanas y en todo género de oficinas oficiales podían venir un día en contra suya como un «bomerang». El señor de Hugtenhagen no hacía más que repasar mentalmente todas las transacciones delicadas y abstrusas que tenían en curso para ver en cuál de ellas, con mala intención, podía ser pillado en falso. La que más le preocupaba era el alijo que había efectuado unos meses atrás del cargamento de pieles de astracán, porque el volumen de este negocio era considerable, y porque en él había comprometido a una empresa seria como «Harriman, Sons, Ltd.» de Londres. Y, con todo, no era particularmente ninguno de sus negocios lo que mortificaba a Hugtenhagen mayormente, en trance de rendir cuentas o de tener que habérselas con la policía. Sus zozobras provenían de mucho más atrás, se perdían en la noche de su vida, le llevaban a los albores de su actividad; una sombría pesadumbre y un desconsuelo terrible le acometían cada vez que recordaba que no estaba en condiciones psicológicas de enfrentarse con determinadas situaciones, que no era un hombre que pudiera tener un careo franco con la justicia, que había una sombra lejana que no le dejaba vivir; y que cada vez que un agente de la autoridad se le ponía delante, aunque fuera un vulgar gendarme de frontera, su entereza empezaba a flaquear y le costaba un esfuerzo inaudito aparentar calma, recobrar el «selfcontrol».

Pero tendríamos que empezar otra historia, completamente distinta a ésta, si intentáramos dar sólo una idea somera de este antiguo problema del holandés. Tendríamos que remontarnos a otros escenarios y a otras épocas, tendríamos que empezar describiendo los pasos de ese hombre, allá por el año 1870, en los caminos que van de Beirut a Damasco y de Damasco a las palmeras legendarias de Bagdad, y todo eso queda demasiado lejos de nuestra historia. Pero a veces al señor de Hugtenhagen le parecía escuchar aún voces, gemidos, peleas que venían de aquel tiempo y de aquellos lugares tan lejanos, principalmente la voz angustiosa de un alemán llamado Zennig, y el pisar apresurado de los camellos y la risa del guía, de aquel vulgar ladrón llamado Firouz, estremecida sobre el viento caliginoso del desierto de Ammán. Y en muchas ocasiones, a pesar de los muchos años que habían pasado desde entonces, pensaba que bien hubiera podido ser él, como fue el otro, quien se quedara en mitad de la duna, completamente drogado de haxix, completamente incapaz de moverse, y que el mismo Firouz hubiera sido quien regresara con el cuchillo teñido, pero no de la sangre de Zennig, sino de la de Zacarías Goldmann, él mismo. Pero aquéllos eran unos tiempos en que

Hugtenhagen, o Goldmann, batallaba contra la miseria descarnadamente, y le era necesario el dinero, como fuera, y había que pelear hasta la muerte, con traiciones, con sobornos, comprando silencios, para apoderarse de una partida de cáñamo indiano o de un alijo de perlas del mar Rojo. Aquella sangre de Zennig no había podido superarla. Recordaba a menudo, a pesar de los cuarenta y cinco años transcurridos, la mirada terrible de Firouz cuando iba recogiendo uno por uno los puñados de papel moneda y de oro que Zacarías iba entregándole, en aquella noche de Damasco, después de cobrar el botín. Y la silueta de la gran ciudad, la sombra de sus alminares, su deambular atemorizado por las callejas, por los bazares, su merodeo alrededor de la Gran Mezquita, su miedo irreparable... En definitiva, todo esto no había podido morir jamás, y el cadáver de Zennig yacía insepulto en su alma de la misma manera que había quedado sin enterrar sobre la caliza del desierto, a merced de los cuervos. Y un día y otro había estado temiendo, durante cuarenta años seguidos, que apareciera un día un enviado de Firouz o Firouz mismo a exigirle más y más dinero o a ponerle sencillamente en manos de la ley. Por eso se llamaba ahora Hugtenhagen, por eso nunca se quedaba demasiado tiempo en el mismo lugar, por eso no quería tratos con la policía.

Y por eso no había tenido nunca una mujer que le durara largo tiempo. Primero, porque las mujeres le fatigaban, porque eran exigentes, porque le timaban. Después porque no quería llegar un día a hacerles la confidencia de su verdadero nombre y de su historia de verdad. Había habido muchas hembras, pero ninguna había durado; ninguna, hasta que una noche, en París, y de ello se cumplían ahora cinco años, en un café encontró a Jeannine que miraba con ojos de hambre el pedazo de tarta que él estaba comiendo. Jeannine, que era una niña y que ya había vivido y sufrido más de lo que cabe a una mujer madura, que ya había amado y enviudado, que estaba ya metida en el laberinto enloquecedor de la droga... Y Jeannine le pareció entonces la única mujer a quien podía habérselo dicho todo. Jeannine callaba y parecía querer abandonarse absolutamente a lo que él hiciera de ella, asombrada de que no le pidiera en seguida rozarla con sus manos, que estaban cansadas de tanto tocar oro. Y por Jeannine había mudado su negocio, por

Jeannine había intentado montar una empresa de aspecto regular, por Jeannine se relacionó con Strandhom, Stockolm; Gilles & Cagney, Boston; Harriman, Sons, Ltd., Londres; Paquin, Worth, Levin, Asdreanu, París... Por Jeannine hubiera sido y sería capaz de cualquier cosa, hasta de volver a matar... Por Jeannine había depositado su fortuna, la había colocado prudentemente en los Bancos de las cinco partes del mundo y por Jeannine pretendía ahora ser un caballero, cuando apenas le quedaba tiempo ya.

Y, por tanto, era preciso marcharse en seguida, cambiar de lugar, procurar borrar su pista de los ojos escrutadores de la policía. Daba lo mismo que sus conocidos pensaran que era un cobarde, que no sabía o no quería defenderse. Lo que importaba era ahora tener un poco de paz. Daba lo mismo que aquello que atenazaba su conciencia, que aquel crimen antiguo estuviera soterrado, olvidado, ignorado de todos y que nunca más pudiera volver a la luz. Lo que importaba era su propio sosiego. No quería atormentarse más por ello, le era necesaria la paz. No importaba que aquello por lo que ahora la policía le inquiría y mortificaba fueran cosas de poca monta, pequeñeces indignas de su atención; no importaba, pero lo que era verdaderamente angustioso era la propia policía, la propia justicia, fuera grande o pequeño, justificado o gratuito el móvil que la hiciera mover.

Pero Jeannine estaba enamorada y no quería seguirle. Al menos, eso era lo que ella proclamaba. Y entonces ocurrió que fue la propia Jeannine la que resultó investigada, allanada, mortificada. M. de Hugtenhagen sintió un respiro cuando su amiga le mandó llamar con urgencia, y cuando la vio sacudida por un temblor nervioso, frente a los agentes que estaban haciendo en su propio cubil una investigación. ¡Ah, no era sólo él a quien la justicia cosquilleaba! Es más, era ella la causa de todo... Ella, y a ella escudriñaba aún la policía con más rigor que a él, con más ganas. Y a ella le habían encontrado algo que podía ser cuestión de castigo, de proceso. Aquellos botellines vacíos que habían contenido el líquido aturdidor y aquellas tres cápsulas de morfina intactas, a punto de ser usadas. Sí, que se convenciera que sólo por eso podía ser prendida y procesada y que si no lo era, era para que tuviera tiempo de meditar, de elegir, para que tuviera tiempo de decidir por sí misma el camino de la frontera. ¿No se daba ella cuenta?

Será conveniente que traduzcamos parte del diálogo que al día siguiente del registro llevado a cabo en casa de Jeannine sostuvieron ella y el holandés, en la habitación del «Nouvel Hotel» que ocupaba este último.

Las carpetas de papeles del holandés estaban revueltas, pues durante la noche Hugtenhagen había repasado con suma atención la correspondencia, las facturas, los certificados de aduana de su archivo. Y sobre las mesillas y la cama estaban dos de sus maletas, abiertas, a medio hacer, mientras el resto de la ropa colgaba de los percheros y quedaba en los cajones del ropero de la habitación. Porque el señor de Hugtenhagen, en su impaciencia, ya había empezado a hacer las maletas, menester en cuya ocupación le había interrumpido bruscamente Jeannine, entrando en su habitación, que se comunicaba por una vidriera corrediza con la que la francesa había ocupado aquella noche.

El tono del diálogo fue, más o menos, de este tenor.

—Lo he pensado y no me voy —dijo ella, al entrar—. Todos mis amigos se echarán a reír cuando sepan que por un registro cruzo la frontera, como un ratón. No, eso queda para ciertos hombres.

Hugtenhagen la miró con sus ojos abultados e inexpresivos.

—Cuando tú te vayas, dejarán de ocuparse de mí. Estoy harta ya de seguirte. Eres un viejo y me das asco.

Eso, Hugtenhagen ya lo sabía, pero no le importaba.

—Ya sé que piensas que soy una infame; pero de todos modos te dejo solo; lo que tú pienses me da igual. Muérete.

Hugtenhagen cogió un paquete de calcetines doblados y los metió en la maleta.

—Si piensas que todo lo que soy te lo debo a ti, aún me repugnas más. No te debo nada.

Los ojos de buey del holandés se fijaron un instante en ella, como perdonándola abiertamente.

—¡Buenos Aires! Si crees que te iba a seguir allí te equivocas. Te morirás solo, de pena y de miedo. Así acabarás.

«Es inútil —pensaba Hugtenhagen— que intentes detenerme; no lo conseguirás. No conseguirás más que herirte a ti misma, porque sé muy bien que la que no eres capaz de quedarte sola eres tú.» Pero el holandés aún no decía nada. Iba metiendo en sus bártulos diversos objetos de su armario.

—No me afectará ya más si me siguen o no. Lo único que siento de verdad es haberte avisado anoche.

—Sí, eso fue algo que me extrañó. ¿Por qué me avisaste? ¿Di, por qué? —preguntó al fin inocentemente el holandés.

Y quedó mirándola un rato. Luego volvió a su quehacer.

—No será peor saber que me sigue la policía que tener la impresión de que me sigues tú. ¡Oh, el día que viera que tus ojos están cerrados, y para siempre!... Los he encontrado en todas partes, siempre me persiguen...

Hugtenhagen llenó pacientemente la maleta. Al fin rompió a hablar.

—Jeannine. He hablado muy de mañana con cierta persona que está al corriente de lo que ocurre en Jefatura de Policía. Me ha asegurado que si salimos del país no te va a ocurrir nada por lo que descubrieron ayer. Piensa en que lo más importante para nosotros, los que vamos de un sitio a otro, es no tener ninguna mancha en la hoja.

—Tampoco la tendré. Tengo amigos en España. Ellos me ayudarán.

Hugtenhagen hizo una mueca levemente expresiva de duda. Al cabo de un rato completó la maleta, luego la cerró.

—Sé muy bien que tú me seguirás. Cuando pienses bien, entre tu amor y tu... placer, entre la diversión y la... solidez que tienes en mí, no lo dudarás. Sólo yo entiendo tus caprichos y puedo satisfacerlos.

—Te engañas —protestó Jeannine—. No te necesito.

Y, sin embargo, lo primero que había hecho la noche anterior al sentirse apurada había sido llamarle en su ayuda.

—Se ha acabado Barcelona, Jeannine. Escúchame bien ahora. Yo me marcho por unos días...

Se acercó a Jeannine y quedó frente a ella.

—Debo arreglar unas cosas en Orán, antes de dar el salto. Presta atención: El barco que nos va a llevar a Buenos Aires es un barco sueco, que sale dentro de tres semanas justas. El domingo, día 5, el «Göteborg» sale del muelle de Poniente a las ocho en punto de la tarde. Tienes tiempo de pensar, tienes tres semanas... Si a última hora se te ocurre venir, no tienes más que presentarte en el muelle y preguntar por el capitán Erick Fritzhoffen. Recuérdalo bien: Fritzhoffen.

El holandés llamó a un timbre para que viniera un botones al que tenía que dar unos recados. Entonces Jeannine se retiró y se metió de nuevo en su habitación.

No había más que una persona capaz de provocar en ella tanta intransigencia ni de hacerla hablar de aquel modo, echando a perder de pronto todos los convencionalismos de que estaba hecha, y esta persona era Hugtenhagen; quizá fuera sólo esa causa la que le hacía tan difícil prescindir absolutamente de él. Jeannine se daba cuenta de que necesitaba de una persona a quien detestar, como necesitaba de otra a quien querer. Pero le eran tan indispensables la una como la otra. Sin Hugtenhagen se hubiera encontrado de pronto tan solitaria como lo hubiera sido si Desiderio desapareciera de pronto. Pensaba que el corazón de la Humanidad está hecho de una mezcla de amor y de odio, y que ella había conseguido que estas dos vertientes, que esta sístole y esta diástole con las que funcionaba el corazón y que se armonizaban en un latido, quedaran en el suyo perfectamente diferenciadas. No podía remediar el increpar y el herir a Hugtenhagen cada vez que se le ponía delante. Eso se debía quizás a la cara beata con que él recibía las más atroces pullas, los insultos, los más hirientes sarcasmos, las invectivas más feroces y crueles.

Jeannine estaba sulfurada porque sabía que cuando Hugtenhagen tomaba una determinación no era capaz de volver atrás. Nunca Hugtenhagen había hecho la comedia de aparentar una salida, un cambio de paisaje sin que el viaje dejara de producirse. Pero Jeannine estaba persuadida, en cambio, de que esta vez el holandés se marcharía solo. No la atemorizaban los presagios. Sabía que lo primero que haría el holandés sería obtener de Suzanne Forain un despido fulminante que pusiera a Jeannine de patitas en la calle, a navegar en el proceloso mundo de las entretenidas. Pero no se asustaba; tenía fe en Desiderio y en sus amigos, tenía fe en Antonio y en Asmodea y sabía que no sufriría demasiado por ello. Estaba resuelta a defenderse sola, a desprenderse definitivamente de su protector y tirano. En aquellos momentos casi celebraba que todo hubiera ocurrido así. Daría la cara a las investigaciones que se presentaran y afrontaría su situación. ¿No había roto definitivamente Desiderio con... la otra? Así debía hacerlo ella también.

Mientras pensaba en ello sonó el timbre del teléfono. Casi saltó de júbilo cuando reconoció la voz de Desiderio. Le contestó que deseaba verle en seguida, que no tardara un instante en recogerla en el hotel, puesto que le tenía que contar muchas cosas. Cuando Desiderio llegó, unos minutos más tarde —la llamada la había hecho desde un teléfono público, cercano a la calle de Santa Ana—, Jeannine ya le esperaba en el *hall*. Llevaba un traje mañanero, se abrigaba con un chaquetón de paño y quería ir a pasear con él, en seguida. Quería volver al Parque de la Ciudadela, donde no había estado desde el verano, desde antes de que ocurriera *aquello*. Parecía que, de ese modo, Jeannine quisiera entroncar con los días más ardientes de su amor.

Para ello cogieron un coche. Durante el camino Jeannine contó a su amigo el mal rato que había pasado la noche anterior y el porqué de haber pedido protección a Hugtenhagen. Pero, al fin, había roto con él. El holandés se marchaba camino de Orán y luego se marcharía a Sudamérica. Pero se marcharía solo, sin ella.

Al afirmarlo, Jeannine dio un beso a su amante, un beso largo que les hizo llegar en silencio y sin darse cuenta a las calzadas del parque, soleadas y llenas de verdor.

De nuevo se pararon ante cada una de las jaulas del zoo; echó Jeannine pan a las fauces del elefante, rió ante las jaulas de los monos, dirigió cariñosos requiebros a los antílopes elegantes, se pasmó ante la gallardía de los pavos reales. Se agarraba del brazo de Desiderio animosamente, como si acabara de resolver un grave conflicto interior. Desiderio pensaba que todo cuanto su amiga hacía no era del todo verdadero; había mucho de absurdo en sus propósitos, en sus planes, en aquel proyecto de montar por su cuenta una casa de modas, en aquel diseño apresurado que hacía de una vida futura en la que pudieran vivir juntos los dos, apartados de todos, quizás en un lugar escondido, en la finca, o en una casa que se compraran junto al mar. Tales fantasías eran buenas cuando Jeannine tenía su vida verdaderamente acomodada, siempre que ejerciera una profesión determinada, siempre que tuviera un empleo o un cargo que ocupara parte de su jornada y que le diera una consistencia social adecuada. Pero desalojada, huérfana de ella, la situación de Jeannine se tornaba ambigua, incómoda. Se engañaba con sus propósitos, porque, con ser la más hermosa de las mujeres, la más refinada y la más elegante de todas ellas, no servía Jeannine para nada más que para eso: para lucir, para ser feliz, para ser amada, para no trabajar, para no hacer nada más en la vida que existir, que andar, que hablar, que moverse... ¿No era ésa toda la sustancia de Jeannine? Ella no podía ser otra cosa.

Hasta entonces Hugtenhagen había aparecido discretamente en una zona secundaria de la vida de Jeannine, en las afueras de su personalidad, en el segundo término y en la lejanía de su existencia. Pero, al marchar, el volumen que él ocupaba en el aire desmantelaba totalmente a su amiga. Es posible que Jeannine no se diera cuenta absoluta de ello, pero esta realidad se le aparecía evidente, diáfana, a Desiderio, mientras caminaba por los parterres del parque del brazo de ella. En realidad, el abandono de Hugtenhagen, en lugar de apretarlos, de identificarlos y fundirlos a ellos dos totalmente, como cabría esperar de la desaparición de un tercero en discordia —o mejor, en concordia—, los sacudía insensiblemente a ambos, los obligaba a separarse un poco uno de otro. No era que a Desiderio le complaciera la situación en que estaba: al contrario, no dejaba de reprochársela, de sentirse en definitiva culpable de algún modo al permitir que en la vida de Jeannine tuviera otro hombre una participación tan notoria, aunque esta participación no resultara en sí misma degradante para su corazón, sabiendo como sabía Desiderio que el holandés era sólo como una especie de tutor de su amiga, un protector platónico y desarbolado, ajeno a todo impulso posesivo. Pero no le cabía duda de que su partida crearía una serie de nuevos problemas, haría que recayera sobre ellos mismos un conjunto de responsabilidades que hasta entonces podían ser apuntadas en la cuenta del holandés. No sabía por qué la noticia desazonaba a Desiderio.

Y no era a él solo. En los alardes que Jeannine hacía de independencia, en los alardes de amor que exhibía, había una inquietud, una intranquilidad velada pero auténtica. No eran más que la consecuencia inmediata de una resolución tomada sin mucha reflexión, y a la que se abrazaba como un náufrago. Pero al cabo de un rato, cuando volvía a pensar en ello, distraída por un instante en la contemplación de cualquier nimiedad del zoo, sentía que no era tan fácil prescindir de golpe de su protector, que la ausencia de Hugtenhagen la modificaba a ella totalmente. Hubiera querido no pensar más en ello, hacerse a la idea de que todo se arreglaría, de que sería posible, a la vuelta del holandés, hacerle cambiar de idea y conseguir que todo siguiera igual como hasta aquel momento. Era muy posible que a la vuelta de Orán, Hugtenhagen pensara que no merecía la pena un cambio tan brusco, y que accediera a demorar su viaje por unos meses más. Y así, poco a poco, quizá ninguno de los tres tendría que cambiar lo más mínimo, ni sería necesario que nadie sacrificara una porción de su paz, en aquel *statu quo* tan peculiar, que resultaba a la postre tan delicado y quebradizo como el de una difícil entente diplomática.

Desiderio se fue a su casa a almorzar, después de dejar a Jeannine en la suya, y quedaron de acuerdo en que pasarían juntos la tarde, puesto que era fiesta. Por la tarde, los dos, aunque parecieran insensibles al sutil cambio que había planteado la determinación del holandés, se hallaban influidos por el mismo incómodo presagio. Pero el mensaje que directamente se comunicaban el uno al otro al entregarse era ajeno a la molesta pesadumbre que parecía escurrirse entre ellos, penetrar poco a poco como un reptil viscoso entre sus cuerpos, lo cual motivaba que el abrazo fuera todavía aquella tarde más poderoso, más terco, más frenético, apretado hasta el dolor. Desiderio tenía a Jeannine en sus brazos con una tenacidad, con una vehemencia que era un gesto de desesperación extrema, como si temiera que ella pudiera escurrirse impensadamente de ellos y escapar. Pero ella no se movía, se dejaba atrapar y hasta destruir, si hubiera sido posible, en ese fervor posesivo que la abría y la estremecía y al que no oponía más que todo su peso abandonado. Y el fantasma de la separación no hacía más que acentuarse cuanto más cabal les parecía su unión, como si un oráculo misterioso dictara desde lejos trayectorias ajenas al camino por el que pensaban seguir avanzando en común, como si un hado siniestro se hubiera infiltrado alevosamente entre sus cuerpos fundidos.

Ni uno ni otro aludieron a ello, pero la conversación se hizo difícil, y el trasgo importuno no hizo más que prosperar, enredando y brincando por el aire durante toda la tarde.

Al dejar a Jeannine, más temprano de lo que pensaba y quizá para airear un poco los estados de su ánimo, Desiderio se encaminó al «Ecuestre». Entró en el *hall*, donde los inmutables, impávidos lectores de los «magazines» ingleses, hojeaban lentamente las hojas satinadas, y luego descubrió al grupo de sus amigos charlando animadamente, casi acaloradamente, en un rincón de la *brasserie*. Al acercarse, cuando uno de ellos advirtió su presencia, pareció de pronto cundir por el corro un silencio repentino, como si acabara de circular un aire intempestivo. Esta interrupción desconcertó a Desiderio, que se sintió herido, aludido por ella. Antonio Mira fue quien recobró la palabra, y lo hizo tranquilamente.

—De lo que hablábamos antes... La transformación de las industrias después de la guerra...

Pero el cambio de conversación era demasiado brusco para que pasara inadvertido a Desiderio y para que los demás no se sintieran molestos por su propia falta de tacto. Procuraron borrar la mala impresión haciendo que Desiderio participara en sus cabildeos sobre las posibilidades del *yacht* de Antonio, que había vuelto a equipar, en cuanto las circunstancias de la guerra permitieran la celebración de regatas. La reunión se disolvió pronto. Primero se marchó Teodomiro Flo, luego lo hizo Anselmo Durán, bastante sofocado por la idea de que Desiderio le iba a achacar a él la incorrección, y luego lo hizo Antonio Mira, explicándole, aparte de los demás, que debía ir a encontrar a Silvia en el «Continental» y que si quería cenar con ellos le esperarían hasta las diez. Bastante desconcertado, Desiderio agradeció la invitación, pero rehusó.

No quedó más que Clemente Pidal. El orondo joven, ya convertido en un hombre de negocios consumado, satisfecho de sus éxitos financieros, esperaba a su socio, el suizo Martin, el del monóculo. Mientras esperaba, Desiderio quiso aclarar con él el papel incongruente que le habían hecho al entrar, las razones del repentino silencio y del enrarecimiento de la conversación. Pero Clemente se obstinó en tranquilizarle.

—Has tenido figuraciones. ¡Ca, hombre, si estábamos hablando precisamente de... ahora no recuerdo de qué!... Lo que ha pasado es que ha dado la casualidad de que has llegado en un momento de silencio, como tantas veces.

Pero Desiderio no quedó convencido.

—Hablabais de algo que me concernía. Eres muy amable, pero preferiría que me lo aclararas con franqueza.

Clemente miró a Desiderio sin pestañear, como cuando llegaba al punto crucial de una conversación financiera, en la que no quedaban ya distingos ni elusiones.

—En efecto, estábamos hablando de ti... Pero hablábamos todos de ti con sumo cariño.

Este prólogo amable no sacó de dudas a Desiderio.

—No sé quién contaba que la situación de tu amiga..., de Jeannine..., es cada vez más delicada. A causa, sobre todo, del holandés errante, según le llaman. Hay indicios de que, por lo menos, ese hombre será expulsado del país. Van a aplicarse con rigor ciertas normas para la renovación de visados, y parece claro que esta forma de expulsión... elegante será la que se usará con él.

—Bien, nada de eso me sorprende. Lo sé. Y sé que es él el que no solicitará la renovación. ¿Qué explicación le daban ellos? —preguntó Desiderio, buscando una referencia más amplia.

—Verás..., algunos, buenos amigos tuyos... creían que... que era una lástima que te pudieran ver mezclado en ese embrollo. Verdad o no, se ha lanzado sobre esa gente una patente de... de tráfico..., de negocio oscuro. Yo no digo que Jeannine tenga nada especial que ver, pero basta con que algo de eso empiece a circular para que la gente lo crea a pies juntillas.

—Todo eso son mentiras, farsas que se inventan. La gente no ve más que novelas. Y con Jeannine han hecho una ignominia; ayer han entrado en su casa a registrar, cosa que no tiene nombre. ¿A santo de qué?

—Y, sin embargo, de eso hablábamos... Parece que le encontraron, sí..., drogas, ni más ni menos. Ándate con cuidado, no seas tonto.

Se presentó de golpe el suizo.

—¿De qué hablaban ustedes con tanto ánimo? —preguntó, enroscándose el monóculo en la ranura de sus párpados, mientras se sentaba, con un ejemplar del *The Times* en la mano.

Desiderio no tuvo reparo en decirlo.

—De una brutalidad que han cometido anoche con... con una amiga mía.

—¡Ah, ah!... —dijo el suizo distraídamente, como si prefiriera no oír hablar de aquello, disponiéndose a desdoblar las sábanas del diario inglés.

Hubo un silencio.

—Sí. La policía hizo un registro en su casa. Yo he vivido en Inglaterra y me hubiera gustado ver allí una arbitrariedad y un atropello semejante.

—Verá —dijo el suizo, con calma, ladeando sólo un poco

la cabeza, sin dejar de mirar el diario—. En Inglaterra hay un control más riguroso que aquí de la gente que entra en el país.

«¿También aquél? ¿Hasta el suizo, M. Martin —pensó— podía formular un juicio respecto a eso? ¿No le admitía España a él? Sí. ¿Qué hacía en Barcelona el suizo sino vulgares negocios?»

—Lo siento por usted, Rius; pero ese Hugtenhagen es un pájaro de cuidado. Se le conoce bien; no se llama Hugtenhagen, sino Goldmann. Y no se acaba de ver claro qué hacen aquí esa pandilla. La casa de modas de la Forain no ingresa ni para cubrir los gastos de ruleta de su dueña, ni las juergas que se corre con Monique, su querida, y que me perdone el señor Andrade —exclamó el suizo sin pelos en la lengua—. Esto también quisiera verlo yo en Inglaterra.

La situación de Desiderio era violenta. No podía lanzarse a una defensa rotunda de Jeannine sin que, por causa misma de esta defensa, la vilipendiaria, la ofendiera, ya que no era correcto que la hiciera pasar de ese modo por su amiga oficial. Se calló, sonrojadísimo.

Pensaba que aquello era absurdo, monstruoso, que se estaba armando un lío considerable, que la bola de nieve crecía irremediablemente y que no era posible ir contra ello. Cuando hasta personas de mundo como el suizo se escandalizaban y pontificaban con tal aplomo, era señal de que la cosa no tenía remedio. Y pensó de nuevo que, para ser considerado así, el señor Hugtenhagen llevaba algo muy misterioso y oculto entre sus garras. En todo caso, Jeannine quedaba totalmente libre de culpa; y con la marcha del holandés volvería a quedar incontaminada, pulquérrima, rehabilitada públicamente a los ojos de todos. Sí, de todos modos era conveniente que el holandés pusiera tierra o mar de por medio.

—Tengo entendido que el holandés se ha marchado o se va a marchar. Mejor —dijo—. Esos hombres no tienen nunca sitio fijo. Siguen siendo los pueblos nómadas de la Biblia.

—Sí, es mucho mejor para todos —aceptó entonces M. Martin—. Porque... permítame, Rius, que le hable con franqueza. Ha habido algún cliente nuestro, se lo digo para que usted esté enterado, que ponía reparos a darnos sus cargamentos pretextando que, dada su constante exhibición con la francesa, era muy posible que a nuestros barcos les pudiera ocurrir algo durante la travesía. ¡Figúrese! Todo eso es absurdo, ya lo sé... Ni el espionaje va de ese modo, ni las espías se entretienen en seguir la ruta de nuestra «Galatea» o de nuestro «Santillana». Pero la cuestión me fue formulada así. Se lo digo para que vea cómo están las cosas.

—¡Eso es una infamia! ¡Créame, se está cometiendo una infamia deliberada! Y lo peor es que no se sabe de quién pueda salir todo eso, a quién se debe ese embrollo y por qué la han tomado contra... esa persona.

—No te alteres —aconsejó Clemente—. En definitiva, ¿a ti qué te va con eso? Deja que digan lo que quieran. Total, un día, el día menos pensado, Hugtenhagen se esfumará, la señora Forain se irá con Monique a otra parte y volveremos a quedarnos solos los que ya estábamos antes. La guerra terminará, y nosotros seguiremos existiendo... Ése es mi consejo, Desiderio. ¡Deja que se embrollen, que se hundan! Tú no te preocupes nunca de nada más que de tus propios asuntos. No merece la pena ponerse a cavilar por los demás.

—Sí. Quizá tengas razón. Los problemas de uno ya son suficientes...

El abandonar de golpe su vida de soldado significó un cambio brusco y total en las costumbres de Desiderio, en sus posibilidades, en su libertad. Hasta tal punto, que creyó que no se acostumbraría a ello. Al coincidir ese cambio con las dificultades que entorpecían su amor con Jeannine, toda la tensión, el hechizo en que había vivido durante los últimos meses parecieron desleírse, deshacerse repentinamente. Ahora ya no cabían excusas ni pretextos, volvía a la vida ordenada, limitada, controlada de los días anteriores a su estancia en Inglaterra, con la diferencia de que ahora todo él se sentía cambiado. La libertad gustada, la holgura de sus movimientos durante el período de cuartel le parecía que debían haber durado siglos, y se encontró de pronto frente a otra triste realidad, completamente distinta: la de los ojos de su padre a la hora de cenar, la de la paciente e investigadora mirada de Josefina, la del rígido horario que no podía transgredir, la del camino de la fábrica realizado con su padre en el interior del «Hotschkiss», la de las lentísimas horas de oficina, que no acababan nunca de pasar, y en las cuales no hacía más que pensar en Jeannine, sin remedio; en esa Jeannine a la que vería a la caída de la tarde, entre la salida de la fábrica y la cena, o solamente los sábados por la noche, en que su padre le daba permiso para salir un rato, rato que él hacía prolongar hasta la madrugada. Se decía que esto no duraría siempre así, que un día muy cercano rompería con todas estas ataduras y maduraba tenazmente la forma de concluir de una vez con los entorpecimientos.

Si durante aquellos días su amor hubiera sido tan suave como durante los meses anteriores no habría reparado en arrostrar como fuera los peligros de una salida clandestina de su casa por la noche, desafiando la oscuridad del pasillo y el sueño de su padre, que se exteriorizaba a través del silencio por su sonoro ronquido. Pero como consecuencia de los sucesos que había provocado el registro del piso de Jeannine, toda cautela les parecía poca a los dos amantes, que quedaron de pronto a la expectativa de los acontecimientos y, sobre todo, en espera de una determinación que ninguno de los dos se atrevía a imaginar. Durante esos días, tanto el uno como el otro, parecían estar asiéndose dramáticamente a la idea de que todo seguía igual que antes, que su situación iba a perdurar indefinidamente, que Jeannine no iba a dejar Barcelona, que ni por un momento se iban a abandonar. Ella parecía estar muy segura de sí misma y de su postura, claramente expuesta a Hugtenhagen, y así la vida de los dos siguió siendo la misma, en lo relativo a su cariño y a sus ternezas, que la de antes del toque de queda floreado por el holandés en el «Nouvel Hotel». Pero tanto el uno como el otro no podían disimularse a sí mismos que algo especial había ocurrido. Jeannine se daba cuenta ahora de que su alegría en el Parque de la Ciudadela, la manera como había paseado por sus parterres y se había parado ante las jaulas de las fieras y de los simios, no era otra cosa, en el fondo de su sinceridad, que una despedida que hacía a aquel lugar, de aquel mundo que había sido el cuadro de sus encuentros estivales, tan cargado de efusiones y de recuerdos, tan lleno de reminiscencias y de fervores. Sí; si había de darle un nombre al carácter con que había sonreído y charlado, parada ante el bostezo abúlico del león, era porque por dentro estaba diciendo adiós sin querer a los barrotes que lo encarcelaban, porque de algún modo, sin saberlo, estaba besando y agarrándose desesperadamente a aquel aire que les había cobijado a los dos en tantas y tan hermosas ocasiones que ya nunca más se irían de su recuerdo. Y así, sucesivamente, cada uno de los lugares que visitaban ahora los dos tenía ese tinte nostálgico de lo que se va a ir para siempre, de lo que vamos a dejar, de lo que está concluyendo. Jeannine se sentaba a la mesa del «Excelsior», el sábado por la noche, en compañía de Desiderio y de Asmodea, de Monique, de Antonio, de Óscar Andrade, con una admiración contemplativa y distante por la que se filtraba y mordía un pequeño roedor implacable, que llenaba de un polvillo como de serrín sus sensaciones y sus querencias. Y lo más curioso de todo era que, mientras eso ocurría, Jeannine, ella misma, la Jeannine que dependía de su propia voluntad y no del capricho del hado ni de la misteriosa proyección de la fatalidad, se estaba diciendo que no había nada que temer, que ella permanecería siempre allí y que ninguna fuerza sería capaz de arrancarla del ambiente. De modo que la despedida que formulaba era una sensación escondida que germinaba en contra de ella, a pesar de ella. Bailaba con Desiderio, le besaba ardientemente, hablaban de lo que harían semanas después, de lo que harían en verano o cuando él tuviera vacaciones, como si aquel moscardón invisible no musitara en cada momento que este verano, que esas vacaciones, que esos planes distantes ya no podrían ocurrir. Era una dualidad extraña, que Jeannine no se podía explicar y a la que destruía en cuanto las sensaciones escondidas afloraban lúcidamente a su conciencia. En cuanto ella advertía el absurdo de esas sensaciones se despertaba el amor de Desiderio con la vehemencia con que se suelen salir del sueño a la realidad nuestros sentidos físicos. Se agarraba ardientemente a la realidad de estar con él, a la realidad de que se querían y de que nada podía ni iba a separarlos, ni siquiera la sibilina sugerencia y la proposición del holandés.

A ese personaje atrabiliario y sombrío echaba Jeannine todas las culpas de la lucha que en ella se debatía. Pensaba que Hugtenhagen había acertado, con suma sagacidad, con maligna intuición, a provocarla con la idea de su marcha, seguro como estaba, por conocerla bien, que durante su ausencia y hasta que el barco sueco no estuviera en alta mar ella no podría respirar tranquila. Por tanto, era empeñarse con todas las fuerzas de su alma en no salir de lo proyectado, era esforzarse ardientemente en permanecer contra tirios y troyanos, en no salir de sus casillas, en dejar, sin pestañear, sin inmutarse, que el holandés marchara con viento fresco a América del Sur. Si esto ocurría, como no podía menos de ocurrir, lo que viniera después ya no tendría complicación ni remedio; ya sería la vida de los dos, el uno para el otro, sin la intervención de nadie; y, por tanto y para siempre, un amor completo, un disfrute total del contenido recíproco de sus corazones, demasiado ajetreados hasta entonces por las presiones ajenas.

Y, por tanto, Jeannine daba grandes bandazos solitarios entre la nostalgia y el aturdimiento. Era la nostalgia la que la llevaba a mirar los lugares en que paseaba o estaba sentada con Desiderio como si se despidiera de ellos; y era un aturdimiento consecutivo el que la obligaba a mirarlos luego sólo superficialmente, con el ánimo excitado, enervado por un poco de alcohol, o por la música, por la conversación, por el deliquio de su amor... Nostalgia y aturdimiento embotaban sus verdaderas percepciones, mientras se iba acercando lentamente, inexorablemente aquel domingo día 5 de marzo en que la figura de Hugtenhagen se perdería definitivamente en las brumas del mar.

Sólo Asmodea comprendía a fondo lo que pasaba por el ánimo de Jeannine aquellos días. Jeannine le había hablado con entera claridad, confiando en que ella sería la única que verdaderamente le daría un consejo cabal o que la socorrería enteramente. Le explicó esa extraña sensación de despedida, cuando todo su ser amaba más que nunca a Desiderio y cuando estaba segura de no abandonarle jamás. Cuando estaba segura de que, en caso de que fueran ciertos los presagios que a veces sentía, de que no era imposible que pudiera marchar con Hugtenhagen en el transatlántico, lo primero que haría al ver al holandés sería aborrecerle con toda su alma, detestarle con todo su corazón. Asmodea no supo qué contestar, o quizá no quiso aconsejarla. Pensó que esas mismas querencias que su amiga sentía la llevarían fatalmente a una conclusión, que se produciría por sí misma y sin la intervención de nadie, ni siquiera, apenas, de la propia Jeannine. Si eso acontecía así, lo evidente es que al cabo de unas semanas Jeannine estaría compartiendo con ellos, tal como estaba ahora, aquel salón lleno de reliquias, frente a la chimenea de Antonio Mira, o la mesa del «Continental» o la mesa del «Excelsior», y sus zozobras actuales se esfumarían por sí solas como un soplo de humo.

Y mientras decía eso, Jeannine se daba cuenta de que *también* se estaba despidiendo de Asmodea. La sensación que sintió de que lo que estaba haciendo era pronunciar un adiós sin querer, la sorprendió de tal manera que, de pronto, Jeannine se abrazó febrilmente a Silvia. No sabía lo que le ocurría. Estaba diciéndole adiós a su amiga, sin que nada en su alma la inclinara a hacerlo, todo lo contrario. Y al darse cuenta de ello, al sentir claramente que no había nada que hacer, que se iba, se echó a llorar sin remedio. Y Silvia le acarició suavemente los cabellos, alentándola.

—¡Qué lío tan estúpido! —dijo Asmodea—. Luego dirán que somos libres. En realidad, nunca somos más que el espacio pequeño que nos dejan los demás. Creemos que con decir «quiero eso», o «quiero lo otro», ya somos nosotros. Pero «eso» o «lo otro», cuando adelantamos nuestras manos, no es más que una pequeña porción de lo que habíamos señalado. Y cuando lo tenemos en las manos, ya no es nada.

Así era, en efecto. Así lo sentía Jeannine. Aquello ya no era casi nada. Se había desvanecido...

Se fue a arreglar un poco, a repasar la pintura de los labios, a ensombrecer con un poco de *rimmel* sus pestañas y a quitar de sus ojos aquel llanto intempestivo, porque de un momento a otro llegaría Desiderio al piso de Antonio y quería que, por lo menos en esos días, la viera radiante, deslumbrante, llena de deseo, desplegada enteramente, como aquellos grandes y soberbios pavos reales que habían abierto su abanico días antes frente a los dos. Era necesario que Desiderio nunca supiera nada de la turbación de su espíritu y que cuando él estuviera allí ni ella misma supiera que también de él se estaba despidiendo.

—Hagas lo que hagas, cuenta conmigo... —le dijo, conmovida y serena, Silvia Romeu, aquella mujer a quien llamaban Asmodea, porque su amor por Antonio la había señalado con un cruel estigma—. Decidas lo que decidas, yo te ayudaré.

—¿Evitarás —preguntó— que *él* se desespere... demasiado? Eso es todo lo que te pido.

—Sí... Al cabo de unos días, quizá todo le parezca un sueño, y entonces ya no sufrirá.

XXIV

El Carnaval de aquel año de gracia, 1916, cayó justamente cuando se estaban produciendo estos acontecimientos. El jueves lardero abrió repentinamente las llaves de la mascarada. Rapaces mofletudos pasearon por la mañana, a la hora del sol, por el Paseo de Gracia, de manos de sus amas, luciendo vistosos trajes de payaso o pirata, de espadachín o de organillero. Por la tarde hubo el consabido baile infantil en el Teatro Novedades. Muñecos que no levantaban un palmo del suelo se mesaban en él petulantes patillas de financiero y damitas de diez años lucían sedosos miriñaques, empolvadas pelucas, trucadas precozmente en «favoritas» que procuraban dar a sus miradas, diestramente iluminadas por sus madres, un tono de «época» para seducir al jurado. La animación de los paseos, y en particular del Paseo de Gracia en aquel día, no era más que el anticipo de lo que iba a ocurrir después. Porque en los días siguientes ya no iban a ser los pequeños quienes se mixtificarían con los más atrevidos atuendos, sino la gente de tomo y lomo, incluso varones con toda la barba; los cuales, bajo el anonimato de una careta o con una caracterización depurada, iban a lanzar por la borda, durante unos días, todos sus prejuicios y a hacer su irrupción en las calles de la urbe con una alma completamente distinta de su alma habitual.

Evelina no había podido evitar, a sus muchas preocupaciones, que la idea de la vecindad del Carnaval la trastornara un poquitín. La mañana del jueves lardero se la pasó acodada en el balcón de su principal, viendo pasar las diminutas mascaritas y lanzando a Rita, que le hacía compañía, sabrosos comentarios de aprobación, indulgencia o reproche. Para ella el Carnaval era un plato suculento que traía a su memoria saraos de otro tiempo, tipos desaparecidos que volvían a su imaginación vestidos de *pierrot* o de *fígaro* y que repetían, batallando contra el olvido y la muerte, aquel: «Mascarita, ¿no me conoces?», tan guasón y tan apabullante. Iban uncidos al carro de las carnestolendas todos los años perdidos, todos los años puestos boca abajo, todos los años difuntos de Evelina. Para ella, el Carnaval venía a ser no más que un poco de exageración, la salida a la superficie de la máscara que todos llevamos el resto del año disimulada, escondida entre los pliegues del alma. Y las excentricidades de las máscaras, su manera de correr, el falsete de la voz con que adulteraban su timbre verdadero, el abigarrado y deslocado alarde que hacían y su ficción no eran, para Evelina, mentiras y vulgares trapisondas, sino rasgos de un mundo de verdad, de una especie de limbo particular y sonrosado con sus trasgos, sus duendes, sus santones. La parodia se trocaba a sus ojos en una tan viva realidad que de pronto ella misma se sentía máscara, infundida del espíritu burlón de aquel mentiroso escenario de títeres. Y su mímica y sus decires se tornaban entonces sutilmente, imprevistamente carnavalescos con sólo avanzar un paso insensible, con un adelanto mínimo de toda su psiquis hacia su ficción, desde el límite de sus habituales andares y modales.

La presencia del Carnaval la venía a distraer oportunamente. Era preciso tener paciencia para esperar que los asuntos que atenazaban su ánimo tuvieran una solución favorable. Era preciso que los hechos que había provocado maduraran a solas, como el racimo de plátanos maduraba una vez ya cortado y mientras se le llevaba del platanal al mercado. Nada más se podía ya hacer, después de las dos zancadillas preparadas semanas antes y cuyo resultado era alentador: la detención de Hugtenhagen a la vista de todos y el registro en el piso de Jeannine, aventado convenientemente en todos los círculos. Ahora no cabía más que esperar a que estos dos sucesos rindieran su fruto, cosa que no podía ya tardar en ocurrir. Mientras tanto, mejor era no desdeñar ninguno de los ángulos de la mascarada auténtica que se ofrecía ante sus ojos, en lugar de obsesionarse en la que tan hiperbólicamente nublaba su sosiego. ¡Bien venidas, pues, las mascaritas, en todos sus aspectos y con toda su cohorte de gritos y serpentinas! Bien venidos los *pierrots*, los payasos, los jinetes disfrazados de bebés lactantes, los monigotes absurdos, las colombinas, las «pompadures», las rollizas campesinas bávaras, así como todos aquellos que usaban atuendo y máscara de animal: lobos, perros, gatos, tigres y ratones de trapo y de cartón. Bien venidos todos ellos al mundo intuitivo de Evelina, poblado en sus adentros de multitud de máscaras y de bichos de toda especie, de dragones, de búhos, de lechuzas, de musarañas y de infelices ogros, con los que revivía a veces nada menos que su lejana niñez.

Así como el Carnaval pareció venir este año de sorpresa a la viuda, Crista, en cambio, lo había previsto desde hacía días. Y ello a causa de que el grupo de Caldetas había organizado con antelación suficiente una carroza para ir a la «rúa» la tarde del domingo. Los preparativos, las reuniones que a causa del proyecto tuvieron lugar llenaron más de una hora del calendario en blanco de aquella juventud. Al fin fue decidido que la carroza se presentaría al Concurso con el sugestivo título de «La Corte del Rey Sol», y que todos ellos irían vestidos de «época».

La confección del traje de Crista fue bastante laboriosa. Rita recomendó los servicios de una costurera que era, a su juicio, muy calificada para ciertas especialidades como la presente, a juzgar por el acierto con que había dado cima a la difícil tarea de vestir a un Niño Jesús de Praga de tamaño natural que las Esclavas habían entronizado en su convento de Valencia. Y Rita mostraba una estampa con la imagen de ese Niño Jesús vestido con una prenda indefinible, mitad manteo de brocado, mitad cúpula, que poco tenía que ver con el versallesco cometido que Crista precisaba. Al fin, ésta, dirigida por su amiga Carolina Morell, la que junto a ella pasaba casi todas las tardes en el Polo, encontró lo que buscaba en un piso de la calle Regomir, en un taller que confeccionaba la ropa de las grandes actrices. Luego hubo que buscar los zapatos adecuados y finalmente preocuparse de un peluquero que supiera dar al torrente negro de la melena de Crista los reflejos incitantes y las arboladuras de la gran cresta renacentista de los tiempos del rey Sol.

Pablito de Inglada no dejó pasar la oportunidad que se le brindaba. A su vez, después de consultarlo con su tía Eulalia, la del pelo rojizo, que era la única que en el caserón había tomado decididamente partido por Crista Fernández, el heredero se hizo vestir por Furest, ciertamente poco erudito hasta entonces sobre los rasgos de la moda pretérita, con un atuendo de «d'Artagnan» que bien podía pasar por auténtico. El amplio chambergo de fieltro color chocolate, culminado por una alta pluma blanca, las flexibles botas de ternera, con sus espuelas, en las que brillaban sendas joyas, de bisutería, naturalmente; los pantalones de pana azul, la camisa de seda, la faja roja, sangre de toro; la mirífica capa granate, que caía a oleadas desde los anchos hombros, con el añadido de unos bigotes y una perilla que el heredero debía colocarse en el momento culminante, dieron a Pablito un empaque grandioso, un volumen histórico verdadero, que hizo incluso asentir por su propiedad a la incrédula y preocupada doña Consolación, cuando su sobrino se lo probó ante ella en la ínclita morada de la Puerta del Ángel.

La carroza era un largo carro de transportes portuarios, tirado por un tronco de dos caballos negros, machuchos, poderosos... El exterior, los brazos y toda la superficie de la plataforma de ese carro había sido transformada por Floro, a quien Crista recurrió en este caso, en un hipotético Versalles cuyos aleros, verandas, cornisas, columnas y ventanales, adosados al pescante, estaban iluminados por bombillas de color. Los intentos que se hicieron para instalar un asomo de fuente natural, con agua verdadera en la tarima del pescante, y que cayera en cascada frente a los edificios de cartón, resultaron infructuosos. La bomba que fue probada durante dos tardes consecutivas tenía unos bruscos resoplidos que dejaron completamente empapado al dueño del carro, paciente, sí, pero no hasta este extremo. Después de soportar durante dos jornadas las rociadas eruptivas que, con un gorgoreo fétido, expulsaba el canalón al chupar agua de un depósito que, por añadidura, pretendían adosar al contrasuelo de la plataforma, el carretero aseguró de pronto a Floro que si no paraba aquel grifo, Versalles entero se vendría abajo. El decorador huyó refunfuñando en francés y con voz de falsete presentó la dimisión de su empresa ante la comisión, añadiendo que puesto que no había surtidor, se oponía a que la carroza fuera inscrita con su nombre artístico. Así se hizo, y «La Corte del Rey Sol» salió a la palestra, seca y sin padrino, pero, no obstante, ambiciosa.

Al principio, Evelina no había prestado su apoyo a la idea de la carroza; es más: había hecho todo lo posible porque no la hubiera. Pero después, a rastras de Floro y a la vista de los diseños, y a la vista del lujo que iba a exhibir y de la propiedad con que todos ellos irían, se fue animando y empezó a secundar a su hija. Bien es verdad que Evelina ignoraba absolutamente que en la carroza fuera a ocupar un lugar cierto d'Artagnan corpulento, la sola mención del cual la sacaba de quicio y la hacía escabullir, como un demonio ante una pila de agua bendita; que de haberlo sabido nunca Evelina hubiera dado su autorización. Pero al ignorarlo, empezó a mezclarse en el asunto, a dar su opinión y, al fin, no sólo transigió del todo, sino que ofreció su piso para que los «cortesanos» del rey Sol clausuraran la tarde en su casa con un *souper*, que sería servido en cuanto la «rúa» concluyera.

Al fin llegó ese domingo de quincuagésima, el 5 de marzo, día que había de ser muy importante para nuestra historia por muchas razones. Amaneció un día clarísimo, radiante, primaveral. Por la mañana, a la salida de las misas de doce, el Paseo de Gracia era una culebra viva de agitación y de colorido. Miles de personas se apiñaban paseando, dejando de vez en cuando un trecho vacío, el que ocupaba una máscara, para que ésta pudiera pasar con holgura; inopinadamente, ésta se dirigía a uno u otro de los paseantes y, principalmente, a las chicas guapas, lanzándoles un requiebro sin malicia, u ofreciendo a voleo caramelos de los que llevaba en una bolsa de mano. Las caretas de cartón pintado, inexpresivas, miméticas, grotescas o burlonas, eran todas risibles. A veces un mascarón, más atrevido que otros, se subía a un banco para que pudieran admirarle todos, hasta los chiquillos. Había otros que iban en grupos, en gozosa algazara, dándose empellones o brincando alocadamente, al paso que entonaban canciones y estribillos. Los había cuyos atuendos rozaban el mal gusto y ante los cuales ciertos rostros severos de mujer se volvían del otro lado, escandalizadas. Ésos eran, en general, gentes de los arrabales que habían osado disfrazarse de «indígenas», según los calificaba cierta gente, o de «caníbales», según otra, o simplemente de «negritos». Desnudos y tiznados hasta la cintura, lucían aros pintados de verde o de rojo en la nariz; sus partes bajas eran tan humillantes como las altas: con un redondel de pajas, aprovechadas de la envoltura de las botellas de espumoso que vendían en el colmado; no exentos de inventiva, algunos de ellos habían improvisado exóticos taparrabos. Pero los había más procaces, que en trance de dar a la tribu un máximo de propiedad y realismo, se habían transfigurado en las mujeres de tales adanes —adanes que, por cierto, según le parecía recordar a Evelina de sus lecturas de «Alrededor del mundo», no suelen ser parcos en himeneos— y llevaban en ambas bandas del pecho dos cortezas de coco pintadas con betún de las botas, a guisa de puntiagudos senos africanos, que podían dar el pego al más pintado y que arrancaban gritos de estupor a más de una viandante. Tales caníbales no acostumbraban a llegar muy abajo o muy arriba, con sus lanzas, con sus alaridos, con sus anillos y collares. En cierto lugar una pareja de obesos «municipales» les echaba mano y los llevaba a un recaudo donde pudieran rescatar dignamente algunas ropas propias del paralelo en que nos hallamos, destruyendo de un golpe la ilusoria transmigración geopolítica que había asombrado fugazmente a los pacíficos barceloneses.

No sólo eran hombres, sino mujeres, las que alardeaban cubiertas con los más inesperados atuendos. Algunas de ellas vestían trajes bélicos, como aquella «húsar» graciosa que descendía a lomos de un caballo bardo, y que iba disfrazada de «zarina», provocando aplausos; otras iban de campesinas, con trajes regionales. Y entre unas y otras transitaba aquel domingo, parándose alguna vez al arrimo del tronco de un plátano callejero, una figura sombría, arrugada pero enérgica, arrogante en su anacronismo y en las cintas, los colgajos, las zarandajas, los pañuelos que la abrumaban y cubrían por todas partes. Era «La Moños», una pacífica loca a la que hemos seguido viendo hasta mucho tiempo después, tan peculiar de nuestras calles como las hojas secas que los barrenderos barren en otoño. «La Moños» no era una máscara, aunque algunos chiquillos la confundieran, en aquellas jornadas, sino una figura viva y honesta, digna de cariño y de compasión, socorrida a menudo por las gentes de copete y de rango de la ciudad, a ninguna de las cuales se le hubiera ocurrido dirigirle una mofa ni una imprecación, ni un rebufo. Cada vez que pasaba «La Moños» había un leve estremecimiento de piedad en la piel de los ciudadanos antiguos. Porque esta mujer tenía su leyenda y, verdadera o falsa, esa leyenda era respetada. ¿No había sido la amante de cierto encopetado marqués, y en su delirio seguía creyéndose llevada en carrozas, y no confundía ahora sus pingos con las galas que en otra hora la cubrieran? Cuantos la veían atestiguaban que en ella había, sí, cierto señorío, que aquella leyenda bien pudiera ser verdad; y que no sería bueno reírse de quien paseaba así, tan degradada, como un ejemplo vivo de la fragilidad, de la irrisoriedad de todas las cosas humanas. La euforia del Carnaval que empezaba, daba todavía unos tonos más sombríos a esa figura, apartada, macilenta y nerviosa, que estaba siempre apresurada sin saber nunca adónde iba, la misma que se había quedado ahora apoyada en un tronco para sujetar una peineta díscola de los flecos de su pelo gris mal trenzado...

Pero el Carnaval era todo risa y borraba con otros colores, con otras apariciones, todas tan bruscas como un figurón con resorte, el triste paso de «La Moños». Las máscaras formaban de pronto un círculo, una pequeña sardana en torno a un par de muchachas airosas, que no sabían cómo huir de aquella trampa. Sofocadas, intentaban romper la anilla por el lado en que un oso socarrón se cogía a la mano de un picador de toros de careta mofletuda y sonrosada. Por detrás, un falso marinero infantil, alto como una catedral, les decía sandeces y acababa de apabullarlas. Al fin, el oso fue indulgente y la anilla se abrió. Y las máscaras siguieron calzada abajo, dándose la mano y brincando alegremente, dispersando a su paso a los que se hallaban en su proximidad, que se negaban a ser arrastrados por el torbellino. Y multitud de hombres llevaban a sus niños en brazos para que pudieran verlo bien, y multitud de niños berreaban porque no les hacía la menor gracia el ver tan cerca a tantos monstruos.

Fatigadas de ese constante ir y venir de las gentes, Rita, Crista y Evelina, que habían salido un rato a ver la animación, regresaron a su casa a la hora de comer. Crista comió muy aprisa, para dar tiempo al peluquero y para vestirse en seguida. De modo que sólo un poco después de las dos ya estaba la niña en manos de Faustino, el «coiffeur» de *madame*, que en una hora la dejó como una Pompadour. Sus bucles y sus añadidos daban un porte majestuoso a aquella carita todavía, en sus trazos, infantil. Y cuando, rato después, la muchacha, que fue auxiliada por Rita, salió de su habitación tapándose levemente el amplio escote de su traje de seda azul pálido, para no alarmar más a la acompañanta, una auténtica favorita de otros tiempos pareció circular por los salones de la casa, cuyas pretensiones palaciegas resaltaba aquella figura de otro tiempo con su paso airoso. Los zapatos de alto tacón contribuían a hacer más gallardo y más seductor el precioso *bibelot* viviente. Los espejos reflejaban aquel rostro, aquel busto, aquel talle con no menos asombro del que hubieran sentido de ser la propia Juana Antonia Poisson lo que asomara en ellos.

La «carroza» esperaba ya dispuesta frente al domicilio de Carolina Morell, lugar de cita de los que iban a ocuparla. El piso de Carolina bullía ya de exclamaciones y de comentarios cuando Crista entró en él. Su presencia fue saludada con gritos de asombro; y poco después, esos gritos arreciaron al aparecer en el quicio de la puerta, casi obligado a agacharse para entrar en la salita, la figura del apuesto «d'Artagnan» de pacotilla. Pablo sobresalía de los demás no sólo por su estatura y por la blanca pluma de su sombrero, sino también por su arrogancia, a la que acababa de prestar un apoyo definitivo la brillante espada que colgaba de su cinto en la vaina de plata. La propiedad y autenticidad del personaje eran tales que Crista casi se enamoró de él. La pareja se complementaba, y la presencia de ambos era categórica, terminante. Y Pablo se sintió absolutamente pagado de sus desvelos con sólo la mirada de aprobación que ella le lanzó entre los grupos.

Poco después todos ocupaban su plaza en la plataforma del carro portuario, que visto desde el interior no disimulaba ninguna de las trazas eran propias de su condición. Las tablas carcomidas del madero olían todavía a fardo y a podrido, y a herrumbre y a bodega de barco. Pero eso no importaba en absoluto. En uno de los rincones había montones de cajas llenas de serpentinas y de las llamadas «bolas de nieve», a su vez repletas de *confetti*. También abundaban esos útiles de la diversión en el pescante, ocupando casi la totalidad del espacio habitualmente destinado al auriga. En otro de los rincones había un surtidor de botellas de refresco. En el resto, se acomodaron de pie la veintena de «cortesanos», disfrazados quien más quien menos con extrema propiedad. En los balcones próximos a la casa de Carolina Morell, situada en la calle de Valencia, aparecieron muchos mirones, y se notaba que el aspecto del conjunto suscitaba entre ellos la más viva admiración. También algunos paseantes se paraban y miraban la carroza con cara estupefacta, admirativa. ¡Ánimo, pues! El carromato se puso en marcha y desembocó lentamente en el Paseo de Gracia.

La gran calzada estaba ya colmada. Los coches se apretujaban unos al lado de otros; y la carroza, manejada con habilidad por el carretero, que usó para ello de su más moliente surtido de interjecciones portuarias, le costó regular trabajo el doblar y hacerse sitio en la riada. Pero lo consiguió al fin y «La Corte del Rey Sol» fue bajando lentamente, orgullosamente, en la corriente de la «rúa».

Toda especie de coches y de aparatos de tracción pululaban en aquel maremágnum. Desde la berlina y el *landeau*, desde la victoria y el modesto faetón, hasta el lujoso *sedán* o la *limousine* en lo concerniente a automóviles. Había una mezcolanza muy propia de la época, a la que se añadían otros insectos de difícil catalogación, como ciertos biciclos montados por máscaras solitarias y heroicas, que además de avanzar con el engorro de sus gruesas casacas y del bozal de la máscara, estaban destinadas a ser blanco preferible de los proyectiles más dispares, no sólo la serpentina y la bola de nieve, y algún que otro puñado de claveles, sino el sólido paquete de caramelos duro como un guijarro, o la simple y aviesa fruta de la estación, pera, manzana o mandarina a elegir, como en una fonda de pueblo, proyectada en son de chunga y a escondidas por algún bromista de calibre.

La gracia de la «rúa» consistía casi exclusivamente en ese continuo dar y recibir de papelitos y de flores. El circuito en sí mismo tenía muy pocas variantes, puesto que la velocidad regular de todos los vehículos no conseguía separar los unos de los otros largo trecho, con lo que por un lado los objetivos atacables no tenían apenas variación. Una vez apabullado a flores y pedradas de papel un singular personaje de media edad, que por todo disfraz lucía un sombrero tirolés y que parecía muy animado en su *landeau*, del que tiraban dos hermosos caballos, el aspecto de la vertiente derecha del carromato no resultó muy estimulante para «La Corte del Rey Sol», y todos los «cortesanos» procuraron arrimarse del lado izquierdo, por el que cruzaban, y ahí sí había diversión, los carruajes que pasaban en dirección contraria, en la vuelta opuesta del recorrido.

Por ese lado se manifestaba con claridad todo lo que el desfile de carrozas y de vehículos tenía de animado, de lujoso y de brillante. Ahí empezó a patentizarse lo mucho que tendrían que superar los jurados con «La Corte del Rey Sol» para lograr para ella una clasificación honrosa, pese a la recomendación que Evelina había hecho llegar al señor Salvatella, miembro del Jurado por el Círculo Artístico. En lento desfile, por la banda opuesta, pasaban una tras otras varias carrozas de lo más sugestivo y los molían a disparos de papel. «Simbad en el fondo del mar», paisaje submarino conseguido con velos y gasas, moradas y verdes, era un alarde de inventiva y de ambientación. Tritones y ninfas parecían moverse con extrema lentitud en aquel ámbito proceloso. «La cueva de Ali-Babá» no era menos llamativa. Ánforas llenas de doblones de purpurina servían de marco, entre grandes y ariscas peñas de cartón a un conjunto de tremebundos árabes de lo más siniestro. ¿Para qué hablar? «La huerta valenciana», «París, capital del mundo», «Mambrú se va a la guerra» dejaban bastante atrás las gracias y los relieves de «La Corte del Rey Sol», pese a la nota de color que en ella ponía Pablito de Inglada, arrimado a la baranda de verdes que simulaba un muro de arrayanes del parque versallesco. Pronto cundieron voces de que no importaba el premio, de que lo importante era divertirse y de que no merecía la pena andar toda la tarde envueltos en tules y andando como si se flotara por una medalla y una foto en los diarios. «¡Ea, ahí van bolas! ¡Tomad, a por ellos!»

La batalla se fue encrespando. El carro fue dando vueltas una y otra vez. En determinados momentos parecía haber como una pausa, una fatiga turbia, pero luego el fragor redoblaba. Y así, poco a poco, las siluetas de los carros, de los coches, de los automóviles se fueron enturbiando, relajándose en una oscuridad al principio mortecina, en la que luego empezaron a brillar algunos faroles para convertirse en los haces luminosos de los globos, suspendidos, altos y bamboleantes, en los fanales modernistas del paseo. Al propio tiempo se encendieron las luces de todos los balcones y de todas las ventanas, en las que la gente se apiñaba, tendiendo un tapiz de rostros y un fleco de serpentinas que caían de uno a otro balcón como una cascada. Entonces, con la luz nocturna y artificial, la alegría pareció hacerse más viva, como si las máscaras necesitaran de ese asomo de clandestinidad y de nocturnidad para aflorar con todo su esplendor y su estruendo. Un polvillo emanaba del suelo con el tránsito de los coches y el roce de las ruedas, un polvillo que contenía pedazos de *confetti* y una vaharada de alientos y de luz de farol. En la superficie de todos los carricoches se movían bultos, sombras que empezaban a apiñarse aún más; y en los rincones las parejas de jóvenes, cuando ya los primeros sondeos habían sido salvados y el velo de la oscuridad eliminaba las timideces y los apocamientos, se acercaban cautamente unos a otros. De los rincones de las carrozas empezaron a salir las botellas de refresco y las de coñac y por momentos se iba adentrando el Carnaval en el corazón de cada uno, enroscándose en él, avanzando allí con su pisada furtiva.

Los días que faltaban hasta el 5, mirados con espanto, ya se habían ido sucediendo silenciosamente en el calendario de Jeannine, y ahora no era preciso esperar más que unas horas, unas pocas horas para que toda incógnita quedara despejada. De madrugada, cuando Desiderio se levantó, dispuesto a alejarse de su lado para regresar a su casa, un lúgubre y lejano pitido de sirena de barco se había infiltrado en el sopor, en el sueño, en el cansancio de ella. Y ese bronco sonido, ese eco difuso la había seguido acompañando en su sueño hasta mucho después, cuando ya estaba sola, cuando la luz se filtraba claramente por los postigos, impidiéndole reposar. Sentía durante aquel lapso indeciso como si algo de ella siguiera marchando, como si una parte de su ser navegara ya, mientras su cuerpo no se movía del lugar en que estaba, del lugar que había elegido y en el que quedaba firmemente anclado. Después durmió profundamente. Durmió hasta después del mediodía y soñó que estaba navegando, sí, pero que navegaba con Desiderio en el *yacht* de Antonio durante el crucero del que tanto se había hablado. Que estaban juntos en un lugar del Adriático, en un pequeño puerto arrimado a una roca altísima, en la cumbre de la cual había un monasterio. Soñó que Desiderio y ella de pronto se encontraban en la cumbre y que un anacoreta macilento les salía al encuentro para decirles que debían marcharse de allí, que aquel era un lugar sagrado y, por tanto, prohibido. Luego vio claramente que Desiderio y ella volvían a navegar, pero ahora navegaban solos, sin Antonio, sin Asmodea, sin nadie de la tripulación, absolutamente solos. Habían huido los dos y Desiderio manejaba el timón mientras ella le acariciaba.

Cuando despertó se encontró aligerada, limpiada de toda preocupación y segura, por fin, de lo que iba a hacer y de su dicha. Era aquel el día señalado por Hugtenhagen para la partida y en aquella jornada veía las cosas con tanta claridad como en el momento en que expuso a Hugtenhagen su negativa. No habría viaje. Unas horas más y esta cuestión quedaría completamente demostrada y fuera de duda.

Se arregló y se vistió, contentísima, y llamó en seguida, por teléfono, a Asmodea. Ésta estaba en casa de Antonio, preparando el decorado de la reunión que tendría lugar por la tarde. Habían quedado de acuerdo días antes en hacer una reunión amplia en casa de Antonio, cenar en ella en grupo y salir, después de cenar, a ver el Carnaval en las Ramblas y al baile del Liceo. Jeannine había dado a todo su aprobación y aportado a todo el plan su concurso entusiasta. Habló con la encargada de «Suzanne Forain» para que le arreglara unos trapos con los cuales quedar medianamente disfrazada, pero no muy convencida de que los fuera a utilizar. En lugar de los trapos, Asmodea le encontró un completo de «Manola». Ahora, al llamar a Asmodea, le comunicó con una firmeza y determinación que no dejaban lugar a dudas que pensaba celebrar el Carnaval plenamente; que no hiciera caso de sus cavilaciones de días anteriores. Que estaba ya decidida, animada; en una palabra: se quedaría aquí. Que sacara de su baúl el disfraz y que no la regañara por tanta incertidumbre.

Asmodea lanzó gritos de júbilo o poco menos. Le dijo que subiera en seguida, sin perder minuto. Tenía mucho quehacer en el piso; tenía que colocar farolillos y enredaderas, caretas y unos garabatos de papel en las paredes, que dieran al ambiente el carácter de Carnaval que requería. Si subía, tomarían un bocado las dos juntas y en un periquete lo tendrían todo a punto antes de las seis.

Jeannine no se dio prisa, caminó lentamente, en lugar de coger un coche, gustando abiertamente del placer del aire, que era cálido y suave, y del espectáculo de las calles en la mañana de Carnaval. Vio en las Ramblas máscaras y mirones, rasgos chistosos y cómicos de la jornada. Le pareció increíble que hubiera podido deliberar ni un instante si quedarse o marcharse. Ninguna ciudad de cuantas la habían cobijado era como ésa, tan graciosa y acogedora, tan viva y tan alegre. Ahí mismo, ese mocetón en camiseta y calzones que se había disfrazado de gimnasta de feria, ¿no era el colmo de la gracia, de la fantasía, del humor? Y aquella gitanita, que no era un disfraz sino un producto verdadero de la raza, ¿no tenía una picardía, un garbo, un estilo enternecedores? Hugtenhagen no había siquiera rozado esa epidermis, era demasiado bruto para aceptar todo cuanto aquí había de sincero, de espontáneo, de vital.

Siguió caminando, sola, cruzando la Plaza y entrando en la Rambla de Cataluña. En los tilos de la calzada le pareció que ya asomaba un mínimo verdor. Pensó entonces en la primavera barcelonesa, en aquella luz indefinible que lo amasaba todo y que perfilaba cada uno de los seres, vegetales, hombres, cosas, con una caligrafía precisa y lineal. Y cuando el sonido turbio de la sirena que la había desvelado por la noche pareció volverse a oír desechó ese eco valerosamente, con un gesto de reserva y de defensa.

—¡Cuánto celebro que hayas recapacitado! —le dijo entusiasmada Asmodea, en cuanto llegó, besándola en las dos mejillas—. Ahora haz el favor de no volver a pensar más en eso y... manos a la obra. Fíjate el montón de cosas que tengo por colgar.

En un rincón y sobre una mesilla había un sinfín de papeles de colores, de dibujos recortados.

—Todo eso hay que colgarlo sin dañar la pared. No sabes cómo se pone Antonio cuando ve un agujerito o una mancha, por pequeña que sea.

—¿Quiénes vienen? —preguntó Jeannine.

—Un montón. Se han ido sumando unos cuantos. En primer lugar aquel amigo del cuartel de Desiderio, Anselmo Durán, con una chica. Luego Clemente, y el suizo, supongo que también acompañados. Teodomiro, Bernardo Catasús, y aquel célebre, el de los fracasos en las carreras... ¡Ah, y naturalmente Óscar y Monique!... En fin, que seremos bastantes, por lo menos veinte. Eso sí, después de cenar, a la calle, al baile... A mí el Liceo, en los bailes de Carnaval, me gusta verlo al principio, cuando todavía está intacto. Después se echa a perder y me molesta salir de allí con una sensación de asco.

—¿Y el traje de Desiderio?

—No sufras, no he olvidado nada. Míralo.

Y Asmodea señaló un paquete puesto sobre el sofá.

—A las cuatro vendrá Fermina a plancharlo. Es un traje de *dominó* de la juventud de Antonio, pero que aún puede pasar. No digas que no tiene suerte tu hombre de tener un tipo como el mío. Todo le resulta de quita y pon.

—Es verdad. Y tú y yo —comentó jocosamente la francesa— podemos tener buen cuidado de no confundirnos.

—Y sobre todo en Carnaval —sonrió la otra.

Rápidamente las paredes se iban poblando de las caricaturas y los diseños que Jeannine iba sacando de una caja y que Asmodea colgaba pegándolos a la pared con la punta de diminutas chinchetas. Aquí ponía de pronto una carátula de cartón, allí un muñeco, un beodo de roja nariz agarrado a un farol, más allá un arlequín multicolor. A mitad de su tarea entró el criado y dejó sobre la mesa una fuente con emparedados, dos tazas de caldo y unos fiambres, junto a una botella de agua mineral.

—Si te apetece algo más pídelo con franqueza. Yo tengo poca hambre.

Pero Jeannine tampoco andaba sobrada de ella.

Se sentaron una frente a otra, en el suelo, y empezaron a comer.

—Perdona que te pregunte, Silvia. ¿Cuántos años lleváis... juntos Antonio y tú? —preguntó distraídamente Jeannine, mientras se servía.

—Tal como ahora, doce. Pero cuando yo estaba con mi marido ya era igual. En total, veinte.

—Veinte años, toda una vida...

—Así es. Pero no se hacen largos.

¡Veinte años! Desde que ella era una rapaza de no más de cuatro años y correteaba por aquel pedazo de granja, en su pueblo natal. Miró a Asmodea y le pareció increíble que veinte años de aquel semblante pudieran haber transcurrido bajo la misma mirada; y que él no la viera envejecer, la siguiera creyendo la misma joven a quien enamoró.

—¡Cuánto mérito tienes al haber sabido agradar a un mismo hombre siempre!

—No es mérito. Mi marido me aborrecía, y yo a él. ¿Puedes decir por eso que yo haya tenido alguna culpa? No, ni culpa ni mérito. Es... congeniar o no. Una vez que ha pasado en los hombres el delirio, entonces, cuando se encuentran sólo con lo que ya no les hace enloquecer, hay que procurar por lo menos que lo encuentren cómodo. Sí, entonces hay que resignarse a ser para ellos como las viejas zapatillas o el mechero, que sólo les obedece a ellos y sólo ellos saben hacer funcionar. Ése es el secreto.

«¡Como las viejas zapatillas o el mechero!», pensaba Jeannine. En eso habían de terminar las que quisieran ser de un solo hombre...

—También depende de los hombres, claro. Yo considero que el mérito lo tiene Antonio. Él hubiera sido el marido perfecto. Y, sin embargo, ya lo ves... Para los demás no llega a la categoría del señor; es un hombre que tiene una amiga. Para mí ya no había remedio, pero para él... A él le hubiera agradado tener un hogar, no como éste, sino un hogar de verdad; tener hijos, educarles, todo eso... Y, sin embargo, me ha querido a mí, de quien no puede tenerlos... y lo que es peor: me sigue queriendo.

Hubo una pausa. Luego habló de nuevo, Jeannine, repentinamente.

—¿Me ves a mí casada? ¿Casada otra vez? —preguntó Jeannine—. Pero no como yo me casé, en media hora y en un juzgado. No, no, a la española...

Asmodea no contestó.

—Dímelo con franqueza.

Tardó en contestar, pero lo hizo.

—No, hija... En absoluto. A los diez minutos se prendarían de ti todos los amigos de tu marido, y él no lo soportaría y los demás no te lo perdonarían. Tú eres una libélula. Quién sabe todavía en qué cuajarás, al final.

—A lo mejor en un cuervo salvaje.

—No, en eso no. Pero en una ave deslumbrante, en algo que dará mucho que hablar. Si no eres más que una chiquilla, todavía...

—¿Y me ves a mí... mucho tiempo con Desiderio? Mejor dicho: ¿le ves a él mucho tiempo conmigo?

Asmodea se echó a reír.

—Claro que sí. Todo el tiempo que tú se lo permitas. También Desiderio, en el fondo, es del «género Antonio».

Jeannine se quedó pensativa, acabando de apurar el contenido de su plato, en el que dejó sobrante, sin comer, una lonja de jamón. Luego se levantó para alcanzar el agua y contempló el aspecto de la habitación.

—Nos queda estupendamente. Se van a quedar pasmados —dijo, alejando aquellos pensamientos y dispuesta a enfrascarse nuevamente en la decoración del salón.

Volvieron a la tarea, con denuedo. Una hora más tarde la habitación quedaba transformada enteramente en el marco adecuado, inconfundible, de Carnaval.

Cuando estaban contemplando satisfechas su obra entró Antonio, que venía del club de regatas.

—Habrá que pensar en que os cambiéis cuanto antes. Luego todo son prisas, sobre todo tú, Silvia, que eres el correo de Madrid en cuanto entras en tu tocador.

Silvia sonrió de la frase, mirando a Jeannine.

—Vamos allá.

Las dos amigas se fueron a la alcoba donde Asmodea tenía su ajuar, pues aunque no vivía oficialmente en el piso, guardaba en él casi todo lo suyo.

Sobre la cama estaba el disfraz de Jeannine, un corpiño, pañuelo y falda de manola.

—¿Sabes qué pienso? No me lo voy a poner. No me veo yo en eso.

—Pues ¿cómo irás?

—¿No tienes un mantón de Manila?

—Sí, lo tengo; y bien bonito —dijo Asmodea yendo a su armario y buscando en él.

—Perfecto. Con él y unos claveles en el pelo ya estoy lista.

—Como quieras.

Mientras Silvia empezaba a arreglarse, Jeannine se quitó los zapatos y el vestido y se tendió en la cama. El sordo rumor de la sirena de barco pareció aturdirla otra vez. «Hoy es el día —pensó nuevamente— en que él había dicho que marcharía a Sudamérica.» Y se alegró de que pensara en todo ello en pasado, como algo que ya había ocurrido y sobre lo cual el tiempo había tendido su telón irremediable. «Luego, él solo... se morirá; porque ahora es un viejo, pero sin mí, es un muerto.» Esa idea no le causó la menor inquietud. Pensó en la impaciencia de Hugtenhagen mirando por la borda, en la espera hasta el último instante de verla aparecer. «¡Pobre Bibí; eso sí que no se lo imagina!»

Silvia canturreaba en el baño y se oía el chapoteo que hacía, inmersa en él. «Yo no sé —se dijo en aquel instante Jeannine— si yo conseguiría ser nunca feliz como lo es ella. Seguramente no podría soportar por mucho tiempo esa vida.» Desde el exterior se le antojaba que la vida de Silvia no tenía ningún aliciente. «¿Por qué? ¿En qué se diferencia de la tuya?», se preguntó entonces. Y después de pensarlo acertó a darse cuenta de que la vida de Silvia no era interesante porque todo su porvenir estaba ya marcado, sellado y clausurado. «Si es así —se dijo— lo que vuelve importantes ciertas vidas es lo que ellas tienen de incógnito, ni más ni menos.» Sí, así era. Ella era mucho más feliz que Asmodea, precisamente porque a ella podía ocurrirle lo más imprevisto, y a Asmodea ya no...

Encendió un cigarrillo. El humo se perdió en lentas flexiones hacia el techo. Oscurecía lentamente y por la ventana abierta, que daba al patio trasero de la casa, se oía el vagido de la muchedumbre que estaba en la «rúa», la que discurría por el paseo, la que lo contemplaba desde los balcones. Y el rumor de cláxones y bocinazos lejanos se mezclaba a este barullo. Y de pronto le pareció que todo ese bramido inconcreto era semejante a aquel sonido de sirena que la había desvelado por la noche y que la oscuridad que iba creciendo se convertía insensiblemente en una bruma, en cierta niebla portuaria, en el inconfundible aire que tienen los puertos al anochecer. Miró su reloj. «Sólo es necesario que pasen un par de horas, y ya estará.»

Se levantó de la cama. Se sentía ahora nuevamente agitada, inquieta. Volvió a imaginar a Hugtenhagen acodado en la barandilla de la cubierta; pensó en sus soplidos de impaciencia, en su manera de mascullar cuando estaba enfurecido. Y veía el bajel, y la noche, y los ruidos del agua al chapotear contra la quilla, como si los tuviera delante.

—Ven, Jeannine. Hazme compañía, no te quedes sola —clamó Asmodea, desde el baño.

Asmodea había salido de la bañera y se envolvía en la gran toalla amarilla. Se frotaba con ella sin piedad, implacable con sus grasas. El agua del baño iba saliendo, engullida por el desagüe.

—Llamaré a la chica para que te arregle el baño.

—No. Yo lo haré.

Se inclinó con la esponja y frotó en la superficie de barniz. Cuado la bañera quedó vacía y limpia, soltó los grifos. Luego se desnudó y se metió en el agua.

Asmodea se estaba empezando a pintar ante el espejo. Luego se fue a la alcoba, para vestirse.

«No debieras pensar más —se dijo, ya sola, desesperada—. Eres una estúpida. Sabías que esta noche no lo podrías soportar. ¿A qué mentirte? Es necesario que vuelvas a tu casa y que busques un poco de *aquello*. Esta vez no te lo encontrarán.»

Entonces pensó con espanto que había dejado en su bolso de mano, el pequeño, el de plata, que llevó anoche, uno de los frascos, al cual había separado de los otros cinco por si se sentía... mal; los otros cinco frascos estaban escondidos bajo uno de los ladrillos de la entradilla, donde se cerraba la espita del gas. Su descuido la enervó súbitamente. «¿Y si alguien entra hoy en el piso? —se preguntó—. ¿Si hubiera otro registro?» Era una tonta, se había olvidado de *aquello* que ahora tanto necesitaba y se lo había olvidado casi a la vista de todos, en su bolso, sobre la coqueta de su tocador. «Ah, ¡qué tontería, que desastre!»...

Terminó su baño aprisa y salió inquieta del cuarto, después de haberse secado. Se vestía con prisas.

—Pero, ¿qué ocurre? ¿Por qué esa prisa?

—Me he olvidado algo en casa. Ahora me acuerdo. Debo volver allí.

—Pero, mujer... Espera un poco, no tengas esos prontos... La gente ya está a punto de llegar. Cuando vayamos al Liceo te acompañamos todos y subes en un momento, ¿no crees?

Jeannine vaciló. Y le pareció entonces que aquel pitido de la sirena se hacía más fuerte, que la turbaba del todo, que sólo la idea de acercarse de nuevo a su piso de la Plaza Real, con sólo vislumbrar aquellas Ramblas al final de las cuales estaba el mar, al final de las cuales estaba aquel barco llamado... llamado, sí, «algo que era como Got... Got... Dios... Dios... ¡Göteborg!, sí.... ¡Göteborg!, y cuyo capitán... cuyo capitán se llamaba Friz... Fritz..., ¿cómo había dicho aquel malvado?... ¡Había dicho Erick, sí Erick Frit... offen! ¡Erick Fritzhoffen!, capitán del "Göteborg"!...»

Y se quedó apoyada en el quicio, respirando agitadamente, sin saber qué le estaba ocurriendo, sin saber por qué era arrastrada irremisiblemente hacia aquello que no le agradaba, sin que hubiera manera de defenderse y resistir.

XXV

Desde el rellano, una vez cerrada la puerta del ascensor, se oían dentro del piso de Antonio unas voces animadas y los acordes del piano, en el que alguien estaba tocando una pieza de baile. Cuando Desiderio pasó al salón advirtió que era de los últimos en llegar. Al pronto no reconoció más que a Jeannine, Asmodea y Antonio. Era éste quien tocaba el piano, mientras Asmodea salía al encuentro del que acababa de llegar y Jeannine le miraba desde el fondo del salón, en uno de los sillones próximos a la chimenea. La habitación quedaba aún más cargada de alusiones a la jornada que en la tarde de Navidad. Y de pie, en actitudes diversas, estaba el resto de los grupos.

La mayoría de ellos iban ya disfrazados. Sólo le faltaba arreglarse a Antonio, que vestía su habitual terno oscuro y, en cierto modo, a Clemente Pidal, que se había quitado, por el calor, una pelliza de esquimal y andaba por la habitación en mangas de camisa. En cambio su socio, el señor Martin, no podía haber elegido un disfraz más notorio. El suizo iba vestido de escocés, con los muslos al aire bajo el plisado de una falda de vivos cuadriláteros, una gran boina azul sobre la cabeza y, en bandolera, una zamarra de piel de cabra con manchas blancas y negras. Su aspecto era hilarante. Su panza quedaba acusada por las características de ese atuendo, en el que sólo el redondel del monóculo atenuaba los excesos del pintoresquismo más acentuado. Anselmo Durán iba moderadamente disfrazado. Se había vestido de pelotari y huelga decir que esta manera de escurrir el bulto dejaba sus modales casi intactos y una libertad de movimientos absoluta. Anselmo no tenía necesidad de subrayar el Carnaval con falsetes, travesuras ni alaridos. Se mantenía en él con sobriedad, sin renunciar a sus cálculos, sin perder la cabeza.

Entre esos hombres pululaban algunas de las amigas que se habían traído. Advirtió Desiderio que dos robustas muchachas que parecían apocadas en un rincón, eran la aportación del suizo a la fiesta. Una de ellas pasaba por acompañante de Clemente, pero en realidad las dos eran de la camada de monsieur Martin, el que tan puritano se había mostrado semanas antes respecto al clan de Jeannine. Una muchachita delgada, esbelta, morena, que iba vestida de cíngara, era la compañía de Anselmo; éste no se despegaba de su lado y, sea por vergüenza o por lo que fuera, la muchacha seguía ocultándose bajo la negrura del antifaz que le cubría el rostro.

Después de saludar a Asmodea y Antonio, Desiderio cruzó la habitación dando la mano a uno y a otro, hasta llegar donde Jeannine le aguardaba. Jeannine vestía sencillamente, de calle, un traje mañanero impropio de la hora y de la jornada. Como Desiderio se extrañara de ello le respondió que no haría más que echarse sobre los hombros un mantón de Manila que le prestaría Asmodea, y que con él y el vestido de calle le bastaba para parecer un chulapa como tantas. ¿No había entre ésas, las de «La Verbena de la Paloma», una morena y una rubia?

Luego Desiderio se fue con Asmodea al cuarto de ella, donde sobre la cama estaba expuesto el traje de *dominó* anticuado de Antonio, ya planchado y a su disposición. Desiderio se lo puso en un santiamén y se miró al espejo. La mirada de Asmodea fue de aprobación.

—Está un poco rozado, porque era el disfraz de Antonio a los veinte años y a fe que debía usarlo en horas extras, a juzgar por eso, fíjate —y mostróle una rozadura—. Pero, para una noche, ¿qué más quieres?

Le echó otra ojeada certera.

—Lo único un poco... *fané* es la vuelta del cuello, hacia el capuchón. Vamos a ver —se dijo, mientras pensaba cómo podría arreglar aquello—. Ya sé. Mi *foulard* rojo. Y, mira, magnífico: con ese alfiler de tu corbata, entre el granate y las perlas sobre el azul parecerás un maharajá...

Desiderio llevaba aquella noche el alfiler que le regalara su padre en los Reyes antepasados. Asmodea, una vez anudado el *foulard* en el cuello del joven, prendió de él con destreza el alfiler, de modo que las dos perlas lucieran sobre la seda todas sus tonalidades.

—Magníficas perlas. ¿Son un regalo de ahora?

—No, eran de mi madre.

Asmodea, ya arreglado su invitado, volvió con él al salón. Desde la puerta, en el momento de su reincorporación a los grupos, notó Desiderio que Jeannine no estaba como los demás días. Y pensó que, de todos modos, la fecha tope que estaba superando valientemente había de ser para ella la causa de algún trastorno, pero que pronto con la animación de la noche vendría a superarlo.

Al acercarse, la besó en la frente. Le pareció que ella se retiraba, se retraía, como con ganas de estar sola.

—¿Te estorbo? —le preguntó él, cariñosamente, respetando su ánimo. Ella le contestó con una negativa, pero sin mirarle.

—Te voy a buscar algo de beber. Eso te reanimará. Dentro de un par de horas verás qué bien te encuentras. ¿No te anima el pensar en el baile?

Todo lo contrario. Le parecía a Jeannine imposible poder participar de la euforia de los otros.

Y Desiderio se acercó al bufete, donde estaban dispuestas copas y bebidas. Preparó dos copitas de jerez.

Cuando se volvía, dispuesto a llevarlas, se quedó un instante parado. La muchacha cíngara que se colgaba del brazo de Anselmo, estaba fija en él y apartó bruscamente su mirada, que brillaba bajo la tela negra del antifaz. A Desiderio todo en ella le extrañó. La miró de arriba abajo y observó que era muy joven. Sus formas apenas estaban hechas, pero toda su figura era airosa, desenvuelta, lozana y nerviosa. Su vestido de cíngara era muy gracioso. La blusa dejaba ver en su escote incipiente la negrura de la piel bronceada; la falda roja llena de topos, fruncida y amplia desde el talle a las pantorrillas, le caía airosamente, con una gracia natural, realzando su silueta fina, juncal. Le miró los pies y notó que esa mirada era como si a ella le doliera, como si la turbara indeciblemente. Hasta escondió la punta de uno de los dedos desnudos que asomaban por las sandalias tras el tacón del otro, como si quisiera fundirse.

—¿Qué te pasaba? ¿Por qué mirabas así a esa chica? ¿Te gusta, verdad? —preguntó Jeannine, al recibir de sus manos la copita de jerez.

Nunca la francesa hacía la menor alusión a las miradas de Desiderio, fueran para quien fueran. Por eso le extrañó más la insistencia de Jeannine.

—Verdaderamente —añadió— será una criatura preciosa. Mejor dicho; ya lo es.

—Es una niña.

—Sí. No debe tener siquiera quince años.

Desiderio hizo una mueca de desagrado.

—¿Por qué? ¿Piensas que es mayor?

—No. Es que... me molesta ese Anselmo. No tiene vergüenza.

—¿Y ella? ¿Es que no la culpas a ella? A los quince años ya no es una niña, aunque lo parezca.

—Sin embargo, no hay derecho...

—Yo no era mayor que ella cuando... cuando di suelta a mi pubertad.

Esa manera de expresar, con tal propiedad e indiferencia algo tan grave, puso de nuevo de relieve ante Desiderio quién era Jeannine, la mezcla de inclemencia consigo misma, de inteligencia y de desgarro que alentaba en su amiga. «No mayor que ella», pensó, y Desiderio miró de nuevo hacia la cíngara.

—Además, estoy persuadido de que conozco, de que he visto a esta chica.

En aquel instante la desconocida hizo mover su pandereta en el aire, de modo que sonaron los platillos de su caja como una cabriola acústica. Movió los pies como si fuera a bailar una de esas arrebatadas *czardas* del país en el cual imaginativamente alentaba. En aquel instante dio Desiderio con la realidad. Un gran rubor le acometió.

—¿Qué te ocurre? ¡Hasta te has sofocado!

—Ese Anselmo es... un cínico.

—¡Bah!... No será tanto. Se divierte.

La compañera de Anselmo en la velada era aquella niña, Juanita, la nieta del portero de «Tejidos Joaquín Rius».

Desiderio se levantó y se acercó a la pareja.

—¿Cómo estás, Juanita? Veo que tú y yo no nos podemos perder de vista.

La muchacha respiró tranquilizada; los temores que sintió al descubrir al hijo del amo en la fiesta quedaron vencidos. Anselmo no le había advertido que allí estaría Desiderio.

—Chico, es una preciosidad —comentó Anselmo llevándolo aparte, a un lado—. He pensado que no te importaría que fuera mi pareja esta noche y que la trajera aquí. Sobre todo, te suplico que no digas una palabra de eso a Antonio ni a Silvia. Les he dicho que es una estudiante.

—Sí. De párvulos.

—¿Por qué? ¿Te molesta?

—No, hombre, no... Cada uno es libre de hacer lo que quiera.

—Gracias.

Desiderio volvió junto a Jeannine.

—Se llama Juanita y es la nieta del portero de mi fábrica.

«Juanita, como ella... Hasta los nombres eran semejantes. También ella tuvo una vez quince años y esos deseos de bailar.»

De pronto, imprevistamente, Jeannine miró a Desiderio sin que él notara la gravedad de la observación que ella estaba llevando a término en aquellos instantes. Le vio las perlas del *foulard*, de las cuales conocía la historia y miró su rostro meditativo y un tanto alterado. Lo situó en su mundo, en su verdadero ambiente, cosa que hasta entonces no había hecho nunca, con deseos de comprobar qué distancia pudiera haber entre los dos. Le pareció que esta distancia era infinita, insalvable.

—¿Qué te ocurre? ¿No te sientes bien?

Jeannine se había levantado y se había puesto de espaldas a él, apoyada en la repisa de la chimenea y mirando al fuego. No contestó. Lo que acababa de esclarecer no podía ser enfrentado más que a aquellas llamaradas que removían su lengua en los leños.

—Tengo necesidad de buscar algo, en casa —confesó, al fin—. Comprende que, hoy, no puedo aguantar más... No me hagas caso. Volveré en seguida —y se volvió, de cara a él. La inquietud se mostraba en sus rasgos.

—¿Por qué vas a ir? Deja que yo vaya, en un salto.

Por Desiderio cruzó la estampa de una determinación terrible en el ánimo de Jeannine. Y no quería de ningún modo que ella pudiera salir de allí, encontrarse sola. Le parecía que si Jeannine acertaba a desprenderse de los demás, ya no volvería.

En el salón hablaban y reían. El suizo remedaba con sus carnes en danza los movimientos del baile de los «espadachines»; había colocado los hierros de atizar el fuego sobre la alfombra y, coreado por los demás y animado por una música rítmica y viva que Antonio tocaba en el piano, ponía la punta de sus pies en uno u otro lado de la cruz que formaban. Sus faldas de escocés volaban y se movían de una manera grotesca.

—Quédate ahí y voy en un salto —reiteró—. Ahí por lo menos no pensarás en nada. Fíjate en lo gracioso que está Martin —insistió Desiderio.

Jeannine no supo qué contestar. No había previsto que él pudiera ofrecerse a hacer por ella el recado. Así seguía pensando que todo ocurriría como tuviera que ocurrir. De haber obedecido a su primer impulso, ella hubiera corrido hasta su casa para buscar *aquello*, sólo para eso; y luego, quizá, no hubiera podido resistir la presión de todos sus sombríos pensamientos. Mientras que, si era él quien salía, inmovilizada ella en casa de Antonio, ya no podía ocurrirle nada. De todos modos era inútil pensar. Las cosas debían sucederse como hasta entonces.

—Dime dónde está —insistió él—. ¿Lo tienes guardado?

—¿Sabes?... sí; en mi pequeño bolso, el de plata, sobre la coqueta. Tráeme el bolso.

Desiderio le dio un beso en la frente, sin pensar que aquélla fuera la última vez que lo haría. Pero, en aquel momento, tampoco ella lo pensaba.

Salió, cruzando por el grupo que formaba Martin y su claque. En la puerta le alcanzó Asmodea

—¿Dónde vas?

—A un recado. Algo que Jeannine ha olvidado.

Sorprendida, Asmodea se volvió de pronto, como si acabara de serle revelado algo irremediable. Esa sensación no hizo más que afianzarse cuando vio a Jeannine, en el otro extremo del salón, con la frente apoyada en la repisa de la chimenea. Se fue apresuradamente hacia ella. Rodeó su talle con el brazo.

—Ven conmigo —le dijo.

Se encerraron de nuevo en su habitación. Jeannine se adelantó como una sonámbula y se sentó en la cama.

—Sé muy bien lo que pasa por ti ahora. Ten calma, Jeannine. Pronto habrá pasado todo.

Ella levantó la mirada. Era una mirada indecisa, suplicante.

—Dentro de una hora ya... ya habrá zarpado. —Asmodea miró su relojito de pulsera—. Ni una hora siquiera.

—No quiero esperar esa hora —dijo de pronto Jeannine,

levantándose—. Acabo de descubrir una cosa terrible, Silvia, y es que no puedo seguir aquí.

—¿Qué dices?

—Que me voy.

—No lo has pensado en serio.

—Durante todos esos días me he estado engañando. Pero me voy. Ahora para mí todo está clarísimo. Detesto al holandés, pero es lo único capaz de darme una compañía absoluta. Sí, Silvia. No soy más que una forastera para todos. Y tampoco podría quedarme atada a esto. Estoy saturada ya.

Asmodea se acercó a ella. Intentó disuadirla.

—Pero eso... eso es una depresión repentina. En cuanto llegue Desiderio con... con lo que a ti te interesa, cambiarás de parecer.

—¿Y cómo? ¿No ves que si necesito eso con tanta ansiedad, me siento temblar ante la idea de que el único que me lo puede procurar se está marchando, se va a marchar para siempre? Hasta en eso las cosas me están empujando hacia él. Si la falta de esa pequeña mentira me causa tanto mal, no tengo más remedio que seguirle.

Asmodea vaciló. Sufría tanto como ella.

—No es el efecto de una inyección, es toda mi sangre la que se va detrás suyo. No lo puedo remediar.

Hubo un silencio. Sólo, a lo lejos, se oía el rumor de los vehículos de la «rúa», y las voces de los invitados al otro lado del pasillo.

—¿Y Desiderio? Dime, ¿no piensas que os queréis?

Jeannine pasó la mano por sus cabellos, como si ahuyentara un mal pensamiento.

—No, no lo pienso porque eso... no es grave, tú lo sabes. Tú misma dijiste que llegaría un momento en que todo le parecería un sueño y que entonces ya no sufriría. Lo que causa el dolor no es la separación, es la despedida. Y ahora podría marcharme sin dolor.

Calló unos instantes. Luego hundió su rostro con un ademán convulso en la palma de sus manos, y se volvió a sentar.

—¡Ay, que cuando nos conocemos y cuando nos vemos por primera vez no ocurra nada de lo que nos ocurre cuando es la última! ¡Que no haya entonces ni llantos, ni gritos, ni sorpresa siquiera! ¡Qué estupidez es eso! ¿Por qué no puede ser ahora igual que entonces?

—Jeannine, Jeannine —dijo Asmodea, acercándose a ella, rodeando con su brazo su espalda—, nosotros te tendremos siempre como una amiga; para mí serás algo más, como una hermana, como algo que te hará sentir que no estás nunca sola... No te vayas.

Jeannine se calmó un poco. Quedó un rato sin hablar, pensativa.

—Ya lo sé —dijo al fin, sin dejar el hilo de sus ideas—. Te lo agradezco en el alma y nunca podría olvidarlo —añadió, estrechando la mano de Silvia, apretándola—. Pero acabaría huyendo también de vosotros algún día. Más vale que lo haga hoy.

Volvió a levantarse, con una decisión terminante.

—Te suplico, Silvia, que no le dejes hasta que te conste que ya ha dejado de sufrir. ¿Me lo prometes?

Silvia sintió que las lágrimas asomaban a sus ojos.

—Debo aprovechar los minutos. Le pido un favor a Antonio, pero no le digas nada tampoco a él hasta que me haya marchado; y es si el chófer me puede acompañar en el coche. Y otra cosa a ti. Que arregles mis cosas, luego... ¿Puedes... puedes cuidar de «Yucki»? No da mucho quehacer. Dejaré la llave del piso en la saliente vertical de la escalera.

Silvia escuchaba sin abrir la boca. Sus rasgos, indios o incaicos, se hallaban como deformados por una intensa y contenida emoción y su boca se distendía en una súplica que estaba acallando.

—Quiero que quedes tranquila sobre una cosa. Mi marcha no es un impulso irrazonado, no. Es que no tengo otro remedio. Después de todo, nunca dejaré que se me escape la felicidad. ¡Quién sabe!... Probablemente era eso lo que estaba escrito de mí. Así siento al menos que está escrito ahora; es inútil rebelarse contra eso.

Las dos mujeres quedaron una junto a otra. Asmodea se adelantó y abrazó a Jeannine, largo rato. Luego, llevándose el pañuelo a los ojos, se secó unas lágrimas.

—Ya ves. No sufro nada —dijo Jeannine—. No sufro porque entre otras cosas... así Desiderio será lo que también de él está seguramente escrito. —Y rememoró en aquel instante tres o cuatro rasgos de su candor, la manera que había tenido poco antes de sonrojarse porque Anselmo «era un cínico», la cara que puso cuando ella le confirmó que usaba aquello. Ahuyentó en seguida esos recuerdos.

—¿Puedo decir al chófer que es un encargo tuyo?
—Yo te acompañaré —contestó Asmodea—. Pasemos por aquí.
Entraron en el pasillo del servicio. Asmodea fue a buscar el abrigo y el sombrero de su amiga. Luego, por la escalera de escape, bajaron a la calle. Mientras bajaban, Jeannine oyó por última vez la voz de Antonio Mira que cantaba un cuplé a todo pulmón, coreado por sus amigos. La mano de Jeannine temblaba levemente en la baranda. Antes de llegar a la portería, las dos amigas se abrazaron de nuevo.
—Te escribiré en cuanto llegue a puerto —pronunció Jeannine, que parecía contenta, liberada ya de toda duda, con un ánimo limpio, segura de afrontar su nueva vida sin sentir nostalgia alguna de la que estaba clausurando. Y Asmodea la vio partir en el interior del coche; vio el fulgor azul de aquellos grandes ojos claros y el vuelo imperceptible de un mechón de seda rubia, suelto a la brisa de la noche. Y una mano enguantada, una mano blanca que se movía en la ventanilla, como una hoja zarandeada por el viento, hasta que el coche se perdió de vista entre los demás.

Nadie notó al momento la intensa turbación que sentía Silvia, cuando volvió a entrar en la reunión, ni siquiera Antonio. Mientras, sola en su cuarto, intentaba rehacerse de la impresión sufrida, llegaron a la casa los invitados que faltaban: Óscar y Monique, aquél con disfraz de centurión romano y ésta con frufrú de danzarina, mostrando unas piernas esbeltas hasta los muslos; Bernardo Catasús y Fernando Molins, que llegaron juntos y sin compañía femenina. Los dos eran jinetes, aficionados a la equitación y amigos de Antonio por esa causa; pero el segundo era como el reverso desdichado de la medalla, puesto que nunca había conseguido la menor puntuación en ningún concurso, al paso que Bernardo era un campeón; ambos venían disfrazados de Inquisidores, con grandes sayos negros y lúgubres y unos capuchones sombríos que cuando eran usados les cubrían casi todo el rostro. A cada nueva voz que Asmodea había oído desde su cubil, anunciándole la presencia de un elemento nuevo, había salido y mirado por la rendija de la puerta de comunicación, pensando que sería Desiderio. Estaba inquietísima. No sabía cómo habría de comunicarle lo que acababa de ocurrir, ni cómo empezaría.

Y cuando le vio llegar, cuando vio de nuevo la mancha azul del viejo traje de *dominó* de Antonio, precisamente en el aire evanescente de la habitación que aquella misma tarde ella y Jeannine habían dispuesto, se quedó un rato indecisa, perpleja y confundida, antes de osar ir a su encuentro. Desiderio, al entrar, buscó ávidamente a Jeannine con la mirada y Asmodea, desanimada por ese signo de ansiedad, sintió acrecerse toda la dificultad de su cometido. Pero en seguida recordó que aquello debía ser afrontado cuanto antes, sin dilación. No había otra alternativa. Asmodea salió de su cuarto y entró en la sala.

De momento Desiderio no pareció recelar en absoluto, ni del aspecto de Silvia ni de los rasgos del desánimo que se exteriorizaba en su rostro.

—¿Dónde está Jeannine?

—Ha tenido que salir un momento. Ven que te cuente, donde estemos solos.

Le dirigió al despacho de Antonio, que era una habitación forrada como las bibliotecas. Una luz de mesa derramó una claridad mortecina sobre los anaqueles, pero iluminó con un haz pleno la faz de los dos. Y la de Desiderio ya estaba lívida, desencajada entonces por la ansiedad.

—¿Dónde ha ido? —preguntó, con una voz vacilante, quebrada.

En el rostro de Asmodea se marcó de pronto la vacilación, el temblor más elocuente.

—¿Se ha marchado, di? —prorrumpió Desiderio; y sin esperar a que ella contestara, hundió su frente en sus manos.

—Estaba vacilando, estaba vacilando por ti... Pero al fin, sí, lo ha hecho.

No vio el rostro de Desiderio. Sólo sintió una especie de quejido que brotaba de entre sus manos, algo menos que un sollozo, una quejumbre desgarrada.

—¡Cómo es posible! —exclamó, con una voz muy baja.

—Ten calma, amigo mío. Ella creyó que... debía hacerlo. Se lo estuvo ocultando y estuvo batallando sin que tú lo supieras hasta que al fin se rindió.

—No lo creo, no lo creo —dijo él, poniéndose en pie y vacilando como si no pudiera sostenerse del todo—. ¿Cuándo se ha marchado? ¿Dónde ha ido?

—Es tarde ya. El barco salía... a las ocho.

Por rutina, sin darse mucha cuenta, Desiderio miró su reloj. Y de pronto acertó a ver que todavía quedaba un tiempo, unos instantes, unos minutos, en que ella podía repensarse.

Se volvió, sin decir palabra.

—¿Dónde vas? Dime, ¿qué vas a hacer? Es inútil, ya es tarde...

Como un alocado bajó las escaleras. No hacía aún diez minutos que había dejado el coche de alquiler frente a la puerta y, en el portal, lo vio ahora en la esquina, apostado en espera de un nuevo cliente. Corriendo, volvió a encaramarse en él. Dio una orden: al puerto. Pero ¿cuál? Ya vería. ¡Aprisa, aprisa!

El caballo empezó a andar, y luego a trotar alegremente, sin forzar en modo alguno aquel lento discurrir de los tilos de la Rambla de Cataluña que en la semitiniebla semejaban nuevas máscaras macilentas. Y no veía Desiderio la turbia marejada de gentes que pasaban por la calzada, ajenas a toda inquietud, de vuelta ya de la fatigosa «rúa» que se prolongaba demasiado. Desiderio no veía y no pensaba en nada.

Se sentía enervado por la lentitud del coche, pese a los trallazos con que, desde el pescante, el cochero animaba la marcha del animal. Era ya una eternidad la que le separaba de Jeannine; el tiempo había perdido todo valor, toda medida. Esos minutos que se sucedían y se perdían en el océano del tiempo eran toda su vida y su muerte, de la misma manera que por el diminuto ojal que abre en nuestra carne una navaja, por aquel pequeño espacio que apenas se ve, podemos desangrarnos del todo y expirar.

Y esos minutos transcurrían, sin tregua, ese tiempo goteaba implacablemente sin que nadie lo pudiera detener; y ese lapso de tiempo ya no tenía vuelta atrás, era irreversible, se perdía para siempre...

Ese dolor del tiempo, esa traición de los instantes la sintió del todo viva e implacable en los relojes, en las esferas iluminadas que cruzaban de vez en cuando ante su mirada, ansiosa y febril. A cada tramo de su trayecto, aquella aguja implacable perforaba más y más su carne, le clavaba una y otra vez su siniestra hoja hasta el fondo del corazón. Al pasar por la Plaza de Cataluña la aguja cubría totalmente, verticalmente, los trazos de aquel XII turbador. Al pasar por Canaletas ya se había corrido un poco hacia su derecha, nada más que un espacio mínimo, imperceptible, inocuo, casi inservible, que bien hubiera podido perdonar. Y en el reloj de la Academia de Ciencias, en las Ramblas, la aguja se había inclinado sin duda alguna, sin excusa, ostensivamente, un trecho más, que cubría ya otros signos, otros guarismos de la esfera. No obstante, era posible —se decía exasperado de impaciencia— que los barcos no respondieran a esa puntualidad humillante y ciega de todas las cosas humanas. A esa puntualidad inexorable de la mecánica y de la cronología. ¿Por qué no? ¿Por qué no podía el tiempo haber hecho una mínima, una graciosa jugarreta a Jeannine esta vez? Si era así, estaba seguro de que una mirada, una voz, un abrazo, como tantas veces, serían capaces por sí solos de retenerla. Y el carricoche seguía avanzando al trote del caballo, resbalando de vez en cuando en los rieles del tranvía, cruzando entre sombras y luces hacia abajo, hacia el término inquietante.

Al fin Desiderio vio la silueta alta del monumento a Colón, que se confundía con las sombras y los charoles del puerto. Después vio un barco, un barco blanco adosado al muelle. «Si fuera ése..., si lo fuera, aún estaría a tiempo de todo.» E hizo que el coche se acercara de prisa. Hizo que el cochero esperara y bajó por el estribo sin aguardar que estuviera parado del todo. «Si fuera ése.» Leyó el relieve de unas letras doradas, vistosas, en el flanco: «Ciudad de Madrid.» «No, ése no será», se dijo... Y se acercó a uno de los mozos que estaban parados, las manos en los bolsillos, bajo la blusa de rayadillo, la colilla en la boca. Le preguntó si sabía del barco que debía zarpar para Sudamérica a las ocho.

—¿A las ocho? —Y el hombre sacó su reloj, con cara resignada.

—Sí, ya lo sé, no llego a tiempo. Pero ¿sabe cuál es?

El mozo se acercó a otros dos hombres que estaban sentados en una pilastra, junto a los tinglados. Quedaron hablando y discutiendo unos instantes, que parecían eternos.

—Ésos dicen que debe ser el «Göteborg», un barco sueco. Pero estaba en el muelle de Poniente.

Desiderio no dio las gracias siquiera; se encaramó al coche, dando al cochero la dirección del muelle de Poniente.

El puerto estaba a oscuras. Sólo leves bombillas alumbraban de trecho en trecho la calzada, difuminando una luz difusa en ciertos ángulos, en los tinglados, junto a las grúas. Todo lo demás vivía esa tiniebla densa, opaca y profunda en la que se mueven reflejos imprecisos, esa tiniebla que es la tiniebla de las bodegas, de los malecones, de los fardos y de los cordajes. A veces se veía cruzar en esa sombra otra sombra más densa, y por el charol oscuro del agua deslizarse un bulto grueso y sigiloso, alguna chalupa o un batel que volvía de los criaderos de mejillones o de los talleres de la embocadura. Y un gluglú sombrío, extraño, refluía en los muros del muelle, rezumantes a musgo, a algas, olorosos a humedad y lamidos de ventisca.

El coche cruzó esa zona de sombras. Cruzaba despacio, bamboleándose en los desniveles, en los baches, a punto de atascarse a cada paso en la juntura de los resbaladizos adoquines, que formaban charcos innúmeros, en los que se reflejaban, aquí y allá, débiles resplandores de fango y edificios que tenían en aquel instante una inconsistencia lacustre, como si se pudieran hundir. Las techumbres y los hierros de esas moles parecían moverse, amenazantes, trémulos. Y la cabeza de jirafa de las grúas, esos monstruos de hierro gris rojizo, parecían mascar en el cielo difuso un poco de ese pienso nauseabundo que es la niebla portuaria, que tendía sus flecos aquí y allá en los objetos, en los mástiles... Sobre las aguas, los barcos hacían surgir de las sombras su blancor y mostraban un instante las formas de los mil trastos de cubierta con los que parecen hechos, con la celeridad de pavesas incandescentes que degenera de súbito otra vez en tinieblas. Y luego, algo se fue aclarando insensiblemente. La luz de unos tinglados abiertos iluminó un trecho del camino y dentro del enorme almacén de ladrillo se vieron unos hombres acostados en sacos y grandes pilas de fardos grises uno junto a otro. Y después, esa luz se amplió, mostró de pronto un gran panel de puerto en el que la gente se movía y algunos grupos fluctuaban, a mitad entre la luz y la sombra, a mitad entre la piedra y el agua... Un barco estaba junto al tinglado, le sobrepasaba, lanzando al agua chorros blancos de espuma y una densa humareda negra que tiznaba aún más la niebla, el aire y el cielo.

—Ése es, ése es —clamó Desiderio, palpitando, exaltado—. Aprisa. Acérquese aprisa.

—Es inútil —dijo el cochero—. Está saliendo.

Pero Desiderio no lo veía así. Aquella mole se mantenía inmóvil, arrimada a los demás bultos, a un palmo —o así se lo parecía a él— de la techumbre de los tinglados, de los carros, de la gente que ululaba en el muelle.

Bajó de un salto del coche y corrió hacia el muelle. No sabía dónde mirar. De un trecho recorrió toda la superficie del muelle. Entre las sombras de las docenas de personas que estaban paradas, sin moverse y sin hablar, ninguna de ellas podía ser Jeannine. Eran seres anónimos, desechos de la vida nocturna que pululaban como cortezas de fruta o detritos echados por el barco. Y entonces sintió Desiderio que todo estaba perdido. Porque aquello que había creído que no se movía, que seguía arrimado a los muelles, estaba lejos ya de ellos. Unos metros de agua negra le separaban de la mole roja y oscura; y el movimiento imperceptible de esa agua se iba extendiendo, agrandando sin remisión, lenta pero implacablemente, tendiendo un vacío irremediable entre él y ella, seccionando verticalmente su vida en dos. No estaba inmóvil, sino que navegaba ya. No estaba inmóvil, sino que con una lentitud increíble, desgarradora, se balanceaba, se torcía, se alejaba, viraba sin remedio. De aquí allí no mediaban más que unas cuantas brazas de agua, de aquella agua tornasolada y sucia del puerto, pero que equivalían ya a toda la dimensión del océano, a las tormentas, a los vientos, a los tifones que mediaban entre una tierra y otra tierra, entre un mundo y otro mundo. No podía en realidad comprender por qué esa distancia tan corta le producía la impresión de hecatombe, de quebradura absoluta. La gran fachada del barco se iba alejando un segundo tras otro con una prudencia, con un regodeo irónico, sin apresuramiento, hacia atrás, hacia la lejanía, como si estuviera sujeta a un gran cable elástico que graduara lentamente la huida. Y luego, el barco quedó de costado largo rato, ocultando una parte de sus ojos innumerables, de sus puentes, de sus chimeneas, de sus respiraderos... Una nueva mirada ansiosa a toda la superficie de la cubierta le demostró que Jeannine no estaba allí, que no estaba de ningún modo. Era como si Jeannine, de pronto, se hubiera esfumado inverosímilmente, se hubiera disuelto y no existiera ya en parte alguna. Y en aquel momento, un súbito y poderoso clamor, un mugido ensordecedor, que vibraba en los tímpanos, estremeció el aire. El temblor de la sirena llegó acompañado de una levísima llovizna, de una pulverización de vapor cálido que se metió en los ojos, en la frente, que roció sutilmente sus sienes. Era un sonido a la vez sordo y agudo, penetrante, un silbido terco que se amasó en el aire, que debió de llegar hasta lo más recóndito de la ciudad, que flotó insistentemente en la niebla. Paró un instante y volvió a rasgarse en la niebla, como una rúbrica horizontal y etérea puesta encima del trazo levísimo que en las aguas charoladas inscribía la blanca espuma de estribor.

Ahora, aquel gran túnel macizo que se alejaba había quedado parado oblicuamente al malecón y empezaron a trepidar con fuerza algunos motores, mientras arreciaban los escupitajos de agua blanca que soltaba por las bordas. A su lado la gasolinera de los prácticos maniobraba con agilidad, sacudida por el tumtum de sus motores y envuelta en una pestilencia de la que llegaban a vaharadas ráfagas hasta el muelle. Y, a esta distancia, el conjunto de la nave destacó entero, capaz de ser abarcado en su totalidad con un solo golpe de vista, cargado de luces y de pequeños faroles de color, que vacilaban en la borda. Algunos marineros rubios y descalzos se movían en cubierta, tan pequeños que apenas se podía distinguir el rubio de panocha de su pelo. Más cerca, arrimado al barandal de popa, un hombre alto, con una gorra de oficial, el capitán del barco, observaba atentamente la maniobra. Y unos y otros podían, en aquel instante, recorrer la nave de uno a otro extremo y hallarse en presencia de Jeannine, mientras pensaba que él quedaba para siempre arrancado de ella.

En el muelle, en una mesita, junto al lugar en que reposaba en el suelo la escalerilla, un carabinero doblaba y guardaba unos papeles, envuelto en un gran capote. Había apagado la vela, protegida por un cucurucho, y se disponía a ir a guardar al tinglado todos los dispositivos de su primaria oficina. De pronto se le ocurrió a Desiderio que era ese hombre quien había despachado el pasaje y quien, por tanto, debía tener constancia del paso de Jeannine. Desiderio se acercó a él, nerviosamente.

—Dígame, por favor. ¿Podría saber si ha embarcado en ese barco cierta persona?

El carabinero miró a Desiderio con desconfianza. Le observó unos instantes.

—¿Cómo se llamaba? —preguntó, dispuesto a desdoblar la lista.

—Jeannine... Bueno, es francesa. Juana Céard, con «ce».

El carabinero encendió con parsimonia la vela nuevamente; una luz fluctuante, desfibrada por el viento, iluminó los papeles.

—Juana, Céard, Céard...

Con el índice fue recorriendo una hilera de nombres.

—No. No hay nadie de ese nombre.

Una viva eperanza alentó en el pecho de Desiderio súbitamente. ¿Y si no hubiera embarcado? ¿Y si todo no fuera más que una suposición, una alarma estúpida de Silvia? Pornunció un «gracias» apresurado. El barco estaba lejos ya, se disponía a enfilar hacia la embocadura del puerto. La turbia mole parda pareció perder entonces parte de su prestigio, de su poder. Era como un raro animal que no nos afecta, como un gran chacal dormido que se va despertando lentamente.

Era inútil seguir allí. Si el nombre de Jeannine hubiera constado en la lista de pasajeros, Desiderio hubiera preguntado a algunos de los bergantes que se arracimaban junto a la fogata de los guardianes, en los tinglados, si no había posibilidad de que, de algún modo, él pudiera acercarse al barco en un batel. Ya poco le hubiera importado lo demás. Por un instante cruzó su imaginación la idea de una escalerilla de mano echada clandestinamente por la borda y de una ascensión por ella, hasta reunirse con Jeannine. Todo empezaba a resultar absurdo y posible, las ideas más peregrinas podían prosperar en aquellos instantes de irreflexión y de impulsos locos. Pero el nombre de Jeannine no constaba en la lista de pasajeros y era, por tanto, evidente que Jeannine no estaba allí, sino tranquilamente en su casa, quizás empezando a aturdirse con los efectos de la droga, o quizás en casa de Antonio, completamente recuperada de su momento de depresión.

«Sí, es inútil que me quede. Es preciso que me marche en seguida», se dijo. Y volviendo la espalda al barco, se fue de nuevo hacia el coche. El cochero esperaba pacientemente, sin extrañarse lo más mínimo de aquellos viajes, de su impaciencia, de aquellas prisas, ni de su obstinación en llegar a un barco que se había ido. Se acercó al coche y cuando ponía pie en el estribo sintió una mano que le rozaba.

—Perdone usted, señor Rius. Claro es que en la oscuridad no me reconocerá. Soy Ramiro Mendizábal de la Higuera, agente privado.

En seguida vio Desiderio flamear ante él, a pesar de la tiniebla, el rojizo bisoñé del detective.

—No sé si le será molestia. ¿No le importaría que..., en fin, acompañarme hasta Atarazanas? De aquí allí hay un trecho.

—¿Cómo dice? ¿Qué hacía usted aquí?

—Estaba... concluyendo un trabajo. Perdone usted, pero me imagino que estará impaciente por saber que... que la señorita Jeannine ha subido a este buque a las siete cincuenta y seis, veinte minutos más tarde que el señor de Hugtenhagen.

—¿Cómo dice? —clamó Desiderio, agarrando al detective por las solapas.

—No se enfurezca, señor. Soy hombre de respeto. En otros tiempos he sido autoridad.

—Ella no ha subido. En la lista de pasajeros no estaba su nombre —protestó Desiderio, soltándole.

El detective sacó su libretita de un bolsillo. Se acercó al fanal del coche, en el que titilaba una llamita y, calándose unas gafas, leyó en su agenda.

—La señorita a que me refiero ha usado el nombre de Mme. Crémier, camarera del buque, y ha sido acompañada por su capitán, el capitán —y el detective volvió a leer a la luz del fanal— Fritzhoffen... Tal como estaba proyectado de antemano, sin duda.

Desiderio se quedó de una pieza, sin acertar a moverse, sin acertar a desmentir. Hubo un largo silencio.

—¿Podemos marcharnos? —preguntó el cochero—. El animal ya debía estar de retiro. Lleva una jornada muy dura.

Desiderio pagó, dio un billete.

—Puesto que la vuelta está pagada, me permitiré usar del vehículo. No tema —añadió el detective, encarándose con el auriga—. Tendrá usted un pequeño plus, con cargo a mis clientes...

Oyó que se perdía el eco de los cascos del caballo y el de las ruedas sobre el empedrado, junto con la voz victoriosa del detective, que entraba en animada conversación con el cochero. Todo se perdió en la noche portuaria, en la tiniebla, en el silencio. Al fin, no quedó más que la mole del barco, distante y sola. Se oía lejanamente el rumor amortiguado de su hélice y se veía su silueta iluminada sobre las aguas, seguida de una blanca estela. Como un párpado que se encendía y apagaba a intervalos, el foco del faro, en la embocadura, se cruzó con esas luces y ambas formaron una sola mancha, que duró unos instantes. Luego, el carcamán se separó de ella, se separó de todas las sombras, se alejó aún más, se hizo de pronto un borrón difuso y se eclipsó raudamente, tragado por la noche, para siempre...

Desiderio quedó un rato ante el jirón de silencio que flotaba en el muelle, ante la tiniebla... Se sentó en uno de los poyos, donde se amarran los gruesos cabos que sujetan a los barcos, y a pocos metros de la negrura maloliente del agua. Las sombras de los hombres que habían poblado los alrededores del embarque se fueron dispersando. Quedaron dormitando bajo la techumbre de los tinglados algunos mendigos. Los carabineros habían desmontado su oficina y no quedó allí más que el reflejo de las brasas de la fogata de los guardianes.

Todo había sido tan raudo, tan inesperado, que no alcanzaba a dar todavía un sentido y un peso a lo que acababa de ocurrir. No podía borrar de sopetón la imagen de Jeannine, no era posible que ella no estuviera. Por la misma inconsistencia de este hecho, no sentía todavía un gran dolor. Sólo sentía un gran desconcierto, muchas ganas de no pensar, deseos de aniquilarse.

Allá, a lo lejos, como un fantasma grandioso, el perfil de Montjuich ayudaba a darle una leve noción de que se hallaba todavía en su ciudad, en su mundo, y que todo lo que estaba ocurriendo no se salía de sus ámbitos normales, de los marcos en que había transcurrido toda su vida. ¡Pero todo había sido tan inesperado, tan repentino, tan insospechado!... Le parecía que todo cuanto acababa de ocurrir estaba totalmente al margen de la realidad, que regresaría al centro, a la ciudad; que volvería a subir a casa de Antonio y que encontraría allí a Jeannine esperándole, sentada como un pequeño Buda rubio, levantando sus ojos azules hacia su frente, besándole suavemente en la boca o en la sien.

«¡No puede ser, no puede ser!», sollozó, de pronto, ocultando su rostro en las manos. Se frotó los ojos, se arañó las sienes, el cráneo. Algo había de extraño, de incomprensible, de desmesurado, de increíble en todo ello. ¡No puede ser!

Levantó la mirada. Allá lejos, no quedaba más que el parpadeo del ojo insensible del faro del puerto. Y en lo alto, perdidas entre flecos de nieblas, unas cuantas estrellas.

Entonces al poner la mano en el bolsillo, palpó con extrañeza el bolso de plata de Jeannine. Y entonces, al mirarse, se acordó de que andaba disfrazado y de que era noche de Carnaval. Y se echó a llorar amargamente.

XXVI

El coche de alquiler dejó atrás la cerca de cemento que guardaba la entrada del recinto portuario, coronada por la sólida reja de hierro, y con ella las tinieblas del puerto. Dobló en la base del monumento a Colón y paró frente al edificio del Gobierno Militar. El cochero invitó a bajar al pasajero.

—Lléveme usted por lo menos hasta la Plaza de Cataluña y tendrá una gratificación —propuso Ramiro Mendizábal de la Higuera, sacudiendo agitadamente un brazo, en el que bailaba el puño de celuloide, y mostrando al auriga una moneda de peseta.

El cochero miró el pequeño redondel de plata y, con un gesto de desgana, movió las riendas. El roce de ellas en el torso del caballo hizo que éste volviera a caminar.

—Buen animal es éste. —Y el detective gratificó con ello también hiperbólicamente al cochero, que estaba orgullosísimo de su tiro.

—Ya lo creo. Pocos aguantarían lo que ése aguanta. Para él el trabajo es la salud.

—Se le ve en la figura. Pasa como con los hombres —chilló Mendizábal, ganoso de entablar diálogo—. Se les nota a la legua la capacidad, a los que la tienen. Y es que el trabajo no es un castigo, como afirman los libros. Por el contrario, para el que lo sabe hacer disfrutando, es un premio, un regalo...

El coche subió a buen paso por las Ramblas. Pasó ante el monumento a Pitarra, el cual estaba cómodamente sentado en su sillón de piedra mirando con regocijo la animación que bullía a sus pies.

—A usted se le nota también satisfecho, ¿no es verdad? —continuó el *policeman*, sin que el cochero pareciera prestarle la menor atención—. Una jornada de trabajo bien cumplido es una satisfacción para uno. A mí me ocurre igual. Cuando he concluido una cosa me siento satisfecho.

El agente privado respiró a sus anchas. Había llevado a feliz término una de sus gestiones más brillantes, más divertidas y estimulantes de su carrera profesional. No se trataba esta vez del marido celoso, de las largas esperas en los *meublés* o en las casas de cita, de los sobornos a los camareros o encargados de los hoteles de mala nota. Había algo que se sale de lo corriente, en un marco distinguido: cabarets, hoteles de postín, extranjeros... Y, al fin, hasta nombres supuestos y fuga en un barco, con pesquisa suplementaria entre el personal sueco. ¡Albricias! *Consumatum est...*, se dijo el lince, mientras metía en una pipa sucia una pulgada de tabaco de su petaca. Ahora era cuestión de informar en el acto a su amigo el procurador, en la dirección que le había dado aquella misma tarde.

«Ahora yo ya he terminado —dijo—. Ahora les tocará a ellos, si quieren usar del *jus operandi*... Yo quedaré...» —y para mostrar palmariamente y sin palabras cómo quedaría se frotó varias veces una mano contra otra, tal si con ellas tocara unos invisibles platillos.

A llegar a la Plaza de Cataluña el cochero se negó decididamente a seguir. El detective, tras discutir un rato con él por si con ello le convencía de subirle unas manzanas más le largó la peseta con un ademán magnánimo. Y se dispuso a correr a pie el trecho que faltaba.

Se paró a saborear unas chupadas de pipa y expelió con parsimonia el humo, antes de proseguir. Luego cruzó con paso vivaz y puso pie en el Paseo de Gracia, que en sus límites con la Plaza de Cataluña no mostraba ningún aspecto sobresaliente, algo que demostrara la agitación en que había vivido durante la jornada.

Pero al llegar a la Gran Vía, el aspecto del ancho y señorial paseo cambió enteramente. Ramiro Mendizábal de la Higuera empezó a pisar una esponja sucia de papeles, una alfombra de desechos de todas clases, de polvo, de flores aplastadas, de trapos y serpentinas y hojas aplastadas en la calzada. Aún perduraba en el aire un polvillo fluctuante, y la calzada estaba todavía ocupada a trechos por una muchedumbre aburrida que se deslizaba arrastrando los pies sobre la basura del Carnaval, en grupos de familias completas, cansadas, aburridas, que marchaban colectivamente a cenar; los niños más chicos eran llevados en brazos, mientras los mayores, que tampoco podían con su alma, seguían semidormidos de la mano de sus padres, o chillaban a grito pelado, muertos de cansancio. En el centro del paseo, aún transitaban algunos vehículos, a los que la aglomeración de la salida hubiera retenido prudentemente una vuelta más, y que ahora rodaban definitivamente al retiro. La «rúa» había concluido, su animación se había deflecado sobre el piso del paseo dejando rastros lacios, sucios, inservibles sobre el asfalto. En algunos bancos de piedra quedaba como muestra alguna máscara que se había sentado a descansar y que se quedaba adormilada, incapaz de reemprender la marcha. De uno a otro lado, cruzando la calzada, la muchedumbre, los que quedaban, se extremezclaban buscando el camino más recto del regreso al lar. Y unos cuantos chiquillos harapientos, el pelo ensortijado, la mirada de malicia bajo las cejas negras buscaban entre la basura, entre objetos que brillaban y colillas de cigarro, alguna moneda, o quizás un pendiente perdido, algo aprovechable entre montones de detritos, que el viento trajinaba.

Ramiro Mendizábal de la Higuera miró a lo alto, en las placas que numeraban las casas, para no pasarse de largo. Con ello echó una ojeada indiferente a los edificios, que también parecían adormecerse en la hora fatigosa en que acababa de concluir la bulliciosa «rúa». De todos los balcones colgaban, como tapices, grandes flecos de papel de todos los colores. El paseo era, de un cabo a otro, una enradedera multicolor que estaba entrelazada de uno a otro balcón, de una tribuna a otra. Los hilos colgantes llegaban casi hasta la acera, que quedaba completamente llena de *confetti* y el viento agitaba esa colada innúmera e imprevista levantándola suavemente, balanceándola con lentitud. Y grandes trozos de esa tela que se había tejido improvisadamente en el curso de la batalla de la tarde colgaban también de los *trolleis* de los tranvías, y del cable, de las ramas de los plátanos callejeros como un amuleto del Carnaval.

Ramiro Mendizábal de la Higuera se paró de pronto ante una de las casas.

«Aquí es», se dijo, al dar con el número que buscaba, comprobándolo en su libretita. Y vio a dos pajes de bronce que sostenían unos globos biselados en el interior. Miró hacia arriba, al principal, y vio en él las luminarias de una lámpara de cristal y agitación de invitados, como si se celebrara un sarao. Entró en el portal, consultó con el portero y subió.

La dama tiesa, hirsuta y seca que le abrió chasqueando con la lengua y moviendo los labios le dirigió una mirada feroz, tan portentosa como si acabara de dar de narices contra un muro. Le dejó en el rellano sin invitarle a entrar y Ramiro Mendizábal de la Higuera recabó de toda su sangre fría el quedarse allí, en espera de que alguien fuera en su socorro.

Luego esa dama se perdió ágilmente, agitadamente en el pasillo. Y al cabo de un corto rato el detective vio aparecer en el recibidor, por uno de los pasillos, sobrio, severo, con su empaque reposado, rizándose con la punta de los dedos el afilado bigote, a Javier de Castro, su compañero de estudios que tan brillante puesto había logrado en la sociedad gracias a su valer, del que ya daba muestras en las aulas universitarias, treinta años atrás, cuando arramblaba con todas las matrículas de honor de la carrera.

—Querido Ramiro... Pasa, pasa —le dijo, tendiéndole la mano y tirando de ella cariñosamente para arrancarle del oprobioso rellano—. Quítate el abrigo, querido.

Pero el *policeman* se resistió valientemente a ello. La casa era demasiado señorial y, sobre todo, estaba demasiado iluminada para que pudieran mostrarse en ella, amén de ciertos descosidos de la chaqueta repulida y replanchada del detective, todos los reflejos azogados que la prenda lucía, en los que se podía uno mirar a la cara.

—No, déjame así. Vengo del puerto y aún estoy aterido. He pasado allí cuatro horas.

—Cuéntame, cuéntame... —rogó afectuosamente Javier, buscando con la mirada un lugar del piso donde pudieran charlar a sus anchas—. Veamos, pasemos a la rotonda —decidió, pensando que allí Ramiro tendría por lo menos excusa para justificar el abrigo.

Se metió por el pasillo seguido por el detective. La parte frontal del piso, la que Mendizábal había «descubierto» desde la calle, estaba ocupada por numerosos grupos, en los que el detective reconoció con una mirada rápida los componentes de una carroza del Carnaval, puesto que todos iban disfrazados con un estilo parecido de atuendo. Por ello el procurador le buscaba un lugar sosegado donde poder hablar sin interferencias.

—Victoria absoluta —anticipó el lince, al paso que afianzaba en su lugar, con un rápido gesto, su peluca colorada.

El procurador se volvió, sin dejar de andar.

—¿Absoluta?

Mendizábal no chistó. Ya era bastante ese anticipo para dar fe de sus impresiones. Llegaron al comedor y Javier abrió la cristalera, para pasar a la rotonda cubierta. Sobre la mesa del comedor y en el trinchante se veía un despliegue de bocadillos, fuentes de fiambres, platas de dulces, junto a bandejas con cristalería y botellas preparadas. Todo dispuesto para una cena o un tentempié —¡pero de qué calibre!, pensó—, según coligió el detective, mientras sus glándulas salivares empezaban una actividad tremenda y, por el momento, injustificada.

El procurador encendió la luz de la rotonda e hizo que se sentara en un sillón de hierro y mimbre, muy estival, junto a unos tiestos enormes, de los que emergía una planta de grandes hojas.

—Cuéntame cómo está la cuestión.

—Liquidada. Victoria absoluta —repitió.

La mirada del procurador era incrédula, como si no consintiera en dar fe todavía, y sin más, a las aseveraciones de su compañero. Sacó su pitillera de plata y ofreció un cigarrillo al detective. Éste tenía la pipa en las manos.

—Fuma un cigarrillo, hombre —animó, para ver si conseguía que Mendizábal ocultara la pestilente cachimba—. Es tabaco habano.

Y, después del invitado, sacó el propio procurador un «gener» que emboquilló y encendió, mientras Mendizábal vaciaba la totalidad de su informe, mirando las notas de su libreta.

—A las siete treinta y seis de esta tarde el «Gavilán negro» ha entrado por la pasarela del «Göteborg», buque sueco con un desplazamiento de 18.036 toneladas, que se dirige a Buenos Aires con cargamento y dieciséis pasajeros. Una parte del cargamento va a cuenta y nombre del propio señor de Hugtenhagen: mineral de mercurio, pieles, bananas de Canarias e instrumentos de precisión suizos, asegurado por un valor de setecientos ochenta mil francos suizos en la «Zurich».

—Aligera, Mendizábal. Al grano.

—Veinte minutos después, o sea a las siete cincuenta y

seis, ha pasado por la pasarela la señorita Céard, Jeannine Céard...

—¡Qué me dices! —se asombró el procurador.

—Con el pasaporte de la señorita Crémier, ex camarera del buque, y acompañada hasta bordo por el propio capitán, capitán... Fritzhoffen —puntualizó, comprobando en la libretita la exactitud de ese nombre—. El barco ha soltado amarras a las ocho y dos minutos. A las ocho y diecisiete se ha presentado en el muelle don Desiderio Rius, cuyo coche de alquiler he aprovechado yo a la vuelta para venir aquí, bien que el cochero se ha negado a subir más arriba de la Plaza de Cataluña. De lo contrario esta información la hubieras tenido en tu poder —y el lince consultó su reloj— a las nueve y veinticinco, aproximadamente —dijo, descontando no más que un cuarto de hora por el tropiezo—. Como ves, un modelo de exactitud y rapidez.

—Bravo —clamó el procurador, levantándose, con visibles signos de satisfacción—. Hay que comunicarlo en seguida a Evelina.

—Ah, la decisión de tomar el portante de la señorita Céard tiene que haber sido brusca y precipitada, a juzgar por la sorpresa que se pintaba en el rostro del señor Rius, y por su incertidumbre en el muelle, además del hecho de que dicho señor vestía *dominó* azul de Carnaval, signo de que la partida de... su amiga le ha pillado de improviso.

—¡Magnífico! —insistió Javier—. Todo resulta perfecto.

—Otrosí —continuó el *policeman*—: El capitán Fritzhoffen y su barco son clasificados en la Cámara de Comercio y en el círculo de los Prácticos del puerto —y Mendizábal leyó litralmente de su libretita— como «elementos de gran cuidado, siempre dispuestos a los más arriesgados alijos, como se demostró en agosto del pasado año al cruzar el campo de minas de Hamburgo sin escoltas ni barcos sonda, con el pretexto de llevar una carga de material sanitario, extremo que resultó falso. El "Göteborg" no ha tenido reparos en izar las más diversas banderas, incluso la de la Cruz Roja cuando ha convenido». Punto que he querido retener para que mi clienta se pueda formar una idea clara de todos los detalles de la operación que se acaba de realizar, aun los que puedan parecer más nimios.

—De primera, de primera. El cuadro es completo... —concluyó el procurador, que no quería demorar ni un minuto más el traslado de todas estas estupendas noticias a su destinataria más calificada—. Espérame aquí mismo un instante, que te voy a presentar a la viuda Fernández. Con seguridad que querrá felicitarte personalmente por tu estupendo trabajo.

El procurador se marchó por el pasillo y el detective quedó solo en la rotonda. Un tufillo de condumio llegaba hasta sus receptáculos olfativos, o quizá no fuera ello más que un espejismo nasal, provocado por la extensión admirable de las fuentes del comedor, los colores de cuyo contenido se patentizaban ante su mirada, ante sus involuntarios ayunos, a través de las cristaleras, como una tentación inclemente. ¿No se merecía un bocado? Se levantó, cruzó hasta el comedor y cogió un bocadillo redondo y pletórico, que empezó a comer, con cuidado de no morder a la vez el celuloide de su puño, que andaba suelto y que, ciertamente, aunque quizá no menos nutritivo, no estaba tan apetitoso.

Al poco, la regordeta y sobreexcitada figura de Evelina, seguida por Javier de Castro, hizo su aparición en el comedor. Ya lo sabía todo.

—¡Pero esto es extraordinario! ¡Y con qué rapidez! Habré de llamar esta misma noche al pobre Duró. Se lo merece.

Estaba a punto de llorar de gozo. Pero se reprimió al contrastar sus alegrías con la facha verdaderamente lamentable de aquel agente privado, de aquel honrado cumplidor de su deber, quien había sido pillado en flagrante delito de gula, o de hambre, para ser más claros. Sintió una efusiva compasión, que se paseó con una mirada brillante en los mechones rojizos del pelo postizo, en la raída solapa del abrigo marrón, en los zapatos deslustrados y de tacón completamente mordido por tantos pasos sigilosos, mientras la puntera de la misma prenda estaba totalmente raspada y unos clavos se mostraban como dientes de caimán enfurecido entre suela y empeine.

—Y en primer lugar, a quien hay que felicitar es a usted, señor... —y Evelina titubeó, al no recordar el apellido.

—Mendizábal. Ramiro Mendizábal de la Higuera, agente privado, para servirla.

—Pues sí, amigo Mendizábal. Mi felicitación más sincera. Siento no haberle atendido hasta ahora, pero estos chicos han organizado un *souper*. Han ido a la «rúa», ¿sabe usted? También esa noticia les afecta, sí, sobre todo a ellos. Supongo que sabrá usted excusar los pasos de una madre en provecho de la felicidad de su hija y guardar de ello el más absoluto secreto.

—¡Señora!... —protestó el detective—. Soy una tumba.

Y así lo parecía, en efecto, con su palidez, sus dientes verdosos y sus manos huesudas, velludas y largas.

—¿Cómo está Crista? —preguntó el procurador—. ¿Ha seguido... en aquella actitud?

—Ha tenido la desfachatez de hacer subir a... al otro, aunque disfrazado, naturalmente, para evitar mi desplante. ¡Ah, la juventud! —se lamentó la viuda—. Pero no haga cumplidos, coma, coma, cuanto se le antoje. Merecido lo tiene, querido señor.

Y Mendizábal, con un gesto de indiferencia, echó mano de otro bocadillo.

—Agradezco su bondad. Después de la *litis contestatio* no sienta mal esta *bonae fidei acciones* —exclamó jurisprudencialmente, para dar fe a Javier de que no había olvidado del todo sus estudios, y para que éste pudiera presentarle a la dama como condiscípulo. Pero Javier no captó esa alusión.

—Luego estaré con usted. Javier, ¿quiere atenderlo, por favor? Está usted en su casa y, además, en compañía de Javier, que es absolutamente un íntimo. Excúseme, por favor, pero no puedo dejar aquello...

Y Evelina se marchó nuevamente. Cruzó el recibidor y entró en el salón.

La juventud había tomado el pomposo salón de visitas de Evelina por un campo de Agramante. Los chicos no tenían el menor respeto a las tapicerías, a los cortinajes, a los silloncitos ni a las lámparas. Les parecía lo más natural del mundo que todo estuviera allí, sin contar los esfuerzos, las cavilaciones que había costado. Y Evelina lanzó su mirada, que era de victoria y de sarcasmo, en dirección al ángulo en el que estaba Crista, junto al d'Artagnan más corpulento que había existido nunca. Las vueltas de la capa roja del novelesco personaje estaban echadas sobre los hombros con arrogancia y el tórax eminente del joven parecía provocar a los demás.

«Ya te digo yo que todo ha ido por los pelos —caviló Evelina, viéndole en tal actitud de triunfo—. Unas semanas más y hubiera terminado por salirse con la suya. Pero ahí estaba Evelina para evitarlo.»

Y se acercó sutilmente a Floro, que dialogaba bromeando con el hijo de Duró, el joven de los chistes relámpago de Caldetas. Le rozó con el brazo y le apartó un poco.

—Socórrame, por favor, querido Floro. Quiero acercarme a Crista, sin que ella sospeche de mí, porque si no se me volvería a escapar. ¿Sabe usted que se acaba de lograr un completo triunfo en lo que me preocupaba? —y es que Floro estaba también al corriente de todo.

—*Eh, non*... —exclamó, sin entusiasmo, el decorador puesto que, sin decírselo a Evelina, había reprobado completamente la maniobra, y estaba a favor de los amantes—. *Ce n'est pas possible*...

Se habían ido acercando al rincón, por detrás del biombo, ante el cual dialogaban completamente distraídos Pablito y su pareja.

—*Eh, Evelina, il faudra vous punir*.

—Pues tal como lo oye. Esta tarde, a las ocho, la francesa ha tomado las de Villadiego para siempre, a bordo de un barco sueco —dijo, con voz suficientemente alta para que del otro lado del biombo Crista la oyera. Pero Crista no oyó nada.

Quien pareció darse cuenta de la proximidad de Evelina fue el espadachín, a juzgar por la rapidez con que se puso de espaldas. Al fin y al cabo estaba en aquella casa clandestinamente y no quería exponerse a una escena tirante con la dueña del piso.

Evelina volvió a insistir, repitiendo casi al pie de la letra cuanto acababa de decir a Floro, pero sin mejor resultado. Crista no se daba cuenta de sus esfuerzos.

—¡Ea, chicos, al comedor todos! Ya es hora de tomar algo —palmoteó al fin para ver si con el cambio de escenario su comedia era más sonada.

Costó bastante arrancar a los invitados de sus poltronas, de sus diálogos. Tuvo que entrar Rita a dar prisas. Lo hizo de un grupo a otro, uno por uno, un poco desdeñosa ante tanto pelucón y tanta farsa. Aquélla no era su noche.

Un hecho había escapado a la perspicacia de la acompañanta y había estado un rato intrigada por ello. Y era la aparición a deshora y en casa ajena de aquel singular y destartalado personaje que dijo haber sido citado por el procurador.

Luego se habían metido los dos en la rotonda y nada había podido oír Rita de cuanto hablaban. Pero por la simple cara de Evelina, por lo radiante de su vuelta al salón, podía pensar que aquella visita era algo importante, algo que la viuda acababa de resolver favorablemente. De modo que convenía estar alerta...

«La Corte del Rey Sol» en pleno se trasladó al comedor donde al cabo de unos minutos la animación, las voces, la agitación eran iguales a las que habían señoreado en el salón hasta entonces. De pronto Pablito se fijó en el desmedrado personaje de la peluca rojiza. Lo señaló a Crista.

—Pues no sé quién es. Desde luego una máscara, no; me apuesto lo que quieras. Todo eso que lleva es de verdad, hasta el abrigo.

—¿No será el marido de Rita? —sugirió Pablito, olvidando que la acompañanta era soltera, y relacionando por un misterioso ensamblaje el parentesco moral de los dos personajes.

Crista se echó a reír.

—Voy a ver —decidió.

Crista se separó de Pablo y se acercó al lugar en que Mendizábal hablaba con el procurador, sin que ni uno ni otro lo notara por interponerse entre ambos Teodomiro Flo, que estaba abocado a una bandeja de dulces, sobre la que hacía discurrir su monóculo.

—La agitación de él me ha sorprendido. Le creía más dueño de sus actos. Cuando el atentado, su padre demostró ser un valiente.

Crista afinó sus oídos.

—Sí. Le ha preguntado al carabinero con la voz entrecortada. Pero no había rastro de Jeannine. Naturalmente. ¡Como que ella hacía ya rato que estaba en cubierta!

—Es una bonita manera de marcharse —comentó Javier—. Ahí queda eso... ¡No está mal!

—Todas esas francesas terminan lo mismo. Si te he visto no me acuerdo...

Crista se quedó a la expectativa, alarmada, extrañada. Hablaban de Desiderio y aseguraban que la francesa se había marchado. Pero no pudo oír más. Volvió, intrigadísima, al lugar donde aguardaba Pablito.

—No, es un amigo de Javier.

—Pero vaya facha...

—Debe de ser un artista. Javier conoce escritores y gente así.

Ya no pudo Crista repirar en paz. Oyó a Floro y a su madre que hablaban ahora muy cerca de ella. Y también hablaban de lo mismo. Entonces le pareció que su vestido de Pompadour, que los disfraces de los demás, que la facha del d'Artagnan que la había hecho reír toda la tarde, que todo aquello había terminado. ¿Qué es lo que estaba ocurriendo?

Se acercó Rita con una fuente de dulces.

—¿Quién es ése que habla con Javier?

—No sé, mona. Uno que se ha colado, ¿qué quieres que te diga?

Y la parásita se alejó con aire desmedrado.

Crista tenía que salirse con la suya. Tenía que saber la verdad. Cogió una bandeja en la que había unas copas de champaña preparadas para ser pasadas y se dirigió hacia el bufete, en el que se apoyaba Javier de Castro.

—¿Un poco de bebida? ¡Está fresquísimo! —ofreció.

—¿Cómo no? —aceptó el procurador. Y le presentó al *policeman*—. Ramiro Mendizábal de la Higuera, un antiguo compañero de estudios...

Mendizábal sintió ensanchársele el pecho. Al fin, aquello había sido puntualizado. Años hacía que no era tratado así. Aquélla era una jornada de triunfo completo.

—¿Ah, sí? ¿Abogado también?

—Sí, también abogado, pero... sin ejercicio. Agente privado, nada más.

Crista recapacitó. ¿Qué sería agente privado? ¿No era eso ser detective? Así lo preguntó.

—Pues debe de ser divertido hacer de detective, ¿no es verdad? A mí me gustaría mucho...

—Hay de todo —contemporizó Mendizábal, halagado—. Hay asuntos agradables, pero también hay cosas penosas en nuestra profesión.

—Tome otra copa, el champaña anima.

Mendizábal, después de un cumplido, se decidió a obedecer. Mientras Crista hacía esfuerzos por dejar la bandeja en la repisa del trinchante, Javier de Castro se tuvo que apartar para dejarle sitio. Luego Crista tomó a su vez una copa y quedó apoyada en el mármol, dando la espalda a Javier, como si le alejara deliberadamente del diálogo.

—Lo que más me gustaría si fuera detective son los casos de espionaje, esos en que se mezclan mujeres llamativas. ¿No es así?

—Sí, no están mal esos caos. Pero hay que confesar que... abundan poco.

—¿Los de mujeres llamativas? —insistió Crista.

—Ésos, menos... La mayoría de nuestros asuntos se deben a ellas —sonrió el detective, mostrando sus dientes irregulares.

—¿Y... casos con francesas, por ejemplo?

El lince miró agudamente a su bella interlocutora. De pronto se volvió de espaldas para mirar si alguien le escuchaba.

—De francesas, de francesas, ésos son los más frecuentes...

Crista entregó al *policeman* una nueva copa de champaña.

—Me han dicho que hoy... hoy se ha escapado una, en un barco sueco, ¿es verdad?

—¿Quién se lo ha dicho? —saltó él, inquieto.

—Mi madre.

—Ah, es usted la hija de... ¡Claro, no había de ser! Es usted un bombón, señorita.

—Gracias por el cumplido... Pero, cuénteme. ¿Se ha marchado ya?

—Sí, esté usted segura de ello. Lo he visto yo mismo.

—¿Y él, el joven? ¿Qué ha hecho?

—Pues, lo que era de esperar...

—¿Se ha quedado...?

—Desconsolado, ésta es la palabra. Como que le habrá cogido de sopetón. Esas mujeres no tienen entrañas.

—¿Ah, sí? ¿Por qué supone que le ha cogido de sopetón?

—Entre otras cosas por su actitud, por sus palabras, por su manera de mirar... Y, además, llevaba un *dominó* azul, de baile de máscaras. Debían haber quedado incluso de acuerdo para pasar juntos las horas de Carnaval...

Crista se quedó pensativa. Era todo cuanto quería saber. Se retiró lentamente, dejando al detective solo ante las fuentes de comida sobrante. De pronto, pensó Crista que si Desiderio iba disfrazado era porque pensaba ir con Jeannine al baile de disfraces. Sí, esto estaba claro... Desde aquel momento tramó un plan. Era más fuerte que todo su idea de no perder un minuto, de ir en su busca, de ir también al baile, donde quizá de todos modos estuviera, de pasear de nuevo ante él, en su fracaso, toda su gallardía, de ostentarse en seguida, acompañada de Pablito, para que rabiara... Se acercó de pronto a ella el d'Artagnan.

—Te estaba buscando. ¿Dónde te habías metido?

—Oye, Pablito. ¿No te gustaría que nos fuéramos un rato esta noche al baile del Liceo? Yo nunca he estado allí. Dicen que pasan cosas muy sabrosas.

Pablito la miró complacidísimo.

—Pues claro que sí... Pero ¿cómo se te ha ocurrido? ¿Y tu madre, qué va a decir?

—Déjalo, no te preocupes de ella. Eso va de mi cuenta.

Pablito no esperaba aquella proposición. Si había algo capaz de colmar todas sus aspiraciones, por el momento, era hacer con Crista una escapada semejante. Se ciñó y ajustó la espada al cinto como un verdadero y feliz mosquetero de otros tiempos, antes de partir para una empresa en la que le iba el honor.

—Pero espera, chico, que aún no es hora —le calmó Crista, dominadora como su madre.

De la sombra a la luz, los ángulos de la ciudad, los edificios, los vehículos y los hombres se aparecían como espectros lejanos. Hacía mucho rato, un largo rato cuyos límites no podía precisar, que andaba sobre los adoquines desiguales, que pisaba en los charcos, que sentía a su lado la opresión del silencio, el leve murmullo de las aguas, los tenues vagidos de la oscuridad portuaria. La humedad del lugar le había alejado sin darse mucha cuenta de aquellos tramos de puerto por los cuales había desaparecido Jeannine. Y ahora desembocaba lentamente, a pie, en Atarazanas; pero el perfil del monumento, los aleros del edificio de la Comandancia Militar quedaban aún lejanos, difusos a su percepción, porque la pesadumbre y el desconcierto y el dolor hacían caminar a Desiderio Rius como un autómata, sin cansancio y sin nervio, absolutamente insensible.

Quedó un rato parado en los muelles de Atarazanas, sin atar a sus sensaciones las de la agitación de aquel sector de vida urbana. Luego, sin que sus pasos tuvieran ningún móvil determinado, sólo por el deseo de huir, de alejarse, sin saber hacia dónde ni de quién, torció a la izquierda y dobló hacia Montjuich, acercándose a los muros del cuartel. Era como si el olor de las dependencias cuarteleras penetrara en él, desde el otro extremo de la ciudad a este lugar, inundándole de cierta oleada de otros tiempos, de la bocanada peculiar de aire de unos meses atrás. Aquel hedor indescifrable se le enroscaba y le hacía palpitar con el corazón de otras horas, cuando en el curso de una guardia o al levantarse para cumpir su imaginaria, la imagen de Jeannine le envolvía, acudía en su socorro, uniéndose a él, acompañándole para que no sintiera soledad ni pesadumbre. Se apoyó varias veces en los muros tristes y grises, desconchados, del cuartel de Atarazanas. Otras sombras pasaban por su lado, y ciertas mujeres hediondas y pintarrajeadas, con un brillo extraño en los ojos, le susurraban la infame proposición. Era preciso salir también de allí, alejarse, mezclarse a la luz, a la animación, a la vida pródiga de los demás. Y avanzó un trecho, siguió por la curvatura de las aceras hasta que ante sus ojos apareció la gran calzada del paseo del Marqués del Duero, de aquel Paralelo que, más arriba, se encendía de luminarias y carteles, y que lanzaba a los aires, en la oscuridad de la noche, el vaho potente de todos sus reflejos y el polvillo de su abigarrada luz.

Pero no podía seguir, no quería mezclarse a ese barullo; se sentía totalmente apartado de todo. Caminó unos pasos, errabundos, sin saber hacia dónde, cuando de pronto, a su derecha, se abrió de pronto el fulgor de una calle; era aquella calle, la «del Cid», corta, estrecha, maloliente, pero llena de vida y de animación. Contempló un rato desde su embocadura las luces, las bombillas, las estrellas eléctricas que se encendían y apagaban a intervalos, como a golpetazos, aturdidos e inconstantes. Y entró lentamente en la calle, arrimado a las paredes y a los portales, sin que su voluntad acertara a acompañarle lo más mínimo en esa determinación. Lo hacía sin darse cuenta de nada.

Sí, esa calle era testigo privilegiado de los asombros de Jeannine, de su ilusión, de su mirada encendida, en la noche inolvidable que fue la primera que pasó enteramente con ella. ¡Quién iba a anunciarle entonces el dolor que sentía ahora, quién podía vaticinarle aquella noche lejana las dimensiones inmensas de la ausencia, las cuevas profundas de la desesperación! Dio unos pasos, avanzando, y su rostro se encendió y se apagó, una y otra vez, como los otros, los de los que pasaban por su lado, con el mismo colorido azul y encarnado, proyectado por el reclamo de un garito inmundo en el que se comerciaba con pequeños objetos de goma y útiles sanitarios. Las acometidas de la luz destacaban y volvían a ocultar a intermitencias un objeto ortopédico para la hernia y docenas de gomas y jeringas. Y sintió asco; adelantó aún más, lentamente, hasta quedar junto a una abertura por la que se tenía acceso a un patio sombrío. Sí, era aquí donde ella se paró entonces, aquella noche, para curiosear embebida de sensaciones los ademanes obscenos con que un pequeño mendigo intentaba seducir a una chiquilla harapienta, que le observaba con una mirada absorta bajo unas deslustradas guedejas rubias. Y avanzó aún más. De la puerta de una casa que se abría y cerraba y en la que una bombilla colorada iluminaba malamente un trecho de acera, la misma mujer de entonces, aquel horrible esperpento con delantal, seguía fumando en la misma boquilla de madera del mismo cigarrillo humeante. Pero ahora esa figura le pareció trágica, hosca, hiriente, mientras que en aquella otra ocasión tan tierna no vio más que sus tintes pintorescos, su perfil sin insania, su trazo irónico, como un añadido propio del ambiente. Desiderio no sentía ahora ante ella más que odio, rencor, incapaz de hacer revivir otra emoción. Junto a él, por la calle del Cid, abigarrada, llena de luces de otra especie, Jeannnine había deslumbrado el paisaje con su andar calmoso, delicado, incomparable... Y de pronto Jeannnine ya no estaba, había desaparecido para siempre...

—Mascarita, mascarita, ¿quieres algo que no te dará nadie? —y un arrapiezo de pocos años, una niña morena, con la cara sucia, pellizcaba con el índice y el pulgar una de las aletas de su nariz, insinuando el maligno ofrecimiento.

Desiderio siguió avanzando, por el centro de la calle, para no tropezar con los chiquillos que se perseguían. Apoyadas en las puertas verdes y amarillas las mujeres lanzaban visajes y se insinuaban a los hombres que pasaban calmosamente ante ellas en lenta observación. El cartel de «La Criolla» fulgía sobre la jauría inverosímil. Acentuaba con sombras el grosor del vientre de una mujer, que ya no era aquella que llamara la atención de Jeannine aquella noche, pero que podía ser su hermana, o su par, su réplica más precisa. Y de pronto pasó rozando la toga de *dominó* del paseante una chiquilla que corría, que se escapaba y ésa sí era la misma de entonces, que estaba siendo igualmente perseguida desde el fondo de la calle con voces y manotazos por el mismo hombre sucio de las barbas y que hizo comentar algo a Jeannine cuando cruzó aquella vez por su lado. Y la chiquilla corría con un pequeño bulto en brazos, envuelto con una manteleta de lana negra. Aquél era el niño que, cuando Jeannine la vio, no había nacido aún, el que entonces abultaba su tripa y la hacía ser tarda, lenta al huir del hombre de las barbas, mientras ahora lo hacía con agilidad.

¡Jeannine, Jeannine, Jeannine! Por todas partes, ella; en todos los ángulos de su recuerdo, ella, la mujer excepcional, la mujer rubia, la mujer esbelta, la mujer portentosa que le había querido y que le había marcado con una señal indeleble. ¡Ella, ella, ella! No podía huir de esa imagen. Todo lo que estaba a su alrededor, el aire que respiraba trascendía a ella, aun con ser tan dispar del que ella exhalaba; estaba lleno de su rastro, de sus querencias, de sus voces... Esa presencia no le permitía respirar, esa presencia le abrumaba, le daba tirones por todas partes. Esa presencia le metió de pronto, bruscamente, en el interior de «La Criolla». Era imposible que las personas pudieran desvanecerse bruscamente con tal celeridad, que pudieran esfumarse con la sorprendente rapidez con que Jeannine lo había hecho, y era por ella, quizá, que todo tuviera remedio aún, un remedio tardío; quizá no era imposible que ella estuviera *todavía* en el interior de aquel local donde otrora se había arrimado a su brazo, donde había reído de las pullas que a él le lanzaban los invertidos en las letrillas de sus canciones, o con sus guiños grotescos. En alguna parte debían de quedar residuos, resabios de su paso, de su existencia... Y un fragor de risas, de gritos, de voces de falsete, vino a aturdirle en el momento en que sentía que ella pudiera muy bien haber quedado allí. Eran las voces, los alaridos, la mímica desabrochada, la gesticulación adocenada de los mascarones desabridos que empezaban su gran mascarada; docenas de gentes del *milieu* que se abrazaban en el centro de la pista, muchos de ellos mostrando desnudeces abyectas, según la guisa de las bayaderas del «Moulin Rouge», con sólo leves filamentos de una bisutería sucia tapando sus carnes. Se movían y apiñaban pintados, excitados, sacados de su quicio de otros días por la bebida y por la loca persuasión de ser esta noche de Carnaval verdaderamente distintos a sí mismos y distintos también de su descarnada catadura habitual. Desiderio apartó con el brazo a uno de los invertidos que le provocaba, que se acercaba a él, lleno de polvos y exhalando un penetrante perfume que daba náuseas. Sobre los abundantes espejos en los que se hallaban escritos los nombres de guerra de las *vedettes* de aquel antro, la algazara multiplicaba hasta el infinito sus perfiles. Sobre el tablado un arlequín, un payaso de circo cantaba una canción impúdica, algo que arrastró a Desiderio hasta el recuerdo más hiriente de Jeannine, hasta su nostalgia más dolorosa, que le hizo estremecer y que trocó de pronto su evocación en una especie de agonía delirante. Y una vez y otra vez el personaje repetía su estribillo, sin parar, sin piedad alguna...

Quand je suis grise
je dis de bêtises
et j'oublie mon gigolo;
comme mes copines
j'aime la morfine
ça devient tout rigolo...

Dio un empujón a una máscara, a cierta mujer —u hombre— que llevaba una careta de cartón impasible, en la que brillaba el barniz, y que era una mueca enorme y solitaria sobre un tronco que se movía a impulsos, como por los resortes secretos de un mecanismo extraño. Esa máscara dejó de abrazarle, de acorralarle contra los flecos de papel de un mantón de Manila estampado y con cintajos que colgaba de la barandilla de uno de los palcos. Oyó a esa máscara dejar la voz de falsete y lanzar una exclamación airada con vozarrón de hombre. Se lamentaba de que iba allí por nada, y que estaba solo, y que no era hora de finezas y de remilgos. Y Desiderio sintió que era verdad, que estaba solo. Pero no que estaba allí por nada. Estaba allí para buscar a Jeannine en la revuelta de los mascarones, en su torbellino, en su guirigay. Y de toda aquella muchedumbre alocada ni una sola voz le respondía, ni una sola silueta dejaba de serle hostil. Poco a poco, sobre los acordes de la música y del sonsonete de la cupletista, se fue posando un sucesivo silencio; poco a poco se fue alejando del local y sintió de nuevo en sus miembros, en su rostro, sobre su piel sudorosa, el contacto del aire salino y de la humedad de la calle.

Las mujeres decían cosas obscenas con una voz cascada en las esquinas. Para ellas no había orgía de Carnaval, no había más que el paso silencioso y caviloso de los hombres, sus miradas certeras, su brillo de deseo y de lascivia. En la sombra, la punta encendida de sus cigarrillos formaba pequeñas constelaciones diminutas, que rasgaban el aire en meteoros fugaces, en caídas súbitas y en rápidos sesgos y trazos.

Salió de la calle del Cid. La punzada de la ausencia de Jeannine y de su desamparo irremediable no había hecho más que crecer; y la desolación arreciaba minuto a minuto, mientras la noción de su abandono se iba tornando más clara, más palmaria, mientras se iba evidenciando ya sin remedio aquella realidad: la de que Jeannine ya no estaba. Y, paso a paso, un clamor de mar, aquel rumor que hace el oleaje en alta mar cuando azota la coraza de los buques, parecía embestir contra él, contra su ser sin norte, contra su cuerpo a la deriva, que flotaba en las sombras del barrio chino. Caminó huyendo de esa soledad. Se fue acercando lentamente a las Ramblas. Pero antes de llegar a ellas, del fondo de un local con luz brillante sonó una voz aguda, una voz de mujer quejumbrosa, doliente, que rasgó el aire. Y ese quejido alumbró un recuerdo más, otro recuerdo que afloraba de súbito, impensadamente, desgarrándole.

No quiero ya a esa cordera;
que de tanto acariciarla
se volvió fiera...

No podía más. Se revolvió contra esa sensación de vacío, contra ese hueco insondable que sentía en el corazón. Salió a la Plaza del Teatro. Los seres, a puñados, se cruzaban en aquella abigarrada plazuela. Subió por las Ramblas, sin mirar a nadie, dando empujones al vacío, como si peleara con un fantasma. Cruzó hasta las arcadas de la Plaza Real. Los altos porches abrigaron un instante su desazón. Luego entró en el portal de la casa de Jeannine. Subió uno a uno los peldaños, sin detenerse, ahuyentando la imagen de ella, la manera que tenía de apoyar su mano en la baranda, el tornasol de vivos colores que había iluminado su cara aquella otra tarde, como la de una imagen de un vitral, junto a los cristales multicolores del ventanuco, cuando se volvió para ser besada. Y de lo alto, de lo más alto, le llegó un gruñido, algo que le dijo que Jeannine no se había marchado del todo, algo que quedaba de ella todavía allí. Era «Yucki», que lloraba dolorosamente encerrado en el piso.

XXVII

Durante un largo rato estuvo escuchando el silencio de aquel cuarto que la presencia de Jeannine, sus pasos quedos, el rumor de un pliegue, el tintineo de un cristal, había quebrado tan sutilmente otras veces. Ahora sólo era rasgado por la quejumbre del pequinés, que estaba tendido en el suelo sin moverse, mirándole con unos ojos tristes, mustios y doloridos. Desiderio se había sentado en la mecedora en que ella muchas veces se había balanceado para escuchar los acordes de «La muerte de Isolda» o del «Concierto de Brandeburgo». Jeannine había dejado su pequeño ático de tal manera que parecía que ella pudiera volver a entrar impensadamente en cualquier momento. Por lo visto, al marchar, había arramblado precipitadamente con las prendas más precisas, pero una parte de su ajuar estaba desperdigado sobre los silloncitos y la cama. En un rincón, un zapato desapareado; echados al suelo libros y vestidos, algunas prendas de ropa interior y un par de sombreros. Ese revoltijo era como una última pirueta de Jeannine, como el detalle preciso de sus últimos gestos, de sus pasos postreros, de su nervio de última hora. Y, sobre el tocador, quedaban algunos de los frascos casi vacíos de su *toilette*, abandonados en la precipitada recolecta de sólo los más precisos. Pero lo que era el rasgo más vivo de la huida de Jeannine eran unas palabras que había escrito sobre la superficie del espejo del tocador, con el extremo de su barra de *rouge*, que podían leerse con sólo situarse en un ángulo en que se volviera opaca la masa de cera y de pasta roja allí dejada: «*Soignez bien "Yucki". Merci.*»

Ésas eran las postreras palabras indelebles de su amante, de su garabato de despedida. En ellas parecía escrito temperamentalmente y como sin querer el carácter de su amiga. Las letras emborronadas en el tramo más alto del espejo de tocador, de modo que cuando leyó el aviso Desiderio vio detrás de él, mezclado a él, su propio rostro macilento y extrañado.

Ahora la huida de Jeannine, su abandono, se hicieron definitivos en el ánimo de Desiderio. Ya no estaba en la calle, donde cada esquina, cada travesía, cada portal podía parecer un hueco donde ella pudiera haber sido escamoteada, hurtada de improviso. Estaba en su cuarto, en su casa, frente a todo lo que ella había abandonado sin cuidado y sin atención; y no era mucho más que ese zapato desapareado o ese montoncito de ropa que ella había renunciado a llevarse.

Al pensar en eso, sintió tal dolor, le pareció tan inútil todo cuanto hiciera para equilibrarse, que pensó que si le dijeran que iba a morir allí mismo, en aquel instante, le hubiera parecido que eso era lo natural. Y esa idea de la muerte vacilaba entre sus pensamientos, le iba dominando, le iba cercando sigilosamente. Contempló una vez más cada uno de los estantes del pequeño ático. Paseó su mirada en el ropero abierto, en los estantes de libros, en el fonógrafo, en los estores de la ventana, pensando que los contemplaba por última vez, que en realidad ya estaba muerto y que quizá la muerte no fuera mucho más que esa mirada impasible, incongruente y sin amor hacia todas las cosas. Y la mecedora chirrió, la madera tuvo de pronto también su quejido imperceptible, que vino a herirle con una mínima saudida, y apretó en su bolsillo el bulto de plata del bolso de Jeannine, con intención de dejarlo allí, encima de la repisa, ya inservible, inutilizable. Pero al sacarlo de su bolsillo lo sopesó, y lo abrió, y se encontró con el conjunto de aquellas tres interioridades que ella había guardado celosamente como un secreto personal, en las que no dejaba que él pudiera entremeterse: el espejito enmarcado en diamantes, la pistola de puño de nácar, la caja de inyectables, con la pequeña cápsula en la que bailaba el líquido aturdidor y sosegante.

Ésta era el alma de Jeannine, pensó de nuevo. En esas tres cosas estaba resumida Jeannine toda entera: su actitud expectativa, que quería observarse íntimamente y hasta lo más hondo, que se contrastaba a cada instante con los demás, y su actitud soñadora, su actitud huidiza de las realidades, del contorno. En esos tres objetos se patentizaba plenamente Jeannine, cabalmente y por entero. Y así sintió que al estrujar el pequeño bolso conseguía atrapar al fin algo muy concreto de Jeannine, cuando Jeannine ya no estaba.

Se levantó. No podía aguantar aquel dolor, la desolación que le anegaba. Eso es como la muerte, pensó. Así deben de sufrir los que agonizan, cuando se mueren inconscientes balbuciendo palabras que no se llegan a comprender. Así sienten ellos. Y mientras pensaba en ellos, sin querer, automáticamente, asió por su puño la pistola, acarició su mango y sintió el roce arisco del nácar, que brilló varias veces con todas sus aguas ante sus ojos. Se había situado ante el espejo y pensó que ni siquiera meditaba en el dolor, en la desgarradura, en la sacudida de la herida y de la muerte. Iba a disparar sin un temblor, exactamente como si otra mano hiciera las veces de la suya, sin sentir ni miedo, ni remordimiento, ni cautela, ni incertidumbre. Lentamente llevó la pistola hacia la sien. La apoyó en ella y sintió sobre su latido el roce frío de la boca del cañón y lo apretó cuanto pudo sobre su piel. Si ahora disparara, ya estaría para siempre... o para nunca. Y se quedó así unos instantes, esperando que su propia indiferencia le hiciera dar el ciego gatillazo; se quedó unos instantes sintiendo el leve temblor que empujaba su índice hacia atrás, hacia el disparo. Pero no ocurrió. Allí enfrente, en el reflejo, estaba él y no era él. Era un *dominó* deslustrado que no tenía nada ver con él; no se reconocía en los rasgos de aquella cara que estaba a medias borrada por las letras del *rouge* caligrafiadas en el espejo; ni en el *foulard* encarnado, en el que dormitaban como dos lágrimas las dos perlas de su madre. Se vio como se ve a un testigo de nuestros actos, ajeno a ellos. Y en aquel momento le pareció ridículo cuanto hacía, el aspecto melodramático de su actitud, su incongruencia. Debía, sin embargo, matar, matar aquel fantasma estúpido que no cesaba de mirarle entre las letras de la súplica de Jeannine. Puso la pistola encarada al espejo, apuntó contra su propia imagen y, con un golpe rápido del índice, accionó el gatillo contra el cristal.

Y el fantasma incongruente de su propia imagen, aquel disfraz de sí mismo, no se alteró, no se movió; se quedó tal cual estaba en el reflejo. No había ocurrido nada. La superficie de azogue estaba intacta y el disparo no había proyectado nada, absolutamente nada contra él. Volvió a accionar el gatillo y entonces vio en el espejo, entre las letras de *rouge*, que el espectro vacilante que él era se echaba a reír de pronto desencajadamente, con una gran carcajada.

Se retiró, lanzando airadamente contra el suelo la pistola de Jeannine. Inmediatamente, después de mirar sus propios ojos turbios en la mirilla del espejito, lo tiró al suelo con la misma ira. El espejito se partió en mil pedazos, que eran como una múltiple quebradura de la imagen de ella. Y, muy cansado, con lentitud, empezó a prepararse el inyectable.

Se dio en el muslo una punzada viva, por encima del pantalón. Vació en su cuerpo la totalidad de la ampolla. Y luego se echó sobre la cama de Jeannine, jadeando de dolor y de fatiga y esperando que todo se calmara. «Yucki» había cesado de gruñir y se había dormido.

Asmodea oteó desde su asiento la gran planicie del baile que rodaba pausadamente a sus pies, por todo el espacio que abarcaba su mirada. Contempló la gran explanada de la pista, que cubría enteramente toda la platea del Gran Teatro, desde el foso de la orquesta hasta las puertas de acceso, como las aguas de un lago multicolor amansadas de un cabo a otro hasta la curvatura de los palcos. Para identificar en esta enorme superficie aquel mismo lugar en que, cualquiera otra de las noches del año, se sentaban con una atención devotísima los melómanos, los encopetados espectadores de la «Aida» o de la «Tosca» se necesitaba no poca imaginación. Asmodea la tenía, pero no se confundió, ni pretendió establecer comparaciones ni paralelos. Eso que iba rodando a sus pies, ante sus ojos, era la vuelta de la muchedumbre que aquella noche había ido al Liceo, desprendida de sus recatos de otros días, a gozar de la gran noche de las máscaras.

Las luminarias derramaban su luz sobre la totalidad del extraño mundo que, mesuradamente, sin alterar todavía las formas, se bañaba dócilmente en deslumbrantes destellos. Desde una de las dos butacas de propiedad de Antonio, en el anfiteatro, Silvia Romeu paseaba distraídamente su mirada entre los centenares de parejas que en aquel momento volteaban el vals. Los violines de la orquesta sonaban estruendosamente, rítmicamente, unidos con magnífica precisión en la armonía ensoñadora. Toda clase de colores, toda clase de siluetas formaban la rueda abigarrada del vals y los granates y los verdes, los blancos, los amarillos y los negros de las grandes casacas, de las túnicas de las faldas flotantes, se barajaban y confundían, cubriéndose unos a otras y dejando luego ver, en curiosa mezcolanza, en confusa componenda, según las vueltas y los retornos de la música, los más sorprendentes tipos y caricaturas. Una por una, cada una de esas máscaras tenía una consistencia particular, era un aspecto exagerado, cómico, singular, de una humanidad recién inventada, de un mundo novel, asombroso, unas veces tétrico, otras sutilmente galante. Pero en su conjunto, la oscilante masa era un rondón de tules, gasas, paños y terciopelos que pasaban sólo una misma pincelada de luz variante, como el revuelto contenido de un cubo de espesa pintura chillona que fuera agitada por las vueltas del pincel.

Un trecho más hacia arriba, la consistencia del teatro era la misma de siempre. Fuera de esa movediza muchedumbre, la vista reposaba en los detalles familiares, en los ángulos peculiares del Gran Teatro: los artesonados, los relieves, los plafones áureos sobre el gran mate colosal del balcón de los palcos; su granate característico, que teñía al local entero de una suerte de gran arrobo total, que parecía mullir el gran ámbito en los algodones más suaves, que lo guardaba como bajo el gran capitoné de un damasco mirífico, como los interiores blandos de un guardajoyas inmenso que acabara de ser abierto bajo una enorme luz. Las cortinas de terciopelo granate, las puertecillas de acceso a los palcos recordaban a todos los despistados el lugar en que se hallaban. Y en lo más alto, levantando aún un poco más la mirada, la naturaleza del gran local se confirmaba enteramente por el gran telón granate que tapaba la inmensa boca de la escena. A mitad de la altura de ese telón empezaba a sobresalir el relieve del anfiteatro. La comba elegantísima del piso arrancaba de uno de los extremos, y con toda suavidad, con el más fino diseño de una curva airosa, seguía toda la trayectoria del ámbito, sosteniendo en el aire, de uno a otro lado del local, el barandal recamado de molduras, en el que palpitaba el colgajo brillante, el pinjante lleno de destellos de luz de los lamparones, que infundían una claridad uniforme a todo el conjunto. Apretados a ambos lados por dos grandes columnas blancas y de oro, los proscenios rozaban la caída del gran telón de terciopelo, y formaban una hilera vertical de orgullosas balaustradas, ante los que se mostrara sin reparos la gracia entera del coliseo. Desde ellos, la sucesión de los pisos y su conjunto se podía abarcar con una sola mirada. Las cinco plantas del teatro formaban un bloque compacto, eran los cinco estantes airosos, apoyados uno en otro, de un soberbio *secreter*; cinco elegantísimos y ricos cajoncitos de los que se podría tirar para sacar de ellos el más antiguo, el más rumoroso y sugestivo secreto de los tiempos. Parecía que allí cada rincón, cada relieve, cada pulpa de luz guardara una memoria infinita de las cosas acaecidas, de los sucesos que habían hecho vivir y palpitar a la ciudad durante un siglo. Pero todo guardaba silencio menos la música evanescente, todo estaba pendiente de las vueltas de los violines, en la espléndida oquedad del vals.

En los palcos de la platea, algunas máscaras permanecían sentadas, sin accionar ni mezclarse todavía en la euforia de la danza. En el primer piso, aquí y allá, otras máscaras, otras gentes vestidas de *soirée* esperaban también. Y en los pisos superiores se veía asomar alguna vez a la baranda de los palcos el rostro de algún curioso, ciertos escorzos de mujer o el figurón de una máscara de tela coloreada que no quisiera ser identificada todavía. Con el foco de los binóculos todo ese mundo se acercaba, cada figura volvía a individualizarse, tenía su propia consistencia y su propia magnitud. Y luego, al dejar de ser miradas con el artilugio óptico, todas volvían a su imprecisión, a su anonimato.

Asmodea había observado con detenimiento, con el auxilio de sus binóculos de teatro, toda la magnitud del local. Se había entretenido en cada uno de los palcos habitados; había derramado su mirada con tesón, captando con el aparato los sucesivos enfoques de aquella humanidad distraída, lo más llamativo de la gran explanada del baile. Había visto acuñarse un instante, en la fugaz, la inasible baraja de las figuras que bailaban, multitud de dispares personajes: *pierrots*, exploradores, colombinas y gitanas, húsares, napoleones, tribunos romanos, damas medievales de punzante caperuza; toda suerte de habitantes del globo: mandarines chinos, exóticos hindúes de pomposo turbante, hadas y príncipes, faraones, faquires y lacayos. Los más distintos atuendos habían hecho su aparición en el redondel óptico, detenidos allí un instante para desaparecer de nuevo en la vorágine. Y la vista, poco hábil, se paraba de pronto como llevada a tientas, hasta que tropezaba en un paño de baranda de los palcos, y recogía de pronto un fleco del gran cortinaje, o rozaba artesonados, lámparas colgantes, objetos que no tenían nombre ni interés, peculiaridad anecdótica alguna en el conjunto de la mascarada.

Pero ni uno solo de los *dominós* que se multiplicaban por doquier, en la amplia, inalcanzable superficie del ámbito, ninguno de esos melancólicos personajes funambulescos que el instrumento óptico de Asmodea había captado podía confundirse con Desiderio Rius. Todos ellos eran otros, que se perdían en la rueda del vals o entre la multitud sin dejar rastro.

No es que tuviera la esperanza de que Desiderio Rius hubiera podido hallarse entre ellos, pero quería cerciorarse de que no estaba allí, antes de salir en su búsqueda. No era sólo la promesa que le había hecho a Jeannine antes de marchar, sino que estaba ella misma llena de una inquietud personal. No imaginaba cómo podía haber reaccionado Desiderio ante la partida de su amante, pero todos sus presagios y temores eran turbulentos.

A su lado, Antonio, en cambio, no se mostraba inquieto. Antonio Mira no solía preocuparse grandemente por la suerte de los demás. Cumplidor como era, según creía, de sus propios deberes, de los diversos quehaceres que llenaban su propia vida, su rutina y su esfera de acción, trazaba entre ellos y las preocupaciones de los demás una divisoria tajante. Era testigo de la inquietud de su amante, pero ya le había aconsejado repetidamente que no se desazonara, que cada cual cargaría con sus propios problemas, y que hiciera lo posible por no amargarse nunca las horas de diversión.

Pero de la misma manera que intentaba alejar a su amiga de los quebraderos ajenos, respetaba enteramente su manera de reaccionar. Si Silvia no estaba tranquila, ¿qué podía hacer él por ayudarla? Silvia pensaba, a su vez, que no era justo preocuparle a él por ella y hacía los posibles por disimular su estado de ánimo.

Al llegar al Gran Teatro, el grupo congregado en su casa se había disuelto. Anselmo Durán y su cíngara —por cierto, ambos ya bastante bebidos— fueron los primeros en separarse de todos los demás y, con el auxilio de sus binóculos, Silvia les había visto bailar incansablemente. El suizo y sus dos amigas se habían ido al bar; Clemente estaba sentado en un palco de la platea; Óscar Andrade y su modelo causaban sensación en la sala, a causa del frufrú de Monique, y Bernardo Catasús y Fernando Molins debían de andar en algún lugar impreciso. El champaña no había escaseado, para acompañar la cena, en casa de Antonio, y esa dispersión podía muy bien ser efecto de su prodigalidad.

Asmodea estaba persuadida de que Desiderio no podía estar más que en un sitio, y éste era el piso de Jeannine. Por otro lado, deseaba pasar cuanto antes por el piso, para ver cómo había dejado Jeannine su habitación y para hablar con la portera. Pero le preocupaba todo, poder socorrer a Desiderio en seguida; debía evitar que éste pudiera desesperarse demasiado y debía hacerle la mayor compañía posible, hasta que el primer baldón del golpe se hubiera amortiguado.

—¿Me perdonas un momento? —rogó a Antonio, sin indicarle adónde pensaba ir, para no molestarle, pues le veía muy a gusto en su butaca—. Volveré en seguida.

Al observar la determinación con que ella se levantaba, Antonio no le preguntó adónde iba. Con seguridad no quería importunarle.

—Si no me encuentras aquí, búscame en el bar o en el Círculo —se limitó a indicarle.

Silvia recogió los vuelos de su vestido de noche y cruzó la fila hacia la salida. Salió por la puertecilla, junto a los palcos, y luego al pasillo; recogió del guardarropa su *renard* y con él en los hombros bajó la escalera.

Caminaba apresuradamente. En las Ramblas su paso quedó entorpecido unos instantes en el tráfago de una multitud que se aglomeraba frente a la puerta del teatro, viendo llegar a las máscaras rezagadas. Más abajo, en la embocadura de la calle Nueva, frente a la Plaza Real, tuvo que detenerse para dejar paso a un grupo de energúmenos envueltos en unas sábanas viejas.

Ya frente al portal de Jeannine, picó con las palmas de sus manos para llamar al vigilante. Éste tardó un rato en llegar. Al fin, como ya conocía a Asmodea, le abrió la puerta y le entregó una vela encendida, para que se alumbrara en la escalera.

—La señorita Jeannine se ha marchado de viaje por unos días y me ha encargado que me ocupara de sus cosas. ¿Andará usted cerca toda la noche?

—Sí, señorita.

—Bien. Voy a subir ahora para ver cómo está el perro, y más tarde pasaré a recogerlo. Le daré a usted mi dirección, para que se la entregue a la portera mañana. Cualquier cosa relativa a la señorita, me la comunican en seguida. Ahora deje abierto el portal hasta que baje.

—Muy bien, señorita.

Dio una propina al vigilante y empezó a subir. En lo alto, puso su mano en el saliente de la ventana y encontró el llavín, tal como Jeannine le había indicado. Se dispuso a meterlo en la cerradura cuando se dio cuenta que la puerta estaba ya medio abierta, entornada. Esto, en cierto modo, la tranquilizó, puesto que era señal de que Desiderio estaba dentro.

Empujó la puerta y observó la estancia, a la luz de la lamparita de mesilla, que había quedado encendida. En la cama de Jeannine, tendido y sin que, al parecer, se hubiera dado cuenta todavía de su entrada, estaba, en efecto, Desiderio. Asmodea se acercó de puntillas a él, creyendo que estaba dormido, pero él abrió entonces lentamente los ojos de cara a ella, y seguidamente hizo un esfuerzo para levantarse. Su fatiga era evidente.

—No te muevas, no te muevas, descansa. Eso es lo que te conviene —tranquilizó la mujer, como si estuviera delante de un enfermo. Los rasgos del rostro de Desiderio indicaban esa alteración que es propia de la fiebre o de la enfermedad; pero ya no había en ellos desesperación, ni dolor. Estaba tranquilo—. Ya me he figurado que estarías aquí —siguió Asmodea, en voz baja, para no dañarle con una voz demasiado fuerte, o quizá para no despertar al perrito que, sin embargo, la miró, sin moverse, y luego volvió a tumbarse—. Reposa, reposa...

Pero Desiderio se incorporó. Se pasó las manos por los cabellos, para ordenarlos un poco. Luego se quedó sentado en la cama y lanzó un gran suspiro, como quien acaba de ser arrancado de un largo sopor.

—Luego, o mañana, arreglaré esto —dijo Asmodea, echando una ojeada a la habitación y observando el desorden. Vio en el suelo la pistola de nácar y los pedazos del espejito de Jeannine. Miró atentamente a Desiderio, pero no dijo nada. También vio, sobre la tabla de la coqueta, los restos de la ampollita y la caja niquelada.

Desiderio se pasó la mano por el rostro, con un gesto abúlico, inexpresivo, involuntario y tardo.

—¿Dónde estabais? ¿Habéis ido al Liceo?

—Sí, allí están los demás. Pero no te muevas, hombre... No te levantes.

Desiderio ya lo había hecho. Se desentumecía ahora apretando sus puños y distendiendo el rostro. Todo cuanto hacía era lento, tardo y automático.

—No, no. Quiero ir con vosotros. No quiero estar solo —afirmó.

Se acercó lentamente al espejo y se miró en él, como si se extrañara de que aquél fuera su propio rostro. Se palpó los labios, acercando el espejo la pequeña cicatriz que le había quedado de la mordida de Crista, en la tarde del Polo. Luego se tocó la frente, pasó por ella su índice, palpando imperceptibles irregularidades de la piel. Más tarde pareció darse cuenta de que Asmodea le observaba.

—Es curioso, es curioso... ¿No has visto lo que ha dejado escrito Jeannine? —indicó, señalando las letras del cristal. «*Soignez bien "Yucki". Merci.*» Y sonrió a Silvia, con una sonrisa cándida, como si el aviso que la otra trazara sobre el cristal cobrara una gracia increíble, inesperada, a sus ojos, como si fuera el más delicado de los mensajes—. ¿No te parece precioso? Jeannine es... una maravilla —dijo, dispuesto a emprender un largo monólogo—. Siempre que está en una situación decisiva se sale con una de esas. «*Soignez bien "Yucki"*» —repitió, silabeando cada una de las palabras—. Es como cuando vio aquel mono a quien habían dado el espejito. O cuando se asombró de las chicas que bailaban sevillanas. Es una pena que tú, Silvia, no la hayas conocido en momentos así.

Silvia le miró con ternura, a la expectativa. Respiró, tranquila, como si la locuacidad de Desiderio rebotara en su ánimo.

—Tienes razón. Y sin embargo, muchas veces a mí también me parecía extraordinaria —contestó, halagándole. Pensó que la ataraxia de Desiderio duraría por lo menos hasta que pasaran los efectos de la droga—. ¿Verdaderamente te sientes con ánimo de venirte al Liceo? ¿No te convendría ir a casa a descansar?

—No, no, por Dios... A casa, no —contestó él, con horror—. A casa, no. Al Liceo; eso es lo que me conviene. Hablaremos de ella, ¿no?

—Todo lo que tú quieras.

Asmodea sacó de su bolso un peine y lo tendió a Desiderio. Éste se lo pasó con lentitud por los cabellos, hasta quedar peinado. Luego se arregló los pliegues de su ropa talar y se afianzó el *foulard*, apretando el alfiler de las perlas.

—Dame, yo te ayudaré —dijo Silvia, acercándose y arreglándole el pañolón.

Se miró otro instante y se dispuso a salir.

—¿Tienes cerillas?

Alargó a Asmodea una caja y ella encendió el cabo de la vela que había sobrado. Asmodea se despidió soplando un beso hacia el pequeño «Yucki».

—No te muevas de aquí. Luego vendré a buscarte —le dijo al perrito en voz baja.

Cerraron tras sí la puerta del pisito, después de apagar la luz.

Por la tiniebla de la escalerilla descendieron hasta el portal. La puerta estaba abierta. Salieron al pasaje, bajo los porches.

El aire nocturno vino a aclarar y a despejar la frente de Desiderio Rius. Se paró un rato, sorbiendo a bocanadas aquella brisa confortadora. Se cogió del brazo de Silvia, que de vez en cuando le observaba como si sintiera aún un poco de temor.

—Vamos allá. Me encuentro bien, me encuentro muy bien, no sufras —tranquilizó mientras empezaba a andar.

Pasaron al centro de la calzada de las Ramblas; pero, al intentar avanzar, un continuo movimiento de los apiñados grupos se lo impedía. Pronto se dio cuenta Silvia de lo que se trataba. Todos los años bajaban de lo alto de la ciudad, desde Gracia, las máscaras de aquella antigua villa para enfrentarse en plena Rambla con las que vienen del Paralelo. Ése es un encuentro tradicional, casi histórico, que debió de haberse iniciado muchos años atrás, en los albores del siglo anterior, y que de año en año no hacía más que encresparse. Las máscaras que antaño vinieran por el polvoriento camino de Gracia al encuentro de sus antagónicas, lo hacían ahora sobre el asfalto del paseo, pero su iracundia y su acometividad no quedaban por eso menguadas. Al toparse con las del barrio portuario, que las esperaban a la salida de la calle Nueva, arremetían unas contra otras con toda clase de estacas y toda especie de objetos contundentes. Era un deporte singular, que debió nacer a raíz de alguna querella de Carnaval entre pequeños grupos de esas dos procedencias, y que había ido perdurando, incrustándose en los anales de la jornada.

Las máscaras que estaban dispuestas a defender el honor de una u otra circunscripción no iban disfrazadas con trapos vistosos ni hacían esfuerzo alguno por tener referencias o parecidos con ningún personaje histórico o folklórico. Por el contrario, sus atuendos delataban la más asombrosa improvisación. Estaban hechos con tapetes, con fundas, con viejas sábanas, con retales de las más groseras telas. También usaban los sacos y pedazos de alfombra, la malla de los calcetines para cualquier asomo de gorro o caperuzón. Esgrimían, amén de algunos palos, toda suerte de escobas, de cazos, de sartenes, de ollas, de inverosímiles jarrones viejísimos. En realidad, ésas eran las máscaras auténticas, las que habían echado mano de lo más próximo, de lo más inútil, con tal de zafarse, de mixtificarse, de ocultar de un modo grosero y grotesco lo que eran de verdad. Las alusiones obscenas y escatológicas menudeaban; los utensilios que llevaban y sus gestos aludían a las más hórridas funciones fisiológicas y abundaban las referencias a la maternidad, en caravanas orientales que llevaban en andas a mascarones de cara pintada, cuyo perfil simulaba el de las mujeres grávidas, con la cintura llena de almohadones bajo la mugrienta sábana que les cubría. Pero al llegar a la altura de la calle Nueva el espectáculo cambiaba de color. Las falsas mujeres más pletóricas abandonaban su catre para lanzarse a aporrear sin miramientos a sus oponentes del bando contrario. Se armaba una polvareda y un griterío indescriptible. Se zumbaban de lo lindo, sin miramientos, con todo realismo. En el batacazo solía haber todos los años heridos y contusos de todo género, que acababan la noche en el hospital con algún hueso roto o con algunas costuras cosidas de prisa en la casa de socorro más próxima.

Cuando Desiderio y Silvia se pararon ante la calle Nueva, la batalla estaba comenzando. Como es natural, antes de la arremetida se pasaban unos minutos en que ambos bandos se lanzaban los más soeces insultos para enardecerse convenientemente. Asmodea y Desiderio cruzaron hacia la acera en el curso de ese prólogo. Inmediatamente que hubieron cruzado, la batalla empezó.

Grandes y chicos, en medio de un gran volandeo de sábanas, se enzarzaron en la más descompuesta batalla campal. Al cabo de unos segundos volaban las sillas de boga del paseo y se veía agitarse un gran bosque de palos y de escobas. Se oían gritos de todo género, no aptos para ser transcritos.

Asmodea y su acompañante quedaron unos instante mirando la pelea, pero sin mucho interés. Un gordo Baco en camiseta, con una gran corona de ramaje sobre los cabellos pintados de verde, soltaba tremendos patadones a quienes se ponían a su alcance, parándose de vez en cuando para tragar pacientemente el hililllo de vino negro que hacía salir con fuerza del pezón de su bota de piel, y que se derramaba sobre sus mejillas y su boca grasienta. Una «embarazada» las emprendía contra un grupo de truhanes que la rociaban con un sifón, mientras de ella se iban derramando almohadones.

Pensaba Desiderio en cómo hubiera mirado Jeannine aquella turbamulta. Y sintió entonces que ella estaba lejos, que estaba en medio del mar, y hasta le pareció sentir bajo sus pies la oscilación del barco, el crujir de los maderos, la oscilación que hacía todo él al avanzar entre las aguas. También sintió el ruido del mar, rítmico, monótono, y pensó en un gran paño de agua azul, inmensa bajo el halo de la luna, sin más que silencios y sombras, agua y viento por todos lados. Pero no sintió dejadez ni dolor ante esas imágenes. Le parecía que Jeannine era feliz, que él lo era también por haberla amado, que los dos se seguirían queriendo en la distancia y que ese amor les llenaría de luz toda la vida.

Interrumpió su soliloquio el bramido de un motor, y el paso raudo de un pequeño coche colorado, a frenazos y bruscos aceleramientos entre la muchedumbre que se aporreaba. El vehículo estuvo en tris de atropellar el beodo de la bota, que lanzó contra él una sarta de insultos. Era el coche de Pablito de Inglada, y Desiderio vio confusamente el torso del hombre, junto a la silueta de una figura femenina vestida de azul, con un alto peinado pintoresco y petulante, bajo el cual Desiderio no pudo reconocer a Crista.

Asmodea le cogió nuevamente del brazo, invitándole a andar. Toda la Rambla estaba iluminada; los escaparates fulgían como en día de labor y la calle rezumaba bullicio y un clamor sonoro hecho de los ecos más dispares.

Llegaron frente a la puerta del Liceo. Desiderio se dio cuenta de que sus zapatos estaban manchados de barro, pero tampoco eso tenía la menor importancia en aquellos momentos.

La entrada del teatro y la ancha escalinata de mármol le dio la noción clara de todo lo que había ocurrido en el curso de aquellas horas. Le pareció que todo el trecho que iba desde que entró en el piso de Asmodea y vistió su disfraz hasta este momento era un hueco terrible en su vida, algo sin peso, como un bulbo solitario y mortífero crecido de pronto en el flanco. Él se había preparado unas horas antes para venir aquí, y aquí estaba. Pero nada de todo eso ahora se parecía a aquello. Todo había cambiado bruscamente de sentido o, mejor dicho, todo lo que antes tenía un sentido había cesado repentinamente de tenerlo. La gran escalinata ya no correspondía al espacio que ocupaba en el mundo, no era ya la escalinata de aquel Gran Teatro, en el que en definitiva él tenía un entronque, sino un lugar abstracto, sin filiación, sin naturaleza, sin destino. Los disfraces que subían por la escalera no correspondía tampoco a nada concreto, no eran seres humanos con los que cupiera una relación, por trivial que fuese, no eran sus contemporáneos ni sus paisanos, sino espectros huidizos de otro mundo, de un mundo sin pasión, sin afección, sin carnadura. Quizá todo lo que estaba viviendo no existiera aún, o quizá ya había pasado y no era más que una reminiscencia. ¿Qué importaba todo? Lo cierto es que no sentía el menor dolor, sino una gran mansedumbre, hasta una dulzura especial, un enternecimiento por todo y para todo. Y Asmodea le llevaba, sosteniéndole suavemente.

—Podemos ir a buscar a Antonio. Me ha dicho que seguramente estaría en el bar, si no estaba en el anfiteatro.

Pero Desiderio no quería ver a nadie más; Desiderio se sentía bien como estaba, solo consigo mismo, y quería saborear aquella sutil bonanza de su intimidad espiritual. También hubiera querido tenderse, reposar, quedar sumisamente absorto sin hacer nada, sin requerir nada, sin propósito alguno; adormecerse lentamente. Y le dijo a Asmodea que prefería que se fuera a buscar a Antonio, y que luego, si querían, volverían a encontrarse.

—No puede ser. No puedo dejarte solo, amigo. ¿Por qué no quieres que esté contigo? —Y en la propuesta se expresaba una gran ternura.

—Bueno, ven si quieres. Pero es que pienso meterme en el palco de casa. Desde allí se ve bien todo. Allí me encontrarás.

—Buena idea —dijo ella—. Te acompaño allí, a condición que no te muevas. Yo iré en busca de Antonio.

Así lo hicieron. Desiderio se hizo abrir la puertecilla de acceso al palco por el ujier, que le saludó afablemente. Abrió la luz del antepalco y se sentó en el taburete. Se oía del otro lado de la cortina el eco estupendo de la música de la gran orquesta, el rumor de los pasos de la muchedumbre que bailaba, y un rumor de voces y de conversación.

Allí quedó sentado largo rato, sin pensar en nada concreto. Nunca había mirado tan atentamente cada uno de los objetos que formaban la decoración de aquella minúscula salita. El espejo pequeño, el colgador, el papel floreado, la repisa de madera para dejar allí un momento las joyas o para tener en ella unas flores o un cepillo; la mesita, en la que había un cenicero de cristal. Todo quedaba anticuado y pensó Desiderio que aquel antepalco era como una imagen de su propia alma abandonada. Cuanto había ocurrido allí le parecía ahora un extraño reflejo de lo que ahora le ocurría. Y al mirar el espejo pensó primero en Jeannine, pensó en sus cabellos, en su peinado. Pero después, por una extraña transmutación, la que fue apareciendo, la que se fue perfilando fue otra imagen femenina, que aún no tenía nombre o si lo tenía estaba amortiguado por un olvido lejano e inclemente; y esa figura, esa faz, se fue amasando, cobrando forma y color, y Desiderio se levantó lentamente del taburete y se fue acercando a la mirilla deslustrada y espolvoreada por los años, en la cual apenas si se podía ver.

Sí, en aquella superficie de azogue mordido y enturbiado por los años se había reflejado alguna vez el rostro de su madre, y en aquel suelo ella había reposado, tendida y muerta. Sintió como temor de pisarlo. Sintió temor de la estrechez de aquel reducto exiguo, temor de quedarse solo allí. Y raudamente, por un impulso repentino, con un cierto escalofrío, salió al palco.

El baile había desarrollado toda su alfombra rutilante y el Liceo entero era un brillo de luces, un rigodón gigantesco, una mazurca de otro tiempo completamente desenvuelta. Centenares de parejas se movían en toda la extensión del gran salón granate, dorado, amarillento. La sonoridad majestuosa de la orquesta parecía llenar la inmensa concavidad de aquella rutilante caracola. Las damas y jovencitas con los más diversos y coloreados atavíos, llenaban por entero el local, y grandes ojos hermosos se abrían y pestañeaban detrás de los antifaces, asombrados de tanta luz, de tanta riqueza y de tanta gracia. Y el alarde sensual de los escotes de las más distintas formas, correspondientes a las modas y a los usos más arbitrarios y diversos, ponía un atractivo incitante en todos los ángulos con la pincelada de la joven carne palpitante bajo las joyas y los terciopelos. Las piernas de muchas mujeres se mostraban impúdicamente por mor del disfraz en el fino molde de seda y desde la altura se veía a los hombres que bailaban acariciar lentamente, insistentemente a sus parejas, desearlas con un arrobo sordo, sin discreción y sin arrebato. Pero muchos conservaban puestas todavía las caretas y había arlequines y chinos de larga trenza en todos lados, mientras se oía, en algunos palcos cercanos, el estampido de las primeras botellas de champaña al ser descorchadas.

¿Dónde estará Jeannine?, pensó Desiderio. ¿Es posible que ninguna de esas mujeres sea ella? Pero ¿para qué razonar? El rumor del mar se diluyó en el vívido fulgor trascendente de esa humanidad amasada, fundida con el tono granate de los cortinajes y de los palcos. Todo parecía surgir de la amable tonalidad atrayente y lánguida de esa pulpa de luz granate disuelta en el aire y en la inmensidad de la sala que la música llenaba con su poderoso y armónico clamor.

Era preciso mezclarse en ese tumulto, era necesario fundirse en la alegría de los demás, era necesario diluirse en paz y con entusiasmo en la gran zarabanda. Y Desiderio salió de su palco, sin preocuparse de apagar la luz.

Salió al pasillo y cruzó entre unas máscaras femeninas que pasaron por su lado riendo. Ni se volvió siquiera.

Bajó por la escalera y entró en la platea. Quedó arrimado en uno de los ángulos del pasadizo de entrada.

La piña de las parejas discurría tumultuariamente sobre la enorme pista. Desde allí, los acordes de la orquesta sonaban lejanos, perdidos en la gran oleada de lo rumores que hacían las parejas al bailar. Junto a Desiderio, rozándole, pasaron un gran guerrero, un Gengis Kan de careta enorme con rasgos mogólicos y su pareja, una bailarina con una gran cola de pavo real, a la que sostenía con la mano para evitar que fuera pisada por los demás. Luego un lagarto inmenso, un dragón solitario de ojos verdes de cristal, abrazado a una mariposa cuyas alas apenas ocultaban la gran espalda femenina, hermosamente desnuda. Luego un *chauffeur*, con bata blanca, gorra y una careta risible, que se agarraba a una gruesa bayadera hindú, con pantalones de seda rosa sujetos por anillas en el tobillo y el rostro púdicamente tapado por el velo. Y otras parejas y otras máscaras, que volteaban airosamente, como aisladas de toda música, por una suerte de rutina auditiva singular. Y de pronto, cierto «pelotari» aplastado contra una fina cíngara morena y de piel fresca y juvenil.

—Desiderio...

La pareja se acercó a él. Anselmo se desprendió de la chica, que quedó un poco alejada, haciendo unas muecas, sacando la lengua y moviendo los brazos, burlándose de su pareja. Sin duda Juanita estaba bebida. También lo estaba Anselmo.

—¿Verdad que tienes palco? ¿Por qué no me dejas que vaya a él? —barbulló, riendo.

—Ve si quieres. No tienes más que entrar. Lo he dejado abierto. Es el once de arriba.

El «pelotari» volvió a abrazarse a su pareja, con más denuedo. Pronto desaparecieron entre la marejada. Y Desiderio abandonó aquel lugar; dio un rodeo, bajo la baranda de los palcos. Se acercó al pretil de la orquesta, al foso de los músicos, debajo del escenario. Desde allí miró a lo alto.

Parecía que todo el inmenso salón, que la fachada radiante de los cinco pisos apilados, fuera a caer, pudiera derrumbarse de pronto aplastando tanto movimiento y tanta vitalidad. La gran lámpara del techo parecía removerse, como si fuera empujada por un viento de cumbre. Todo puede caer, todo puede venirse abajo, pensó Desiderio. Y esa sensación de vértigo le hizo alejarse de nuevo. Subió los peldaños de la escalerilla y cruzó por detrás de los palcos. A través de las puertas abiertas de algunos de ellos se veían escenas picantes, alguna botella sobre la mesa, aquí la pierna tendida de una mujer, más allá el beso que se daba una pareja, ella apretada contra el tabique del antepalco, bajo el colgador. Y rumor de risas y aspavientos a través de los cortinajes.

Avanzó hacia la salida. Pero dudó un instante y volvió a subir por la escalera. En ella se habían sentado algunas parejas. Cuando pasó, una de ellas se apartó y en un movimiento apresurado la mujer, una muchacha joven, pletórica, vestida con un traje holandés, mostró el corpiño abierto y por él la silueta de un seno firme, jadeante.

Subió hasta el *fumoir*. En los bancos del salón de los espejos parejas de hombres y mujeres, a quienes los disfraces empezaban a resultar incómodos, ya desprendidos de sus caretas, se acariciaban. Otras se susurraban cosas al oído y muchas de ellas reían, reían desconsideradamente, acaloradamente, bajo los efectos de la bebida. Y aquel mar de sensualidad y de deseos se estaba encrespando y Desiderio se sentía solo, absolutamente al margen de él, dominado por una terca sensación de bonanza que le decía que nada de aquello merecía en aquellos momentos la pena, y que, sin embargo, era necesario mantenerse en pie.

Entró en el círculo del Liceo. Lo hacía todo como un autómata, sin saber con exactitud a qué se debía ninguno de sus gestos, ninguno de sus pasos.

El conserje le saludó llevándose la mano a la visera. Cruzó por el salón que Casas decorara. Los bellos plafones estaban llenos de figuras amistosas, de figuras pretéritas y amables y miró distraídamente, saludándola con una sonrisa, la de aquella hermosa automovilista de fin de siglo. Luego, entró en el salón de juego.

Había un silencio absoluto sólo rasgado por la voz del *croupier* y por el chasquido de la bola al dar contra los bordes de la ruleta.

Sacó de su cartera todo el dinero. Eran tres mil pesetas, y algunos billetes pequeños. Compró unas fichas. Se acercó a la mesa verde en la que volteaba el círculo, la rueda. Los jugadores formaban un círculo sombrío a su alrededor, y allí ya no había rastros del Carnaval, ni nadie sabía en qué día ni en qué lugar se hallaba.

Apiló unas cuantas fichas en uno de los cuadrados. Luego puso otras en otro.

—Ocho negras; color gana, encarnado pierde.

La pala del *croupier* recogió rápidamente los redondeles rojos. Apiló nuevas fichas en otro cuadrado.

Y empezó a rodar la bola, y luego empezó a tintinear, y no quedó más ante sus ojos que aquel chasquido rápido y breve que dominaba sobre su calma extraña y su extraño vértigo, en el que todo empezaba a quedar muy lejos.

XXVIII

Pablito de Inglada y su adorable carga habían cruzado sobre las ruedas de su *voiturette* colorada toda la muchedumbre que se movía y se zarandeaba en el fregado de la calle Nueva, a punto de atropellar a más de uno. Pero Pablito no sabía frenar. Era tal su satisfacción, su ilusión y su entusiasmo, que el menor de sus reflejos obedecía a esta gracia singular de que estaba imbuido en aquellos momentos. Había aliñado el trayecto con grandes risotadas, que se mezclaban al estampido del motor. Y ahora, al dejar el coche junto a la acera, a unos metros del pórtico del Gran Teatro, puede decirse que no cabía en sí de gozo.

Había hecho saltar a su pareja de la carlinga, cogiéndola por el talle y llevándola unos palmos en el aire, hasta que ella hubo de chillar, entre asustada y divertida. Luego la cogió de la mano y sin mirar a nadie la arrastró a través del portal y escalera arriba. Ya se oían los acordes de la música y un vago murmullo de muchedumbre. Se abrió paso entre unas máscaras que obstruían la entrada del salón y la graciosa Pompadour y el atlético heredero se encontraron en la gran atmósfera del baile de Carnaval.

Casi no tuvo tiempo Pablito de pararse a observar cuánto lujo, cuánta satisfacción, cuánto brillo se diluía en el ambiente. Echó una rápida mirada a la altura y luego cogió nuevamente de la mano a Crista e hizo que le siguiera unos pasos, hasta la plataforma del baile. Rodeó su seductor talle de favorita, que era como el de una emperatriz y, prestando un momento de atención al ritmo musical que se desfloraba a lo lejos, inició con ella los pasos de la danza.

Todo empezó a girar. Giraron los palcos más cercanos y los lejanos proscenios, giraron los del anfiteatro y los del cuarto piso, y los plafones, y los artesonados, y los cortinajes, y el gran telón de terciopelo, y los lagrimones de cristal y la inmensa lámpara del techo. Giraron los alabarderos y los hindúes, los arlequines, los centuriones, las sílfides, las colombinas, los marineros, las damas medievales, los mejicanos... Frente a todo eso que giraba, ante el enorme tiovivo que rondaba inmensamente a su derredor, sólo había algo inmóvil, sólido, perfecto, inmutable: el rostro de porcelana de Crista, sus bucles admirables, los pendientes que llevaba colgando de sus orejas, el brillo de sus ojos negros y el rojo de sus labios gruesos y prietos. Sólo eso resultaba inmutable, sólo ese plano se mantenía en su lugar; y el escote juvenil, pletórico, que realzaba y sostenía, por la columna de un cuello admirable, ese dechado de belleza.

Pablito se sintió languidecer, sintió que desfallecía de golpe toda su corpulencia, y que todo lo que él era se convertía en un niño cobardón y asustado. Crista no le había dado nunca el *sí*, ese ansiado *sí* en que cifraba toda su dicha futura. Y Pablito estaba decidido a que ésta fuera la noche de sus nupcias hipotéticas, estaba resuelto a que no pasaran esas horas sin arrancarle la aceptación.

Pero mientras tanto, Pablito daba vueltas airosamente, generosamente, aladamente. Chocaba el metal de su tizona contra faldas de época y contra piernas de pirata, moviendo a cada compás un rumor de metal y una tremolina. Volteaban al aire como una inmensa ala las vueltas de su capa granate; y los alones del sombrero de espadachín se iban volviendo más airosos y descarados al roce con el viento, en cada rondón. Su estampa arrogante dejaba vacío un espacio del gran salón de baile, y allí, en el centro de la gran sala, rodaba Pablito con la magnitud de una estrella, en una órbita inmutable, elíptica y parabólica, que era como la trayectoria de la luz que le enardecía y que le encendía por dentro y que rasgaba el cosmos de su derredor. Las luces, los plafones, las máscaras, los globos biselados parecían brillar de retope, al paso de ese descomunal meteoro radiante.

Y de pronto Pablito sintió algo que era como la presión a través del aire de otra fuerza contraria, como la coacción en su órbita de una estrella más fuerte que forcejeara para arrancar a la suya de su centro, de su acción milenaria, de su trayectoria ciega y abismal. Algo ocurría que torció sus pasos, que le obligó a moderar sus vueltas, que rozó vertiginosamente su entusiasmo con una premonición. Y es que Crista, de pronto, ya no le seguía con aquella agilidad portentosa en la que antes ella y él formaban una sola figura, una misma pieza, una sola estructura. Crista estuvo a punto de detenerse, y en la inercia del baile, de pronto las espuelas del espadachín se enzarzaron con las faldas del pomposo vestido femenino, desgarrando el damasco y la puntilla. Y Crista hizo un mueca de desánimo, mientras su pecho palpitaba por la fuerza del baile y de alguna emoción que quería ocultar. Pablito vio que ella, levantando provocativamente su mirada, la dirigía hacia arriba, en dirección a un palco de anfiteatro, donde un *dominó* solitario miraba con ojos errabundos la inmensa superficie del vals.

Al principio, Pablito no hizo un gran caso de esa mirada, de la actitud de Crista y de la tenacidad con que se quedó prendada en dirección del palco en el que Desiderio parecía dormitar. Nunca había creído Pablito que su compañero de cuartel fuera un enemigo de categoría. Confiaba quizás excesivamente en sus propias fuerzas, o desdeñaba con demasía la de su contrario. Se agachó con dificultad, debido a lo tirante de la faja roja que envolvía su cintura, y desenganchó sus espuelas del pliegue de la Pompadour. Se dispuso a volver a bailar, rodeando de nuevo el talle de la muchacha. Pero antes de dejarse abrazar de nuevo, Crista siguió mirando unos instantes sin disimularlo al palco de los Rius. Y luego, al bailar, lo hizo con desgana, con laxitud, desmedrada y sin ánimos. No seguía con prontitud los pasos del atlante, se equivocaba adrede y se obstinaba en bailar de cara al palco del anfiteatro, obligando a Pablito a bailar un vals en línea recta.

—¿Qué te ocurre, estás cansada? —le preguntó.

Crista hizo un signo ambiguo con la cabeza. Y luego se inquietó. Se movió nerviosamente, volviendo la cabeza; Pablito observó que la figura del palco había desaparecido. Crista volvió a remprender la danza, otra vez con fidelidad, sin tropezar, sin dar traspiés, pero completamente callada y seria.

Hubo una pequeña pausa y Pablito ofreció su brazo, para acompañarla a buscar un asiento. Pero cuando los violines volvieron a desgranar un ritmo de «black-bottom», renunció al descanso y quiso volver a bailar.

A mitad de ese baile el rostro de Crista volvió a iluminarse. Pablito notó que su pareja le empujaba discretamente, pero sin cejar, hacia uno de los ángulos de la gran sala, aquel que daba a la puerta de acceso del fondo. En una de las vueltas, Pablito miró hacia allá y vio, apoyada en el ángulo del pequeño corredor de salida, la figura de Desiderio Rius trocada con su deslucido traje de *dominó*. A partir de aquel instante el «black-bottom» se convirtió en un forcejeo sordo entre Crista, que impelía hacia la salida, y Pablito, que se enraizaba tercamente en los aledaños de la orquesta, zurciendo sobre el tapiz del piso unos pasos pequeños que no llevaban a ninguna parte.

—Parece que bailemos en casa, ¿no ves cuánto sitio sobra para bailar? —protestó enojada.

Pero Pablito no cedía; no cedió hasta que vio que Desiderio, caminando lentamente por el borde, se acercaba al pretil de la orquesta, se quedaba un momento allí, miraba a lo alto, y luego entraba en el pasillo, subía la rampa de salida y se marchaba de la gran pista. En aquel momento terminaba el «black-bottom».

—Tengo sed —dijo de pronto Crista—. Me voy al bar.

—Aguarda, te acompaño.

Pero Crista ya se había marchado. Cruzaba entre las parejas que volvían a sus asientos con toda la prisa que le permitía el enorme miriñaque que llevaba colgando en sus flancos.

Pablito se fue al bar. Y Crista, antes de que él traspusiera la puerta, pudo alcanzar a ver a Desiderio que subía por la escalera. Le siguió. Desiderio había cruzado entre las parejas que estaban sentadas en los peldaños. «Así estaría ahora yo de buena gana con él», pensó Crista. Y pidió a su vez que la dejaran pasar. Una de las muchachas, rozagante ella, se abrochó rápidamente el corpiño de holandesa, en el que se entrevió la rendondez del seno que intentaba cubrir con prisas.

Desiderio cruzó el *fumoir* y un visaje de desilusión se expresó en el rostro de Crista al verle entrar en el Círculo del Liceo. Estuvo a punto de seguirle, pero no se decidió. Dio media vuelta y con paso mohíno volvió a bajar la escalera. Luego se dirigió al bar.

Pablito estaba al pie de la escalera de acceso, mirando inquietamente a todos lados, sin dar con ella. Al fin, al volverse, la vio en lo alto. Dio un gran suspiro y luego sonrió, tranquilizadísimo y recobrado. Ni siquiera consideró necesario preguntarle cómo se había retrasado. La cuestión era que estaba allí.

En las mesas del bar, que estaban repletas, se confundían hombres y mujeres, máscaras y gente de etiqueta, en una animada algarabía. Se oía el estampido del champaña y muchas risas. Junto al mostrador, grupos de bebedores con sus parejas se movían agitadamente. Había una densa atmósfera de humo. Pablito buscó una mesa y, al no hallarla, abordó al camarero. Puso en sus manos una moneda y en el acto éste les llevó a un rincón donde había un velador solitario, oculto por los grupos a los que buscaban sitio desde la entrada.

—Siéntate, Crista. No puedo esperar más. Quiero hablar contigo.

El camarero trajo una botella de champaña. Les sirvió. Pablito echó un trago.

—Dime, Crista. ¿Quieres ser la madre de mis hijos?

El barullo del local, la facha del d'Artagnan, el humo, el griterío impedían entre otras cosas tomar en serio aquella declaración singular, que Pablito había leído en su infancia en alguna novela. A Crista le pareció que el caballero del chambergo estaba haciendo una broma más, digna de su atuendo.

—Estás loco. ¿A qué viene eso ahora?

—Te quiero, Crista. Siempre he soñado con una mujer como tú.

Crista estaba distraída mirando con extrañeza a un extraño figurón disfrazado de loro, de pajarraco de la selva. Todo él eran plumas verdes, hasta en lo sobacos.

—¿Qué decías?

—Escúchame, Crista. Contéstame dentro de una semana. Esperaré hasta el final.

—¿Casarnos? —Y sonrió, sin ánimo de dañarle—. ¿No crees que es muy temprano para pensar en estas cosas?

—¿Temprano? —preguntó Pablito, figurándose que se refería a la hora—. Nada de eso, es tarde.

—Yo te aprecio mucho, Pablo, no lo dudes. Pero de eso a...

—¿Qué quieres decir? ¿Crees que no sería un buen marido? Hasta ahora confieso que he hecho las cosas un poco... un poco mal. Pero desde que te conozco...

—Me gusta saber que te he hecho ir por el buen camino. Ves, nunca me hubiera creído que fuera capaz de esto.

Pablito tomó alientos.

—Crista. Me he prometido a mí mismo que me des el *sí* esta noche. Cuando me has propuesto venir me figuraba que...

—Bueno, hombre; no te pongas trágico. ¿Por qué quieres resolver siempre las cosas de la mañana a la noche?

—No, no tengo prisa. Pero necesito que tú me des tu conformidad. Se lo he prometio a... a tía Consolación. Ella me dijo que lo demás era tontear.

—¡Vaya con tu tía! Tontear, ¿eh?

—Lo dijo sin mala intención. Es una persona muy seria.

—No tengas prisa, chico.

—Sí, la tengo —clamó él, perdiendo los estribos—. Llevo un año detrás de ti... Si tú accedieras a quererme me harías el más feliz de los hombres. Además, tú serías la mujer más querida del mundo. Pero empiezo a estar nervioso. A veces pienso si... si no estarás jugando conmigo.

—Bah, en todo caso jugaríamos los dos... Pero no te pongas triste, chico. Haremos lo que tú prefieras. Dentro de ocho días te daré el «sí» o... el «tan amigos».

Pablito respiró, por primera vez desde que empezó el diálogo. Miró a Crista con los ojos suplicantes de quien está pendiente de la sentencia, una vez lista la causa. Ahora, era preciso no volver a hablar de ello mientras durara la noche de Carnaval. El espectro del Padre Rosal empezó a pasearse lentamente por su ánimo. Pensó en sus reconvenciones, en sus reparos, la tarde en que estuvo a verle: «¿Es comprensiva? ¿Es paciente?» Y miró a Crista, con ánimo de que su actitud la revelara perfecta de una vez, a sus propios ojos y a los de sus allegados. Claro que, vestida así, a la Pompadour, ningún juicio podía ser adecuado...

—Sólo te pido ahora una cosa. No piensas más en eso hasta dentro de ocho días. ¿Prometido? Además: ahora tienes que dejarme ir a..., en fin, espérame aquí. ¿Lo harás?

—¿Dónde vas? —preguntó al ver que se levantaba.

—Chitón, a callar —regañó ella—. ¿Me esperarás o no?

—Sí, aquí te esperaré.

Crista salió, cruzando con dificultad entre las mesas, por las que pasó su miriñaque con riesgo de tumbar copas y botellas. Pablito se quedó meditabundo en su rincón.

—Diablo de chica, ¿qué le debe ocurrir?

A su alrededor la animación bullía, se encrespaba, hacía

chocar copas y prorrumpir a las mujeres en agudos gritos histéricos. Desde lo hondo parecía escucharse la música de la gran sala, e iban llegando al bar y se iban turnando en él toda clase de máscaras. Pablito echó su mirada a todas ellas. Con tanto fervor como había entrado, y ahora estaba sintiendo que la noche se le venía encima de pronto.

Se sentía incómodo. Los pantalones de espadachín le apretaban, la ancha capa se le enroscaba por todos lados, el chambergo era inaguantable. Además, el champaña estaba caliente. Llamó al camarero con su gran vozarrón, harto ya de todo. Cuando llegó le encargó un «picón». Ésa era su bebida favorita y la única que conseguía hacerle remontar los tragos amargos, cuando los había. Era necesario remontarse. ¿Era eso el baile de Carnaval o un funeral de tercera? ¡Arriba se ha dicho!

Al principio, el «picón» le supo mal y tardó un largo rato en sorberlo a pequeños tragos. Empezó a extrañarse de que Crista no regresara aún. Echaba miradas impacientes a la escalera, en espera de verla aparecer. Apuró su negra bebida y estuvo un rato más con el vaso vacío sobre el velador. Cuando iba a pedir un renuevo pensó que lo mejor sería tomarlo en el bar, de pie. Se levantó y recogió como pudo todo lo que llevaba para pasar entre las mesas: espada, capa y chambergo. Con todo apretado en los brazos se abrió paso hacia el bar.

Le costó bastante trabajo hacerse con un hueco y apoyar allí parte de su corpachón. Pidió un nuevo «picón» y ése sí lo bebió de un sorbo.

«¿Qué le ocurrirá a esa maravilla? Si lo que quería es ir al excusado tiene tiempo de... En fin, no pensemos en ella así, un poco de respeto. Pero, vamos, que ya lleva más de una hora.»

Se enfrentó al barman y le hizo signo de que le sirviera nuevamente.

«Si me da el *sí*, la llevaré una tarde al Padre, para que la estudie a sus anchas. Eso sí, que se ponga un vestido no muy apretado; ¿cómo decía el Padre? Verbigracia; sí, *verbigracia* —subrayó con el pensamiento, evocando ya del todo la estampa del jesuita, sus reconcomios, sus latinajos—. Verbigracia aquel vestido que tiene gris, que es lo mejor para curas y sacristanes. También en ese vestido les gustaría a las tías.»

Se volvió, ya un poco más reconfortado, para mirar el bullicio a sus espaldas, con el vaso de «picón» en las manos.

El bullicio y la animación del bar crecían de minuto en minuto, mientras la incógnita del lugar donde estaría Crista en aquellos momentos mortificaba al joven Inglada. La chica llevaba ya un tiempo increíblemente largo alejada de él. Pero sus últimas palabras le impedían moverse del bar. «Por lo menos —pensó—, me podía haber citado en el salón, que es más ancho.»

En aquel momento una máscara de corta estatura, un organillero gesticulante, le saludó, con grandes gritos, acercándose a él entre los grupos.

Era Félix Pérez, el charlatán de chaqueta a cuadros, el conspicuo del «Iris». Estaba considerablemente bebido. Se lanzó a su cuello, abrazándole.

—¡Estás fenomenal! ¡Pareces don Quijote!

Las figuras literarias se confundían en la mente del organillero. Se volvió, para abrir paso a una «hurí», vestida con velos. Una gasa tenue cubría la parte inferior de su rostro, de ojos abajo.

—¡Mira quién está ahí! ¿La reconoces?

Pablito no sabía exactamente de quién se trataba. Además, su seguridad, sus alardes de poder, sus ganas de moverse y de animar a los demás, que en él eran habituales, brillaban hoy por su ausencia. Esta excepcional actitud no pasó inadvertida a Olvido, la «hurí» de marras, que descolgó uno de los corchetes de su velo y mostró de un golpe su boca grande y sus dientes blanquísimos. Sin ninguna consideración, como si estuviera en pleno «Iris», la morena se colgó a su vez de su cuello y se sostuvo así hasta que se desprendió por sí misma. Luego se ahuecó para quedar apretada contra él, entre su tórax y el mármol del mostrador.

—¿Qué te ocurre? ¿Estás aburrido? Si no pareces el mismo. ¿Y cómo es que no has vuelto a verme?

El asidero del bar, aquella zona horizontal y promiscua, llena de vasos, de máscaras y de ajetreados bebedores y la presencia de Olvido adosada a él, le electrizaron suavemente. Aquello empezaba a estar de acuerdo con sus ademanes y con su voz. Pidió un nuevo «picón», en vista de que Crista no aparecía, resuelto a entrar de lleno en el holgorio y a dejarse de historias.

Olvido quedó ajustada como una pieza de rompecabezas

en el espacio que quedaba libre entre él y el mostrador. El calorcillo que emanaba del cuerpo de Olvido y el leve tufo femenino, en lugar de resultar repelentes para Pablito, le hicieron ensanchar sus pulmones, un poco reducidos por su conversación con Crista.

Tragó el «picón» casi sin respiro y se sintió fuerte y seguro de sí. Inmediatamente empezó a vociferar.

—¿Dónde está Félix? —preguntó a toda voz.

—Anda perdido por ahí —contestó Olvido—. La lleva desde ayer.

Acababa de decirse que la mejor manera de demostrar al Padre Rosal que servía para casado era apurar hasta el máximo las posibilidades del tiempo que le quedaba de soltero.

Bebió un «picón», y luego otro, hasta cinco más. Ya no se acordaba de que esperaba a Crista. La negroide elemental y esbelta, cuyo rostro impávidamente risueño no debía esforzar para resultar terriblemente tentador en ocasiones así, y mucho más después de la larga continencia a que se había sometido en aquellos meses el d'Artagnan de Tarragona, empezó a prometérselas muy felices. Los movimientos y zarandeos de la mujer, trasladados al bar del Liceo desde la plataforma de níquel del bar del «Iris», contrastaban hasta tal punto con los negocios sentimentales que hasta entonces habían abrumado al heredero Inglada, que todo empezó a transformarse sutilmente en el ánimo del joven. Los flecos de sus pensamientos nefandos empezaron a desleírse en su caletre. Y presintió que iba a «correrla»; *prima*: porque Crista no había cumplido su palabra; *secunda*: porque Olvido estaba imponente; y la soberbia sensación de ser él quien iba a decidirlo todo, como siempre, y a su total antojo, renació con pujanza, apuntándole como una estatua vívida de la novelería dieciochesca en el mostrador del bar.

Bebía velozmente, sin decir nada. A su alrededor empezaron a fluctuar los seres. Unas máscaras iban a la sala de baile, dejando unos momentos el espacio libre, que venían a ocupar otros hombres con otras mujeres. Entre aquéllos sobrevino inesperadamente la figura de Félix Parés, abrazado a una odalisca romana. Se desprendió de ella y se acercó a Pablito.

—Me ha dicho un pajarito que te vas a casar. ¡No te cases, Pablito, no te cases! —clamó el menudo y chistoso estudiante, totalmente ebrio—. Los que se casan son unos cobardes.

De la manera más inesperada y gratuita el joven de los grandes sarcasmos acababa de llegar a la conclusión, a la terrible y firme conclusión de que su amigo y protector Pablito de Inglada era un traidor y un descastado. Había intentado infundirle durante años la filosofía del soltero, le había estado insuflando los arquetipos y estructuras de una sociedad renovada desde su raíz, a medias anarquista y celibataria, que aniquilara y desmontara la actual, caracterizada por el predominio de los padres de familia, y que extirpara totalmente de la faz de la tierra la hórrida fauna de las matronas que van para suegras, las madres de las niñas casaderas. Félix Parés había transitado por los casinos de las colonias veraniegas desparramando con eficacia su doctrina en los retoños masculinos más tiernos de las familias con cuenta en el Banco, a los que ilustró cínicamente y de la forma más clara sobre las maneras de llevar con decoro, y hasta con jactancia, las lacras más abominables de la promiscuidad sexual. La tribuna de sus extraños idearios solía ser el patio de Derecho de la Universidad, apretando bajo el brazo el sucio montón de papeles de los apuntes y los libros de texto, y a seguido de la lectura del Marqués de Sade y de la asiduidad a las sesiones de «cinema cochón». Había perforado en todas las aulas, con grafismos brutales, la madera de los pretiles de los bancos escolares con repugnantes y primarios bajorrelieves que hacían sonrojar a algunos estudiantes de primero recién salidos del colegio. Este producto ínfimo e infame de una cópula mal aprovechada poseía una inteligencia singular, atrevida y vivaz. Pero quién constituía su ídolo, por ser su primero, más brillante y distinguido discípulo, era Pablito de Inglada. Éste le había correspondido considerándole durante un tiempo poco menos que un genio.

La arremetida de Félix hizo zozobrar un momento a los grupos del bar. Hubo un momento en que todo el mundo se calló y hubo un instante de expectativa. Muchos de los presentes conocían a Pablito y esperaban de un instante a otro una implacable reacción. Pero el monumental joven miró de arriba abajo, en su corta extensión, la figura de su amigo con cierto desdén misericordioso. Comprendió que estaba borracho y le ignoró con desprecio.

—¡El matrimonio! —insistía Félix—. Eso es para las mujeres. ¡Te han pescado! —Y empezó a reír jacarandosamente.

—¡Cállate! —ordenó Pablo.

—Déjalo, está borracho —aconsejó prudentemente la «hurí».

La olímpica ignorancia de que hizo alarde Pablito, con gran serenidad, consiguió al fin en aquella ocasión alejar al pequeño y malvado Calibán de la blusa de organillero. Pablito sintió el tibio calorcito del cuerpo de Olvido y pidió un repuesto de «picón».

«Si es comprensiva o no, poco me importa —pensó, obstinado en adaptar a Crista a las exigencias de su pariente el jesuita—. Lo cierto es que ya no tengo edad para andar borracho por el mundo.»

—No estés tan pensativo, hombre —animó Olvido—. Total, casarse no es nada. Yo me casé una vez y no me he muerto.

La dentadura blanquísima y ancha de Olvido se puso delante de él como una muralla de marfil. Detrás de ella no había nada; antes de ella unos gruesos labios sonrientes le invitaban a algo.

—¡Verbigracia! —tronó de pronto con voz potente—. Sí, verbigracia... ¿Qué le importa a nadie si me caso o no? Eso son cosas de cada uno.

La observación era tan justa que dos o tres máscaras acodadas en el mostrador asintieron abiertamente.

—Sirva bebida a estos señores —decidió, señalando al conejo, a la ama seca y al mandarín en quienes había visto la sonrisa de franca adhesión.

El síntoma de que el alcohol empezaba a hacer su efecto era el arranque de su prodigalidad.

—Y esa quisquilla, menos... —profirió, recordando a Félix—. Le he pagado todos los vicios. Por eso le duele.

—Déjalo, te conviene olvidarlo. ¿Por qué no salimos de aquí? Podríamos ir a tomar un poco de aire —insinuó.

—No, no... Todavía no. Quiero que quede bien claro: tengo novia y me caso, si es que me caso, porque me da la gana. ¿Y si uno encuentra en su vida una chica decente, qué? ¡Ahí le duele!

—Pero, déjalo... —susurraba Olvido, dándole tirones del brazo—. ¿No ves que eso no le interesa a nadie?

Pablito empezaba a ser aquel día difícil de llevar. Olvido

estaba decidida a sacarle de allí y a aprovechar la noche. Estudiaba la manera de llevarle por su camino.

—Mira, ¿quieres un consejo? Esto se está poniendo feo. ¿Por qué no vamos a tomar cualquier cosa fuera?

—No puede ser. Estoy acompañado.

—¿Acompañado?

—Por ahí estaba... esa chica.

—¡Por ahí, por ahí!... ¿Cuánto tiempo hace que no la ves? Fiáte tú... Apuesto a que ya ni se acuerda.

Pero Pablito ya no reaccionaba. Bebió su «picón», se volvió de cara al local y derramó su mirada en la atmósfera turbia y repleta.

La negroide insistía, mirándole con sus ojos grandes e inexpresivos.

—Déjala. Si tanto te quisiera no se hubiera marchado ni un minuto de ti.

Pablito pensó que eso era verdad.

—Yo te digo que esta vida es un asco —murmuró.

La risa de Olvido no le dejó filosofar de nuevo.

—Paga y vámonos. Vamos a los merenderos. ¿Te acuerdas?

Pablito mudó de faz. ¡Los merenderos! Justamente pocos días después de su primera visita en los merenderos —había sido esa chica del «dancing» la que los había descubierto— había llevado a Crista allí, la mañana en que la besó. Entre los merenderos nocturnos de la negroide, que se abrían clandestinamente para ellos solos, y los de Crista, mediaba el gran descontento que sentía sin saber por qué en aquellos instantes.

Sacó de su bolsillo un fajo de billetes y pagó. Se envolvió en las vueltas de su capa roja.

Aguardó unos instantes a su ocasional amiga, que se marchó a misteriosas gestiones en el reservado. En cuanto volvió, risueña, mostrando todos los dientes, se abrieron paso.

En la escalera otras parejas de máscaras bebían y charlaban. En lo alto, la música sonaba aún a todo metal. Y ciertas máscaras de paso indeciso iban de un sitio a otro, abrazadas, enturbiadas. Se volvió, no fuera que en aquellos instantes le descubriera Crista, pero no vio trazas de ella. El alcohol le hacía pensar que aquella marcha imprevista era una lección de hombría.

Salieron a las Ramblas, por la gran escalinata. La noche

era fresca. Olvido había ido a buscar un abrigo de lanilla, con el que se abrigó, encima de la seda de su vestido oriental. Pablito se sintió revivir. Rodeó a la chica por el talle y la hizo encabritarse en la carlinga de su pequeño vehículo encarnado, en cuanto llegaron a él.

Desfrenó, dio el contacto, cogió la manivela y la entró en el orificio del radiador. Notó como si le costara más que otras veces dominar la mecánica. Volvió a probar y la *voiturette* empezó bruscamente a crepitar y moverse, con un ruido de hierros y explosiones, que luego cuajaron en el estruendo normal del motor.

Ocupó su plaza ante el volante y encendió los faros, que iluminaron una larga pincelada blanca de adoquines. Apretó el embrague y movió la palanca de las marchas.

Tampoco éstas iban tan finas como de costumbre. Pensó que los coches hay que tratarlos con más cuidado que el que él prodigaba a su *voiturette*. Al fin, chirriando, la marcha entró. Levantó un poco el pie izquierdo al tiempo que el derecho daba en el acelerador.

Su compañera sintió la brusquedad del arranque como si intentaran ahogarla, basculando su cabeza violentamente hacia atrás. Pero no protestó. Miró a Pablito y le pareció que estaba obsesionado. «El aire le hará reaccionar», pensó. Y se inclinó un tanto a la derecha para acomodarse a la virada que Pablito, velozmente, dio en la Plaza del Teatro para enfilar las Ramblas en dirección contraria.

—Verás que pronto llegamos —dijo.

Ella volvió a mirarle. Antes o después de casado, con novia o sin ella, Pablito era para ella «un caso». Le gustaba. Puso su mano en el muslo del hombre, que se movía apretando el acelerador.

—¿Qué ha pasado aquí? Parece que ha habido una batalla campal.

—Son los restos de la pelea de los mascarones —gritó Olvido.

En la calzada de las Ramblas paseaban los rezagados, los noctámbulos empedernidos. Frente al Liceo había un gran trasiego de máscaras que empezaban a salir del local. Dentro no quedarían sino los más aguerridos, los que no iban a dejar de beber, los empedernidos. Un gran grupo de disfrazados subían alegremente por la calzada bebiendo de unas botellas y tocando la guitarra.

—Fíjate en éste, fíjate.

En el centro del paseo, en la Rambla de las Flores, un falso guardia urbano con una nariz de cartón, subido a una de las paradas de flores, que estaban vacías, se esforzaba en dirigir la circulación.

—Ese Félix es un cretino —bramó de pronto—. La próxima vez le romperé las narices.

—¡Claro, claro! —asintió benévolamente Olvido.

—¡Verbigracia! —gritó él—. ¿Por qué no podemos casarnos dos o tres veces?

—¡Claro que podemos! —asintió ella—. Y aún más.

—Quince —soltó él.

—Las que una quiere.

—Todas las mujeres son iguales, ¿no es así? —filosofó el heredero—. Excepto las viejas.

Empezaba a sentirse de otro humor. Enfilaron el Paseo de Gracia. Allí ya no había máscaras. Pero en los balcones se bamboleaba una gran cortina de serpentinas, que el viento zarandeaba.

—¡Bah, qué asco! Esta tarde he estado aquí. Me he cansado muchísimo.

Pasó por su memoria que por allí debía de estar la casa de Crista, donde había cenado junto a ella; pero no acertó a localizar cuál era de entre todas. Harto de Paseo de Gracia, torció por una de las calles transversales. Al doblar, el estruendo del motor hizo parar a unos grupos que caminaban y a un coche de caballos, que se quedó plantado como si se aproximara el diluvio o un terremoto. A Pablito le gustaba el gesto de estupor que hacían las gentes, saltando como marionetas a su paso, brincando alarmadísimos a la acera. Aminoró un poco y luego volvió a acelerar, ya en plena calle de Provenza. Era el dueño de los espacios urbanos. La idea de volver al lugar de sus éxitos y de tener allí a Olvido con unas copas de más por delante, le hacía soterrar enteramente sus problemas de conciencia.

En aquella zona de la ciudad las luces urbanas empezaban a decrecer. Después de pasar por el margen de un descampado llegaron al Paseo de San Juan y el coche viró hacia la calle de la Industria. Allí, seguro de sí y conocedor del camino, Pablito apretó a fondo el acelerador. Con el coche a toda marcha se sintió de nuevo aquel Pablito de los grandes ímpetus por la carretera de Vich, que señoreaba en el campo a ochenta por hora. Se volvió, risueño, a su compañera. La tez olivácea de la joven del «Iris» quedaba completamente cubierta de sombras, aturdida por el paso cortante del aire. No se veía en esta tiniebla más que la amplia arcada de sus dientes, como una media luna en un cielo oscuro. La mano de Olvido apretó hasta arañarlo el fuerte muslo de Pablito, hiriéndole con el goce, con la emoción extraña y frenética de la velocidad. Aquella mujer creía que vivía ahora en otro planeta, muy lejos de su mundo habitual; que alentaba en otro ser que no era el suyo, que no debería acercar ya más sus labios al caramelo líquido con una guinda que le servía el barman del «Iris», del que había tragado ya litros largos en su periplo por la vida y que garantizaba su soldada efímera. Apretaba sus dientes con una ansia de vivir más, de alejarse todavía más aprisa en la compañía de aquel hombrón que la deslumbraba.

De vez en cuando veía aproximarse una luz y, temiendo que el conductor no la hubiera visto, le miraba un momento con inquietud, pero siempre Pablito la descubría antes que ella.

Entraron en el arrabal. Había un núcleo de casas de un solo piso, viviendas mugrientas, descascarilladas. Los faros alumbraron luego una polvorienta carretera en la que el pequeño coche empezó a botar locamente con sus dos ocupantes. Dobló en una plazoleta y dio una virada completa por detrás del garito del portazo. Los muelles del coche chirriaron y pareció que fuera a quebrarse el metal de que estaban hechos. Pero se enderezó y volvió a arrancar nuevamente a todo gas.

Ya estaban llegando. Pablito metió el pie en el acelerador. La ristra de plátanos de ambos lado de la carretera se convirtió en una doble superficie que parecía maciza, como una lámina continua que tiñera el mundo gris y la tiniebla que el coche perforaba. Delante no había más que el haz de los potentes focos. Olvido soltó de pronto el muslo de Pablito. Y llevó con un gesto repentino de espanto su mano a la boca.

Lanzó un grito agudo. Pablito se agarró fuerte al volante. «No es nada», pensó. El coche se volvió, se cruzó en la carretera. Pablito seguía cogido al volante; luego sintió un golpe duro; el tumbo de las ruedas en el suelo; su bote y rebote, como el de una pelota y un rápido vaivén, una cabriola y dos vueltas más. Entonces hubo un choque y un silencio.

«He pasado de largo», se dijo.

Había volcado, Incomprensiblemente todo se había vuelto oscuro. «Debo cerrar el contacto —pensó—. De lo contario nos abrasaremos todos.»

Adelantó su mano y no dio con la llave. Aquello que palpaba no era la clavija, era el asiento. «Ahí debiera estar esa chica y no está», comprobó, con gran asombro.

—¡Olvido! —gritó.

Sintió el trepidar del coche y saltó, como pudo. «Es curioso —se dijo—, no estoy en la carretera.»

En aquel momento sintió un fuerte dolor en el costado izquierdo y en el brazo. Al ir a tocárselo cayó sobre su mano diestra el hilillo caliente e inconfundible de la sangre.

Era un pequeño chorro y llevó esta mano a la frente, de donde caía. Toda su mano quedó empapada.

Pero no conseguía ver nada. Poco a poco su mirada distinguió, como una bruma, una pálida realidad. «Verbigracia... —dijo—. Aquello es el cielo y está estrellado.»

«¿Dónde estará ella?», pensó. Intentó descubrir en la oscuridad un rastro que le permitiera saber dónde estaba y qué había ocurrido.

Caminó unos pasos; poco a poco apareció ante sus ojos una mancha plateada que fue cuajando; y cierto rumor.

Era un río, eran las aguas escasas del Besós. ¡Claro, el merendero no debía de estar lejos! Pero era cosa de darse prisa, urgía hacer algo. Notaba en su costado izquierdo, de la frente a los pies un dolor lacerante.

«Me he roto algo —pensó—. Es preciso que encuentre a esa chica porque me he hecho daño.»

Aquel dolor en el tórax no le dejaba vivir. Se puso la mano en el costillar y con sólo rozarlo se palpó el descalabro.

¿Y ella, Dios, dónde estaría? Todo había venido por culpa de Félix Parés. Había sido un estúpido, le había irritado.

Pisó la grava de la carretera. Debía de estar muy lejos todavía de los merenderos. Había pasado de largo y corría mucho. Se trataba de llegar, sólo de eso. Pero ¡diablos! ¿Qué se había hecho de Olvido?

Intentó gritar, llamándole, pero sintió en su voz y en el pecho un gran vacío, una total imposibilidad de alentar.

«Eso que se oye son los grillos —se dijo—. Es de noche y por eso cantan.»

La carretera era una mancha larga, gris y prolongada, una serpiente sinuosa de grava y tierra. Se perdía a lo lejos, infinita, misteriosa, inquietante, llena de sombras.

Al fondo le pareció que se elevaban unos bultos más negros. Empezó a andar con más ánimo, jadeando y sobreponiéndose a su dolor. «Allí está el merendero —se dijo—. Es necesario llegar hasta allí.»

Se esforzó. «Necesito caminar aprisa. Más aprisa aún... Así, como cuando era chico.»

Dio un paso, y otro. Sí, todavía podía hacerlo. El tronco de un árbol y luego otro, pasaron por su lado.

De pronto, unos metros más lejos, vio un bulto, algo, la forma de un cuerpo, unas piernas...

«Es ella —se dijo—. Allí está Olvido.»

Se apoyó en el tronco de uno de los plátanos. Luego caminó hasta el otro. Finalmente llegó al tercero.

La cabeza de Olvido había topado contra el tronco. Se agachó. Intentó volverla con la mano, pero no pudo. La cogió por los cabellos y la volvió.

No vio más que la mitad de la cara. De la blanca dentadura de Olvido no había más que la mitad. Lo demás no existía.

«Estoy loco —se dijo—. La he matado.»

XXIX

Volvió a colocar un montón de fichas. Pero ésas las puso en transversal, sobre tres números.

—Hagan juego, señores.

La bola de marfil empezó a rodar. Desiderio miraba las cifras: aquel 10, 11 y 12 de su postura. Frente a él, los «puntos» de la ruleta seguían con avidez los saltos de la bola. Ésta fue botando luego alocadamente, y más tarde con lentitud, hasta que cayó en unos de los cuadrados.

—Veintitrés encarnado; encarnado gana, color pierde.

Un caballero de media edad, que llevaba un buen rato haciendo su postura en el mismo número se levantó al fin desilusionado.

—Hagan juegos, señores.

Desiderio quería ir aprisa; quería absorberse en la ruleta, y eso no era posible sin imponer altas posturas. Empezó a colocar cincuenta pesetas sobre números sueltos.

¿Para qué jugaba? Quizá se decía que pudiera muy bien resarcirse de su desgracia con un golpe de suerte. Así lo dicen. La verdad es que le tenía sin cuidado. ¿Para qué quería el dinero, si Jeannine no estaba? ¿En qué iba a gastarlo?

Luego, sus puestas fueron aún más fuertes. Colocó quinientas pesetas de un golpe en cinco puestas distintas. Empezaba a sentir la emoción, la incertidumbre del juego de azar.

La bola saltó, rodó, cabrilleó sobre la rueda, chocó varias veces y quedó parada.

—Cinco rojo, encarnado gana, color pierde.

La pala del *croupier* recogió su botín.

Puso otras cinco unidades en los mismos números que antes. Nueve, doce, veintitrés, rojos; quince y veinte, negros.

—Hagan juego, señores.

El *croupier* hablaba con una voz clara, pero sin matices.

Ese tono y el chasquido de la bola creaban un silencio agobiante, una unción especial alrededor de la mesa verde.

—Treinta rojo, encarnado gana, color pierde.

Así fue bajando el montón de plata que abultaba el bolsillo de su pantalón. Se hizo cambiar un nuevo billete.

—Diecisiete negro, color gana, encarnado pierde.

Insistía en las mismas posturas. Probó una y otra vez.

—Doce rojo, encarnado gana...

No se dio cuenta inmediata del golpe de suerte. «Doce rojo», era el suyo. Miró al *croupier*. La pala hizo un sesgo y sobre su puesta empezaron a caer monedas. Eran muchas más de las que había perdido desde el principio. Dejó un puñado de ellas en los mismos números. La bola saltó y la pala del *croupier* se llevó de nuevo un montón. Apiló el resto de su ganancia en los mismos cinco números.

—Doce, rojo, encarnado gana.

Otra vez, y en el mismo número. Los puntos levantaron la cabeza y le miraron, mitad con envidia, mitad con asombro. Pero él no se daba cuenta de lo que hacía.

—Veintiocho negro, color gana, encarnado pierde.

Un gran montón de papel y de plata fue barrido esta vez por la pala del *croupier*.

—¿Por qué no te retiras ahora? —le dijo alguien a su espalda. Era Clemente Pidal.

—Veintidós negro, color gana...

De nuevo una pila de dinero desapareció.

—Juega «seisenas» o a columnas —aconsejó de nuevo la voz de Clemente.

—Treinta rojo, encarnado gana, color pierde...

La bola volvió a botar, a pararse y el sonsonete se repitió durante mucho rato.

—Juegas como un loco, chico. Si llevabas ganadas más de siete mil...

Volvió a insistir en los mismos números. Y de nuevo el sonsonete del *croupier* y el chasquido de la bola.

—Hagan juego, señores.

Sacó de su bolsillo un nuevo billete y se lo devolvieron en moneda fraccionaria.

Y levantó la mirada. Frente a él estaba una figura femenina, con una bella cara de susto, cavilosa. El jugador recorrió con la mirada los pliegues del pompos vestido azul, la majestad del escote y se posó en su rostro.

Era Crista.

—Hagan juego, señores.

Distribuyó en los cuadrados de siempre cinco billetes.

—Dos negros, color gana...

Puso de nuevo cinco billetes.

—Veintiséis negro, color gana...

Hizo la misma operación. Se oyó el chasquido de la bola y un silencio absoluto. Miró a Crista, que estaba absorta en los giros de la ruleta, asustada de sus pujas.

La pala del *croupier* se llevó el dinero.

Sacó de nuevo cinco billetes. Pero los puso a caballo, entre los números en los que había insistido y sus cuadrados contiguos.

—Quince negro, color gana...

Era uno de los suyos. Pero no pensó en su suerte. Pensó en que si no hubiera variado de postura hubiera hecho su tercer pleno de la noche. No obstante, se embolsilló mil setecientas pesetas. Volvió a poner cuatrocientas en los números antiguos, manteniendo a caballo los que le habían hecho ganar.

—Nuevo rojo, encarnado gana, color pierde.

Perdió; siguió perdiendo durante largo rato. Luego puso todas las posturas a caballo entre negro y rojo. La ruleta volvió a rodar. Insistió durante media hora. Tuvo un golpe de suerte y volvió a ganar la misma cantidad que la vez anterior.

Crista se había acercado aún más a la mesa. A cada volteo de la ruleta se agitaba de emoción, pero no decía palabra. De vez en cuando miraba hacia el jugador, y éste iba fijándola con una mirada terca y dura, que quizá fuera consecuencia de la pasión que ahora ponía en el juego. Finalmente, hizo un gesto de desgana, se retiró de toda postura, se metió el dinero sobrante en el bolsillo y dio lentamente la vuelta a la mesa, con un paso abúlico y torpe.

—¿Qué hacías aquí? ¿De dónde sales? ¿Estás sola? —le preguntó, con una voz monocorde.

Estas tres preguntas parecieron brotar a la vez, sin pensar, y sin que tuvieran mayor importancia que la de un interés ocasional. Pero Crista tardó en contestar, las palabras le tropezaban en la lengua.

—No... es decir. Sí, estoy en el baile. Pero... me aburría mucho allí.

Desiderio no recordaba que hubieran reñido, apenas recordaba que hubiera sido su novia, no recordaba nada. Volvía a sentir como si el suelo se moviera, como si estuviera en alta mar. Ésa era simplemente su sensación en aquel instante. Caminó unos pasos. Crista quedó indecisa un momento, pero luego le siguió.

—Me parecía que no te encontrabas bien. Dime, ¿por qué jugabas tan fuerte?

Había en la desesperación de Desiderio algo que, en lugar de repeler a Crista, la acercaba inexorablemente a él. Había creído que podría exhibir ante él su jactancia; pero en aquellos momentos, al encontrarse ante su facha macilenta, al topar con sus ojos tristes y turbios que se enfrascaban en el juego se sintió dominada. Él estaba ahora solo, todo su aspecto era el de la soledad más rotunda. Y esa impresión le causaba a Crista un efecto increíblemente penoso.

Él siguió andando. Salió lentamente del círculo y cruzó el *fumoir* del Liceo. En los sofás estaban sentadas parejas de máscaras. Junto a la balaustrada de la escalera y sentados en las pilastras otras se apoyaban entre sí. Desiderio pasó sin mirar y se dirigió a la izquierda, por el pasillo de los antepalcos. Se volvió de pronto.

—¿Por qué me sigues? —preguntó sordamente.

Crista no respondió. Se quedó frente a él, a un paso de él, mirándole con ojos angustiados. Intentaba sorber ahora aquel respiro que se le había quedado atragantado. Primero había sentido compasión, y ahora lo que sentía era miedo, un miedo extraño, no sólo de él, sino de todo.

La puertecilla del palco se entreabrió y salió de él, completamente desmelenada, la cara morena de una cíngara; era Juanita, la de la fábrica, que empezó a gritar. Al ver a Desiderio, se abalanzó a él.

—Mire, está loco, se ha vuelto loco.

Desiderio entró con calma en el palco. Anselmo Durán, se había quitado la camisa de «pelotari» y aparecía en camiseta. Al ver a Juanita la cogió por la muñeca y la hizo retorcerse hasta sentarla en el taburete. Ella lanzó otro grito de dolor. Y sólo entonces Anselmo se dio cuenta de la presencia de Desiderio. Pareció volver en sí.

—Deja en paz a esta chica —le ordenó, con una vehemencia que sorprendió a Anselmo. El caso es que la soltó; cogió su copa de champaña, la apuró y luego la lanzó con violencia contra el tabique.

—Sal de este palco —ordenó entonces Desiderio con calma—. ¿Me has oído? —insistió.

Anselmo no reaccionaba. Le parecía increíble que Desiderio adoptara ese tono con él. Al cabo de un corto rato, cogió su camisa, que estaba sobre una silla y se la empezó a poner.

—Te olvidas de todo. Tú eres de los que te olvidas de todo... —barbulló. Y estaba pensando con dificultad en los favores que le había hecho a Desiderio durante el año de cuartel—. Hasta de mi piso de Gracia. Pero... tú y yo... hemos terminado —concluyó, mientras intentaba abrocharse un botón.

Dicho lo cual, con lentitud y con toda la dignidad de la que era capaz en aquellos momentos, cogió a la chica de la mano y la arrastró hacia fuera.

Desiderio paseó su mirada por los rastros de la bacanal que acababa de interrumpir: por las botellas vacías, por las manchas de champaña del tabique y del taburete, por la pandereta rota de Juanita, que yacía en el suelo. El sonsonete del *croupier* renacía en sus oídos. «Hagan juego, señores...» Y el chasquido de la bola no cesaba, a pesar de haber huido de él.

Pasó del antepalco al palco. Lo primero que vio fue a un bromista que en uno de los palcos de enfrente, al otro lado de la sala, estaba vaciando el contenido de una botella de champaña sobre un grupo de la platea. Antes de que el líquido diera en el blanco, el bromista se ocultaba. Y así sucesivamente, hasta que el grupo, cansado de mirar de donde venía la rociada, decidió cambiar de lugar.

Ya eran escasas las parejas que bailaban. Esos supervivientes eran los pocos que habían ido al Liceo con la intención de bailar. Los disfraces ya no lucían, parecían harapos o pingajos maltrechos. En cambio, en los palcos se advertía un bullicio raro. Las luces de los antepalcos estaban casi todas encendidas y por la boca de ellas, en los huecos de las cortinas, pasaban a sesgos cuerpos extraños, trozos de escote de mujer, pecheras y crenchas de hombre. De vez en cuando las cortinillas eran corridas del todo por un brazo desnudo y la última etapa de la noche de Carnaval quedaba oculta detrás del terciopelo.

Desiderio sintió detrás suyo un rumor, el roce de un pliegue. Se volvió y vio a Crista, de pie en el centro del palco; vio el bulto de su vestido, la gran comba de su miriñaque; su peinado de marquesa se había derribado de golpe y ahora, en aquella melena negra, la memoria pintó de todo la imagen de la Crista de antaño, que se sentó frente a él.

—Siento lo que ocurrió aquella vez —confesó—. Me disgusté demasiado y sin razón —añadió—. Te vengo a pedir que me lo perdones.

Casi no pudo recordar Desiderio a qué se refería. Pasó, sin embargo, su mano por el labio y rozó una pequeña marca que había en él. Al notarlo, Crista se levantó, se acercó a él, tocó con su mano la pequeña cicatriz y se quedó mirándole fijamente, con una mirada que equivalía a una entrega.

—Si tú me perdonaras. Si fueras capaz de perdonarme...

Hundió su rostro blanco entre las rodillas de Desiderio para añadir:

—Te lo daría todo.

Sí. Estaba pensando que si él lo quisiera aquello ocurriría ahora mismo, esta misma noche. Cruzó por su imaginación la figura de Pablito. Tal vez, si Desiderio no la quería, sería un día la mujer del otro. Pero antes, antes... —y en ese suspensivo que le azotaba inclementemente quería resumirlo todo.

Se estremeció; pensó que eso era posible, que era probable, que aquélla era la ocasión y no otra. Pero Desiderio no se movía. La miraba como se mira a una estatua, sin pasión y sin voluntad. Y, sin embargo, sólo él debía hacerlo. Y no había otra forma de obtenerlo, ni otro instante que el de esta misma noche.

Desiderio se apoyó en la baranda del palco, puso la frente en sus manos. Su frente hervía. Y un sonsonete iba repitiendo: «Hagan juego, señores»... Y luego: «Jeannine, Jeannine...»

Se levantó, bruscamente, desesperado. «No puede ser», se dijo. Aquello que se estaba ocultando deliberadamente, lo que estaba soterrando y lo que había ahuyentado durante unas horas baldías volvía ahora con todo su vigor, con toda su fuerza. Era inútil pretender acorralar aquel dolor, aquella terrible punzada. Apretó los puños, se mordió los labios, para dañarse de modo distinto al sordo suplicio que sentía, para suplantar con una tortura física su quebradura interior. Vio ante sí a Crista, pero se volvió de espaldas a ella y se apoyó todo entero, se aplastó cuanto pudo contra el muro granate, echando su rostro contra el antebrazo. Sintió que la cabeza de Crista le iba acariciando, que se aplastaban sus mejillas contra la espalda, en su cintura. Y todo en él jadeaba con dificultad.

Cuando se volvió, vio que Crista estaba de nuevo sentada, que miraba al suelo y que tenía un visaje de desolación que él nunca le había descubierto. Y abajo, en la sala, los violines seguían tocando inútilmente. Se fue adentro, al otro lado de la cortinilla. Se quedó sentado en el taburete y ella, entonces, entró.

—Quiero acompañarte —dijo Crista—. Es imposible que estés solo, ¿oyes? Dime, Desiderio, mírame, créeme —clamaba—. Yo te quiero. Te quiero más que a mi vida, te he querido siempre. ¿No me crees? ¿Crees que miento?

En el rostro de Crista se expresaba de tal modo la pasión, la fe ciega en su amor, que Desiderio se quedó un rato perplejo ante ella, como si no supiera qué es lo que había de decir, a qué punto habían de ir a parar los dos aquella noche. Y por eso adelantó su cara y por eso mordió los labios glotones de Crista, los saboreó; es lo único que cabía hacer, aunque ninguna inclinación precisa le llevara a ellos.

Crista se apretó contra él, estremecida. Y entonces fue ella quien empezó a besarle tiernamente, atrevidamente. Sentía contra él la oleada del escote de Crista agitarse con turbulencia.

Crista apagó la pequeña luz del antepalco y entornó la puerta y la cerró y volvió junto a él; volvieron a abrazarse. Un corchete de disfraz femenino saltó y chasqueó contra el cristal del espejo; y Crista se retiró unos pasos.

Nada se oía ya. La música parecía haber callado y un silencio hondo cubría el diminuto antepalco, la cámara en la que Crista y Desiderio se habían abrazado. Por la abertura del cortinaje penetraba una lámina de luz y con ella un poco del polvillo evanescente del Gran Teatro. Se hubiera quedado tendido allí, como una piedra que cae en silencio al fondo de un lago. Nada de lo que arañaba sus sentidos parecía pertenecer a una realidad, a la realidad que acababa de vivir, el forcejeo tosco, lento y difícil de aquel abrazo decisivo. En nada tampoco parecían haber intervenido sus voliciones; no había elegido ni un instante entre las dos opciones, estar con Crista o dejarla. Simplemente, había ocurrido. Pero todo resultaba confuso. Todo parecía entrañar un sentido que no podía determinar, que le llevaba por caminos inciertos hacia otro camino del que no se adivinaban las lindes ni la dirección. Jadeó largo rato, sin darse mucha cuenta de lo que acababa de pasarle, de las contingencias de aquel suceso inesperado, turbulento, ni de sus complejidades, ni de sus consecuencias. Sólo vio, en un taburete, el bulto de la ropa de Crista, la estúpida, la ridícula armadura del miriñaque; y luego una pandereta rota en un rincón. Y muy cerca de él, el rostro de la muchacha, el mismo rostro que muchos años atrás era un rostro de niña, y que ahora expresaba ese indefinible cansancio, esa vaguedad que es propia de la mujer quc ha sido hollada. Aquel acto había sido tan brusco y tan sincero, en su fuerza elemental, que prefería permanecer ofuscado y rendido, antes de desvelarse a una realidad que estaba tejiendo a su alrededor una tela de la que no se podía deshacer, en la que sus miembros se hallaban oprimidos.

Y empezó a escuchar el lejano temblor de la música que le rescataba, que le introducía de nuevo en la realidad; el Liceo, el baile de máscaras, el desamparo en que vivía... Se incorporó un poco, alejándose suavemente de aquel cuerpo tendido. Se incorporaba con sigilo, como si no se atreviera a afrontar de una vez lo que ese cuerpo explicaba sin remedio. Y entonces miró nuevamente el rostro de la muchacha y su pelo negro, y lo acarició. Y al bajar la mano sobre su fina piel, por un azar sus dedos rozaron la doble dimensión redonda de un objeto que había resbalado hasta el seno de la muchacha, y que quedó prendido entre los bordes de la tela. Vio Desiderio las dos bolas nacaradas, iluminadas por la luz que se filtraba entre los cortinajes. Y poco a poco retrocedió, se incorporó, se alejó, hasta quedar sentado en la banqueta, atónito, confundido, estupefacto. Ocurría algo que era como si ya hubiera sido visto o soñado por él con anterioridad, algo que esas perlas venía a hacer revivir bruscamente y de pronto, arrancando a la historia un puñado de sus secretos, una alegoría repentina, tremenda y escalofriante de su verdad más honda. Volvió su mirada, pero luego puso toda su atención de una vez sobre el cuerpo femenino tendido en el antepalco. Las perlas brillaban con un fulgor antiguo. Y entre la ropa blanca, en la cuchillada de luz que rasgaba la tiniebla, que iluminaba a trechos la carne y su pálpito, vio que ella estaba ensangrentada.

Pensó con espanto si todo lo que le había ocurrido, si todo lo que estaba viviendo no había acontecido de aquel modo para llevarle a las conclusiones más ásperas, a una revisión audaz y terminante de lo que alentaba en sus pulsos, en su conciencia, en lo más hondo de su ser. ¿Quién era él? ¿A qué estaba allí, aquella noche inclemente, frente a la mujer que había sido la compañera de sus juegos y a la que, en cierto modo, acababa de profanar y de derruir al emparejarla bruscamente? ¿Quién era él, qué hacía allí? Y de pronto resonó en sus oídos el mismo grito que ella había lanzado en el momento de desvanecerse y de rendirse, un grito de alegría vital y de espanto, grito que era el mismo que había resonado en sus oídos la tarde del Polo, grito que aquella vez le derribó, que le hizo caer del caballo. Era un grito bronco que no pareció haber brotado de sus labios, un grito que pareció venir de otra parte, de mucho más allá, de mucho más lejos que todo y que todos, como si repercutiera en bóvedas inmensas, en inmensos espacios inalcanzables. Ese grito de mujer resonaba en la cumbre. Y al sentirlo así se irguió inesperadamente la figura imprecisa, pero vívida, de su madre, que era la que estaba allí tendida, con sus atavíos y perlas y sangre. En aquel lugar estaba Mariona que resaltaba, blanca y sangrante, en la tiniebla, que revivía en una suerte de resurrección dolorosa la agonía de otra noche lejana y trágica; de aquella noche en la que, de alguna manera, él sintió desde su sueño, desde su balbuceo vital, crujir y quebrarse como una rama su corazón diminuto, porque el ser de quien llevaba aún caliente la sangre en las venas, el ser del cual se había desprendido muy poco antes como un fruto, no alentaba ya, había huido. La mujer permanecía tendida, insensible, yacente. Muerta. Todo en él sollozó en aquel instante. Era su orfandad elemental, su dramática insuficiencia la que se rebelaba contra todo. Un escalofrío recorrió su espalda al ver que Crista, o sólo una figura en la que ella alentara ilusoriamente, se incorporaba de pronto como si viniera de la muerte. Pero fuera quien fuera aquella mujer, a ella se acogía ahora temblorosamente su corazón estremecido.

Aquella orfandad elemental, aquella insuficiencia, aparecían ahora ante él en toda su magnitud, en su verismo; le contrastaban entre todos los demás, le proyectaban con una peculiaridad absoluta entre los otros. Ellas habían sido las causas de toda su aflicción, de su incongruencia, de sus descalabros, de sus titubeos, desde que naciera hasta hoy. La impresión de su soledad vital se volvió sólida, se hizo evidente, se manifestó tal cual era de verdad. Y al mismo tiempo, una aura magnífica vino a rozarle, se infiltró en sus entresijos, removió los más hondos pozos de su carácter y de su personalidad. Acababa de conocerse plena y totalmente; y al verse tal como era, al sentirse en su complexión radical, advirtió que no le quedaba más que una opción, que no había más que un camino, sin elección; y era el camino olvidado del retorno, la inmersión en su pasado, la sumisión a su más leal fidelidad, la regresión absoluta a las cosas, a los aires, a la tierra de la que estaba hecho.

No era posible aventar al aire el júbilo extraño que le sacudió en cuanto esta revelación se hizo diáfana. Allí estaba tendida la mujer y era preciso que esta imagen no viniera a turbar ni a entorpecer la decisión que le impulsaba. Pero tampoco pensaba en ello. Lo único necesario para regresar, regresar cuanto antes, ahora mismo, antes de que tanta mentira volviera a estrujarle y a vencerle. A través de los poros del espejo pensó que era la última vez que se veía a sí mismo con esta carnadura desarraigada y falaz. Echó una última mirada a Crista, que había vuelto a dejarse caer, aún aturdida por la mezcla de placer y de sufrimiento que habían concurrido en su entrega. Luego, sin dudarlo, salió.

Era indiferente el procedimiento que empleara. Lo indispensable era el hecho mismo de la huida, de la vuelta a su sangre y a su lar. La figura de su madre le acompañaba, le protegía, le cuidaba, le iba llevando. Salió al salón de fumar, donde aún se veían formas extrañas, mediocres y falsas. Hombres y mujeres que eran como virutas de humo en el postrer bostezo de la noche de Carnaval.

Se dispuso a bajar la escalinata cuando alguien le retuvo, alguien que quedó de pronto de pie ante sus ojos.

—Silvia, Silvia... Me voy. Debes ayudarme.

Ella le miraba sin comprender.

—Sí. Debes pedir a Antonio que me haga acompañar, que me preste su coche. He decidido algo y quiero... quiero salir de aquí esta misma noche.

—¿Qué dices? ¿Dónde irías?

—Escúchame. Sólo de una manera me puedo volver a sentir tal como soy de verdad. Y es marchándome. No podría aguantar un nuevo día aquí. Es preciso que esté en la finca antes de que amanezca.

Silvia comprendió entonces.

—Pero ¿puedes hacerlo? ¿Qué dirán en tu casa? ¿No irás a arrepentirte luego?

—No temas. Escucha, Silvia. Será necesario que me ayudéis esta noche; y mañana también. Pídele eso a Antonio. Y dile que, por favor, le explique a... a mi padre que me he marchado. Que le tranquilice y que le diga... que le diga que no tenía más remedio que hacerlo.

—Me parece muy bien que desees marcharte, pero... ¿no podías esperar a mañana, y tú mismo...?

—No, Silvia. Es esta noche, esta misma noche. No hay más solución.

Silvia le miró, observando el punto hasta el cual debiera dar un crédito a su extraña exigencia. Luego le dijo que le esperara allí, sin moverse.

Por la escalera algunos de los asistentes se marchaban ya. Cruzaban por el gran zaguán con pasos indecisos y ojos turbios. Los restos de sus vestidos de máscara colgaban como pingajos.

Volvió Silvia, con Antonio.

—Pero ¿qué dices, chico? —preguntó él—. No hagas barbaridades. Vete a acostar.

—No, Antonio, lo siento... Perdona que te haya pedido eso...

Se quedaron pasmados al ver la decisión que lucía en su mirada. Y luego, un poco extrañados, estrecharon la mano que él les tendió.

Desiderio cruzó el vestíbulo del Gran Teatro hacia la salida y salió al exterior. Antonio y Silvia le vieron caminar un trecho por la calzada, cruzar y dirigirse a un automóvil de alquiler que estaba parado en la otra acera.

Entonces Antonio cruzó apresuradamente y llegó hasta él, con ánimo de disuadirle. Cuando llegó, el trato estaba casi hecho. Desiderio tenía en la mano un puñado de billetes, que mostraba al conductor.

—Pero, Desiderio... ¿Lo has pensado bien? ¿No es una locura?

Desiderio se volvió hacia Antonio y habló pausadamente.

—Sé que si hoy me quedara aquí, mañana me encontraría tan miserable que ya no me podría perdonar. No tengo más remedio que irme.

—Pero ¿qué le dirás a tu padre?

—Ecucha, Antonio. Hace tiempo que mi padre no sabe ya quién soy. Por lo menos, al cabo de un tiempo podrá decir que me ha conocido.

Desiderio subió al interior del vehículo. Era un coche pesado, macizo, de motor retumbante y sólido. El *chauffeur* era un hombre despabilado, que tenía trazas de acabar de salir de un buen sueño.

—Adiós, Antonio. Y gracias por todo. Perdonadme —se despidió de sus amigos.

Se quedó un instante allí, de pie, y luego desapareció de su vista. Por la ventanilla vio un tramo de la Rambla de las Flores. Empezaban a descargar de unos carros grandes cestas de claveles. Pensó en Jeannine, en «Yucki» y en la mañana en que la encontró frente a la Virreina. ¿Cuánto tiempo hacía que aquello había ocurrido?

Es difícil mesurar objetivamente y por igual los distintos tramos de nuestra vida. Ciertos sucesos, ciertas emociones producen de pronto en nosotros un cambio fundamental. Las grandes curvas de nuestro itinerario no nos dejan ver más que al final de la cuesta los profundos barrancos que hemos cruzado en el camino. Así le había ocurrido a él. Parecía que hubieran pasado siglos desde que todo aquello había ocurrido. Y el que pensaba en ello ya era otro ser.

Las calles se iban sucediendo. Luego llegaron a una zona oscura. Se acostó, se reclinó suavemente en el respaldo. El traqueteo del coche le zarandeaba, pero no sentía la menor pesadumbre. Al cabo de un rato vio pasar a su lado la fachada sucia del arrabal, comida por la lepra del moho. De trecho en trecho una bombilla alumbraba unos metros de polvo y un camino. Y más allá cruzaron despacio unas vías de tren.

Sintió la primera bocanada de aire fresco entrarle en los pulmones. Era una campiña tímida aún, algo clareada por el fulgor lejanísimo de algunas estrellas. A lo lejos, diseñados temblorosamente, se levantaban los primeros árboles del campo como rastros de Dios.

Se sintió conturbado, arañado en todo su ser, hecho una llaga viva. La imagen de una mujer, no sabía si era Crista o

Mariona o Jeannine se estaba despidiendo de él, le apretaba las manos y luego se fundía en las sombras. Era preciso trasladar aquella figura a la esfera inasible y espiritual donde los muertos reposan verdaderamente, hechos pura imagen en el corazón. Los faros del coche lamían el polvo de la carretera y ahogaban en el cielo los reflejos candentes de la ciudad, cuyo vapor se iba extinguiendo detrás suyo.

Y le pareció que todo lo anterior no había sido más que un preámbulo necesario a la vida que ahora comenzaba. No podía saber qué es lo que haría al día siguiente, cómo habría de solventar todavía las realidades que los otros le plantearían antes de dejarle en paz con su tierra. Ni qué podría argüir, cómo se haría comprender por su padre. No importaba.

El automóvil, con lenta marcha, fue ganando distancias, se fue aventurando en la noche, siguiendo el curso de una larga riera muy ancha, llena de arena y de piedras, en la que de vez en cuando se veían grandes charcas oscuras. Todo en la noche era soledad y silencio, salvo el paso del coche y su propio corazón.

Cruzó San Andrés, Moncada, cruzó luego entre una alta y tupida aliseda, el rumor de cuyo follaje penetró como un espectro por la ventanilla abierta. Cruzaron unos vados y un puente. Y la campiña volvió a tornarse suave, lánguida, indefinible...

Mucho después el automóvil se desvió por una carretera secundaria. Cruzaron un pequeño pueblo. Sus escasas luces, sus ventanas cerradas pasaron con rapidez por sus pupilas. Y el coche enfiló una suave pendiente, luego volvió a quedar en la noche oscura y, al término de tanta soledad, emergió de pronto la silueta alta de un campanario, en la falda de un monte, en lo hondo.

Fue entonces cuando comprendió que ya nada tenía vuelta atrás, que todo había ocurrido al dictado de una fuerza incoercible, imposible de resistir.

El coche torció por una carretera que se ocultaba tras el espeso follaje de los plátanos. ¡Cómo palpitaba su corazón! Desde allí se vislumbraban ya, blanquísimos sobre el verdor tupido que los abrigaba, los muros de la casa grande, del barrio, de las cuadras, de las casas de los masoveros. Por esos caminos había trotado el viejo «Revérter», tirando de la tartana cargado de cascabeles, y por allí tía Mercedes le ayudaba a saltar por el canal de regadío, extendiendo su brazo y sosteniendo con la otra mano la larga falda, para no salpicarse de barro. Aquí su madre, en fin, debió de contemplar la extensión de la finca, sentarse a descansar, cuando le llevaba a él en las entrañas. Y por aquel camino, por el camino en que las rodadas se hundían año tras año, amoldando la rueda de los carros cargados de alfalfa o de maíz, por aquel camino pasó la caravana que le llevaba a él a bautizar, mientras su madre le contemplaría a través de los cristales de la habitación, en los que se ponía como un velo la neblina azul de la comarca.

Dobló el coche y entonces Desiderio dio orden al conductor de que parara. El *chauffeur* hizo un signo de extrañeza, pero obedeció. No se puso a desentrañar el misterio de aquel viaje. Puede que fuera un solitario, o un suicida o un bandido aquel mascarón a quien había recogido en el Liceo. Le daba igual. En sus manos quedó un buen puñado de billetes. Y pronto el coche dio media vuelta en la carretera, volvió a rodar y su rumor se desvaneció en la noche.

Llegaría por la puerta de atrás, por el jardín, para evitar el acoso de los perros y para no sobresaltar a los colonos. Y empezó a avanzar por el camino de los avellanos que llevaba a la casa desde el «Puntazgo». Hasta reconocía, identificaba los pedruscos, los desmontes. A la derecha, el espeso bosque mostraba la enramada de sus encinas, de sus pinos, de sus robles y la maleza de helechos, de espliego, de brezo. A la izquierda las hileras de avellanos, simétricos, precisos, redondos, eran una sombra más honda aún que la de la tiniebla. Y en lo alto, cubriendo de uno a otro extremo el gran paño oscuro de la noche, una techumbre de estrellas crepitaba en parpadeos y fulguraciones. Allí estaban Orión, Omega y Sagitario, allí estaban Andrómeda, Perseo y el Cisne y la gran Estrella Polar tirando incandescente de la Osa Menor; y la Lira y la estrella de Deneb. Sobre el mundo vacilante y borrascoso, sobre la turbia mascarada fulgía el gran plafón de las estrellas con terrible silencio.

¡Viejos manzanos fieles, enraizados todavía en el mismo macizo de huerta! ¡Flauta viva de los cañaverales! Aún se escuchaba el mismo susurro de viento, aún mantenían erectas las mil lanzas con las que improvisarse un bastón para el paseo de la tarde o para servir de incensario en las brasas del hogar. ¡Antiguas, chatas masías dispersas por el valle, que otrora le veían entrar jadeando de cansancio por una corrida! En sus grandes lumbres tostaban enormes rebanadas de pan, sobre las que luego la masovera escanciaba el hililllo dorado del aceite, con pellizcos de sal sabrosa... ¡Temblor de las acequias, susurro plateado, en cuyo fondo se bamboleaban pedruscos fláccidos, bulbas de granito comidas por el agua! ¡Hinojo amigo de los márgenes, oloroso aún a sabores antiguos, ese hinojo que le ofreciera otrora los tallos más húmedos, con lo que sentir en la encía sabor de anís y un frescor inesperado y violento en el paladar!...

En la oscuridad cuajada de estrellas —esas estrellas que no había visto en la ciudad, que allí quedaban muertas, ocultas por la niebla—, resaltaban las grandes encinas, los robles poderosos. Cada uno de los árboles era como un viejo compinche y, al pasar, rozaba uno por uno los troncos como lo haría con el lomo de un potro fiel. Y discurrió entre la maleza del bosque para entrar en el jardín por su puerta trasera, aquella de la cual, desde niño, conocía los artilugios y el secreto, aquella que había desilusionado por su terquedad a los mendigos y los gitanos del valle que intentaban forzarla. Y se acercó lentamente al muro, que se fue agrandando ante sus ojos, se acercó a la larga veta blanca de ladrillo encalado, sobre la que asomaba, de trecho en trecho, la campánula de las madreselvas. Y llegó al portón, y palpó la herrumbre de la aldaba y su mano la acarició, mientras sus ojos se elevaban a la altura, en mudo asombro ante aquellas estrellas.

Poco a poco la herrumbre cedió. Dio un tirón suave a un lado, luego apretó la madera por el otro y, como disparada hacia atrás, la puerta cedió un par de palmos. Los goznes chirriaron un poco al ser empujada. Por aquel lugar, la maleza le llegaba hasta la cintura, y la apartó, braceando, mientras caminaba. Aquélla era su tierra, aquélla era su casa, suya y de nadie más, ni siquiera de su padre. Era el dueño de cada uno de los terrones que dejaba la azada al palear, era dueño de cada uno de los árboles, de los cañizos, de los aleros en los que hacían su nido las golondrinas otoñales, del laurel que estaba dormido junto a la cerca. Y no sólo su dueño, sino su esclavo. Su madre, tendida en el palco del Liceo, le iba guiando entre los caminos, a rastras de una memoria que estaba incrustada en la más sensible yema de sus dedos, en sus sienes, en sus rodillas, en todas sus articulaciones. No necesitaba rememorar, puesto que todo él era memoria viva. Y volvía a ser quien era, el mismo que había correteado por allí detrás de las mariposas y de los lagartos, el mismo que ahora hacía crujir con la yema de los dedos la punta quebrada de la pinocha que había quedado colgando de su manteo de carnaval, estrafalario y vulgar.

Se quedó parado ante un camino breve. Aquél era «la bajada rápida». Así se llamaba desde su niñez, desde mucho antes de que él naciera. De uno a otro margen se entrecruzaban los brezos y las ortigas.

Y entró por ese camino, apartando con su cuerpo las ramas de los helechos y las puntas punzantes de las ortigas. Por allí había corrido de pequeño, por allí había gateado y se había perseguido con los chicos del barrio. En la cima se quedó parado un instante. Y cerca, a unos pasos, estaba un espacio de parque cubierto por las ramas; y en uno de sus lados, el viejo pozo de piedra en cuyo brocal esperaba antaño que subieran los cubos bamboleantes, repletos de agua fresca, para hundir en ellos la cara y beber.

Se acercó al pozo. Antes de que su padre le fuera a buscar por primera vez para llevarle al colegio, en uno de los resquicios de las piedras había escondido la llave del armario donde Josefina guardaba unos vestidos de su madre. Recordaba la impresión que sintió al ver abrirse aquel tufo del pasado, y el afán con que escondía la llave para poder algún día contemplar él solo los vestigios del mundo postergado que Josefina le había mostrado al azar. Ahora palpó en la superficie desigual, con una mano torpe, en la oscuridad, un saliente y otro de la piedra, hasta dar con uno en el que le pareció encontrar la obstinación con que su mano lo había palpado en otra hora. E introdujo uno de sus dedos en el resquicio, hasta rozar algo que le pareció la superficie del metal. E hizo otro esfuerzo, que temió iba a meter aún más lo que buscaba, a hurtarlo del todo, a esconderlo para siempre. Pero dio un leve empellón y el objeto se movió, se enderezó; y luego, asomó un poco en la rendija. Con cuidado lo extrajo lentamente.

El óxido dejó en sus dedos una mancha de orín y una humedad viscosa. Ésa era como la llave de su infancia, la que guardaba sus memorias y sus secretos, aquella a cuya vuelta se abría ahora una vida nueva. La apretó fuertemente en sus manos, hasta sentirlas enteramente mojadas de pasado. Luego miró lo hondo del pozo y una pupila oscura le sorprendió allí como si le mirara, reflejando por un instante contra su rostro un rápido destello de luz.

Salió de aquel bancal de recuerdos y caminó en dirección a la casa. Sus pies pisaban la tierra húmeda por el borde del *parterre* en el que pululaban las plantas grasas y los geranios de su niñez. Se acercó a la rotonda. Miró un instante a la casa, a los hastiales clásicos y sencillos de la morada solariega de su madre. Y poco a poco se acercó al barrancal, a la balaustrada del saliente, desde el cual se dominaba un gran tramo de valle y, al fondo la colina, en cuya falda dormía mansamente el blanco poblado.

Un vaho húmedo cubría la soledad del valle. Sólo de vez en cuando cruzaba el silencio oscuro el graznido de una ave nocturna y unos graves gemidos de algún búho forestal. Pero una paz infinita rezumaba de la noche. Y en aquel sosiego le pareció sentir otra vez la pisada de los que le habían precedido, de todos aquellos a quienes su sangre se debía y de los cuales era el postrer retoño. Y lejos, muy lejos, sobre la colina, una pincelada gris se fue filtrando y extendiendo y empezó a vacilar en la techumbre estrellada que cobijaba aquel mundo amplio, sosegante e infinito. Y en lo alto la luz de las estrellas empezó a languidecer. Y entonces sintió que su vista se nublaba.

Muy lejos, más allá del valle, mucho más lejos que la bruma que enturbiaba los cielos del lado de la ciudad, mucho más distantes que los flecos de neblina que se apoyaban en los desmontes del «Puntazgo», casi tan lejos como las estrellas, se escuchaba el mismo silencio, la misma calma, la misma perennidad. Pero el silencio, allí, estaba transido por la salpicadura de una espuma blanca que tendía a lo lejos un inalcanzable festón, como una inmensa cola; era un silencio con chirriar de maderos, con vacilación de candiles de color en lo alto de jarcias, de puentes, de mástiles. La calma también era infinita en la inmensa extensión tenebrosa que cruzaba el «Göteborg», avanzando en suspenso sobre las grandes aguas, a través de la noche. Y, como Desiderio acodado en la balaustrada, un alma, la de Jeannine, gustaba de tanta majestad. «Ése es Orión —se decía—. Allí están Omega y Sagitario; ya se alejan Andrómeda, Perseo y el Cisne. ¡Cómo brillan la Estrella Polar y la Lira y la estrella de Deneb! ¡Cuánta noche para tanta inclemencia! ¡Cuánto mundo para tan hiriente dolor! Pero nadie está muerto. Porque cuando creemos que vamos a morir, una gran muchedumbre de estrellas vive por nosotros, crepita y fulge sobre todos nosotros como una gran luminaria para todos los que quedan, para todos los que tienen esperanza y corazón.»

Y el nuevo día amaneció sobre los vivos y sobre los muertos, sobre los que salían aturdidos del baile y los que se habían quedado tumbados en él, sobre la pequeña cíngara y sobre el alma extraviada de la desdichada negroide de Pablo, sobre el heredero de Valterra, tendido en el quirófano de un hospital; sobre el turbulento Anselmo, sobre el sueño tranquilo de Joaquín Rius, sobre la carne herida de Crista y el desvelo de Evelina y la vigilia angustiada de Josefina, la vieja doncella... Y también sobre Jeannine, acodada en la baranda del barco que la llevaba a otro mundo, y sobre Desiderio, que acababa de caer tendido en la balaustrada del sitio en que nació. Para la luz del nuevo día todos eran lo mismo.

XXX

Cuando poco después de ese amanecer Joaquín Rius despertó, encontró a Josefina llorando en el pasillo. Tuvo un presentimiento, y al abrir el dormitorio de su hijo y encontrar la cama tan hecha como en la víspera, pensó que Desiderio habría sufrido un accidente. Alarmadísimo, iba a llamar a Llobet a su casa para aconsejarse, pero cierta frase de Josefina le puso en guardia.

—¡Pobre chico mío! ¡Ya lo sabía yo!

¿Qué es lo que sabía Josefina? La doncella lloriqueaba y era difícil sacarle algo en concreto, pero la impaciencia de Joaquín Rius la hizo hablar.

Le contó que una noche le había sentido salir de casa a escondidas. Le explicó sus sospechas: creía que mezclado a todo ello debía de haber una mala mujer.

Joaquín Rius la escuchó sin pestañear. Pero bajo su aparente presencia de ánimo estaba inquieto. Se lanzó a toda clase de conjeturas. ¿Una mujer? ¿Sería eso lo peor? No; lo peor sería que se hubiese marchado con ella. Después pensó que tampoco eso tendría una importancia decisiva. Lo verdaderamente grave sería que hubiera tenido un accidente. Y que ese accidente hubiera sido mortal.

A la salida, en el coche, se hizo llevar a la sala de urgencias del Hospital. Luego informó al cuartelillo. En ninguno de esos sitios tenían noticias de él. Eso le tranquilizó. Se fue a la fábrica. Llobet, a quien informó con el mayor secreto, abundó en el criterio de Josefina. Muy turbado, el contable contó a su jefe las muchas inquietudes que le había causado Desiderio, el incidente de la letra de cambio, las noticias que de su vida irregular le habían llegado. Nada de eso era ahora lo importante, se dijo Joaquín Rius. Lo importante era dar con él.

Llobet empezó a hacer pesquisas telefónicas. El conserje del «Ecuestre» fue quien le indicó que llamara al señor Mira. Y poco después, Antonio Mira, por teléfono, le daba cuenta de la marcha de Desiderio a Santa María, la madrugada anterior. Aquella noticia desarmó a Joaquín Rius. ¿A qué se debía aquel viaje? ¿Qué buscaría Desiderio allí? La cosa era tan grave que no podía reaccionar.

Pero en plena conjetura y cuando se disponía a coger el coche para ir a la finca, llamó el teléfono desde Granollers. Un médico de aquella población comunicaba que acababa de visitar a Desiderio. Llamaba de parte de los colonos de la finca, y para dar cuenta del estado del enfermo. Estaba bajo los efectos de un delirio depresivo; tenía un gran acceso de fiebre y su estado inspiraba cuidados.

Joaquín Rius se metió en el coche en cuanto colgó el teléfono. Llobet le acompañó, después de zanjar todos los compromisos que tenía para la jornada y de dar unas órdenes al contable Maluenda. Fueron en busca del doctor Renom, el médico de la familia.

Cuando llegaron a la finca, Juan, el colono, esperaba en el patio. Les informó de lo que sabía. Habían encontrado a Desiderio al levantarse, de madrugada, tendido en la rotonda, junto a la balaustrada del jardín, perdido el sentido. Lo habían acostado. Cuando recobró el conocimiento decía cosas inconexas. Luego, llamaron al médico. Desde entonces estaba perdido en un largo sopor.

Joaquín Rius subió apresuradamente la escalera de la casa solariega, en dirección al primer piso, donde estaban los dormitorios. Entró en el de Desiderio de puntillas. La habitación estaba a oscuras. Desiderio dormía o dormitaba, boca arriba, los brazos caídos al exterior. En aquel momento le tocó la frente; estaba helada. Sobre la silla vio sus ropas y entre ellas una especie de traje talar, un capuchón de *dominó*.

Para él todo se le había revelado de pronto. Sentía una gran angustia, una incertidumbre tremenda de que fuera así. Y, sin embargo, ahora, al ver tendido a Desiderio y pensando que aquello pudiera ser una dolencia incurable, se sentía zozobrar. Llevaba tiempo sin prestar atención a su hijo. Le creía un muchacho sin problemas, feliz en compañía de sus amigos, dispuestos a casarse como Dios manda con su novia... Y de pronto una doble vida venía a destruirle la imagen de docilidad que se había fraguado. ¿Qué le había ocurrido a Desiderio? ¿Por qué no había hablado con él otras veces, por qué no se había interesado por él? En lugar de echarle a él en cara aquellos hechos, parecía echárselos a sí mismo.

El doctor observó a Desiderio, le auscultó, le tomó el pulso, palpó en sus articulaciones y le miró la pupila con el foco de una lamparita de bolsillo. Después salieron y bajaron al gran comedor.

—¿No puede ser una simple crisis nerviosa? —indicó el apoderado—. Está en una edad crítica y parece un muchacho muy impresionable.

El doctor Renom abundó en el diagnóstico de su colega de Granollers. Indicó que no convenía tratar al enfermo más que con calmantes —de los que recetó un par—, tónicos para el sistema nervioso, y con mucho reposo. A la pregunta de si convenía o si se podía trasladarle a la ciudad, contestó que de ningún modo, hasta que la crisis cediera.

Los dos hombres trazaron su plan. Don Joaquín se quedaría con él hasta el día siguiente, en que Llobet volvería con Josefina. Según cómo se encontrara el enfermo, volvería a Barcelona. Así lo dispusieron. Pero antes de que Llobet se marchara con el doctor, don Joaquín quiso preguntarle algo y le llevó a un lado.

—¿Por qué no me dio noticia de lo que le ocurría a mi hijo, de lo que usted notaba en él?

—Pensé que podría resolverlo por sí solo.

—No me engañe. Pensó que yo podría reaccionar con demasiada dureza.

—No se sabe qué hacer nunca en estos casos.

¿Cómo lo hubiera tratado, de haber descubierto aquella irregularidad? Es más: ¿Cómo le trataría ahora, cuando se restableciera? No lo sabía. Lo único que le importaba era que se curara. Luego hablarían. Vería lo que se podía hacer.

A última hora de la tarde, cuando Llobet ya había partido, volvió a entrar en el cuarto del muchacho. Éste tenía los ojos abiertos y cuando vio a su padre se revolvió un instante en la cama.

—Reposa ahora. Ten calma. No ha sido nada. Pronto te repondrás.

Don Joaquín se hizo poner una cama en el mismo cuarto. Allí se acostó. Desiderio durmió toda la noche, con un sueño irregular. Don Joaquín se desvelaba de vez en cuando y le oía respirar. Le parecía que de pronto los años hubieran vuelto atrás y que Desiderio no tenía más que unos pocos años; que estaba en la finca, como entonces, al principio de su viudez, y que muy bien pudiera ser que fuera a ver al chico desde Barcelona, a pasar una noche con él.

A la mañana siguiente Desiderio abrió unos grandes ojos que indicaron por sí solos a su padre que la crisis había pasado. Sin embargo, el viejo no aludió a nada de lo ocurrido. Cuando llegó el coche y bajó Llobet con el doctor Renom y Josefina, se apresuró a tranquilizarlos. La visita del doctor fue tranquilizadora. La crisis había pasado. Pero el enfermo se hallaba en un estado de depresión consiguiente a la alteración nerviosa y convenía que durante una larga temporada no se moviera de allí.

—Nada puede devolverle mejor la salud que estos aires; mucho campo y mucho reposo.

Luego, al hablar a solas con don Joaquín, el doctor amplió aún más sus observaciones.

—Pueden ser cosas temperamentales, congénitas. Mucho más cuando yo recuerdo que su madre, en paz descanse, también tuvo temporadas de decaimiento, en que había que fortificarla a base de... eso, de jarabe de campo.

Ese recuerdo, esa evocación, rozó la sensibilidad del viudo Rius y por un instante pareció preocupado.

—No se preocupe, Joaquín. Tanto su pobre madre como él podrían, y puede el chico, vender salud. La receptibilidad del sistema nervioso no es igual en unos que en otros. Créame: vuelva tranquilo a su trabajo y deje al chico aquí. Ah... y durante un tiempo, qué sé yo..., deje pasar un plazo prudencial, no le hable de nada... de nada que pueda herir al chico. Quizás haya sufrido un *shock* por algo que ignoramos y hay que esperar a que su ánimo se recomponga del todo.

—Bien, doctor...

Se dispusieron para marchar. Joaquín Rius se despidió de Josefina y le dio unas recomendaciones, hablando con ella largo rato apartados de los demás.

—Sobre todo, recuerde... No deje de escribirme todo lo que haga —insistió, ya dentro del automóvil.

Y el automóvil marchó y junto a Desiderio no quedó más

que la fiel doncella que le había visto nacer. Quedó a su lado como si el muchacho fuera el mismo chiquillo a quien ella contaba historias antes de dormir, como en tiempos pretéritos. También ahora apagó, como entonces, la vela; y mojó luego la yesca con la humedad de la punta de sus dedos, para que no soltara humo y no le hiciera toser.

Cuando Joaquín Rius se incorporó al trabajo, todo le resultó violento. Hasta aquel momento no advirtió el daño que Desiderio acababa de causarle. Porque no se trataba de una dolencia vulgar —como se había estado diciendo para engañarse a sí mismo en las horas que pasó junto a él—, sino de algo que afectaba a toda la estructura de su vida. Hasta entonces se había habituado a considerar a su hijo como una pieza inamovible del mecanismo, y ahora resultaba que esa pieza se rebelaba de pronto contra toda la máquina. No es que Desiderio fuera indispensable en el despachito que ocupaba, pero lo era de una manera fundamental en su propio concepto de todas las cosas. Ahora se daba cuenta de que la gran mole industrial, sus actividades, el auge enorme que tomaban sus asuntos, sus afanes por prosperar, el riesgo que corriera al ampliar la fábrica, que todo ello se había hecho y se hacía partiendo del supuesto de que su hijo estaba allí, de que su hijo le seguía por sus mismos rieles, de que, en suma, estaba garantizada la sucesión cuando, tarde o temprano, sobreviniera el golpe decisivo. Joaquín Rius sabía que las empresas humanas dependen del hombre que las ha levantado; por eso se preocupaba de que su obra quedara redondeada, al abrigo de todo peligro y de toda amenaza, antes de que empezaran a fallarle las facultades físicas o intelectuales. Pero aun en esta creencia, y aun temiendo que su hijo llevaría las cosas en su día con menos entusiasmo y con menos capacidad, con mayor o menor acierto, pero con intensa voluntad de cumplir y de proseguir. Ahora, en cambio, todo era distinto. No se trataba ya de la capacidad o de los aciertos. Se trataba de la disposición cordial y vocacional. Se trataba de que su hijo estaba en otro mundo, perdiéndose, depravándose. Y toda su hombría de bien se rebelaba contra esta injusticia.

Como por la mañana, con el regreso de Santa María, no

había podido hacer la inspección, dio un rodeo por la tarde en soledad por los ámbitos de la fábrica. Con ello, sin querer, hacía un recuento de lo que se estaba derrumbando sin que nadie lo sospechara. Le parecía que las grandes y flamantes naves estaban ahora a merced del temporal. Los centenares de telares habían perdido la naturaleza con que habían entrado en aquella casa. Cada empresa tiene un signo, un carácter que le dan los años transcurridos, los métodos que la tradición ha consagrado tras largos lustros de insistencia, de continuidad. Y aquella casa, los «Tejidos Joaquín Rius», vivían de ese nombre y de los modos con que fueron iniciados, en el antiguo almacén de coloniales y en tiempos de su padre. Aquellos primitivos dos telares que llegaron un día lejano de Inglaterra habían de dar la norma de todos los demás, por mucho que fueran en aumento. Y aquélla era una empresa personal, ligada a un apellido, sometida a una sola voluntad. Le parecía imposible que todo eso pudiera seguir en adelante sabiendo que, tarde o temprano, esa esencia quedaría quebrada; que había quebrado ya.

Poco a poco, alejado ya de él y del espanto que había sentido al recibir la noticia de la crisis y de la ausencia de su hijo, el volumen de la traición de Desiderio iba agigantándose. Su hijo había abusado de su confianza, de su debilidad, de su transigencia. No era cosa de ahora ni de los últimos tiempos. Si recordaba los ánimos que había puesto en él cuando murió Mariona; si recordaba las ilusiones que se había hecho, los propósitos que había refugiado en la idea del hijo cuando sufrió el terrible descalabro de su vida, todos los restos de su confianza y de su esperanza se venían abajo. En aquellos momentos Desiderio había sido su revancha, su único asidero. Veía entonces a un niño, pero lo veía en función de un porvenir que no iba a dejar que se le escapara de las manos. Lo veía hecho un hombre a su lado, lo veía el primero de sus consejeros, su apoyo moral, su otro yo, imbuido de los mismos afanes, de los criterios más parejos, de la energía que a él le faltara. Desiderio había sido en intento la fuerza complementaria que el destino, que tan injustamente había tratado su vida personal, venía a poner a su lado, para ayudarle a seguir esforzadamente el camino. Se había dicho que no era prudente atosigar ni abrumar al muchacho, que convenía que se hiciera un hombre por sus propios pasos y su propia reflexión, sin que nadie hubiera de forzarle, sumergiéndole solamente en el ejemplo que constituían todos los que estaban a su alrededor. Había procurado, por otro lado, que su educación no flaqueara en ninguno de los puntos esenciales. Su formación tenía todos los requisitos para hacer de él el auxiliar a que aspiraba su padre. Y lo peor de todo era que, en su ingenuidad, había creído hasta el día anterior que todo ese plan se estaba cumpliendo, se estaba logrando. Era mentira. Todo ello no había resultado provechoso. El chico se había echado a perder; todas las esperanzas puestas en él resultaban baldías y ya nada de lo que hiciera parecía tener remedio.

Y, no obstante, era necesario buscar un remedio, una solución, cuanto más tardía más enérgica. ¿Qué eran esas dilaciones y transigencias que recomendaba el doctor Renom? ¿Conocían los médicos las poderosas razones humanas y sociales que obligan a hacer algo distinto de lo que pudiera ser recetado? ¿Para qué existía Desiderio? ¿No era acaso para trabajar, para ser digno de su nombre, para ser el continuador de una empresa? Si no era así, ¿para qué servía? Si su hijo no era fiel a los principios que le cimentaban, da igual que... pasara lo que pasara. En su dolor, el viudo Rius pensaba a veces que tan poco valía un Desiderio inútil, descalabrado, perdido entre la maleza de las malas costumbres, como un Desiderio muerto. No; tenía que hablar claro con el doctor Renom y obtener de él autorización para hablar en seguida con su hijo, para reducirlo y amoldarlo y obligarle a entrar en la vía recta. Y si Desiderio se negaba a pasar por ella, se olvidaría de él, pasaría por encima de él como había tenido que pasar por encima de tantas cosas queridas de su vida.

Los obreros parecían notar algo en la manera como Joaquín Rius pasaba aquella tarde entre las máquinas. Al asombro de verle a aquella hora en las salas de máquinas, se añadía el que producía su cara hosca, irritada, llena de pesadumbre y de un agrio humor. Algunos pensaban que quizá Rius hubiera hecho un mal negocio; otros, que se estaba volviendo viejo y neurasténico. Y le veían caminar de un sitio a otro, dando unas órdenes que no eran necesarias, o temblar de ira ante un pequeño defecto que otros días hubiera pasado sin comentario.

Al cerrar, Joaquín Rius se metió en su despacho, y cuando Arturo Llobet llamó para despedirse y ver si quería algo o salir con él, Joaquín Rius le hizo sentar.

—Hablemos claro, Llobet. Cuéntame con toda claridad cómo se enteró usted que mi hijo andaba de esa manera, además del asunto de la letra. Dígame, ¿cómo lo notó?

—Cierto procurador de los tribunales, usted lo conoce mejor que yo, el señor De Castro vino a verme y me hizo un relato completo de su vida.

—¿Quién era la mujer?

Arturo Llobet le contó cuanto sabía. La información de De Castro y luego, al dedillo, la dura conversación que había tenido con Desiderio.

—Lo que me inquietó fue aquella vez la indiferencia con que él parecía tomarlo —comentó.

Rius estaba desolado. Pero a medida que Llobet hablaba, su irritación iba pasando. Disentía del apoderado, porque Llobet no era el padre de Desiderio y trataba el caso con una objetividad molesta, que él no hubiera podido tener. «No es lo mismo la energía que debe ponerse en los negocios que la que Llobet cita cuando habla de cómo había de haberle tratado. Son dos cosas distintas», se decía.

—No sé qué hacer con él. La cosa me ha cogido tan de sorpresa que me siento incapaz de elegir un camino. Por mi propio impulso, mi actitud sería tajante. Pero...

Hubo un breve silencio, en el que silbó el aliento descompuesto del amo.

—No tengo más que un hijo, Llobet, y no puedo elegir. Por otro lado, ya no es un chiquillo. Lo que le ha ocurrido no es de chiquillo. Es algo maduro y, en bien o en mal, hay que aceptarlo de ese modo. Ni los castigos pueden ya hacer mella a esa edad, ni creo que sea un hombre a quien se pudiera reducir sólo con un control de sus gastos, con recortarle el presupuesto. Y, sin embargo, tengo que hacer algo y tengo que hacerlo de prisa.

—De todos modos, es prudente esperar el plazo que indicó el doctor.

—Demasiado tiempo. No puedo perder meses así. Todo yo me encuentro mal, necesito resolverlo cuanto antes.

—Esperemos que esa crisis le haya sido favorable.

—¡Ca! Cuando se tropieza una vez no se está nunca curado del todo. Pero debo hablarle con toda claridad.

Se encontraba Rius tanto más desorientado cuanto que de vez en cuando se acordaba de las seducciones que ejercen sobre el ánimo ciertas mujeres. Pensaba en su Lula antigua y se decía que sólo un gran esfuerzo, un poder de voluntad extraordinario, puede vencer en ocasiones así. Y eso teniendo en cuenta que Desiderio no era como él; en primer lugar, porque era joven y, en segundo, porque... porque Desiderio era igual que su madre, ni más ni menos.

Al llegar a ese punto de sus conclusiones, el viudo Rius se sintió zozobrar. Su hijo era igual, exactamente igual que Mariona, estaba calcado de ella. Físicamente y... temperamentalmente. Y si no había podido luchar con ventaja en aquella ocasión, ¿cómo podría hacerlo ahora?

Un desaliento súbito, un decaimiento repentino azotó su ánimo; hundió sus miembros sobre el escritorio. Llobet le miraba afligido, reservado y expectativo.

—Lo sé por experiencia —dijo entonces Rius—. Esas cosas son siempre muy delicadas y muy difíciles. Mucho más difíciles de lo que la gente supone.

Una singular tristeza, muy apacible, le tiñó el rostro.

—Hay millares de padres que se han disgustado con sus hijos. No sé cómo ellos lo resuelven. Sé de Marín, que echó a su hijo segundo de casa, no sé por qué cosas de ese estilo. Ahora se tira de los pelos... Yo... yo no podría hacer una cosa así. Podría echar a todos mis obreros sin temblar ni preocuparme un solo minuto. Pero... se sufre mucho cuando el conflicto es tan cercano, cuando el que nos ha engañado es alguien a quien no podemos odiar.

Se levantó.

—Y, sin embargo, no me lo figuraba. De mi hijo yo no me lo podía figurar, no me lo hubiera imaginado nunca.

Tres días más tarde, al llegar a casa, encontró sobre la mesa de su despacho la primera carta de Josefina.

Josefina era una mujer sencilla, una mujer de pueblo, pero tenía una inclinación muy antigua y muy arraigada a la confidencia epistolar. Sus parientes santanderinos, a los que no veía desde hacía docenas de años, conocían al dedillo sus andanzas por Barcelona, cada uno de los detalles de su vida; para ellos, Desiderio y su padre eran figuras familiares, merced a la prolijidad con que Josefina había dibujado por correo una imagen de ellos con una letra chata, en la que menudeaban los fallos de ortografía y las maneras prosódicas en que abundaba al hablar. No es raro, pues, que cuando don Joaquín le recomendó que le escribiera extensamente todo cuanto hacía Desiderio ella tomara este encargo al pie de la letra y empezara a cumplirlo de la manera que vamos a ver:

Apreciado señor: Como me dijo aquello de que le escribiera todo lo que hacía el señorito he esperado estos tres días para ver lo que hacía y debo decirle que, a Dios gracias, el señorito está bien, ya se ha levantado y esta mañana ha salido muy animado por el campo.

Cuando el señor se marchó, el señorito siguió acostado y luego, por la tarde, se levantó y me hizo que le pusiera un sillón en la habitación. Me tenía muy preocupada porque no me dijo casi nada ni siquiera cuando le preguntaba qué tal se encontraba y él no me decía ni que sí, ni que no. Aquella tarde estuvo muy distraído y no escuchaba ni se molestaba por nada; únicamente se puso delante del balcón a mirar el llano hasta que oscureció y entonces se empeñó en bajar a la casa de los colonos. Me costó mucho trabajo convencerle de que no debía hacer eso, que el médico le había recomendado mucho descanso y que, si Dios quería y él ayudaba de su parte, pronto podría hacer lo que quisiera. Al fin se durmió, después de cenar con pocas ganas. Digo yo que si al señor le parece habría que decirle al doctor le recete algo para el apetito, pues está desganado, y después de lo que la criatura ha pasado esto no es nada bueno. Señor; al día siguiente, o sea ayer, se despertó con muy buen semblante y quiso bajar al jardín. Como hacía muy buen día, le puse la mecedora en la rotonda y allí se estuvo leyendo un rato. Como me preocupó mucho que no quisiera hablar de nada, por la tarde me fui a la iglesia, que por cierto el señor cura me preguntó mucho por usted, interesándose por su salud y enviándole muchos recuerdos. Pues este señor cura, que sigue siéndolo don Francisco, me tranquilizó diciéndome que el callarse a veces también es bueno para los nervios, y que no hiciera caso de que Desiderio no quisiera hablar. Como lo vi tan bien dispuesto, le pedí que bajara a verle y él me prometió hacerlo al día siguiente, o sea hoy.

Me parece que la visita de don Francisco le ha sido muy provechosa, puesto que cuando se ha marchado ponía otro semblante y ha empezado a hablar. Verá cómo ha sido, señor. Don Francisco ha llegado a caballo antes del mediodía y ha pasado a la rotonda. Yo les he visto hablar mucho rato, sin querer escuchar lo que decían, puesto que no sabía si se trataba de secreto de confesión. Pero el chico hablaba animadamente y hasta algunas veces se le oía reír. Luego don Francisco y él se han ido a dar un paseo por el bosque, que ha durado más de media hora. Al volver por la huerta, he observado que se paraban a mirar el melonar, que está precioso. Cuando han vuelto, han seguido hablando un rato más, hasta que don Francisco le ha prometido volver mañana. Seguramente la visita del señor cura le habrá sido de mucho provecho, dado el estado de su alma, y también por las señales de contento que ha dado después de la partida de don Francisco. A mí me ha dicho que se habían hecho muy buenos amigos, que saldrían de caza juntos, y que le gustaba mucho su manera de hablar. Además, me ha dicho algo que no sé si disgustará al señor, pero me ha parecido que era una señal de que ya se estaba poniendo bueno. Y es que no pensaba volver más a Barcelona. Supongo que lo habrá dicho en broma, y para demostrarme lo mucho que le había agradado la compañía de don Francisco.

Después de comer, ha salido a pasear otro rato solo, pasando por los campos de maíz. De vez en cuando se paraba y luego se echaba a andar con calma y ha vuelto con unos colores frescos y muy buen semblante. Ahora mientras le escribo está con Jaime y Moisés en la cocina de los colonos, y mientras le escribo esto ahora mismo le oigo las grandes risas que hay en la cocina.

No le explico más, pues esto es todo lo que Desiderio ha hecho en estos días. En cuanto haya algo de nuevo le volveré a escribir.

Su sirvienta, que mucho le aprecia y respeta, JOSEFINA.

Leyó la carta de un tirón, tan aprisa como le permitía la espesa caligrafía de la doncella y sus muchas faltas ortográficas. De la lectura le quedó un mal sabor. Mientras él estaba pendiente de Desiderio, mientras en definitiva todo el porvenir dependía del muchacho, éste se paseaba tranquilamente por sus feudos, como un señorito desocupado, sin el menor remordimiento de lo que estaba haciendo ni de su proceder. Veía a Desiderio ya totalmente despegado de sus obligaciones y ataduras, regalándose con una convalecencia que no merecía y mimado por todos, desde el doctor a la doncella pasando por el sacerdote. Y eso no podía terminar así. Explicaba Josefina en la carta que, según le había oído decir, «no pensaba volver nunca más a Barcelona»; ¡como si él fuera dueño de sus actos! Bien es verdad que ya era legalmente mayor de edad, y que en realidad podía disponer de su vida a su placer. Bien es verdad que la finca de Santa María era absolutamente suya y que podía administrarla, gozarla y explotarla a su antojo. Pero ¿qué pensaba de lo que era su deber para él y para con la empresa familiar?, ¿qué se proponía hacer con él, su padre, que todo lo había preparado y hecho prosperar sobre la base de que él le secundaba? ¿Se podía prescindir de ese modo de todos los propósitos? No. No solamente Desiderio volvería a Barcelona, sino que lo haría resueltamente, con entera decisión, con entusiasmo y sin blandenguerías de caballerete mimado. Costara lo que costase, tendría que someterse al dictado familiar.

En aquel punto, Joaquín Rius pensó que necesitaba colaboradores, amigos que le ayudaran a convencer a su hijo de cuál era el camino que debía seguir. La presencia de un hombre como el sacerdote en Santa María y la buena entrada que éste parecía haber tenido en el ánimo del chico eran hechos providenciales. Le escribiría en el acto, poniéndole en antecedentes de lo ocurrido y solicitando su ayuda inestimable.

Y otra visita se le ocurrió en aquel instante que debería hacer sin perder minuto. De la maraña de misterios que habían llevado a Desiderio a aquella situación, ninguno resultaba para Joaquín Rius tan inexplicable como el papel que en ello pudiera haber jugado, por acción o por omisión, su novia, Crista. Esa incógnita le convenía a Joaquín despejarla en el acto para ver qué partido se podía sacar de esa relación, y para poner en antecedentes de lo ocurrido a Evelina, que sin duda a su vez podría informarle de útiles pormenores. Joaquín Rius sacó su vieja libreta de relaciones, donde vio escrito el día de «recibo» de la viuda; segundos martes y viernes. Y justamente dos días después de esa revisión era segundo viernes, el segundo viernes de marzo. Por la tarde, después de pasar por su despacho, se hizo llevar al domicilio de los Fernández, sin avisar previamente a Evelina.

Evelina no sabía absolutamente nada de todo lo que había ocurrido, a pesar de que sus nervios habían llegado a una tensión extrema, sobre todo en el momento en que leyó en la sección de sucesos de *La Vanguardia* el relato del grave accidente que había tenido el pretendiente de Crista y del que había sido víctima infortunada una mujer desconocida. Se echó las manos a la cabeza, pensando con espanto en la posibilidad de que una cosa así le hubiera podido ocurrir a su propia hija. ¡Dios santo! ¡Y qué escandalazo! Todo Barcelona sabía que Pablito era una especie de lapa de Crista, y ahora... ¡Qué de sabrosos comentarios, qué de sonrisillas irónicas ante el descalabro! Había enviado a Rita a interesarse por el muchacho, porque lo cortés no quita lo valiente, según la acompañanta había sentenciado, aunque Rita no necesitaba trasladarse a la clínica de Corachán para aportar toda clase de detalles clínicos y de los otros. ¡Pero, qué barbaridad! ¡Y qué cosas ocurren! ¿Y Crista? ¿No estaba la chica como si saliera de un mal sueño, como si acabara de despertar, tan aturdida y fuera de sí que no había manera de arrancarle una sola palabra? No quería pensar Evelina en lo que podía haber ocurrido. ¡Quizás había ocurrido ya, por la facha cavilosa, a veces extasiada, siempre elusiva de su hija, al día siguiente de su gran trapisonda, cuando dijo que se marchaba un momento con los demás al Liceo y que volvería en seguida! Evelina era demasiado avisada para no comprender que algo había ocurrido aquella noche. ¿Se habría visto con Desiderio? ¿Habrían hablado, se habrían reconciliado otra vez? Nada de eso ponía en claro Evelina con las preguntas que hacía a Crista y que ella no quería contestar.

En esta situación recibió la inesperada visita del viudo Rius.

Antes de entrar en el salón donde el viudo aguardaba, Evelina entró en su *boudoir* para echar un vistazo a sus retoques y a su *toilette*. Se echó apresuradamente una mano de polvos y fue al encuentro de su antigua amistad. La efusión con que le recibió estaba llena de melindres y excusas.

—¡Claro, segundos martes y viernes! Eso era antes, querido Joaquín. Ahora, con los chicos ya crecidos, he optado por suprimir los días de recibo. En realidad, la casa está abierta siempre, no hay más remedio...

Joaquín Rius hizo unos cumplidos al nuevo decorado. Evelina lo excusó.

—Me han dado tantos quebraderos esos cuatro cambios que le prometo que he quedado cansada para toda la vida. Luego pasaremos a la parte de atrás, para que vea cómo me ha quedado.

Joaquín Rius abordó el tema que le traía. En cuanto empezó a hablar observó en su interlocutora los signos de una viva ansiedad.

—Pero... ¿no le habrá ocurrido nada grave?

—Pudiera haberlo sido.

Y Joaquín Rius desgranó, al dedillo, la crisis de Desiderio, su huida extravagante a Santa María, sus reacciones en ella.

—Mi preocupación es mucho mayor, porque yo no había sospechado nada —explicó.

—¡Oh, los jóvenes hoy son una incógnita, una caja cerrada! —opinó Evelina, dispuesta a aprovechar la ocasión que se le brindaba.

—Vengo a usted en demanda de ayuda y en recuerdo de la buena amistad que siempre ha demostrado por nosotros y especialmente por Desiderio. Y vengo muy disgustado. ¿Puede decirme, con franqueza, Evelina, si mi chico salía a menudo con su hija, en los últimos tiempos?

—Tengo entendido que... últimamente, las cosas no iban entre ellos tan bien como en tiempos anteriores. Compréndame. Cosas de chiquillos: aquí te quiero, allí te dejo.

—Eso me figuraba. Sabrá usted que Desiderio había empezado a ir con gente de mala fama.

—Sí, algo había oído decir de eso. Pero, francamente, no le di importancia. ¿Es que acaso la tiene? Es posible que la culpa no fuera del todo de él. En todas las cosas hay que estudiar primero las causas. Usted y yo, querido Joaquín, tenemos los años suficientes para disculpar ciertos extravíos. Mire usted —continuó, sin soltar su presa, ya del todo en el hilo que la había de llevar a sus propósitos—. Mi chica, Crista, ha hecho cosas en los últimos tiempos que me costaría mucho perdonarle, si no fuera precisamente hija mía. Y quién sabe si esas cosas no han podido influir en el chico. Es tan sensible su hijo, y no lo digo porque yo le tenga un afecto especial, pero, ¡es tan sumamente sensible!... Si conoceré yo a Desiderio. Si fuera hijo mío no le conocería más.

Hizo una pausa, para continuar.

—Mi chica, como es una cabeza de chorlito, y perdone usted que hable así de ella, pero digo la verdad, y eso lo digo porque creo que ha de cambiar, cuando no sé qué ocurrió entre ellos le dio por alardear de independencia, a pesar de que puse a su lado a una especie de guardia civil, un auténtico Nerón que la acompañaba a todas partes. Vea, ¿no se le ocurre empezar a hacer caso, por broma, claro está, sólo para fastidiar a su hijo, de cierto galán de Tarragona que, afortunadamente para ella, ha acabado de mala manera en el hospital, estrellado con su coche en una carretera de las afueras? Y no es eso lo peor, sino que mató a una desgraciada tanguista; en fin, una verdadera cruz, un ridículo ignominioso. ¡Y la había advertido tantas veces! Eso son los chicos: sin pensarlo, sin las menores precauciones, se dejaba lisonjear por ese... personaje, que, dicho sea de paso, ¿sabe usted probablemente a lo que venía? ¿Sabe usted a lo que vienen la mayoría?

Joaquín Rius quedó pendiente de la aclaración de Evelina, que no se hizo esperar más que unos segundos.

—Pues, todos igual, todos *interesados*, ni más ni menos. Lo que un día tendrá la niña, con no ser mucho, no se puede decir que sea *quantité negligéable*. Sólo los intereses que su pobre padre le dejó en Tabacos de Filipinas, mal me está el decirlo, podrían hacer bailar a más de un tuno. Créame, Joaquín: cuantos más años tengo menos me puedo acostumbrar a la falta de escrúpulos de cierta gente en el tiempo actual. Los de «antes» estamos perdidos.

—Bien, admito que una pelea entre ellos pudiera motivar esa reacción del muchacho; pero de todos modos es un signo pésimo.

—Sea usted indulgente con él —intercedió Evelina—. Los chicos como el suyo, con todo y sus defectos, no abundan, créame. Un momento de despecho y de decaimiento lo tiene cualquiera. El pobre, sin su madre, ha vivido tan solo...

Esa alusión dominó unos instantes en el ánimo del fabricante.

—Soy mujer, Joaquín, y me precio de conocer el corazón humano. Desiderio se lo merece todo. Ha pasado por una etapa difícil, no lo niego, en la que ha querido hacer el hombre. Y hay tantas mujeres sin escrúpulos, sobre todo en Francia. Pero son aves de paso, flores de un día que se desvanecen al salir de nuevo el sol —añadió románticamente, prosódicamente—. Ahora Desiderio se sentirá más hombre. ¡No le dé usted prisas, por favor! Yo creo que a este chico lo que le ocurre es que se encuentra en las puertas mismas de un... de un no sé qué, de un cambio. Será inútil que usted pretenda incorporarle a la vida de un tirón, si antes no ha resuelto...

—¿Qué?

—No quisiera entremeterme, aunque, podría hacerlo... A veces he pensado que yo era algo así como una segunda madre para él. ¿Comprende lo que quiero decirle? Con franqueza, Joaquín —se decidió a aclarar—. Me parece que Crista y él harían una pareja magnífica. ¿No lo cree usted así?

—Sí, lo creo... Siempre había pensado que los dos estaban destinados a casarse.

—¡Y lo están, amigo mío, lo están! En cuanto pase el nubarrón verá cómo las cosas vuelven a andar por su cauce. ¿No le parece?

—¡Ojalá!

—Mire. Lo que le falta a Desiderio es un estímulo, volver a las ganas de vivir. Si la boda se celebrara, yo... personalmente... de una sobrante que tengo... en fin, hace tiempo que tengo visto un chalet que está en venta en Pedralbes y que es ni soñado para esa pareja. Era de unos tal Boadas y lo venden por cuestión de testamentaría.

—No, Evelina, eso sí que no. Si eso se producía, naturalmente que la casa iría a mi cargo.

—Ni hablar, Joaquín. Me haría usted feliz si me dejara ocuparme de cosillas como ésas.

Joaquín sonrió al fin.

—Bien... Pero, de momento, lo que urge...

—No hay nada que urja tanto como su restablecimiento moral. ¿Y qué cosa mejor que el chico vuelva a sus ilusiones antiguas? Verá cómo ésa será la reacción natural del muchacho. No pasará mucho sin que descubramos en su corazón aquella lealtad que él posee como pocos. ¡Vamos, vamos, anímese, querido Joaquín! ¿Quiere que le enseñe el piso? Sea amable conmigo. Quizá lo encuentre un poco recargado para su gusto. Pero a usted no quiero ocultarle nada; a pesar de lo recargado, ha resultado comodísimo.

Y Evelina se levantó, mientras Joaquín Rius se disponía a seguirla. Salieron del salón y Evelina fue mostrando a su candidato a consuegro los artesonados, los arrimaderos, las alcobas, el comedor, el saloncito chino, la salita de música y... hasta su propio *boudoir*, sólo entreabierto. Cuando iban a salir a la rotonda una silueta se dibujó un instante bajo el cobertizo.

—Crista, mona, mira quién está aquí.

Crista se ruborizó ostensiblemente al ver al hombre de las barbas grises observarla con cierta obstinación y cierta benevolencia. Intuitivamente, se arregló el pelo, que caía en grandes riadas sobre su hombro. Le saludó. Joaquín Rius tuvo para ella una frase.

—Quien los ha visto vestidos de niños y los ve ahora, piensa en lo que corre el tiempo. Si no fuéramos viejos, vosotros nos lo haríais ser.

La chica se quedó parada ante él. Joaquín Rius observó a la amiga de su hijo sin malicia. Su ánimo reposaba al verla tan juvenil, tan seductora. En aquel momento ya no miraba a una muchacha, a una figura como otras, sino a una aliada que la vida le acababa de regalar, para solventar todas sus cuitas.

Por su parte, Crista se sentía terriblemente abrumada. Que lo primero que viera de Desiderio después de la noche tormentosa, escalofriante, exaltada, fuera la figura de su padre, tan poco parecida a la de él, aumentaba su desconcierto. Porque no sabía qué es lo que hacía Joaquín Rius allí, aunque podía sospechar que se trataba de algo que la afectaba. Pensaba que, por fin, a través de lo que Joaquín Rius hubiera contado a su madre, sabría dónde estaba Desiderio, qué es lo que hacía. El no haber sabido nada de él después de *aquello*, la llevaba a la desesperación,.

Don Joaquín y Evelina estuvieron un corto rato en la rotonda y luego se volvieron hacia los pasillos. Crista quedó sola en el comedor, sentada en una de las butacas, sin saber qué hacer. Todo empezaba a resultarle misterioso, insufrible. Llevaba unos días, desde que aquello ocurriera, que no sabía con exactitud lo que le pasaba.

Había vuelto a su casa, noche cerrada, noche increíble, sola por primera vez en su vida. No solamente con una soledad física, por el hecho de que nadie la acompañó, sino con una extraña soledad interior. Aquello que en otra hora le pareció increíble, acababa de suceder. Y todo su cuerpo se sentía a la vez liberado de una grave incógnita y mortificado raramente.

Luego fueron los más sombríos pensamientos que empezaron a revolotear por su interior. ¿Qué haría Desiderio después de aquello? ¿Cómo volverían a encontrarse los dos? ¿Qué se dirían? Nada de eso podía encontrar una respuesta. Pero había algo aún más grave que la atormentaba. ¿Y si ella tenía un hijo de él? Porque, ¡a veces se sentía tan afligida, tan cansada! ¿Si eso que sentía no eran meras intuiciones, si empezaba a encontrarse grávida de un hijo de aquel muchacho a quien amaba tanto? ¿Cómo se lo hará saber? ¡Oh, ella necesitaba auxilio, necesitaba ser amparada, confiar en alguien, encontrarle a él y confiarle todas sus zozobras! Pero él no acudía...

Y así pasaron unos días, cuando Joaquín Rius hizo su inesperada visita a su casa. ¿Le habría contado Desiderio lo ocurrido? ¿Dónde estaba él?

Se quedó sentada en el sillón, mientras la luz de la tarde decrecía. Y estuvo un rato así, hasta que oyó la voz de su madre que despedía a la visita en el recibidor. Luego oyó los pasos de Evelina, que se acercaban por el pasillo. Y de pronto, se encendió la luz del comedor, alumbrando muebles y tabiques. La mirada de Evelina, extrañamente brillante, exaltada, llena de un nuevo vigor, se fijó en ella.

—Tenemos que hablar, Crista. ¿Sabes que Desiderio ha estado malo? ¿Sabes que está en Santa María? Siéntate aquí —ordenó—. Te voy a contar todo lo que sé, a condición de que tú me expliques con franqueza todo lo que ocurrió en la noche del Liceo. ¿Me oyes?

Pero Crista se había echado a llorar.

XXXI

Sobre los campos de alfalfa había nevado imperceptiblemente el punto blanco de la flor, irisado hasta la lejanía; al paso de las gentes surgían del verdor vuelos de vencejos o unas garzas; los perros se adelantaban a los caminantes en pos de un rastro impreciso por los matojos o en los márgenes; en el jardín, que se empezaba a exasperar del rumor de cigarras a mediodía, habían hecho irrupción las grandes mariposas, que se posaban con maravilladas alas sobre las margaritas o el girasol, para plegarlas luego en silencio.

La mutación de la tierra era semejante a la que Desiderio sentía que se había operado en él. Lo que quedaba de su extravío no era más que un recuerdo confuso. Los hechos ocurridos se amontonaban turbiamente en su memoria y punzaban su sensibilidad. Quedaban disueltos en la panorámica del gran solar materno, que se agitaba ante él con todos sus rumores.

Al principio creyó que nunca más podría recuperarse y remontar su caída. Si se entremezclaban las figuras de Jeannine y de Crista sentía que debía morir. Una y otra le arañaban el alma con una impronta insufrible. Una y otra le acosaban y le herían. Poco a poco la primera se fue alejando, como si quisiera dejarle sufrir en paz, con la misma lenidad con que había desaparecido de su vida; no quedó de ella más que un rastro impreciso, la misma estela de espuma que el «Göteborg» dejara sobre las aguas charoladas del puerto. En cuanto a la segunda, ocurrió el fenómeno contrario. Poco a poco fue penetrando en él. Veía a Crista en el estupor de la entrega, sentía la injusticia y el baldón de aquel acto, realizado por él en el delirio del Carnaval, y el recuerdo del cuerpo tendido, el rostro suplicante le atenazaban y consumían. Esa sensación de baldón y de ignominia no hacía más que crecer en él, que agigantarse. Y, sin embargo, no osaba enfrentarse con aquella realidad. Pensaba que su vida ya estaba trazada, que su porvenir no traicionaría el designio que se había formulado en aquellas horas tormentosas; que para siempre se quedaría allí, en su tierra, y que no quería volver.

Luego, con el paso de los días, también la imagen de aquella Crista entregada se fue mitigando, desperfilando, diluida en el contorno de acequias y de colinas. Quedó engarzada a sus vivencias como un elemento impuesto en ellas desde el exterior. Se abría paso entre la espesa hojarasca que cubría sus días. Y una sucesión de pequeños acontecimientos, de hábitos sutiles fueron tejiendo la tela de los días amables, de sus días de convalecencia moral.

En este trance la soledad estaba llena de pequeñas sorpresas. Volvía de algún modo a su niñez con el goce inconsciente de la naturaleza libre bajo la umbría de la alameda y de los bosques, con el rumor sinuoso de las acequias plateadas y el de la brisa que resbalaba en los largos bancales de alfalfa o de maíz.

Siempre había quedado grabada en su memoria la mutación insensible de las estaciones, del verano al otoño, del otoño al invierno, y la primavera por el dato inconfundible de las lluvias y de los vientos, de la siembra y de la recolección, o por la altura y el color de los sembrados y el paso, ora raudo, ora leve y sutil, de las nubes viajeras. El mundo de su niñez fue un mundo unido y propio. Tal vez por ello había sentido en la ciudad tan vivamente la nostalgia de la tierra, el poder de esta tierra que, cuando no la sentía a sus pies, era como si hubiera sido arrasada de todos sus árboles.

Ahora estaba verdaderamente ante su realidad portentosa, ante la autenticidad de su solar. El mundo de su infancia estaba delante de él. Estaban allí los árboles y los recodos en que su espíritu trascendía. Y estaban con ellos, las gentes de entonces, las mismas gentes de su niñez, a los cuales los años habían sólo agrandado, transformado, pero que seguían siendo como eran. Allí, caminando por los valles, por las eras, por los patios, estaban Moisés y Jaime, Andrés, Encarnación, Matilde y Filomena. Otros niños habían venido a ocupar el lugar de aquéllos. Pero el relevo no afectaba a su evocación. Había aprendido con ellos, años atrás, la caza de ranas y de anguilas, el hallazgo de las setas bajo la hojarasca, había palpado la viscosidad del moho en los profundos remansos en que se zambullían en otro tiempo y el sabor fresco de una sandía robada y cortada, a rajas como medias lunas, la que luego irían a engullir todos juntos en las profundidades del maizal. Ahora volvía a ser el caminante de los vericuetos y senderos del jardín, el habitante de las eras y de los pajares, de los caminos en que se extiende como una alfombra la pinocha del bosque, de las acequias que llevan a las huertas el agua del regadío. Su pie volvía a pisar sin estorbos el polvo o los lodazales, los campos en los que crecen las lanzas finas del trigo, duermen entre una maraña de raíces y hojas las enormes calabazas o en los que se ondula a la brisa la ola larga, la verde ola de la alfalfa.

Era como si volviera a la luz, tras un largo recorrido por las tinieblas. Y con la luz surgía con toda su plenitud la tierra que había sido el trasfondo de su alma infantil y la casa en que había nacido, con su sombra y sus destellos, su silencio y sus murmullos. Volvía a su ánimo el eco que hacían las palas y los rastrillos de los jardineros al chocar con la arenilla de los parterres del jardín y el estupor de la oscuridad que de pronto le escalofriaba, como cuando era niño, al abrir una cualquiera de las grandes alcobas de la casa.

A veces se sentaba en el poyo de la entrada de los colonos, ya cerrada la noche. Por la ventana, volviéndose un poco, veía el hogar de los colonos en el que la viejísima Filomena, espectro silencioso y como de cera a la luz de la fogata, revolvía unas sopas espesas con una larga cuchara de madera. «Colom», el perro, bostezaba entre dos sueños, sobre unos sacos en el rincón. A veces, sin que ellos le advirtieran, Desiderio escuchaba las conversaciones y las voces de los hombres. Acostumbraban a discutir bajo la luz de acetileno del zaguán, junto a los sacos de algarroba, el maíz en ristras, los cedazos en penumbra. Muchas veces los campesinos hablaban de un tiempo remoto, de unos años que se perdían en la difusa memoria de aquellos parajes. Y el viejo Juan, que había conocido al bisabuelo de Desiderio y que había oído, siendo chico, la reseña de los avatares de aquella casa, a la que habían perforado los proyectiles «del francés», hablaba a menudo de los tiempos en que la madre de la madre de Desiderio era soltera y de cómo había llegado una tarde a la finca el viejo Rebull a pedir su mano. «Tuvo que venir a pie, desde Granollers —decía—. La carretera no la hicieron hasta que subieron los liberales.» «¿Y el amo, cómo vino?» «El amo no vino, el amo joven nació aquí.» Y la voz de Juana puntualizaba: «El padre del amo, el amo viejo, fue el que vino en tartana. La señorita Mariona le fue a esperar hasta los avellanos —rememoró—. Es una gracia —concluía—, pero todas las señoritas han muerto jóvenes.» Y Desiderio, aguzando el oído, escuchó la voz de Juan, que proseguía: «Éste es el primer amo que ha nacido aquí.»

Otros detalles de cierta misteriosa presencia se hacían tangibles; y el ritmo de su corazón se aceleraba cada vez que una revelación de ese mundo impensado y, sin embargo, latente en aquella casa, se produjera casualmente: una vez fue un mendigo de los que llegan por los caminos polvorientos a recoger la moneda de dos céntimos, tras años de vagabundaje por el Valle de Arán o por la Cerdaña, el que lo identificó con la maliciosa lucidez de los parias. «Yo estaba aquí el día que nació. Bebí una bota entera de vino a su salud, señorito», dijo dirigiéndose a Desiderio. «¿Y cómo lo ha reconocido?», preguntó Moisés. El mendigo sonrió con media boca, al contestar: «¿No lo veis que es igual que su madre? Siempre salía por aquella puerta —añadió, señalando la de la casa de los señores— y me preguntaba de dónde venía. Claro, después se casó y se acabó todo...»

Poco a poco la presencia, aquella presencia, volvió a hacerse corpórea, tanto como en las ilusorias evocaciones que de ella hacía en la niñez. La presencia y la figura de Mariona se acomodaban al mundo que le rodeaba, en el que vivía. La idea de su orfandad se precisó en su ánimo. ¿Cómo hubiera sido su vida de no haber muerto su madre? No lo podía imaginar, pero sabía seguro que habría sido muy distinta. Imaginaba a su madre transitar, moverse en aquellas losas, como si estuviera viva y pudiera ir a su encuentro; como si estuviera a su alcance el rodearla por el talle y pasear, como dos amigos. Un rumor que llegara de los pasillos podía ser como presagio de su presencia real y la misma brisa que levantaba los estores de las vidrieras podía ser confundida con el murmullo que hacía su presentido paso de una estancia a otra. Sentía que, a pesar de la muerte, su madre vivía allí denodadamente, con más autenticidad aún que Josefina, que las masoveras, que cualquiera de los seres vivos de su contorno. La aureola y la fragancia de ese ser impregnaba la casa toda; y una pequeña serie de azares, de dulces peripecias posibles, entre su madre y él poblaban, como si fueran acontecimientos reales, las horas lentas de su convalecencia moral.

Una de las habitaciones de la planta baja, contigua al gran comedor, parecía transpirar entero el aire de Mariona. A veces Desiderio entraba en esa estancia como si acudiera a una cita con su madre. Por los postigos abiertos penetraba el último atisbo de luz, una luz grasienta, mortecina, espolvoreada, en la que se dibujaba a través de los cristales el perfil torturado de una higuera. Los muebles quedaban hundidos en la penumbra. Al entrar en el salón, si lo hacía en esa hora en que se funden sombras y cuerpos, el reloj incrustaba vívidamente su latido en el corazón. Renacía en la oscuridad la esfera de marfil del reloj; sobre la consola en la que dormían unas figuras de coral, destellaba un reflejo morado, y la forma redonda y panzuda de los sillones cuajaba en la oscuridad. Al instante Desiderio evocaba, sin justificación aparente, la figura de una dama antigua sentada en la banqueta del piano y sentía la presencia de ella en aquel salón, una presencia palpitante en los sillones, en la consola, dentro de aquel silencio. La impresión que sentía era tan viva que tenía que salir. Se sentaba en el patio, junto al gallinero. Y la presencia seguía rondándole; sentía que su madre estaba en la casa, que dentro de poco asomaría por la puerta y le llamaría. «Colom», el perro, se acercó una tarde a él removiendo la cola, como si le comprendiera; husmeó en su rostro y lamió su mano, que estaba fría y sin tacto. Por la puerta del porche entró lentamente el carro del viejo Andrés. La brisa aturdía un momento el reposo de las cluecas dormidas y un escalofrío sacudió fugazmente su plumón. «Colom» se separó de Desiderio, irguió atento su cabeza, avivó sus orejas y, con un ronquido bronco, cruzó el patio y empezó a ladrar...

Por la rendija de los postigos se escurría un cuchillazo de tibio sol. «Hoy es jueves», se dijo, al sentir los golpes de azada de los jardineros, el paso característico de los rastrillos con que alisaban el césped de los parterres; y hubo una transposición en su ánimo, como si estuviera en un punto indeterminado del tiempo, muhos años atrás. Otros ecos venían a sumarse al hechizo. Se oía una voz de mujer que cantaba mientras lavaba. Golpeaba fuerte la pala de madera contra las piezas; las enaguas, los oscuros refajos, los calzoncillos de cintas de Juan, los pañales minúsculos de la recién nacida del barrio; luego sintió el clac de las podaderas con que los jardineros recortaban el ciprés de la cerca y el eco del choque contra el brocal del pozo de la cuba de agua que alguien izaba alegremente.

Se levantó de un salto. Tuvo la impresión de que andaba retrasado, de que el sueño había sido aquella noche excesivo. Don Francisco, el cura, debía estar al llegar. Abrió el balcón de par en par. Aspiró a pulmón pleno la brisa fresca de la mañana. El llano luminoso parecía haber mudado insensiblemente de color. La primavera estallaba en la tierra y el valle infinito contenía la lenta mutación vegetal.

Un punto negro se destacó en el camino. Era don Francisco, a lomos de su caballo, que se acercaba, con la escopeta de caza al hombro, precedido de «Perla», su perra perdiguera. Desiderio se apartó de la ventana, vació el agua en el lavabo y se lavó.

Mientras se vestía sintió de nuevo el júbilo de que aquel día fuera precisamente jueves. No lograba explicarse por qué el proyecto de una salida de caza suscitaba en él la misma exaltación que cualquiera de los maravillosos sucesos que ocurrían los jueves, cuando era chico: la presencia de los jardineros, la suelta de las aguas de regadío... Terminó de vestirse, calzó las alpargatas, se alisó el peinado y bajó al patio. Josefina le esperaba en el comedor.

—Tienes la tortilla preparada. No te canses mucho, no empieces a correr —recomendó, mientras Desiderio corría hacia el zaguán de los colonos. Era allí donde prefería desayunarse ahora. Comió su tortilla en un periquete. Cuando la estaba terminando vio entrar a don Francisco por el porche.

Don Francisco Porta era un capellán de unos cincuenta años y regentaba la parroquia desde los veintitantos. Era el sucesor de aquel atrabiliario don Pascual, que legó su viña a los feligreses. Tenía cara broncínea, tostada por el sol, rasgos duros de campesino y el pelo enteramente blanco, prematuramente blanco; tenía una dulce mirada, que casaba mal con sus trazos. Cumplía con los deberes que le imponía su parroquia, pero su verdadera dedicación era el arte sacro, afición que alternaba con su pasión por la caza. Y ambas eran no sólo compatibles, sino en cierto modo complementarias. Pues recorría de un cabo a otro la comarca en pos de las piezas que su perra, «Perla», parecía alumbrar por sí misma en los recodos. Así entraba en las antiguas masías, a cuya proximidad le llevara el olfato de la perdiguera, y descubría en ellas tesoros ocultos del arte popular, a los que tomaba bajo su tutela. En los veintitantos años de su estancia en Santa María conocía al dedillo los habitantes de toda la extensión del llano hasta treinta kilómetros a la redonda.

Al ver entrar al cura, Desiderio se levantó, le saludó, cogió la bota de vino y echó un trago. Descolgó la cartuchera de un clavo, junto a los cedazos, y se la abrochó en la cintura. En el acto vio aparecer, removiendo furiosamente la cola y dando saltos y gruñidos de gozo, hasta bracear nervioso contra sus rodillas, al perro «Clavel», hijo de «Colom», de quien conservaba las manchas blancas y negras, que le miraba ávidamente con una expresión casi humana, torciendo el cuello a derecha e izquierda.

Desiderio lo acarició mientras descolgaba su escopeta, que se puso en el hombro.

Don Francisco expuso su programa:

—Podríamos ir bordeando el bosque hasta los límites de la alameda, y luego torcer para llegar a *Can Coll*. Hace tiempo que quiero ver al viejo.

—Vamos, pues... Yo tampoco he estado en el *Coll* desde que era muy pequeño.

Salieron, seguidos y mortificados por la impaciencia de los perros que zigzagueaban ante ellos, se adelantaban y volvían, con ánimo de darles prisa.

—El viejo del *Coll* es un hombre célebre que te va a gustar —explicó el sacerdote—. Era un viejo trotamundos, que salió yo no sé de dónde; creo que es aranés. Ha hecho en la vida las cosas más diversas, desde militar a organista, y ganó mucho dinero construyendo obras en la América del Sur. En el viaje de regreso conoció a una muchacha mucho más joven que él, la «pubilla» del *Coll*, y pidió su mano al desembarcar. Las gentes de aquí no se explican esa boda, pero así que lo veas te lo explicarás. Es un hombre excepcional. Ahora está impedido, en una silla de ruedas, y pasa el tiempo modelando figuras de barro con bastante talento.

Mientras tanto, los dos perros, pese a la cachaza de sus dueños, no perdían el ánimo. «Clavel» se puso a ladrar de impaciencia cuando vio que Desiderio se paraba junto al pontón del desagüe, a la sombra de las tres acacias enormes que paliaban la cueva por donde el agua tenía que salir. La chiquillería del barrio aguardaba con impaciencia la llegada de la acequia. Movedizos, inquietos, chillones, las manos en las espaldas, las calzas remendadas que les llegaban hasta las rodillas, no prestaron la menor atención a la proximidad de Desiderio, que quedó durante unos instantes tan absorto como todos ellos mirando a la boca del canal. Había un silencio expectante.

—¿No oyes? ¡Ya viene, ya viene!... —clamó una voz infantil.

En efecto, se sentía un rumor crepitante y creciente en lo profundo de la boca de piedra. Desiderio se vio a sí mismo, muchos años antes, en aquella misma espera. Como ellos, había saltado de júbilo al escuchar el rumor misterioso. Era un rumor de agua en tropel, que se iba acercando inexorablemente. Cuando ya se sintió muy cerca, aparecieron y comenzaron a botar por el lodo, huyendo apresurados del agua que se les venía encima, docenas de repugnantes sapos.

—Dale, dale...

Todo el encanto de la venida de aguas de los jueves consistía en esa mortandad de sapos. Parecían viscosas pelotas tumefactas, que estallaban al menor cantazo. Los supervivientes, aletargados, con los ojos fuera de las verdes órbitas, al fin optaban por dejarse llevar por la corriente impetuosa. Porque el agua surgió de pronto, plateada y sonora. Entonces Desiderio volvió a andar, alcanzando al sacerdote, que ya doblaba hacia el bosque.

Durante un rato los dos cazadores bordearon la espesura, por los canalones del regadío, junto a los campos de maíz, y luego entraron en un largo bancal de alfalfa. A la media hora dispararon el primer tiro. Unas perdices se escaparon, con vuelo desigual. Un cuarto de hora más tarde, «Perla», que había estado buceando en los matorrales de un declive, saltó de pronto al camino y pareció hallar un rastro concreto.

—Ahí va «Perla» —advirtió en voz baja el párroco a su acompañante.

Sin el menor ruido, la perra se adelantó culebreando lentamente hacia la desembocadura de una acequia y entró en el campo de alfalfa. Sólo el morro y la frente emergían del espeso bancal verde. Con los ojos vivos, centelleantes, «Perla» progresaba, segura de su camino.

Don Francisco y Desiderio elevaron sus escopetas a una cierta altura, en espera de llevarlas al hombro al menor indicio, sin perder de vista los movimientos del perro. Surgieron, con un vuelo raso y raudo cinco perdices. De pronto se elevaron, dispersándose. El cura disparó y en seguida se oyó el segundo estampido, el del arma de Desiderio. La primera pieza cayó verticalmente, como descolgada de pronto. La segunda aleteó ávidamente en el aire y, tambaleándose en el azul, pareció rodar hacia el suelo, malherida. Se la vio hurgar con las alas en la verde maraña, intentar saltos en los espesos tallos, con un rumor palpitante en la verdura; hasta que «Clavel», certero, se abalanzó y la recogió aún viva con los dientes, saltando con ella sobre la maleza; la llevaba con un cuidado casi amoroso, triunfal. Por su parte, «Perla», la heroína, gruñó de placer al depositar en el zurrón de su amo la estupenda pieza cobrada por ella.

—Son hermosas —comentó el cura, sopesándolas.

Siguieron su marcha. Al fondo, en la calina azul recostada en la falda de unos montes lejanos, centelleaban pueblos diminutos. Todo el valle era un temblor de agua, tañidos y susurros. Cruzaron por los sembrados, pisando el fango de los canalones de regadío. Los perros se desviaron otra vez hacia el bosque y los dos cazadores les siguieron.

—Vamos a quedarnos un poco aquí —propuso el sacerdote en un punto sombrío y fresco—. ¿No te conviene descansar un poco? —y al tiempo que lo decía, el sacerdote se sentó en un margen, al que habían llegado los últimos brotes de pinocha—. Por lo menos, a mí no me viene mal.

Desiderio se sentó al lado del cura y, poco después, se tumbó, de cara al cielo, respirando a pleno pulmón y con las manos bajo la nuca.

¿Cuánta distancia le separaba de su mundo anterior? ¿Dónde estaban aquellas noches frenéticas y la pasión desbordada que había sentido por Jeannine? Ahora Jeannine quedaba irrealmente nimbada por la distancia y completamente desprendida de toda pasión turbulenta. Era una imagen idealizada en un rincón de su recuerdo, ya instalada allí sin rotura y sin lucha. Cruzó, sin embargo, con rapidez, otra imagen femenina, que le hizo hacer un movimiento de impaciencia, de desazón.

—Me ha escrito tu padre —le dijo entonces sin prólogo alguno el sacerdote—. ¿Quieres que te hable de eso ahora o prefieres que lo hagamos con más calma a la vuelta?

Desiderio tardó unos momentos en contestar. Una lagartija atrevida rozaba el pedrusco sobre el que Desiderio había puesto su zurrón. Contestó intuitivamente.

—No, no..., puede hablar, si quiere...

Don Francisco le explicó algo de lo que su padre pensaba. Quería que Desiderio se incorporara a la ciudad antes del verano. Creía que la convalecencia ya había durado bastante. Su padre estaba inquieto.

—Padre —le respondió Desiderio—. Yo comprendo muy bien las razones que tiene para quererlo así. Pero es mejor no engañarle. Para mí, volver allí sería una tortura. Lo he pensado bien, desde todos los aspectos...

El sacerdote no contestó hasta un rato después.

—Eso tendrás que decírselo tú, personalmente. Y no creas que no te comprenda. Sin embargo...

Tardó unos instantes en seguir.

—Son muchas las cosas que nos gustan y en las que no tenemos más remedio que sacrificarnos. Siempre hay en la vida algo que ofrecer. No olvides a Aquel que lo dio todo.

Desiderio no quiso oponer sus razones. ¿Para qué?

—«No es bueno que el hombre esté solo» —continuó el sacerdote—. Eso es del Génesis. Y yo te añado una cosa: La soledad es del diablo.

La lagartija asomó su cabecita verde en un hueco de la piedra. Las últimas palabras del sacerdote se le quedaron a Desiderio prendidas en el ánimo. Las seguía escuchando como un runruneo mucho rato después. Unos pájaros pasaron planeando sobre la copa de los árboles.

—Usted está solo, Padre... Y bien solo. ¿Por qué no puedo estarlo yo?

—Yo no estoy nunca solo, te equivocas. Yo estoy siempre... acompañado y de verdad. Pero tú, ¿tú que harías aquí, alejado de todos? Piensa que hay un gran egoísmo en esta... apatía.

El sacerdote se había levantado. Se dio unos manotazos en la sotana, para arrancar de ella los brotes de pinocha que se le habían pegado.

Volvieron a andar. Se metieron en el bosque.

Cruzaron la maleza bajo las grandes arcadas que hacían las encinas y los pinos, sombreando una roja tierra desigual. Se empinaron con la colina y pasaron al otro lado.

—Allí está el *Coll* —señaló el Padre.

La casa no se parecía a ninguna de las masías de los alrededores. Quedaba adosada a ella una alta torre cuadrada, que le daba la apariencia de un extraño castillo rural. Ese torreón no parecía responder a ninguna necesidad actual; era un vestigio de otros tiempos. Originariamente había sido primero ermita, luego baluarte. Según la tradición, en este lugar fueron martirizados San Vicente y Santa Clara, dos hermanos, cuyos cuerpos incorruptos se guardaban en la cripta. La masía era de construcción posterior.

«Perla» y «Clavel», que se olían la visita, pretendían pasar de largo, torcer a la derecha. Pero don Francisco caminó derechamente hacia la casa. Ésta estaba rodeada de abetos, castaños y pinos.

Ya en la portalada, salió al encuentro de los cazadores un mastín gris, pacífico y viejo, casi ciego, que miró con recelo a los perdigueros, ahuyentándolos con el balanceo de su larga cola. Luego les volvió la espalda abúlicamente.

En el cuadrante del reloj de sol se marcaban las once. Desiderio y don Francisco se quedaron parados en el patio, en espera de que alguien acudiera.

En esa espera les salieron al encuentro inopinadamente, disparados hacia ellos, ladrando como condenados, cinco perritos iguales, de raza indefinida, que les rodearon y que armaron una bulla espantosa entre las piernas de los dos cazadores. El estrépito fue interrumpido por la aparición y la voz enérgica de una mujer, la masovera. Iba despeinada y se secaba las manos en el delantal. Entró a avisar a los amos y al poco vieron aparecer a Sebastián, el dueño, en la puerta.

Era un anciano de tez roja, casi enteramente cubierta por los jirones de una barba desordenada y breve, de impresionante blancura; estaba sentado en una silla de inválido que había conducido con presteza, con suma habilidad y nerviosamente desde el interior. Les saludó, tendiéndoles una mano en la que se transparentaban las venas.

Entraron en el zaguán. Don Francisco echó las dos piezas sobre la mesa.

—Vaya, nunca viene con las manos vacías —agradeció

Sebastián, acariciándolas. Luego añadió—: Me alegro mucho de tener al heredero de «Las Torres» en mi casa. Cuando le vi por última vez no levantaba dos palmos del suelo. ¡Matilde! —llamó después, en dirección a la escalera.

Del techo del zaguán pendían como guirnaldas ristras de tomates y mazorcas de maíz. Junto a los muros se apilaban los sacos de harina, los rastrillos y las azadas. Al fondo, por la escalera sin baranda, descendía la señora Matilde, esposa del anciano. Llevaba un vestido negro ajustado hasta el cuello, muy largo, que al andar dejaba al descubierto un pie pequeño calzado con alpargata negra.

Siempre que el párroco entraba en aquella casa era para visitar la capilla de los Santos. Aún conservaba el *Coll*, en una cripta, aquellos cuerpos incorruptos, credenciales supremas de la romanización y de la evangelización del país. Don Sebastián le tranquilizó. En seguida Matilde les acompañaría al torreón. Y a seguido el viejo se puso a ilustrar a Desiderio sobre la tradición y la historia, sobre el privilegio excepcional que recaía en aquella casa.

—Cuando Santa Elena, madre de Constantino —decía—, llegó hasta Jerusalén en busca de las reliquias de la Pasión, pudo dar con la Vera Cruz y hasta con las de los dos ladrones y con la Lanza y la Esponja. Milagrosamente estos atributos fueron poco a poco camino de la capital, como estaba escrito, así como la Sangre, la Túnica sin costura, los Clavos, la Corona y la placa de mármol que sirvió para lavar el Cuerpo del Señor en el Descendimiento...

Para hacerse oír don Sebastián dirigía su silla ora a la derecha, ora a la izquierda; movía constantemente los tres dedos hábiles de su mano inmóvil, como si moliera el aire con las yemas. Hablaba con rapidez.

—Estas reliquias vinieron a suceder al *stojíon* de los bizantinos, o sea el objeto circunstante con el cual andaba ligada la propia vida de cada cual. Los Santos Mártires de nuestra región venían de Roma portando aún, dos o tres siglos después de la muerte del Señor, reliquias de la Pasión, que cumplían su viaje hasta los confines de la tierra; y por eso los cuerpos de los mártires incorruptos portadores de reliquias son considerados como relicarios directos de la sangre de Cristo. De este modo ésta viene a ser no sólo hiperbólicamente una tierra bañada por la Sangre del Redentor. Nuestros dos Santos son, para nuestro pueblo, *isapós-*

toles, es decir, igual que los apóstoles y a nuestra casa se la puede llamar por ello Ciudad de Dios, igual que Salónica, a la que defendió dos veces San Demetrio.

Matilde, la esposa, sonreía, mientras su marido hablaba de esas erudiciones. Le parecía que don Francisco había oído ya demasiadas veces el relato histórico.

—¿No le gustaría subir primero al torreón? —preguntó la mujer a Desiderio—. Y después bajaremos a la cripta.

Desiderio accedió, complacido. Matilde les acompañó al instante. Don Sebastián se quedó en su silla de ruedas. Al subir los peldaños la mujer promovía el repiqueteo del manojo de llaves que llevaba oculto en la falda. Al término de la ascensión sacó el manojo y eligó certeramente la gruesa llave del torreón.

Metió la llave y sintieron silbar el viento por las rendijas de la puerta, de la que doña Matilde fue descorriendo el cerrojo. Salieron al exterior. Era una miranda de unos cinco metros, con tres arcos en cada una de las caras, aberturas que mostraban hasta su límite las dimensiones de la comarca tendida al sol matinal. El viento fresco azotaba los rostros hasta el punto de que hacía difícil la conversación. Desiderio se apoyó en el pretil y se acodó hacia el mediodía. Vio, a lo lejos, «Las Torres», su casa, cuadrada y blanca, medio oculta a oriente por el bosque. Los plátanos copudos de la carretera, la ondulación del valle hasta «Las Casetas» y, muy lejos aún, siguiendo el curso de la riera, la mancha del pueblo diminuto, colgado en lo alto de una colina. Se oía el rumor cristalino de una campana. Todo estaba lleno de una paz solemne.

Se volvió luego, para acordarse bajo los arcos de poniente. Los campesinos, diminutos, araban en el regadío; había como un silencio más hondo que el silencio en la crepitación de todos los rumores de la tierra, fundidos en un mismo vaho, en una exhalación de la neblina translúcida, jugosa del sol. Sintió que se le revelaba desde esta altura, con los mil rumores de la comarca, lo que existía en común oculto en los substratos de las tierras vecinales, bajo las rodadas de las dos heredades, en la maraña misma de las raíces entreveradas del «Coll» a «Santa María», en los bancales que bebían una misma corriente de agua.

Había que volver. La mujer les abrió el camino de vuelta. Por la escalera oscura descendieron hasta los sótanos del torreón. La dueña se paró ante una pequeña puerta de roble, historiada y antigua. Se acercó a ella en la oscuridad, introdujo la llave y abrió. Era la cripta sagrada. Cogió la vela, la acercó a una lamparita y encendió con ella dos cirios, a cuya luz se iluminó la capilla. Sobre el ara de piedra se contorsionaba un Cristo antiguo, negruzco, salpicado de agujeros diminutos que acusaban el paso de los siglos sobre el dramático leño. Y debajo del ara estaban los dos sarcófagos de cristal.

Los rostros de los Santos, extáticos, como de cera blanca, tenían unos rasgos finos que parecían vivir todavía; conservaban un candor virginal. La muerte no podía haber sido en modo alguno para ellos una lucha agitada. El martirio había puesto en sus rasgos una suave templanza, una suerte de alegría y de paz. Las túnicas que vestían dejaban al descubierto las manos impolutas, perfectas, sin un solo vestigio de podredumbre. Los dos yacentes parecían sumidos en un sueño tranquilo, en el sueño de la tierra, en el silencioso sueño del tiempo, en la orilla misma de una eternidad que, más allá de los muros del oratorio, en el azul del cielo, en la reverberación del agua, en el pausado tránsito de las blancas nubecillas, se humillaba ante los que vivían, para que la vieran a un trémulo trasluz.

Desiderio y el párroco quedaron un rato allí. El cura musitó una oración y Desiderio contestó, un poco a rastras. Decía: «...que estás en los cielos, santificado...»

Cujando entraron de nuevo en el zaguán, la masovera estaba preparando unas lonjas de longaniza, unos tomates aliñados, aceitunas, cebolla y pimiento. Doña Matilde trajo una enorme hogaza. Trazó con la hoja del cuchillo una cruz sobre el dorso del pan. En aquel momento, la mujer parecía brotar de la tierra; ser tierra ella misma, como la primera mujer, estar hecha del fango más noble con unas formas augustas, acabar de recibir el soplo de Dios.

«No es bueno que el hombre esté solo», recordó de pronto Desiderio. Las palabras del Génesis cobraron entonces para él un sentido diáfano. No se trataba de aquella angustia sensual y desflecada que sentía en la ciudad; se trataba de un rito, de una sumisión trascendente; se trataba de la misma ley de la vida; la misma ley que señoreaba en el pan y en la tierra, en la semilla y en el grano. Y la imagen de la muchacha tendida en el palco del Liceo volvió poderosamente a atormentarlo, pero fue un relámpago fugaz. «No es bueno que el hombre esté solo.»

Doña Matilde se había encaramado a una silla y colgaba el par de perdices de un clavo largo, en una de las vigas. Quedó mirando un instante el balanceo de ese colgajo pardo y tibio; la fogata del lar en el que humeaban sobre la parrilla una docena de chuletas, encendió el plumón de la caza con un reflejo rojizo, que quedó diluido en la intensa claridad del exterior.

—¿Le ha impresionado la cripta? —preguntó don Sebastián a Desiderio, al advertir su gravedad—. Tengo que mostrarle aún muchas cosas que hay en este lugar. Otro día tienen que venir con tiempo, quedarse a comer y pasar la tarde entera. Le aseguro que merece la pena.

La masovera sacó las chuletas del fuego y las trajo en una fuente a la mesa. El párroco y Desiderio se sentaron. Don Francisco bendijo aquel condumio, que preparaban para él cada vez que les visitaba, y empezó a comer.

—Coma, coma, Rius... —animó don Sebastián—. A ustedes los chicos de la ciudad les conviene esa comida sana.

Desiderio hubiera querido franquearse. Hubiera querido decirle que él *ya* no era un chico de la ciudad. Miró a don Francisco y éste salió en su ayuda.

—Desiderio no es del todo un chico de la ciudad. ¿Sabe que tiene la intención de quedarse en la finca?

—Bueno, bueno... —musitó Sebastián, mirándole con unos ojillos agudos—. Eso quiere decir que se conformará con nuestro tipo de existencia, ¿no? —inquirió maliciosamente, como si a juzgar por la facha del muchacho no diera demasiada importancia a esos propósitos—. En realidad, quien fuera capaz de hacer eso, a su edad y con sus posibilidades, no sé si sería demasiado loco o demasiado cuerdo. Pero me tiene que dejar que le dé un consejo. Donde sea, aquí o allí, tome usted una raíz. Somos como los árboles. Podemos crecer en todos lados menos en el aire.

Las consideraciones de Sebastián, más que mortificar a Desiderio por lo que tenían de entremetidas, le producían una desazón rara, que no podía explicar.

—Yo conozco a la familia de su madre, en paz descanse, desde mucho antes de nacer usted. El viejo Rebull era un auténtico señor, con ese concepto tan alto del dominio que ya se va perdiendo. Su casa era la casa de todos sus siervos, y éstos eran como de la familia. Pero me temo que si hubiera preferido venir aquí y tenerlos que tratar todos los días hubiera acabado aburriéndolos, incluso él. Y es que hay señores de ciudad y señores de campo. Ustedes, los señores de ciudad, no lograrán nunca olvidarse del todo de ella. Hablo de la edad de usted. A los setenta años todo es posible, hasta la muerte.

Doña Matilde, temerosa de que las opiniones de su marido pudieran extrañar u ofender al joven Rius, desvió la conversación.

—Tienes que enseñarle los antiguos contratos de las aguas, firmados por los bisabuelos. Allí sí verá la verdadera historia de su casa.

—Aquí hay toda clase de vestigios. Tengo ánforas que han sido sacadas de una paletada cuando arábamos lo que ahora es el huerto. Las raíces de esta casa reposan sobre un poblado muy antiguo. Otros sacan de la tierra oro o petróleo. Yo no he conseguido sacar más que cosas que dicen que no tienen valor, pero que es seguro que son en nuestra propia vida mucho más que una mina de diamantes. De esta casa a Jerusalén, todo es un mismo camino.

Esta evasión le llevó a hablar de nuevo de los Santos y de la taumaturgia cristiana. Las palabras empezaron a fluir con viveza. No miraba siquiera a sus invitados. Arrancaba con liberalidad de su frondosa memoria las hojas eruditas que parecían volar una tras otra al viento: Niceto de Capadocia, Daniel de Thacios y Joanice, Tomás Defurkinos y Lucas el Estilista, Pedro de Atoa y Neófito, San Eustrato, Eutimio el Joven, al que el demonio dejó colgado por los pies en el borde de un terrible precipicio. El esfuerzo de la memoria y el ardor de la palabra velocísima se marcaban en su rostro encendido y en el alto timbre, como de falsete, de su voz jadeante, de apoplético, mientras en el cuello, casi oculto por la blanca barba, se veía latir a simple vista la sangre en una vena hinchada. Sus ojos azules se perdían en el follaje de un copudo castaño que centraba el patio y al que veía a través de la portalada abierta. Matilde puso su mano sobre el hombro de su marido, arrancándole deliberadamente del portentoso mundo de su evocación, para inducirle a volver a la realidad.

Había en la mujer un sentido como maternal, de conmiseración y tolerancia, por la vitalidad sensitiva e imaginativa del anciano; en él su mundo interior contrastaba con sus años, con su dolencia y con sus dificultades de impedido. Es seguro que en don Sebastián la realidad exterior había sido un dato inconcurso de algo más consistente y auténtico, que en su espíritu bullían las dimensiones del tiempo transcurrido como bullen en un rodeo los pasadizos que ha abierto en el madero. La historia de la tierra era para él algo vivo, en permanente pujanza, en constante vigor y renovación. Ese contraste entre su espíritu y su carnadura producían una sensación dolorosa y al mismo tiempo un hechizo extraño. Esta impresión se tornaba aún más acuciante cuando, tras de la silla de ruedas del anciano, se veía a la figura esbelta, callada, paciente, de su mujer. El mundo aparentemente irreal y fantástico del viejo tenía un contrapeso magnífico en el porte de su compañera. Ella suscitaba la vigencia de aquellos ritos, de los que era depositaria —la cruz sobre el pan, la partición de los manjares, la sumisión con que, siendo la heredera de aquella casa, se levantaba de la mesa para servir a todos—, al paso que él los justificaba y los enarbolaba con la palabra. En aquella pareja y en aquella casa se perpetuaba una tradición muy antigua y era como si a ella hubiera llegado intacto el legado inmediato de la Redención.

Ése era el temple al que Desiderio aspiraba y, sin embargo, se sentía muy lejos de las posibilidades de alcanzarlo. Para llegar a ello se requería una limpieza absoluta, una transparencia como la que traslucía en el reposo, en el sosiego de los habitantes de aquella casa. Aquellas dos almas estaban en la vecindad más real con los vestigios sagrados, con las reliquias de otro tiempo; estaban fundamentadas en los pilares de aquellos dos cuerpos incontaminados, incorruptos, que habían dado su sangre por la fe.

Cuando salieron de la masía era más de mediodía y tenían que apresurarse. Llegaron a la colina, y Desiderio se volvió para mirar el llano. El *Coll* era la última masía, circundada al norte por las postreras estribaciones del monte. El aire en aquel lugar era un poco más frío que en «Las Torres». Hacia el sur la mirada quedó sumergida en la intensa luz del Vallés, a mediodía: la leve ondulación del llano inmutable, la topografía dulce y suave de la comarca, cruzada por los canalones, entre los que se elevaban las masías dispersas. Calmo y huidizo, un ancho río se perdía entre grupos de alisos. Y a la derecha estaba la umbría del bosque y todo aquello era la tierra de Dios.

¿Qué haría? Desiderio estaba seguro de que estaba a punto de llegar a término. Estaba persuadido de que poco faltaba ya, tal vez solamente unos pasos. Pero no sabía por dónde echar a andar, ni qué sorpresa le aguardaba a la vuelta del recodo. Únicamente sabía que estaba a punto de suceder algo que pondría término a esa lucha sorda en la que sin querer se venía debatiendo. Dijo al sacerdote:

—Quédese a comer conmigo, Padre, cuando lleguemos. Necesito pedirle un consejo.

—Bien, hijo... Eso me figuraba. Pero no tengas tanta prisa. Mira a «Perla» cómo vigila. Espera un poco porque el Buen Cazador va despacio.

XXXII

Cuando era chico muchas tardes iba con la sirvienta hasta una fuente remansada a la sombra de los setos del bosque, en la que un álamo mal crecido permitía a los chiquillos encaramarse por el tronco blanco, casi caído, torcido sobre la arena húmeda y escalar por él la vertiente misteriosa de un torrente seco. Pájaros extraños, azules y grandes, movían sus alas en la fronda de las encinas próximas, para volar unos metros más allá. Al atardecer, regresaban por los caminos que bañaba una luna exangüe, sintiendo removerse la brisa en la cresta de los pelos revueltos. Encarnación, la pequeña del barrio, daba la mano a Desiderio y le seguía extasiada y silenciosa con unos pasos cortos y rápidos, sin lograr sostener cómodamente con la otra mano la canasta vacía que se empeñaba en llevar.

Hacia allí se dirigieron Desiderio y el sacerdote a mitad de aquella misma tarde. Desiderio se sentó en el tronco del álamo y don Francisco sobre una piedra grande, a la que salpicaba a veces la caída del raudal. Y allí Desiderio explicó al sacerdote toda su existencia, desde su niñez; y le explicó los pormenores de su vida desde que volvió de Inglaterra y comenzó el servicio militar; desde que conoció a Jeannine. Le explicó las horas turbulentas que había pasado, desde la huida de ella hasta la marcha de él a Santa María. De toda esa historia quedaba vivamente, cruelmente diseñada la figura de una muchacha que había quedado tendida en el antepalco del Liceo, y una grave pesadumbre por causa de todo.

En cuanto Desiderio terminó su larga exposición, se escuchó durante un rato el rumor que hacía el agua al dar en la piedra. Luego, con una voz queda, clara, confiada, habló el sacerdote.

—Todo eso que has pasado es tan parecido a lo que han pasado todos los hombres, y mucho más los hombres de tu condición, que puede decirse que aquí no hay novedad, ni sorpresa, ni siquiera un rasgo de todos los hombres. No te ha ocurrido nada más que la soledad del hombre y su flaqueza. Esa flaqueza inmensa que llevamos encima y que nos pesa como si fuera hierro.

El sacerdote le miró benévolamente.

—¿Por qué esa busca constante de algo que está lejos de nosotros? —preguntó Desiderio—. Tenía esa impresión cuando estaba atormentado por aquella chica, y aún ahora me parece que a veces siento esa misma ansiedad.

—No te preocupes. No somos nosotros los que buscamos algo. Más bien es Alguien quien nos busca. Y la primera condición que requerimos es la docilidad. Lo que importa no es eso. Lo que importa es que puedas rehacer tu vida conforme a los únicos principios que te pueden devolver la paz. Arrodíllate ahora, arrepiéntete con sinceridad de lo pasado y luego no pienses más en ello. Proponte... aguantar, fortalecerte interiormente, nada más. Nada es muy difícil, porque todos tenemos la ayuda de Dios.

Desiderio se arrodilló. El sacerdote musitó una oración y le bendijo. Luego le dio a besar un crucifijo que llevaba en el bolsillo. Después volvió a escucharse el rumor del manantial escanciándose en la piedra. Todo era de una gran suavidad.

Estuvieron largo rato en silencio.

—Hay algo, Padre, que me atormenta —prosiguió Desiderio—. Y es ¿cómo volveré a vivir en lo que me corresponde?

—¿Pero no ves, chico, que la esencia de las cosas está en su continuidad? Es inútil rebelarse, enfrentarse con nuestra propia vida. Está mal el querer alterarla. Tu padre vendrá, de un día a otro. Lo importante es que le hables con claridad, que seas sincero con él. Sois tú y él, y tú sobre todo, quien debe solventarlo. Lo único que yo puedo asegurarte es que Dios no te dejará. Pídele, llámale. Él te abrirá. Siempre está esperando.

Desiderio sintió aquella noche una gran paz, la gran paz del campo y de la tierra y la gran paz de la altura que gravitaba sobre él. Se sentía dispuesto a hablar con su padre, a vaciarle enteramente sus sentimientos. Y al levantarse, Josefina le comunicó que había un recado, transmitido desde Granollers, anunciando que su padre llegaría por la tarde.

Después de comer, se fue a la habitación del piano, para esperar allí su llegada. El piano silencioso, los grandes butacones isabelinos, la alfombra, la solemne lámpara de cristal daban la impresión de haber sido abandonados a la misma muerte que presidían. Se sentía el discurrir del tiempo en el tictac del reloj; los candelabros del piano sostenían unas velas a medio consumir, apagadas quién sabe cuándo; y sobre la caja del piano había, en un pequeño marco, un retrato de ella. No podía discriminar si la figura esbelta y risueña de la fotografía, el talle airoso y las manos que sostenían una sombrilla blanca, el fino mentón, los ojos grandes, el peinado alto que corroboraba la gracia juvenil y vivaz de toda la figura, si todo ello no iba a ponerse ahora en movimiento; si aquella figura no era algo en aquellos instantes muy próximo y real, un ser familiar y cotidiano que pudiera surgir de pronto al doblar un pasillo, un ser que se pusiera en pie prontamente para decirle: «Sé prudente, hijo mío. No te envanezcas ni engalles, porque eres igual que yo. No seas brusco con tu padre; escúchale y déjale hablar. No quieras contrariarle.» Y en aquel instante se oyó el ruido del coche que llegaba al patio. Los cristales de la alcoba trepidaron imperceptiblemente.

Don Joaquín abrió la puerta con brusquedad y se quedó en el quicio. Su hijo vio su figura crispada un momento en la apoyatura de su bastón. Vio el destello de los ojos, la mancha cenicienta de la barba. Y sintió su respiro, aquel respiro silabeante que conocía tan bien. El hombre quedó un instante allí y después entró en la habitación.

—Te encuentro bien —dijo—. Me han dicho que te has repuesto del todo. Y veo que es verdad.

No le besó. Se quedó de pie, como si esperara que la efusión viniera de parte de él. Uno y otro se miraron unos instantes. Luego, la mirada del viejo hizo un rápido sesgo por la habitación. Desiderio vio el impacto que en él causaban también aquellos objetos: el piano, la fotografía, las velas apagadas, la apática solidez de los butacones de deslustrado tapiz. El chico esperaba a que su padre se sentara. Pero el viejo se volvió de espaldas, dispuesto a marchar.

—Quiero hablar contigo donde nadie nos interrumpa —dijo, como si hubiera algo o alguien en aquella habitación que imposibilitara este designio—. Vamos a... otro lado.

Y salió de ella, con pasos tardos, esperando sin duda a que Desiderio le alcanzara.

—Me has dado un gran disgusto; mucho mayor de lo que puedas imaginarte; pero lo importante era tu salud —dijo, en cuanto le sintió a su lado.

Cruzaron el comedor y don Joaquín se adelantó, para pasar el primero la cancela de la puerta del jardín; se paró un momento ante el nogal lustroso de la rotonda; evocaba sensaciones antiguas.

Le parecía que, paseando por el jardín, se atemperaría su ánimo para lograr decir a su hijo todo lo que debía decirle. Por una carta de don Francisco sabía que el muchacho estaba preparado para todo y que se obraba enteramente en él la transformación presentida. Pero no sabía —porque don Francisco había guardado prudente silencio sobre esta cuestión— si Desiderio estaba decidido a secundarle en todo o si el cambio de Desiderio era sólo una evolución espiritual.

Desiderio se puso a su lado y caminaron lentamente, pisando en la avenida del caminal, junto a los parterres.

—Yo no sé qué es lo que te ocurrió cuando decidiste venir aquí. Quiero creer que no se trataba únicamente de las consecuencias de una noche de degradación. Y en este caso, me tienes que explicar por qué lo hiciste —empezó don Joaquín.

Hubo un silencio.

—Estaba cansado de mi vida entera —dijo el chico—. Creo que... lo hice sin pensar, como si todo tuviera que empezar de nuevo.

—Trataste con una mujer. Esa mujer se marchó, ¿no es eso? Y entonces, pensaste que todo se te venía encima...

Desiderio dio por buena la interpretación de su padre. Se sentía un poco avergonzado de afrontar con él ese pasado turbio.

—¿Fue sólo eso? Llobet me dijo que no parecías muy contento con tu trabajo.

—Efectivamente, en la fábrica no podía aguantar más.

—¿Tanto te fastidia el trabajo allí? —y la voz de don Joaquín tembló irritada.

—No es el trabajo. Creí, creí entonces que yo no servía para eso. Me imaginé que mi vida y mi vocación y mi porvenir no estaban en la fábrica. Me había esforzado inútilmente por interesarme en el trabajo. Y, sin embargo, todo en mí se revolvía contra él.

—¿Qué hubieras hecho si hubieras nacido hijo de un obrero? —preguntó el padre con dureza—. Ellos no pueden elegir.

—Lo sé. Pero... lo cierto es que yo no era el hijo de un obrero. Yo podía elegir. Ésta era mi casa y me consideraba más ligado a ella que a mi función de allí.

Habían llegado a la plazoleta donde estaba el pozo y de la cual partían los cuatro caminos: el camino de las arañas, la bajada rápida, el camino de la serpiente y el último, aquel que estaba todavía por bautizar. Don Joaquín se sentó en un banco de piedra, bajo el ramaje de un laurel. Se quedó mirando el suelo y rozando con la puntera del zapato unos gusanillos que paseaban por el polvo. Desiderio quedó de pie frente a él, apoyado en el brocal del pozo. Tampoco el chico se atrevía a mirarle.

—Yo no sé si tú conoces bien lo mucho que cuesta levantar una empresa —empezó don Joaquín—. Por de pronto, tu abuelo, ¿sabes cómo consiguió fundarla? Te lo voy a decir: tuvo que pasar primero media docena de años en una plantación, allá en América, haciendo un trabajo de esclavo. Luego, al venir aquí, tuvo que meter todos sus ahorros en movimiento para conseguir instalar media docena de telares. Desde entonces acá la vida de la fábrica ha sido una lucha constante. Y no sólo una lucha económica. Tú sabes y recuerdas que no era sólo eso, ¿verdad? —y la cicatriz de su mentón parecía reflejarse en el aire cristalino y sombrío de la tarde—. ¿Y... para qué?

Hubo un largo silencio. Después, Joaquín Rius prosiguió:

—¿Tú crees que todo eso se soporta por el afán de dinero? Dime, ¿crees que nos hemos pasado los años batallando, y que hemos soportado todo, hasta el peligro de la muerte, y la muerte, como el pobre Llobet, por ambición de dinero? ¿Crees que la vida de Llobet valía las ochocientas pesetas que cobraba todos los meses?

Desiderio levantó la mirada. Vio a su padre crispado en su bastón, a punto de levantarse.

—¿No lo has entendido todavía?

—Sí —contestó lentamente, en voz baja, Desiderio—, creo que entiendo todas estas razones. Pero pensaba que cada uno puede servir a la sociedad según su talento y sus aptitudes.

—¡Aptitudes! La caza, la equitación. ¿Son aptitudes eso?

—Justamente, para servir se necesita estar compenetrado con lo que se hace.

—No somos tornillos de una máquina. Somos hombres. Lo que se hace depende de nuestra voluntad. Basta con querer.

Joaquín Rius se levantó, pareció que iba a abalanzarse sobre Desiderio, para hacerle entrar en razón. Pero se quedó a unos pasos de él.

—Despierta de una vez... Tu persona no es más que una ínfima parte de lo que te corresponde en la vida. Ése sí que es tu verdadero campo, el que tienes que cultivar de verdad. Allí está tu obligación. Lo demás es... pereza. Ni sé cómo te lo he permitido.

Desiderio le miró con un punto de incomprensión o de protesta.

—¿Qué quieres que te dé, para que vuelvas, pero a tu gusto, sin protesta? Todo aquello es tuyo, tuyo también. ¿Qué sección quieres, dónde quieres estar? Habla...

—No quiero nada —contestó él, lúgubremente.

—Fabricantes, sí... Somos fabricantes de tejidos. Mi padre fue un emigrante. Mi abuelo vendía hierbas en una botica. Tengo un hermano al que no veo desde hace años, porque no ha querido moverse de su lugar. ¿Sabes qué es tu tío? Tiene una parada de hortalizas en el mercado de Sans. Eso somos y nada más que eso: trabajadores. ¿Quién te has creído que eres tú?

Desiderio no contestó. Se sentía apabullado, aplastado. Le mortificaba terriblemente que su padre pudiera confundir sus nostalgias, sus estados de ánimo con un tipo de orgullo vulgar.

—Pero como hombres de una sociedad civilizada, no tenemos el derecho de marchar por nuestra cuenta, ¿lo oyes? Eso sería desertar. Debemos estar donde hemos sido puestos y hacer prosperar las cosas, nos guste o no nos guste, porque es nuestra obligación. Y tú tienes que estar en el sitio que te ha sido señalado. No tienes otro hermano y tienes tu apellido allí, escrito en unas letras tres veces más grandes que tu estatura. ¿Lo comprendes?

Joaquín Rius empezó a caminar, de un lado a otro. Sin

saber cómo, todo lo que traía preparado para decirle se había venido abajo y la irritación le había salido a borbotones. Empezaba a descomponerse. Miró a su hijo, que parecía querer hablar.

—Siento lo que me pasó —dijo al fin—. Sé muy bien que no debía haberlo hecho. Pero en aquellos momentos fue más fuerte que yo mismo.

Su padre le miró con fijeza.

—Quiero arreglar mi vida, papá —confesó al fin—. Temo que no soy el hijo que hubieras merecido. Tal vez hubiera servido más cualquiera de los otros, qué sé yo, los hijos de mi tío, los de cualquier empleado tuyo. Sin embargo, procuraré amoldarme.

No era eso aún todo lo que Joaquín Rius esperaba. Esa resignación le sacaba de quicio. No podía comprender cómo Desiderio no agradecía el trabajo, cómo podía considerarlo un peso fatigoso.

—¡Amoldarte! ¿Tan difícil es? ¿Tan penoso resulta? Hablas como si siguieras en el cuartel y te llamáramos cada noche para que fueras a hacer la guardia. No, eso hay que hacerlo alegremente, con convicción.

Se aceró a él. Le sacudió vivamente el brazo.

—Despierta —repitió—, estás dormido...

En el momento de volverse le pareció que oía una voz en su interior, una voz muy antigua. Y en un instante advirtió que aquello había ocurrido en aquel mismo lugar, exactamente junto al brocal del pozo, bajo la enramada del laurel. Decía: «Siéntate, Joaquín. Estás alterado.» Era la voz de Mariona, cuando vio que se acercaba a Ernesto Villar. La sensación de aquel instante cuajó rápida como una oleada del pasado. Lentamente, se fue al banco y se sentó. Quedó largo rato en silencio.

—Haré lo posible por volver allí con todo el entusiasmo que pueda —dijo el chico.

—En adelante —le respondió su padre— te pondré al frente de una de las secciones, la que tú elijas. Además, te daré poderes. Quiero que aprendas a ser responsable, digno del nombre que llevas, y quiero que lo sepas llevar. Te aseguro que no pararé hasta que te guste el trabajo. Nunca más tendrás excusa de huir de él. Y... además... además, ¿qué te impide ocuparte a la vez de la finca? ¿Te hace falta un coche para venir? Lo tendrás. Pero te quiero allí, en tu mesa, discutiendo con nosotros, peleándote con los clientes y con los corredores. Quiero que tengas mal humor, ¿me oyes? ¡Ya me basta de finuras!

Desiderio observó a su padre. Vio que volvía a ser aquel a quien había temido en otros tiempos. Asintió.

—Haré como tú quieras.

Entonces su padre se levantó de nuevo del banco de piedra. Pausadamente se acercó a él. Quedó a muy corta distancia de su hijo. Puso su mano cariñosamente, sobre el antebrazo de Desiderio. Le dijo:

—Si es así, todo quedará como antes, mejor que antes. No he querido regañarte; es que... me eres necesario. Y quiero olvidar lo ocurrido porque... no me hubiera dejado vivir en paz. Escucha, Desiderio: aunque creas que yo me olvido de ti, aunque me tengas por un hombre sin afectos, piensa que soy capaz de comprenderte. He vivido mucho y, en definitiva, soy un hombre. —Y añadió—: Cuando tengas algo que te moleste o que te preocupe, ¿quién mejor que yo para escucharte?

Había en su mirada una confianza leal en que era escuchado. Le observó con cierta amargura.

—Vamos a emprender una vida nueva, totalmente nueva. Traza un plan para tu futuro y lo seguiremos. ¿Qué quieres más?

Miró a su hijo y observó que había en su rostro una sutil conformidad. Pensó que, de momento, ya le bastaba. Entonces, abordó un tema nuevo que había guardado para el final.

—De otra cosa tenemos que hablar. Estuvo a verme Evelina Torra. Estaba muy preocupada por ti. Y Evelina me dio esta carta para ti de parte de su hija. No la he leído, como puedes comprender. Pero me suplicó que esperara a que tú la leyeras y me dijeras algo.

Desiderio se desconcertó. Cogió algo indeciso el sobre cerrado que le tendía su padre. Tardó unos instantes en preguntar:

—¿Tengo que leerla ahora?

Rius transigió.

—Léela... cuando quieras, antes de que volvamos.

Don Joaquín se volvió y se alejó por el caminal, dejándole solo.

La tarde había declinado. El crepúsculo crepitaba de luces en la colina de «Las Casetas». Desiderio no osaba abrir aquella carta. Al fin, caminó hacia la rotonda, tan pronto como vio a su padre trasponer la cancela de la casa. Allí mismo, donde se había apoyado en la madrugada en que llegó, abrió la carta de Crista. La leyó de corrido y al hacerlo, ya en las primeras líneas tuvo que apoyarse en el barandal.

La luz del ocaso hería sus sentidos. De pronto notó que en su vida todo acababa de cambiar. Y sintió una extrañeza irremediable. Pensó un instante que no era posible, que quizá no fuera más que una argucia de mujer. Pero después sintió que lo que Crista le decía en la carta no sólo era verdad, sino que esta verdad venía a aclarar de un golpe toda su vida.

Querido Desiderio: Cuando te marchaste, quedé unos días pensando sólo en ti, de día y de noche. Me parecía increíble lo que acababa de ocurrir. Ahora sólo pienso que aquello ocurrió sin remedio y estoy asustada.

No tardé en sentirme mal, en sufrir toda clase de molestias. Pensé que no sería más que una cosa natural y que luego pasaría. Pensé que algún día volveríamos a vernos y que quizá... quizá no me reprocharas lo que había ocurrido. Pero luego todo lo que ha ocurrido resulta irremediable. No hay más que un hecho, y es que voy a tener un hijo, Desiderio. Al comprenderlo hubiera querido morir. No pude ocultárselo a mamá y suerte he tenido de su comprensión. Ella, tan rara algunas veces, me ha consolado; y cuando ha ocurrido lo que no podíamos pensar, ha sabido comprenderlo.

Dime qué piensas hacer; dime qué tenemos que hacer los dos. Ahora te quiero aún mucho más que antes; y no sé decirte más. Me paso el día llorando. Perdóname y ten compasión de quien te quiere más que a su vida. CRISTA

Se quedó parado, sin acertar a reaccionar. Pensó que durante aquellas semanas no había dejado de sentir un anticipo, una premonición de aquella increíble novedad. Y pensó en Crista y sintió de pronto una infinita piedad por ella, una especie de ternura y de efusión misteriosas, intensas, que nunca había sentido hasta entonces de aquel modo. ¡Un hijo! Un hijo engendrado sin pensar en la tarima del antepalco, en la noche aciaga. Y ese hijo vivía ya, se agarraba a las entrañas de aquella muchacha con la que había jugado cuando era un chiquillo y que quedaba ya unida a él con una atadura vital, para siempre.

Y algo empezó a inquietarle. Le inquietó de pronto todo lo que este hecho tenía de irregular, le inquietó el escándalo, le inquietó el tener que hacer a su padre la confesión de su grosera caída. Le inquietó todo lo que tenía que ocurrir en adelante, hasta que ese brusco baldón se hubiera confundido y confabulado con los otros hechos de su vida. Cerró los ojos, preguntándose por qué todo eso le ocurría precisamente a él. Y sintió entonces de nuevo la advocación de la Escritura: «No es bueno que el hombre esté solo.»

Durante un largo rato se sintió cruzado por un sinfín de pensamientos y sensaciones contradictorias, que chocaban y se repelían entre ellas y que le impedían razonar, tomar un camino determinado. Todo aparecía embarullado, entremezclado, inextricable. Después se fue desbrozando el laberinto de sus confusiones. Poco a poco Crista, sólo ella, quedó como una figura solitaria en medio del tráfago de los sucesos, de los impulsos. Crista, de pie, en medio de todos ellos. Un ser al que era preciso amparar en el acto, al que era necesario hacer llegar sin demora la compañía de todo lo que en aquel momento él sentía.

En primer lugar, un hijo, y un hijo habido de ese modo, le dejaba de pronto plantado en la tierra como un árbol, sin que nadie fuera ya capaz de arrancarle de allí. Sí, su porvenir estaba clareando vertiginosamente. Se casaría con Crista allí mismo, en Santa María. Se casaría con ella en seguida, en cuanto fuera posible. El hecho de encontrarse allí, en la finca, era algo que le parecía extraordinario. ¿Por qué estaba allí? ¿Quién le había llevado? Le pareció que el suceso se producía porque alguien lo había determinado de ese modo, tejiendo de antemano el cañamazo sutil de lo ocurrido con los demás sucesos que le habían transformado, moldeado, que le habían llevado, sin intervención apenas de su parte, a su actual situación, a su clima espiritual y a su clima físico. Una mano misteriosa y suprema estaba conduciendo su vida, la estaba llevando sabiamente adelante por unos caminos a los cuales él no había querido ir, cuya dirección y cuyos recodos ignoraba; y esa impresión de ser objeto de unas maniobras imprevistas que él no había provocado, le dotaba de una infinita templanza, de una satisfacción íntima, increíble. Se extrañaba de sentir en aquellos momentos una tan portentosa alegría, quizá justamente porque todo lo que le acontecía estaba tan por encima y era tan violentamente opuesto a los módulos normales, a los acontecimientos regulares de una existencia cualquiera. ¿Qué importaba ya lo demás? ¿Había de preocuparse por la reacción que todo ello produciría en su padre? ¿No formaba todo ello parte de un plan superior, de algo que nadie podía juzgar con los simples ojos humanos? Sólo sintió el dolor por el dolor de los demás, pero no podía sentirlo porque aquello hubiera ocurrido de tal modo. Y elegiría el momento en que el dolor de esa anomalía maravillosa pudiera ser menos vivo o aquel en que pudiera quedar a salvo de las consideraciones y reacciones de los demás la parte más noble de cuanto acababa de acontecerle.

Había oscurecido cuando se alejó de la balaustrada. Echó a andar por el jardín. Por la puerta trasera, la del chirriante gozne, aquella por la cual entró de madrugada cuando vino de la ciudad, salió al campo. En el juego errático y triste de las sombras del bosque se desvelaba el canto del búho y unas lejanas ranas llevaban su voz hasta él, desde las charcas en las que se pudría el cáñamo. Adivinaba en la oscuridad las incidencias del camino. Entró en el bosque. Se escurrían de vez en cuando, a través de la espesa maraña de la fronda, filtros de pálida luz, de una luz lunar incipiente, ambigua, de una palidez lustral. Todo él se sentía saneado, purificado. Cruzó el camino entre los macizos de encinas y, al tomar la cuestecilla, sintió un tijeretazo de viento en las sienes. Volvió la vista atrás. La masía y la casa quedaban ocultas por las hojas plateadas del encinar, pero emergía la blancura de cal de los pisos altos. La pinocha crujía a sus pies. Todo estaba impregnado de la luz lunar naciente, hasta el canto del búho y el croar de las ranas distantes.

Se había juramentado a no abandonar esta tierra, y a que en ella naciera su hijo como había nacido él. Nada podría ya prevalecer contra esta determinación.

Lentamente volvió sobre sus pasos. Era necesario decírselo a su padre, decírselo cuanto antes. No sentía ninguna timidez, ningún temor. Su ánimo era más fuerte que todo. Volvió por el bosque en dirección a las eras. Bajo la plata rutilante de la luna las eras parecían grandes charcas dormidas. Las casas de los colonos mostraban sus techumbres de tejas, los manchones de tierra, la descalabradura del ladrillo que reventaba a trechos la cal sucia de los muros. Un olor a estiércol fresco venía de los establos, traído por la brisa, un olor potente a vida y plenitud. Se acercó, bordeando los pajares. Parecían revueltos fantasmas, amarillentos y cansados, o gigantas pretenciosas que durmieran de pie, las faldas robustas apoyadas en el suelo. En la punta del tronco de cada pajar un tiesto o una perola rota parecía un caperuzón irónico sobre la perdida y diminuta cabeza. Y al fondo de la grande era, en el cobertizo lleno de paja, el bulto de un hombre dormido, un mendigo nómada, se removió, sobresaltado por sus pasos, y luego se volvió a echar.

Entró en el patio por la calleja, entre las casas del barrio. Un susurro de voces le trajo la reviviscencia de tiempos muy antiguos. La luna límpida bañaba la reunión con su penumbra dulce y las sombras cuajaban inmóviles y apiñadas, como claveteadas en la cal blanquísima de la pared de la masía. Sonaba el monocorde murmullo de unas voces y los movimientos de estas formas humanas como un clamor y un latido chafado y lejano. Su padre paseaba de un extremo al otro del patio, con las manos enlazadas en el dorso, de las que colgaba el rosario. Desgranaba cada «avemaría» con una voz que, a veces, en la proximidad, sonaba clara e inmutable, y otras, en la lejanía temblorosa y como un murmullo impreciso. Los payeses, sentados en el poyo de piedra, respondían a esa voz con un barboteo adormilado. Desiderio se acercó y quedó un momento en el centro del patio y luego empezó a rezar con ellos, mezcló su voz a las demás voces. Cuando su padre se alejaba hasta rozar la puerta del barrio que daba al camino de «Las Casetas», se oía por encima de su voz el rumor de los campos dormidos, el vagido innumerable de unos grillos y de las ranas, ululantes y lejanas, hundidas en el latido de la noche. Y su padre se acercaba a la cancela del barrio, pasaba inmutable ante el gallinero, quedaba un instante como una sombra errática en la sombra del porche, emergía a la claridad de la luna nuevamente, junto a la bodega y las cuadras, y daba media vuelta antes de rozar el poyo, en el que los payeses se despabilaban de pronto. Y empezaba la letanía, su insistencia, la perfección de sus suavísimas imprecaciones: *Mater admirábilis, Mater boni consili*... Y la sombra paterna iba y volvía, con una gran calma, con una inmensa serenidad. Y, concluido el rosario, a mitad del patio, al iniciarse los Padrenuestros de añadido, como en otros tiempos, de pronto su voz, como una reminiscencia, escalofrió a Desiderio: «Para que Dios proteja a nuestros muertos y... especialmente... a la señorita Mariona.» Las voces de los payeses repitieron rutinariamente esta advocación, como si no hubiera pasado el tiempo sobre ella. Y Desiderio balbució un padrenuestro, con la voz vacilante.

¡Crista, Crista, Crista! La imagen era tan vívida y tan cercana en aquel momento, que le pareció que alentara a su lado como si el hijo que ya les unía fuera un mensaje de sangre que amasara en la noche el alma de los dos. Era preciso aclarar al instante todo su porvenir, era indispensable que ella conociera cuanto antes todos sus propósitos. Sin hablar con su padre, con paso rápido, cruzó el patio. Entró en la casa. El comedor, con la mesa ya dispuesta para la cena, estaba a oscuras. Entró en la habitación del piano, sacó una cerilla y encendió primero las velas antiguas de uno de los candelabros; la yesca tardaba en prender, tan arraigada estaba a las sombras antiguas. Luego encendió las velas del otro candelabro. A la luz irregular y fluctuante de las velas, empezó a escribir. Sacó papel y un sobre del cajón de la consola de uno de los ángulos.

Queridísima Crista: Me preguntas qué debemos hacer los dos. *Quiero que nos casemos tan pronto como sea posible. Quiero que nuestra boda se celebre aquí, en la iglesia del pueblo donde fui bautizado. Está detrás de la colina, abrigada de todo y de todos. Mañana me levantaré temprano y comunicaré mis deseos a don Francisco, el párroco.*

Es necesario que tú digas que nos casamos aquí porque yo he estado gravemente enfermo y quiero celebrar mi boda en la intimidad más estricta. Por tanto, no debéis venir más que tu madre y tú. Ni testigos, ni parientes, ni nadie. Nos casaremos muy de mañana. Y eso será así, no porque debamos ocultarnos de nada ni de nadie, sino porque ésta es la boda que quiero que hagamos.

Me siento infinitamente feliz, y no te preocupen mis pensamientos. Te suplico que me perdones todo lo que te he hecho sufrir. En adelante, Crista, no tendré más que un deseo, y es el de hacerte la más feliz de las mujeres.

Quiero que después de la boda nos quedemos aquí, en esta casa. Aquí debe nacer nuestro hijo. Aquí te sentirás enormemente dichosa, en esta paz que nada en la tierra es capaz de dar, sino ella misma.

No sé cómo reaccionará mi padre, a quien voy a entregar esta carta. Pero sea como sea, éste es mi propósito y nada es capaz de torcerlo. Mañana, en cuanto haya hablado con don Francisco, te comunicaré la fecha de la boda. Lo que importa es que tú te recobres, que tengas calma, que confíes en mí. Te quiero como a nadie he querido en esta vida. Adiós, Crista; hasta mañana, DESIDERIO.

Terminó la carta y escribió el sobre y lo cerró. En aquel momento entró su padre. Al verle en la mesa, con la carta en las manos, se extrañó.

—¿A quién escribes?

—A Crista —respondió él.

Don Joaquín hizo un ademán de extrañeza. Se figuró que la contestación de Desiderio a su amiga podría ser oral. No imaginaba nada de lo que iba a suceder.

—Pero... ¿es que no pensabas verla tú mismo? No es que pretenda meterme en tus cosas, pero...

—No, papá... No puedo ir a Barcelona contigo, mañana.

—¿Qué dices? —Y don Joaquín no acertaba a comprender.

—Ha ocurrido algo que cambia por completo mis planes —contestó, con una voz segura.

—¿Y... es? —Y quedó mirándole fijamente.

Desiderio se levantó lentamente de la silla.

—Papá —empezó—, tienes que perdonarme, pero debo hacerte una confesión... dificilísima. Pienses lo que pienses después, ahora... perdóname y escúchame con calma.

Don Joaquín se acercó. Vio a su hijo que intentaba con dificultad mantener una sangre fría, una ponderación que muchas veces escapaba de sus acciones.

—Bien, habla... ¿De qué se trata?

—De Crista. Me ha comunicado, me acaba de comunicar en esta carta algo... algo que te va a disgustar, algo que está por encima de tus presunciones. Ha ocurrido algo entre ella y yo y... es que va a tener un hijo mío.

Joaquín Rius vaciló un instante. Desiderio vio brillar sus ojos a la luz de las velas. Brillaron terriblemente, durante unos segundos. Después, crispado sobre su bastón, pareció que decaía, que se sentía desfallecer. Movió la cabeza a un lado y otro, sin decir nada. Luego hundió su mentón en el pecho, como si sintiera vergüenza arrolladora.

—Estoy desolado, estoy contrito de darte este disgusto.

—Calla... —barbotó don Joaquín, con voz muy baja. Y en su rostro, en sus rasgos, en las comisuras de la boca se marcó una mueca que era como un sollozo silencioso. Pausadamente se acercó al butacón, a aquel butacón en el que su hijo situaba a veces la figura grácil de su madre muerta, y se cubrió los ojos con las manos.

—Quiero que me autorices a quedarme aquí —propuso Desiderio.

Entonces Joaquín Rius levantó la mirada. Era una mirada desolada, tristísima. Y habló con una voz muy honda, casi ininteligible, que parecía venir de muy lejos.

—En casa seguramente ha habido de todo. Quizás ha habido ladrones, quizás hace siglos un antepasado nuestro fue negrero, o asesino, o quizás hubo locos, quizás ha habido bastardos, quizás hemos sido alguna vez salteadores y criminales. Pero es seguro que nadie nunca ha abandonado en los demás las consecuencias de sus actos. ¿Cuándo te casas con Crista? —preguntó.

—Quiero casarme aquí, el primer día en que don Francisco arregle los trámites. Esto es lo que digo a Crista en la carta.

Don Joaquín miró cara a cara a su hijo. No dijo una sola palabra. No sabía qué decirle, no sabía qué hacer. Aquello lo desbordaba todo.

—No puedo cenar contigo, Desiderio. Esta noche no podría... —dijo, con la voz entrecortada, alejándose. Desiderio vio fulgurar por última vez, antes de que traspusiera la puerta, los ojos negros y entristecidos, la barba cenicienta del viejo, como un borrón al que agitara la luz de las velas. Y luego su padre desapareció. Quedó sólo el tictac del reloj, aquel latido del tiempo rodando sobre las consolas, el piano silencioso, los butacones isabelinos. Todo era una turbia luz y el paso del tiempo.

Mucho rato después, ya en su cuarto, notó en el cuarto vecino, el de su padre, el rumor que éste hacía paseando. Luego le oyó abrir el balcón. El balcón del cuarto de Desiderio estaba ya abierto y la luz lunar dejaba un trecho de baldosas pintado de púrpura blancuzca. No podía de pronto, por vez primera en su vida, alejar de sí la imagen de su padre. Le sentía cerca, y no acertaba a soportar su ruptura. Quería sentirse al lado de él, acercarse a él, aunque fuera sin palabras. Salió al balcón y le vio allí, en el balcón contiguo, apoyado en los hierros de la baranda. Era una sombra intensa, fuerte bajo la umbría plateada, hundida en una extraña inmovilidad, como si estuviera muerto de pie. Tenía el mentón hundido en la palma de la mano y todo en él resultaba hierático, borroso. Y sintió una confusión extraña al verle así, tan parecido a la imagen misma del dolor humano. Los grillos lejanos, el croar de las ranas tendían un difuso clamor en toda la extensión del valle.

Don Joaquín pensaba en aquellas noches que, en aquel mismo balcón, en la misma actitud de ahora, pugnaba por forzar con sus ideas la incógnita de su vida conyugal deshecha, incómoda, desgarradora. En realidad, una sola era la vida, de un cabo a otro de la existencia; de todas las cosas cuya monotonía resulta abrumadora al cabo de los años, la más inútil de todas es el dolor.

Desiderio sentía, en cambio, que pese a la irregularidad de lo que acababa de cruzar su vida, y que le iba a marcar para siempre, no era él, sino una fuerza misteriosa la que había provocado todos esos extraños hechos. Y no podía hacer más que someterse y que agradecerlos.

Al cabo de mucho rato, don Joaquín se volvió. Sólo le dijo:

—Deja la carta que has escrito en la repisa del trinchante. Mañana, antes de irme, la recogeré.

Y entró en su cuarto.

Aún quedó Desiderio largo rato en el balcón. Quedó allí hasta que, en la lejanía, las ranas cesaron de croar y la redondez de la luna trazó una larga parábola en el cielo y quedó mucho rato colgada en el centro de la bóveda clarísima. Y entonces sintió una ligera humedad, cierto escalofrío, y entró.

Un rato después, entre ensoñaciones y vigilias, sintió los pasos de su padre en la habitación contigua. Luego empezó a clarear. Al cabo de otro tiempo oyó el ruido del motor del coche al que el *chauffeur* estaba poniendo en marcha en el patio. Volvía a quedar solo. Y entonces se durmió.

Cuando despertó, el sol de mediodía batía en las baldosas. Se arregló; bebió una taza de café y entró en la cuadra. Se hizo preparar el caballo, un nuevo «Revérter» de finas formas, y, montándolo, se dirigió a la iglesia. Pasó por la mina, salvó «Las Casetas» y se empinó por la cuesta, para volverla a bajar en la otra vertiente. Encontró a don Francisco en la huerta. Le dijo que quería hablar con él de algo urgente.

Entraron en la iglesia. La imagen del San Cristóbal de talla, retorcida y pintoresca, les miró con unos ojos benévolos. Desiderio explicó al sacerdote el contenido de la carta de Crista. Y le dijo que deseaba casarse en seguida. ¿Cuándo podría ser?

Parecía que nada pudiera extrañar al sacerdote. Contestó como si aquella boda imprevista fuera lo más natural del mundo.

—Dentro de quince días.

—¿No antes?

Don Francisco movió negativamente la cabeza. Luego preguntó a Desiderio si accedía forzadamente, en virtud de las circunstancias, o si se sentía lealmente capaz de hacer feliz a su compañera, de amarla y respetarla. Desiderio le explicó que nunca se había sentido tan seguro de sí y tan feliz.

—Es como el primer hombre —comentó entonces el sacerdote—. No sabía que aquélla fuera precisamente la noche en que Dios le iba a dar una compañera. No sabía siquiera qué aspecto podría tener una mujer. De entre todas las mujeres que han existido, lo que está claro es que sólo Eva era Eva. Quiero decir que sus rasgos, su carnadura, su naturaleza le eran características. Y Adán no la eligió entre otras. En realidad, aquel suceso se sigue perpetuando con los mismos rasgos desde hace centenares, millares de siglos. «Hizo caer sueño sobre Adán y se quedó dormido; entonces tomó una de sus costillas y cerró la carne en su lugar.» Cada hombre lleva en su flanco lo que le ha de acompañar, y no se da cuenta hasta que Dios cierra la carne en su lugar. En realidad, la mujer no es más que una cicatriz histórica en la carne del hombre.

Desiderio volvió luego a la finca. Comió con poco apetito y después de comer se fue a tumbar en la cama, rendido por la noche de vigilia. A media tarde oyó los nudillos de Josefina en la puerta. Le avisaba que tenía una visita de Barcelona.

Intrigado, se arregló y bajó al patio. En medio de él vio el coche de los Fernández. Pero no eran Evelina o Crista quienes estaban allí. Era Javier de Castro. Paseaba apaciblemente, con el aire que adoptan en el campo los forasteros de la ciudad; caminaba por las cercanías del gallinero, curioseando en el corral. Al verle, se adelantó hacia él con paso resuelto. Le saludó y le rogó que buscara un sitio recogido donde pudieran hablar sin cuidados.

—Me perdonarás que venga con una misión delicada; y como puedes suponer, de parte de Evelina.

Desiderio le hizo entrar en la casa. Se sentaron en los sillones de la tribuna, al fondo del comedor.

Javier le dijo en seguida que Evelina estaba muy contenta de la rápida contestación y del tono que había dado al responder a su hija. Era preciso no perder los nervios y el sentido. Era preciso considerar los hechos tal como eran y con la mayor discreción. A lo hecho, pecho. Javier acababa de acompañar a Crista y a su madre a La Garriga, donde la chica pasaría los días que fueran necesarios hasta la boda. Cuando Desiderio le dijo que podrían casarse al cabo de quince días, Javier pareció muy satisfecho.

—No hay que desmesurar las cosas, ni que dejarse abatir. Después de la boda —dijo— os encontraréis normalizados, ensamblados en la vida normal. Entonces olvidaréis hasta la anomalía de todo y hasta la... imprudencia de vuestro desliz. Sobre esto, ni el más pequeño recuerdo —añadió, desmintiéndose con la alusión.

Sobrio, entero, suficiente, Javier de Castro estaba arrogante y mediador. Estaba contento de poder rendir a Evelina un favor tan delicado.

—Desean, tanto la hija como la madre, que vayas a verlas cuanto antes. Te enviarán el coche el día que tú digas. La Garriga está a dos pasos de aquí, disponiendo de automóvil.

Javier de Castro se había levantado ya, a punto de despedirse.

—¡Ah! Evelina me ha honrado nombrándome testigo. Piensa en quién podría desempeñar por tu parte, con la máxima discreción, ese hermoso cometido. Conviene que sea alguien de la más severa continencia verbal.

Javier de Castro se despidió. Y Desiderio quedó de acuerdo con él en que deseaba que Evelina le enviara su coche al día siguiente. Y las ruedas del *Renault* de Evelina dejaron una ancha marca de festones sobre el polvo del patio de «Las Torres», que luego volvió a quedar en silencio.

XXXIII

Desde que conoció la tremenda realidad de labios de su hija, Evelina no había tenido un minuto de sosiego. El golpe que, de primer momento, la atontó, le infundió, sin embargo, después, los arrestos más vivos, los de las grandes solemnidades.

El mundo dejó de echársele encima en el momento en que empezó a pensar que, al fin y al cabo, un hijo, aun en las condiciones en que había de venir éste, resolvería de un golpe todas las cuestiones que la habían estado preocupando. ¿Qué importaban los procedimientos, el mal rato, el posible «qué dirán»? Todo eso habría que enfocarlo y resolverlo con cautela, pero no la asustaba. Estaba segura de poseer las dotes indicadas para sortear los peligros, para acallar los rumores, para cruzar con impavidez las brasas de la maledicencia y de la mala intención. En cambio, la gravidez de Crista —y en este punto Evelina no cesaba de reprochar a la chica su inexperiencia, su ligereza, pero nunca la pasión que causara el descalabro— aclaraba para siempre su porvenir y enterraba sus zozobras. Y era evidente que pasados unos meses, al cabo de un tiempo en que el vástago hubiera hecho su aparición, la vida empezaría para ellos a entrar en unos cauces concretos, directos, apacibles y sólidos. Si no había otro procedimiento para «cazar» a Desiderio, bien venido el percance. En este punto la moral de Evelina sentía que en la vida había sus más y sus menos, que las normas dejaban de ser el encasillado vulgar que encajonaba a los demás en incómodos e insinceros prejuicios, en hipócritas contingencias. Lo que, de haber ocurrido a cualquier otra, hubiera sido considerado por ella como un baldón vergonzoso, al tratarse de su hija, y sobre todo, al tratarse de Desiderio, empezó a ser considerado como un impulso incontenible de la sangre ardiente, algo digno de ser descrito en aquellas novelas que leía en su juventud, y poco menos que como un privilegio de ciertos seres arrebatados, románticos e impetuosos. Se imaginaba a ella misma en un trance semejante, retrotrayéndose a las épocas en que su corazón palpitaba con un ritmo juvenil, y no le costaba trabajo pensar que quizá bien hubiera merecido la pena aventurar la paz exterior de su días con un hecho que, para siempre, la elevara por encima de lo común. Pues bien: ni más ni menos que eso era lo que le había ocurrido a la pareja. Desiderio y Crista se habían colocado de un golpe a cien leguas de la vulgaridad. Lo que se dijera por ahí, la manera de hacer tragar la trapisonda a los demás, eran cosas que corrían de su cuenta. ¡Pues no se pintaba sola para semejantes situaciones ni eran para ella meros *divertimentos* los lances de este estilo! Se dispuso a actuar en seguida como convenía, y sin miramientos. Arrollaría a quien se pusiera enfrente de ella.

Lo primero que consideró necesario, de inmediata urgencia, fue dar el pasaporte a Rita. Era imprescindible que la acompañanta no asistiera con sus ojos astutos, ni un día más, a los lloriqueos de Crista, a la sutil transformación, real o ilusoria, que la inevitable maternidad realizaría en sus rasgos, en su figura, día a día, pacientemente, con lentos, eficaces e implacables retoques. Era demasiado fino el olfato de la vestal para no preocupar a Evelina. Tenía que poner tierra de por medio entre el fenómeno biológico que aquella casa escondía y las percepciones de la sibila. ¡Quia, mucho más que tierra de por medio! Tenía que alejarla de tal modo que ni aún la más pequeña referencia que Rita Arquer pudiera dar de las intimidades de aquella casa tuviera probabilidades de pasar por razonable a las entendederas de un oyente discreto. Y eso había que hacerlo cuanto antes, había que lograrlo en el acto, cogiendo a la vestal por sorpresa y sin darle tiempo a reaccionar ni a respirar. ¡Quién sabe de lo que ella sería capaz por despecho! ¡Quién sabe las calumnias que sería capaz de urdir —y a partir de entonces, suponer que entre Crista y Desiderio pudiera haber habido una acción reprochable quedaba catalogado como una calumnia infame— en cuanto Rita sintiera sus plantas, deformadas por los juanetes, sólidamente planas sobre la acera de la calle! Por tanto, cuanto menos tardara en ello, más tranquila iba a quedar. Manos a la obra. Pero para echar a una persona como Rita sin suscitar sus recelos era imprescindible encontrar un pretexto. Evelina se puso al acecho. Era tal la flora de irregularidades que crecía en el campo de las actividades de Rita corrientemente, que no se trataba más que de esperar tranquilamente la ocasión para cortar por lo sano el primoroso tallo de la indisciplina o del capricho. Evelina persiguió sañuda y sigilosamente a su presa, con aire indiferente y distraído para pillarla de improviso en la menor inconveniencia y ponerla de patitas en la calle. ¡Maldición! La intuición de serpiente de la asalariada, al primer golpe de vista de Evelina después de su decisión, captó los síntomas más imprecisos del deletéreo designio. Fue como si los resortes de la hirsuta y cejuda virgen sintieran el roce inconsútil de la brisa traidora que la cercaba. «¡Prudencia! —se dijo—. ¡Que aquí pasa algo!» Y a partir de aquel momento Evelina vio y sintió a su lado, puntual, solícita, irreprensible, la presencia de una Rita perfecta, sobria, respetuosa, fina como una gamuza al menor deseo, a la mínima insinuación de su protectora. Las «señoras» volvieron a entrar en tropel en su vocabulario, desapareciendo las risitas, los distingos, las pontificaciones sabihondas de aquel portento de adaptabilidad. Se llenaron los recovecos más misteriosos del alma truculenta de Rita con una comprensión, con una benevolencia hacia todo, que daba gozo a la propia Evelina de no sentir que si su martirio no se marchaba diplomáticamente, se vería obligada a hacerlo desaparecer de su vista con un golpe certero de su pie en las punzantes posaderas. Ella, se dijo para sus adentros, Evelina Torra, viuda de Fernández, tenía para eso la ventaja de no tener juanetes.

Pasaron unos días antes de que la paciencia de la viuda llegara a su colmo. Probablemente más le hubiera valido a Rita adaptarse a la realidad de sus presunciones y cometer alguna de sus tropelías, para provocar la franca ruptura y el rompimiento rotundo de la situación. Porque Evelina sintió un día que de aquella jornada no iba a pasar. Sintió luego que no iba a pasar ni siquiera de aquella mañana. Y finalmente, encerrada en su *boudoir*, advirtió clara, rotundamente, que no iba a pasar de aquel minuto.

Una «i» intensa, clamorosa, prolongada y vibrátil por los pasillos del principal, la «i» de la palabra de Rita, estremeció cortinajes y pareció arrugar las molduras. Esa letra, al pronto, no halló otro eco que el de los silencios del piso. Fue necesario que la puerta del *boudoir* azul de Evelina se entreabriera y que volviera a sonar el tremendo clarinazo, con polifonías inauditas. Se oyó un suspiro hondo en algún lado del principal, y luego los pasos quedos, rápidos y sumisos de Rita, que se dirigía al desolladero.

—He tenido una paciencia digna de un santo —increpó brusca e inesperadamente Evelina al ver ante sí a la espectral parásita—. Y es inútil que sigamos así, por mucho que haga usted por reformarse —añadió, acentuando y subrayando la distancia que interponía al dejar de tutearle—. Le daré una gratificación, que no merece, y santas pascuas.

Rita ni se inmutó. Silabeó su réplica:

—Si la señora no está contenta es muy dueña de hacerlo. Pero sepa que se me están disputando las mejores casas. Casas, donde, mal me está el decirlo, tendré más paz que en la de aquí. Pero ¿puedo saber, sin faltar al respeto, por qué se me despide?

—No tengo que dar explicaciones.

—Ah, ja... —carraspeó Rita—. Quizá no soy bastante elegante para sus salones —exclamó, reticente.

—Ya se ha paseado usted por ellos bastante tiempo. Pero ya no puedo más. ¿Le parecen bien doscientas pesetas?

—¿Doscientas? Ja... ¡Qué considerada! A falta de pan, buenas son tortas...

Evelina estaba a punto de chillar. Se contuvo.

—Doscientas cincuenta.

—A palabras necias, oídos sordos —exclamó ella.

—Trescientas y... basta.

Rita miró a Evelina olímpicamente.

—Por sus obras los conocerás, dice el dicho. ¡Santas y buenas! Ya vendrá un día que se arrepentirá de tratarme de ese modo. Ja...

Evelina no aguantó más. Tuvo un ademán, uno solo. Era aquel mismo ademán que muestran las postales, la apostura del almirante descubridor en lo alto de su monumento. Extendió su brazo, del que colgaban unos brazaletes, con la misma implacabilidad con que el Colón de bronce de Atazaranas señala el Océano. Con el índice gordezuelo señaló Evelina a la vestal el «plus ultra» hipotético del arroyo, los abismos del más allá, los arcanos que escondía la puerta de la calle.

—¡Fuera! —gritó—. Ni gratificación ni historias. Con lo puesto, sí, con lo puesto, que ya es mucho. ¡Ea, se acabó! —y mantuvo su brazo extendido.

—¡Con su pan se lo coma! A cada puerco le llega su San Martín... —respondió violácea la acompañanta—. ¡A mí plim! ¡A rey muerto... rey puesto! —dijo, agotando la colección de sus aforismos, y volvió una espalda rotunda, huesuda, geométrica, para esfumarse raudamente por la puerta *capitoné*, con la celeridad y la efluxión de un fantasma.

Manos a la obra. Ésta era la consigna que se repetía una y otra vez la madre de la infortunada doncella que iba a ser madre a su vez. Había que darse prisa. El procedimiento de comunicar a Desiderio epistolarmente y por conducto de su padre la novedad aturdidora, fue idea de ella, después de una delicada consulta con el procurador. Porque Javier de Castro fue su sostén, su valedor, su *alter ego* —según definió eruditamente el propio Javier— en aquel trance vidrioso. Suerte tuvo Evelina de esa ponderada compañía. Y cuando Crista recibió la estupenda carta del culpable anticipándose a toda sugerencia y ofreciendo su corazón, su vida, una boda celebrada discretamente y con todos los miramientos en su propia finca, Evelina sintió que había llegado al término de todas sus cuitas. No quedaba más que trazar un plan perfecto para despistar a los malintencionados.

Javier de Castro y ella tuvieron una larga conversación a este propósito. Era cuestión de tapar las posibles bocas maledicentes y dar a la inesperada boda los máximos visos de naturalidad, para que nadie pudiera extrañarse de ello. ¿Y por qué no? ¿Por qué una boda apresurada e íntima había de resultar sospechosa a sus amistades? ¿Qué impedía que la gente se casara como gustara? Pero hay más. Desiderio, con un buen sentido que le honraba, sugería que se dijera que él había estado enfermo, muy enfermo. ¿Acaso era mentira eso? ¿No había requerido en realidad cuidados extremos su salud? ¿No estaba en el campo reponiéndose? Vamos a ver —se decía Evelina—. ¿Cómo será posible dar a la boda los visos de verosimilitud necesarios? Era imprescindible aprovechar los elementos dramáticos brindados por la raudal lejanía del novio, por sus trances y zozobras de salud. Había que bordar con esos elementos un cañamazo perfecto. Allí estaba Javier para ayudarla. Le expuso sus cavilaciones.

—Es preciso que la gente sepa que la boda se ha celebrado de este modo y sin avisar a nadie por una razón importante. No puede ser una enfermedad de tres al cuarto. Tiene que ser algo que asegure a los maliciosos que no quedaba otro remedio. Vamos a ver... recuerdo haber leído... Dígame, ¿cómo se casaron los amantes de Teruel?

Javier moderó los ímpetus legendarios de la viuda.

—Eso fue... fue distinto, fue otra cosa.

—Bien. Pero, esos que se casan antes de morir, ¿cómo se llaman?

—Se refiere usted a lo que en Derecho Canónico se llama una boda *in articulo mortis*.

—Exactamente. *In articulo mortis* —y la expresión, por su grandeza, calmó todas las ambiciones de la viuda—. Eso es lo que necesitamos.

—Pero... quizá sea un poco exagerado. Quizá no sea necesario ese extremo...

—No podemos pecar por poco, querido Javier. Para que sea justificada una boda fulminante se requiere una causa casi mortal. ¿No le parece?

¡In articulo mortis! Ahí estaba la justificación de tanta anomalía. Después de todo, bien hubiera podido ocurrir así. Hubiera sido perfectamente factible que la crisis de Desiderio, que su enfermedad le hubiera puesto en trance de muerte. Y en ese caso... ¡Qué grandeza de alma, qué elevación, qué abnegación la de efectuar una boda tumultuosa, impetuosa, sin perder un minuto, siguiendo las más anchurosas sendas de la entrega sin esperanza al borde ya de la eternidad! ¡Oh, qué hermoso resultaba todo ello! Tanto, que Evelina empezó a lamentar que no fuera más que un pretexto, una añagaza, un tapujo apresurado, un arreglo burdo de la realidad.

Por otro lado, ¡qué ironía! *In articulo mortis*... Sí, sí... Mejor sería decir *in articulo vivis*... ¡Y tan *vivis*! Una sola vez, una sola noche, y ahí estaba el resultado. Pero... manos a la obra. ¡Adelante con el pretexto! Llamaría a Duró la víspera de la boda y le haría confidente de la dramática realidad de un Desiderio amenazado por la muerte y de una Crista heroica que se unía a él como una Julieta de otros tiempos a su Romeo agonizante. Todo estaba resuelto. En un periquete

Duró distribuiría, con su eléctrico don, la noticia a los ámbitos más incrédulos, que la aceptarían sin dudar.

Ya tranquila, a ese respecto, decidió que era indispensable alejar a Crista de las miradas indiscretas y de aquel ambiente en los contados días que faltaban para la boda. Quedarse en casa no era indicado ni para el prestigio de la chica ni para su moral, y mucho menos para su físico. Cuando Javier de Castro sugirió un traslado al Balneario Blancafort de La Garriga, Evelina aceptó en el acto. La Garriga era lugar de buenos y límpidos aires, de reputación reconocida y de una discreción absolutamente tranquilizadora a aquellas alturas del calendario. La Garriga, por si faltara poco, no distaba de Santa María del Vallés, más que unos cuantos kilómetros de carretera... ¡Ánimo, pues! Manos a la obra de nuevo. Y se descolgaron unas maletas, se eligieron unas ropas, se inventaron unos pretextos de cara al servicio. «¡A La Garriga, Raúl! ¡Sin prisas, que la carretera no es buena y a mis años no puedo sufrir los baches!», ordenó Evelina por la trompetita interior del grandioso *Renault*, mirando irónicamente a Crista y al procurador y dejando atrás los pajes de bronce de la balaustrada de su casa.

Y el coche se alejó de Barcelona, desdoblando el primer cendal de sigilo sobre los acontecimientos que se aglomeraban y amenazaban en el porvenir.

El Balneario de La Garriga resultaba un marco anodino, moderadamente burgués y poco romántico para encuadrar la leyenda que mentalmente alimentaba Evelina. El primer encuentro de Desiderio y Crista después del suceso, no pudo ser aureolado por la madre de Crista con las tintas que requería el acontecimiento. Fue un encuentro gris, atribulado, mortecino, o al menos así se lo representó la futura suegra. Sin embargo, el sentido de la reunión fue más profundo que lo que pudieran mostrar sus apariencias.

Desiderio llegó en el *Renault* a media tarde. Al entrar en la sala del hotel donde aguardaban Evelina y su hija, hubo una rápida efusión del muchacho hacia su novia. Se acercó a ella, le tendió la mano, le dijo unas palabras cariñosas, la miró y luego, acercándose, la besó en la mejilla. Después, Desiderio se acercó a Evelina, la cual, no pudiendo moderar un impulso, incrustó un rato su fláccida mejilla en la de él. Evelina hizo los honores verbales de la ocasión con una serie de frases triviales, que pasaron sobre los dos novios como pasan las nubes de verano. Por la vidriera del fondo se transparentaban los pasadizos de un patio con tiestos de mayólica, en el que había dobladas sillas de verano y unas mesas completamente inútiles, puesto que no había nadie en el hotel. Evelina sugirió que los dos muchachos salieran a este exterior para que pudieran explayarse a sus anchas. Y quedó sola Evelina en la gran sala vacía, viéndoles salir.

¡Cómo había cambiado Desiderio desde el famoso día del Polo! Ni uno solo de sus trazos correspondía del todo al muchacho de antes. Ahora era todo un hombre. Incluso parecía más ancho de espaldas; su cara tenía una expresión sólida, segura, un tanto indulgente con las cosas. Su tez se había ennegrecido con el sol campesino. Pisaba con entereza, con seguridad. Sus ojos ya no esquivaban al interlocutor, antes bien, parecían buscarle y sonsacarle valientemente. Era —se dijo Evelina al observar esa transmutación— el hombre responsable, el hombre hecho, que va a fundar una casa, aunque la fecha de la primera piedra les hubiera cogido a todos un poco de sorpresa. ¡Con qué orgullo y delectación miró Evelina a través de la cristalera! ¿Qué importaba lo demás, la minucia de los esponsales, etc.? Allí estaba el marido de su hija, su yerno, como una realidad incuestionable, hecho carne y puesto de pie.

Los dos novios salieron al exterior. Apenas se habían dirigido la palabra. Crista estaba turbada y deseaba que él rompiera cuanto antes el silencio. Pero Desiderio esperó llegar a uno de los bancos de piedra de la terraza. Entonces, antes de hablar, cogió tiernamente la mano de su novia.

—Crista, estoy contento de que todo haya ocurrido así. De otro modo, ¿me hubiera dado cuenta de que eres toda mi vida? ¡Era tan insensato!

Ella le miró, un poco asombrada, un poco amilanada. Sentía, cosa extraña en ella, una gran timidez. Era como si el hijo que llevaba fuese un reproche secreto. Llevó la mano de Desiderio a sus labios y la besó.

—¿Has sufrido mucho? —le preguntó después él, inquieto. Y ella contestó afirmativamente con un movimiento de la cabeza.

La larga melena de Crista había sido recogida ahora en un gran moño negro que realzaba el óvalo de su rostro. Desiderio la contempló pausadamente, confiadamente, como nunca lo había hecho. Sintió una emoción. Crista transparentaba ya, a los ojos de él, que estaba en el secreto —que era, en cierto modo, el secreto mismo—, la grandiosa labor que estaba realizando en silencio. Con ser la misma de antes, con no haber perdido ni una sola de sus perfecciones, con ser esplendorosamente bella y seductora, había en todo su ser y en toda su postura cierta flaccidez poderosa, cierta pausa estremecida y cierta fatiga que la volvían misteriosamente amable, misteriosamente admirable. De aquella muchacha revoltosa y arrogante quedaban sólo intactos los rasgos físicos; pero había en ellos una madurez, una espera como de fruto pletórico. Los signos de su estado no se marcaban más que en la calidad de la piel, que parecía querer redondearse, estallar, porosa de vitalidad. Había en toda ella algo recóndito que la estaba trabajando, incesantemente, que hacía bullir en todo su ser la riqueza de las savias ocultas, el influjo de energías escondidas, potenciales y extraordinarias. Se estaba ante un fenómeno extraño de plenitud vital, que redondeaba la piel, que la tornaba más dúctil, más hermosa. La profunda labor de vida gravitaba en todo su ser y modificaba la expresión de sus ojos, que eran ahora de una claridad, de una calma exquisita. Y en el respiro sosegado, lento, calmado, como las olas en una mar honda, los senos se balanceaban pausadamente, con cierta solemnidad, que no era más que un anticipo, un atisbo de la eclosión suprema que tendrían más tarde, como un fruto rozagante dispuesto a estallar.

Desiderio le acercó hacia sí, haciendo que pusiera su mejilla sobre su hombro y rodeándola con el brazo. Sentía una calma suprema y las palabras oídas el día anterior: «La mujer es una herida, una cicatriz en el costado del hombre.»

—No hablaremos más de lo pasado, Crista. En adelante, aquello no existirá. Únicamente hablaremos de nosotros dos. Te haré la mujer más feliz de la tierra, si tú quieres...

Se escuchó el paso de las ruedas de un carruaje tras la tapia del hotel. Desiderio prosiguió:

—Viviremos en Santa María, hasta... hasta siempre o hasta que tú quieras. ¿Me acompañarás?

—Sí. Siempre estaré contigo —dijo ella. Y añadió—: ¿Me perdonas todo lo que pensé antes de ti y todo lo que hice? ¿Y no te avergüenza que yo... que yo fuera de aquel modo, aquella vez? —inquirió, angustiada, con la voz quebrada.

—Siempre has sido como debías ser —afirmó él, sintiendo repentinamente la necesidad de protegerla, de persuadirla—. Ahora no pensaremos más que en nosotros y en... nuestro hijo.

¡El hijo! Esta palabra sonaba extraña, rotunda, misteriosa, evocadora. ¿Cómo sería? ¿Era posible que ya estuviera allí, que ya palpitara, que ya viviera con ellos?

—¿No te molesta que las cosas hayan sido así? —preguntó él—. ¿No piensas con fastidio en que hubieran podido ocurrir de otro modo? Contéstame con sinceridad.

—No —dijo ella—. Todo está bien tal como ha sido.

Entonces Desiderio la besó. Sintió en el temblor y en el calor que tenían los labios de Crista la existencia de aquel implacable designio vital en la raíz de su sangre. No la besaba ya como se besa a una amante. Se dio cuenta de golpe del abismo que había cruzado; los labios de la esposa tienen un sabor distinto, un sabor peculiar. En la efusión con que se dan, va implícita una oleada de mansedumbre, de perennidad, de esperanza... De pronto, aquello que antes era en él una angustia delirante se había transformado en un tacto de paz, que no quemaba ya sus sentidos como una fogata tumultuosa, sino que los entibiaba con el calor poderoso y contenido que tienen las laderas soleadas, los corazones de las granadas cuya pulpa, abierta al sol, rezuma y gotea, los melocotones ubérrimos, los limones ahítos que cuelgan del árbol a mediodía. Esa tibieza era la tibieza del amor consumado, algo que él no había gustado hasta entonces, el que Jeannine no le había dado ni le hubiera podido dar, un reflejo supremo que la infinita trascendencia de este acto en el que hasta entonces no había hecho más que escarbar y entumecerse parcial e inútilmente. Ese calor vital era el mismo calor de los frutos y de la vida que prosigue, el calor de los seres que fructifican y se expanden por las tierras de Dios, por sus árboles y sus laderas, en los caminos y en las montañas; tan puro como el viaje mismo del polen que se posa sin lascivia y sin espasmo en las altas corolas, en las afiladas lanzas de la planta, en los magnánimos troncos, en los resquicios donde la vida aguarda el soplo vivificador que la fecunde y la eternice.

Así sentía ahora Desiderio a Crista. Se sentía desbordar de un amor superior a sus propios deseos e impulsos. Un amor de gravedad, que trascendía en una ternura infinita.

Cuando un largo rato más tarde el coche de los Fernández se puso de nuevo en marcha para acompañarle a Santa María, le pareció que todo el paisaje, que la naturaleza toda rebosaba de su misma exuberancia vital y alentaba con la misma armónica y pletórica facundia. Los almendros, los olivos y la vid se escalonaban en los súbitos desmontes de los recodos que el coche iba ganando. Y al entrar en el Vallés, la suavidad de sembrados y el agua luminosa en las acequias, bajo los pontones, daba la misma blandura, la misma escondida inminencia de vitalidad a los campos, a punto de reventar, en grano y en fruto, que la que había sentido en la compañía de Crista. Todo aguardaba, en esta espera soberbia, hecho flor. Todo estaba a punto para la gran victoria.

Todas las mañanas salía Desiderio de la finca, pero no lo hacía en el automóvil de su novia, sino que se hacía enganchar a «Revérter» en la tartana y cubría el largo trecho de campo que le separaba de La Garriga. Estaba junto a Crista hasta el anochecer. Luego emprendía el regreso.

Cuando faltaban ya escasos días para la boda, al regresar una tarde por la carretera, antes de llegar al «Puntazgo» torció por un camino irregular y secundario, para llegar al *Coll*. Quería visitar a don Sebastián, para comunicarle la noticia de la boda y rogarle que quisiera ser uno de sus padrinos. La oscuridad del bosque dejaba sólo impresa sobre las sombras la línea sinuosa del camino por el que la tartana avanzaba despacio, sacudida en el surco irregular de las rodadas. Tras un trecho de bosque, la fronda se clareó y apareció la blanca silueta de la masía y el enhiesto pardo torreón. Al llegar a la entrada, se oyó el ladrido de los perros, que resonó un rato en la noche. En la parte posterior de la masía había luz, y por allí entró Desiderio en busca del viejo amigo.

Don Sebastián estaba en una habitación larga y desordenada, abocado a una pequeña figura de barro que estaba modelando a la luz de un gran candil de varios brazos. Al ver a Desiderio entornó los ojos para reconocerle, absorto como estaba en su labor. Le saludó jovialmente.

—Pasa, pasa. ¿Qué te trae por aquí? No esperamos nunca visita a estas horas.

Tardó un instante Desiderio en explicar sus razones.

—Venía de La Garriga y se me ha ocurrido desviarme, para pedirle un favor.

—Bien. Así me gusta. Dalo por hecho. ¿De qué se trata?

Cuando Desiderio le dijo que se iba a casar al cabo de unos días, don Sebastián le miró sorprendido.

—No nos habías dicho una palabra. Ni don Francisco tampoco. Eso se parece un poco a una conspiración. ¿Quién es tu novia? ¿Le gustará quedarse en el campo?

Desiderio le tranquilizó. Le explicó brevemente que se trataba de una amiga de la infancia. Dijo que se conocían como si fueran hermanos, o más aún.

Don Sebastián, mientras tanto, no cesaba de trabajar. Llevaba sus dedos válidos con ímpetu a la pequeña figura de barro retocándola con golpes certeros, nerviosos, que daban de pronto un movimiento, una intención a la obra; era una figura femenina, un desnudo, con un cántaro en la cabeza, sólido y terral como la materia de que estaba hecho. Muslos, senos, brazos y talle parecían poder ponerse en movimiento al próximo contacto de la yema de los dedos del artista. Bañada por la luz amarilla de los candiles, esta figura era la encarnación misma de la realidad campesina y estaba enraizada en aquel lugar como pudiera estarlo el gran castaño del patio de la casa o las parras que sombreaban el umbral. En todos los ángulos de la estancia esta figura femenina parecía multiplicarse, excederse, adoptar docenas de formas y de movimientos, en otras tantas de sus réplicas, que no alteraban la rotundidad de la imagen original, que el escultor reiteraba un día tras otro. Don Sebastián se alejó un momento de aquella en la que estaba laborando, para apoyarse en el respaldo de su silla de ruedas, y luego miró a Desiderio.

—Me gusta la idea de que te cases, y el que te cases aquí, en tu tierra. Me imaginaba que Matilde y yo éramos los últimos que quedábamos, y que después de nosotros ya nada iba a quedar. Por eso me agrada que te cases. Di ¿qué día será la boda?

—El miércoles. Y he venido a pedirle si quiere ser uno de mis padrinos.

—Y más, mucho más, todo que lo tú quieras. Mira —añadió, a punto de coger ya el hilo de sus locuacidades—. He deseado tener un hijo para que no se perdiera del todo lo de aquí. Pero Matilde y yo no hemos tenido hijos. Creo que quedan, por allá, en alguna parte de América, gentes que llevan mi nombre. Es mejor no pensar. Algún día, cuando yo ya no esté, quizá vendrá alguno de los inútiles desconocidos que son el rastro de una vida perdida, de algo que quisiéramos poder olvidar, y pisará estas tierras sólo para amasar unos pesos, sin comprender ni el silencio de los Santos, ni el valor de las ánforas que están enterradas. Por eso quiero que tú estés también aquí, y no sólo en Santa María. Ya veremos cómo podemos arreglar eso. ¿Me prometes salvar todo lo que sea posible?

Desiderio no hacía demasiado caso de las confidencias y reflexiones de don Sebastián, un poco alejadas siempre de la realidad. Le prometió cumplir sus deseos.

—Esta tierra no da apenas para vivir. Es distinto de Santa María. Aquí no hay más que el torreón, cuatro palmos de huerta y un pedazo de bosque. Esto no es una casa; es un santuario. Me asusta pensar lo que pueden hacer con ello después de muerto yo. Matilde no tiene parientes. Me tienes que dejar pensar en ello y, además, quiero que piense en ello don Francisco. Ya hablaremos de todo cuando tengamos calma, después de tu boda. Dime, ¿a qué hora será?

—Muy de mañana, a las ocho.

—Mejor. El aire es más limpio, y no hace calor. Estoy contento. Me doy cuenta de que no soy tan inválido como pensaba. Aún puedo servir para algo.

Desiderio se despidió de don Sebastián, agradeciéndole las pruebas de su afecto. Le dio los detalles necesarios para que pudiera acudir tranquilo a la celebración. El viejo estaba orgulloso, encantado, no cabía en sí de alegría. Le acompañó hasta la puerta del estudio en su carromato y le saludó con el brazo desde el umbral.

Al día siguiente, muy de mañana, Desiderio se fue a ver a don Francisco. Se encontró a éste trabajando ya, en el secano de remolacha que cubría el desmonte a cuyo pie se elevaba el campanario de la iglesia. Las cabezas irónicas y rojas de la planta asomaban regularmente entre los terrones que don Francisco, remangada la sotana, estaba cavando. Al ver a Desiderio, el sacerdote dejó el trabajo y bajó hasta el patio de la iglesia.

El sol era cándido, lustroso y la brisa fresca y acariciadora.

—Todo está resuelto. Los papeles llegarán mañana y tu otro testigo será, como dijimos, el apoderado. ¿Hablaste con don Sebastián?

Desiderio le dio cuenta de que el amo del *Coll* estaba conforme.

—¿Y qué dijo mi padre? —preguntó entonces.

—Supongo que tardará aún un tiempo en perdonarte del todo. Es necesario que tú pienses bien, después de la boda, en lo que más te conviene, en lo que sea mejor para los dos. Costó un poco persuadirle. Pero vendrá; y fue él mismo quien pidió a Llobet que le acompañara.

Se sentaron en el banco de piedra de la entrada. Don Francisco se secó la frente con un gran pañuelo de cuadros.

—¿Qué dijo don Sebastián? ¿Se sorprendió?

Desiderio le describió su visita, punto por punto. Le informó del repentino y extraño ofrecimiento del viejo.

—No me extraña —dijo—. Es algo que le preocupa mucho el porvenir del *Coll*, cuando ni él ni su mujer existan. A veces, llega a obsesionarle. Por eso no es raro que crea haber dado con la solución.

—Me parece una locura.

—¿Por qué? Conociendo a don Sebastián, no tiene nada de particular. Corresponde exactamente a sus actos. Deja que él mismo lo madure. Pero, probablemente, no rectificará. Además, es casi seguro que no habló sólo por sí mismo. Matilde debe de estar de acuerdo con él en todo.

—Pero... es una rareza. Apenas me conoce.

—Mucho más de lo que puedas suponer. Además... de hacerlo, lo hará como Dios manda. Si él muere, Matilde quedará sola. Cierta forma de cesión o de legado, a lo que deben de estar dándole vueltas, daría a la mujer una existencia que no tendría de otro modo. El apoyo de Santa María es una gran seguridad para ellos.

—En todo caso, yo no aceptaría un legado así, porque sí... Me emociona la idea de unir el *Coll* a mis tierras y, sobre todo, lo que el *Coll* significa. Por eso mismo he de hablar con él, si persiste en su idea, para que me deje ir pagándoselo, en lo que vale, hasta el último céntimo. En fin... de momento todo eso no son más que suposiciones. Y lo más probable es que no se hable más del asunto —concluyó.

La idea de sumar el *Coll* a Santa María, como había dicho a don Francisco, le emocionaba de verdad. Por un lado, el legado vendría a darle una especie de soberanía personal y peculiar sobre algo que hasta entonces no había hecho más que recibir sin plena conciencia. Por otro lado, los vestigios del pasado, que en Santa María no eran más que un supuesto histórico, eran en el *Coll* substancia evidente, rastro notorio. El *Coll* vendría a sublimar, a coronar con su aureola, que era un resplandor directo de la Redención en las figuras yacentes de su cripta, la totalidad de aquella tierra; la anexión del *Coll* a Santa María vendría a ser para la heredad el roce de un carisma con el que el solar entero, de un cabo a otro de sus lindes, quedaría sublimizado.

Mas ya no era posible pensar en esos cambios. Se cernía sobre los días, ya de una manera inmediata, el cambio total, absoluto, que sobrevendría con la boda. No le agobiaba la sensación de tener que apañarse por sí mismo, para cuidar de que todas las cosas respondieran a un método. Abandonado por su padre, sin el auxilio de Josefina, aquellos sucesos se le antojaban irreales, inexistentes, algo así como el ensayo abstracto e impreciso de algo que no pasará de ficción. Fueron los masoveras jóvenes las que ayudaron a hacer en la casa los cambios más indispensables. Arregló su futura habitación de novios, de oscura caoba, en la que había nacido él. Las grandes frazadas redondearon la superficie del enorme lecho conyugal. La cornucopia antigua y los candelabros románticos dieron una cierta solemnidad rural a su nuevo ambiente. Hizo habilitar un cuarto contiguo a esta alcoba para vestuario de Crista, llevando a él el gran ropero de su madre, e instalando una coqueta de grandes faldones de damasco bajo un espejo circular muy antiguo. Cambió de pared algunos cuadros e hizo instalar una mesita en la tribuna del comedor, donde Crista y él pudieran comer en la intimidad sin la prosopopeya a que obligaba la vieja y larga mesa familiar. En esa tribuna hizo poner una tumbona donde Crista pudiera descansar. La casa quedó, con sólo esos cambios, sutilmente cambiada, adecuada para la nueva vida que iba a emprender con su mujer. No tocó, sin embargo, nada del salón que con tanta viveza evocaba aún el paso y la figura de su madre.

Los espacios que ésta había ocupado iban a ser colmados ahora por otra mujer. Era una sustitución sorda y no del todo fácil la que iba a verificarse. Al contemplar Desiderio los resultados de la adecuación que había transformado las alcobas en que Crista y él iban a vivir, se confundía irreflexiblemente; y le parecía que en esa idea o en esa corporeización de una mujer entre aquellos muros, eran los rasgos y el aire de Mariona los que estaban a punto de venir.

Llegó la víspera de la boda y ya por la mañana se sintió desazonado e incómodo. Toda su vida antigua desfiló de un golpe ante sus sensaciones al levantarse: el salto enorme que había dado desde su marcha a Inglaterra hasta hoy, la cabriola escalofriante de su abandono de la ciudad, la incongruencia de su amor por Jeannine y la arrebatada pasión que sintiera y que vino a quebrarse inesperadamente con la marcha de ella. Todo eso pertenecía a un remoto pasado, al de un ser que ya no podía confundirse con él. Todo eso eran pellejaduras, jirones muertos de sí mismo. Una nueva realidad estaba ante sus ojos y sus voliciones, de la cual ya no podía volver. «*Desir, desir, tu n'est plus qu'un desir...*» La voz sutil de Jeannine, que no había hablado nunca desde su marcha, se hizo oír inesperadamente aquel día.

Montó en la tartana y se fue a ver a Crista, para abrazarla por última vez antes de que se convirtiera en su esposa y para acompañar a todos ellos de La Garriga a Granollers, donde pasarían la noche. Halló en La Garriga a una Evelina agitada y nerviosa y a un Javier de Castro errabundo, imbuido ya de la solemnidad de su función de testigo. Se dio cuenta entonces de lo deslavazado de aquella boda, de cuán distinto hubiera sido todo si las cosas se hubieran producido normalmente. Pensó con cierta tristeza en el pobre Pablito de Inglada, y le consideró el más noble, el más limpio, el más cabal de cuantos compañeros había tenido. En la lotería tumultuosa de la vida, al otro le había tocado el mal papel. Pero ¿podía saberse en realidad a quién correspondía el desaire?

Era curioso que la ternura hacia Crista se trocara ahora, en la víspera de su boda, en una indulgencia casi sensitiva hacia ella. Crista estaba totalmente desconcertada. Quizás observara Desiderio en ella los signos crueles de un desdoblamiento total: como si todo aquello le estuviera ocurriendo a ella, efectivamente, pero que a la vez se tratara de otra. Resultaba dificilísimo determinar cuáles de sus sensaciones eran las verdaderas y cuáles las falsas. Había llegado a ser como un objeto, algo que va y viene tontamente, algo que se viste y desnuda sin saber para qué, y que se deja zarandear sin respingo, como un saco de serrín. Era inútil que escuchara esas voces de «calma, calma», con que Evelina pretendía lapidar su propia inestabilidad. Por debajo, o por encima, o alrededor de todo ello estaba el hijo cuya presencia se iba afirmando sin que todavía se pudiera reparar desde fuera, pero que dominaba sobre todo lo demás.

Y con ese hijo incrustado en su propia carne debía mostrarse al día siguiente ante la media docena de amigos sigilosos, discretos, confabulados entre sí para el silencio, testigos de aquella unión fraudulenta, que venía a ser algo así como una trampa a la sociedad, a sus propias ideas y a las leyendas que se había fraguado cuando era niña. Una mezcla extraña de tristeza y de alegría, de pesadumbre, de remordimiento y de gozo la transía y la amordazaba.

Desiderio y ella estuvieron un rato, un largo rato, en el patio de mayólicas, como la primera vez. En aquellos momentos le parecía todo a Crista muy extraño. Desde las primeras libaciones de su amor hasta este acto sumiso mediaba un mundo indescifrable de sacudidas, de torpezas mágicas. Pero ahora no sentía más que una gran pesadumbre. Y se hallaban uno al lado de otro sin poder resucitar las palabras como enajenadas con que se habían iniciado. Su abulia sentimental era un lago a cuyo borde venían a picotear los gorriones del campo.

Después de comer se prepararon todos para el gran traslado. En la fonda de Granollers, donde Evelina, Crista y Javier de Castro pasarían la noche prenupcial, aguardaría también el segundo testigo de Crista, el doctor Duró, ya aleccionado por Evelina sobre todas las cuestiones. Desiderio se adelantó en el camino con su tartana, para compensar la diferencia de velocidades entre ella y el *Renault*.

Crista subió al coche, en el que se habían colocado algunas maletas —otras habían sido metidas en la tartana y una tercera remesa había sido facturada por ferrocarril a Granollers desde Barcelona—, sin sacudirse ni un ápice de su modorra espiritual. Cada minuto que pasaba aumentaba su angustia, su vergüenza, y cada vez deseaba con más ímpetu que todo aquello hubiera pasado ya. También Evelina estaba intranquila al partir para Granollers. Ella hubiera preferido todo lo contrario: las veladas de exposición de regalos, el manoseo de su libreta de relaciones, todos los detalles del protocolo propio de las grandes bodas locales. Pero, ¡qué se le iba a hacer! El coche se puso en marcha como si llevara un alijo vergonzoso, como si Evelina estuviera pasando de contrabando, con infinitos riesgos y un pecho singular, digno de Garibaldi, una mercancía prohibida. También Javier de Castro mostraba una circunspección de valijero nocturno y arriscado. Con el estremecimiento de esta sensación —que hacían más real los desmontes de almendros, ortigas y olivares por los que el coche pasaba doblando recodos, a la que daba verismo increíble la escenografía verdaderamente fronteriza de los desfiladeros, la comarca de perdigonada y de «¡quién vive!» que estaba vadeando—, Evelina sintió que era urgente remontar ánimos y arriar tardíos reparos y convulsiones de conciencia. Estaban ya llegando a término de un largo, laborioso y lento proceso y era la hora de demostrar quiénes eran, el temple y la raza que había en ellas. Sin escrúpulos de mostrarse dura, hasta cruel, en presencia de Javier, dio en el clavo con una sola frase, que tuvo la virtud de sacudir de un golpe los decaimientos de su hija.

—La vergüenza... antes, hija mía... Pero ahora... la cabeza muy alta, ¿me oyes? ¡Pero que muy alta!...

Cuando llegaron a Granollers esta frase se había solidificado en el ánimo de Crista y era como la piedra angular que sostendría toda la bóveda de sus emociones en las horas que habían de venir. Desiderio, al que habían adelantado en la carretera de Biluya, tardó aún un rato en llegar. En cambio, en la fonda ya estaba el doctor Duró.

Duró se mantenía en una actitud comprensiva, como si todo aquello no acabara de afectarle. Lucía en la solapa de su traje gris un clavel blanco, como para demostrar que, a su entender, no había que reducir expresiones de alegría ni considerar aquella boda distinta a una boda normal. Según las apreciaciones del doctor Duró, el suceso no había sido más que la irrupción en la pertenencia de Virgo del impetuoso signo de Géminis. Duró, que sentía una burlona y reticente aversión, fanática y mordaz, contra las «supersticiones»; Duró, que carcajeaba farisaicamente para sus adentros al paso de un cura o de una monja y que era autor anónimo de un folleto titulado «El camelo de Lourdes; confesiones de un doctor», en el que creía mostrar que los milagros eran un fenómeno de sugestión colectiva y de histeria delirante en el marco de una estación «termal-clerical» de la propaganda vaticana; Duró tenía, en cambio, una especie de *faible*, como diría Evelina, por ciertas deidades dionisiacas, por ciertos mitos grecolatinos en los que, a escondidas, llegaba a creer tan ciegamente como ciertas almas creen en Dios. Echaba mano en sus laicas invocaciones ora de Ceres, ora de Afrodita e incluso del dios Ra de los egipcios. Por no manchar sus labios con el «infantilismo» del «Padrenuestro», el doctor Duró se los llenaba de cifras algebraicas, de deducciones de la altura, de la diagonal y de la raíz cuadrada del perímetro de la pirámide de Keops, abstractas lucubraciones misteriosas con las cuales llegara en escalada logarítmica a vislumbrar las luces australes del Gran Arquitecto, del Geómetra del Cosmos. En suma, a fuerza de dar la espalda soberbiamente a las «supersticiones», Duró estaba todo él lleno de faraónicas y astrológicas bobadas. Del numen del imperturbable doctor salía al diálogo una mezcla extraña de locuciones y prefacios, un brebaje azucarado de pedantería y de ignorancia, lleno de frases hechas y de eufemismos, de sentencias y de «quid pro quos», complejidades histórico-filosóficas capaces de dar el pego al más pintado.

Desiderio no estuvo en Granollers más que media hora, el tiempo para ver que todas las previsiones habían sido cumplidas. Los dejó en plena instalación. Dio un beso largo a Crista, la miró a los ojos como para infundirle ánimos. Dentro de unas horas todo estaría en calma; sería ya su mujer.

Se fue en la tartana hacia «Las Torres». Empezaba a oscurecer. El cielo se había vuelto de una transparencia gris de perla. El coche dio tumbos en el camino de los avellanos y entró lentamente en el callejón de las casas del barrio, junto a las eras. Al entrar en el barrio vio a un hombre de pie, que hablaba con un tartanero de Granollers, al que estaba pagando. Era su padre.

Se sintió atemorizado, se sintió perplejo. Había imaginado que su padre no llegaría hasta el día siguiente, si es que accedía a venir. Por eso le extrañó más ver su figura severa, inclinada hacia delante, apoyada en el bastón. Padre e hijo se miraron en silencio, y don Joaquín despidió al tartanero y se acercó a él.

—He pensado que sería mejor... pasar la noche aquí. Mañana a primera hora vendrá Llobet en el coche, con Josefina.

Entonces miró a Desiderio a la cara.

—No he querido que pudieras pensar que te dejaba solo en un día así. No tiene que ser un día de tristezas; todo lo contrario. Lo hecho, a olvidarlo, y seguir adelante.

Se acercó a él y, de pronto, le abrazó, en medio del patio.

—Espero que después de eso... cuando ya estés tranquilo, reflexiones bien sobre todo —le dijo, conmovido—. No he venido a pedirte más que eso. Que sepas meditar, y pensar, y decidir por ti mismo... Si lo haces así, las cosas se nos resolverán a los dos sin darnos cuenta.

Le miró, con los ojos húmedos, casi llorosos.

—¿Me lo prometes?

—Sí, papá. Así lo haré —respondió, torpemente, bajando los ojos.

Y entraron juntos en la casa, en aquella casa en la que al día siguiente ya habría una mujer.

XXXIV

Con el restregar de los primeros rumores de la masía sobre sus sentidos sintió el ruido del motor del coche que entraba en el patio y que hacía sonar su bocina. Ese ruido extemporáneo se mezcló al canto de los gallos, de pronto desvelados por las explosiones del motor. Era noche cerrada aún y desde la cama Desiderio oyó la voz del chófer. Por la ventana se filtró la luz de los faros. Otros gallos, muy lejos, respondieron a los más próximos. Pensó al instante que aquél era el día de su boda. Y se extrañó al sentir el chasquido de una lluvia recia contra los cristales, con leves ráfagas de viento.

A las siete en punto estaba en el patio, donde le aguardaban ya su padre y el señor Llobet. Después de saludar al contable se metió en el interior, en la cocina, para ir al encuentro de Josefina, que había llegado con el apoderado. La sirvienta le abrazó y le besó tumultuosamente. No le extrañaba lo más mínimo las prisas con que se había llevado el acontecimiento, y consideraba natural que Desiderio lo hiciera de este modo. Josefina era casamentera por naturaleza, como casi todas las solteras.

Había cesado de llover, pero toda la tierra estaba empapada y los charcos ponían vislumbres de charol en el piso del patio. Un viento fuerte estaba barriendo de nubes la gran techumbre. Después de charlar un rato con Josefina, a las siete y media Desiderio se fue con los dos hombres. Llobet, a quien el madrugón y el viaje habían provocado un enfriamiento, aguardaba ya metido en el coche, con una bufanda bien anudada al cuello y un rostro severo, infranqueable; un verdadero rostro de día de labor. Poco después llegó su padre, que había ido a buscar algo en la casa, y entró en el coche. Y el gran «Hotschkiss» se ponía en marcha poco después.

Desiderio se sentía incómodo en sus prendas ciudadanas. Había perdido la costumbre del cuello abrochado y de la corbata. Su padre le miró. Sobre esta prenda, de un color granate, las dos perlas de Mariona enredaron un breve instante las miradas de padre e hijo.

Salieron hacia el camino de los avellanos, doblaron en el «Puntazgo» y entraron en la carretera de Sabadell. Luego doblaron por la carretera que llevaba a «Las Casetas», sobre el río. Pararon en la entrada de la aldea. A pie, subieron por la cuestecilla, entre los pajares y los gallineros. Los conejos domésticos, en sus jaulas, hacían mil visajes regocijantes al verles pasar, mientras masticaban escarola.

Por mucho que lo intentara no podía Desiderio habituarse a la idea de que iba a una boda; y mucho menos aún a la idea de que aquella boda fuera la suya. Los pies de los tres hombres se metían en el barro del empinado sendero, por el que pequeños hilillos de agua seguían discurriendo. Por ello el lustre de los zapatos de la ciudad desaparecía, emborronado por masas de fango. Aumentaba su extrañeza íntima la compañía de esos dos heraldos severos y enlutados de la ciudad y de sus quehaceres, la tez oficinesca, macilenta y sombría de su padre y del apoderado. El resuello de los dos hombres se entendía en la trabajosa ascensión de la cuestecilla y al llegar a lo alto tuvieron que pararse unos instantes a recobrar aliento. Al pie, límpida, vertical, como una clueca campesina tranquila en sus feudos, la pequeña iglesia acusaba sus perfiles en el aire matinal, que se había despejado enteramente y que mostraba todos los azules, los verdes, los amarillos más claros bajo un sol que ya se elevaba con pausa en oriente.

Cruzaron los campos de remolacha y descendieron hasta la iglesia. Más lejos del bosque se removía una leve brisa y llegaba hasta ellos el perfume de las encinas y de los brezos. Ya frente al frontis elegante y rural de aquella pequeña iglesia advirtió Desiderio la realidad; pero no la de una boda como las que había prefigurado en sus imaginaciones, sino de una ceremonia muy antigua, muy legendaria; un acto trascendente y ritual que tendría un regusto arcaico, y que estaba saturado por las emanaciones de tomillo campestre, del vaho del romero que penetraba e impregnaba el aire, que se metía por la puerta abierta de la vieja iglesiola, ante la cual llegaban en días como aquél las raudas liebres del bosque. Y suscitaba en sus presunciones, en cierto modo, el eco de flautas muy antiguas, melodías sonadas por hombres pretéritos que las hubieran empezado a desgranar años atrás, cuando la tierra en que estaban olía a pólvora de trabuco, a ventolera de guerra civil. Le parecía que iba a llegar de un momento a otro, montada en un jumento gris y apacible, una novia silvestre que no era Crista, una novia vestida con blondas sacadas de alguna arca historiada en la que contuvieran la fuerza y la historia de una estirpe; una novia con las manos blancas y firmes, dominantes y seguras, hechas, más que para la caricia, para la labor; una novia que hablaba el lenguaje breve, hondo y musical de las campesinas de la comarca, de tez tostada por el sol del campo que encendía las mieses y elevaba un vaho ardiente en el horizonte.

Pero no iba a ser así. Su padre y el apoderado estaban a su lado, emisarios y productos de una realidad muy distinta. La fábrica parecía envolverles con su aire, transitar y trasladarse con ellos dondequiera que fuera. La bufanda de Llobet era el indicio de su indigencia vital en la naturaleza y en la campiña. Si se le arrancara impensadamente de los aires impregnados de apresto, pensó, Llobet podría morir, extinguirse repentinamente. Y el ademán con que su padre se pasaba la mano bruscamente por el mentón, cepillándose, revolviéndose o rascándose la barba, era un signo de impaciencia, de inadaptación absoluta.

Don Francisco, que ya les esperaba, salió de la iglesia en cuanto les oyó llegar y saludó efusivamente a don Joaquín. Éste le presentó a Llobet. Luego abrazó al novio. Charlaron unos momentos los cuatro y luego entraron en el recinto.

En aquella iglesia había sido bautizado Desiderio hacía casi veintitrés años. La nave no era mayor que el largo corredor de «Las Torres». En el altar una imagen de San Cristóbal, con el Niño a cuestas y unos ojos cándidos, arrobados, daba un paso adelante, en ilusorio vadeo de un río inexistente. Antes de subir al presbiterio, Desiderio se arrodilló como con una súplica de protección. Le parecía que aquel Niño quizás era una figuración de todos los hombres; que aquel mismo San Cristóbal que le había visto a él en pañales, aquel San Cristóbal fornido y amigo de los débiles, le estaba llevando y le haría cruzar en sus hombros el río proceloso. Empezó a invocarle, cuando sintió a su lado un leve chirrido y el paso de unas ruedas. Se volvió y vio que entraba don Sebastián en su carromato, seguido por su mujer, Matilde. Se acercaba por el pasillo, en la luz gris, azulada, del recinto. Su tez roja contrastaba en la mañana fresca. Al llegar a su lado le sonrió y apretó sus manos con fuerza. Matilde vestía de oscuro y brillaban en su cuello, en sus orejas y en sus dedos, con un destello incólume, las joyas heredadas de generación en generación, sacadas de los cofres en las grandes ocasiones y lucidas sólo en las bodas, en los bautizos y en la Fiesta Mayor.

Desiderio se levantó entonces y se dirigió con ellos al lugar que ocupaban su padre y el apoderado, para presentarles. Luego los dejó juntos y subió al presbiterio. Aguardó allí largo rato.

Un gran ruido de voces se oyó de pronto. Todo estaba a punto. Ya acababan de llegar los elementos que faltaban para aquella boda singular. Se oyó en el exterior la voz de Evelina. Desiderio se volvió y vio entrar a Crista del brazo del doctor Duró. Seguía su madre, del brazo de Javier de Castro.

Ni marcha nupcial ni emoción, ni expectación; nada más que el paso silencioso de Crista hacia el altar, que avanzaba con los ojos bajos, vestida de gris, con un traje holgado bajo el cual una mirada maliciosa hubiera descubierto ya los primeros signos de una alteración. Pero no todo era usual y clandestino. Evelina se había trocado casi como si aquella boda se celebrara a los grandes acordes del órgano en la Catedral. Su sombrero rosado, del que pendía como una gran aureola una gasa de tul; los guantes, las joyas, los andares de las grandes ceremonias. No estaba dispuesta a transigir del todo y había organizado incluso un simulacro de pasacalle, en el que pudiera figurar debidamente con su pareja, el barbado Javier, para no traicionar del todo a los cánones, haciendo caso omiso de la intromisión en sus planes del azorante percance biológico de Crista.

Desiderio evocó al trasluz de una imagen un pasado remoto. Todo había sido consecuencia de la manera como se miraron las primeras veces que Desiderio puso pie en el principal del Paseo de Gracia, dando a entender ya entonces, en la atmósfera de juegos y emparejamientos precoces, que habían nacido el uno para el otro. Y aquí estaban. A partir de entonces estaban «comprometidos». Había un lenguaje singular entre ellos. Había ciertas cosas que, dichas a medias, no podían entender más que ellos dos. Era una clave tácita y no propuesta de antemano, que les hacía cómplices sin saber por qué y que establecía una frontera entre ellos y los demás. Si pensaba Desiderio ahora en cómo había llegado a la boda, se acordaba de aquella tarde en que, mientras bailaban a los sones de unos violines de fonógrafo, en los pasos del baile sus piernas y su alma tropezaron con algo que ya no era exactamente Crista, sino su femineidad exultante, prieta y púber. A partir de aquel momento la mirada de ella ya no fue tenaz e inexpresiva, sino llena de ardides, de intenciones. Y ahí estaban los dos al término de tanto juego infantil, sin buscarlo y sin pensarlo. ¡Qué extraño había sido todo!

Y recordó unos versos que estaban prendidos en su memoria, unos versos de Maragall:

La missa matinal
la diuen allí dalt
així que es fa de dia;
la missa de l'estiu
el capellà la diu
amb les portes obertes.

La comitiva se quedó en los bancos, salvo Crista, que subió al presbiterio. Los dos novios quedaron lado a lado, ante unos reclinatorios de boga, frente al ara del altar. Entonces, revestido de alba y estola, salió el sacerdote, se paró ante el altar, hizo su genuflexión y se volvió hacia ellos. Una gran emoción flotaba en el solitario recinto. Se volvió Desiderio un instante y pudo ver a Joscfina que empezaba a hacer pucheros en un rincón.

Don Francisco, ayudado por un sacristán de gestos toscos que se trocaba irónicamente con roquete impoluto, se acercó a ellos dos. Abrió un breviario negro; los bendijo. Y habló:

—«Desiderio Rius y Rebull, ¿quieres recibir a María Cristina Fernández y Torra, aquí presente, por tu legítima esposa, siguiendo el rito de la Santa Madre Iglesia?»

Desiderio respondió:

—Quiero.

—«María Cristina Fernández y Torra, ¿quieres recibir a Desiderio Rius y Rebull, aquí presente, por tu legítimo esposo, siguiendo el rito de la Santa Madre Iglesia?»

—Quiero —respondió ella.

El sacerdote miró a los dos. Luego bendijo los anillos. «Nuestro auxilio está en el nombre del Señor.» Desiderio colocó la sortija con nerviosidad en el anular tembloroso de Crista. Luego ella hizo lo mismo en la mano de él.

—«Yo os uno en matrimonio en el nombre del Padre, y del Hijo, y del Espíritu Santo» —dijo con voz tranquila, al tiempo que con la diestra trazaba en el aire una gran cruz.

Bajo el velo rosado que cubría enteramente su rostro, Evelina no perdía detalle. La tosquedad del sacristán la azaraba un poco, como si cualquier tropelía fortuita de ese gañán de campo pudiera echarlo todo a perder en el último minuto. La voz honda y sobria del sacerdote, en cambio, la colmaba de sosiego; la plasticidad elemental de aquel rito, la magnitud de las palabras que el sacerdote había pronunciado, levantando un poco la voz, después de bendecir los anillos: «...a fin de que lo lleve, conservando a su esposo una fidelidad íntegra, permanezca en tu paz y voluntad y viva siempre con él en una mutua afección...», la llenaba de gozo. Y al oír unas palabras en latín: «*A templo sancto tuo quod est in Jerusalem*», sintió que todo estaba consumado.

Era incapaz de moderarse ya, incapaz de obligarse a la compostura que se había exigido hasta el término de la ceremonia, sólo hasta aquel momento y no más. Bajo el tul, su boca permanecía abierta y pugnaba por expeler el resto del aire sustraído desordenadamente al frescor del templo, al rigor de la ceremonia, al respeto a Dios y a los demás. Al fin logró respirar, lenta, furtivamente, mientras en sus sienes se movía bajo el sombrero la vena delatora de su inquietud y un sudor frío resbalaba cuello abajo, hacia el seno apretado, que palpitaba todo a los embates de un misterioso corazón, diminuto y potente.

—¡Santo Dios! ¡Santo Dios! Ya está hecho —exclamaba.

Unas gallinas cacareaban en el exterior y una de ellas había traspuesto el umbral del templo y picoteaba en las losas, sobre una lápida en la que el tiempo había borrado una inscripción mortuoria. Todo la impedía concentrarse y meditar. Crista se volvió un instante hacia ella. Los ojos de madre e hija cruzaron su destello un momento y debajo del velo Evelina dejó ver una sonrisa radiante.

¡Crista ya era feliz! Era su propia experiencia la que le autorizaba a ver las cosas de ese modo. Evelina podía jactarse de conocer las incertidumbres, los peligros del corazón. Cuando su marido pidió su mano creyó sinceramente que le amaba. «Disculpe mi osadía, Evelina. Ya sé que no lo merezco y que es una insensatez. Pero no me perdonaría nunca el haberlo callado.» ¡Pobre Arístides! ¡Cuánto sufrió por mi causa! —se dijo en aquel instante. En aquel momento Evelina sintió que brotaba en ella el sentimiento de contrición que había estado buscando denodadamente durante años. Tenía razón Carmen, su hijastra. Todos los odios, todas las protestas de su hijastra habían sido justificados. Ella, Evelina, no había sabido «hacer» a su marido. Fue egoísta con él, malévola, caprichosa... Se aburrió en Lyon, donde les destinaron y donde nacieron de un solo parto sus dos hijos, como una entrega sumaria de la vida al sesentón que revalidaba de un golpe tantos años de triste viudez. Se aburrió en La Haya y en Cristianía, incapaz de soportar las veladas benéficas, las docenas de funerales patrióticos y de tómbolas que son la vida de una diplomática en ejercicio. ¿Por qué trató a los cancilleres y empleados de los lugares de su paso como si fueran criados suyos, destruyendo la autoridad y el sistema de su marido, el diplomático? Se aburrió soberanamente en todos lados y lo pagó él con su carrera. Ella era culpable.

«Pero ahora, Arístides, ¿qué me dices? Mira eso. ¿Acaso no he borrado de golpe todas mis culpas? Yo sola, con tenacidad, con buenos oficios, con paciencia de santo, he llegado a poner a mi hija en manos de un hombre que la respetará y amará como tú me respetaste y amaste, sólo que... él es un poco más joven que tú, las cosas claras... ¿No te parece que puedes perdonarme?», y Evelina estaba persuadida de que en su magnánima comprensión paradisiaca, el difunto la absolvía de una vez para todas.

«Después de esto, ya puedo morir tranquila», pensó a continuación Evelina. Y en su ilusoria ensoñación se trasladó de un golpe al momento del tránsito. ¡Cuántas mujeres quisieran presentarse a Dios con la conciencia tan limpia como ella sentía la suya en aquel momento! Y la idea de una concentración, de una muchedumbre de espíritus en la espera de ser juzgados aleteó vívidamente a su lado, en los aires severos de la capilla. Pero ¡cuánta humildad le faltaba todavía! Porque, ¿se resignaría ella a compartir, en aquella ocasión de la cólera y el juicio, la compañía de almas que en la vida no se veía con fuerzas para tratar? Josefina misma, la doncella de los Rius, que lloriqueaba bajo el altar, esa mujer de cuerpo descuidado, sin ningún cuidado de sí misma, ¿comprendería siquiera la misión a que había sido destinada? Esa mujer de andares indecisos que parecían los de un polluelo o una oca, ¿estaría a su lado en el juicio? ¿No era lógico que hubiera también allí ciertas clases, distintos anfiteatros y proscenios, como en el Liceo, que marcaran una divisoria entre los distintos grupos? Y luego, ¿no habría una entrada de favor para Duró, aunque por razones científicas no creyera en los milagros de Lourdes? No hay duda de que habría allí también sus más y sus menos. Era natural que su hija Carmen, la monja, estuviera mucho más alta, en una zona de luz que la vista no alcanzaba, en un lugar que irradiaría un eco de violas y cánticos hasta el lugar que a ella le designaran. No es que quisiera ocupar el sitio de otras. Únicamente que, si el Señor quisiera arreglarle un rincón para ella sola...

«¡Arístides! —murmuró, suplicó con vehemencia—. Ya ves cómo he logrado la felicidad de mi hija. En adelante procuraré que no se pueda producir entre nuestros hijos una pugna de caracteres como la que nosotros tuvimos que sufrir con la mejor voluntad. Descuida, que procuraré evitar a Desiderio y a Crista, a los dos juntos y a la vez, los errores que nublaron nuestra felicidad. Es mi juramento, Arístides querido. Después de eso, te prometo que iré a tu encuentro, en el cielo, a pasar contigo el resto de la eternidad.»

Y la voz sufrida de Arístides pareció quebrar el aire físico y fresco de la capilla para responder con sigilo:

«Querida, no tengas prisa. Hay tiempo para todo...»

De una manera póstuma, la voz conciliadora del diplomático no quería comprometerse.

«Arístides, quisiera estar a tu lado», insistía ella en sus deseos y efusiones repentinas, arrolladoras.

«Pero, querida... Un poco de paciencia. Déjame sólo unos años más, porque, si quieres la verdad..., aún no me he repuesto del todo. No tengas prisa, no tengas prisa...», barbullaba el espectro.

La misa había empezado y estaba ya en su mitad. Desiderio y Crista, arrodillados uno al lado del otro, la seguían con la cabeza gacha. Se oía el piar de unos pájaros en el exterior.

Notó entonces Evelina toda la fuerza de su sollozo errante. Sentía una infinita piedad hacia sí misma y que amaba desoladamente a aquel hombre que había sido su marido y con el que dialogaba frente a Dios, testigo de todo.

Sonrojada e insegura, un ramo de flor de almendro en la mano, con los ojos bajos, la novia dio su brazo a Desiderio y ambos bajaron del presbiterio.

Algunas gentes de «Las Casetas» y los colonos de «Las Torres», enterados del acontecimiento, habían ido a la iglesia; se aglomeraban en torno a ellos, dejándoles un ancho espacio libre.

Los labios de Crista, bajo la rutilante luz de la mañana, en la plazoleta de la iglesia, iban a pronunciar una palabra que no hallaban; temblorosos, aspiraron al fin una gran bocanada del aire matinal. Los ojos parecían querer evadirse del contorno. Empezó a dar la mano a todos. Duró, Llobet, Javier de Castro y, sobre todo, su suegro, la azaraban terriblemente. Cuando el viejo se acercó y puso su barba sobre las ardientes mejillas de Crista, ésta se sintió desvanecer de miedo, de angustia, de rubor...

—Ten confianza en mí —le dijo entonces Desiderio, apretando su brazo con su pecho—. No temas nada.

—Estoy... —comenzó a decir; pero pasó la mano por su frente—. Me da vueltas la cabeza —aclaró al fin. Y se apoyó en él.

La llevó con cuidado al banco de piedra que limitaba la plazoleta. Desde él se veía el interior de la iglesia en el que acababan de casarse; el sacristán apagaba uno por uno los seis cirios. Los payeses pululaban por su alrededor, curiosos y excitados.

Evelina abordó a los novios. Las palabras no le salían de la boca. Se acercó a los dos y para ganar tiempo los apretó en un mismo y sólido abrazo, que les estrechó como una tenaza.

—¡Hijos míos! —balbucía.

Don Joaquín quedó un poco alejado. también Arturo andaba metido en sí. Por rutina, al separar las gafas de su nariz —y sus dedos en pinza realizaron esta operación docenas de veces en el curso de la misa— descubrían unos ojos vagos, perdidos en lucubraciones lejanas. En plena misa se había sacado un lapicero del bolsillo y había anotado unos datos rápidos.

Josefina se acercó a Crista, con un tazón en la mano. Había hecho preparar para ella un par de huevos crudos batidos con jerez. Crista se resistía a beberlos, pero ésta fue la primera orden que Desiderio le dio como marido. Después de haberlos tomado se sintió renacer.

En su silla de ruedas, a la que movía entre los grupos, don Sebastián parecía un trasgo extraño de la tierra. Detrás de él, Matilde, su mujer, procuraba que no cometiera ningún exceso de franqueza con alguno de los finos parientes de los novios, principalmente con Javier de Castro, cuya arrogancia creyó que no iba a pasar inadvertida al vehemente escultor campesino.

Salió don Francisco y saludó a todos. Era hora de volver a casa y echaron a andar. Evelina subía la cuesta con mucha dificultad, pero estaba tan satisfecha que no se quejaba. Se limitaba a agarrarse, con los dos brazos en jarras, a Duró y De Castro, que la llevaban como si fuera una ánfora, sin casi dejar que rozara con los pies al suelo. A don Sebastián lo llevaban también en andas dos mozos de su casa, haciendo un asiento de sus fuertes manos entrelazadas, mientras Matilde empujaba con habilidad la silla de ruedas por la cuesta. Los demás seguían con buen ánimo. Desiderio sostenía por la cintura a Crista y caminaban despacio, detrás de todos. Llegaron a la cima del montículo y comenzaron a bajar del mismo modo hasta «Las Casetas».

En la carretera esperaban los carruajes.

Desiderio meditaba sobre su porvenir, su vocación y su destino; precisaba de ese soporte de la tierra para defenderse a sí mismo —no podía definir qué, de sí mismo, se proponía defender—, algo de sí mismo que consideraba su patrimonio no sólo real sino espiritual. Y miró a Crista, que estaba sentada a su lado en el coche de los Fernández. Iban solos en él, puesto que Evelina había tomado asiento en el del doctor Duró, una elegante carroza. Le preguntó si estaba cansada y si estaba contenta. Ella contestó que sí y le miró después con un gran amor, con una ternura ilimitada.

Le había hablado algunas veces de la tierra, de la finca, pero eso había sido muchos años atrás, cuando iba al colegio. Y Crista tenía de Santa María la idea del lugar en que Desiderio se había perseguido, zurrado y luchado con otros muchachos, nada más. Ahora le habló de la casa, del lugar que iba a ocupar; del grande armario que abrió de pronto de pequeño, en el que se habían guardado los vestidos de su madre y que ahora guardaría los suyos. Ella le escuchaba accediendo a todo, sometida a todo. Y veía en él no sólo a un gran señor de la tierra, sino también a un señor personal, privativo de ella para siempre, al que habría que obedecer y al que habría que agradar, para mantener en vilo la pasión que les había unido a trompicones, desde que eran niños.

Cruzaron el llano por la carretera de Sabadell y entraron en el camino de los avellanos. Al término apareció la gran casa.

Al descender del coche oyeron el bullicio de la cocina de los colonos, como de Fiesta Mayor, y el cacareo de unos pollos. Un cacareo más agudo vino a ilustrarle sobre la celebración que los colonos iban a hacer por su cuenta del acontecimiento. Esta imprevista orla de alegría a su entorno reavivó una emoción que no había sentido siquiera en el momento de consumarse la ceremonia. Todo lo que entre las gentes que habían bajado de la ciudad para la boda era continencia y discreción, estallaba en casa de los colonos ruidosamente. Salieron Juan y Filomena, Encarnación, Moisés y Jaime. Un enjambre de chiquillos se pegó a sus pantalones. Todo eran risas francas y exclamaciones, insinuaciones maliciosas, alegría a raudales. Nadie en la casa había ido aquel día a trabajar. Y «Colom», el perro, y «Clavel», su hijo, el perdiguero, se acercaron, moviendo sus colas agitadamente, también enterados de la gran noticia que acababan de recibir.

—Que sea por muchos años, señorita —decía Juan, con unos ojos húmedos, a los que las cataratas volvían opacos—. No veo muy bien, pero me parece que tenemos una señorita muy guapa.

Don Joaquín y Evelina charlaban en uno de los extremos del gran patio, junto a los gallineros.

—Descuide, por Dios, Joaquín —decía ella, tranquilizándole—. Eso son inclinaciones pasajeras, ya lo verá. Dice mucho en favor suyo que quiera a la tierra en que ha nacido. Pero en cuanto nazca el chico, ya lo verá... No hay mal que cien años dure —afirmaba, moviendo con nerviosidad su cabeza, en la que bailaban la rosas de trapo de su sombrero—. Tanto él como mi hija son de ciudad, ¿no lo comprende?

—Realmente, me parecería que quedarse aquí acabaría

volviéndolos neurasténicos, ¿no lo cree? Por otro lado, el porvenir de ellos está allí.

—Déjelo de mi mano, Joaquín. Verá. He pensado que en el estado de Crista, y sólo para los primeros tiempos, a Desiderio le tranquilizará tenerme aquí. En estos casos, la experiencia vale mucho, ¿no cree? Tranquilícese. No pienso ser nada, nada *suegra*. ¿Me comprende? Pero una casa como ésta lleva mucho trajín, y hasta que la chica se acostumbre...

—Me parece muy buena idea. ¿Ya se lo ha dicho?

—No, es mejor luego, por la tarde... Váyase tranquilo, Joaquín. Aquí estoy yo para todo.

Joaquín se disponía a marcharse con Llobet. Que celebraran ellos solos la jornada. Para él no había pasado de ser un trámite imprescindible. Estaba cansado y malhumorado. El tiempo diría lo demás.

Se sacudió de encima a «Clavel», que daba brincos y le olía los zapatos; se lo sacudió con un simple punterazo, que hizo marchar al perro entre alaridos. Joaquín Rius sentía que sobraba ya allí. Se fue hasta el lugar en que estaban los novios. Dijo a Desiderio que iba a marcharse.

Se acercó a Crista y volvió a besarla en la mejilla. Luego hizo lo mismo con Desiderio, que olió aquella barba revuelta y gris como si fuera la primera vez. Siempre había besado a su padre en la mano.

—No quiero recordarte lo que te dije ayer —le dijo—. Estoy contento de dejaros felices.

Luego hizo que el *chauffeur* maniobrara para salir y se metió en el coche. Llobet, que se había despedido de los novios con un enérgico apretón de manos, entró a su vez en el «Hotschkiss» con el pañuelo en la mano y empezó a estornudar. Cada estallido de su resfriado hacía vacilar y moverse en la nariz los cristales pulidos de sus gafas.

Al fin el coche arrancó. Y quedaron en el patio los novios, solos entre los colonos, mientras los cuatro invitados a la boda esperaban en la rotonda del jardín.

Desiderio llevó a Crista al salón de su madre. Entraron en él sigilosamente, como si los dos juntos penetraran en el pasado. De pie los dos se abrazaron entonces con un abrazo fuerte, tenso, tembloroso. Se oía el tictac del reloj. Crista besó la boca de Desiderio y quedó largo rato jadeando en ella.

—Te querré siempre —afirmó—. Te querré pase lo que pase. Soy la mujer más feliz del mundo.

—Ésta será tu casa. No podría vivir sin ti y sin ella —afirmó Desiderio.

Volvieron a besarse. Ella sentía de nuevo que aquel beso era más poderoso que todo lo demás, incluso que la exigencia de calma y de reposo, de suavidad y de ternura que reclamaba su hijo, vivo ya en su carne. Se sentaron en el sofá y él empezó impacientemente a acariciarla. De pronto un chillido, una voz aguda llegó hasta ellos.

Era Evelina.

—¡Crista! ¿Dónde estáis?

Asomó la cara gordezuela de la viuda entre el quicio y el marco de la puerta de madera.

—¡Queridos! —Se acercó, sin reparo a la actitud con que la miraban—. ¡Cuánto me gusta teneros aquí, a mi lado!

La exclamación era algo impropia de la verdadera situación en que se sentían. Pero Evelina no paró mientes en ello.

—Tenéis que tomar algo, es preciso cuidarse, ¿me oís? En la rotonda os esperan todos, con un piscolabis. Por cierto, ese don Sebastián está discutiendo con Duró y no me gustaría que hubiera piques en un día como hoy. ¿Por qué no vais? —Y Evelina salió la primera, mientras los recién casados se quedaban aún un momento en aquella habitación, sacrosanta para ellos, por la que acababa de cruzar un viento forastero e intempestivo.

Desiderio miró por encima del hombro de Crista, a la que abrazaba; vio el reloj, el cuadro con la fotografía de su madre, el piano, los candelabros; en el exterior, junto a la ventana, el tronco torturado y gris de la higuera... Alentó un momento en esas sensaciones. Luego besó de nuevo a Crista.

—Vamos con ellos. No te apures; pronto se irán todos y nos quedaremos solos tú y yo. Verás qué paz, entonces... —animó.

Cuando salieron a la rotonda advirtieron que no eran exageraciones lo que Evelina les había dicho. Don Sebastián y el doctor estaban discutiendo, el primero acaloradamente, el segundo con sibilina suficiencia y buscando en los ojos de los demás esa escondida aprobación que necesitaba para el buen desarrollo de su dialéctica. El doctor sostenía con citas de Esculapio que era biológicamente posible que en ciertas condiciones los cuerpos de los muertos con violencia pudieran resistir los embates del tiempo. Se metió luego en la Resurrección de la carne.

—¡Paparruchas para cándidos! —dijo en voz baja, no atreviéndose a desafiar la ira de don Sebastián con una expresión a voz en grito.

De pronto, a propósito de una frase de Duró, que éste creía el *summum* de todas sus teorías sobre la existencia, la que aludía a la «concatenación vital de las especies», don Sebastián lanzó una risotada que retumbó en los aires limpios de la mañana y que debió llegar incólume hasta el *Coll*. A su eco debieron quizá ponerse a danzar las figuritas de barro, las magníficas aguadoras desnudas de su colección de artesano. Pero Duró apretó sus labios y le miró con una frialdad verdaderamente minoica. Parecía arrancado de un friso del siglo IX a. de J.

—El señor no es partidario sin duda de ningún género de comprobación científica —se limitó a decir a los demás, pues había decidido no volverle a mirar más a la cara. Y pensó que si lo hubiera sido quizá se hubiera ahorrado el tener que marchar en su silla de ruedas. Pero don Sebastián no hizo caso alguno de esta reticencia dialéctica y ocular.

La presencia de los novios clareó el ambiente. Crista y Desiderio se sentaron uno junto a otro ante los veladores. Josefina, que se quedaría en la casa un par de días, pasaba los platos de fiambres y servía vino dulce a la reunión.

Mientras tanto, Joaquín Rius y Llobet, en el automóvil, ganaban la distancia que les separaba de la ciudad, de sus feudos, de su trabajo. El resfriado de Llobet no le impedía mantener la cabeza clara sobre los asuntos que quedaban pendientes. Pero Joaquín Rius parecía abstraído, alejado de cualquier consideración concreta que no afectara a la situación que Desiderio había creado. Llobet calló, respetando las cavilaciones de su jefe.

El coche adelantó velozmente por la carretera. Cruzó varios pueblos, viró en un puente y siguió avanzando entre polvo al llegar a la falda de la montaña de Moncada. El motor hizo rugidos de impaciencia antes de entrar en el arrabal. Poco a poco la campiña se iba tornando mustia, polvorienta, borrosa y marrón. Los postreros árboles estaban impregnados de una masa blancuzca de polvo como una costra superpuesta que agobiara el follaje. El Besós, polvoriento, con sólo unos charcos de agua aquí y allá, mostraba sus lacras vivas a la macilenta luz del mediodía.

Y entraron en el arrabal. Cruzaron entre casuchas en las que había colada tendida en los balcones; entraron en calles cruzadas por tranvías y carros quejumbrosos. El empedrado era desigual y el coche marchaba con precaución, dando tumbos.

—No tardará Desiderio en volver —vaticinó el apoderado de pronto—. En cuanto pase el verano y empiecen las jornadas largas de invierno, no hay quien aguante en el campo —añadió, sin duda juzgando por sí mismo, que había estado años atrás dos tardes de otoño en Vallfogona y tuvo que volver—. Ya verá usted como todo se arregla pronto.

—Ojalá —respondió el amo—. Creo que, además, la boda, el matrimonio, le convenía. ¿No lo cree así?

—Naturalmente —respondió el contable.

Joaquín Rius se puso a pensar en su nuera. A pesar de la ligereza imperdonable que habían cometido, el uno era para el otro. ¡Gracias a Dios, ya estaban casados!

—Hay que hacer lo posible para que puedan volver cuanto antes. A veces... —confió Joaquín Rius, en trance de confidencias—, a veces he pensado que en cierto modo Desiderio tenía un poco de razón. ¡Dos hombres solos, en una casa sombría! Es natural que él se rebelara contra eso. Ahora... ahora será distinto, ¿no le parece? Hemos de procurar... Escuche, Llobet —dijo de pronto—, tendría que hacer lo posible por enterarse del precio de una casa que está en venta en el Paseo de la Bonanova. Era o es de unos tales Boada. Creo que la dan por buen precio, cuestión de herencia. Porque es preciso que si mi hijo, después de una temporadita, cambia de opinión, pueda volver a Barcelona con todas las comodidades. Por otro lado, creo que, aparte de todo, sería una buena inversión.

El coche entró en una serie de callejuelas, para cruzar en dirección a la fábrica. Después, desembocó en la Gran Vía, frente a la Monumental. Cruzaron el puente de Marina y el fielato e hicieron el recorrido por el camino habitual. La gran mole cuadrangular de la fábrica, el gran letrero pintado en las tapias blanquísimas, «Tejidos Joaquín Rius», aparecieron ante su vista.

—Ya estamos —dijo Rius, al cruzar por la gran portada,

junto al nuevo habitáculo de Pedro, el portero. El sol destellaba en la cal de las paredes y le obligaba a entornar los ojos.

Aunque era tarde, una vez colgados sus sombreros empezaron a hacer la inspección, ellos dos solos. Joaquín Rius avanzaba un poco adelantado, apoyado en su bastón. Llobet no se había quitado la bufanda, por miedo del resfriado, y la prenda parecía impregnada aún de los vahos campestres.

Las salas eran enormes. Los telares de rumor amortiguado se multiplicaban por los largos pasillos, por las interminables dependencias. Todo era enorme y distante.

«Volverá, volverá», parecía que decía el ritmo de los telares, mientras la tela, imperceptible, denodadamente, iba saliendo de las púas a golpetazos.

Y Joaquín Rius se volvió y contempló en silencio la vasta extensión de las naves, inmensas, clareadas desde las altas claraboyas por toda la luz del mediodía. Todo aquello se movía y alentaba frenéticamente; pero estaba en soledad, en una soledad monstruosa, hiriente. La enormidad de las naves tenía una vacuidad demoledora. Era increíble que, en medio de aquella multitud, que era la suya, Joaquín Rius estuviera solo. No se podía resignar.

Solo, absolutamente solo. ¿Para quién era todo aquello, para qué? Y un escalofrío repentino sacudió sus nervios. Tuvo que apoyarse del todo en su bastón, con un movimiento convulso y frenético.

Un rumor de pájaros y de árboles azotaba sus percepciones. Y la figura de Desiderio se cruzó en su memoria con la figura de Mariona y creyó que le volvían la espalda los dos.

Solo, enteramente solo. Paso a paso, ahora lentamente, dio la vuelta. Se dirigió a través de patios y de almacenes y de naves y de laboratorios al sector de las oficinas. Tuvo que cruzar por los antiguos locales, por las dependencias en que había fraguado su fortuna. Un hedor de tiempo muerto le sacudió. Caminó entonces apresuradamente, seguido por Llobet. Al fin, puso pie en la flamante escalera. Paso a paso, subió por ella.

—Déjeme estar solo unos minutos —suplicó a Llobet—. Esta tarde hablaremos de todo lo que falta.

Y se encerró en su despacho. Fue a la antigua mesa de su primitiva oficina, que servía de apoyo a unos libros, a unos papeles, a unos archivos en un rincón. Abrió uno de sus cajones y sacó de él un pequeño libro encuadernado en piel. Con él en las manos, se dirigió al sillón de cuero en que se sentaban las visitas. Y recordó a Carmen Fernández, y rememoró su voz.

Abrió «Las Confesiones» de San Agustín en su primera página y empezó a leer:

«Y presume alabaros un hombre, parte ruin de vuestra creación; un hombre que lleva en derredor de sí el andrajo de su mortalidad, que lleva sobre sí el estigma de su pecado y aún el testimonio de que Vos resistís a los soberbios. Y con todo eso, presume alabaros un hombre, parte ruin de vuestra creación.»

Un rumor sordo de telares y un temblor imperceptible de lanzaderas era el trasfondo de esa voz inmutable. Y Joaquín Rius, en aquel instante y sin darse cuenta, rezó. Dijo: «Señor; os suplico que mi hijo vuelva pronto a mi lado.» Y añadió, volviendo sus ojos al libro: «Dadme, Señor, la gracia de saber y entender si primero es el invocaros que el loaros, o primero que el invocaros sea el conoceros. Porque, ¿quién hay que os invoque sin conoceros, Señor?» Y en aquel punto, Joaquín Rius, que hasta entonces se había sostenido con una tensión de sus nervios de acero, ahora se humilló. Hundió su frente entre las manos y empezó a decir: «Que se cumpla Vuestra voluntad, que se cumpla Vuestro deseo. No soy yo sino Vos quien debe decidirlo todo.»

La sirena sonó, aguda y sombría. Cambiaba el turno; y al bramido del aviso sonoro, tembló imperceptiblemente el cristal.

El doctor Duró y Javier de Castro se habían marchado de Santa María antes de comer. Y los novios y la suegra, con don Sebastián y su mujer, habían tomado plaza en la mesa de los colonos, para compartir con ellos los guisos que Filomena había preparado en honor de la celebración. Lo único que fue aprovechado de la comida que había preparado Josefina fue un gran pastel, orlado de grandes natillas, que pasó a clausurar la opípara y grasienta comida rural.

La comida fue ruidosa, con frecuentes interrupciones de don Sebastián, quien rememoró con Juan, el colono, antiguas anécdotas concernientes a la tierra común. Se hizo en ella abundante gasto de vino, del vino espeso de las bodegas, que los colonos tragaban con pulso firme levantando el porrón hasta el rostro. La escudilla y los tiernos pollos pusieron en las secas mejillas de los hombres del campo, de un moreno de tierra, una pincelada roja. Y al final, cuando apareció la tarta, hubo cantos y música estruendosa que Moisés, uno de los compañeros de juegos de Desiderio en la niñez, arrancó de un acordeón que se colgó del cuello.

Evelina, que se había quitado, al fin, el sombrero, se mantuvo durante la comida a la expectativa. Su presencia no amilanó a los comensales, principalmente porque don Sebastián hizo todo cuanto pudo por dar a los diálogos una vivacidad y una espontaneidad que no admitían réplica. De vez en cuando sonaba una palabra más gruesa, pero no procaz, entre otras cosas porque allí estaba don Francisco; pero tampoco eso tenía una mayor gravedad. Había un contraste, una ruptura total entre el mundo del cual venía Evelina y aquel otro mundo que exudaba y se balanceaba turbiamente ante ella en la sobremesa. Lo que hacía Evelina era escudriñar en la actitud de los novios, en sus ademanes. Y parecían felices, Crista y Desiderio; parecían gozosos de estar zambullidos en la alegría general. Se daban la mano, y se sentían un poco flotantes en aquella atmósfera impregnada del olor cereal de los cedazos y del fuerte aliento de las algarrobas que se desparramaban por el suelo desde el interior de unos sacos abiertos en un rincón. Los perros pasaban entre las piernas de los comensales, en busca del mendrugo o del hueso tirado al suelo. Evelina sentía el roce de patas y colas por las vueltas de su falda, pero procuraba no hacer remilgos a nada.

Era ya muy tarde cuando todos ellos se levantaron de la mesa. Don Sebastián, la tez roja y brillante, se despidió de todos con efusión, principalmente de los novios, a los que invitó a almorzar cuando quisieran. Desiderio le prometió muy pronto ir a verles. El inválido fue levantado hasta el interior del carro de labor que era su sistema de traslado, y en él se subió después Matilde. La silla de ruedas fue atada dentro del carro, y poco después, cuando ya el sol decaía sobre los montes, los dueños del *Coll* se marchaban por la puerta del barrio.

Don Francisco se marchó también, casi al mismo tiempo. Fue acompañado hasta la parroquia por Moisés, que se hizo cargo de la tartana. Y quedaron en el patio los dos novios y, frente a ellos, mariposeando a su alrededor, Evelina.

Ésta sentía que sus planes no iban a poder ser llevados a término. En el curso del almuerzo había advertido con claridad lo extemporáneo de su presencia allí. En primer lugar, Crista ya no parecía la Crista de antes. Aún el día anterior pudo provocarla, manejarla, dirigirla; el día anterior Crista era todavía un patrimonio personal, algo adherido indiscutiblemente a su voluntad. Hoy, ya era distinto. Acababa de soltarla, como se suelta a un gorrión o a un canario para que vuele. Ayer estaba en sus manos, y hoy estaba volando a sus anchas en el cielo azul. Pero, además, durante el almuerzo Evelina se había dado cuenta de algo que no esperaba. Y es que Desiderio se sentía bien tal como estaba. Desiderio se sentía revivir al escuchar las canciones de Moisés, al seguir las lucubraciones de don Sebastián sobre las leyendas de la comarca, sobre el proceso de las cosechas, sobre el tiempo... Hablaba ya con él como un entendido. Sus expresiones, sus locuciones, los giros de su lenguaje y las formas de su imaginación eran campesinas. Evelina acababa de darse cuenta de que la elección de su papel no era una excusa, no era un capricho. En aquellos momentos, entre la ciudad y Santa María había una frontera, un abismo infranqueable. Y los novios estaban al otro lado de esa frontera.

Crista parecía que estuviera suplicándole con la mirada que los dejara solos. Entonces Evelina deambuló largo rato solitaria por las afueras del barrio, junto al pozo del camino de «Las Casetas». Llegó hasta los grandes eucaliptos del pontón del desagüe y sintió los finos tacones de sus zapatos horadar el barro. Frente a ella estaba el valle, ya suavemente teñido de las luces de su ocaso, con su gran aureola de calina, unos pájaros lentos que gravitaban en ella, la ondulación de la verdura hasta el infinito. Pensó en los pajes de bronce de su portal de Paseo de Gracia, pensó un momento en su marido, le lanzó un suspiro y una invocación y volvió sobre sus pasos.

Encontró a Crista y a Desiderio sentados en unas butacas de mimbre, en la acera del patio, junto al garaje. Se acercó a ellos y antes de que le dijeran nada, se anticipó:

—Me voy a marchar, hijos. Me esperan en casa.

¿Quién la esperaba, en realidad? Se sintió enormemente

desocupada, como si le hubieran quitado de un golpe todo el estímulo.

Un murciélago brusco dio unas vueltas sombrías alrededor de su cabeza teñida. El rubio *platiné* brilló extrañamente en el aire.

Crista se levantó y luego lo hizo Desiderio; se acercaron, pero no le opusieron la menor objeción. Al contrario:

—Sí, más vale que salgas ahora, que aún hay luz —dijo Crista—. Llegarás a Barcelona a buena hora todavía.

Y Evelina se metió entonces en la casa, para recoger su sombrero, para arreglarse un poco antes de salir. Parecía haber perdido de pronto la antigua seguridad en sí misma. Estuvo un largo rato en el interior, y luego salió, con paso vivo, como si hubiera recobrado la serenidad.

El coche, previo aviso de Crista al chófer, había hecho la maniobra y aguardaba en el centro del barrio. Evelina se acercó a su hija. La estrechó firmemente un rato en sus brazos gordezuelos. Luego hizo lo mismo con Desiderio. Las pupilas de la viuda empezaron a moverse con nerviosidad. Sacó ágilmente un pañuelito diminuto de su bolso de mano, se levantó el velo y se llevó una pizca de pañuelo a la picazón del *rimmel*. Sus ojos estaban enrojecidos, surcados por ínfimas vetas de sangre. Por primera vez, al entrar en la casa, había llorado disimuladamente.

—Que seáis muy dichosos, hijos —sollozó. Y, de pronto, se sobrepuso—. Ante todo —dijo a Crista—, nada de imprudencias. Un rato de paseo y nada más. No quieras seguir a tu marido, si va de caza o sale por ahí. Y sobre todo, escribidme todos los días.

Subió al coche y la puertecilla se cerró con estrépito. No los miró ya más. Una densa polvareda se levantó cuando el gran automóvil traspuso lentamente la puerta del barrio.

Quedaron solos los dos, Desiderio y Crista, en medio del patio. El ruido del coche se perdió en la lejanía.

Ya había caído la tarde. Todo se fundía insensiblemente en un gris gallinero, donde grandes cluecas dormían en el cañizo.

Desiderio rodeó el talle de Crista, y empezaron a andar, lentamente, en dirección a la otra puerta, por la que se veía el pozo del camino. Ella caminaba con cuidado, sobre las desiguales losas, sobre las grandes piedras empotradas en el barro. En el azul empezaron a titilar tenuemente unos resplandores diminutos, unos puntos de luz. Las estrellas, una a una, no hacían más que asomar tímidamente en la fútil bruma del atardecer. Se oía un chapoteo de agua en la acequia y, en todo el valle, tenue al principio, luego crespo, el clamor de los grillos.

Y ese gran silencio se fue poblando de rumores, se fue encendiendo de leves ruidos lejanos, de resplandores vacilantes. Una sola era la fogata que formaban las docenas de luces de «Las Casetas» y el crepitar infinito de las estrellas y el rumor del agua y la vibración profundísima de los grillos y el croar de las ranas. Miles de bullicios poblaban la inmensidad.

—Siempre más a tu lado; y aquí.

Pasó a espaldas de ellos un carro vacilante, dando tumbos en las rodadas. Sobre él, el rostro de un labriego tumbado en la muelle barriga de la alfalfa. Ese rumor fue decreciendo. Se oyó luego muy lejos, como un eco, como una ensoñación, el ladrido de un can. Desiderio y Crista estaban abrazados, apoyados contra el tronco de uno de los grandes eucaliptos, junto al brillo del agua de una acequia, en la que parecían temblar todos los rumores y todas las luces de la noche nueva, de aquella noche en que todo parecía empezar otra vez.

Y sobre ellos, emergiendo de la fronda del bosque, surgiendo entre el follaje de los altísimos plátanos del jardín, la masa blanca de la casa cuadrada presidía el valle, centraba el silencio, señoreaba la tiniebla. Desiderio sostenía a Crista, sus hombros, su talle, y sentía palpitar en el suyo el cuerpo de su mujer, como si le hubiera sido arrancada aquel día del costado, y le doliera aún.

Lejos, muy lejos, los hombres se agredían, se peleaban, se mataban. Pero encima de todo, en el seno mismo de la noche, estaba Dios.

Este libro se imprimió en los talleres
de Cayfosa Industria Gráfica
Ctra. Caldes, km 3,7
08130 Santa Perpètua de Mogoda
(Barcelona)